W0324964

READER'S DIGEST

AUSWAHL BÜCHER

Die Kurzfassungen in diesem Buch erscheinen
mit Genehmigung der Autoren und Verleger
© 2009 Reader's Digest
– Deutschland, Schweiz, Österreich –
Verlag Das Beste GmbH,
Stuttgart, Zürich, Wien
Alle Rechte, insbesondere das der Übersetzung, Verfilmung
und Funkbearbeitung, im In- und Ausland vorbehalten
4096 (287)
Printed in Germany
ISBN: 978-3-89915-559-4

www.readersdigest.de

READER'S DIGEST

AUSWAHL BÜCHER

Reader's Digest

Deutschland · Schweiz · Österreich

INHALT

Der Arzt Chris Shepard ist in seiner noch jungen Ehe zufrieden. Zwar gibt es mit seiner attraktiven Frau Thora einige Unstimmigkeiten, doch bei wem nicht? Daher ist er wie vor den Kopf geschlagen, als sich eines Tages eine vermeintliche Patientin als FBI-Agentin zu erkennen gibt und ihm Ungeheuerliches offenbart. Thora will seinen Tod? Chris kann es nicht glauben – zumal die Polizistin selbst nicht mit offenen Karten spielt, wie er schnell herausfindet.

Seite 6

Nach einem Schicksalsschlag lässt die Antiquitätenhändlerin Elisabeth alles, was sie sich in München aufgebaut hat, hinter sich, um irgendwo ganz neu anzufangen. Sie bucht eine Kreuzfahrt in die Ägäis und beschließt dort zu bleiben, wo es ihr am besten gefällt. Ihre Wahl fällt auf die romantische Insel Santorin. Dort bekommt sie schon bald eine reizvolle Arbeit angeboten: Sie darf kostbaren Schmuck an Touristen verkaufen. Doch dann taucht ein Mann auf …

Seite 218

Ein Mord in Kommissar Kluftingers beschaulichem Allgäuer Heimatort Altusried: jäh verdirbt diese Nachricht sein gemütliches Kässpatzenessen. Ein Chemiker des örtlichen Milchwerks ist stranguliert worden. Mit eigenwilligen Ermittlungsmethoden riskiert Kluftinger einen Blick hinter die Fassade der Allgäuer Postkartenidylle – und entdeckt einen scheinbar vergessenen Verrat, dunkle Machenschaften und einen handfesten Skandal.

Seite 332

Utah, 1857: Der Goldgräber Hunter Bell versucht verzweifelt, seine Vergangenheit zu vergessen, doch die bitteren Erinnerungen lassen sich nicht abschütteln. Als er eines Tages eine junge Frau vor dem sicheren Tod rettet, scheint sich sein Schicksal zu wenden. Zum ersten Mal kann er sein Herz wieder einem anderen Menschen öffnen. Doch Quaye ist bereits verheiratet, und es scheint mehr als das Eheversprechen zu sein, das sie an ihren Mann bindet.

Seite 476

GREG ILES
LEISES
GIFT

Der tägliche Anblick Ihrer Frau macht Sie aggressiv? Ihr Mann steht Ihrer neuen Liebe im Weg? Kurz, Ihre Ehe ist gescheitert? Dann wenden Sie sich an den Anwalt mit dem speziellen Angebot. Er erspart Ihnen eine hässliche Schlammschlacht vor dem Scheidungsrichter und sorgt dafür, dass das Problem diskret erledigt wird – für immer …

1

Alice Morse rannte durch die Eingangshalle des Universitätsklinikums von Jackson, der Hauptstadt des Bundesstaates Mississippi. Sie wirkte wie eine Ärztin, die zu einem Notfall gerufen wurde. Doch Alice war keine Ärztin. Sie war Geiselunterhändlerin beim FBI. Zwanzig Minuten zuvor war sie mit einem Flugzeug aus Charlotte, North Carolina, gekommen. Ihre ältere Schwester war bei einem Baseballspiel zusammengebrochen. Was für ein verdammtes Jahr! Es war geprägt von Verletzungen und Tod, und noch mehr Unheil hing in der Luft – Alice spürte es.

Nachdem ihr Flugzeug in Jackson gelandet war, hatte sie wieder ihren Schwager angerufen. Schluchzend hatte er über die Entwicklung der vergangenen Stunde berichtet. Grace atmete zwar noch aus eigener Kraft, doch sie war ins Koma gefallen und würde möglicherweise jeden Moment sterben. Panik hatte Alice erfüllt. Sie war durch die Abfertigungshalle gesprintet, hatte die Warteschlange am Taxistand überholt, ihren Dienstausweis gezückt und den Fahrer aufgefordert, sie mit Höchstgeschwindigkeit zur Uniklinik zu bringen.

Krankenhäuser, dachte sie bitter, während sie nun auf den Aufzug wartete. Sie war mehr oder weniger gerade selbst erst aus einem entlassen worden. Doch die Kette der Tragödien hatte ihren Anfang mit ihrem Vater genommen. Vor fünf Monaten war er in genau dieser Klinik gestorben. Zwei Monate später hatte man bei Alice' Mutter ein Ovarialkarzinom in fortgeschrittenem Stadium diagnostiziert. Sie lebte schon länger als prognostiziert, aber die Ärzte rechneten nicht damit, dass sie diese Woche überstand. Dann hatte Alice den Unfall gehabt, und jetzt Grace …

Ein leiser Gong ertönte und die Lifttüren glitten auseinander. Eine junge Frau in weißem Kittel blickte kurz auf, als Alice die Kabine betrat, sah zu Boden und schaute Alice dann wieder an. Seit der Schießerei hatte Alice diese Reaktion so häufig erlebt, dass sie nicht mehr wütend wurde. Es deprimierte sie nur noch.

Nachdem man bei ihrer Mutter Krebs festgestellt hatte, war sie mit dem Flugzeug regelmäßig zwischen Washington, wo sie damals tätig gewesen war, und Mississippi gependelt, um Grace, die einen Vollzeitjob als Lehrerin hatte, bei der Betreuung ihrer Mutter zu helfen. Alice hatte sich geschworen, dem Druck standzuhalten, und sie hatte es geschafft – bis zu dem Augenblick, als ihr der Teil einer Schrotladung ins Gesicht gefegt war.

Es war bei einer Geiselnahme in einer Bank passiert. Weil der Schütze durch eine Flachglasabtrennung gefeuert hatte, hatte der Sturm aus Glassplittern und Schrotkugeln ihr Wange und Kiefer zerfetzt und Haut und Knochen weggerissen. Die plastischen Chirurgen hatten ihr versichert, dass die starken rosa Narben mit der Zeit verblassen würden, aber sie glaubte nicht daran. Doch was bedeutete schon Eitelkeit im großen Plan der Dinge? Fünf Sekunden nachdem Alice niedergeschossen worden war, hatte jemand anders aus dem Geiselbefreiungsteam für ihren Fehler mit dem Leben bezahlt, weil er sich einen Moment lang auf sie, seine verletzte Kollegin, und nicht auf den Schützen konzentriert hatte.

In den höllischen Tagen nach der Schießerei war Grace dreimal nach Washington geflogen, um bei Alice zu sein, obwohl die Pflege ihrer Mutter sie alle Kraft kostete. Heute Nacht aber war es nun Grace selbst, die um ihr Leben kämpfte. Sie war bei einem Baseballspiel ihres Sohnes zusammengebrochen. Eine vierzig Minuten später aufgenommene Computertomografie hatte ein Blutgerinnsel in der Nähe des Hirnstamms gezeigt – die Sorte, die Menschen nur allzu oft umbringt. Alice hatte die Nachricht in Charlotte erhalten, wohin sie nach der Schießerei strafversetzt worden war. Mit zitternder Stimme hatte ihr Schwager Bill Fennell erklärt, Grace' Hirnschäden hätten zunächst nicht allzu dramatisch ausgesehen – eine leichte Lähmung der rechten Seite, milde Sprachstörungen –, doch habe sich der Schlaganfall seither verschlimmert.

Nun trat Alice im dritten Stock der Uniklinik aus dem Lift und ging zu einer großen Tür mit der Aufschrift NEUROLOGISCHE INTENSIVSTATION. Voller Angst wappnete sie sich vor den Worten, die zu hören sie beinahe sicher war: *Es tut mir sehr leid, Alice, aber du kommst zu spät.*

Die Intensivstation bestand aus einem Dutzend Abteilen mit Glaswänden, die u-förmig um die Schwesterntheke angeordnet waren. Im vierten Abteil links sah Alice Bill, der sich mit einer Frau in weißem Kittel unterhielt. Sein attraktives Gesicht war von Sorgenfalten zerfurcht. Er spürte Alice' Anwesenheit, blickte auf und erstarrte mitten im Satz. Alice ging auf das Abteil zu. Bill stürzte zur Tür und drückte sie an sich. Es war ihr stets unangenehm gewesen, ihren Schwager zu umarmen, doch jetzt brauchten sie beide Nähe und das Gefühl familiärer Zusammengehörigkeit.

„Ich kann nicht glauben, wie schnell du gekommen bist!“, sagte Bill mit seiner tiefen Stimme. „Sie lebt noch und hat sogar ein paarmal das Bewusstsein wiedererlangt. Sie hat nach dir gefragt.“

Alice’ Zuversicht stieg, doch mit der Hoffnung kamen neue Tränen.

Die Frau im weißen Kittel trat aus dem Abteil. Sie war um die fünfzig und hatte ein freundliches, aber ernstes Gesicht. „Ich bin Meredith Andrews, Grace’ zuständige Neurologin“, stellte die Ärztin sich vor. „Sind Sie die Frau, die Grace ‚KK‘ nennt?“

„KK“ war ein Spitzname, der von Alice’ zweitem Vornamen Karoli abgeleitet war. „Ja. Aber nennen Sie mich bitte Alice … Alice Morse“, entgegnete sie und wischte sich dabei die Wangen ab.

„Sie sind alles, worüber sie redet.“

„Ist sie bei Bewusstsein?“

„Zurzeit nicht. Wir tun, was in unserer Macht steht, doch Sie sollten sich auf das Schlimmste gefasst machen. Grace hatte eine schwere Thrombose, als sie eingeliefert wurde, aber sie atmete noch aus eigener Kraft. Doch der Anfall breitete sich ständig weiter aus, und ich beschloss, mit der thrombolytischen Therapie zu beginnen, das heißt, wir versuchen, das Gerinnsel aufzulösen. Manchmal wirkt es Wunder, doch es kann auch zu Blutungen an anderen Stellen im Körper führen. Ich habe das Gefühl, dass genau das im Augenblick geschieht. Wenn sie aufhört zu atmen, stehen wir bereit, sie augenblicklich zu intubieren. Ich hätte es vielleicht schon tun sollen, doch ich weiß, dass sie unbedingt mit Ihnen reden will, und sobald sie intubiert ist, kann sie nicht mehr sprechen, mit niemandem.“

Alice zuckte zusammen. „Verstehe. Kann ich jetzt zu ihr?“

Dr. Andrews nickte und führte sie in das Abteil.

An der Tür blieb Alice stehen und drehte sich zu Bill um. „Wo ist Jamie?“

„Bei meiner Schwester in Ridgeland.“ Das war ein Vorort fünfzehn Kilometer außerhalb.

„Meinst du nicht, dass er hier sein sollte?“

Bill holte tief Luft. „Nein, das meine ich nicht.“ Er senkte die Stimme. „Ich möchte nicht, dass Jamie zusieht, wie seine Mutter stirbt.“

„Selbstverständlich nicht. Aber er sollte eine Chance haben, Lebewohl zu sagen.“

„Wir haben jetzt keine Zeit dafür“, unterbrach er sie und nickte in Richtung der Ärztin, die wartend im Raum stand.

Langsam näherte Alice sich der Bettkante. Ihre Schwester hatte die Augen geschlossen, ihr blasses Gesicht über der Krankenhausdecke sah fremd aus. Grace Morse-Fennell war 35 Jahre alt, doch jetzt sah sie aus wie siebzig. Es ist die Haut, wurde Alice bewusst. Sie ist wie Wachs. Schmelzendes, zerlaufendes Wachs.

„Ich lasse Sie mit ihr allein", sagte Dr. Andrews.

Alice warf einen flüchtigen Blick auf die Monitore, die Grace' Lebensfunktionen überwachten. Pulsschlag, Sauerstoffaufnahme, Blutdruck, Gott weiß was sonst noch. Die Kanüle eines einzelnen intravenösen Tropfs verschwand unter einem Verband an ihrem Unterarm.

„Weißt du, was diese Tragödie mir klargemacht hat?", fragte die vertraute Bassstimme.

Alice war nicht bewusst gewesen, dass Bill mit ihr im Raum war. „Was?"

„Geld ist nichts wert. Überhaupt nichts. Alles Geld der Welt kann dieses Blutgerinnsel nicht aus ihrem Kopf holen. Wofür zur Hölle habe ich geschuftet? Warum habe ich nicht jede freie Minute mit Grace verbracht?"

Geistesabwesend nickte Alice. „Könnte ich ein bisschen mit ihr allein sein?", bat sie, ohne den Blick von Grace' Gesicht abzuwenden.

Nachdem Bill gegangen war, nahm Alice die Hand ihrer Schwester in die ihre und beugte sich vor, um Grace' Stirn zu küssen. Sie hatte ihre Schwester noch nie so hilflos gesehen. Grace war ein Dynamo. Krisen, die das Leben anderer zum Stillstand brachten, ließen sie kaum das Tempo verlangsamen. Doch dies war das Ende – Alice wusste es. Sie wischte sich die Tränen weg und trat an die Tür.

„Was ist?", fragte Bill aufgeregt. „Was ist passiert?"

„Jamie sollte hier sein."

„Alice, ich habe dir gesagt …"

„Geh ihn holen, verdammt! Sie ist seine *Mutter*!"

Eine lange Pause entstand. „Ich rufe meine Schwester an", sagte Bill schließlich und verließ die Intensivstation.

Alice ging zum Bett zurück. Sie beugte sich über Grace' Ohr und überlegte verzweifelt, was sie sagen konnte, das den Grund des tiefen Lochs zu erreichen vermochte, in dem ihre Schwester jetzt weilte.

„Sue-Sue?", flüsterte sie, während sie zugleich ihre kalte Hand drückte. Auch Grace' Spitzname gründete sich nach der Familientradition auf ihrem zweiten Vornamen. „Sue-Sue, ich bin es, KK."

Grace' Augen blieben geschlossen.

„Ich bin es, Sue-Sue. Wach auf, ich weiß, dass du nur so tust, als würdest du schlafen! Hör auf damit!"

Alice spürte ein Zucken in ihrer Hand. Adrenalin schoss in ihre Adern.

„Ge-Ge?", stöhnte Grace leise. *„Biffu das?"*

„Ja, Gracie." Alice schob ihr eine Haarsträhne aus den Augen.

„Godd sei Dang", mühte Grace sich mit gutturaler Stimme ab und fing zu schluchzen an. Die rechte Hälfte ihres Gesichts war gelähmt, und Speichel rann ihr übers Kinn, sobald sie versuchte zu sprechen. *„Du … du mubb Schemie redden."*

„Was? Ich hab dich nicht verstanden."

„Schemie. Du mubb ihn redden!", wiederholte Grace und wollte sich im Bett aufrichten.

„Jamie geht es gut", versicherte Alice ihr mit tröstender Stimme. „Er ist auf dem Weg hierher."

Grace schüttelte den Kopf. *„Hör fu! Du … mubb … Schemie … redden."*

„Wovor soll ich Jamie retten?"

„Biw."

„Bill?", fragte Alice ungläubig nach. Bestimmt hatte sie sich verhört.

Mit schmerzhafter Anstrengung nickte Grace.

Alice blinzelte verblüfft. „Was redest du da? Tut Bill Jamie in irgendeiner Weise weh?"

Ein schwaches Nicken. *„Er wird eb tun … bobald ib nib mehr bin."*

Alice gab sich alle Mühe, die gequälten Worte zu verstehen. „Jamie wehtun? Wie das?"

„Biw … wird … Schemies … Beele … umbringen."

„Bill wird Jamies Seele umbringen?"

Grace packte Alice' Hand und nickte. *„Er ib ein Monbter!"*, zischte sie.

Alice spürte ein Frösteln. „Monster? Hast du gesagt, er ist ein Monster?"

Grace zog sie näher heran. *„Er had mib umbebracht."*

Alice fühlte sich, als hätte ihr jemand Eiswasser in die Adern gespritzt. Sie starrte Grace in die Augen. „Er hat dich umgebracht?"

Ihre Schwester nickte einmal, die Augen voll tiefster Überzeugung.

„Du weißt nicht, was du redest!"

Grace gelang es, ein Lächeln aufzusetzen. *O doch, ich weiß sehr genau, was ich rede.* Sie schloss die Augen, als wollte sie ihre letzten Kräfte zu einem verzweifelten weiteren Anlauf sammeln. *„Du … bib die Einbige … du kanb ihn sdoppen. Redde Schemie bür mich … bidde!"*

Alice starrte über die Schulter und durch die Glaswand nach draußen. Bill sprach zwar wieder mit Dr. Andrews, beobachtete dabei aber Alice.

„Sue-Sue", flüsterte sie eindringlich. „Warum sollte Bill so etwas tun?"

„Eine andere Brau."

„Wenn er mit einer anderen Frau zusammen sein will, warum lässt er sich nicht einfach von dir scheiden?"

„Geld … Würde Biw Miwonen kosten, sich scheiden bu lassen …"

Ungläubig lehnte Alice sich zurück. Sie hatte nicht geahnt, dass der erfolgreiche Bill inzwischen *so* reich war.

Erschöpft hatte Grace die Augen geschlossen. *„Sag … Mom … Sag ihr … ib warte aub sie … im Himmeb …"* Wieder belebte ein Lächeln die intakte Hälfte ihres Gesichts. *„Wenn ib es … schabbe …"*

Alice ballte die freie Hand zur Faust und presste sie sich vor die Lippen.

„Nun sieh sich das einer an, Dr. Andrews!", dröhnte Bills Stimme. „Sie sieht aus, als könnte sie jeden Moment aus dem Bett springen!"

Grace riss die Augen auf und schien vor ihrem Mann zu schrumpfen. Das Entsetzen in ihren Augen tat Alice in der Seele weh, doch es versetzte sie auch in höchste Verteidigungsbereitschaft. Sie erhob sich und versperrte Bill den Weg ans Krankenbett.

„Ich denke, es ist besser, wenn du nicht reinkommst."

Sein Unterkiefer sank herab. An Alice vorbei sah er zu Grace, die sich im Bett zu ducken schien. „Was redest du da?", fragte er wütend.

„Du bringst sie durcheinander, das siehst du doch. Du solltest nach unten gehen und auf Jamie warten."

„Ich werde unter gar keinen Umständen von der Seite meiner Frau weichen! Nicht wenn es aussieht, als könnte sie …"

„Was?", fragte Alice mit einem herausfordernden Unterton.

Dr. Andrews trat zu Bill. „Vielleicht sollten wir Grace und ihrer Schwester noch ein bisschen mehr Zeit allein lassen."

„Ich bin Grace' Ehemann!", fuhr er sie an. „Ich entscheide, wer …"

„Sie ist mein *Blut*", fiel Alice ihm ins Wort. „Deine Anwesenheit bringt Grace durcheinander, nichts anderes zählt. Ist es nicht so, Dr. Andrews?"

„Absolut." Die Ärztin blickte auf ihre Patientin hinunter. „Möchten Sie Ihren Mann bei sich hier im Zimmer haben?"

Grace schüttelte langsam den Kopf. *„Ib … wibb … Schemie …"*

Dr. Andrews blickte zu Bill empor, der sie überragte. „Das ist eindeutig. Ich möchte, dass Sie das Zimmer verlassen, Mr Fennell."

Er trat dicht vor die Neurologin, seine Augen blitzten vor Wut. „Ich habe dieser Universität eine Menge Geld gespendet. *Sehr* viel Geld. Und ich …"

„Zwingen Sie mich nicht, den Sicherheitsdienst zu rufen", unterbrach sie ihn ruhig und nahm den Telefonhörer neben Grace' Bett auf.

Bills Gesicht wurde weiß. Alice empfand beinahe Mitleid mit ihm.

Und dann ging der Alarm los.

„Sie hat einen Anfall!", rief Dr. Andrews durch die Tür, doch die Krankenschwestern kamen bereits angerannt. In dem zuvor ruhigen Abteil brach von einer Sekunde zur nächsten hektische Betriebsamkeit aus, alles mit einem einzigen Ziel – das Leben zu erhalten, das so rasch aus dem Körper im Bett zu weichen drohte.

„Sie müssen nach draußen!“, befahl ein massiger Pfleger. „Alle beide.“

Langsam wich Alice aus dem Raum, während sie hilflos zusehen musste, wie sich der letzte Akt im Leben ihrer Schwester abspielte. Schockiert wandte sie sich ab, als sie Dr. Andrews seufzen hörte: „Nichts mehr zu machen. Todeszeitpunkt: zweiundzwanzig Uhr neunundzwanzig.“

In Alice' Brust begann sich etwas zu lösen, doch bevor es ganz hervorbrechen konnte, hörte sie eine Kinderstimme: „Ist meine Mom da drin?“

Sie drehte sich zu der großen Eingangstür um, die ihr wie eine Höllenpforte vorkam, und sah einen kleinen Jungen davor stehen. Er gab sich alle Mühe, tapfer dreinzublicken, doch Alice erkannte die Angst in seinen großen grünen Augen.

„Tante Alice?“, fragte Jamie, als er sie in der Menge der Pfleger und Ärzte entdeckte.

Hinter ihr ertönte Bills dröhnende Stimme. „Hallo Sohn. Ist Tante Jean mal wieder zu langsam für dich? Komm her zu mir.“

Alice drehte sich um und sah in das strenge Gesicht ihres Schwagers, und was sich in ihr zu lösen angefangen hatte, brach sich endgültig Bahn. Ohne einen weiteren Gedanken rannte sie zu Jamie, riss ihn in ihre Arme hoch und stürzte durch die Tür nach draußen, weg von diesem Albtraum.

Weg von Bill Fennell.

2

Fünf Wochen später

Dr. Chris Shepard nahm einen braunen Hefter aus dem Aktenhalter an der Tür von Untersuchungszimmer Nummer vier und überflog rasch den Inhalt. Der Name der Patientin lautete Alice Morse. Sie kam aus Charlotte, North Carolina, und ihre Akte enthielt lediglich das Formular zur medizinischen Vorgeschichte, das alle neuen Patienten bei ihrem ersten Besuch ausfüllen mussten. Sie hatte keine speziellen Beschwerden genannt. Chris zuckte die Achseln und betrat das Untersuchungszimmer der Gemeinschaftspraxis in Natchez, Mississippi.

Eine Frau in marineblauem Rock und cremefarbenem Oberteil stand neben der Untersuchungsliege. Beim Anblick ihres Gesichts wäre Chris beinahe ins Starren verfallen, aber im Verlauf seiner medizinischen Ausbildung hatte er viele ähnliche Verletzungen gesehen. Die Narben der Frau waren nicht allzu schlimm. Es waren ihr noch junges Alter (sie war dreißig, sagte das Formular) und ihre Attraktivität, die sie so hervortreten ließen.

„Hallo Dr. Shepard." Die Frau blickte ihn direkt an.

„Miss Morse?" Er erinnerte sich daran, dass sie ihrer Akte zufolge unverheiratet war.

Sie lächelte ihn bestätigend an, doch sonst sagte sie nichts.

„Was kann ich für Sie tun?", fragte Chris.

Die Frau schwieg weiter, doch er spürte, wie sie ihn eingehend musterte. Was soll das?, fragte er sich und studierte sie seinerseits, während er versuchte, den Grund ihres Kommens zu erraten. Sie besaß dunkles Haar, grüne Augen und ein ovales Gesicht, das sich nicht sehr von dem Dutzender anderer Frauen unterschied, die er Tag für Tag in der Praxis sah. Eine etwas bessere Knochenstruktur vielleicht, insbesondere die Wangen. Doch der eigentliche, der wirkliche Unterschied waren die Narben – und dann gab es auch noch etwas anderes an ihr, was Chris jedoch nicht genau zu beschreiben vermochte, etwas, was sie von anderen Frauen unterschied. Vielleicht war es die Art und Weise, wie sie vor ihm stand.

Er legte die Akte hinter sich auf den Tisch. „Vielleicht sollten Sie mir einfach erzählen, was für ein Problem Sie haben. Ganz gleich wie erschreckend es Ihnen erscheinen mag – ich verspreche Ihnen, ich habe es schon viele Male gehört, und gemeinsam können wir etwas dagegen tun."

„Was ich Ihnen sagen werde, haben Sie bestimmt noch nie gehört", erwiderte sie mit Bestimmtheit. „Und es ist nicht mein Problem, sondern Ihres."

Noch während Chris verwirrt die Stirn runzelte, griff die Frau in eine kleine Handtasche, die hinter ihr auf dem Stuhl stand, und brachte ein Etui zum Vorschein. Sie klappte es auf und hielt es ihm hin. Er sah einen Ausweis mit einem blau-weißen Siegel. Fette Buchstaben auf der rechten Seite des Ausweises bildeten das Kürzel FBI. Links von den drei Buchstaben stand in kleinerer Schrift SPECIAL AGENT ALICE MORSE. Dazu ein Foto der Frau, die er vor sich hatte.

„Ich muss über ein paar vertrauliche Dinge mit Ihnen sprechen", fuhr sie fort. „Es wird nicht lange dauern. Ich habe vorgegeben, als Patientin zu Ihnen zu kommen, weil niemand in Ihrem Umfeld erfahren soll, dass Sie mit einer FBI-Agentin gesprochen haben. Bevor ich gehe, sollten Sie mir ein Rezept für Levaquin ausstellen. Sagen Sie Ihrer Sprechstundenhilfe, dass ich einen Infekt habe. In Ordnung?"

Chris war zu überrascht, um eine bewusste Entscheidung zu fällen. „Sicher", stimmte er zu. „Aber was hat das zu bedeuten? Ermitteln Sie in einem Fall? Ermitteln Sie gegen mich?"

„Nicht gegen Sie."

„Gegen wen dann? Jemanden, den ich kenne?"

Agentin Morse blickte ihm fest in die Augen. „Vielleicht sage ich es Ihnen am Ende dieser Unterhaltung. Zuerst jedoch möchte ich Ihnen eine Geschichte erzählen. Wollen Sie sich nicht setzen, Doktor?"

Chris ließ sich auf dem Hocker nieder, den er in seinem Untersuchungszimmer für gewöhnlich benutzte. „Kommen Sie wirklich aus North Carolina? Oder ist das nur Tarnung?"

„Warum wollen Sie das wissen?"

„Sie sprechen wie eine Nordstaatlerin, aber darunter höre ich einen Mississippi-Dialekt."

Sie lächelte. „Sie haben gute Ohren. Ich bin in Jackson aufgewachsen. Heute lebe und arbeite ich jedoch in Charlotte."

Er war froh, dass sie seine Vermutung bestätigte. „Bitte fahren Sie fort, Miss Morse. Warum sind Sie hier in Natchez?"

Sie setzte sich auf den Stuhl, auf dem ihre Handtasche gestanden hatte, und musterte ihn kühl. „Vor fünf Wochen starb meine Schwester Grace an einer Hirnblutung. In der Uniklinik in Jackson."

„Das tut mir leid."

Sie nickte, als wäre sie über den Verlust hinweg, doch in ihren Augen bemerkte Chris zurückgehaltene Emotionen. „Bevor sie starb, sagte sie etwas zu mir, was in meinen Ohren verrückt klang. Sie behauptete, sie würde ermordet werden. Und zwar von ihrem Ehemann."

Chris war nicht sicher, ob er richtig verstanden hatte. „Und was hat die Autopsie ergeben?"

„Ein tödliches Blutgerinnsel in der linken Gehirnhälfte, in der Nähe des Hirnstamms. Es gab keine unnatürliche Ursache für den Hirnschlag. Keine Drogen, keine Gifte, nichts dergleichen."

„Hat Ihr Schwager sich gegen die Autopsie gesträubt?"

„Nein, hat er nicht."

„Und Sie glauben ihr trotzdem? Sie glauben tatsächlich, ihr Mann könnte Ihre Schwester ermordet haben?"

„Zunächst tat ich das nicht. Ich dachte, dass sie unter den Halluzinationen einer Sterbenden gelitten hatte. Doch dann fiel mir wieder ein, dass Grace mir auch erzählt hatte, sie glaube, ihr Mann habe eine Affäre. Er hat es als Stadtentwickler zu Reichtum gebracht, und Grace glaubte, dass er sie lieber umbrachte, als die Summe zu zahlen, die ihn eine Scheidung gekostet hätte. Und natürlich auch, um das Sorgerecht für den gemeinsamen Sohn zu bekommen."

„Ich bin sicher, dass Frauen bereits mehr als einmal aus diesem Grund gemordet haben. Männer auch, nehme ich an."

„Absolut. Aber wie dem auch sei … Nach Grace' Begräbnis sagte ich ihrem Mann, dass ich nach Charlotte zurückkehren würde."

„Aber das haben Sie nicht getan."

„Nein."

„Und? Hatte er eine Affäre?"

„Ja. Und Grace' Tod hat ihn nicht im Mindesten gelähmt. Ganz im Gegenteil. Deshalb benutzte ich die Ressourcen des FBI, um ihn zu durchleuchten. Sein Privatleben, seine Geschäfte … Inzwischen weiß ich fast alles, was es über Grace' Ehemann – nennen wir ihn einfach Bill – zu wissen gibt. Ich weiß weitaus mehr, als meine Schwester über ihn wusste. Beispielsweise fand ich bei der Überprüfung seiner Geschäftsunterlagen heraus, dass er eine Verbindung zu einem Anwalt aus Jackson pflegt. Dessen Spezialität ist Familienrecht."

„Scheidungen?"

„Ganz genau. Obwohl er auch mit Immobilien zu tun hat. Trusts, Testamente und so weiter."

„Hat Bill diesen Anwalt aufgesucht, weil er sich von Ihrer Schwester scheiden lassen wollte?"

Nervös rutschte Agentin Morse auf ihrem Stuhl herum. „Ich kann es nicht beweisen. Noch nicht. Es gibt keinerlei Hinweis auf einen Kontakt zwischen Bill und diesem Anwalt bis etwa eine Woche *nach* dem Tod meiner Schwester. Erst dann kamen die beiden miteinander ins Geschäft."

Chris brannten gleich mehrere Fragen auf der Zunge, doch ihm wurde plötzlich bewusst, dass Patienten auf ihn warteten. „Diese Geschichte ist faszinierend, doch ich sehe nicht, was das alles mit mir zu tun hat."

„Werden Sie noch. Nachdem ich die Verbindung zwischen Bill und dem Anwalt gefunden hatte, weitete ich meine Ermittlungen aus. Ich entdeckte ein unglaubliches Netz von Geschäftsverbindungen, das mich stutzen ließ. Der Anwalt hat seine Finger seit etwa fünf Jahren in so gut wie jedem nur erdenklichen Geschäft. Hauptsächlich handelt es sich um Partnerschaften mit diversen äußerst wohlhabenden Personen in Mississippi."

„Ist es denn merkwürdig, wenn ein reicher Anwalt – ich nehme an, dass er reich ist – in eine Vielzahl unterschiedlicher Geschäfte investiert?"

„Für sich genommen keineswegs. Doch nachdem ich mir diese Geschäfte genau angesehen hatte, entdeckte ich, dass neun der Personen, mit denen der Anwalt geschäftlich verbunden ist, eine gemeinsame Eigenschaft besitzen: Jede ist ziemlich wohlhabend und hatte einen Ehepartner, der überraschend irgendwann in den letzten fünf Jahren verstorben ist."

„Sie denken also, dass dieser Scheidungsanwalt seinen Klienten hilft, ihre Ehepartner zu ermorden, anstatt diesen eine Abfindung zu zahlen?"

Die Agentin nickte. „Oder um das alleinige Sorgerecht für die Kinder zu erhalten."

„Aber warum erzählen Sie mir das?"

Zum ersten Mal blickte sie unbehaglich drein. „Weil ...", antwortete sie zögernd, „weil vor genau einer Woche Ihre Frau nach Jackson gefahren ist und zwei Stunden im Büro dieses Anwalts verbracht hat."

Chris' Unterkiefer sackte herab. Eine Woge der Taubheit lief durch seinen Körper, als hätte ihm jemand eine massive Dosis des örtlichen Betäubungsmittels Lidocain verpasst.

„Haben Sie Probleme in Ihrer Ehe, Doktor?"

„Nein! Wenn Thora zu diesem Anwalt gefahren ist, muss es einen anderen Grund als Scheidung geben. Wir haben *keinerlei* ehelichen Probleme."

„Und Sie halten es für ausgeschlossen, dass sie eine Affäre hat?"

Chris erhob sich unvermittelt, und sein Gesicht wurde rot. „Wollen Sie mir etwa sagen, dass dem so ist?"

„Beruhigen Sie sich, Dr. Shepard. Sie mögen es im Augenblick vielleicht nicht glauben, doch ich bin hier, um Ihnen zu helfen. Mir ist bewusst, dass wir über Persönliches sprechen, sehr Intimes sogar. Aber das ist nicht neu für Sie, das müssen Sie im Rahmen Ihrer Arbeit sehr häufig. Wenn Menschenleben auf dem Spiel stehen, geht die Privatsphäre über Bord."

Sie hatte vollkommen Recht. Chris wandte den Blick ab. „Was genau wollen Sie mir sagen, Agentin Morse? Raus mit der Sprache."

„Ihr Leben ist möglicherweise in Gefahr."

„Sie meinen, meine Frau will mich ermorden? Sie müssen den Verstand verloren haben! Ich werde Thora auf der Stelle anrufen und dieser Sache auf den Grund gehen!" Er griff nach dem Telefonhörer.

Alice Morse erhob sich. „Bitte tun Sie das nicht. Sie sind möglicherweise die einzige Person, die dabei helfen kann, den- oder diejenigen zu stoppen, die hinter diesen Morden stecken."

Chris nahm die Hand vom Hörer. „Wieso denn das?"

Sie holte tief Luft. „Wenn Sie wirklich zu einem Ziel geworden sind, haben Ihre Frau und dieser Scheidungsanwalt keine Ahnung, dass Sie von ihren Aktivitäten wissen. Und das bringt Sie in eine einzigartige Position: Sie können uns dabei helfen, ihnen eine Falle zu stellen."

„Sie wollen, dass ich Ihnen dabei helfe, meiner Frau eine Falle zu stellen? Damit sie wegen versuchten Mordes verurteilt wird?"

Sie drehte die Handflächen nach oben. „Wollen Sie lieber so tun, als wäre nichts von alldem passiert, und mit sechsunddreißig sterben?"

Für einen Moment schloss er die Augen, während er versuchte, sein

Temperament zu zügeln. „Sie sehen den Wald vor lauter Bäumen nicht. Ihre ganze Argumentation ist unlogisch."

„Inwiefern?"

„Diese Leute, von denen Sie annehmen, sie hätten ihre Partner ermordet ... Die sollen das getan haben, damit sie ihr Vermögen nicht teilen und keine astronomischen Unterhaltszahlungen leisten mussten, richtig?"

„In den meisten Fällen ja. Doch in mindestens einem Fall ging es um das Sorgerecht für die Kinder."

„Auch damit liegen Sie meilenweit daneben. Thora und ich haben keine Kinder."

„Ihre Frau hat ein Kind. Einen neunjährigen Sohn."

Er lächelte. „Sicher. Aber Thora hatte Ben schon, bevor sie ihren ersten Mann heiratete. Sie würde automatisch das Sorgerecht erhalten."

„Sie haben Ben adoptiert, Dr. Shepard. Was mich zu einem weiteren wichtigen Punkt bringt. Nämlich wie Ihre Frau an ihr Geld gekommen ist."

Chris setzte sich wieder und starrte Agentin Morse an. Wie viel wusste sie über Thora? Wahrscheinlich kannte sie nur das Gerede, das in der Gegend kursierte. Dass Thora Rayner als Krankenschwester im St Catherine's Hospital gearbeitet hatte, als der neunzehn Jahre ältere einheimische Ölbaron Red Simmons mit einem Herzinfarkt in die Notaufnahme eingeliefert worden war, dass sie und Red sich während seines Krankenhausaufenthalts nähergekommen waren und sechs Monate später geheiratet hatten. Als Reds behandelnder Arzt hatte Chris mitbekommen, dass Thora eine treue Ehefrau gewesen war, die tiefen Respekt verdient hatte. Als Red vor zweieinhalb Jahren gestorben war, hatte er ihr ein Vermögen von geschätzten sechseinhalb Millionen Dollar hinterlassen. Das war für Natchez eine gewaltige Menge Geld.

„Agentin Morse, Thora gewinnt oder verliert nichts, wenn wir uns scheiden lassen. Wir haben beide vor unserer Heirat einen Ehevertrag unterschrieben. Im Fall einer Scheidung behält jeder das, was er in die Ehe eingebracht hat. Ich habe selbst ein wenig Geld und eine Reihe glücklicher Investitionen getätigt."

Sie studierte Chris schweigend, dann fragte sie: „Und was geschieht, wenn Sie sterben? Was steht in Ihrem Testament? Wer erbt Ihr Geld?"

Er spürte, wie er rot anlief. „Meine Eltern erben einen hübschen Batzen. Den Rest bekommt Thora. Aber sie hat selbst mehrere Millionen! Welchen Sinn hätte es, mich umzubringen, um zwei Millionen dazuzubekommen?"

„Menschen morden tagtäglich für viel weniger Geld oder aus ganz anderen Gründen. Wie gut kennen Sie Ihre Frau? Ihre Psyche, meine ich?"

„Verdammt gut." Chris begann eine intensive Abneigung gegen die FBI-Beamtin zu entwickeln. „Sie denken, meine Frau hätte ihren ersten Ehemann ermordet, richtig?"

Sie zuckte die Schultern. „Das habe ich nicht gesagt."

„Das macht keinen Unterschied. Aber Red Simmons war seit vielen Jahren herzkrank."

„Ja, das stimmt. Aber es gab keine Autopsie", fuhr sie ungerührt fort.

„Dessen bin ich mir bewusst. Wollen Sie damit andeuten, dass jetzt eine vorgenommen werden sollte?"

Agentin Morse tat die Vorstellung mit einer Handbewegung ab. „Wir würden nichts feststellen. Wer immer hinter diesen Morden steckt, ist zu clever, um einen solchen Fehler zu begehen."

Chris blickte ihr tief in die Augen. Er sah Aufrichtigkeit darin und Leidenschaft. Doch irgendetwas schien nicht so recht zu stimmen an der Geschichte, die sie ihm erzählt hatte.

„Das erste Opfer, von dem Sie sprachen – falls es sich tatsächlich um Mordopfer handelt –, war Ihre Schwester, richtig? Bedeutet das nicht eine Art Konflikt? Sollte nicht jemand anders wegen des Todes Ihrer Schwester ermitteln und nicht Sie?"

„Offen gestanden ja. Doch es gibt niemanden sonst, dem ich zutrauen würde, dass er es richtig macht." Sie blickte auf ihre Uhr. „Wir haben jetzt keine Zeit, um diese Angelegenheit weiter zu vertiefen. Ich werde mich bald wieder mit Ihnen in Verbindung setzen. Aber ich möchte nicht, dass Sie von Ihrer alltäglichen Routine abweichen, sodass es Ihrer Frau oder sonst jemandem auffallen würde."

„Wem sonst sollte es auffallen?"

„Der Person, die Ihre Ermordung plant, beispielsweise."

Chris biss sich auf die Lippen. „Wollen Sie damit andeuten, dass jemand mich beobachtet?"

„Ja. Sie und ich dürfen uns nicht gemeinsam in der Öffentlichkeit blicken lassen."

„Warten Sie! Sie können mir doch nicht so etwas erzählen und dann mir nichts, dir nichts rausmarschieren! Gibt mir das FBI Personenschutz?"

„So ist das nicht. Niemand wird versuchen, Sie mit einem Gewehr zu erschießen. Wenn wir die Vergangenheit als Richtschnur nehmen, wird man Ihren Tod unverdächtig aussehen lassen. Sie sollten im Verkehr aufpassen. Niemand kann Sie schützen, wenn man es dort auf Sie abgesehen hat. Und Sie sollten in nächster Zeit zu Hause nichts mehr essen und trinken. Nichts, was Ihre Frau zubereitet oder gekauft hat."

„Sie machen Witze!“

„Mir ist bewusst, dass es schwierig sein könnte, doch wir arbeiten daran. Um die Wahrheit zu sagen, ich denke, wir haben ein großzügiges Zeitfenster. Ihre Frau hat sich eben erst mit dem Anwalt in Verbindung gesetzt. Diese Art von Mord erfordert akribische Planung.“

Chris bemerkte einen hysterischen Unterton in seinem Lachen. „Das ist ein gewaltiger Trost, ganz ehrlich.“

„Hat Ihre Frau Pläne, in nächster Zeit zu verreisen?“

Er schüttelte den Kopf.

„Das ist ein gutes Zeichen.“ Sie nahm ihre Handtasche auf. „Sie schreiben mir jetzt besser das Rezept für Levaquin aus.“

„Oh! Richtig.“ Er holte einen Block hervor und stellte eine Verordnung über das Antibiotikum aus. „Sie denken auch an alles, wie?“

„Niemand denkt an alles. Seien Sie froh darüber. Ebendeshalb schnappen wir die meisten Kriminellen früher oder später. Weil sie dumme Fehler machen. Selbst den Besten unterläuft gelegentlich ein Patzer.“ Sie nahm das Rezept entgegen. „Tut mir leid, dass ich Ihr Leben auf den Kopf stelle, Doktor, glauben Sie mir. Ich melde mich bald wieder bei Ihnen. Möglicherweise werden Ihre Telefone abgehört, und das schließt Ihr Handy mit ein. Versuchen Sie die Nerven zu behalten. Und ganz gleich was Sie sonst noch tun – fragen Sie Ihre Frau nicht, ob sie vorhat, Sie umzubringen.“

ANDREW RUSK hatte Angst. Er stand am Fenster seiner Anwaltskanzlei im 16. Stock und starrte auf die Skyline von Jackson hinaus. Dann hob er das Glas an die Lippen und nahm einen großen Schluck. Whiskey bei der Arbeit war eine Schwäche, die er sich in den vergangenen Wochen immer häufiger gestattet hatte, als Balsam gegen die Angst.

Er füllte das Glas nach, dann nahm er ein Foto von seinem Schreibtisch und betrachtete es. Das Bild zeigte eine dunkelhaarige Frau mit einem kantigen Gesicht und tiefliegenden grünen Augen, die selbst auf dem Foto lebendig aussahen. Diese Frau hatte, was den meisten Frauen fehlte: Selbstvertrauen, und zwar in rauen Mengen. Das war wohl auch der Grund, der sie zum FBI geführt hatte.

„Special Agent Alice Morse“, murmelte Rusk. „Neugieriges Miststück.“

Er kippte einen weiteren Schluck hinunter und ging zu seinem Schreibtisch, wo sein Flachbildschirm beharrlich leuchtete. Auf dem Monitor blinkte die Portalgrafik einer holländischen Webseite namens EX NIHILO. Rusk erinnerte sich an ein paar Brocken Latein aus seiner Zeit an der Highschool: *ex nihilo* bedeutete „aus dem Nichts“. Gegen eine nicht unbeträchtliche Gebühr garantierte die Seite absolute Anonymität im digitalen Reich des World Wide Web. Die Firma bot auch andere Dienstleistungen an, die Diskretion erforderten, und es war einer dieser Dienste, die Rusk an diesem Tag beanspruchte.

Sämtliche Partnerschaften zerbrechen letzten Endes, genau wie Ehen, rief er sich die zynischen Worte seines Vaters ins Gedächtnis. Rusk hasste die meisten Dinge an seinem Vater, der Seniorpartner in einer weit ehrwürdigeren Kanzlei war, doch eine Sache musste er ihm lassen: Der Bursche hatte Recht, was die meisten Dinge im Leben anging.

Rusk bewegte den Cursor zu einem Formularfeld und tippte 3,141592654 ein – die Zahl Pi bis zur neunten Stelle hinter dem Komma. Als Junge hatte er Pi bis zur vierzigsten Stelle auswendig gelernt, um seinen Vater zu beeindrucken. Doch unmittelbar nach seinem stolzen Vortrag hatte sein Alter ihm von einem indischen Jungen erzählt, der Pi bis zur sechshundertsten Stelle auswendig konnte. Eine typische väterliche Reaktion im Rusk'schen Heim. Nichts und niemand war je gut genug gewesen für den Senior.

Rusk wiederholte sein Passwort und klickte auf BESTÄTIGEN. Mit diesem Vorgang aktivierte er einen digitalen Mechanismus, der von nun an seine Lebensversicherung darstellen würde. Sein Partner tolerierte keinerlei Risiko – das hatte er von Anfang an deutlich gemacht. Was Sicherheit betraf, war der Mann so besessen, dass er sich nicht nur den Codenamen Glykon zugelegt hatte, den Rusk bei ihren Unterhaltungen benutzen musste, sondern er verlangte sogar, dass der Anwalt auch von ihm als Glykon dachte. Fünf Jahre lang hatten sie stetige und atemberaubende Profite eingefahren, ohne dass es ein Problem gegeben hätte. Doch sobald Glykon ein Risiko wahrnähme, würde er augenblicklich alles daransetzen, es zu eliminieren. Rusk gab sich da keinen Illusionen hin. Was bei diesem Geschäft nur eines bedeuten konnte: Tod.

Der Leim, der ihre Partnerschaft bisher zusammengehalten hatte, war eine Strategie aus den Zeiten des Kalten Krieges: das Gleichgewicht des Schreckens. Nur wenn jede Partei wusste, dass die andere imstande war, selbst nach einem Erstschlag noch vernichtend zurückzuschlagen, konnte ein stabiler, wenngleich spannungsgeladener Frieden herrschen. Doch nun hatte Rusk zum ersten Mal im Verlauf seiner Partnerschaft mit Glykon ein Gefühl echter Gefahr beschlichen. Es gab gleich zwei Bedrohungen, und beide waren nahezu gleichzeitig entstanden. In ihrem Schatten war Rusk nun zu dem Schluss gelangt, dass jede Partei von dem Damoklesschwert *wissen* musste, das über ihrem Kopf schwebte, damit die gegenseitige Abschreckung auch richtig funktionierte. Das bloße theoretische Verstehen der Strategie reichte nicht mehr aus.

Ex Nihilo lieferte dieses Damoklesschwert. Falls Rusk sich nicht jeden Tag auf der holländischen Webseite einloggte und seine Identität authentifizierte, würde Ex Nihilo den Inhalt einer großen digitalen Datei an das FBI und die Staatspolizei von Mississippi überstellen. Die Datei enthielt detaillierte Aufzeichnungen der partnerschaftlichen Aktivitäten – juristisches Dynamit. Natürlich gab es eine eingebaute Sicherheitsfrist. Ohne sie hätte ein zufälliges Ereignis wie ein Autounfall mit anschließendem kurzem Koma dazu geführt, dass Rusk wieder aufgewacht wäre, nur um wegen Mord verhaftet zu werden. Doch die Frist war nicht viel länger als eine Woche. Zehn Tage genau. Nach Ablauf dieser Frist würde Glykon verhaftet, vor Gericht gestellt und zum Tode verurteilt werden.

Es war die Aussicht, Glykon über diese Sicherheitsmaßnahme zu informieren, die Rusk solche Angst einjagte. Sobald er dieses „Schwert" aus der Scheide zog, würden er und Glykon zu Gegenspielern werden. Intellektueller Genius und skrupellose Effizienz hatten Glykon zum perfekten Partner gemacht, doch die gleichen Qualitäten würden ihn auch zum furchtbarsten Gegner machen, den man sich nur vorstellen konnte.

Rusk verabscheute sich für seine Angst. Die Wände seines Büros waren mit Fotos gepflastert, die seine Männlichkeit demonstrierten. Rusk besaß die besten Spielsachen, und er hatte hart daran gearbeitet, sie alle zu beherrschen. Extremskifahren. Monsterwellenreiten auf Hawaii. Im vergangenen Jahr hatte er in einem höllischen Sturm sogar den Mount Everest bestiegen. All das hatte er erreicht, ehe er vierzig geworden war, und doch fühlte er sich in Gegenwart Glykons wie ein grüner Junge. Es waren nicht nur die zwanzig Jahre Altersunterschied – nein, es war etwas anderes, was er nicht mit Namen zu benennen vermochte.

Rusk wusste, dass er mit der Übernahme des Fennell-Falls einen Fehler gemacht hatte. Die Schwester der Zielperson war FBI-Agentin, und ihr Vater war Detective bei der Mordkommission gewesen. Rusk hatte den Auftrag ablehnen wollen, doch als er ihn Glykon gegenüber trotzdem erwähnt hatte, hatte dieser die Verbindung zum FBI als Herausforderung betrachtet. Als Bill Fennell dann auch noch einen Bonus von *fünfzig* Prozent angeboten hatte, hatte Rusk nachgegeben. Mit dem Ergebnis, dass Agentin Alice Morse jetzt in seinem Leben herumschnüffelte. Er hatte geglaubt, dass sie nach einer Weile wieder aufgeben würde, doch sie war hartnäckig.

Rusk war sicher, dass sie in sein Büro eingebrochen war. Doch er hatte es nicht gemeldet – weder der Polizei noch Glykon. Was hatte sie hier gefunden? Die betreffenden Daten auf Rusks Festplatte waren zwar verschlüsselt, doch er hatte so ein Gefühl, als würde Agentin Morse sich sehr gut mit Computern auskennen. Und mit Geschäftsaufzeichnungen gleichermaßen. Seine diskreten Nachforschungen hatten ergeben, dass sie einen Abschluss in Jura besaß und ein Jahr in Florida für eine gemeinsame Sondereinheit des FBI und der Drogenfahndung gearbeitet hatte. Darüber hinaus war sie eine Zeit lang als Geiselunterhändlerin für das FBI tätig gewesen, hatte sich letztlich jedoch als ungeeignet für diese Aufgabe erwiesen. Der Tod ihres Vaters und die Krebserkrankung ihrer Mutter hatten allem Anschein nach dazu geführt, dass sie ihre Urteilskraft verloren hatte, und deswegen war jemand umgekommen. Beinahe wäre sie selbst gestorben, und ihr vernarbtes Gesicht trug die unübersehbaren Beweise für ihre Begegnung mit dem Tod. Doch es ging darum, dass sie ihre professionelle Zurückhaltung aufgegeben und ihren Emotionen freien Lauf gelassen hatte. Sie hatte rein instinktiv reagiert, ohne Rücksicht auf die Konsequenzen, und dieser bestürzende Zwischenfall durfte nicht ignoriert werden.

Glykon musste von Alice Morse erfahren.

Aber sie war nicht ihr einziges Problem. „Ein Klient!“, murmelte Rusk, während er einen weiteren Schluck aus seinem Glas nahm. „Ein verdammter Klient, der verrücktspielt!“

Er ging zu einer Anrichte und nahm eine Schachtel mit Alufolie aus einer Schublade. Er öffnete die Schachtel und riss zwei quadratische Stücke ab, die er vor dem nach Nordosten zeigenden Fenster seines Büros auf einen Tisch legte. In der untersten Schublade des Schreibtisches lag Klebeband. Er schnitt mehrere kurze Stücke ab und befestigte damit die Alufolie mit der glänzenden Seite nach außen in dem nach Osten weisenden Fenster. Im Sonnenlicht wären die Quadrate von der auf ihrem Weg durch die Stadt größtenteils als Hochstraße gebauten Interstate 55 aus deutlich zu erkennen.

Die Alufolie war auch eine von Glykons Ideen. Die beiden reflektierenden Quadrate würden ein Treffen einleiten, das Rusk fürchtete wie nichts zuvor in seinem Leben. Seine Hand zitterte, als er den restlichen Whiskey hinunterkippte. Er fühlte sich, als hätte er den Teufel herbeizitiert.

Chris Shepard schwang den Baseballschläger in einem schnellen Bogen und schlug einen niedrigen Ball auf seinen einen Meter zwanzig großen Fänger. Der schnappte sich den Ball und warf ihn seinem ersten Baseman zu, Chris' Adoptivsohn Ben. Der Wurf ging zu weit, doch Ben streckte sich und fischte den Ball geschickt aus der Luft.

„Toll gefangen!“, rief Chris, und Bens Augen leuchteten vor Stolz. Doch er blieb so cool, wie ein Neunjähriger es nur vermochte.

Chris warf einen kurzen Blick nach rechts. Vor zwei Minuten war Thoras silberner Mercedes auf die Wiese hinter dem freien Stück Land gerollt, auf dem sie trainierten. Sie war nicht ausgestiegen, sondern im Wagen sitzen geblieben, und beobachtete das Training durch die getönte Scheibe. Chris wurde bewusst, wie selten Thora in letzter Zeit zum Training gekommen war, obwohl sie im letzten Jahr noch einer der größten Fans des Teams gewesen war. Heute hatte die Neugier sie hergeführt, wie Chris wusste. Anstatt seine abendliche Visite im Krankenhaus wie üblicherweise während der Spielsaison früher zu machen, hatte er Ben von zu Hause abgeholt, gleich nachdem er seine Praxis geschlossen hatte. Thora war laufen gewesen; deshalb hatten sie sich verpasst und noch nicht miteinander gesprochen, seitdem er von Alice Morse besucht worden war.

Chris winkte zum Mercedes hinüber, bevor er sich wieder dem Training zuwandte. Er hatte vermieden, mit Thora zu reden, weil er Zeit brauchte, um zu verarbeiten, was Agentin Morse ihm gesagt hatte. Er wünschte, er hätte ihr mehr Fragen gestellt. Bezüglich der angeblichen Morde beispielsweise. Er bezweifelte, dass sie forensische Beweise hatte, die ihre außergewöhnliche Theorie untermauerten, sonst würde sie nicht seine Hilfe benötigen, um dem Killer eine Falle zu stellen. Und doch … wenn er ehrlich zu sich selbst war, konnte er nicht abstreiten, in den letzten Stunden über einige Dinge in seiner Ehe nachgegrübelt zu haben, die ihm insgeheim seit einer Weile zu schaffen machten.

An erster Stelle war der Kinderwunsch. Während ihrer Verlobungszeit waren er und Thora übereingekommen, dass sie eigene Kinder haben wollten, sobald sie verheiratet waren. Nach der Hochzeit jedoch hatte Thora ihm plötzlich gestanden, dass sie nicht sicher sei, ob sie so schnell zu Werke gehen sollten. Chris hatte versucht, seine Enttäuschung zu verbergen, offensichtlich ohne Erfolg, denn Thora hatte schließlich aufgehört, die Pille zu nehmen. Doch bisher war sie nicht schwanger geworden.

„Die Morse ist verrückt“, murmelte er vor sich hin und schlug den nächsten Ball. Seine Ehe mochte nicht perfekt sein, doch die Vorstellung, dass seine Frau die Absicht haben könnte, ihn zu ermorden, war vollkommen lächerlich. Doch was sollte er jetzt machen? Beim FBI-Büro in Jackson anrufen und Alice Morse' Besuch melden? Seinen Anwalt informieren? Oder sich diskret bemühen, weitere Informationen einzuholen? Bevor er nicht mehr wusste, würde er Thora auf gar keinen Fall merken lassen, dass etwas nicht stimmte.

Sie stand jetzt in der offenen Tür des Mercedes, und ihr blondes Haar glänzte in der Nachmittagssonne. Sie winkte ihm kurz zu, und ihr Mund lächelte unter der dunklen Sonnenbrille. Sie trug Laufkleidung, wodurch ihr schlanker, durchtrainierter Körper ziemlich zur Schau gestellt wurde.

Als sie noch mit Red Simmons verheiratet gewesen war, hatte Thora sich stets konservativ gekleidet. Nach einer angemessenen Trauerphase jedoch – ungefähr zu der Zeit, als sie angefangen hatte, sich mit Chris zu treffen – hatte sie plötzlich ihren Stil gewechselt. Zu Beginn hatte Chris dies gutgeheißen. Das neue Outfit hatte mehr von ihrer Schönheit preisgegeben und eine Verbindung zum Leben signalisiert, die sie dringend gebraucht hatte.

Doch seit Neuestem trug Thora transparente Tops und Push-up-BHs. In der Hoffnung, dass sie merkte, worauf er hinauswollte, hatte Chris deswegen Witze gemacht, doch Thora trug das Zeug weiterhin. Und bis zum heutigen Tag war ihm das ja auch als nicht sonderlich tragisch erschienen.

„Coach Grant!", rief er seinem Assistenten zu, einem weiteren Vater. „Ich schlage vor, wir machen Schluss für heute."

Die Jungen jubelten, und die Eltern, die neben dem Feld saßen und das Training beobachtet hatten, packten die Ausrüstungstaschen der Kinder zusammen. Ben hielt sich neben Chris, als sie zum Mercedes gingen.

„Du hast keinen Ball verfehlt, seit ich hier bin!", rief Thora und neigte sich nach vorn, um ihren verschwitzten Sohn zu umarmen.

Ben zuckte die Schultern. „Ich spiele Baseman. Man kann nicht Baseman spielen, wenn man nicht fangen kann."

Sie drückte ihn flüchtig, dann richtete sie sich auf und schenkte Chris ihr 1000-Watt-Strahlen. „Du hast Ben heute ziemlich früh abgeholt."

„Ich habe beschlossen, die Visiten erst nach dem Training zu machen. Deshalb muss ich jetzt auch los ins Krankenhaus."

Chris klatschte Ben ab, drückte Thora kurz an seine Seite und stieg in seinen Wagen. „Ich komme nicht allzu spät", versprach er durch das offene Seitenfenster.

Wie als Antwort nahm Thora die Sonnenbrille ab. Ihre ozeanblauen Augen durchdrangen seine gespielte Nonchalance mühelos. Ihr Blick enthielt eine unausgesprochene Frage, doch Chris unterbrach den Augenkontakt, hob die Hand zu einem Winken und fuhr in Richtung Stadt davon.

ALICE MORSE lenkte ihren gemieteten Corolla auf den Parkplatz des „Days Inn" in Natchez, hielt vor Apartment Nummer 125 und stellte den Motor ab. Sobald sie in ihrem Zimmer war, zog sie ihr Schulterhalfter aus und massierte die Stelle, wo es gegen die Rippen gedrückt hatte.

Sie hatte das Zimmer vor fünf Tagen bezogen und alles unternommen, um es ein wenig heimelig zu machen. Ihr Notebook stand summend auf dem Schreibtisch, und der Bildschirmschoner zeigte eine endlose Abfolge von Fotos, die sie auf der Feier von Grace' dreißigstem Geburtstag geschossen hatte.

Neben dem Computer stand ein Foto von Jamie – einem schlaksigen Zehnjährigen mit kastanienbraunem Haar, sommersprossigem, unfertigem Gesicht und tiefliegenden Augen, die eine herzerweichende Unsicherheit ausstrahlten.

Während Alice das Bild betrachtete, erinnerte sie sich daran, wie außer sich Jamie am Morgen nach dem Tod seiner Mutter gewesen war, nachdem Alice ihm gesagt hatte, dass sie ihn zurück zu seinem Vater bringen müsse. Es war ein Akt der Verzweiflung gewesen, mit Jamie davonzulaufen, nachdem Grace gestorben war – und in den Augen des Gesetzes Kindesentführung. Hätte Alice den Jungen behalten, hätte Bill nicht gezögert, sie verhaften zu lassen. Seit jenem Tag hatte sie es viele Male bereut, Jamie zurückgebracht zu haben, doch sie hatte keine andere Wahl gehabt. Falls ihre Bemühungen, Bills Komplizenschaft an Grace' Ermordung nachzuweisen, fehlschlagen sollten – was ohne die Hilfe Dr. Shepards sehr wahrscheinlich war –, war sie allerdings bereit, drastische Maßnahmen zu ergreifen.

Auf einer Anrichte neben dem Schreibtisch lagen mehrere saubere Stapel Papier, die alle mit der Krankengeschichte ihrer Mutter Margaret zu tun hatten, darunter die Korrespondenz zwischen Grace und verschiedenen Krebsspezialisten. Grace hatte sich mit der Erkrankung ihrer Mutter auseinandergesetzt wie mit allen anderen Krisen in ihrem Leben: Sie hatte der Krankheit den Krieg erklärt. Doch jetzt war die Kriegsführung an Alice übergegangen, und nach Grace' Standards leistete sie jämmerliche Arbeit. Sie war nicht am Krankenbett ihrer Mutter, sondern hatte sich hundert Kilometer südlich von Jackson in Natchez einquartiert, verbrannte ihre Ersparnisse und riskierte bei einem wahrscheinlich vergeblichen Versuch, den Mörder ihrer Schwester zu überführen, ihre Karriere. Auf der anderen Seite hatte Grace ihr den Auftrag gegeben, Jamie vor seinem Vater zu „retten". Und es gab nur einen möglichen Weg, den Jungen aus Bills Klauen zu befreien: Sie musste nachweisen, dass ihr Schwager Grace' Mörder war.

Alice ging zu einem zweiten Tisch, auf dem sie ihre Fallmaterialien ausgebreitet hatte – hastig hingekritzelte Notizen, Überwachungsaufzeichnungen, digitale Schnappschüsse, Minidisketten. Doch wie ihr Vater ihr zahllose Male eingeschärft hatte, gab es keine Alternative zur Ermittlungsarbeit auf der Straße. Sämtliche Computer auf der Welt konnten keinen Killer festnageln, wenn man niemals das Büro verließ.

Alice hatte ein gerahmtes Foto ihres Vaters auf dem Tisch stehen, das ihn als frischgebackenen Streifenpolizisten zeigte. Mit 21 war Jim Morse nach zwei Dienstzeiten in Vietnam gleich von der Army zur Polizei gegangen. Er war ein guter Streifenpolizist gewesen und schneller als jeder andere aus seiner Klasse zum Sergeant befördert worden. Mit 27 hatte er die Prüfung zum

Detective bestanden und sich bald einen Namen für brillante Arbeit als Ermittler und unumwundene Offenheit gemacht, ganz gleich mit wem er es zu tun hatte. Seine erste Eigenschaft hätte eine schnelle Beförderung bewirkt, wäre seine zweite nicht im gleichen Maße ausgeprägt gewesen. So hatte er während des größten Teils seiner Laufbahn zugesehen, wie Männer mit sehr viel weniger Talent und Erfolg ihn auf der Karriereleiter überholt hatten.

Nach seiner Pensionierung hatte er zusammen mit einem ehemaligen Partner, einem erfahrenen alten Südstaatler namens Will Kilmer, eine Detektei eröffnet. Die Freiheit, die eine private Agentur mit sich brachte, war beiden Männern mehr als recht gewesen, doch sie hatten alle Hände voll zu tun gehabt. Alice war sicher, dass diese abwechslungsreichen Fälle, die sie in ihrer Jugend miterlebt hatte, sie dazu gebracht hatten, sich nach dem Jurastudium an der FBI-Akademie anzumelden. Ihr Vater hatte ihre Berufswahl begrüßt, doch ihre Mutter hatte mit stillschweigendem Tadel reagiert.

Trauer und Schuldgefühle erfassten Alice. Um sich abzulenken, blickte sie auf Dutzende von Schnappschüssen von Chris und Thora Shepard, die vor ihr auf dem Tisch lagen. Alice war den beiden lange genug gefolgt, um ein Bild von einem typischen Paar der gehobenen Mittelschicht zu gewinnen. Chris verbrachte den größten Teil seiner Zeit mit Arbeit, während Thora ihre Stunden abwechselnd zwischen energischem Lauftraining und persönlichem Verwöhnen aufteilte. Alice spürte eine unbestimmte Abneigung, als sie die Bilder von Thora betrachtete: sie sah nach einem Zehnkilometerlauf besser aus als die meisten Frauen, die sich zwei Stunden lang für eine Party aufgeputzt hatten. Chris dagegen war mehr ein bodenständiger, dunkelhaariger Henry-Fonda-Typ als ein Schönling. Ein wenig muskulöser als die Hollywoodlegende vielleicht, doch mit der gleichen Gemessenheit und Würde.

Unter den Bildern befanden sich auch ein paar, die Chris und Ben zeigten. Alice hatte alle auf dem freien Stück Land geschossen, wo der Arzt die Baseballmannschaft trainierte, zu der auch sein Adoptivsohn gehörte. Ben war nur ein Jahr jünger als Jamie, und seine Augen zeigten ein wenig von der gleichen Unsicherheit. Vielleicht spüren Kinder, wenn in ihren Familien etwas nicht stimmt, dachte Alice.

Ihre Gedanken kehrten wieder zu Chris Shepard zurück. Das Treffen war weitaus besser verlaufen, als sie erwartet hatte – es sei denn, er hatte bereits im FBI-Büro Jackson angerufen und sich dort über sie beschwert. Dann würde sie schon bald einen Anruf aus Washington erhalten, damit sie sich einer Befragung durch die Dienstaufsicht unterzöge. Und selbst eine oberflächliche Untersuchung würde genügend Anhaltspunkte liefern, um ihrer einst so steilen Karriere ein abruptes und endgültiges Ende zu setzen.

Doch Alice hatte ein gutes Gefühl, was Shepard betraf. Er war ein aufmerksamer Zuhörer und besaß eine rasche Auffassungsgabe, das gefiel ihr. Ihre Nachforschungen hatten ergeben, dass er im ersten Studienjahr an der medizinischen Fakultät seine College-Freundin geheiratet hatte, doch zwei Jahre nach seinem Abschluss war es zu einer raschen Scheidung gekommen. Es gab keine Kinder, keinen Hickhack, keinen Ärger, nichts außer „unüberbrückbaren Differenzen", wie es in den Gerichtsunterlagen hieß. Doch es musste mehr dahintergesteckt haben. Wie sonst hätte ein alleinstehender Arzt, der alles andere als hässlich aussah, nach seiner Scheidung beinahe fünf Jahre lang einer neuen Ehe entgehen können?

Die erste Frau hat eine Nummer mit ihm abgezogen, überlegte Alice. Er war eine Zeit lang beschädigte Ware. Das ist auch der Grund, warum er sich an Thora herangemacht hat. Auch sie ist beschädigte Ware …

Widerstrebend richtete Alice ihre Gedanken auf profanere Angelegenheiten, beispielsweise ihre Finanzen. Es kostet eine Menge Geld, Ermittlungen in einem Mordfall anzustellen, selbst wenn man den größten Teil der Laufarbeit selbst erledigte. Den Hauptteil der Arbeit machte die alte Agentur ihres Vaters, doch obwohl Will Kilmer ihr alle nur möglichen Nachlässe gewährte, fraßen die Honorare für Observation, mit der sie zwei kleinere Detekteien beauftragt hatte, sie bei lebendigem Leibe auf. Dazu kamen die Flugkosten zwischen Jackson und Charlotte, die private Pflege für ihre Mutter … es war ein Fass ohne Boden.

Die Miete war momentan das dringlichste Problem. Die letzten drei Jahre hatte sie in Washington gelebt. Nach ihrer Versetzung hatte sie ihre Mietwohnung dort behalten. Sie hoffte, dass ihre Vorgesetzten darin ein Symbol ihrer Überzeugung erblickten, eines Tages aus ihrer Verbannung erlöst zu werden. Doch jetzt hatte sie zusätzlich zu Washington einen Sechsmonatsvertrag für ein Apartment in Charlotte, in dem sie weniger als ein Dutzend Mal geschlafen hatte, das sie jedoch behalten musste, um den Anschein zu wahren, dass sie eifrig ihre vom FBI aufgebrummte Strafarbeit erledigte. Aber sie konnte es sich einfach nicht leisten, so weiterzumachen.

„Mist!", murmelte sie und ging zu ihrem Computer.

Sie loggte sich beim Internetdienst MSN ein und überprüfte, ob Jamie online war, doch das Symbol war rot, nicht grün. Das beunruhigte sie zunächst nicht weiter. Ihr heimliches abendliches Webcam-Ritual fand üblicherweise später statt, nachdem Bill zu Bett gegangen war. Jamie mochte erst zehn sein, doch er war sehr talentiert, was Computer anging. Und weil Taschengeld eines der wenigen Dinge war, in denen Bill sich großzügig zeigte – um sein schlechtes Gewissen zu beruhigen –, hatte Jamie sich eine Webcam kaufen können, die es ihm erlaubte, eine Videoverbindung zu seiner Tante herzustellen, sobald beide bei MSN eingeloggt waren. Da Grace sie beauftragt hatte, Jamie zu schützen, hielt Alice es für gerechtfertigt, den Kontakt zu dem Jungen auf jede nur erdenkliche Weise aufrechtzuerhalten.

Sie blieb eingewählt, als sie aufstand, ihr Mobiltelefon aus der Handtasche holte und die Nummer ihrer Mutter wählte. Eine Pflegerin meldete sich.

„Ich bin es, Alice. Ist sie wach?“

„Nein, sie schläft. Sie ist wieder an der Morphiumpumpe.“

O Gott! „Wie geht es ihr, abgesehen von den Schmerzen?“

„Keine Veränderung, leider. Nicht physisch. Emotional allerdings … sie scheint sehr bedrückt.“

Natürlich ist sie bedrückt. Sie stirbt und ist ganz allein. „Sagen Sie ihr, dass ich später wieder anrufe. Und rufen Sie mich bitte sofort an, wenn es eine Veränderung gibt.“

„Ich sorge dafür, dass Sie informiert werden.“

„Ich danke Ihnen. Auf Wiederhören.“

Alice schob ihre Glock-Pistole hinten in den Hosenbund und schlug den Hemdsaum darüber. Dann ging sie nach draußen an die frische Luft und atmete sie in tiefen Zügen ein. Es roch nach einem Potpourri aus üppigem Grün: Laubbäume, Nadelhölzer und Kudzu, durchsetzt mit Azaleen, Oliven und Geißblatt. Und es roch nach Wasser. Irgendwo ganz in der Nähe wand sich ein Bach durch die Stadt in Richtung des mächtigen Mississippi, der keine zwei Kilometer entfernt im Westen floss.

Alice war erst dreimal in Natchez gewesen, doch sie wusste, dass sich die Stadt von allen anderen in den Vereinigten Staaten unterschied. Sie war die älteste Stadt am Mississippi und von großem Wohlstand gewesen. Unter der wechselnden Herrschaft Englands, Frankreichs und Spaniens hatte sie die jeweiligen Stile, die Etikette und die Architektur der damaligen europäischen Großmächte absorbiert. Im amerikanischen Bürgerkrieg hatten die schwerreichen Baumwollbarone ihre prächtige Stadt ohne einen einzigen Schuss an die anrückenden Streitkräfte der Nordstaaten übergeben, weshalb sie den Krieg ziemlich intakt überstanden hatte. Natchez war eine Welt für sich geblieben, anscheinend immun gegen die Geschichte und außerhalb der Zeit.

Alice fragte sich, was einen Mann wie Chris Shepard nach seinem abgeschlossenen Medizinstudium in diese Ecke zurückverschlagen hatte. Sie dachte über ihn nach. Nach fünf Wochen hektischer Nachforschungen lag ihr Schicksal – und das Jamies – in den Händen des Arztes. Sie würde ihm ein wenig Zeit lassen, über das heutige Treffen nachzudenken. Es tat ihr leid, dass sie sein Leben auf den Kopf stellen musste, aber nachdem sie Thora fünf Tage gefolgt war, war sie sicher, dass Shepards Frau ein geheimes zweites Leben führte. Auf irgendeiner Ebene musste ihr Mann das wissen. Doch würde er es sich bewusst eingestehen?

Sie kehrte ins Motelzimmer zurück und setzte sich an ihren Computer. Jamie war immer noch nicht online. Mit einem Mal zog ihre Brust sich zusammen. „Komm schon", murmelte sie und rieb sich die Augen. „Sprich mit Tante Alice."

Doch Jamies Symbol blieb rot.

Chris ging auf dem dunklen Pfad von seinem Haus zu der Scheune dahinter, doch er empfand keine Freude an seiner Umgebung, die sonst stets ein Quell des Stolzes war. Als er nach Natchez gezogen war, hatte er einen beträchtlichen Teil seiner Ersparnisse ausgegeben, um ein großes Haus auf dem Gelände der früheren Elgin-Plantage zu erwerben, einem Anwesen im Süden der Stadt. Trotz der isolierten Lage war das Haus nur fünf Minuten von Bens Schule und weniger als zehn Minuten von beiden Krankenhäusern in Natchez entfernt. Chris sah nicht, wie man das noch hätte verbessern können, doch Thora wollte schon seit Langem nach Avalon ziehen, einem schicken neuen Vorort, der noch weiter im Süden entstand. Chris hatte schließlich nachgegeben und einräumen müssen, dass Ben in der neuen Nachbarschaft wohl mehr Freunde haben würde. Jetzt war das Haus in Avalon zu zwei Dritteln fertig. Thora überwachte persönlich die Arbeiten, doch Chris ließ sich nur selten auf der Baustelle blicken.

Vor ihm tauchte ein großes Gebäude in der Dunkelheit auf, dessen rustikales Äußeres seinen wahren Zweck perfekt verschleierte. Chris hatte die Scheune selbst umgebaut und sich hier ein Videoproduktionsstudio eingerichtet, um seiner Leidenschaft nachzugehen – seinem „Kamera-Hobby", wie Thora es bloß nannte. Er sperrte die Tür auf und betrat den Produktionsraum aus hellem Ahorn und Glas. Allein das Betreten des Raumes ließ seine Stimmung steigen, denn hier konnte Chris die tausend Anforderungen des Alltags endlich hinter sich lassen.

In der Collegezeit hatte er mit dem Filmemachen angefangen und an mehreren Dokumentationen gearbeitet, von denen zwei mit Preisen ausgezeichnet worden waren. Und während seines Medizinstudiums hatte er einen weiteren Dokumentarstreifen gedreht. Doch leider hatte er feststellen müssen, dass er kaum noch Zeit fand zu filmen, seit er als Arzt praktizierte. Letztes Jahr jedoch hatte er sich mit Dr. Tom Cage, einem alteingesessenen Arzt für Allgemeinmedizin, in einer Gemeinschaftspraxis zusammengetan und nebenher mit der Arbeit an einer Dokumentation über den Niedergang der traditionellen Primärversorgungsmedizin begonnen.

Tom Cage war einer jener Ärzte, die eine Stunde damit verbrachten, einem Patienten zuzuhören – falls dieser ein verständnisvolles Ohr benötigte. Tom war 73 Jahre alt, doch er arbeitete noch immer achtzig Stunden in der Woche. Er befragte seine Patienten eingehend – nicht nur über ihre spezifischen Symptome, sondern auch über andere Lebensbereiche, die Hinweise auf den allgemeinen Gesundheitszustand zu geben vermochten. Er berechnete sein Honorar so, dass er seine Patienten nicht arm machte (und war daher selbst nicht reich), und blieb in seiner Praxis, bis der letzte Patient bei ihm gewesen war.

Für Chris war Cage' Einstellung ein gründlicher Schock gewesen. Ärzte seiner eigenen Generation praktizierten eine defensive Medizin und ließen jeden Labortest durchführen, der auch nur entfernt relevant für die Symptome eines Patienten war. Zugleich verbrachten sie so wenig Zeit wie nur möglich mit den Patienten, alles im Namen der Einkommensmaximierung. Diese Art der Berufsausübung war Cage ein Gräuel. In seinen Augen war der Arzt ein Diener am Patienten. Und das, fand Chris, war wert, für die Nachwelt dokumentiert zu werden, denn er teilte diese Ansichten.

Er setzte sich vor seinen Computer und machte sich daran, sich einige Einstellungen anzuschauen, die er vergangene Woche gefilmt hatte. Dabei überkam ihn eine Woge von Emotionen. Bis zu diesem Morgen war er im Großen und Ganzen zufrieden mit seinem Leben gewesen. Doch jetzt hatte sich mit einem Schlag alles verändert. Alice Morse hatte eine Schlange des Zweifels in seinem persönlichen Garten Eden ausgesetzt.

„Verdammt!", fluchte er. „Verdammte Frau!"

„Hab ich was verkehrt gemacht?", erkundigte sich eine besorgte Stimme.

Chris blickte über die Schulter und sah Thora hinter sich stehen. Sie trug ein durchsichtiges blaues Negligé und weiße Slipper, an denen nasses Gras klebte. Chris war so vertieft in seine Gedanken gewesen, dass er gar nicht gehört hatte, wie sie das Studio betreten hatte.

„Du bist erst spät vom Krankenhaus nach Hause gekommen", fuhr sie zaghaft fort. „Hast du viele Patienten dort?"

„Ja. Hauptsächlich Routine, doch es gibt einen Fall, der für jeden ein Rätsel ist. Don Allen hat Tom deswegen um Rat gebeten, und Tom hat mich um meine Meinung gefragt. Wenn nicht irgendjemand dahinterkommt, was diesem Patienten fehlt, könnte er sterben."

„Ich setze mein Geld auf dich", erwiderte Thora lächelnd. „Du findest immer alles heraus." Sie kam näher, beugte sich vor und küsste ihn. „Weißt du, was ich überlegt habe?"

„Was?“

„Wir haben eine Weile nicht mehr versucht, dass ich schwanger werde.“

Keine Bemerkung hätte ihn mehr überraschen können.

Sie nahm ihn bei der Hand und führte ihn zum Ledersofa. Dort ließ sie ihr Negligé fallen, legte sich auf den Rücken und zog ihn zu sich herunter. Chris war überwältigt von ihrem Drängen, das er seit Längerem nicht mehr erfahren hatte. Doch heute Abend war Thora die Frau, in die er sich vor zwei Jahren verliebt hatte. Während sie ihm ins Ohr flüsterte, kam ihm die Unterhaltung mit Agentin Morse wieder in den Sinn. Sie besaß jetzt eine surreale Qualität. Hatte sich tatsächlich jemand unter dem Vorwand, Patientin zu sein, Zugang zu seinem Sprechzimmer verschafft und seine Frau beschuldigt, einen Mord zu planen? Es war verrückt …

Er ließ sich fallen, und ein strahlendes weißes Licht brannte jegliche Ungewissheit weg.

Als er langsam in die Gegenwart zurückkehrte, küsste Thora ihn auf die Lippen. „Du kannst ruhig aufstehen, wenn du möchtest. Ich bleibe noch ein paar Minuten liegen, damit alles seinen natürlichen Lauf nimmt.“

Er lachte. „Ich liege gut hier.“

Eine Weile ruhten sie schweigend nebeneinander. Dann fragte Thora unvermittelt: „Alles in Ordnung, Chris? Du scheinst heute abwesend zu sein. Ist an der Arbeit etwas passiert?“

Meine Güte, und ob etwas passiert ist! Er zwang sich zu einem Lächeln. „Nur das Übliche.“

Thora schob sich eine Haarsträhne aus den Augen. „Ich wollte dich noch was fragen. Laura Canning fährt diese Woche ins ‚Alluvian‘. Du weißt schon, dieses Hotel in Greenwood. Es gibt dort ein fantastisches Wellnesscenter. Sie hat mich gefragt, ob ich mitfahren möchte. Wenn du nicht willst, dass ich fahre, bleibe ich hier. Aber es ist Bens letzte Schulwoche vor den Ferien, und er fragt sowieso immer dich um Hilfe bei den Hausaufgaben. Ich habe nicht die Geduld dazu.“

Chris war kein großer Fan von Wellnesscentern. Abgesehen davon bekam er alle Bewegung der Welt bei der Pflege des riesigen Grundstücks, auf dem sein Haus stand. „Wann willst du fahren?“

„In ein paar Tagen wahrscheinlich. Wir würden nur drei Nächte wegbleiben. Schlammpackungen, Champagner und dann wieder nach Hause.“

Chris zwang sich zu einem weiteren Lächeln, doch diesmal kostete es mehr Anstrengung. In seinem Hinterkopf flüsterte die Stimme von Alice Morse: *Plant Ihre Frau vielleicht, in nächster Zeit für ein paar Tage die Stadt zu verlassen?*

„Chris? Sag die Wahrheit. Möchtest du, dass ich zu Hause bleibe?“

Er rief sich ihr Gesicht ins Gedächtnis, als sie einander geliebt hatten, die unverfälschte Lust in ihren blaugrauen Augen. Was verunsicherte ihn? „Fahr nur und spann ein wenig aus. Ben und ich kommen schon zurecht.“

Thora schenkte ihm ein elfenhaftes Lächeln, dann sprang sie auf und verschwand durch die Studiotür. Einen Moment später war sie wieder da und hielt die rechte Hand hinter dem Rücken.

„Was machst du da?“ Er spürte eine eigenartige Nervosität in sich aufsteigen.

„Ich habe eine Überraschung für dich.“

Sie brachte die Hand zum Vorschein und hielt ihm eine Kartonrolle hin, ähnlich denen, in welchen sie die Pläne für das neue Haus herumtrug. Die Aussicht, jetzt über Avalon reden zu müssen, behagte Chris gar nicht.

„Ich habe dein Stirnrunzeln bemerkt.“ Thora platzierte ihr perfektes Hinterteil auf seine Knie. „Warte einfach nur ab, du wirst sehen.“

Sie zog ein Blatt aus der Rolle und breitete es auf ihren nackten Oberschenkeln aus. Es schien ein Bauplan für ein weiteres Gebäude hinter dem 650 Quadratmeter großen Haus zu sein, das sich der Fertigstellung näherte.

„Was ist das?“ Innerlich stöhnte er. „Ein privates Fitnesscenter?“

Thora lachte. „Nein. Das ist mein Einweihungsgeschenk an dich.“ Sie küsste ihn auf die Wange. „Ein ultramodernes Videoproduktionsstudio.“

Er errötete. „Das ist nicht dein Ernst!“

Ihr Lächeln wurde noch breiter. „O doch! Das Fundament ist bereits gegossen, und die Hightech-Verkabelung liegt ebenfalls. *Sehr* kostspielig.“

Nach dem, was Chris an diesem Tag bereits ertragen hatte, war das fast zu viel zu verdauen. Unvermittelt warf Thora den Plan und die Rolle beiseite und drückte ihn fest an sich. „Ich lasse dich nicht jedes Mal hierher entschlüpfen, wenn du einen deiner Filme bearbeiten möchtest. Du bleibst bei mir, hast du verstanden?“

Er verstand überhaupt nichts. Er fühlte sich, als hätte er eine halluzinogene Droge geschluckt. Andererseits, hätte Alice Morse nicht an diesem Morgen seine Praxis aufgesucht, wäre ihm das alles völlig unverdächtig und lediglich als wunderbare Überraschung erschienen.

„Endlich habe ich dich überraschen können“, sagte Thora mit andächtiger Stimme und sah ihm in die Augen. „Bist du fit für eine zweite Runde?“

Er nickte wie betäubt, fühlte sich wie ein Astronaut, dessen Sicherheitsleine sich vom Raumschiff gelöst hatte und der langsam und unaufhaltsam von allem wegtrieb, was ihm vertraut war.

ALICE' HERZ machte einen Satz, als sie sah, wie das kleine rote Symbol auf ihrem Computerbildschirm grün wurde und damit anzeigte, dass Jamie sich endlich eingeloggt hatte. Eine Stunde hatte sie darauf gewartet und sich die Zeit mit Solitär vertrieben.

Das Webcam-Fenster öffnete sich, und sie erblickte Jamie an seinem Schreibtisch im Kinderzimmer. Es war beinahe so, als wäre sie im gleichen Raum mit ihm.

„Hallo Tante Alice. Tut mir leid, dass ich mich verspätet habe."

Zum ersten Mal an diesem Tag war ihr Lächeln warm und aufrichtig. „Kein Problem. Du weißt, dass ich da bin, wann immer du dich einloggst. Was hast du gemacht?"

Er lächelte. „Ich hatte ein Baseballspiel!"

„Wie ist es gelaufen?"

„Ich habe ein Double geschafft."

Alice klatschte in die Hände. „Das ist ja großartig!"

Jamies Lächeln verschwand. „Aber ich hatte auch zwei Fehlversuche."

„Selbst die Profis haben Fehlversuche. Was gab es sonst noch?"

Er seufzte wie ein alter Mann. „Ich weiß nicht …"

„Na komm schon."

„Ich glaube, Missy ist gerade hier." Missy Hammond war Bills Geliebte.

Zorn stieg in Alice auf. „Wieso denkst du das? Hast du sie gesehen?"

„Nein." Jamie blickte hinter sich, zu seiner Zimmertür. „Dad glaubt, dass ich längst schlafe. Er kam rein, um nachzusehen, ob ich das Licht ausgemacht habe. Ein paar Minuten später ging die Hintertür. Und vor einer Weile habe ich jemanden lachen hören. Es klang nach ihr."

Alice wusste nicht, was sie sagen sollte. „Das tut mir leid, Jamie. Komm, lass uns über was anderes sprechen."

Der Junge ließ den Kopf hängen. „Du hast gut reden! Warum holst du mich hier nicht weg? Dad will mit ihr zusammen sein, nicht mit mir."

„Ich kann nicht einfach vorbeikommen und dich holen. Das haben wir doch schon besprochen. Dein Vater möchte dich bei sich haben." Alice war nicht einmal sicher, ob es stimmte. „Er will euch beide."

Ihr Neffe schüttelte den Kopf. „Nach dem Spiel hat Dad von nichts anderem geredet als von meinen Fehlversuchen. Kein Wort über mein Double."

Alice setzte ein Lächeln auf und nickte, als würde sie ihn gut verstehen. „Eine Menge Väter sind so. Dein Dad versucht nur, dich anzuspornen, damit du dich noch mehr verbesserst."

„Kann sein. Ich mag es trotzdem nicht." Er wandte den Blick zur Seite. „Mir fehlt meine Mom."

Alice zwang sich, ihre eigene Trauer zu unterdrücken. In ihren Augen stauten sich Tränen, doch sie würden Jamie nicht helfen. „Ich weiß, Liebling“, erwiderte sie sanft. „Mir fehlt sie auch.“

Sie wischte sich die Augen, außerstande, die Erinnerung an die Nacht von Grace' Tod zu verdrängen, als sie Jamie gepackt hatte und mit ihm aus dem Krankenhaus geflüchtet war. Sie war nicht weit gelaufen, nur bis zur nächsten Pizzeria, wo sie Jamie die Nachricht vom Tod seiner Mutter beigebracht und ihn getröstet hatte, so gut sie es vermocht hatte. Sie hatte seinen Kopf an ihre Brust gezogen, während sie inbrünstig gehofft hatte, dass Grace nicht mehr bei klarem Verstand gewesen war, als sie ihren Mann beschuldigt hatte, ihren Tod herbeigeführt zu haben.

Alice hielt eine offene Hand vor die Optik der Kamera. „Du musst stark sein, kleiner Mann. Die Dinge werden wieder besser, ganz bestimmt. Ich arbeite schon daran, jetzt in diesem Moment.“

Jamie hob auch die Hand. „Gut. Ich mache jetzt aber besser Schluss.“

Alice blinzelte die Tränen zurück. „Morgen um die gleiche Zeit?“

Er lächelte schwach. „Morgen um die gleiche Zeit, Tante Alice.“

Das Monitorfenster schloss sich.

Alice erhob sich vom Schreibtisch, und die Tränen strömten ihr über die Wangen. Koste es, was es wolle – sie würde ihr Versprechen einlösen, das sie Grace gegeben hatte. Und wenn das FBI sie feuern wollte, dann zur Hölle mit ihnen allen!

3

Dr. Eldon Tarver spazierte langsam durch den Park. Den großen Kopf hielt er auf der Suche nach verräterischen Federn im Gras gesenkt. In der einen Hand hatte er eine Sporttasche, in der anderen eine lange Greifzange, wie man sie zum Aufsammeln von Abfällen benutzt. Doch Dr. Tarver war nicht auf der Suche nach Abfällen. Mit seiner Zange sammelte er tote Vögel ein, die er in verschließbare Plastikbeutel packte, um sie danach in der Sporttasche zu verstauen. Er war bereits seit den frühen Morgenstunden unterwegs und hatte bisher schon vier Tiere in die Tüten gepackt, drei Sperlinge und eine Mauerschwalbe. Das verhieß Gutes für die weitere Arbeit später an diesem Morgen.

Tarver war bisher nur zwei Menschen begegnet, beides Jogger. Nicht viele wagten sich bis in diese Ecke des Parks, und der Anblick Tarvers hatte beide Läufer erschreckt, nicht zuletzt wegen seines Aussehens.

Er war eins neunzig groß, hatte eine fassförmige Brust und Arme, die von einem Pelz schwarzer Haare bedeckt waren. Seit dem vierzigsten Lebensjahr war er kahlköpfig, doch er trug einen dichten grauen Vollbart, was ihm das Aussehen eines Mennonitenpredigers verlieh. Er besaß außerdem auch die Augen eines Predigers. Wenn er wütend war, brannten diese durchdringenden blauen Augen wie die eines Propheten, doch viel häufiger strahlten sie eisige Kälte aus. Einige Frauen an der Universitätsklinik, wo er arbeitete, hielten ihn für attraktiv, andere erachteten ihn als abgrundtief hässlich. Ihr Eindruck wurde von einem entstellenden Feuermal auf seiner linken Wange noch verstärkt. Es war eine ernst zu nehmende arterielle Anomalie, die während seiner Kindheit ihren sanften Anfang genommen hatte und im Verlauf der Pubertät aufgeblüht war wie ein Kainsmal, ein Zeichen des schlechten Gewissens.

Als die ersten Sonnenstrahlen durch die Äste der Bäume im Osten schimmerten, tauchte ein weiterer Läufer auf, eine junge Frau diesmal, in blauem Lycra-Dress und mit blondem Haar. Tarver wollte sie beobachten, als sie näher kam, doch dann bemerkte er abseits des Pfads einen Vogel, der in den letzten Zuckungen lag. Er war wohl gerade erst aus den Zweigen gefallen.

Die Schuhe der jungen Frau raschelten im taufeuchten Gras, als sie den Asphalt verließ und auf die dem Doktor gegenüberliegende Seite des Weges auswich. Sie versuchte es so aussehen zu lassen, als geschähe es aus Höflichkeit, doch zweimal zuckten ihre Pupillen zu Tarver hin, taxierten die Entfernung, stellten sicher, dass er sich nicht in ihre Richtung bewegt hatte. Er lächelte, als die Frau ihn passierte. Dann schaute er ihr hinterher und betrachtete das Spiel ihrer wohlgeformten Pomuskeln mit der kühlen Distanziertheit eines erfahrenen Anatomen.

Nachdem sie hinter einer Biegung verschwunden war, kniete Tarver nieder, zog Einweghandschuhe über und nahm ein Skalpell, eine Spritze und eine Petrischale aus seiner Tasche. Mit einem einzigen geübten Schnitt öffnete er den Brustkorb des Sperlings. Er legte die Leber frei, schob die Spritzennadel in das nahezu schwarze Organ, zog vorsichtig die Spritze auf und entnahm einen Kolben voll Blut. Nachdem er den Kadaver ins Unterholz geschleudert hatte, öffnete er die Petrischale, brachte ein paar Tropfen Blut auf die innen aufgetragene Schicht aus zermahlenem Hühnerembryo und verteilte das Blut mit einem sterilen Spatel, den er ebenfalls aus der Tasche genommen hatte. Schließlich schloss er das Gefäß wieder und schob es zusammen mit den Handschuhen in die Tasche zu den Plastikbeuteln. Sein morgendliches Werk war getan. Zurück im Labor, würde er zuerst das Blut des letzten Vogels testen. Er war zuversichtlich, dass das Tier ein Träger gewesen war.

Ein schwaches Zittern im Gras an der Stelle, wo er den Kadaver des Sperlings hingeworfen hatte, erzeugte eine Gänsehaut auf seinen Armen. Tarver setzte die Sporttasche ab und ging behutsam auf die Stelle zu. Sobald er den verrottenden Stamm sah, wusste er Bescheid. Einen Moment lang schloss er die Augen, um sich zu beruhigen. Dann griff er nach unten und hob den Stamm an. Was er sah, brachte sein Herz zum Jauchzen: eine wunderschöne Spirale aus Rot, Gelb und Schwarz.

„*Micrurus fulvius*", flüsterte er.

Er hatte eine Harlekin-Korallenschlange entdeckt, eine der scheuesten Schlangen in ganz Amerika – und die tödlichste. Mit einer flüssigen Bewegung packte er die Natter hinter dem Kopf und hob sie aus ihrem Versteck. Der leuchtend geringelte Leib wickelte sich um seinen Unterarm, doch die Korallenschlange war nicht sehr stark. Eine Klapperschlange etwa hätte ihre starken Muskeln benutzt, um sich wegzupeitschen und dann zuzubeißen. Doch die Korallenschlange war keine primitive Grubenotter, die ihrer Beute beim Biss Unmengen einfachen Hämotoxins injizierte, das Schwellungen und furchtbare Schmerzen hervorrief, während es die Wände der Blutgefäße zerfraß und menschliche Opfer mit Wundbrand und Infektion überzog. Nein, die Korallenschlange war ein raffinierterer Killer. Wie ihre Verwandte, die Kobra, injizierte sie ihrem Opfer ein pures Neurotoxin, das das zentrale Nervensystem ausschaltete und so rasch Lähmung und Tod herbeiführte.

Tarver war kein Herpetologe, doch seine lebenslange Bekanntschaft mit Schlangen reichte bis in seine Kindheit in den Appalachen-Ausläufern von Tennessee zurück. Der Leib der Korallenschlange um seinen Arm bildete nun eine Acht, ein perfektes Symbol für Unendlichkeit. Die Glaubensgemeinschaft von Tarvers Adoptivvater war überzeugt gewesen, dass Schlangen die Inkarnationen Satans waren, doch das Symbol der Zwillingsschlangen auf dem Heroldsstab, das der Arzt an einer Kette um den Hals trug, war sehr viel repräsentativer, was die wahre Natur der Reptilien anging. Die Schlangen standen für Heilung, weil die antiken Griechen ihre Häutungen als einen Prozess des Gesundens und der Wiedergeburt angesehen hatten. Aber die Altvordern hatten auch verstanden, dass Schlangen das personifizierte Paradoxon etlicher Arzneimittel darstellten: in kleinen Dosen heilten sie, in großen waren sie imstande zu töten.

Tarver hielt sich die Korallenschlange dicht vors Gesicht und spürte die berauschende Macht, den Tod bewirken zu können, bevor er die Sporttasche öffnete, die Schlange hineinlegte und die Tasche rasch wieder schloss.

DER WEG zu seinem Labor führte Tarver auf der Interstate 55 gen Norden an der Ansammlung aus Bürogebäuden vorbei, die in Jackson das Mississippi State Capitol, den Regierungssitz des Bundesstaates, umgaben. Zu seiner Linken erhob sich der AmSouth Tower, der die ansonsten eher flache Silhouette der Stadt überragte. Tarvers Blick wanderte zur 16. Etage, zu den blauschwarzen Fenstern des Eckbüros. In den letzten fünf Jahren war er fast täglich über diese Straße gefahren und hatte die Fenster überprüft. Heute jedoch war es das erste Mal, dass Sonnenlicht von ihnen reflektiert wurde wie ein silbernes Leuchtfeuer.

Tarvers Brust zog sich zusammen und sein Atem ging flacher. Es hatte schon früher Komplikationen gegeben – kleine Änderungen im Plan oder Missverständnisse bei der Kommunikation –, doch noch nie war es bisher nötig gewesen, die Alufolie zu benutzen. Er hatte dieses primitive Notsignal ausgewählt, weil es im Gegensatz zu einem Telefon oder einem Computer nicht zurückverfolgt werden konnte. Niemand könnte je beweisen, dass die Folie ein Signal war. Doch ihr Vorhandensein bedeutete, dass es schwerwiegende Probleme gab. Vielleicht ein Interesse von unerwünschter Seite? Polizei? FBI? Im Grunde war es egal. Er musste die Ursache der Gefahr eliminieren. Allein Andrew Rusk kannte seine Identität, wusste etwas über seine jüngsten Aktivitäten. Und er konnte nicht darauf vertrauen, dass Rusk den Mund hielt, wenn er unter Druck gesetzt wurde.

Tarver blickte auf die Sporttasche auf dem Beifahrersitz. Der im Vorhinein ausgemachte Treffpunkt lag fünfzig Kilometer entfernt. Hatte er noch genügend Zeit, die Vögel vorher in sein Labor zu bringen? Sollte er ein Treffen mit Rusk überhaupt wagen? Was, wenn der Anwalt geschnappt worden war und seinen Komplizen im Austausch gegen richterliche Milde auf einem silbernen Tablett servierte? Doch die Logik diktierte Tarver, dass er das Treffen riskieren sollte. An dem vereinbarten Ort konnte ihm niemand eine Falle stellen. Aber vielleicht warteten die Cops schon in seinem Labor. Also beschloss er, den Verlust der Vögel und damit der Probe mit dem West-Nil-Virus hinzunehmen – denn die Gefahr, verhaftet zu werden, wog letztlich schwerer als jeder mögliche Gewinn bei seiner Forschung. Er packte das Lenkrad fester und verließ die I-55 über die nächste Ausfahrt, um gleich auf der anderen Seite wieder Richtung Süden hinaufzufahren.

Doch was war mit der Korallenschlange? Er hasste die Vorstellung, sie zusammen mit den Vögeln zu entsorgen. Da erschien ein verschlagenes Grinsen auf seinem Gesicht. Vielleicht war das Reptil die Lösung für das Problem, das die Aluminiumfolie im Fenster signalisierte.

Da Chris keinen Schlaf finden konnte, glitt er frühmorgens leise aus dem Bett und zog sich an. Er ging zur Garage, lud sein Rennrad auf den Träger des Pick-ups und fuhr in den Norden der Stadt. Dort stieg er in den Sattel und folgte dem einsamen grauen Band des Natchez Trace.

Aufgrund des ausladenden Blätterdachs von Hunderten den Asphalt säumenden Roteichen wirkte die zweispurige Landstraße in langen Bereichen wie ein Tunnel. Mit dem beständigen Rhythmus eines Metronoms trat Chris in die Pedale.

Ein warmer, beständiger Nieselregen setzte ein. Nach Überqueren der Hochbrücke am Cole's Creek stemmte Chris sich in dem wilden Bemühen, die aufgestaute Unruhe der letzten achtzehn Stunden abzutrainieren, in die Pedale, als wollte er an der Tour de France teilnehmen. Nach einer Weile machte er eine Kehrtwende und fuhr in Richtung Südwesten zurück.

Während die Reifen leise über den Asphalt surrten, erblickte er in der Ferne einen zweiten Radler, der sich auf der anderen Seite der Fahrbahn näherte. Als er näher kam, erkannte Chris, dass es eine Frau war. Er hob die Hand zum Gruß – und trat dann voll in die Bremsen.

Die Fahrerin war Alice Morse.

Ihr dunkles Haar war zu einem Pferdeschwanz zusammengebunden, was ihre Gesichtsnarben noch deutlicher hervortreten ließ. Sie überquerte die Straße und kam einen Meter von Chris entfernt zum Stehen.

„Guten Morgen, Doktor", begrüßte sie ihn.

„Was machen Sie hier?"

„Ich muss mit Ihnen reden. Die Gelegenheit erschien mir günstig."

„Woher wussten Sie, dass ich hier bin?"

Sie lächelte nur.

Chris musterte sie von Kopf bis Fuß – die durchnässte Kleidung, die an ihrem Leib klebte, und den triefend nassen Pferdeschwanz. „Gehört Radfahren zu Ihren Hobbys?", fragte er.

„Nein. Ich habe das Rad vor vier Tagen gekauft, als ich herausfand, dass Sie Radfahrer sind und Ihre Frau Läuferin."

„Sie haben Thora ebenfalls verfolgt?"

Ihr Lächeln verschwand. „Ich habe sie bei einigen Läufen beschattet, ja. Sie ist ziemlich schnell."

„Meine Güte." Chris schüttelte den Kopf und wandte den Blick ab.

Ein roter Pick-up jagte vorbei. Der Mann hinter dem Steuer starrte zu ihnen herüber.

„Warum fahren wir nicht weiter?", schlug Agentin Morse vor. „Auf diese Weise fallen wir weniger auf, während wir uns unterhalten."

„Ich habe nicht vor, das Gespräch von gestern fortzusetzen."

Ungläubig starrte sie ihn an. „Aber Sie müssen doch Fragen haben!"

Chris wandte sich ihr wieder zu und ließ etwas von seinem Zorn durchschimmern. „Allerdings. Meine erste Frage lautet: Haben Sie mit eigenen Augen gesehen, wie meine Frau in das Büro dieses Anwalts ging?"

„Nicht persönlich. Aber ein anderer Agent folgte ihr zum Wagen und notierte ihre Nummer."

„Kein Fehler möglich?"

Sie schüttelte den Kopf. „Er hat ein Foto von ihr geschossen. Sie trug ein sehr charakteristisches Outfit. Ein schwarzes Kleid mit einem weißen Schal und einem Audrey-Hepburn-Hut."

Chris biss die Zähne zusammen. Thora hatte das Kleid erst vor einem Monat auf einer Party getragen. „Haben Sie Aufzeichnungen von der Unterredung mit dem Anwalt? Irgendetwas, was beweist, dass sie nicht über Testamente, Immobilien oder sonst etwas Legitimes gesprochen haben?"

Agentin Morse blickte zu Boden. „Nein."

„Das Verhalten meiner Frau in letzter Zeit beweist mir nur allzu deutlich, dass es unmöglich ist, was Sie gestern angedeutet haben."

Interessiert schaute sie ihn an. „Warum fahren wir nicht gemeinsam zu Ihrem Pick-up zurück? Ich verspreche, dass ich Sie nicht wütend mache, wenn ich es vermeiden kann."

Chris wusste, dass er sie binnen weniger Sekunden abhängen könnte, wenn er wollte. Doch aus irgendeinem Grund – und wenn es nur die guten Manieren waren, die man ihm anerzogen hatte – entschied er sich dagegen. Er zuckte die Schultern und fuhr in gemäßigtem Tempo los. Alice Morse radelte neben ihm.

„Ich gebe zu, dass ich darüber nachgedacht habe, was Sie mir erzählt haben", begann er. „Insbesondere über die medizinischen Aspekte. Ich möchte mehr über diese unerklärlichen Todesfälle erfahren, wie Sie sie nannten. War es jedes Mal ein Schlaganfall?"

„Nein. Nur bei meiner Schwester."

„Und bei den anderen?"

„In einem Fall war es ein Lungenemphysem. In einem weiteren ein Herzinfarkt. Die restlichen sechs Fälle waren Krebs."

Chris musterte sie überrascht. „Krebs? Sie machen Witze."

Sie schüttelte den Kopf, und Wasser tropfte ihr von der Nase. „Alles Blutkrebs."

„Aber Blutkrebs beinhaltet eine ganze Reihe verschiedener Krankheiten, Agentin Morse. Es gibt allein mehr als dreißig verschiedene Formen von

Non-Hodgkin-Lymphomen. Wurden die Todesfälle wenigstens alle durch die gleiche Art Blutkrebs verursacht?"

„Nein. Dreimal Leukämie, zwei Lymphome, ein multiples Myelom."

„Sie sind nicht ganz bei Trost! Sie glauben allen Ernstes, dass jemand Menschen ermordet, indem er bei ihnen verschiedene Formen von Krebs verursacht?"

Sie blickte zu ihm herüber. Ihre Augen funkelten zornig. „Ich glaube es nicht, ich weiß es!"

„Das ist unmöglich." Chris schnaubte. „Selbst wenn man bei den Opfern auf irgendeine Art und Weise Krebs hervorrufen könnte, würde es Jahre dauern, bis die Betreffenden sterben. Falls überhaupt. Viele überleben heutzutage Leukämie. Und auch Lymphome."

„Die Menschen, von denen ich spreche, sind ohne Ausnahme innerhalb von achtzehn Monaten gestorben. Die meisten noch eher."

Er horchte auf. „Achtzehn Monate von der Diagnose bis zum Tod? Alle?"

„Alle bis auf einen. Der Myelom-Patient überlebte dreiundzwanzig Monate – nach einer Knochenmarktransplantation."

„Und alle hinterbliebenen Eheleute waren Mandanten desselben Scheidungsanwalts?"

„Das habe ich nie gesagt. Ich sagte, dass die hinterbliebenen Eheleute *geschäftliche Verbindungen* zu dem betreffenden Anwalt hatten – und zwar erst *nach* dem Tod ihrer jeweiligen Gatten."

Chris nickte, doch seine Gedanken waren noch immer bei ihrer Krebstheorie. „Ich will nicht spitzfindig erscheinen, aber selbst wenn alle diese Patienten an Leukämie gestorben wären, reden wir hier von mehreren unterschiedlichen Ursachen. Und die eigentliche Karzinogenese ist bei einer Vielzahl von Erkrankungen noch nicht geklärt. Wenn man die Lymphome miteinbezieht, haben Sie es mit vollkommen unterschiedlichen Zellgruppen zu tun, und die Ursachen für diese Krebsformen sind bislang völlig unbekannt. Die besten Onkologen der Welt wissen nicht, wodurch sie hervorgerufen werden – wer also, glauben *Sie*, könnte so eine Krankheit absichtlich und in dem Willen herbeiführen, einen Mord zu begehen?"

„Strahlung verursacht Leukämie", erwiderte Alice Morse störrisch. „Man muss kein Genie sein, um bei jemandem Krebs zu verursachen."

Sie hatte Recht. Viele Menschen, die Hiroshima zunächst überlebt hatten, waren später, als Nachwirkung der Atombombe, an Leukämie gestorben, genauso die „Überlebenden" der Tschernobyl-Katastrophe. Chris' Gedanken wandten sich der Frage zu, wer Zugriff auf Gammastrahlung hatte. Infrage kamen Ärzte, Zahnärzte, Veterinäre – sogar Medizintechniker hatten

Zugang zu Röntgenmaschinen oder den radioaktiven Isotopen, die für Strahlentherapien gebraucht wurden.

„Es wurde schon früher gemacht", riss die FBI-Agentin ihn aus seinen Überlegungen. „Ende der Dreißigerjahre experimentierten die Nazis mit Methoden, um Juden zu sterilisieren, ohne dass diese davon erfuhren. Sie befahlen ihnen, an einem Schreibtisch Platz zu nehmen und eine Reihe Formulare auszufüllen, was etwa fünfzehn Minuten in Anspruch nahm. Während dieser Zeit wurden von drei Seiten hochenergetische Gammastrahlen auf die Genitalien der Juden abgefeuert. Das Experiment verlief erfolgreich. Warum könnte in einer Anwaltskanzlei nicht jemand mit einem ahnungslosen Opfer genau das Gleiche tun?"

Chris trat stärker in die Pedale, doch er schwieg.

„Sie wissen, dass Forscher in Tierversuchslaboren absichtlich Krebs hervorrufen, nicht wahr, Dr. Shepard?"

„Selbstverständlich. Und zwar, indem sie den Tieren karzinogene Substanzen injizieren. Doch derartige Chemikalien kann man zurückverfolgen. Forensisch, meine ich."

Sie bedachte ihn mit einem skeptischen Blick. „Nach achtzehn Monaten können sämtliche Spuren des krebserregenden Stoffes längst aus dem Körper ausgeschieden sein. Benzol ist ein gutes Beispiel."

Nachdenklich runzelte er die Stirn. „Benzol verursacht Lungenkrebs."

„Außerdem Leukämie und multiple Myelome. Man fand es raus, indem man in Ohio und China Fabrikarbeiter mit Benzolbelastung untersuchte."

Sie hat ihre Hausaufgaben gemacht, befand Chris. „Haben Sie umfangreiche toxikologische Untersuchungen bei all diesen verdächtigen Todesfällen vorgenommen?"

„So gut wie keine."

„Warum nicht?", fragte er verwundert.

„Mehrere Tote wurden eingeäschert, ehe wir Verdacht schöpften. Und in den anderen Fällen erhielten wir keine Genehmigung zur Exhumierung."

„Das kaufe ich Ihnen nicht ab. Wenn das FBI forensische Untersuchungen vornehmen will, bekommt es eine Genehmigung. Was ist mit den Familien dieser angeblichen Opfer? Haben die Verdacht geschöpft, dass nicht alles mit rechten Dingen zugegangen sein könnte? Sind Sie deswegen auf diese Fälle gekommen? Oder fing es mit den Anschuldigungen an, die Ihre Schwester erhoben hat?"

„Die Familien mehrerer Opfer hegten von Anfang an einen Verdacht, weil die meisten hinterbliebenen Gatten ausgemachte Schweine sind."

„Ach was. Hatten die mutmaßlichen Opfer die Scheidung eingereicht?"

„Keines.“

„Dann vielleicht die Ehepartner?“

„Keiner hatte eine Scheidung eingereicht.“

„Also waren die Leute bei dem Anwalt, reichten aber keine Klage ein?“

„Ganz recht. Wir vermuten, dass es wahrscheinlich nur eine einzige Konsultation gab, höchstens zwei. Der Anwalt wartet auf einen schwerreichen Mandanten, der durch eine Scheidung ein Vermögen zu verlieren droht. Oder vielleicht das Sorgerecht für seine Kinder. Und wenn der Anwalt spürt, dass er einen verzweifelten Mandanten vor sich hat – einen mit einem tiefen Hass auf den Ehepartner –, unterbreitet er sein Angebot.“

„Eine interessante Theorie. Können Sie irgendwas davon beweisen?“

„Noch nicht. Der Anwalt ist sehr gerissen.“

Chris starrte sie ungläubig an. „Sie können nicht einmal beweisen, dass überhaupt ein Mord verübt wurde. Alles ist reine Spekulation. Sie müssen zugeben, es ist eine sehr komplexe Theorie, die Sie da entwickelt haben. Weit hergeholt. Hollywood-Stoff, viel zu kompliziert für die Wirklichkeit.“

„Ich habe das Wort meiner Schwester, Doktor.“

„Das sie Ihnen auf dem Totenbett gegeben hat, nach einem schweren Schlaganfall.“

Ihr Gesicht wurde zu einer Maske trotziger Entschlossenheit. „Die Erfahrung zeigt, dass auch Ärzte nicht gegen mörderische Anwandlungen immun sind. Ich könnte Ihnen Dutzende von Beispielen aufzählen, in denen höchst komplizierte Pläne ausgeheckt wurden. In Mississippi gibt es viereinhalbtausend Ärzte, dazu kommen noch Zahnärzte, Tierärzte, Medizintechniker, Krankenpfleger und Schwestern – ein gewaltiger Pool von Verdächtigen.“

Chris blinzelte die Regentropfen aus seinen Augen. „Sie müssen die Ursachen der Krebserkrankungen feststellen. Ist es Strahlung, könnten Sie die Menge Verdächtiger ziemlich schnell deutlich eingrenzen. Gab es keine äußerlichen Strahlenschäden der Haut? Keine merkwürdigen oder unerklärlichen Symptome, die lange vor der Krebsdiagnose erkannt wurden?“

„Nein. Ich konnte mithilfe aufgebrachter Angehöriger die Akten zweier Opfer organisieren. Beide wurden von Experten mit akribischer Sorgfalt analysiert, und in keiner fand sich etwas Verdächtiges. Andererseits wurde mir gesagt, dass radioaktive Strahlung die verschiedenen Krebserkrankungen erklären könnte. Es ist nicht vorherzusagen, wie die Zellen reagieren, wenn man jemanden radioaktiver Strahlung aussetzt.“

Chris nickte, doch etwas störte ihn. „Ihre Experten haben Recht, was das angeht. Andererseits – wieso war Blutkrebs das einzige Ergebnis? Warum keine Gewebstumore? Keine Melanome? Warum nur diese aggressive Art Blutkrebs? So etwas kann man nicht durch Strahlung allein bewirken."

„Vielleicht schon. Wenn man Experte für Strahlenmedizin ist."

„Vielleicht", räumte Chris ein. „Und wenn das so ist, haben Sie Ihren Pool von Verdächtigen soeben um gut zehntausend Personen verkleinert."

Sie lächelte. „Alle neunzehn Strahlenmediziner in Mississippi werden derzeit gründlich durchleuchtet. Allerdings ist das nicht so einfach. Weil wir nicht wissen, *wann* die Opfer verstrahlt wurden, können wir die Alibis der einzelnen Ärzte nicht überprüfen, verstehen Sie?"

„Ja. Aber es ist nicht bloß ein Arzt, nach dem Sie suchen, richtig? Sondern einer, der mit diesem Anwalt in Verbindung steht. Denn wenn Sie Recht haben, ist der Anwalt mehr oder weniger der Agent des Mörders."

„Genau."

Chris lachte leise auf. „Wie könnte es zu einer solchen Partnerschaft gekommen sein? Man kann schließlich nicht zielgerichtet nach vielversprechenden Mördern aus Ärztekreisen suchen …"

„Ich weiß, es klingt lächerlich, wenn Sie es so darstellen, aber wir reden hier von Millionen Dollar in jedem einzelnen Fall. Der Anwalt verfügt sozusagen über eine ziemlich große Möhre, die er jemandem unter die Nase halten kann, der in seinem legalen Job höchstens hundert Riesen im Jahr macht. Anwälte lernen berufsbedingt eine ganze Reihe Verbrecher kennen, und Notwendigkeit ist die Mutter der Erfindung. Ich denke, der Anwalt hat einfach einen Bedarf für eine Dienstleistung gesehen und eine Methode gefunden, wie er sie liefern kann."

Chris fuhr vor Agentin Morse, damit ein großer Sattelschlepper vorbeikonnte. „Vieles von dem, was Sie da sagen, ergibt Sinn!", rief er über die Schulter, während der Laster davonbrauste. „Aber ich glaube immer noch, dass Ihre Theorie aus der Luft gegriffen ist!"

„Aus welchem Grund?" Sie schloss wieder zu ihm auf.

„Der Zeitfaktor. Wenn ich jemanden umbringen will, dann doch deswegen, weil ich denjenigen sofort los sein will. Ich werde nicht Monate oder Jahre warten, bis das Opfer den Löffel abgibt, oder?"

„Doch, wenn Sie schon Jahre, vielleicht sogar Jahrzehnte auf Ihre Freiheit gewartet haben. Eine rechtskräftige Scheidung kann lange dauern, wenn der Ehepartner nicht einwilligt." Plötzlich atmete sie schwer. „Falls Ihr Anwalt Ihnen dann sagt, er könnte Ihnen im gleichen Zeitraum, den Ihre Scheidung in Anspruch nehmen würde, Millionen Dollar einsparen, Ihnen das volle Sorgerecht für die Kinder garantieren und obendrein verhindern, dass diese Sie hassen, würden Sie zumindest über seinen Vorschlag nachdenken, oder nicht?"

Sie überquerten die Hochbrücke über den Cole's Creek. Chris bremste, stieg vom Rad und lehnte es gegen die Betonbrüstung.

„Eins zu null für Sie. Entfernt man die Dringlichkeit aus der Gleichung, wäre Krebs eine mögliche Mordwaffe. Wenn es technisch machbar ist."

„Danke sehr", entgegnete Alice Morse leise. Sie lehnte ihr Rad ebenfalls gegen die Brüstung und starrte auf das braune Wasser hinunter, das fünfzehn Meter unter ihnen träge durch den Sand strömte.

Chris versuchte sich vorzustellen, wie Thora heimlich zu einem geheimen Treffen mit einem Scheidungsanwalt nach Jackson fuhr. „Ich sehe die Logik in Ihren Überlegungen, Agentin Morse. Aber in meinem Fall sind sie aus einer Reihe verschiedener Gründe irrelevant. Der wichtigste ist, dass ich einwilligen würde, sollte Thora mich jemals um die Scheidung bitten. Und ich denke, das weiß sie."

Die FBI-Beamtin zuckte die Schultern. „Ich kenne Ihre Frau nicht."

„Das stimmt. Sie kennen meine Frau nicht." Chris drehte sich abrupt zu ihr um. „Seit wir uns zum ersten Mal begegnet sind, haben Sie Ihre Nase in meine persönlichen Angelegenheiten gesteckt." Er sah ihr in die grünen Augen. „Ich möchte zur Abwechslung für eine Minute meine Nase in Ihre Angelegenheiten stecken."

Er konnte beinahe sehen, wie sie einen inneren Schutzwall errichtete. Doch dann nickte sie zustimmend.

„Ihre Narben sind relativ frisch", begann er. „Ich möchte wissen, woher Sie diese Narben haben."

Sie wandte sich ab und starrte hinunter auf die Wasseroberfläche. Als sie schließlich sprach, hörte er an ihrer Stimme, dass sie die Wahrheit sagte.

„Ich hatte einen Kollegen beim FBI, James Broadbent. Er wurde häufig mit der Aufgabe betraut, mich bei Geiselnahmen zu schützen. Er war in mich verliebt. Ich mochte ihn ebenfalls, doch er war verheiratet und hatte zwei Kinder. Wir waren nie intim. Und selbst wenn es so weit gekommen wäre, hätte er seine Familie niemals verlassen." Sie blickte wieder auf. „Ich war eine gute Unterhändlerin. In fünf Jahren verlor ich nicht eine einzige Geisel. Aber letzten Dezember …" Sie brach ab, schluckte und fuhr mühsam fort: „Mein Vater wurde getötet, als er versuchte, einen Raubüberfall zu beenden. Zwei Monate später wurde bei meiner Mutter Eierstockkrebs festgestellt. Sehr weit fortgeschritten. Irgendwie verlor ich darüber die Kontrolle. Nur dass ich es nicht merkte. Mein Dad hatte mich dazu erzogen, hart zu sein, und das habe ich versucht. ‚Niemals aufgeben' lautet das Motto der Morses. Vor neun Wochen wurde ich zu einer Geiselnahme in einer Bank gerufen. Drinnen befanden sich sechzehn Geiseln, die meisten Angestellte. Viele beim FBI hielten es für einen terroristischen

Überfall. Der Anführer sprach mit einem arabischen Akzent, der aber in meinen Ohren nicht überzeugend klang. Ich glaubte eine echte Chance zu haben, den Anführer zur Aufgabe zu überreden, ohne dass ein einziger Schuss abgefeuert würde. Aber es gab jede Menge Druck von oben, schließlich waren wir in Washington, und seit den Anschlägen vom elften September herrscht eine neue Geisteshaltung. Also pfiff ein FBI-Abteilungsleiter mich eiskalt zurück und erteilte dem Geiselrettungsteam den Einsatzbefehl."

Chris sah, dass sie diese Augenblicke noch einmal durchlebte.

„Es bedeutete ein extremes Risiko für die Geiseln, und das konnte ich nicht akzeptieren. Also marschierte ich durch den Sicherheitskordon hindurch zurück in die Bank. Aber einige Jungs vom Geiselrettungsteam wurden nicht rechtzeitig informiert. Sie sprengten die Türen und Fenster genau in dem Augenblick, als ich die Eingangshalle erreicht hatte." Sie betastete ihre vernarbte Wange. „Einer der Bankräuber feuerte durch eine gläserne Trennwand auf mich. Ich wurde hauptsächlich von Glassplittern getroffen. Aber ich wusste nicht, dass James mir in die Bank gefolgt war. Als ich getroffen wurde, starrte er für einen Moment auf mich hinunter, anstatt auf den Schützen zu achten. Seine Gefühle für mich waren stärker als sein Training. Und unser Training ist verdammt hart." Sie fuhr sich über das Gesicht, um ein paar Tränen abzuwischen.

Chris streckte die Hand aus und strich ihr über den Arm. „Es ist okay."

Vehement schüttelte sie den Kopf. „Nein, ist es nicht! Vielleicht eines Tages, aber im Moment noch nicht."

„Ich weiß jedenfalls eines: In Ihrem gegenwärtigen Zustand sollten Sie keinen Mordfall bearbeiten. Um sich zu erholen, sollten Sie sich krankschreiben und Ihre FBI-Tätigkeit ruhen lassen."

Sie stieß ein gepresstes Lachen aus. „Ich lasse meine FBI-Tätigkeit ja auch gerade ruhen."

Er starrte sie an und plötzlich wurde ihm alles klar. Ihre tiefe Erschöpfung, ihre Besessenheit, der abwesende Blick, der dem eines traumatisierten Soldaten glich … „Sie arbeiten auf eigene Faust, habe ich Recht?"

„Mehr oder weniger", gestand sie leise. „Die Wahrheit ist … fast alles, was ich in den letzten fünf Wochen unternommen habe, geschah ohne Vollmacht vonseiten des FBI. Wenn meine Vorgesetzten wüssten, was ich tue, würden sie mich feuern."

Chris stieß einen langen Pfiff aus. „Aber wenn das alles stimmt, was Sie mir erzählt haben, warum wurde nicht längst das FBI eingeschaltet?"

Die Frustration war ihrem Gesicht anzusehen. „Aus einem Dutzend verschiedener Gründe. Eine Mordermittlung fällt in die Zuständigkeit der einzelnen Bundesstaaten, nicht des FBI. Vieles von dem, was ich habe, beruht auf Vermutungen, nicht auf objektiven Beweisen. Doch wie soll ich ohne jegliche Ressourcen an Beweise herankommen? Das FBI ist die bornierteste Behörde, die man sich vorstellen kann. Alles läuft genau nach Vorschrift – es sei denn, es geht um Terrorismusbekämpfung. In diesem Fall werfen sie sämtliche Vorschriften über Bord. Sie sind meine letzte Hoffnung, diese Leute aufzuhalten, Dr. Shepard."

„Wenn Sie auf eigene Faust operieren, wer hat dann gesehen, wie Thora die Kanzlei dieses Anwalts betreten hat?"

„Ein Privatdetektiv. Er hat früher mit meinem Vater zusammengearbeitet."

„Und was denkt man beim FBI, was Sie im Augenblick tun?"

„Dass ich in Charlotte bin und an einem Fall arbeite, in den illegale Einwanderer verwickelt sind. Nach meiner Verwundung wurde ich dorthin versetzt. Ein Kollege, ein alter Freund, deckt mich, so gut er kann. Ich weiß, nicht alles, was ich sage, klingt vernünftig und logisch. Aber ich habe seit fünf Wochen nicht mehr länger als drei Stunden pro Nacht geschlafen. Ich habe allein zwei Wochen gebraucht, um die Verbindung zwischen meinem Schwager und diesem Anwalt zu finden. Eine weitere Woche, um die Namen aller anderen Geschäftspartner herauszukriegen. Ich habe meine Liste der Opfer erst vor einer Woche aufgestellt. Es könnte noch ein Dutzend weitere geben, von denen ich bis jetzt nichts weiß. Aber dann spazierte Ihre Frau in Rusks Büro, und das brachte mich nach Natchez. Seitdem …"

„Wer ist Rusk?", unterbrach Chris sie. „Der Scheidungsanwalt?"

„Ja. Andrew Rusk junior. Sein Vater ist ein bedeutender Zivilrechtsanwalt in Jackson." Tränen gesellten sich wieder zu den Regentropfen auf ihren Wangen. „Ich brauche Ihre Hilfe, Dr. Shepard. Ich brauche Ihr medizinisches Wissen, aber am meisten brauche ich Sie, weil Sie das nächste Opfer sind." Eindringlich starrte sie ihm in die Augen.

„Nichts von dem, was Sie mir bis jetzt erzählt haben, beweist das", entgegnete er leise. „Ich verstehe Sie. Und ich bewundere Sie für das, was Sie tun. Aber es gibt einen Unterschied zwischen Ihnen und mir. Sie haben eine persönliche Rechnung in dieser Angelegenheit offen. Ich nicht."

Ihre Augen verengten sich zu schmalen Schlitzen. „Doch, haben Sie. Es ist Ihnen bis jetzt nur noch nicht klar geworden. Aber vielleicht wird es Ihnen ja klar, wenn ich Ihnen verrate, dass Ihre Frau Sie betrügt. Sie treibt es mit einem Chirurgen hier in der Stadt. Sein Name ist Shane Lansing."

„Unsinn!" Chris' rauer Flüsterton zeigte sein Bemühen, sich den Schock nicht anmerken zu lassen.

„Lansing war diese Woche zweimal auf der Baustelle Ihres neuen Hauses, als Thora ebenfalls dort war. Beim ersten Mal blieb er achtundzwanzig Minuten im Haus, beim zweiten Mal zweiundfünfzig Minuten."

„Na und? Shane wohnt in der Gegend. Thora hat ihm wahrscheinlich das Haus gezeigt. Und es waren doch sicher Arbeiter auf der Baustelle."

Ihre Antwort war schonungslos wie ein Hammerschlag. „Keine Arbeiter. Beide Male nicht. Und Lansing ist als großer Schürzenjäger bekannt."

Chris verzog das Gesicht.

„Ich weiß, wie sehr es schmerzt. Aber Ihr Stolz ist im Moment Ihr Feind, Doktor. Sie müssen den Dingen ins Auge sehen, so wie sie sind."

„*Ich* soll den Dingen ins Auge sehen, wie sie sind? *Sie* sind es doch, die sich die absurdesten Theorien von Serienmorden zusammenspinnt! Krebs als Waffe, eine Frischvermählte, die ihren Ehemann umbringen will … Kein Wunder, dass Sie ganz allein dastehen!"

Ihr Blick flackerte nicht. „Wenn ich verrückt bin, sagen Sie mir eines: Warum haben Sie gestern nicht das FBI angerufen und mich gemeldet?"

Er starrte auf die Betonbrüstung und schwieg lange. „Thora fährt diese Woche weg. Sie hat es mir gestern Abend erzählt."

Alice' Unterkiefer sank herab. „Wohin fährt sie?"

„In ein Wellnesshotel in Greenwood. Das Alluvian. Sie bleibt drei Nächte."

Die Agentin ballte die Hand zur Faust. „Mein Gott, die haben es eilig! Sie schweben in großer Gefahr. Sie müssen sofort reagieren!"

„Ist Ihnen eigentlich klar, was Sie da reden?!", rief Chris wütend. „Sie haben nichts außer Indizien! Überhaupt nichts! Keine einzige Tatsache!"

„Ich weiß, es hat den Anschein … Und ich weiß, dass Sie mir nicht glauben wollen. Verweigerung ist immer die erste Reaktion."

Er starrte sie lange an und sah schließlich auf seine Uhr. „Ich bin spät dran. Ich muss zurück zum Wagen. Ich kann nicht länger mit Ihnen reden."

Er stieg auf sein Rad und wollte losfahren, doch sie packte seinen Arm und hielt ihn mit verblüffender Kraft fest. Mit der anderen Hand zog sie ein Handy aus der Tasche.

„Hier. Meine Nummer ist einprogrammiert. Sie können offen hineinsprechen. Es ist die einzige sichere Verbindung zwischen uns."

Misstrauisch musterte er das Handy, nahm es dann aber doch.

„Rufen Sie mich an, sobald Sie können, Doktor. Wir haben nicht viel Zeit, uns vorzubereiten."

„Und wenn ich stattdessen das FBI anrufe?"

Sie zuckte die Schultern, als würde sie das völlig kaltlassen. „Dann habe ich keinen Job mehr. Aber ich werde nicht aufhören. Ich werde nicht ruhig hinnehmen, dass meine Schwester einfach ausgelöscht wurde, weil es für jemanden so am bequemsten war und ihm Geld sparte. Und ich werde weiterhin versuchen, Sie zu retten."

Chris klickte die Schuhe in die Pedale und fuhr davon, so schnell er konnte.

VIER STUNDEN SPÄTER saß Alice Morse auf einer Bank im Schatten einer Kirche in der Innenstadt von Natchez und beobachtete, wie Thora Shepard aus einem Fitnesscenter trat. Die Frau des Arztes wandte sich nach rechts und ging über die Hauptstraße in westliche Richtung. Sie trug eine Sonnenbrille und einen maßgeschneiderten Hosenanzug, der wahrscheinlich mehr gekostet hatte, als Alice in einem Monat verdiente. Thora sah aus, als wäre sie geradewegs einer Modezeitschrift entstiegen. Alice bemerkte die Blicke, die andere Passanten der Frau hinterherwarfen. Und es waren nicht nur Männer, die gafften.

Alice stand auf und folgte Thora, die ungefähr einen Block Vorsprung hatte. Als ein älterer Mann Shepards Gattin anhielt und in eine Unterhaltung verwickelte, wandte sich Alice zur Seite und betrachtete eine Schaufensterauslage. Von Anfang an hatte sie eine instinktive Abneigung gegen Thora verspürt, doch sie wusste nicht sicher, was der Grund dafür war. Thora hatte es nicht leicht gehabt. Als Tochter eines bekannten Chirurgen von der Vanderbilt-Universitätsklinik hatte sie die ersten Jahre ihres Lebens in der gesellschaftlichen Oberschicht von Nashville, Tennessee verbracht. Nach der Scheidung ihrer Eltern lebte sie bei ihrer alkoholkranken Mutter. Ein Stipendium ermöglichte ihr das Medizinstudium, das sie jedoch abbrach, als sie schwanger wurde. Mit finanzieller Hilfe ihrer Großmutter, die sich auch um das Baby kümmerte, besuchte sie eine Krankenpflegeschule und beendete die Ausbildung nach zwei Jahren mit Auszeichnung. Sie trat eine Stelle in einem Veteranenhospital in Tennessee an, doch nach neun Monaten kündigte sie und fing im St Catherine's Hospital in Natchez an. Dort lernte sie den Ölbaron Red Simmons kennen, der ihr erster Ehemann werden und sie bald darauf zu einer reichen Witwe machen sollte.

Alice warf einen verstohlenen Blick nach links. Thora umarmte den älteren Mann und setzte ihren Weg die Hauptstraße hinunter fort. Alice nahm eine kleine Kamera aus ihrer Tasche und schoss ein Foto von dem Mann, als dieser auf sie zukam. Er sah aus wie sechzig – wahrscheinlich zu alt, um ein Liebhaber zu sein.

Alice hatte sich stets ihrer körperlichen Fitness gerühmt, doch Thora durch deren normalen Tagesablauf zu folgen erwies sich als erschöpfend. Sie stand im Morgengrauen auf und lief mindestens sechs Kilometer; dann eine rasche

Dusche zu Hause, gefolgt von einem Besuch der Baustelle in Avalon, wo das neue Haus entstand. Eine halbe Stunde diskutierte sie mit den Bauunternehmern, ehe sie zum „Country Club“ fuhr, um dort einige Bahnen zu schwimmen oder ein paar Sätze Tennis zu spielen. Anschließend besuchte sie abwechselnd Friseur und Nagelstudio oder absolvierte Gewichtstraining im Fitnessstudio. Neuerliches Duschen, im Anschluss ein Mittagessen mit wenigstens einer Freundin. Danach ging es oft ein zweites Mal zur Baustelle.

Der einzige verbindliche Stopp des Tages galt der Schule, wo Thora ihren Sohn abholte. Nachdem sie Ben nach Hause gefahren und das Kindermädchen sich seiner angenommen hatte, verbrachte sie den Rest des Nachmittags mit Besorgungen oder Einkäufen, ehe sie ein letztes Mal in Avalon vorbeischaute, um anschließend nach Hause zu fahren.

Während zwei dieser letzten Stippvisiten auf der Baustelle war Dr. Shane Lansing vorbeigekommen. Alice war nicht in das Haus eingedrungen, während der Arzt darin geweilt hatte, doch sie hatte vor, einen Versuch zu wagen, falls der Chirurg sich wieder blicken ließ. Wenn es ihr gelang, Fotos zu machen, die bewiesen, dass Lansing und Thora ein Verhältnis hatten, würde Chris Shepard nicht länger zögern, bei ihrem Plan mitzumachen.

Ihr Mobiltelefon summte. Als sie den Anruf entgegennahm, meldete sich am anderen Ende die raue Stimme von Will Kilmer.

„Ich habe eine ärgerliche Neuigkeit“, verkündete der alte Mann. „Rusk hat gerade einen meiner Jungs enttarnt und ihn abgeschüttelt, nachdem er sich mit dem Wagen irgendwohin auf den Weg gemacht hatte.“

„Mist!“ Dreißig Meter voraus überquerte Thora die Straße und wandte sich nach rechts. Alice folgte ihr.

Vom anderen Ende der Leitung kam das Geräusch angestrengten Atmens. Will war siebzig und litt unter einem chronischen Lungenemphysem. „Was möchtest du, dass ich jetzt tue, Kleines?“

„Schick jemanden zu Rusks Haus. Er muss ja irgendwann heimkommen. Es sei denn, wir haben ihn wirklich aufgeschreckt.“

„Rusk hat hier einen gut bezahlten Job, ein großes Haus und Kinder. Er kommt wieder zurück. Ich schicke jemanden hin. Und wenn ich niemanden zur Verfügung habe, fahre ich selbst.“

„Das musst du nicht …“

Alice verstummte. Thora war unvermittelt auf dem Gehsteig stehen geblieben, um einen Anruf auf dem Handy entgegenzunehmen. Sie lauschte, steckte das Telefon wieder ein und ging mit eiligen Schritten zurück in Richtung Hauptstraße – direkt auf Alice zu.

„Ich muss auflegen, Onkel Will. Ruf mich wieder an.“

Noch während sie die rote Taste drückte, sprang Alice ins nächste Geschäft. Als Thora den Laden passierte, zeigte ihre Miene einen ernsten und konzentrierten Ausdruck. Alice zählte bis fünfzehn, dann folgte sie Thora zu deren Mercedes.

Irgendetwas lag in der Luft. Irgendetwas war passiert.

4

Andrew Rusk warf einen weiteren prüfenden Blick auf den Kilometerzähler seines schwarzen Porsche Cayenne, dann suchte er zwischen den Bäumen nach der Abzweigung. Er hatte die Interstate 55 vor vierzig Minuten verlassen und war nach dreißig Kilometern auf diese schmale Schotterpiste abgebogen. Irgendwo entlang ihrem Verlauf befand sich der Abzweig zum Chickamauga Hunting Camp. Seit fünfzehn Jahren war Rusk Mitglied in diesem exklusiven Jagdverein. Die Mitgliedschaft hatte sich in mehr als einer Hinsicht als vorteilhaft erwiesen, weit über die herbstlichen Freizeitaktivitäten hinaus. In dieser Gegend gab es mehr Hochwild pro Hektar als in irgendeinem anderen Teil der USA, und Jäger aus dem ganzen Bundesstaat zahlten Spitzenpreise für Jagdlizenzen.

Endlich kam die durch ein Schild markierte Abzweigung in Sicht. Rusk drehte am Lenkrad, hielt vor dem eisernen Tor, das den Weg versperrte, und tippte einen Zahlencode ins Tastenfeld an dem Pfosten neben dem Wagen. Als das Tor zur Seite schwang, fuhr er langsam hindurch.

Während Rusk den Cayenne zum Haupthaus lenkte und davor parkte, suchte er die Lichtung nach Glykon ab, doch niemand war zu sehen. Er stieg aus und überprüfte die Tür des Gebäudes, doch sie war abgesperrt. Das war logisch – Glykon war kein Mitglied des Klubs und besaß demzufolge keinen Schlüssel. Doch dank Rusk kannte er die Kombination des Tors vorn an der Straße. Dies war der Treffpunkt, den sie vor langer Zeit für den Notfall vereinbart hatten, als sie hier ihr erstes gemeinsames Unternehmen geplant hatten. Seitdem hatte es keine längere persönliche Zusammenkunft mehr gegeben. Sämtliche späteren Treffen hatten weniger als zwei Minuten gedauert und an einem öffentlichen Ort stattgefunden.

Obwohl die Lichtung einsam und verlassen dalag, war Rusk sicher, dass sein Geschäftspartner längst eingetroffen war. Glykon hatte seinen Wagen für den Fall versteckt, dass anderc Klubmitglieder anwesend waren – höchst unwahrscheinlich außerhalb der Saison, doch man konnte nie wissen. Die Frage war: Wo würde Glykon auf ihn warten? Rusk lauschte den Geräuschen des Waldes, doch nichts lieferte auch nur den geringsten Hinweis auf die Anwesenheit eines weiteren Menschen.

Dann roch Rusk das Feuer. Irgendwo zu seiner Linken brannte Holz. Er setzte sich in Bewegung und marschierte zwischen den Bäumen hindurch, bis er auf eine weitere, kleinere Lichtung gelangte. Genau in deren Mitte saß Glykon und hielt eine gusseiserne Pfanne über ein kleines Feuer. Das Geräusch und der Geruch brutzelnden Fleisches erfüllten die Luft. An einem Draht neben Glykon hing ein frisch gehäutetes totes Rehkitz.

„Nehmen Sie Platz, Andrew", sagte der große Mann in seinem tiefen Bariton. „Ich bereite eben die Lenden zu. Sie schmecken sündhaft gut." Er spießte ein Stück auf ein Taschenmesser und hielt es Rusk hin.

Der Anwalt nahm das Messer und aß das Fleisch. „Fantastisch", lobte er. „Absolut fantastisch!"

Indem der Pathologe das Kitz außerhalb der Jagdsaison erlegt hatte, hatte er nicht nur wissentlich und in voller Absicht gegen eine der heiligsten Regeln des Klubs, sondern auch gegen Bundes- und Staatsgesetze verstoßen. Doch Rusk hatte nicht vor, eine diesbezügliche Bemerkung zu machen. Er musste sich um weit größere Schwierigkeiten kümmern.

„Wir haben ein Problem", verkündete er unverblümt. „Zwei Probleme genau genommen."

„Lassen Sie uns nichts überstürzen", erwiderte Glykon. „Setzen Sie sich erst mal. Essen Sie noch ein wenig von der Lende."

Rusk tat, als würde er ins Feuer starren. Er sah kein Gewehr bei Glykon und keine Handfeuerwaffe. Nur eine Sporttasche. Er würde sie im Auge behalten. „Es wäre mir lieber, wenn wir gleich zum Geschäft kommen."

„Dann sollten wir zuerst die Formalitäten erledigen."

„Formalitäten?"

„Ziehen Sie Ihre Sachen aus, Andrew."

Adrenalin schoss durch Rusks Adern. „Glauben Sie, ich bin verdrahtet?"

Glykon lächelte entwaffnend. „Sie sagten selbst, dass es sich um einen Notfall handelt. Der Stress bringt Menschen dazu, Dinge zu tun, die sie normalerweise unterlassen würden."

„Werden Sie sich ebenfalls ausziehen?"

„Das ist nicht nötig. *Sie* haben dieses Treffen einberufen."

Das stimmte. Und wenn er Glykon richtig einschätzte, würde dieser kein weiteres Wort von sich geben, solange Rusk der Aufforderung nicht gefolgt war. Er dankte Gott, dass er seine Pistole im Wagen gelassen hatte, als er sich vorbeugte und seine Schnürsenkel aufband. Dann zog er Hose, Hemd und Unterwäsche aus und stand nur noch in Socken da.

„Okay, ziehen Sie sich wieder an“, sagte Glykon. „Sie sehen aus wie eine Schildkröte ohne Panzer.“

Rusk schlüpfte in seine Sachen und setzte sich, um auch seine Schuhe wieder anzuziehen. „Als wir das letzte Mal hier waren, erzählten Sie mir, dass Sie die Wälder hassen“, bemerkte er.

Glykon kicherte leise. „Manchmal hasse ich sie, ja.“

„Was wollen Sie damit sagen?“

„Sie wissen so wenig über mich, Andrew. Aber selbst wenn ich es Ihnen erzählen würde … meine Geschichte ist völlig außerhalb Ihres Erfahrungshorizonts, glauben Sie mir.“

Er schien sagen zu wollen: *Du gehörst nicht zu meinem Stamm. Vielleicht gehörst du nicht mal zu meiner Spezies.* Und das stimmte. Ganz gleich was Glykon von den Wäldern hielt – er war gewiss kein Fremder darin. Bei ihrem ersten Treffen im Chickamauga Camp vor fünf Jahren war er Gast eines orthopädischen Chirurgen aus Jackson gewesen. Zwei Tage lang hatte er nichts geschossen, zur wachsenden Belustigung der übrigen Mitglieder, die in jenem Jahr Rekordabschüsse verzeichneten. Doch während der ganzen Zeit wurde über nichts anderes geredet als den „Geist“, einen gerissenen alten Zwölfender, der den besten Jägern des Klubs seit beinahe zehn Jahren immer wieder ein Schnippchen schlug. In der Woche davor hatte es aber eine Sichtung gegeben, und nun waren alle auf der Jagd nach ihm. Jeden Abend lauschte Glykon schweigend den Geschichten, die die anderen am Lagerfeuer über den Geist erzählten, und jeden Morgen verschwand er bereits vor Sonnenaufgang in die umliegenden Wälder.

Am dritten Tag kam er mit der 100-Kilo-Karkasse des erlegten Geists über den Schultern ins Lager zurückmarschiert. Er verärgerte eine ganze Reihe Klubmitglieder, weil er ihren sagenhaften Zwölfender getötet hatte, doch was konnten sie schon sagen? Glykon hatte das Tier nicht von einem Hochstand aus geschossen, nicht auf die Art und Weise also, wie die meisten von ihnen „jagten“ – bequem und trocken auf der Lauer liegend, bis ein Stück Wild direkt vor ihre Flinte lief. Er war losgezogen und hatte den Zwölfender auf die althergebrachte Weise erlegt. Wie ein Indianer hatte er ihm drei Tage lang kreuz und quer durch den Wald nachgestellt, eine elende Schinderei bei dem dichten Unterholz.

Später an jenem Nachmittag hatte Rusk draußen seine eigene Jagdtrophäe ausgeweidet. Als hätte das Schicksal ihn geschickt, war Glykon vorbeigekommen und hatte sich erboten, ihm ein paar zeitsparende Tricks zu zeigen, wie man ein Stück Hochwild ausnahm. Rusk hatte ihm sein Messer gegeben und war Zeuge einer Demonstration von handwerklichem Geschick und anatomischem Wissen geworden, die ihn in sprachloses Staunen versetzt hatte. Und jener Teil seines Gehirns, der nicht voll und ganz von dem blutigen Spektakel gefangen gewesen war, hatte sich mit einer Idee befasst, die bereits einige Jahre zuvor in den dunklen Abgründen seiner Seele geboren worden war, die er aber aufgrund moralischer Skrupel und eines Mangels an Gelegenheit bisher nicht verwirklicht hatte. Doch die Skrupel waren weniger geworden, je länger er als Anwalt praktiziert hatte. Und Moral, das hatte Rusk schon damals deutlich gespürt, war auch kein Bestandteil von Glykons Charakter.

„Zwei Probleme“, brach sein Partner in diesem Moment das Schweigen, während er eine Scheibe Lende aus der Pfanne nahm und sich in den Mund schob. „Das sagten Sie jedenfalls, Andrew.“

„Ja. Und sie hängen möglicherweise zusammen.“

Glykon nickte. „Weiß jemand, wer ich bin?“

„Nein.“

„Weiß jemand, was Sie tun?“

Rusk leckte sich über die Lippen und bemühte sich nach Kräften, ruhig zu erscheinen. „Könnte sein, dass ich beschattet werde. Von einer Agentin des FBI.“

Glykon schob den Unterkiefer vor. „Wer ist sie?“

„Die Schwester von Grace Fennell. Sie heißt Alice Morse.“

Ein eigenartiges Lächeln huschte über Glykons Lippen. „Aha. Nun, wir wussten, dass sie ein Risiko darstellt, oder? Warum hegt sie einen Verdacht gegen Sie?“

„Bill Fennell glaubt, dass seine Frau noch etwas zu ihr gesagt haben könnte, bevor sie starb.“

Glykons Blick bohrte sich mit unbarmherziger Intensität in Rusks Augen. „Die Frage ist doch, Andrew, woher weiß diese Frau, dass Sie überhaupt existieren?“

„Keine Ahnung. Fennell hat ihr bestimmt nichts über mich erzählt. Er ist nicht dumm.“

„Möglich, dass sie über die Geschäftsverbindung auf Sie gestoßen ist“, spekulierte Glykon nachdenklich. „Der Immobiliendeal zwischen Ihnen und Fennell. Sie hätten bei Diamanten bleiben sollen.“

„Dieser Deal ist besser als Diamanten, Glykon. Viel besser.“

„Nicht wenn es Sie umbringt.“

Rusk bemerkte sogleich zwei bestürzende Details: Erstens hatte sein Partner im Singular gesprochen, und zweitens hatte er kein Wort von Gefängnis gesagt – nur von Tod.

Glykon beobachtete ihn. „Sie glauben also, dass Sie vom FBI observiert werden.“

Rusk schüttelte den Kopf. „Wenn Alice Morse den Tod ihrer Schwester untersucht, tut sie es vermutlich auf eigene Rechnung. Sie steckt beim FBI bereits tief im Schlamassel. Sie wäre dort kürzlich beinahe rausgeflogen, weil sie die Verantwortung für den Tod eines Kollegen trägt. Und warum sollte das FBI den Tod von Grace Fennell untersuchen? So was fällt in die Zuständigkeit des Bundesstaates."

„Sie sind der Anwalt. Kümmern Sie sich darum. Was hat die Morse sonst noch getan?"

Jetzt kommt es. „Sie ist möglicherweise in mein Büro eingebrochen."

Glykon starrte Rusk an, ohne zu blinzeln. „Wissen Sie denn gar nichts mit Bestimmtheit, Andrew? Oder haben Sie einfach nur Angst, mir die Wahrheit zu erzählen?"

„Ich habe keine Angst", antwortete Rusk, was überaus absurd war. „Aber selbst wenn sie in meinem Büro war, gab es dort nichts zu entdecken. Nichts Belastendes. Und wenn sie sich Zugang zu meinem Computer verschafft hat, ist sie vielleicht auf ein paar Geschäftsverbindungen gestoßen. Nichts Illegales. Alles nach Vorschrift."

„Aber die *Verbindungen* zu anderen Toten. Zu *Gatten* anderer Toter."

„Höchstens die allerersten Fälle. Der letzte davon ist drei Jahre alt."

„Wenn man Grace Fennell nicht mitzählt", erinnerte ihn Glykon. Er warf mehrere neue Scheiben Lende in die Pfanne. „Ich habe bis jetzt nur von einer Gefahr gehört", murmelte er.

„Die zweite ist direkter, aber auch besser zu handhaben. Einer unserer früheren Klienten, William Braid, der Binnenreeder aus Vicksburg, hatte einen Nervenzusammenbruch. Er leidet an Halluzinationen. Sieht seine tote Frau in Menschenmengen und solche verrückten Sachen. Es hat zu lange gedauert, bis sie tot war, verstehen Sie? Er hat es nicht ausgehalten. Ich mache mir Sorgen, was er tun könnte. Mit wem er reden könnte. Einem Priester? Einem Seelenklempner?"

„Hat Braid Sie angerufen?"

„Er hat mich auf dem Golfplatz angesprochen. Und gestern ist er bei mir zu Hause vorbeigefahren …"

Glykons Gesicht wurde ernst. „Was hat er gesagt?"

„Dass er überlegt, sich das Leben zu nehmen."

„Worauf wartet er? Warum hat er es nicht einfach getan?"

Rusk zwang sich zu einem Lachen. „Ich glaube nicht, dass er zur suizidalen Sorte gehört. Ich denke, wenn es hart auf hart kommt, wird er bei der Polizei ein Geständnis ablegen und uns die ganze Schuld geben."

„Meinen Sie, er hat Ihre Warnung vergessen?"

„Ich glaube nicht, dass es ihn noch interessiert. Er ist völlig mit den Nerven runter."

„Diese Typen sind so verdammt schwach!", sagte Glykon voller Abscheu. „Wo war Mr Braids kostbares Gewissen, als er uns bezahlt hat, damit wir seine alte Schachtel für ihn aus dem Weg räumen?"

Der Anwalt zuckte die Schultern. „Was sollen wir Ihrer Meinung nach unternehmen?"

„*Wir?* Könnten Sie denn etwas tun, um uns aus dieser Situation zu befreien?"

Rusk wäre beinahe errötet. „Nun, ich meinte …"

„Was *ich* zu unternehmen gedenke, um Ihren Hintern zu retten."

Das kostet mich ein Vermögen, wurde Rusk schlagartig bewusst.

Glykon erhob sich vom Feuer und streckte sich. „Ich kümmere mich um Braid", sagte er beinahe geistesabwesend. „Ist er heute Abend zu Hause?"

„Ja. Ich habe ihm gesagt, dass ich vielleicht vorbeikomme, damit wir reden können."

„Trottel! Was, wenn er es seiner Geliebten verraten hat?"

„Sie hat ihn vor zehn Tagen verlassen. Im Augenblick hat er niemanden zum Reden."

„In Ordnung."

Rusk atmete erleichtert durch. Kein Wort von Geld bis jetzt.

„Zweihundertfünfzigtausend", verkündete Glykon unvermittelt, als hätte er die Gedanken des Anwalts gelesen.

Rusk krümmte sich innerlich. „Eine Menge Geld", warf er zaghaft ein. „Ich meine, er ist schließlich eine Bedrohung für uns beide, oder?"

Sämtliche Menschlichkeit verschwand aus Glykons Gesicht. „Braid ist keine Bedrohung für mich. *Sie* sind die einzige vorstellbare Bedrohung, die es für mich gibt, Andrew. Und ich empfehle Ihnen dringend, mich nicht zu zwingen, eingehender darüber nachzudenken."

„Wie möchten Sie das Geld?"

„Auf die sichere Art und Weise. Der Transfer findet hier statt. Irgendwann nächste Woche."

Rusk nickte. Eine Viertelmillion … einfach so. Alles nur, um einen schuldgeplagten Mandanten zum Schweigen zu bringen. Er musste die Kundschaft in Zukunft besser auswählen. Die Nachfrage war hoch, wie nicht anders zu erwarten, doch nur wenige waren geeignete Klienten. Es bedurfte eines tief verwurzelten Hasses und einer ziemlichen Kraft, dabei zuzusehen, wie der Ehepartner qualvoll starb, während man wusste, dass man selbst es war, der diese Qualen verursacht hatte.

„Wenn das Geld Ihnen zu schaffen macht“, sagte Glykon in diesem Moment, „überlegen Sie einfach, wie es wäre, die nächsten fünfundzwanzig Jahre im Gefängnis zu sitzen. Oder stecken Sie die Hand hier rein.“ Er deutete auf die Sporttasche zu seinen Füßen. „Es spricht nämlich einiges dafür, wissen Sie? Es garantiert meine Sicherheit, und es ist völlig ohne Risiko für mich.“

„Es würde Sie sämtlicher zukünftiger Einnahmequellen berauben“, erwiderte Rusk tapfer. Er befand sich wieder auf festerem Boden. Glykon mochte Millionen an ihrer Zusammenarbeit verdient haben, doch er hatte auch eine Menge davon ausgegeben. Seine privaten Forschungen fraßen Kapital in schwindelerregendem Tempo. Rusk wusste nicht genau, woran Glykon arbeitete. Doch was immer es war, er konnte den Sinn dahinter nicht erkennen – was wohl daran lag, dass es nichts mit Geld zu tun hatte.

Das alles ging Rusk eher beiläufig durch den Kopf, denn sein Hauptaugenmerk galt der Frage nach dem Inhalt der Sporttasche. Er starrte inzwischen seit einer Weile darauf und war beinahe sicher, dass sie sich in dieser Zeit bewegt hatte.

„Möchten Sie einen Blick hineinwerfen?“, fragte Glykon.

Rusk schüttelte den Kopf. „Wir müssen über noch was reden.“

„Und das wäre?“ Wieder erschien Wachsamkeit in Glykons Augen.

„Ich wusste, dass der heutige Tag Sie verärgern würde. Insbesondere die Geschichte mit Agentin Morse. Und deswegen hielt ich es für erforderlich, Schritte zu meinem eigenen Schutz zu unternehmen.“

Glykons Augenlider klappten halb herunter wie bei einer Eidechse, die von einem Sonnenstrahl erfasst wurde. „Was haben Sie getan?“

„Bleiben Sie ganz ruhig. Ich habe nichts weiter als ein einfaches, vollkommen sicheres Arrangement getroffen. Ich muss jeden Tag eine bestimmte Sache erledigen. Falls das nicht geschieht, werden gewisse Dinge in Bewegung gesetzt.“ Rusk hörte seine Stimme zittern, doch ihm blieb nichts anderes übrig, als weiterzumachen. „Dinge, die letztlich dazu führen würden, dass man Sie wegen vielfachen Mordes verurteilt.“

Ein merkwürdiges Licht war in den halb geschlossenen Augen Glykons erschienen. „Erzählen Sie mir nicht, dass Sie eine Art Geständnis bei Ihrem Anwalt in Verwahrung gegeben oder in irgendein Bankschließfach eingelagert haben.“

„Nein. Viel diskreter. Und sehr viel zuverlässiger.“

„Und wenn Sie durch einen Zufall sterben?“

„Dann blieben Ihnen noch ein paar Tage, um das Land zu verlassen. Das wäre gar nicht so schlecht. Wir sind längst steinreich und haben ausgesorgt. Sie müssten lediglich ein bisschen früher verschwinden als geplant. Unterm

Strich ist es ganz einfach: Wenn Sie mich töten, können Sie nicht in Amerika bleiben. Aber warum sollten Sie mich töten wollen? Ich mache mehr Geld für Sie, als irgendjemand anders es könnte."

„Ihre Vorstellung von Reichtum ist äußerst provinziell. Der Profit aus meinen Forschungen wird alles, was wir bisher verdient haben, bei Weitem in den Schatten stellen. Ich betrachte unsere gemeinsamen Operationen als Nebenerwerb, wie ein Student, der in Kneipen jobbt."

Glykons Antwort machte Rusk wütend. Doch er widersprach nicht. Er starrte wieder auf die Sporttasche. Sie hatte sich definitiv bewegt. Irgendetwas Lebendiges war darin.

„Ich muss zurück in die Stadt", sagte er.

Glykon griff nach unten und öffnete den Reißverschluss der Tasche. Rusk schob sich vorsichtig vom Feuer weg, als etwas Schwarz-Gelbes aus der Tasche gekrochen kam. Es sah aus wie der Kopf einer Eidechse. Eine schwarze Eidechse mit einem gelben Band über dem Kopf.

„Bevor Sie gehen, Andrew, erzählen Sie mir mehr über Alice Morse."

„Sie war Geiselunterhändlerin beim FBI. Die beste, die sie je hatten, bis zu dem Tag, als ihr Kollege durch ihre Schuld starb."

„Was hat sie falsch gemacht?"

„Sie verließ sich auf ihr Gefühl anstatt auf Logik."

„Ein weitverbreiteter Fallstrick."

Mit fast ballettartiger Eleganz griff Glykon hinter den schwarz-gelben Kopf und hob eine Schlange aus der Tasche. Das dünne farbenprächtige Reptil war bestimmt fünfzig Zentimeter lang. Rusk starrte auf die alternierenden Farbkringel. Rot, gelb, schwarz, rot, gelb, schwarz … Sein Blutdruck fiel so rasch, dass er für eine Sekunde glaubte, ohnmächtig zu werden. Eine verdammte Korallenschlange! Eine Killerbestie!

„Woher haben Sie dieses Mistvieh?", fragte er mit zitternder Stimme.

„Ich habe sie heute Morgen gefunden. Ein scheues Ding, wie alle seine Artgenossen."

„Aber sie kam direkt aus der Tasche, als Sie den Reißverschluss geöffnet haben."

„Ich nehme an, sie wollte sich ein bisschen in der Sonne wärmen. Schlangen sind wechselwarm, Sie erinnern sich?" Glykon lächelte. „Ist Agentin Morse verheiratet?"

„Nein. War sie nie."

„Interessant. Kinder?"

„Nein, bis auf den Neffen, Fennells Jungen. Sie stehen sich sehr nah."

Der Doktor schien in Gedanken versunken.

„Noch eine Sache", fuhr Rusk fort. „Ich habe morgen einen potenziellen Klienten. Der Kerl ist ein schrecklicher Prolet – bis auf das Bankkonto, an dem absolut nichts Proletenhaftes ist. Und ich weiß aus zuverlässiger Quelle, dass er seine Frau hasst."

„Sie sind ein gieriger Bursche, Andrew. Wie hoch sind die möglichen Einnahmen?"

„Wir könnten jeder eine Million machen, denke ich."

Glykon hielt den Kopf der Schlange dicht vor seine Augen. „So?"

„Ja! Eine Scheidung würde ihn bestimmt das Zehnfache kosten."

„Dann machen Sie's."

„Keine Bedenken wegen Braid?"

Glykon schüttelte den Kopf. „Vergessen Sie Braid. Konzentrieren Sie sich auf Ihre Verkaufspräsentation. Da liegt Ihre Begabung. Im Verkauf."

Rusk lachte erleichtert auf. Glykons letzte Bemerkung deutete an, dass er eine Zukunft für seinen Partner sah. „Ich muss jetzt wirklich los." Rusk entfernte sich immer weiter vom Feuer. „Wie erfahre ich, dass sich das Problem Braid erledigt hat?"

Ärger blitzte in Glykons blauen Augen auf. „Habe ich je etwas versprochen, was ich später nicht gehalten habe?"

„Nein, nichts für ungut."

„Gehen Sie, Andrew. Und vergessen Sie nicht – zweihundertfünfzigtausend. Ich möchte rohe Steine, nicht das grelle Glitzerzeug, mit dem Sie junge College-Dinger verführen."

„Weiße Rohdiamanten, verstanden. Sie kriegen sie nächste Woche."

Glykon hob den Arm mit der Schlange. „Das werde ich, Andrew!"

Rusk wandte sich ab und rannte los.

CHRIS hatte stundenlang gearbeitet. Das Gesicht, das er am wenigsten zu sehen erwartete, als er sich zu einer Pause in sein privates Büro zurückzog, war das seiner Frau. Thora saß hinter seinem Schreibtisch und tippte etwas in die Tastatur ihres Smartphones. Beim Rascheln seines Arztkittels blickte sie auf und bedachte ihn mit einem strahlenden Lächeln.

„Was tust du hier?", fragte er.

„Ich bin zufällig auf dem Highway vorbeigekommen, also bin ich abgebogen, um mir einen Kuss zu holen." Sie erhob sich, kam um den Tisch herum, stellte sich auf die Zehenspitzen und küsste ihn auf die Wange. „Ich habe mit Laura Canning im ‚Planet Thailand' zu Mittag gegessen", fuhr sie fort. „Sie erzählte, dass das Alluvian heute Morgen eine Stornierung hatte. Wir haben für die nächsten drei Nächte reserviert."

„Du meinst, du fährst heute noch?“

„Nein, nein. Erst morgen früh.“

Er setzte sich, während er die Neuigkeit schweigend verdaute.

„Keine Angst, ich bringe Ben noch zur Schule, und Mrs Johnson kann ihn zu Camerons Geburtstagsfest fahren, wenn du nicht wegkannst.“

Chris hatte die Feier völlig vergessen.

Thora nahm auf dem Schreibtisch Platz. „Du bist so still“, sagte sie besorgt.

Er wünschte, er hätte etwas gegen seine Stimmung tun können, doch nach den Anschuldigungen, die Agentin Morse erhoben hatte, und nach einer todkranken Patientin an diesem Vormittag fiel es ihm schwer, locker zu bleiben. Als er Thora jetzt betrachtete, sah er eine deutliche Veränderung. Er hatte sie eigentlich bereits am Vorabend bemerkt, doch seine ausgehungerte Libido hatte es als unbedeutendes Detail abgetan.

„Wie viel hast du abgenommen?“ Er starrte auf ihren eingefallenen Bauch unter dem seidenen Oberteil.

Verlegen blickte Thora ihn an. „Was?“

„Du siehst dünn aus. Zu dünn.“

Ein nervöses Lachen. „Das kommt vom Laufen, nehme ich an.“

„Ich weiß. Aber es kann ungesund sein. Ich möchte, dass du rausgehst und dich wiegen lässt.“

Thora streckte die Hand aus und drückte seinen Oberschenkel. „Jetzt wirst du albern, Chris.“

„O nein, ich meine es vollkommen ernst.“ Er stand auf. „Ich wiege dich selbst. Ich möchte auch eine Blutprobe nehmen.“

„Blut?“ Wie betäubt starrte sie ihn an. „Auf gar keinen Fall!“

„Ich mache mir Sorgen um deinen allgemeinen Gesundheitszustand. Du kommst kaum in die Praxis. Wann hattest du die letzte gründliche Untersuchung? Außerdem könnte sich dein Lauftraining störend auf deine Fruchtbarkeit auswirken.“

Thora sah ihn nüchtern an, doch sie schwieg.

„Los, komm.“ Er nahm sie beim Arm und führte sie zur Schwesternstation. Thora stieg auf die medizinische Waage, und Chris verschob die Gewichte, bis die Zungen einander gegenüberstanden.

„Fünfzig Komma fünf Kilo“, stellte er fest. „Bei unserer Hochzeit hast du siebenundfünfzig gewogen.“

„Nie im Leben! So viel habe ich noch nie gewogen.“

Sie log. „Du bist eins achtundsechzig groß, Thora. Du musst keine sieben Kilo abnehmen, wenn du nur siebenundfünfzig wiegst.“

Sie seufzte und stieg von der Waage.

Chris wusste, dass er sie auf gar keinen Fall würde überreden können, den Flur hinunter ins Labor zu gehen, also setzte er sie hin und befestigte eine Manschette um ihren Arm, um den Blutdruck zu messen. Er pumpte die Manschette auf und kramte in der unteren Schublade nach einer Spritze.

„Bleib sitzen und entspann dich. Ich bin ein Ass mit der Nadel."

Sie lehnte sich zurück und ließ zu, dass er zehn Milliliter dunkles, venöses Blut in den Spritzenkolben zog. „Meine Güte, ich komme auf einen Kuss herein, und du tust mir weh. Kein Wunder, dass ich so selten Lust habe, dich an der Arbeit zu besuchen."

Chris lachte. Äußerlich nahm er ihre Bemerkung leicht, doch insgeheim fand er, dass seine Vermutung bezüglich ihrer Abneigung gegen die Praxis wohl stimmte. Es erinnerte sie an ihren Vater, und sie wollte nicht an ihn erinnert werden. „Ich dachte, du magst es, wenn ich dir wehtue."

„Nicht heute." Sie erhob sich und ging in sein privates Büro zurück.

Als Chris nachkam, schob sie bereits ihr Smartphone in die Handtasche. „Ich muss noch eine Menge vorbereiten für meine kleine Reise." Sie kam zur Tür. „Wir sehen uns zu Hause, ja?" Sie drängte sich gegen ihn. „Vielleicht können wir nach Bens Spiel wiederholen, was wir gestern Abend gemacht haben …?"

Als sie gegangen war, schloss Chris die Tür und setzte sich an seinen Schreibtisch. Als er versuchte, sich auf seinen nächsten Patienten zu konzentrieren, öffnete er, ohne recht zu wissen warum, die Schublade. Zuoberst auf einem Rezeptblock lag das silberne Handy, das Alice Morse ihm an diesem Morgen gegeben hatte. Er nahm es und sah, dass das blaue LCD-Fenster einen Anruf in Abwesenheit anzeigte. Das Telefon war stumm geschaltet. Er klappte es auf und überprüfte den Zeitpunkt des Anrufs. Vor einer Minute. Rasch wählte er die einzige Nummer, die in den Telefonspeicher einprogrammiert war.

Schon nach dem ersten Klingeln meldete sich eine Frauenstimme. „Alice Morse hier. Können Sie reden?"

„Ja."

„Ich befinde mich direkt draußen vor Ihrer Praxis. Thora ist eben weggefahren. Ich bin ihr hierher gefolgt."

„Was machen Sie hier?"

„Ich muss Ihnen etwas zeigen. Einen eindeutigen Beweis. Wir treffen uns in fünfzehn Minuten in dem Park am Ende dieses Boulevards. Ich warte auf dem großen Hügel in der Mitte."

„Das ist eine zeremonielle Stätte, kein simpler Hügel. Und auch kein Park, sondern ein historischer Ort. Das Große Dorf der Natchez-Indianer."

„Meinetwegen. Wunderbar. Bitte beeilen Sie sich."

Fünfzehn Minuten später stapfte Chris am Nachbau einer Indianerhütte vorbei. Vor ihm ragten zwei Erhebungen empor. Die nähere war der zeremonielle Hügel, wo der Häuptling der Natchez einst die Rituale dieses einzigartigen Stammes geleitet hatte. Dahinter erhob sich der Tempelhügel. Beide waren von den sonnenanbetenden Ureinwohnern errichtet worden, die dieses Land tausend Jahre vor dem ersten Weißen besiedelt hatten.

Chris schirmte die Augen mit der flachen Hand gegen die Sonne ab und blickte suchend zum Zeremonienhügel, wo er eine kleine Silhouette entdeckte. Er war nicht sicher, ob es sich um Agentin Morse handelte, denn es waren auch einige Touristen anwesend, doch er ging trotzdem hin und stieg den Hang hinauf.

„Sie haben zwanzig Minuten gebraucht", tadelte ihn die Silhouette über ihm.

Als Chris oben ankam, sah er sich tatsächlich Alice Morse gegenüber. Sie hatte ihre Fahrradmontur gegen eine Kakihose und eine hellgelbe Bluse getauscht.

„Was wollten Sie mir zeigen?", kam er ohne Umschweife zur Sache.

„Man kann uns hier leicht entdecken", erwiderte sie. „Können wir vorher woandershin gehen?"

„Ja. Der St Catherine's Creek fließt hier durchs Gelände. Zwischen den Bäumen dort gibt es einen Pfad, der zum Wasser hinunterführt."

„Gut." Sie lief los in die angegebene Richtung, ohne auf ihn zu warten. Frustriert schüttelte Chris den Kopf, bevor er ihr nachging.

Entlang dem Weg wurden Eichen von Ulmen abgelöst, dann folgten Pappeln und dichtes Bambusgehölz. Bald stapften sie über feuchten gelben Sand und erreichten schließlich einen breiten, träge dahinfließenden Bach.

„Das ist weit genug. Setzen Sie Ihr Pokerface auf, Doktor."

Agentin Morse öffnete ihre Handtasche und reichte Chris ein Foto. Es zeigte Thora und Shane Lansing, die sehr nah beieinanderstanden. Hinter den beiden erkannte Chris den schwarzen Granitstein, aus dem die Fassade des Kamins in ihrem neuen Haus in Avalon gemauert war. Thoras Mimik war sehr lebhaft – wütend, so schien es, doch das vermochte Chris nicht mit Sicherheit zu sagen –, und Lansing lauschte unterwürfig.

„Ich habe das Foto vor fünfundvierzig Minuten durch das Fenster aufgenommen und dann auf einem tragbaren Drucker in meinem Wagen ausgedruckt", erläuterte Alice Morse. „Es war ihr drittes Treffen diese Woche."

Chris hatte das Gefühl, als schwankte der Boden unter seinen Füßen. Thora trug das gleiche Seidentop und die gleiche blaue Hose, die sie erst vor wenigen Minuten in seiner Praxis angehabt hatte – und sie hatte mit keinem Wort erwähnt, dass sie sich vorher mit Lansing getroffen hatte.

„Haben Sie gehört, worüber die beiden gesprochen haben?“, fragte er.

„Ich konnte nicht näher heran, ohne entdeckt zu werden.“

Chris ging zu einem großen angeschwemmten Baumstamm und ließ sich schwer darauf nieder. „Ich weiß, nach was es aussieht“, meinte er tonlos, indem er das Foto hochhielt. „Aber es beweist immer noch nicht, dass sie eine Affäre haben. Vielleicht hat Lansing Probleme zu Hause. Vielleicht hat er sich Thora anvertraut.“

Staunend öffnete Agentin Morse den Mund.

„Verflucht!“, knurrte er, bevor sie etwas sagen konnte. „Sie behaupten, Thora hat es mit Lansing getrieben und ist dann geradewegs zu mir in die Praxis gekommen, um sich einen Kuss zu holen?“

„Hat Thora Ihnen erzählt, dass sie deswegen gekommen ist?“

Chris blickte zur Seite. „Was hat sie heute sonst noch gemacht?“

„Das Übliche. Laufen, Duschen, Schwimmen im Country Club, Krafttraining im Fitnessclub. Danach hat sie dort noch mal geduscht. Auf dem Weg zu ihrem Thai-Restaurant bekam sie einen Anruf auf dem Handy. Sie machte kehrt, ging zu ihrem Wagen zurück und fuhr nach Avalon.“

Überrascht blickte Chris auf. „Sie war nicht im Planet Thailand essen?“

„Nein. Was hat sie Ihnen erzählt? Doktor?“

Er brachte es nicht fertig, ihr in die Augen zu sehen.

„Sie hat Sie angelogen, habe ich Recht?“, fragte sie. „Wenn Sie immer noch Zweifel haben, überprüfen Sie ihre Telefonrechnung. Das können Sie sogar online. Sie bekam heute Mittag um zwölf Uhr achtundzwanzig einen Anruf von Lansing. Sie haben das Bild, das beweist, dass sie sich direkt danach mit ihm getroffen hat, und Sie wissen jetzt, dass sie Sie belogen hat, was ihr Mittagessen angeht. Wenn Sie das alles zusammennehmen …“

„Ich hab’s verstanden!“, brauste Chris auf. Er ließ das Foto in den Sand fallen und ging eilig davon.

DIE MENGE tobte beim Klang des Aluminiumschlägers, und zweihundert Augen folgten dem Bogen des mit Wucht getroffenen Baseballs im Licht der Scheinwerfer. Chris beobachtete Ben, der den Ball weit geschlagen hatte und nun nach einem beherzten Sprint in einer gewaltigen Staubwolke die Seitenlinie entlangrutschte. Schlagartig herrschte in den Rängen Totenstille.

Chris schlug das Herz bis zum Hals. Hatte Ben es geschafft? Doch da blitzte es mitten in der Staubwolke weiß auf.

„Aus!“, rief der Schiedsrichter.

Auf der Tribüne erklangen Wut- und Jubelschreie. Chris rannte aufs Spielfeld, doch es war zwecklos, gegen die Entscheidung zu protestieren. Er hatte die letzten Augenblicke des Spielzugs ebenso wenig gesehen wie wohl auch der Schiedsrichter. Es war so viel Staub in der Luft gewesen, dass der finale Akt des Spiels gleichsam im Nebel stattgefunden hatte.

Ben erhob sich mit hochrotem Gesicht und starrte den Schiedsrichter mit Tränen der Wut in den Augen an, doch ehe er etwas sagen konnte, packte Chris ihn am Arm und zog ihn vom Spielfeld.

„Guter Versuch“, sagte er, „aber es ist vorbei.“

Nachdem die Spieler beider Teams sich die Hände gereicht hatten, versammelte Chris seine Mannschaft und hielt in der aufkommenden Dämmerung eine tröstende Ansprache, ehe er die Jungen zu ihren wartenden Eltern schickte.

„Dad?“ Ben zupfte ihn am Ärmel. „Können wir bleiben und beim nächsten Spiel zusehen?“

„Nein, Schatz“, meinte eine weibliche Stimme hinter Chris. Thora.

„Ach, komm schon, Mom! Dad hat nicht Nein gesagt!“

„Na schön“, entgegnete sie gepresst. „Dann frag deinen Dad und hör dir an, was er sagt.“

Ben grinste und sah zu Chris auf. „Darf ich, Dad? Bitte, bitte, darf ich?“

„Klar. Ich bin gespannt, wie die anderen sich schlagen.“

Ben jubelte und rannte in Richtung Tribüne davon.

„Warum hast du das getan?“, klagte Thora enttäuscht. „Ich dachte, wir wollten zu Hause noch ein bisschen Zeit miteinander verbringen. Ich fahre morgen!“

„Es war deine eigene Entscheidung.“

Sie sah Chris an, als hätte er ihr eine Ohrfeige verpasst.

„Du bist doch nur drei Tage weg, oder?“, lenkte er ein.

Wortlos nickte sie. Chris ging an ihr vorbei zur Tribüne. Er dachte, dass sie ihm vielleicht hinterherrufen würde, doch sie tat es nicht. Während er sich von ihr entfernte, versuchte er seine Gefühle in den Griff zu bekommen.

Er war in einer Art Schockzustand, seit Alice Morse ihm das Foto gezeigt hatte. Sein erster Impuls war gewesen, nach Hause zu fahren und Thora zur Rede zu stellen, doch als er am Krankenhaus vorbeigekommen war, hatte er sich so weit gefangen, dass er umdrehen, parken und seine Visite hatte machen können. Anschließend war er in die Praxis zurückgekehrt und hatte den

Rest des Nachmittags gearbeitet. Die meisten Bluttests von Thora waren zwischenzeitlich erledigt; die einzige Auffälligkeit war eine schwache Anämie, wie man sie häufig bei Langstreckenläufern fand.

Nach Ende der Sprechstunde hatte Chris getan, was Alice Morse ihm vorgeschlagen hatte, und die Online-Rechnung von Thoras Handy überprüft. Er hatte mehrere Nummern entdeckt, die er nicht kannte. Doch keine davon gehörte Shane Lansing, wie er nun wusste, denn er hatte sämtliche Nummern angerufen, um es zu überprüfen. Noch eigenartiger war, dass es um 12.28 Uhr keinen Anruf gegeben hatte. Entweder hatte Agentin Morse sich geirrt, oder Thora hatte ein Mobiltelefon, von dem Chris nichts wusste.

Es war fast dunkel, doch die Flutlichtanlage der Baseballanlage verwandelte den umliegenden Park in eine smaragdgrüne Oase. Nachdem Thora einige Minuten schmollend am Zaun gestanden hatte, kam sie nun doch zu Chris in die oberste Reihe der Tribüne hinauf.

„Wirst du mir sagen, was los ist?“, fragte sie flüsternd, nachdem sie neben ihm Platz genommen hatte.

„Nichts. Ich verliere nur nicht gern.“ Er starrte nach vorn, ohne sie anzusehen.

„Ich dachte, die Aussicht auf Sex würde dich nach Hause locken, ob du nun gewonnen oder verloren hast“, erwiderte sie mit leiser Stimme.

Er sah sie an. „Was hast du heute den ganzen Tag gemacht?“

Sie wich etwas vor ihm zurück. „Ein überraschender Themenwechsel.“

Er zuckte die Schultern.

„Das Übliche.“ Sie blickte wieder aufs Spielfeld. „Laufen, Schwimmen, Krafttraining. Danach Mittagessen. Dann habe ich mich mit den Bauunternehmern gestritten und ein paar Sachen für meine Reise gekauft.“

Fast hätte Chris gefragt, wie das Essen gewesen sei. Stattdessen erkundigte er sich: „Was war denn schon wieder mit den Bauunternehmern?“

„Die gleiche alte Geschichte. Verzögerungen bei den Schreinerarbeiten, andere Anweisungen. Sie wollen mehr Geld im Voraus.“

Er nickte, sagte aber nichts. Während das Spiel seinen Lauf nahm, ließ er den Blick über die Sitzbänke schweifen. Er kannte fast jedes Gesicht, das er sah. So war das in Kleinstädten wie Natchez. Da entdeckte er einen Mann ungefähr in seinem Alter, der ihm zuwinkte. In Chris’ Händen und Gesicht breitete sich mit einem Mal eine merkwürdige Taubheit aus. Der Mann war Shane Lansing.

Thora winkte zurück, als wäre Lansing ein Verwandter, den sie lange nicht gesehen hatte. „Wink auch, Chris!“, drängte sie und versetzte ihm einen Stoß in die Seite.

Leck mich, dachte er so inbrünstig, dass er es beinahe laut gesagt hätte. Er neigte den Kopf leicht in Lansings Richtung, dann wandte er sich demonstrativ wieder dem Spielgeschehen zu.

„Was ist los mit dir?“, erkundigte sich Thora.

„Nichts. Hast du eigentlich Lansing schon mal draußen in Avalon getroffen?“, fragte er in beiläufigem Tonfall.

„Sicher, erst heute“, antwortete Thora, ohne zu zögern.

Die Antwort verblüffte Chris so, dass er nach Worten suchte. „Heute?“

„Ja. Er kam auf dem Heimweg zum Mittagessen auf die Baustelle.“ Zum ersten Mal blickte sie unbehaglich drein. „Ich wollte eigentlich schon längst mit dir darüber reden. Aber du warst so beschäftigt in letzter Zeit …“

„Worüber wolltest du mit mir reden?“ Er spürte, wie er rot anlief.

„Meine Güte, Chris, was ist denn los mit dir? Shane hat mich gefragt, ob ich für ihn arbeiten will, das ist alles.“

Er wusste nicht, was er darauf antworten sollte. Nichts auf der Welt hätte ihn mehr überraschen können. „Für ihn *arbeiten*? Was soll das heißen? Was sollst du für ihn machen?“

„Du darfst mit niemandem darüber reden, ja? Shane plant ein großes ambulantes Chirurgiezentrum. Es wird mit den einheimischen Krankenhäusern im Wettbewerb stehen, deswegen kannst du dir sicher vorstellen, welchen Wirbel es verursachen wird.“

Die Vorstellung, dass Lansing ein privates medizinisches Unternehmen plante, überraschte Chris nicht weiter. Lansing gehörte zu der neuen Sorte Ärzte – sie fingen bereits an, ihre Imperien zu errichten, sobald sie das Recht erworben hatten, den Doktortitel zu führen. Doch warum Lansing wollte, dass Thora in diesem chirurgischen Zentrum für ihn arbeitete, entzog sich Chris' Verständnis.

„Was sollst du für ihn tun?“

„Das Personal beaufsichtigen. Hauptsächlich die Schwestern, Techniker und Laboranten.“

„Aber du bist Millionärin. Warum als Oberschwester arbeiten?“

Thora lachte, und in ihren Augen blitzte es. „Ich habe nicht gesagt, dass ich den Job annehme. Obwohl ich mich manchmal schrecklich gelangweilt fühle in meiner Rolle als Yuppie-Hausfrau.“

Chris schwieg. „Ist das Lansings einziges Interesse an dir?“, fragte er schließlich.

Wieder lachte Thora, lauter diesmal. „Was willst du damit sagen?“ Doch das Flackern in ihren Augen verriet ihm, dass sie es genau wusste.

„Sei bitte aufrichtig.“

Ihr Lachen verklang. „Shane ist verheiratet, Schatz."

„Und wenn er es nicht wäre?"

„Jetzt komm schon. Das meinst du doch nicht im Ernst?"

„Shane hatte allein im letzten Jahr drei Affären, von denen ich weiß."

„Gerede!", erwiderte sie wegwerfend. „Du kennst diese Stadt."

„Das Gerede dichtet ihm sechs oder sieben Krankenschwestern im vergangenen Jahr an. Die drei, von denen ich rede, sind Tatsache. Er musste zwei der Frauen bezahlen, damit sie ihn in Ruhe ließen."

Zwei groß gewachsene Jungen hatten sich inzwischen zu Lansing gesellt. Der Chirurg hatte vier gut aussehende und sportliche Söhne.

„Das wusste ich nicht", meinte Thora nachdenklich.

Chris richtete seine Aufmerksamkeit wieder auf das Spiel. Thoras Enthüllung eines Jobangebots hatte ihm die Sprache verschlagen. Konnte das die Erklärung für den heimlichen Kontakt zwischen den beiden sein? Wenn Lansing sein eigenes chirurgisches Zentrum gründete, war es durchaus angebracht, dass er ein Geheimnis daraus machte. Die beiden Krankenhäuser von Natchez würden alles in ihrer Macht Stehende unternehmen, um ihn aufzuhalten.

„Ich muss auf die Toilette", verkündete Chris unvermittelt und stieg die Treppe hinunter. Er wählte absichtlich einen Weg, der ihn an Lansing vorbeiführte, wobei ihm dessen athletische Gestalt und attraktive Gesichtszüge in einem neuen Licht erschienen. Als er den Chirurgen erreicht hatte, blieb er stehen und schüttelte ihm die Hand.

„Hab gehört, Ihre Jungs haben heute Abend verloren", sagte Lansing.

Chris schluckte überraschend viel Galle herunter und nickte. „Was ist mit Ihren?"

Der Chirurg lachte. „Mit vier Söhnen gewinnt und verliert man das eine oder andere Spiel."

„Thora hat erzählt, Sie wären heute in unserem neuen Haus gewesen?"

Die Bemerkung schien Lansing zu überraschen, doch er erholte sich schnell. „Ja. Es nimmt wirklich langsam Gestalt an."

Chris zwang sich zu einem Lächeln. „Viel Golf gespielt in letzter Zeit?"

„Wann immer ich kann."

„Vielleicht spiele ich auch diese Woche. Sind Sie in der Stadt?"

Lansings Blick bohrte sich in seinen. „Ja, sicher. Wollen Sie eine Runde mit mir spielen?"

Chris nickte. „Ich rufe Sie an."

Lansing grinste, dann wandte er sich wieder dem Spielfeld zu.

Chris ging weiter zu den Toiletten. Auf halbem Weg blickte er wie beiläufig zurück zu Thora. Aufmerksam starrte sie Lansing an.

Es war bereits kurz vor Mitternacht, als Alice erleichtert das kleine grüne Symbol auf dem Computerbildschirm erblickte, das Jamies Anwesenheit im Netzwerk signalisierte. Bevor sie ein Wort tippen konnte, erschien eine Einladung zur Videokonferenz auf ihrem Schirm. Sie akzeptierte und wartete, während sich das kleine Fenster auf dem Monitor öffnete. Als Jamies Gesicht darin auftauchte, blieb Alice die Freude allerdings im Hals stecken. Es war gerötet, und auf seinen Wangen glitzerten Tränen.

„Was ist denn los, kleiner Mann? Was ist passiert?"

„Missy zieht bei uns ein."

Der Schock durchfuhr Alice wie ein elektrischer Schlag. „Was? Wieso sagst du das?"

„Sie war heute Abend zum Essen bei uns. Sie hat sich ganz merkwürdig benommen, als wäre sie meine neue beste Freundin. Dann sagte Dad irgendwas von wegen, wie großartig es für mich wäre, wenn wieder eine Frau im Haus wohnen würde. Beide haben mich die ganze Zeit beobachtet, nachdem er das gesagt hatte. Ich bin nicht dumm, Tante Alice."

Fast wäre sie aufgesprungen. Es gelang ihr nur mit Mühe, ihre Gefühle zu kontrollieren. Was dachte sich Bill bloß dabei? Seine Frau war noch keine sechs Wochen unter der Erde, und er plante bereits, seinem trauernden Sohn die Geliebte als Ersatzmutter vorzusetzen?

„Was soll ich nur tun?", fragte Jamie, und in diesem Moment spürte Alice die volle Last der Verantwortung für seine Zukunft. „Kann ich denn nicht zu dir ziehen?"

„Vielleicht. Ich arbeite jeden Tag daran. Aber du musst im Moment noch mitspielen und darfst mit niemandem darüber reden, hörst du? Nicht mit deinem Dad und ganz sicher nicht mit seiner Missy."

„Ich hasse sie!", verkündete Jamie aus vollem Herzen. „Hasse sie, hasse sie, hasse sie!"

Missy ist nicht das Problem, dachte Alice. Bill ist das Problem.

„Ich hab meine Hausaufgaben noch nicht gemacht", fuhr ihr Neffe unruhig fort. „Ich hab Dad gesagt, ich wäre damit fertig, aber das war gelogen. Ich konnte mich einfach nicht konzentrieren."

„Meinst du, du schaffst es jetzt?"

Er zuckte die Schultern. „Möglich. Kannst du online bleiben, wenn ich's versuche?"

Eigentlich hätte Alice nach Jackson aufbrechen müssen. Eine der Pflegerinnen hatte angerufen und sie darüber informiert, dass der Onkologe ihre Mutter zurück ins Krankenhaus verlegt hatte, weil sich der Zustand von deren Leber verschlimmert hatte. Die Fahrt dauerte zwei Stunden, doch wie hätte Alice sich vor Jamies Ängsten und seiner Verwirrung verschließen können?

Sie zwang sich zu einem Lächeln, als hätte sie alle Zeit der Welt. „Aber selbstverständlich."

Acht Kilometer von Alice Morse' Motelzimmer entfernt lag Chris im Bett seines Adoptivsohns und lauschte Bens leisem, regelmäßigem Atem. Der vergangene Tag war einer der schlimmsten seines Lebens gewesen, und er hatte nicht den Wunsch, ihn durch weitere Diskussionen mit Thora fortzusetzen, bevor er schlafen ging. Seine Gedanken drehten sich um Agentin Morse' Anschuldigungen und Thoras Erklärungsversuche, und unter diesem Sturm von Worten lauerte das beginnende Gefühl, wieder einmal alles vermasselt zu haben. Er war fünf Jahre mit seiner ersten Frau zusammen gewesen, ehe sie geheiratet hatten, doch selbst nach all dieser Zeit hatte er nicht gesehen, welches Wesen sich hinter ihrer hübschen Fassade verbarg. Er hatte geglaubt, sie gut zu kennen. Doch er hatte sich geirrt.

Er war weniger als ein Jahr mit Thora zusammen gewesen, als er ihr seinen Antrag gemacht hatte. Er hatte sie allerdings schon viel länger gekannt, hauptsächlich als hingebungsvolle Ehefrau eines seiner Patienten. Und er hatte sie mehr respektiert und begehrt als jede andere Frau seit seiner Scheidung. Doch jetzt spürte er, dass die Thora, die er kennen und schätzen gelernt hatte, nur eine Facette eines sehr viel komplexeren Charakters war.

Und was war mit Ben? Innerhalb eines bemerkenswert kurzen Zeitraums hatte der Junge Chris sein ganzes Vertrauen geschenkt. Ben suchte bei ihm nach Freundschaft, Unterstützung und Sicherheit. Nicht finanzielle Sicherheit – davon konnte Thora genug bieten –, sondern das Gefühl, dass es einen großen, starken Mann gab, der bereit war, sich zwischen ihn und jede Gefahr zu stellen, die auf ihn zukam. Es war schwer vorstellbar, dass Thora diese Bindung wegen einer Affäre mit einem Kerl wie Shane Lansing aufs Spiel setzen wollte.

Ein senkrechter Spalt aus gelbem Licht erschien in der Dunkelheit. Dann verdunkelte ihn ein Schatten. Thora stand in der Tür. Chris schloss die Augen und rührte sich nicht.

„Chris? Schläfst du?", wisperte Thora.

Er antwortete nicht.

Nach ein paar Sekunden kam sie auf Zehenspitzen ins Zimmer und küsste jeden der beiden auf die Stirn. „Tschüss, Jungs", flüsterte sie. „Ich liebe euch." Sie schlüpfte wieder nach draußen und schloss die Tür hinter sich.

5

Alice blinzelte und bewegte sich, als sie ein leises, schmerzerfülltes Stöhnen vernahm. Nachdem sie am Vortag bis spät in die Nacht Jamie bei den Hausaufgaben geholfen hatte, war sie nach Jackson gefahren und unterwegs beinahe zweimal von der Straße abgekommen. Seit ihrer Ankunft im Krankenhaus hatte sie sich, in einem Stuhl am Bett ihrer Mutter sitzend, in einem Fegefeuer zwischen Wachen und Schlaf befunden. Nun drang schwaches blaues Tageslicht zwischen den Lamellen der Fensterjalousie hindurch.

Margaret Morse gehörte auf eine Intensivstation, doch vor einer Woche hatte sie ein Formular unterschrieben, in dem sie für den Fall eines Zusammenbruchs entschieden hatte, dass keine außergewöhnlichen lebenserhaltenden Maßnahmen ergriffen werden sollten. Der jahrelang unentdeckt in ihren Eierstöcken wuchernde Krebs hatte sich auf ihre Leber ausgebreitet, und sie stand vor einem Nierenversagen. Trotz allem war sie noch am Leben, weit über die Zeit hinaus.

Sie stöhnte wieder. Alice drückte ihre Hand. Ihre Mutter erhielt inzwischen so viel Morphium, dass die Phasen des Wachseins sehr viel kürzer waren als die des Schlafs. Klarheit war ein längst vergessener Zustand.

Beim Zirpen ihres Mobiltelefons, das in ihrer auf dem Fußboden liegenden Handtasche steckte, zuckte Alice zusammen. Ohne die Hand ihrer Mutter loszulassen, streckte sie den Arm aus und zog das Handy aus der Tasche. „Hallo?", meldete sie sich leise.

„Ich bin es, Kleines. Wie geht es ihr?" Will Kilmer war bei ihrer Mutter geblieben, bis Alice aus Natchez eingetroffen war.

„Nicht besser und nicht schlechter, aber sie hat mehr geschlafen als ich."

Der alte Detektiv stieß einen ärgerlichen Seufzer aus. „Verdammt, Mädchen, ich habe dir schon letzte Woche gesagt, dass du eine Pause brauchst! Dieser verdammte Rusk wird sich bestimmt nicht in Luft auflösen. Aber wie dem auch sei, ich habe ein paar Neuigkeiten, die dich wach machen werden. Erinnerst du dich an William Braid aus Vicksburg?"

„Sicher. Der Ehemann von Opfer Nummer fünf."

„Sieht so aus, als hätte er versucht, sich den Rest zu geben."

Ein aufgeregtes Erschauern machte Alice in der Tat schlagartig hellwach. „Wie? Wann?"

„Er ist Diabetiker. Irgendwann zwischen gestern Abend und heute Morgen, als seine Haushaltshilfe ihn fand, hat er sich anscheinend genügend Insulin geschossen, um in ein permanentes Koma zu fallen."

„Könnte es sich um einen Unfall handeln?“

„Möglich, aber Braids Arzt meint, es sei unwahrscheinlich.“

„Das waren Schuldgefühle“, überlegte Alice laut. „Braid kam nicht damit zurande, was er seiner Frau angetan hat.“

„Sie hatte einen schweren Tod. Schlimmer als die meisten anderen.“

„Wir müssen alles herausfinden, was wir über die letzten Tage Braids ermitteln können. Hast du Leute in Vicksburg?“

„Ich kenne dort jemanden, der Ehesachen übernimmt. Er schuldet mir den einen oder anderen Gefallen.“

„Danke, Onkel Will. Ohne dich wäre ich vollkommen aufgeschmissen.“

„Noch etwas“, fuhr er fort. „Ich habe jemanden an der Hand, der bereit ist, für dich zwei Nächte im Alluvian zu verbringen. Seine Frau wollte schon immer mal dorthin und sich den Laden anschauen. Wenn du die Kosten für ihr Zimmer übernimmst, zahlen sie den Rest aus eigener Tasche.“

Alice rief sich den Stand ihres letzten noch aktiven Bankguthabens ins Gedächtnis, ehe sie den Gedanken wieder verdrängte. „Einverstanden.“

„Fährst du heute noch nach Natchez zurück?“

„Ich habe keine andere Wahl. Shepard ist meine einzige Chance.“

„Kommst du voran bei ihm?“

„Er braucht eine Weile. Niemand findet gerne heraus, dass sein ganzes Leben eine einzige Lüge ist.“

Will seufzte zustimmend. „Sag deiner Mom, ich komme irgendwann im Lauf des Tages vorbei. Und pass auf dich auf, Kleines, hörst du? Ich habe ein ungutes Gefühl, was diesen Fall angeht. Das sind ganz üble Typen, mit denen wir uns anlegen. Und nur, weil sie in der Vergangenheit immer langsam getötet haben, heißt das noch lange nicht, dass sie nicht blitzschnell zuschlagen, wenn sie sich bedroht fühlen. Du bist das letzte Kind, das dein Daddy auf dieser Erde hinterlassen hat, und ich will nicht, dass du dein Leben wegwirfst, um eine Tote zu rächen.“

„Das tue ich nicht“, flüsterte Alice. „Ich versuche einfach nur, Jamie zu retten.“

„Dann ist es ja gut“, erwiderte Will mit Bestimmtheit.

Andrew Rusk hatte endlich den ganz dicken Fisch an der Angel, da war er sich sicher. Ihm gegenüber am Schreibtisch saß Carson G. Barnett, trotz seiner erst 46 Jahre bereits eine Legende im Ölgeschäft mit so vielen Millionen, dass er längst aufgehört hatte zu zählen. Er hatte schon drei Mal ein Vermögen gemacht und wieder verloren. Jetzt war er aufs Neue auf dem Weg nach oben – *ganz* nach oben.

Seit einer Stunde beschrieb Barnett seine Ehesituation. Rusk sah ihn mit seiner sorgenvollsten Miene an und nickte an den passenden Stellen, doch er hörte gar nicht richtig zu. Er hatte schon eine ganze Reihe Jahre nicht mehr richtig zuhören müssen; die Geschichten waren alle gleich. Rusk wusste, wo der Ölbaron hinwollte, lange bevor er dort war. *Sie hat sich überhaupt nicht weiterentwickelt, seit wir geheiratet haben. Weder emotional noch psychisch noch intellektuell,* klagten die einen über ihre Frauen. Und nicht wenige fügten anschließend hinzu: *Aber ihr Hintern ist seither gewachsen wie ein verdammter Babyelefant.*

Barnetts eheliche Probleme hatten ihre eigene spezielle Tiefe. Luvy Barnett war als Baptistin in die Ehe gegangen, doch das hatte zunächst keine größere Rolle gespielt. Doch einige Zeit nach der Geburt der Kinder war ihr Interesse für die Kirche und ihr Engagement für kirchliche Belange exponentiell gestiegen. Umgekehrt proportional dazu hatte sie ungefähr zur gleichen Zeit jegliches Interesse an allem Sexuellen verloren. Eine Zeit lang hatte sich Barnett in sein Schicksal ergeben, so gut es ging, doch irgendwann hatte er – wie jeder echte Mann – Erleichterung gesucht, wo immer er sie finden konnte.

„Wenn es im Kühlschrank nichts zu essen gibt, geht man eben in den Laden“, dröhnte er. „Jeder Hund weiß das! Wenn es in seiner Schüssel nichts zu fressen gibt, geht er auf die Jagd. Ist es nicht so, Andy?“

„Doch, ja.“ Rusk stieß ein pflichtschuldiges Lachen aus.

Er hatte dieses Muster viele Male erlebt. Männer, die sexuelle Erleichterung suchten, durchliefen eine Phase, in der sie mit jeder verfügbaren Frau ins Bett stiegen. Überraschenderweise beeinträchtigte das die Familie nicht im Geringsten. Tatsächlich schienen die Dinge sogar besser zu laufen als zuvor. Der Ärger fing erst an, wenn der Mann – oder die Frau – einen „Seelenverwandten“ fand. Schüttelte Liebe ihr hässliches Haupt, war Scheidung eine unausweichliche Folge. Barnetts „Seelengefährtin“ war ein süßes junges Ding, das in einem Restaurant an der Route 59 arbeitete.

„Ich liebe sie wie sonst nichts auf der Welt und will sie heiraten, auf die eine oder andere Weise, verstehen Sie, Andy?“

„Sie möchten sich also von Ihrer Frau scheiden lassen“, folgerte Rusk in ernstem Tonfall.

„Worauf Sie einen lassen können! Ich hätte nie geglaubt, dass es dazu kommen würde, aber – bei Gott – sie hat mich so weit gebracht!“

Rusk nickte weise. „Viele Anwälte würden versuchen, Ihnen diese Idee auszureden, Mr Barnett. Sie würden stattdessen versuchen, Sie zu einer Eheberatung zu überreden.“

„Sagen Sie Carson, Andy. Und hören Sie auf damit, auf der Stelle! Der einzige Berater, den Luvy akzeptieren würde, wäre ihr Pastor, und ein einziger Besuch bei diesem Kerl war mehr, als ich verkraften konnte. Einen solchen Schwachsinn haben Sie im Leben nicht gehört!"

„Ich habe nicht vor, Sie zu entmutigen, Carson. Weil ich sehe, dass Sie verliebt sind. Sehr verliebt sogar. Und wahre Liebe ist eine wundervolle Sache. Andererseits wage ich nach allem, was Sie mir erzählt haben, vorherzusagen, dass Sie mit Schwierigkeiten vonseiten Luvys rechnen müssen, was die Idee einer Trennung betrifft."

„Zur Hölle, ja!", stimmte Barnett mit einem Ausdruck in den Augen zu, bei dem es sich um Angst zu handeln schien. „Luvy glaubt nicht, dass es so etwas wie eine Scheidung überhaupt gibt! Sie sagt, es wäre eine Sünde und dass ich keinen Grund hätte, mich von ihr scheiden zu lassen, und dass sie mir auch keinen Grund geben würde. Sie sagt, wenn ich versuche, vor Gericht zu gehen, wird sie versuchen, mir die Kinder wegzunehmen, mit der Begründung, dass ich ein Sünder und ein schlechtes Vorbild für sie sei. Wenn ich bei ihr bleibe und es noch einmal mit ihr probiere, bin ich selbstverständlich ein großartiger Mann. Was sagt man dazu?"

„Hat Luvy irgendetwas bezüglich der finanziellen Seite der Angelegenheit verlauten lassen?"

Barnett knirschte mit den Zähnen. „Sie behauptet, dass sie kein Geld für sich haben will, das ihr nicht zusteht – also die Hälfte von allem, was ich verdient habe, seit wir miteinander verheiratet sind –, aber sie will darüber hinaus alles, was sie gesetzlich für die Kinder erstreiten kann. Was bedeutet, sämtliche zukünftige Produktion von den Quellen, die ich während unserer Ehe erschlossen habe, vielleicht sogar von den Feldern, die ich in dieser Zeit nur kartografiert habe!"

Rusk beugte sich vor. „Ich fürchte, Sie können sich jetzt schon von der Hälfte Ihrer Produktionsanlagen verabschieden. Und ein Richter könnte auch eine Alimentenzahlung basierend auf Ihrem gegenwärtigen Produktionsausstoß festlegen."

Barnett war weiß geworden. Er sprang auf und stapfte aufgebracht auf und ab. „Sie wissen, wie der Ölpreis sich in letzter Zeit entwickelt hat? Selbst meine alten Quellen haben sich im Wert verdreifacht! Wenn ein Richter basierend auf meiner gegenwärtigen Projektion Zahlungen errechnet … verflucht, ich müsste ihr allein dafür mindestens zwanzig Millionen geben, wenn nicht mehr! Dann die Häuser, das Boot …"

Rusk wandte sich zur Seite, um sich seine Aufregung nicht anmerken zu lassen. Das war der Mandant, auf den er gewartet hatte. Der Zahltag war gekommen, der es ihm ermöglichen würde, sich mit vierzig zur Ruhe zu setzen. Der Zeitpunkt war perfekt. Die Geschäfte mit Glykon waren keine Sache, die noch viel länger andauern würde.

„Bitte setzen Sie sich, Carson."

Barnett nahm wieder Platz. Er sah Rusk an wie ein Büßer einen Priester, der die Macht besaß, ihm Absolution zu erteilen.

„Ein cleverer Anwalt würde Ihnen raten, jeden Gedanken an Scheidung schleunigst zu vergessen."

„Was?" Argwohn erschien in Barnetts Augen.

„Sie können sich keine Scheidung leisten, Carson."

„Was soll das heißen? Ich besitze fünfzig Millionen!"

„Fünfundzwanzig. Wenn Sie mächtig viel Glück haben. Die Scheidung würde Sie fünfundzwanzig Millionen kosten – plus neunzig Prozent Ihrer Zeit mit den Kindern. Denn wenn Luvy die Position einnimmt, die Sie umrissen haben, können Sie damit rechnen, Ihre Kinder alle 14 Tage am Wochenende sehen zu dürfen, und es wird ein spezielles Arrangement für die Ferien geben."

„Mein Gott … das ist einfach nicht richtig!"

„Moralisch stimme ich Ihnen da hundertprozentig zu, Carson. Gesetzlich jedoch fürchte ich, dass es genau so kommen wird. Wie lange wollen Sie warten, bis Sie Ihre Freundin heiraten?"

„Ich weiß, dass wir nicht sofort heiraten können! Aber wir sehnen uns beide sehr danach."

Rusk konnte sich vorstellen, dass die fragliche Geliebte sich in der Tat *sehr* danach sehnte, den Sack zuzumachen.

„Sie sollten sich also vor allem auf eine ganze Menge Ärger im Hinblick auf Ihre Kinder gefasst machen. Man wird ihnen schmerzhaft vor Augen führen, dass Sie ihre Mutter wegen einer jüngeren Frau verlassen haben, und Ihre Kinder werden wissen, wer diese jüngere Frau ist. Glauben Sie, Luvy würde irgendeine Anstrengung unternehmen, Ihre neue Liebe in das Leben der Familie zu integrieren?"

„Sie wird jedes Mal Zeter und Mordio schreien, wenn sie sie sieht. Außerdem wird Luvy alles tun, um die Kinder gegen mich aufzuhetzen. Sie hat mir bereits gesagt, dass sie sich wünscht, ich würde einen Herzanfall erleiden und tot umfallen. Sie sagt, sie betet jede Nacht darum. Sie sagt, es wäre besser für die Kinder, wenn sie denken, dass ich tot bin, als wenn sie erleben müssten, wie ich sie wegen einer anderen Frau im Stich lasse." Barnett sprang wieder aus seinem Sessel auf. „Verdammt, es tut mir leid, Andy, aber manchmal bin ich so unglaublich frustriert, dass ich …"

Rusk dehnte das Schweigen. Nachdem Barnetts Wut jetzt ein kritisches Maß erreicht hatte, würde er sich so schnell nicht wieder beruhigen.

„Bitte setzen Sie sich, Carson. Ich möchte mit Ihnen reden. Von Mann zu Mann."

Das war eine Sprache, die Barnett verstand. Er nahm wieder Platz.

Rusk sah dem Ölmagnaten fest in die Augen. „Was ich Ihnen jetzt sage, könnte Sie vielleicht schockieren, Carson. Ich nehme an, ein Mann wie Sie ist in seinem Geschäftsleben bereits in mehr als einer ungewöhnlichen Situation gewesen. Ich meine ... *Schwierigkeiten*."

„Das können Sie laut sagen."

Rusk nickte besonnen. „Manche Schwierigkeiten lassen sich meiner Erfahrung nach durch konventionelle Methoden beiseiteschaffen. Andere hingegen erfordern kreatives Denken ..."

CHRIS lenkte sein Rennrad in die Maple Street und trat während des langen Anstiegs zum alten Friedhof von Natchez hart in die Pedale. Bald würde er oben am Steilufer herauskommen – etliche Kilometer freies, offenes Land zur Linken und den Friedhof auf der rechten Seite.

Aufmerksam wie eh und je, hatte Tom Cage den benommenen geistigen Zustand seines Kollegen sofort bemerkt und ihn aufgefordert, sich den Nachmittag freizunehmen. Nachdem Chris die Praxis verlassen hatte, war er nach Hause gefahren, hatte sich umgezogen und war, ohne es wirklich zu beabsichtigen, zu einer Fahrradtour an den Mississippi aufgebrochen. Er starrte so geistesabwesend über die endlosen Baumwollfelder zu seiner Linken, dass er beinahe gegen einen Wagen gekracht wäre, der quer auf der Straße stand und ihm den Weg versperrte.

Chris legte eine Vollbremsung hin und wäre um ein Haar über den Lenker gesegelt. Er wollte die Person am Steuer anbrüllen, als diese ausstieg und ihm zuvorkam. Er stand mit offenem Mund da und starrte.

„Warum haben Sie meine Anrufe nicht entgegengenommen?", fuhr Alice Morse ihn an. Sie sah aus, als hätte sie seit Tagen nicht geschlafen.

„Weil ich mir denken kann, was Sie sagen wollen."

„Sie können sich überhaupt nicht denken, was ich sagen will, verdammt! Etwas Schreckliches ist passiert! Etwas, was ich in einer Million Jahren nicht vorhergesehen hätte!"

Chris rollte zur offenen Wagentür. „Und was?"

„Einer der Ehemänner, die ihre Frauen ermordet haben, hat gestern Abend versucht, sich das Leben zu nehmen. Mit einer Überdosis Insulin."

„Ist er Diabetiker?"

Sie nickte.

„Und er ist ins Koma gefallen?“

„Woher wissen Sie das?“

„In meiner Zeit als Assistenzarzt habe ich eine Menge gesehen. Die Leute versuchen es mit Insulin, weil es einen schmerzlosen Tod verspricht. Aber häufig endet es im Koma. In einem permanenten Dahinvegetieren. Könnte es eine nicht beabsichtigte Überdosis gewesen sein?“

„Ich glaube nicht. Der Name des Mannes lautet William Braid. Seine Frau litt furchtbar, bevor sie starb. Wenn ich Recht habe und Braid für ihren Tod bezahlt hat, gibt es zwei Möglichkeiten. Erstens, er war so sehr von Schuldgefühlen zerfressen, dass er sich selbst nicht einen Tag länger ertragen hat. Gerüchte scheinen dies zu bestätigen. Doch ein paar seiner engen Freunde erklären, Braids Ego sei so groß, dass er niemals einen Selbstmordversuch unternommen hätte. Es könnte aber auch sein, dass, wer auch immer von Braid für den Mord an seiner Frau angeheuert wurde – Andrew Rusk beispielsweise – zu dem Schluss kam, dass ein instabiler, von Schuldgefühlen geplagter Ex-Mandant ein unerträgliches Risiko darstellt. Insbesondere jetzt, nachdem ich angefangen habe herumzuschnüffeln. Wie schwierig könnte es gewesen sein, Braid in ein Insulinkoma zu versetzen?“

„Ein Kinderspiel im Vergleich dazu, bei jemandem Krebs zu verursachen“, entgegnete Chris. „Sie sehen übrigens furchtbar aus. Haben Sie nicht geschlafen?“

Alice schüttelte den Kopf. „Ich war gestern Nacht in Jackson, um meine Mutter zu besuchen. Sie musste wieder ins Krankenhaus eingeliefert werden. Ihre Leber versagt. Die Nieren ebenfalls.“

„Das tut mir leid.“

„Es ist merkwürdig. Setzen Sie mich in ein Flugzeug und ich schlafe von dem Augenblick an, in dem das Fahrwerk eingezogen wird, bis wir am Flugsteig zum Stehen kommen. Aber im Krankenhaus kann ich es einfach nicht. Ich habe mir ein paar Stunden Schlaf im Wagen geholt, auf dem Parkplatz hinter Ihrer Praxis. Ich habe immer noch geschlafen, als Sie wegfuhren. Aber ich dachte mir, dass Sie hierherkommen könnten. Ich bin Thora mal gefolgt, als sie hier draußen joggte.“

Er spürte einen Anflug von Schuldgefühl. „Agentin Morse, ich …“

„Würden Sie mich bitte Alice nennen, Herrgott noch mal?“ Die Verärgerung trieb ihr die Röte ins Gesicht und verdunkelte die Narben um ihr rechtes Auge.

„Gut, Alice. Ich habe mir alles angehört, was Sie mir zu sagen hatten. Ich weiß, was Sie von mir wollen. Ich habe sogar über die Möglichkeit nachgedacht, bei einem Menschen absichtlich Krebs herbeizuführen. Aber mir ist nicht danach, Ihnen heute noch eine Minute länger zuzuhören. Deswegen habe ich Ihre Anrufe nicht beantwortet."

Ihr Gesichtsausdruck veränderte sich. „Und wonach ist Ihnen heute?"

„Nach Rad fahren."

Sie drehte die Handflächen nach oben. „Prima. Warum nicht?" Sie nickte in Richtung eines sich nähernden Wagens. „Aber wir sollten sehen, dass wir von der Straße runterkommen. Wohin wollten Sie von hier aus fahren?"

„Ich wollte auf dem Friedhof ein paar Sprints üben und mich dann eine Weile auf dem Jewish Hill ausruhen. Diese Anhöhe ist der beste Platz, um den Fluss zu beobachten."

„Ich kann heute nicht mit Ihnen fahren." Alice wies auf den leeren Fahrradhalter an ihrer Heckstoßstange. „Können wir nicht einfach spazieren gehen? Ich mache nicht mal den Mund auf, wenn Sie nicht wollen."

Chris wandte den Blick ab. Konnte sie tatsächlich neben ihm hergehen, ohne über ihre Zwangsvorstellung zu reden? Er bezweifelte es. Trotzdem war sie eigenartigerweise der einzige Mensch, der vielleicht verstand, was an ihm nagte. „Wir würden ohne Zweifel Leute treffen, die mich kennen, ob Sie es glauben oder nicht."

Alice zuckte die Schultern. „Und wenn schon. Erzählen Sie ihnen, ich wäre eine Ärztin von außerhalb. Sie und Tom Cage würden überlegen, eine neue Partnerin in die Praxisgemeinschaft aufzunehmen."

Zum ersten Mal seit vielen Stunden – vielleicht Tagen – musste Chris grinsen. Er stieg auf sein Fahrrad und radelte langsam auf den nächstgelegenen Friedhofseingang zu. Alice fuhr ihren Corolla durch das offene Tor und parkte den Wagen auf dem Gras. Chris kettete sein Rad auf dem Ständer an, dann führte er Alice über einen der schmalen Pfade, die sich über den Friedhof zogen.

Eine Weile gingen sie schweigend nebeneinanderher. Wie ein großer Teil des historischen Natchez war auch der Friedhof neoklassizistisch geprägt, hauptsächlich dank der architektonischen Vorlieben der Baumwollbarone aus der Zeit vor dem Amerikanischen Bürgerkrieg. Schließlich schlugen sie einen Weg ein, der sanft zur höchsten Stelle über dem Fluss anstieg.

„Sie sagten, Sie hätten über meine Krebstheorie nachgedacht, Chris."

„Ich dachte, Sie wollten den Mund halten." Er seufzte hörbar und ging ein paar Schritte weiter. „Also gut. Ich habe zwischendurch ein wenig in meinen onkologischen Lehrbüchern gelesen."

„Und was haben Sie herausgefunden?"

„Wir wissen in neunzig Prozent der Fälle nicht, wodurch die verschiedenen Formen von Blutkrebs verursacht werden. Allerdings wissen wir, dass die meisten Formen verschiedene Ursachen haben. Das lässt sich anhand der unterschiedlichen Veränderungen in zahlreichen Blutzellen und anhand anderer Faktoren wie Suppressor-Genen gegen Tumore, Zellwachstumsfaktoren und so weiter nachweisen."

„Hatte ich Recht, was Strahlung angeht?"

„Soweit es Ihre Behauptungen betrifft, ja. Man kann durch Strahlung definitiv ein ganzes Spektrum von Krebsformen hervorrufen. Allerdings *nicht* unentdeckt. Wenn man jemanden mit Gammastrahlen beschießt, ohne dass ein qualifizierter Onkologe den Strahl richtet, kommt es zu schweren Verbrennungen, absterbender Haut und Erbrechen des Betroffenen rund um die Uhr. Und ich rede von Minimaldosen."

„Aber mit genügend Fachwissen wäre es möglich?", hakte Alice beharrlich nach. „Haben Sie andere Möglichkeiten gefunden?"

„Chemikalien", antwortete Chris, während sie sich langsam dem Kamm der Anhöhe näherten. „Doch die Toxine, von denen bekannt ist, dass sie Krebs hervorrufen, gehören zu den beständigsten Substanzen auf der ganzen Welt. Geben Sie einem Menschen ein Nanogramm Dioxin und es bleibt in seinem Körper bis zu dem Tag, an dem er stirbt. Was volatile Substanzen wie Benzol angeht, das Sie erwähnten – es gäbe das gleiche Problem wie bei der Strahlung. Wenn man genügend Benzol einsetzt, um jemanden zuverlässig zu töten, verursacht man mit großer Sicherheit akute Symptome. Im Grunde genommen sind alle Chemikalien eine weniger zuverlässige onkogene, also krebserregende Mordwaffe im Vergleich zu Strahlung, und das Risiko aufzufliegen ist für den Täter größer. Wenn wir nun aber einmal von Strahlung und Chemikalien absehen, bleibt nur noch eine Möglichkeit, die mir einfällt. Und das wären onkogene Viren."

Sie sah zu ihm herüber. „Ein Professor, mit dem ich mich letzte Woche unterhalten habe, erwähnte etwas von Viren, aber das meiste von dem, was er sagte, war mir viel zu hoch."

„Einige Viren aus der Herpesfamilie verursachen Krebs. Und es gibt wenigstens ein Retrovirus, das als onkogen bekannt ist. Ich hatte überlegt, ob ich nicht meinen alten Hämatologieprofessor von der Universität anrufen soll, Peter Connolly. Er arbeitet inzwischen am Sloan-Kettering-Krebszentrum in New York und hat bahnbrechende Arbeiten über Gentherapie durchgeführt, wobei tatsächlich Viren benutzt werden, um eine Art magische Kugeln in Tumore einzuschleusen. Es ist eine der modernsten Formen von Krebstherapie."

Nachdem sie endlich oben auf dem Jewish Hill angekommen waren, warf Chris einen Blick auf die Uhr. „Alice, ich sage es nicht gern, aber ich muss los. Ben ist auf einer Geburtstagsparty, und weil Thora nicht da ist, muss ich ihn abholen."

Sie lächelte. „Keine Sorge. Wir können zum Wagen zurückjoggen."

Sie setzten sich in Bewegung, doch Alice hatte offensichtlich nicht vor, ihre restliche Zeit mit ihm zu vergeuden. „Ich habe mich gefragt, ob man vielleicht einfach ein paar Tumorzellen von einer erkrankten Person nehmen und sie einem gesunden Menschen injizieren kann? Ich habe mal im Fernsehen gesehen, wie so etwas an Mäusen durchgeführt wurde."

Chris nickte. „Aber das ist nur deswegen möglich, weil die Mäuse, die für die Krebsforschung eingesetzt werden, entweder Nacktmäuse sind, was bedeutet, dass sie praktisch kein Immunsystem besitzen, oder weil sie genetische Kopien voneinander sind, also Klone. Als würde man Zellen aus einem Tumor in meinem Körper in den Körper meines eineiigen Zwillings injizieren. Aber wenn ich Zellen von meinem Tumor bei Ihnen injizierte, würde Ihr Immunsystem sie ganz schnell als Eindringling erkennen und eliminieren."

„Was, wenn jemand das Immunsystem des Opfers ausschaltet, bevor er die Krebszellen injiziert?"

„Sie meinen beispielsweise mit Cyclosporinen? Medikamenten, welche die Abstoßung von Fremdgewebe unterdrücken?"

„Oder mit Corticosteroiden." Alice hatte ihre Hausaufgaben gemacht, so viel stand fest.

„Wenn man das Immunsystem eines Menschen ausreichend schwächt, sodass es Krebszellen eines anderen akzeptiert, ist der Betreffende gleichzeitig allen möglichen Infektionen hilflos ausgeliefert. Er würde auffällig oft krank werden. Zeigen die medizinischen Aufzeichnungen Ihrer vermeintlichen Opfer auffällige Erkrankungen *vor* deren Krebsdiagnose?"

„Die zwei Akten, auf die ich Zugriff habe, beinhalteten nichts dergleichen."

Chris lief zwischen den Grabsteinen hindurch auf den Corolla zu, um den Weg abzukürzen. „Wenn Sie die Unterlagen jedes Opfers hätten, könnten Sie den Fall ein gutes Stück voranbringen."

Alice blieb neben einem schwarzen Granitstein stehen und blickte Chris offen an. „Ich fühle mich so überfordert bei dieser Ermittlung. Mein genetisches Wissen endet beim Unterrichtsstoff der Highschool. Aber Sie sprechen die richtige Sprache. Sie kennen die Experten, mit denen wir reden müssen. Wenn ich die übrigen Krankenakten in meinen Besitz bringen kann, würden Sie in Betracht ziehen, mir bei der Durchsicht und Analyse zu helfen?"

„Alice …"

„Bitte, Chris. Glauben Sie allen Ernstes, Sie wären imstande, nicht immer und immer wieder über das alles nachzudenken?“

Er packte ihre Hände und drückte sie. „Hören Sie mir zu! Ich bin noch nicht sicher, was ich tun soll. Mir schwirrt der Kopf von all den Dingen, die passiert sind, und ich versuche, irgendwie damit zurechtzukommen. Ich arbeite daran, ja? Auf meine Weise. Ich werde morgen meinen Freund beim Sloan-Kettering anrufen.“

Alice schloss die Augen und atmete vor Erleichterung aus. „Danke.“

„Im Augenblick muss ich allerdings dringend Ben abholen. Ich will nicht zu spät kommen.“ Er schloss sein Fahrrad auf, nahm es vom Ständer und stieg auf.

„Versprechen Sie mir, vorsichtig zu sein!“, flehte sie ihn an. „Halten Sie sich vom Verkehr fern.“

„Keine Sorge. Ich kann auf mich aufpassen. Ich fahre jeden Tag mit dem Rad. Jetzt muss ich los. Wir sprechen uns später wieder.“

„Versprochen?“

„Meine Güte!“

Alice biss sich auf die Unterlippe und blickte zu Boden. Als sie den Kopf wieder hob, bemerkte Chris, dass die Lederhaut ihrer Augen vom Schlafmangel blutunterlaufen war.

„Ich stehe am Abgrund hier draußen, und das Gleiche gilt für Sie, Chris. Nur dass Sie es noch nicht wissen.“

Er schaute sie lange genug an, damit sie sah, wie ernst er es meinte, als er antwortete: „Doch, ich weiß es.“

Ehe sie eine Gelegenheit bekam, noch etwas zu sagen, trat er das rechte Pedal nach vorn und rollte in Richtung Friedhofstor davon.

ELDON TARVER verließ die I-55 Süd und steuerte seinen weißen Lieferwagen in das heruntergekommene Gewerbegebiet im Süden von Jackson. Sein Ziel war eine stillgelegte Bäckerei. Er fuhr bis zum Tor des hohen, mit Stacheldraht bewehrten Maschendrahtzauns, der das Gelände umgab, stieg aus und schloss ein schweres Vorhängeschloss an einer Kette auf. Er durchquerte das Tor und machte es wieder zu, sperrte es jedoch nicht ab, denn er erwartete eine Lieferung.

In dieser Gegend war er nicht als der Arzt Dr. Eldon Tarver bekannt, sondern als der Tierarzt Noel D. Traver. Die alte Bäckerei war nach außen hin ein Zuchtbetrieb, der Versuchshunde an Forschungsinstitute im gesamten Land lieferte, doch das war nur eine Tarnung für das, was tief unter dem Gebäude vor sich ging. Tarver hatte den Komplex nämlich nur deshalb gekauft, weil sich darunter eine ausgedehnte Bunkeranlage befand, die der frühere

Besitzer der Bäckerei aus Furcht vor der inzwischen längst untergegangenen Sowjetunion hatte errichten lassen.

Tarver sperrte die Vordertür auf und hatte gerade die große Warenhalle betreten, in der zweihundert Beagles in ihren Käfigen zu bellen begannen, als hinter ihm ein lautes Hupen ertönte. Freudig eilte Tarver zurück nach draußen. Ein Kühlwagen mit aufgemalten Eisbechern an den Seiten rumpelte zum Lieferanteneingang. Tarver war begierig zu sehen, was die Mexikaner ihm diesmal gebracht hatten.

Luís Almodóvar sprang aus der Fahrerkabine. Er war ein schwergewichtiger Mann mit schwarzem Schnurrbart und unentwegtem Lächeln, doch an diesem Tag bemerkte Tarver Nervosität in seinen Augen.

„Wie viele habt ihr diesmal für mich?"

„Zwei, Señor. Das wollten Sie doch, nicht wahr?"

„Ja. Mach auf."

Luís entriegelte die Tür am Heck des Lieferwagens, und Tarver stieg auf die Stoßstange. Der Gestank traf ihn wie ein körperlicher Schlag.

„Was zum Teufel ist passiert?", fragte er.

In offensichtlichem Entsetzen rang Luís die Hände. „Das Kühlaggregat, Señor. Es ist kaputtgegangen."

„Mein Gott!" Tarver hielt sich das Hemd über Mund und Nase. Der Gestank von Exkrementen war in der Hitze unter der glühenden Mississippi-Sonne beinahe überwältigend. „Wie lange ist das her?"

„Seit Matamoros, Señor."

Angewidert schüttelte Tarver den Kopf und stieg in den Laderaum. Dieser war voll mit Tieren der verschiedensten Spezies, darunter mindestens ein Dutzend Primaten. Die wichtigste Fracht, zwei lethargische Schimpansen, für die Tarver auf dem Schwarzmarkt pro Tier dreißigtausend Dollar bezahlt hatte, lagen erschöpft in einem großen Käfig. Das Fell des einen Affen hatte mehrere kahle Stellen, die möglicherweise auf eine Vielzahl von Krankheiten hindeuteten. Es war offensichtlich, dass die Schimpansen seit Tagen nichts gefressen hatten.

„Verdammte Idioten!" Tarver drehte sich um und brüllte: „Schafft diese Käfige hier raus!"

Luís nickte unaufhörlich; dann zwängte er sich in dem schmalen Mittelgang zwischen den Käfigen an seinem Auftraggeber vorbei nach vorn.

„Du dämlicher Bastard!", schimpfte Tarver in seinem Rücken. „Hast du überhaupt eine Ahnung, wie viel Zeit mich das kostet? Ich muss die Tiere erst wieder bis auf ihr Normalgewicht aufpäppeln, bevor ich irgendwelche Tests durchführen kann! Und ich weiß nicht, wie ich den traumatischen

Stress messen soll, den ihr ihnen angetan habt! Stress beeinträchtigt unmittelbar das Immunsystem der Primaten."

„Ja, Señor!", grunzte Luís, während er sich mit dem Schimpansenkäfig abmühte. Außerstande, es allein zu schaffen, rief er schließlich den Fahrer des Lasters herbei. Nachdem die beiden Mexikaner den Käfig in die Bäckerei getragen hatten, begleitete Tarver sie wieder nach draußen und sie fuhren davon, um ihre restliche Fracht an andere Adressen auszuliefern.

Als Tarver in die Halle zurückkam, hatte sein Adoptivbruder Judah bereits einen Pianokarren mit dem Käfig beladen und schob ihn in Richtung der Aufzugplattform, die hinunter in den Bunker führte.

Judah war einer der vier Brüder in der Familie, die Tarver als Jungen adoptiert hatte. Mit seinen 25 Jahren war er so breit und stark wie ein Ochse. Er hatte einen Schopf schwarzer Haare und helle Augen unter einer niedrigen Stirn. Bis zu dem Tag, an dem sein Vater beschlossen hatte, ihn zu brechen, war er ein eigensinniges Kind gewesen. Seit jenem Zeitpunkt hatte Judah nicht mehr viel geredet, doch er liebte seinen Adoptivbruder hingebungsvoll, der sich in der „Außenwelt", die so anders war als alles, was die Jungen in ihrer Kindheit in Tennessee kennen gelernt hatten, stets um ihn gekümmert hatte.

Während der Lastenaufzug leise stöhnend in die Tiefe sank, instruierte Tarver seinen Bruder, die beiden Schimpansen zu entlausen, zu baden und anschließend zu betäuben, damit er eine vollständige tierärztliche Untersuchung an ihnen vornehmen konnte. Judah nickte schweigend.

Als der Lift unten ankam, drehte Tarver das Rad, das ein Luftschleusentor öffnete, und betrat das makellos saubere, sterile Labor dahinter. An der westlichen Wand befanden sich die Primatenkäfige, luxuriöse, speziell angefertigte Gehege, in denen im Augenblick vier Schimpansen, zwei Dutzend Makaken, vier Krallenaffen, zwei Paviane und ein Lisztaffe untergebracht waren. Sämtliche Primaten, selbst jene, die an einer tödlichen Krankheit litten, schienen sich behaglich zu fühlen, denn Tarver hielt das Raumklima rund um die Uhr in optimalem Bereich.

Die Mäusekäfige standen an der Wand rechts daneben. Links von den Affen hingen die Brutkugeln für die Fruchtfliegen. Darunter standen drei Reihen Terrarien, die auf den ersten Blick nichts außer Pflanzen zu enthalten schienen. Bei genauerem Hinsehen jedoch konnte man die geschuppten Leiber von Tarvers geliebten Schlangen entdecken.

Den größten Teil des restlichen verfügbaren Raums nahmen hochmoderne Testapparaturen und große Kühlschränke ein, in denen Zellkulturen gelagert wurden. Ursprünglich hatte Tarver versucht, seine Experimente unter dem

Deckmantel seiner legitimen Forschungen heimlich an der Universität durchzuführen, doch eine Zunahme der Kontrollen hatte ihm die Umsetzung dieses Plans unmöglich gemacht. So war ihm letztlich nichts anderes übrig geblieben, als in seinem Bunker eine genaue Kopie der Kliniklabors zu errichten, die sechs Millionen Dollar gekostet hatte. Ein Teil des Geldes stammte von seiner Frau, die schon früh an seine Begabung geglaubt hatte, doch nach ihrem Tod war er gezwungen gewesen, sich neue, kreativere Möglichkeiten einfallen zu lassen, wie er sein Projekt weiter finanzieren konnte. Beispielsweise Andrew Rusk.

Ausländische Regierungen und andere Geldgeber hätten ihm gern Mittel zur Verfügung gestellt, doch Tarver wollte nichts mit ihnen zu schaffen haben, obwohl die Verlockung durchaus existierte. Seit Schimpansen auf der Roten Liste gefährdeter Tierarten standen, stammten fast alle, die in den Vereinigten Staaten für die medizinische Forschung verwendet wurden, aus einheimischen, streng kontrollierten Zuchtstationen. Doch Tarver konnte diese Tiere für seine Arbeiten nicht nutzen. Denn wohin auch immer diese gezüchteten Primaten gingen, Regierungsinspektoren folgten ihnen auf dem Fuß.

Die Chinesen hingegen kümmerten sich einen Dreck darum, wie viele Schimpansen noch in der freien Wildbahn lebten. Sie schickten eine Armee Biologen los, um jeden einzelnen Baum in Afrika abzusuchen, falls nötig. Die Tierschützer mochten zur Hölle fahren. Tarver teilte diese Ansicht. Wie sollten Wissenschaftler ein Heilmittel gegen Aids oder Krebs finden, wenn sie keine Tiere benutzen konnten, um ihre Modelle zu testen? Tarver konnte es einfach nicht begreifen.

Doch er hörte an dieser Stelle noch längst nicht auf. Tatsächlich vermochten Tierversuche nämlich keine endgültige Gewissheit zu verschaffen. Wenn es um neurologische Erkrankungen oder virale Studien ging, reichte es nicht aus, Experimente an einem *ähnlichen* Metabolismus durchzuführen. Man benötigte das Original. Und das bedeutete *Homo sapiens*. Jeder ernsthafte Forscher konnte einem das verraten, nur taten es die meisten nicht. Weil Forschungsgelder häufig von Liberalen kontrolliert wurden, die in ihren benebelten Gehirnen höchstens eine verschwommene Vorstellung davon hatten, was Wissenschaft wirklich war, und niemand wollte sein Budget wegen etwas politisch so Gefährlichem wie der ungeschminkten Wahrheit riskieren.

Tarver durchquerte das Labor und beobachtete, wie sein Adoptivbruder vorsichtig einen der sedierten Schimpansen badete. Er tätschelte Judah die Schulter, dann ging er zu dem Metalltisch, der ihm als Schreibtisch diente.

Darauf lag ein Stapel dicker Aktenhefter. Jeder dieser von Rusk gelieferten Ordner enthielt die umfassende Lebensgeschichte eines Menschen: Tagesabläufe, Krankenakten und Nachschlüssel, die mit Etiketten versehen waren, auf denen stand, ob sie Fahrzeuge, Häuser oder Büros öffneten. Außerdem Listen mit wichtigen Nummern wie Sozialversicherungs-, Ausweis- oder Kreditkartennummern. Und schließlich noch Fotos. Den größten Teil der Zeit saß Tarver auf der Suche nach irgendetwas, was jemanden als Kandidaten für eine besondere Herangehensweise prädestinierte, brütend über den Krankenakten. Tarver war in diesen Dingen genauso akribisch wie in allem anderen auch.

Heutzutage waren alle immer so schrecklich in Eile. Die Menschen des 21. Jahrhunderts hatten keine Spur Geduld und keine Ahnung davon, was es bedeutete, ein wenig auf Erfolg oder Erfüllung warten zu müssen. Wenn Tarver mit Problemen konfrontiert wurde, kümmerte er sich selbst darum und ließ sich dabei auch von seiner Unkenntnis auf dem betreffenden Gebiet nicht aufhalten. Als beispielsweise ein Mechaniker versucht hatte, ihn bei den Reparaturkosten für einen Motor übers Ohr zu hauen, hatte er sich ein technisches Handbuch des Autoherstellers kommen lassen, es vier Tage lang studiert und anschließend den Motor selbst repariert. Diese Sicht der Dinge ging heutzutage weit über den Horizont der meisten Amerikaner hinaus. Deshalb würde auch der Tag kommen, an dem ein konventioneller Krieg keine Option mehr gegen den Aufstieg einer fremden Macht wäre. Nur eine ganz spezielle Waffe konnte noch helfen.

Und Dr. Eldon Tarver beabsichtigte, auf diesen Tag vorbereitet zu sein.

Spät am Abend bearbeitete Chris im Studio sein Filmmaterial, als er plötzlich das Gefühl hatte, nicht allein zu sein. Sein erster Gedanke war, dass Ben aufgewacht sein könnte. An jedem anderen Abend hätte er seinen Sohn im Haus zu Bett gebracht und wäre danach ins Studio gegangen; da jedoch fünfzig Meter stockdunkle Nacht die beiden Gebäude voneinander trennten, hatte er es heute zugelassen, dass der Junge es sich auf dem Sofa bequem gemacht hatte. Nachdem Ben dann eingeschlafen war, hatte er ihn in ein Bett im Hinterzimmer getragen.

Jetzt ging Chris den Korridor der umgebauten Scheune entlang. „Ben?“, rief er leise und öffnete die Tür.

Der Junge lag bäuchlings im Bett und schlief tief und fest. Einen Moment lang blieb Chris starr stehen, dann huschte er in den vorderen Raum zurück und schaltete die Beleuchtung aus. Nachdem er zwanzig Sekunden aufmerksam gelauscht hatte, schlich er zum Fenster und zog den Vorhang beiseite. Die Dunkelheit dahinter war leer. Chris fühlte sich töricht, als er das Licht wieder einschaltete und zu seinem Computer zurückkehrte.

Er streckte eben die Hand nach dem Schwungrad aus, als ein lautes Klopfen an der Tür ihn zusammenzucken ließ. Er sprang auf, packte einen Baseballschläger aus Aluminium, der an der Wand lehnte, und stellte sich an die Tür.

„Wer ist da?"

„Ich bin's, Alice", antwortete eine Frauenstimme. „Alice Morse."

Er riss die Tür auf. Alice sah noch erschöpfter aus als am Nachmittag. In der Hand hielt sie eine Automatikwaffe.

„Was glauben Sie eigentlich, was Sie da tun?", herrschte Chris sie an. „Hätte ich eine Pistole hier, hätte ich Sie womöglich erschossen!"

„Es tut mir leid, dass ich so hereinplatze. Ich habe versucht anzurufen."

„Der öffentliche Anschluss läutet nur drüben im Haus. Kommen Sie rein."

Alice trat ein und schloss die Tür hinter sich. Chris bedeutete ihr, auf dem Sofa Platz zu nehmen. Dann rollte er seinen Bürosessel um den Schneidetisch herum und setzte sich ihr gegenüber darauf.

„Warum tragen Sie eine Waffe?", wollte er wissen.

Sie legte die Pistole neben sich aufs Sofa. „Das sage ich Ihnen gleich. Hat Thora heute Abend schon angerufen?"

„Ja, sicher. Sie amüsiert sich großartig."

„Hat sie gefragt, ob Sie im Haus oder in Ihrem Studio sind?"

„Das war nicht nötig. Mein privater Anschluss läutet nur hier im Studio. Was machen Sie überhaupt hier, Alice?"

„Ich dachte, dass etwas passieren könnte, sobald Thora die Stadt verlassen hat. Ich beobachte Ihr Haus seit drei Stunden vom Carport des zum Verkauf stehenden Hauses auf der anderen Straßenseite aus."

„Und? Haben Sie was Verdächtiges gesehen?"

„Als ich ins Viertel eingebogen bin, kam mir ein weißer Lieferwagen entgegen. Besitzt einer der Anwohner einen weißen Lieferwagen?"

Chris dachte nach. „Ich glaube nicht. Aber es gibt hier ungefähr sechzig Häuser auf dem alten Plantagengelände mit seinen vielen kleinen Wäldchen. Und es kommen viele Fremde her. Jugendliche, die hier parken, oder Neugierige, die sich die Häuser anschauen wollen."

Das beruhigte Alice nicht. „Vor etwa fünfzehn Minuten fuhr ein weiterer Wagen langsam die Straße hinunter. Er kam um die letzte Kurve und bog dann in die Auffahrt des Gebäudes ein, wo ich parkte. Er kam so weit hinauf, dass seine Scheinwerfer meinen Wagen erfassten. Dann stoppte er und setzte sofort wieder zurück."

„Wurden Sie gesehen?"

„Ich glaube nicht. Ich bin ziemlich schnell in Deckung gegangen. Deshalb konnte ich leider das Nummernschild nicht erkennen."

Chris entdeckte ehrliche Angst in ihren Augen. „Ich weiß, dass Ihnen das verdächtig erscheint, aber ich habe solche Situationen hier draußen schon selbst erlebt, wenn es dunkel war. Wilderer kommen hierher, um Rotwild zu schießen. Sie wissen, dass es nur diese eine Straße gibt, die auf das Gelände und wieder hinaus führt, deswegen sind sie extrem vorsichtig. Alice, Sie sind zu müde, um klar zu denken", fügte er behutsam hinzu. „Sie sagten selbst, dass wir noch eine gewisse Zeitspanne haben, ehe jemand irgendwas versucht."

„Das war vor Braids angeblichem Selbstmordversuch und seinem Insulinkoma."

„Alice, falls wirklich jemand hergekommen ist, um mich zu erledigen, wurde ihm doch sofort klar, dass das Spiel gelaufen ist, als er Ihren Wagen auf dem gegenüberliegenden Grundstück entdeckte."

Sie sah nicht überzeugt aus.

„Ich meine, er muss es wie eine Krankheit oder einen Unfall aussehen lassen, oder? So lautet doch Ihre Theorie. Und dazu hat er jetzt nicht mehr die kleinste Chance. Die Tatsache, dass Sie sich mit mir in Verbindung gesetzt haben, ganz zu schweigen davon, dass Sie mich seit drei Tagen beobachten und bei jeder Gelegenheit überfallen, hat jede Möglichkeit zunichtegemacht, mich unbemerkt umzubringen. Sie selbst haben mir gesagt, dass jemand, der mich töten will, mich vorher observiert, mein Telefon anzapft und so weiter. Wenn er auch nur einen Funken Verstand besitzt, hält er sich jetzt bedeckt und hofft, dass Sie es irgendwann leid sind, ein Phantom zu jagen."

„Das wird nicht geschehen."

Er lächelte. „Ich weiß. Aber heute Nacht könnten Sie eine Pause einlegen. Eine kurze Ruhepause. Ich werde drüben im Haupthaus ein Bett für Sie herrichten und ..."

Er wurde vom Summen ihres Handys unterbrochen.

Sie blickte auf das Display, und ihre Miene verdunkelte sich. „Es ist der frühere Partner meines Vaters. Der Privatdetektiv, von dem ich Ihnen schon erzählt habe." Sie klappte das Mobiltelefon auf. „Was gibt's, Onkel Will?"

Sie lauschte, und ihre Miene wurde noch düsterer. Nach ein paar Minuten stellte sie ein paar Fragen bezüglich der Prognose für ihre Mutter, dann beendete sie die Verbindung.

„Was ist passiert?", fragte Chris. „Es klang nach Nierenversagen."

Sie erhob sich und nahm die Automatik vom Sofa. „Die Ärzte vermuten, es geht zu Ende. Sie hat noch zwei oder drei Stunden, wenn nicht ein Wunder geschieht."

„Sie können in Ihrem Zustand jetzt unmöglich nach Jackson fahren."

„Ich habe keine andere Wahl. Sie ist meine Mutter."

Chris stand auf und ergriff ihre freie Hand. „Glauben Sie allen Ernstes, es wäre im Sinne Ihrer Mutter, dass Sie Ihr Leben aufs Spiel setzen, um dort zu sein, obwohl sie vielleicht nicht einmal mehr das Bewusstsein erlangt?"

Alice sah ihn entschlossen an. „Sie würde das Gleiche für mich tun."

Er sah ein, dass Widerspruch sinnlos war. „Wenn ich mich nicht um Ben kümmern müsste, würde ich Sie selbst hinfahren."

„Das ist nicht nötig. Sie bleiben hier bei Ben. Sie haben eine Schusswaffe im Haus, oder?"

Er nickte.

Sie ging zur Tür. „Wir reden morgen weiter, ja?"

„Heute Nacht", widersprach er. „Rufen Sie mich an, sobald Sie sicher in Jackson angekommen sind. Und rufen Sie vorher an, wenn Sie nicht wach bleiben können."

„Mach ich. Aber ich komme zurecht, keine Sorge."

Sie zögerte einen Moment, als wollte sie noch etwas sagen, doch dann wandte sie sich ab und ging davon. Sekunden später wurde sie von der Dunkelheit verschluckt.

ALICE rollte aus der Auffahrt des Hauses, das dem Chris Shepards gegenüberlag, und bog nach links in Richtung Highway 61 ab. Bis dorthin waren es gut anderthalb Kilometer, und ein großer Teil der schmalen Straße wand sich durch bewaldetes Gebiet. Alice war erleichtert, als sie keine fremden Scheinwerfer entdeckte.

Auf dem Highway angekommen, bog sie nach Norden ab und passierte bald darauf das Days Inn. Kurze Zeit später wurde ihr bewusst, dass sich ein Scheinwerferpaar an ihre Fersen geheftet hatte. Im ersten Moment dachte sie an einen Streifenwagen, denn das andere Fahrzeug war ganz unvermittelt aufgetaucht und hielt sich seitdem in gleichbleibendem Abstand hinter ihr. Nachdem sie aber die Lichter eine Weile im Rückspiegel beobachtet hatte, kam sie zu dem Schluss, dass sie sich für einen Streifenwagen zu hoch über dem Boden befanden. Eher gehörten sie zu einem Pick-up oder Lieferwagen.

Sie passierte eine Baptistenkirche auf der rechten Straßenseite. Dann verengte eine Baustelle die Straße an der Stelle, wo der Highway 61 den Natchez Trace überquerte, auf eine Fahrbahn in jede Richtung. Jenseits der Kreuzung sah Alice zur Linken einen Supermarkt. Sie beschleunigte, riss den Corolla im letzten Moment herum und schoss quer über die Gegenfahrbahn auf den Parkplatz vor dem Supermarkt.

Der Wagen hinter ihr behielt seine gleichmäßige Geschwindigkeit bei. Als er die Einfahrt zum Parkplatz passierte, sah Alice, dass es sich tatsächlich um einen Lieferwagen handelte – weiß, mit Schlammspritzern verschmutzt und an verschiedenen Stellen mit Grundierung überlackiert. Der Winkel war leider nicht so, dass sie das Nummernschild hätte erkennen können.

Sie parkte dreißig Meter vom Laden entfernt, die Nase des Wagens zur Straße hin gerichtet. Was mache ich jetzt?, überlegte sie hektisch. Sie konnte die örtliche Polizei anrufen, sich beklagen, dass sie belästigt wurde, und den Lieferwagen anhalten lassen – falls die Polizei ihn fand –, doch sie wollte nichts tun, was sie dazu zwingen könnte, sich als FBI-Beamtin zu erkennen zu geben. So saß sie mit der Glock auf dem Schoß da und wartete. Gelegentlich kamen Fahrzeuge vorbei, doch der weiße Lieferwagen blieb verschwunden.

„Das war jetzt lange genug“, sagte sie laut zu sich selbst. Sie legte den Schalthebel um und lenkte den Wagen zurück auf den Highway, bog jedoch in Richtung Süden ab, von wo sie gekommen war.

Sie war noch keine fünfzig Meter gefahren, als ein entgegenkommendes Fahrzeug wendete, kaum dass sie daran vorbei war. Sie hatte nicht gesehen, um was für ein Modell es sich handelte, doch sie bog rasch ein weiteres Mal nach rechts auf die Liberty Road ab. Wenn sie sich recht erinnerte, führte diese Straße an einigen der schönsten Herrenhäuser der Stadt vorbei ins Zentrum.

Hinter ihr tauchte ein Scheinwerferpaar auf. Die Lichter saßen hoch genug, um zu einem Lieferwagen zu gehören. Alice nahm die erstbeste Abzweigung nach rechts und gelangte in ein Wohnviertel. Der Wagen, der ihr folgte, verlangsamte seine Fahrt und bog dann hinter ihr in die Straße ein.

Alice kurbelte das Lenkrad nach links, fuhr eine steile Straße hinauf und bog wieder nach links in einen Weg, der unter einem undurchdringlichen Blätterdach hindurchführte. Langsam rollte sie an der Fronttreppe einer Südstaatenvilla vorbei, dann beschleunigte sie wieder und kam zu einer Kreuzung. Während sie unschlüssig überlegte, welche Richtung sie nun einschlagen sollte, näherten sich mit einem Mal von hinten wieder die Scheinwerfer. Es bestand nicht mehr der geringste Zweifel.

Sie fuhr dreißig Meter weiter; dann bog sie kurzentschlossen in eine langgezogene Auffahrt neben einem einstöckigen Ranchhaus ein. Sie stellte den Motor ab, stieg aus dem Wagen und huschte hastig unter einen Carport, in dem zwei große Limousinen parkten. Sie sorgte sich, dass die Hausbewohner aufwachen könnten, doch die Lichter blieben dunkel.

Die Scheinwerfer kamen die Straße herauf und passierten die Auffahrt, ohne langsamer zu werden. Alice lehnte sich gegen die Wand des Carports und spürte das Hämmern ihres Herzens. Verlor sie den Verstand? Ihre linke Hand wanderte zum Mobiltelefon in ihrer Tasche. Wen konnte sie anrufen? Chris Shepard? Doch er konnte Ben nicht allein zu Hause zurücklassen. Und selbst wenn, war er nicht für eine Situation wie diese trainiert. Onkel Will war zu weit weg, um zu helfen. Und selbst wenn sie den Notruf wählte, war keine Hilfe zu erwarten, denn sie wusste ja nicht einmal genau, wo sie sich befand.

Als weiterhin keine Scheinwerfer auftauchten, verlangsamte sich ihr wilder Herzschlag allmählich wieder. Während sie wartend dastand, kam ihr in den Sinn, dass der Fahrer des Lieferwagens sich vielleicht nur hatte überzeugen wollen, dass sie aus dem Weg war, bevor er seinen Angriff auf Chris startete.

Sie kramte ihr Mobiltelefon hervor und wählte seine Nummer.

„Alles in Ordnung?“, fragte er.

„Überhaupt nichts ist in Ordnung! Hören Sie genau zu. Der weiße Lieferwagen ist mir gefolgt, nachdem ich von Ihnen weggefahren bin. Ich parke in einem Wohnviertel unweit der Liberty Road. Der Wagen ist vor ungefähr fünf Minuten hier vorbeigefahren und dann verschwunden. Es wäre möglich, dass er zu Ihnen unterwegs ist. Sind Sie noch immer im Studio?“

„Ja.“

„Haben Sie Ihre Waffe bei sich?“

„In der Hand. Soll ich die Polizei anrufen?“

„Es kann nicht schaden. Sagen Sie, Sie hätten einen Landstreicher gesehen.“

„In Ordnung. Und was haben *Sie* vor?“

„Ich suche den Lieferwagen.“

„Alice …“

„Ich lege jetzt auf.“

Sie griff in die Tasche, um ihre Schlüssel hervorzuholen, als ihr inneres Radar Alarmstufe Rot meldete. Es gab keine Vorwarnung, kein Geräusch, das sie hätte erstarren lassen müssen – und doch tat sie genau das. Etwas hatte sich verändert, während sie telefoniert hatte. Adrenalin schoss durch ihre Adern, und sie musste alle Selbstbeherrschung aufbringen, um nicht in wilder Panik die Flucht zu ergreifen. Ihr Training half ihr. Sie wusste, dass Weglaufen gleichbedeutend war mit Sterben.

Sie duckte sich und huschte mit schussbereiter Waffe zu einer Ecke des Carports. Angestrengt lauschte sie, doch außer dem stetigen Surren der Klimaanlage in der feuchten Dunkelheit war nichts zu vernehmen.

Aber dann hörte sie es. Ein leises Klackern, wie von einem Steinchen, das über Zement hüpft. Sie riss die Pistole hoch und zielte in die Richtung, aus der das Geräusch gekommen war und wo sich der Carport zur Auffahrt hin öffnete. Sie starrte so angestrengt in die Dunkelheit, dass sie beinahe in Trance verfiel – da packte eine Hand, die in einem Lederhandschuh steckte, ihre Kehle.

Ehe sie reagieren konnte, ergriff eine andere Hand ihren Unterarm und rammte die Glock mit Wucht gegen die Wand des Carports. Alice kämpfte mit jeder Faser ihres Körpers, doch ihre Bemühungen zeigten keine Wirkung. Sie vermochte ihren Angreifer nicht einmal zu sehen, denn seine enorm massige Gestalt sperrte alles Licht aus. Sie versuchte zu schreien, doch ihre Kehle wurde so fest zugedrückt, dass kein Laut hervorkam.

Was kannst du tun? Welche Waffe hast du noch? Eine freie Hand …

Wieder und wieder schlug sie in die Richtung, wo sie ein Gesicht vermutete – wilde, verzweifelte Hiebe, doch sie hatten keinerlei Wirkung. Ihr Angreifer versuchte nicht einmal, ihren Schlägen auszuweichen.

Er würde sie erwürgen. In wenigen Sekunden würde sie das Bewusstsein verlieren. Sie versuchte die unsichtbaren Augen mit den Fingernägeln zu attackieren, doch der Angreifer zog einfach den Kopf zurück, bis er außer Reichweite war.

In diesem Moment schepperte ein Maschendrahtzaun, und wütendes Gebell erklang. Ein riesiger Hund warf sich gegen den Zaun am Ende der Auffahrt und bellte ohrenbetäubend. Der eiserne Griff um Alice' Kehle lockerte sich für einen Sekundenbruchteil, und der massive Oberschenkel, der sie gegen die Wand drückte, drehte sich zur Seite.

Alice nahm alle verbliebene Kraft zusammen und rammte das Knie dorthin, wo sie den Unterleib der schattenhaften Gestalt vermutete. Ein explosives Grunzen war die Reaktion. Der Griff um ihren Hals löste sich. Alice stieß einen durchdringenden Schrei aus. Doch bevor sie den Augenblick der Verunsicherung zu ihrem Vorteil nutzen konnte, schloss sich die lederne Faust wieder und mit verdoppelter Kraft um ihren Hals, und die andere Hand, die ihren Arm hielt, glitt hinunter zur Glock.

Wenn er die Waffe kriegt, bin ich tot … Verzweifelt fuhr Alice mit der linken Hand tief in ihre Tasche und riss die Wagenschlüssel heraus. Sie holte aus und stieß damit zu, wieder und wieder. Sie spürte, wie der Angreifer ihr die Glock entwand, doch mit dem nächsten Stoß traf sie etwas Weiches, Nachgiebiges, und ein schmerzerfülltes Stöhnen gab ihr neue Hoffnung. Sie betete, dass sie ein Auge getroffen hatte, während sie herumwirbelte und sich gleichzeitig ein Schuss aus ihrer Glock löste.

Im gleichen Moment ging das Licht im Carport an.

Was sie sah, verblüffte sie: nicht das Gesicht eines Mannes, sondern etwas Großes, Unförmiges auf gewaltigen Schultern.

Hinter ihr wurde eine Tür aufgerissen, und ein Mann rief eine Warnung. Doch die Glock flog hoch zu ihrem Gesicht, und dann war alles dunkel.

„HALLO? Alles in Ordnung?"

Blinzelnd öffnete Alice die Augen und sah über sich das Gesicht eines kahlköpfigen Mannes im Pyjama. In der rechten Hand hielt er eine Pumpgun, in der linken ihre Glock.

Vorsichtig betastete sie ihr Gesicht. Sie spürte Blut, eine Menge Blut. Einen Moment lang war sie wieder in der Bank bei der Geiselnahme. „Bin ich getroffen?", ächzte sie. „Ich habe einen Schuss gehört."

„Nein, Sie sind nicht getroffen", antwortete der Mann. „Der Kerl hat einen Schuss abgegeben, aber als ich meine Kanone durch die Tür geschoben habe, hat er Sie mit dieser Pistole niedergeschlagen. Dann ließ er sie fallen und rannte davon."

„Haben Sie sein Gesicht erkannt?"

„Nein. Er hatte was auf dem Kopf."

Alice atmete tief durch und versuchte sich zu beruhigen. „Haben Sie die Polizei gerufen?"

„Na klar! Sie sind schon auf dem Weg hierher. Was wollte dieser Mistkerl von Ihnen?"

Alice rollte sich langsam herum, dann erhob sie sich vorsichtig. „Sir, ich bin Special Agent Alice Morse vom FBI. Mein Dienstausweis liegt in meinem Wagen."

Der Mann im Schlafanzug wich einen Schritt zurück. „Vielleicht sollte ich lieber einen Blick darauf werfen."

Während sie ihre Handtasche holen ging, tauchte flackerndes Blaulicht auf, das von den Wänden der umliegenden Häuser reflektiert wurde. Sekunden später kam ein Streifenwagen mit kreischenden Reifen unten an der Straße zum Stehen.

„Hierher!", rief der Pyjama-Mann. „Die Auffahrt rauf!"

Die Frau des Hausbesitzers erschien und bot Alice ein Papiertaschentuch an, damit diese sich das Blut aus dem Gesicht wischen konnte. Sie hatte ihren Dienstausweis zur Hand, als die Cops den Weg heraufgetrottet kamen. Die Beamten waren erstaunt, eine Agentin des FBI vorzufinden. Alice stellte die Situation als versuchte Vergewaltigung dar. Sie befahl den Polizisten mehr oder weniger, über Funk einen Fahndungsaufruf nach dem weißen Lieferwagen durchzugeben, und versicherte ihnen wiederholt, dass keine Chance bestehe, Fingerabdrücke auf ihrer Glock zu sichern, da der Angreifer Handschuhe getragen habe. Als Antwort auf die Frage nach ihrer Anschrift nannte sie als derzeitige Wohnadresse die Anschrift von Dr. Chris Shepard, einem „alten Freund aus Schulzeiten". Sie wollte unbedingt vermeiden, dass die Cops aus Natchez ihr Zimmer im Days Inn betraten und entdeckten, was selbst ein blutiger Anfänger als Unterlagen einer Morduntersuchung identifiziert hätte. Nachdem sie versprochen hatte, sich am nächsten Morgen für eine weitere Befragung zur Verfügung zu stellen, hinterließ sie den Polizisten ihre Handynummer, dankte dem Pyjama-Mann dafür, dass er sie gerettet hatte, stieg in den Wagen und fuhr zurück in Richtung Highway 61.

Sie zitterte am ganzen Leib. Verzögerte Stressreaktion. Sie lenkte das Auto an den Fahrbahnrand und zückte ihr Handy. Chris meldete sich nach sechsmaligem Läuten. Alice entschuldigte sich, dass sie ihn schon wieder belästigte, und ehe sie erklären konnte, was geschehen war, hörte sie sich unwillkürlich aufschluchzen.

„Wo sind Sie?", fragte Chris.

„Ich stehe am Straßenrand. Ich bin noch in der Stadt. Ich glaube, ich muss genäht werden."

„Was ist passiert?"

„Er ist hier. Der Mann, der Grace umgebracht hat. Um ein Haar hätte er auch mich erledigt."

„Ich rufe Mrs Johnson an und sage ihr, dass ich einen Notfall habe. Sie wird kommen und auf Ben aufpassen. Schaffen Sie's zu meiner Praxis?"

„Ja. Aber bringen Sie Ben lieber zu Mrs Johnson. In Ihrem Haus ist er nicht sicher. Und vergessen Sie nicht, Ihre Waffe mitzunehmen."

„Ich bin in zehn Minuten da."

Alice lag auf dem Rücken und blinzelte in eine blaue chirurgische Lampe. Chris nähte sie direkt unter dem Auge.

„Die Platzwunde verläuft direkt durch Narbengewebe", teilte er ihr mit. „Ich weiß nicht, was Ihr plastischer Chirurg über meine Arbeit sagen wird, aber ich nehme an, es ist Ihnen immer noch lieber, als ins Krankenhaus zu fahren und damit Ihre Verletzung der ganzen Welt kundzutun."

„Genau. Danke, dass Sie das machen."

„Sie haben wirklich keine Ahnung, wer der Kerl war?" Chris verknotete den letzten Stich.

„Nein. Er trug eine Art Maske. Die Frage ist, war er hinter mir oder hinter Ihnen her?"

„Das ist ziemlich offensichtlich. Er ist Ihnen wahrscheinlich den ganzen Tag lang gefolgt. Aber bei Ihrem Schlafmangel hätten Sie nicht mal eine Herde Elefanten bemerkt. Und was jetzt? Sie haben doch wohl nicht immer noch vor, nach Jackson zu fahren, oder?“

„Ich weiß es nicht. Aber ich würde Sie gern um einen Gefallen bitten. Kommen Sie mit mir zum Days Inn, damit ich meinen Computer holen kann? Ich brauche ihn dringend.“

Chris legte seine Instrumentenschale in ein Spülbecken. „Wenn Sie mir versprechen, heute Nacht bei mir im Haus zu schlafen, fahre ich mit.“

Sie zögerte, dann erhob sie sich, holte ihr Handy hervor und wählte die Nummer von Will Kilmer. Nachdem sie ihm die Situation erklärt hatte, forderte er sie auf, in Natchez zu bleiben. „Ich bin im Krankenhaus, Alice. Sie ist nicht bei Bewusstsein. Keine Veränderung ihres Zustands. Verdammt, es sieht Margaret so ähnlich, die Ärzte wieder mal zum Narren zu halten! Sie ist ein zäher alter Vogel.“

Alice beendete das Gespräch und sah Chris an. „Also gut, ich komme mit Ihnen. Aber zunächst fahren wir ins Motel.“

DER PARKPLATZ des Days Inn lag still, aber hell erleuchtet da. Alice stellte ihren Corolla vier Türen von ihrem Zimmer entfernt ab und wartete, bis Chris mit seinem Pick-up in die Parklücke neben ihr gefahren war. Er stieg aus, eine .38er in der Hand.

„Ich weiß das wirklich zu schätzen“, flüsterte sie und gab ihm ihren Zimmerschlüssel. „Nummer eins fünf zwei. Ich möchte, dass Sie die Tür aufsperren und den Knauf drehen, aber bleiben Sie draußen. Ich stehe hinter Ihnen und gehe dann allein rein. Falls etwas Unvorhergesehenes passiert, benutzen Sie Ihre Waffe zum eigenen Schutz und nicht, um mir zu helfen. Verschwinden Sie und alarmieren Sie die Polizei.“

Chris starrte sie ungläubig an. „Sie machen Witze.“

Todernst blickte sie zurück. „Keineswegs. Und keine Heldentaten, klar?“

„Sie wissen nicht, was Ihnen entgeht.“

Er schob sich an der Wand des Gebäudes entlang zur Tür, steckte den Schlüssel ins Schloss und drehte den Griff. Als Alice hörte, wie der Mechanismus entriegelte, sprang sie mit erhobener, von einer Seite zur anderen schwingender Waffe durch die Tür.

„Alles sauber!“, rief sie nach draußen und bewegte sich auf das Bad zu.

Plötzlich hörte sie ein leises, scharrendes Geräusch hinter der Badezimmertür und blieb wie erstarrt stehen. Sie winkte Chris, in Deckung zu gehen. Er gehorchte und kniete sich hinters Bett.

„FBI! Lassen Sie Ihre Waffe fallen und kommen Sie mit erhobenen Händen raus!“

Keine Reaktion. Nach fünf Sekunden Warten vernahm Alice das Geräusch wieder. Es klang, als ob der Duschvorhang an der Wanne entlangschabte. Alice stieß einen leisen Fluch aus, sprang vor und trat die Badezimmertür auf.

Doch es war niemand da.

Das Scharren erklang ein weiteres Mal. Alice sah nach unten und machte zu Tode erschrocken einen Satz zurück. Eine leuchtend bunte Schlange wand sich in der Nähe der Kommode am Boden. Unablässig biss sie ins Leere, und ihr Leib peitschte wild vor und zurück.

„Chris!“, zischte Alice. „Was für ein Vieh ist das?“

Er riss sie zurück. „Eine Korallenschlange. Die tödlichste Schlange in den Staaten. Sie injiziert ihrem Opfer ein Neurotoxin, wie eine Kobra.“

„Sind Sie sicher?“

„Absolut.“ Chris packte ein Kissen vom Bett und blockierte damit die offene Tür. Dann ging er zu seinem Wagen und kam mit einem großen weißen Eimer voller Basebälle zurück.

„Was haben Sie damit vor?“, fragte Alice. „Die Schlange steinigen?“

Er hob den Eimer mit beiden Händen, beugte sich über das Kissen und hämmerte ihn mit aller Kraft mit dem Boden voran auf die Schlange. Er rammte das Reptil förmlich in die Fliesen. Dann hob er den Eimer in die Höhe und ließ ihn wieder herunterkrachen. Beim dritten Mal klebte die Schlange am Eimerboden, zerquetscht wie ein Insekt auf einer Windschutzscheibe.

„Ist sie tot?“, erkundigte sich Alice.

Chris untersuchte die Schlange. „Tot wie nur irgendwas.“

Er trug den Eimer nach draußen und warf ihn auf die Pritsche seines Pickups. Alice packte ihren Computer und ihre Fallunterlagen ein und brachte sie zu ihrem Wagen. Als Chris zu ihr trat, fragte sie: „Ist die Korallenschlange in Mississippi heimisch? Ich bin hier aufgewachsen, aber ich habe noch nie eine zu Gesicht bekommen.“

„Sie ist zwar hier heimisch, aber nicht in diesem Teil des Staates. Es ist eine Fahrt von zwei Stunden bis ins Korallenschlangenterritorium.“

„Also kann sie unmöglich einfach in mein Zimmer gekrochen sein?“

„Nie im Leben! Jemand hat die Schlange in Ihr Zimmer gebracht. Und das beantwortet auch ein für alle Mal Ihre eine Frage: Der Kerl, der Sie im Carport angegriffen hat, kam wegen Ihnen, nicht wegen mir.“

6

Eldon Tarver steuerte seinen weißen Lieferwagen vorsichtig durch ein Gestrüpp, das den ausgefahrenen Weg versperrte. Es war bereits die vierte Strecke, die er versuchte, und diesmal hatte er das Gefühl, dass seine Bemühungen von Erfolg gekrönt waren. Den Fluss zu erreichen war nicht schwierig – ungefähr alle fünfzig Meter führten Radspuren von der Schotterpiste zur breiten Uferbank des Mississippi südlich von Natchez. Das Problem bestand darin, dass der Sand am Ende dieser Spuren weich und der Fluss seicht war. Tarver brauchte aber ein Uferstück, das das Gewicht des Wagens bis direkt zum Fluss hinunter trug, und gleich dahinter mindestens drei Meter tiefes Wasser, um das Fahrzeug darin zu versenken. Die starke Strömung des Mississippi würde den Rest besorgen und den Wagen mit einer Kraft mit sich reißen, die garantierte, dass er bis zum Morgen verschwunden wäre.

Tarver schaltete die Scheinwerfer aus, stellte den Motor ab, stieg aus und ging vorsichtig in die Dunkelheit hinein. Er hatte das Gefühl, hoch über dem Fluss zu sein, doch wie hoch genau, vermochte er nicht zu sagen. Zehn Schritte weiter und er stand an einer steilen Klippe.

Sechs Meter unter ihm wirbelte das dunkle Wasser des Mississippi. Tarver zog sein blutgetränktes T-Shirt aus und schleuderte es in den Fluss. Die Frau hatte ihn am Hals getroffen, doch es war eine stumpfe Waffe gewesen, wahrscheinlich ein Schlüssel. Hätte sie ein Messer benutzt, wäre er vermutlich schon tot.

Er lief zum Wagen zurück, öffnete die Hecktür und befestigte eine Aluminiumrampe, die er zum Entladen eines Honda-Motorrads benutzte. Die Maschine war für den Betrieb auf und abseits der Straßen geeignet, und er hatte sie bei jedem Einsatz während der letzten fünf Jahre mitgeführt. Er stellte das Motorrad ab, bevor er eine kleine Kühlbox und einen Seesack hinter dem Beifahrersitz hervorholte. Abgesehen von diesen drei Dingen war der Lieferwagen leer. Tarver war den ganzen Weg von Jackson bis hierher mit Latexhandschuhen an den Händen und einer Plastikduschhaube über dem Kopf gefahren.

Er betätigte den Kickstarter der Honda, um ganz sicherzugehen, dass er nicht festsitzen würde. Dann stieg er ein letztes Mal in den Wagen, legte einen kleinen Gang ein und fuhr langsam auf den Rand der Klippe zu. Drei Meter vom Abgrund entfernt sprang er aus der offenen Tür und rollte sich wie ein Fallschirmspringer auf dem sandigen Boden ab. Als er sich aufrappelte, hörte er ein lautes Platschen. Er rannte zur Kante der Klippe, um auf das absurde Spektakel eines weißen Lieferwagens hinabzustarren, der wie ein Frachtkahn den Mississippi hinuntertrieb und dabei immer tiefer versank.

Ein Teil von Tarver wollte in Natchez bleiben, um die Arbeit zu Ende zu bringen, die er begonnen hatte. Doch es gab wichtigere Probleme, mit denen er sich befassen musste. Andrew Rusk beispielsweise. Der Anwalt hatte ihn belogen, da war er sich sicher. Doch er verdrängte die in ihm aufsteigenden Rachegedanken und konzentrierte sich stattdessen auf sein Überleben. Er hatte immer gewusst, dass ein Tag wie dieser kommen würde. Jetzt, da es so weit war, war er bereit. Sein Zufluchtsort befand sich weniger als siebzig Kilometer entfernt. Dort konnte er sich ausruhen, Kräfte sammeln und seine Reaktion planen. Er schnallte die Box und den Seesack auf die Honda, stieg auf und legte den Gang ein.

CHRIS machte seine Visite im St Catherine's Hospital so konzentriert, wie es ihm angesichts der Umstände möglich war, doch die Ereignisse der vergangenen Nacht wollten ihm nicht aus dem Kopf. Nachdem er sich von seinem letzten Patienten auf der Station verabschiedet hatte, ging er nach unten in die Intensivstation, wo er Michael Kaufman begegnete, dem Gynäkologen seiner Frau. Vor zwei Tagen hatte er ihm eine Blutprobe Thoras zur Analyse geschickt, um herauszufinden, ob eventuelle Hormonstörungen ihre Fruchtbarkeit beeinträchtigten.

„Ich bin froh, dass ich Sie hier treffe." Kaufman blieb stehen. „Ich habe etwas Merkwürdiges in Thoras Blut gefunden."

„Tatsächlich? Was?"

„Sie hat einen hohen Progesteronspiegel. Sie versucht doch immer noch schwanger zu werden, nicht wahr?"

„Ja. Wie hoch ist der Spiegel? Kontrazeptiv?"

„Mehr. Eher wie die Pille danach."

Chris spürte, wie ihm das Blut in die Wangen schoss. Kaufman hatte soeben einen Verstoß gegen die ärztliche Schweigepflicht begangen, und diese Tatsache schien ihm nun ebenfalls zu dämmern. Mehr noch, beiden war klar geworden, dass Chris' Ehefrau in einer ganz entscheidenden Angelegenheit unehrlich gegenüber ihrem Mann gewesen war. Kaufman nickte Chris verlegen zu und setzte seinen Weg fort.

Mit langsamen Schritten näherte sich Chris der Intensivstation. Er nahm seine Umgebung kaum wahr – die Folgerungen aus Kaufmans Enthüllung waren schier unerträglich. War es möglich, dass Thora ihn in seinem Studio nur deshalb verführt hatte, um eine Affäre – und ihre Folgen – zu vertuschen?

Dass ihr Gerede von ihren Bemühungen, schwanger zu werden, nichts weiter als eine kaltblütige Inszenierung war?

Als er durch die breiten Türen der Intensivstation ging, verschafften ihm die kühlere Luft und das Summen und Piepsen der Maschinen eine vorübergehende Erholung von der auflodernden Hölle in seinem Kopf. Hier blieb ihm gar nichts anderes übrig, als sich auf seine Arbeit zu konzentrieren. Er hatte einen Teenager als Patienten, der an einer hartnäckigen zweiseitigen Lungenentzündung litt, die sich bereits gegen zwei starke Antibiotika als immun erwiesen hatte. Am vergangenen Abend hatte Chris während seiner Visite einen Tropf mit Vancomycin verordnet. Falls sich der Zustand des Jungen nicht gebessert hatte, würde er den Fall an einen Spezialisten für Infektionskrankheiten an der Uniklinik in Jackson abgeben.

Als er den Blick zu den gläsernen Abteilen hob, war das Erste, was er sah, Tom Cage. „Ich wusste gar nicht, dass Sie einen Fall auf der Intensivstation haben!“

„Habe ich auch nicht.“ Cage notierte etwas in eine Akte. „Ich war bei dem Patienten, wegen dem Don Allen mich konsultiert hat. Und ich habe mir Ihren Fall mit der Lungenentzündung angesehen. Die weißen Blutkörperchen sind im Verlauf der Nacht signifikant zurückgegangen.“

„Na also!“, sagte Chris erfreut. „Ich habe mir schon Sorgen gemacht.“

Cage seufzte mitfühlend. „Ich habe das Gefühl, dass immer mehr von diesen atypischen Lungenentzündungen auftreten, speziell bei jungen Erwachsenen.“

„Sind Sie fertig mit Ihrer Visite?“

„Ja. Ich bin auf dem Weg in die Praxis.“

„Ich komme gleich nach.“

Chris betrat das Abteil, in dem sein Patient untergebracht war, und bemerkte sofort die Veränderung. In den Augen des 17-Jährigen leuchtete ein Licht, das seit mindestens einer Woche nicht mehr dort gewesen war, und als Chris die Brust des Jungen mit einem Stethoskop abhorchte, stellte er deutliche Verbesserungen fest. Er lachte gerade über einen Witz, den der Teenager gemacht hatte, als er Shane Lansing erblickte, der draußen bei der Schwesternstation stand. Der Chirurg schien sich auf eine Akte zu konzentrieren, doch Chris hatte das deutliche Gefühl, dass Lansing ihn bis zu dem Moment angestarrt hatte, als er aufgeblickt hatte.

Kaufmans Worte hallten in seinen Ohren wider. *Eher wie die Pille danach …*

Chris spürte so etwas wie Erleichterung, den Chirurgen so früh am Morgen in Natchez anzutreffen. Das Hotel in Greenwood lag mehr als vier Stunden entfernt, und Lansing hätte Thora bereits um vier Uhr heute Morgen wieder verlassen müssen, um jetzt hier im Krankenhaus zu sein. Dennoch verspürte Chris den irrationalen Zwang, dem Chirurgen die Nase einzuschlagen. Er verabschiedete sich von seinem Patienten mit den Worten, er werde nach dem Mittagessen noch einmal vorbeischauen, aktualisierte die Krankenakte und verließ das Abteil.

„Morgen", grüßte Lansing ihn. „Denken Sie noch an unser Golfspiel?"

„Heute Nachmittag kann ich nicht." Er suchte in Lansings Augen nach Anzeichen von Müdigkeit. „Aber vielleicht morgen."

„Rufen Sie mich an. Oder hinterlassen Sie mir eine Nachricht."

Chris machte auf dem Absatz kehrt und verließ die Intensivstation. Sobald er um die nächste Ecke bog, war der Ausgang nicht mehr weit. Doch anstatt die Klinik zu verlassen, lehnte er sich an die Wand und wartete.

Weniger als eine Minute später bog Lansing um die Ecke. Chris trat ihm direkt in den Weg. „Schlafen Sie mit meiner Frau, Shane?"

Lansing blinzelte. „Verdammt, nein! Wovon reden Sie überhaupt?"

Chris starrte ihn einige Sekunden lang an. „Ich glaube, Sie lügen."

Lansing kniff die Augen zusammen. Er setzte zu einer Erwiderung an, schloss den Mund jedoch wieder und versuchte sich vorbeizuschieben.

Chris packte ihn am Arm und schleuderte ihn gegen die Wand. „Wag es nicht, mich wie einen dummen Jungen stehen zu lassen, Mistkerl!"

Lansing starrte ihn wie betäubt an. „Sie haben den Verstand verloren!"

„Jede Wette, dass Sie sich bestens auskennen mit Szenen wie dieser, was, Shane? Aber diesmal werden Sie nicht so einfach davonkommen. Denn das Schicksal eines Jungen steht auf dem Spiel. Und ich weiß genug über Sie, um mir darüber klar zu sein, dass Sie in Wirklichkeit einen Dreck auf Thora geben. Oh, sicher, es macht Ihnen Spaß mit ihr im Bett. Aber das ganze Paket ist eher uninteressant, stimmt's?"

Lansing ließ sich immer noch nichts anmerken. In der knisternden Stille kam Chris plötzlich ein noch weitaus erschreckenderer Gedanke.

„Oder vielleicht *doch*? Es ist Thoras *Geld*, richtig? Sie hatten schon immer eine Vorliebe für Geld, und Thora hat genug davon, um Ihnen das Wasser im Mund zusammenlaufen zu lassen. Ist es nicht so?"

Lansing ließ seine Maske fallen. Er tat nicht mehr unschuldig – so schien es jedenfalls. Er sagte etwas, doch Chris hörte ihm nicht zu. Sein Kleinhirn reagierte auf die Faust, die der Chirurg ansatzlos von der Seite her schlug. Chris war kein Boxer, doch er hatte an der Highschool gerungen. Er packte Lansings Handgelenk und nutzte den Schwung, den der Chirurg in seinen Schlag gelegt hatte, um sich nach hinten zu werfen und den großen Mann über sich hinwegzuschleudern.

Krachend landete Lansing auf dem Boden. Der Aufprall trieb ihm die Luft aus den Lungen. Chris drehte ihn auf den Bauch, stemmte ihm das Knie in den Rücken und bog ihm einen Arm nach hinten. Schmerzerfüllt schrie Lansing auf. In diesem Moment kamen zwei Krankenschwestern um die Ecke.

„Gehen Sie weiter!“, herrschte Chris die gaffenden Frauen an. „Verschwinden Sie!“

Sie eilten den Gang hinunter, ohne den Blick vom Geschehen zu wenden.

Chris brachte den Mund dicht an Lansings Ohr. „Eine Freundin von mir wurde gestern Abend fast umgebracht. Also merken Sie sich eins: Sie sind nicht der Einzige, um den es hier geht.“ Er verdrehte Lansing den Arm, bis der Chirurg abermals aufschrie. „Wenn Sie irgendwas tun, was Ben schadet, dauert es ein Jahr, bis Sie wieder operieren können. Haben Sie verstanden, Shane?“

Lansing grunzte.

„Das dachte ich mir.“ Chris stand auf. „Und wenn Sie so unschuldig sind, wie Sie eben noch getan haben, können Sie jetzt meinetwegen die Polizei rufen und mich anzeigen. Ich warte in meiner Praxis.“

Er hörte, wie sich hinter der Biegung ein Durcheinander von Stimmen näherte. Er verließ das Gebäude durch die Glastür und trottete zu seinem Pick-up. Als er vom Parkplatz fuhr, sah er den Verwaltungsdirektor des Krankenhauses vor der Tür stehen und ihm hinterherstarren.

ALS CHRIS in der Praxis eintraf, verschwand er in seinem privaten Büro, rief über die Gegensprechanlage den Empfang und bat seine Sprechstundenhilfe Jane, ihn mit Dr. Peter Connolly vom Sloan-Kettering-Krebszentrum in New York zu verbinden.

Wenig später summte die Gegensprechanlage. „Und, Jane?“, fragte er.

„Ich habe seine Sekretärin in der Leitung. Dr. Connolly hält gerade eine Vorlesung. Aber sie kann Sie mit seiner Mailbox verbinden, falls Sie eine Nachricht hinterlassen möchten.“

„Gern.“

Es klickte zweimal, dann hörte er eine digitale Stimme sagen: „Bitte hinterlassen Sie Ihre Nachricht.“

„Peter, hier ist Chris Shepard aus Natchez, Mississippi. Ich habe eine ziemlich eigenartige Frage, und ich denke, ich stelle sie einfach schon einmal vorab und gebe Ihnen Zeit, darüber nachzudenken. Ich möchte wissen, ob es möglich ist, gezielt Krebs bei einem Menschen hervorzurufen, und zwar auf eine Weise, dass kein Pathologe es feststellen kann. Ich spreche von den verschiedenen Arten Blutkrebs und einem Zeitrahmen von achtzehn Monaten von der Diagnose bis zum Tod. Ich weiß, dass Sie viel zu tun haben, aber ich wäre Ihnen sehr dankbar, wenn Sie mich zurückrufen, sobald Sie eine Gelegenheit dazu finden."

Chris legte auf und drückte wieder den Knopf der Gegensprechanlage. „Jane, wenn Connolly zurückruft, dann rufen Sie mich aus dem Behandlungszimmer, ganz egal was ich gerade mache. Von Notfällen abgesehen. Danke."

Er atmete tief durch, drängte die paranoiden Ängste zurück, die sich in ihm aufstauten, und ging hinaus, um seine Sprechstunde zu eröffnen.

RUCKARTIG setzte Alice sich im Bett auf, die Glock in der Hand, die Augen weit aufgerissen. Sonnenlicht drang durch eine Ritze in den Vorhängen. Sie brauchte mehrere Sekunden, um sich zu erinnern, wo sie war: in einem Gästezimmer in Chris Shepards Haus.

Während sie auf ihre Umgebung starrte, summte das Mobiltelefon in ihrer Handtasche. Es hatte sich vorhin schon einmal gemeldet, dämmerte ihr. Das war es, was sie geweckt hatte. Allerdings lag ihr privates Handy, das sie bei ihrer privaten Mordermittlung benutzte, stumm auf dem Nachttisch. Das Gerät in ihrer Handtasche war ihr offizielles Mobiltelefon.

O Gott, das kann nur Ärger bedeuten …

Erinnerungen an den Überfall in der vergangenen Nacht huschten ihr durch den Kopf. Sie hatte der Polizei von Natchez ihren richtigen Namen nennen müssen – ihr war keine andere Wahl geblieben. Sie starrte auf das Display, auf dem UNBEKANNTER ANRUFER zu lesen stand, und wartete, dass sich die Mailbox einschaltete. Nachdem sie eine volle Minute gewartet hatte, wählte sie die Nummer ihrer Mailbox.

„Special Agent Morse", begann eine vertraute selbstgefällige Stimme, „hier spricht Deputy Director Mark Dodson in Washington."

Alice' Brust schnürte sich zusammen.

„Ich rufe an, um Sie zu informieren, dass wir ein Flugzeug abgestellt haben, das Sie von Jackson nach Washington zu einer Befragung durch die Dienstaufsicht bringen wird …"

Ihr Blutdruck ging in freien Fall über.

„Sollten Sie sich irgendwo anders aufhalten als in Jackson, rufen Sie mich bitte unverzüglich an, sodass ich den Flug zu Ihrem Aufenthaltsort umleiten kann. Versuchen Sie nicht, die Angelegenheit zu verzögern. Damit machen Sie alles nur noch schlimmer."

Ein Klicken folgte, und die Nachricht war zu Ende.

„Verdammter Mist!“, schrie Alice. Sie stieg aus dem Bett und zog die gleichen Kleider wie am Vortag an. Wenn das FBI schon ein Flugzeug nach ihr schickte, mussten sie alles wissen – wahrscheinlich sogar, dass sie in der vergangenen Nacht überfallen worden war. Das war vermutlich der Auslöser gewesen, der ihr sorgsam zurechtgebasteltes Kartenhaus hatte einstürzen lassen. Und alles für nichts und wieder nichts! Jeder weiße Lieferwagen, den die Polizei in der zurückliegenden Nacht überprüft hatte, war völlig legal auf einen unbescholtenen Bürger registriert gewesen.

Alice kämpfte gegen die Tränen an, während sie die Vermittlung der FBI-Zentrale in Washington anrief und sich mit dem Büro Dodsons verbinden ließ. Nachdem sie ihren Namen genannt hatte, wurde sie augenblicklich durchgestellt.

„Wo befinden Sie sich im Augenblick?“, fragte Dodson.

„In Natchez, Mississippi, Sir.“

Eine längere Pause entstand. Dann: „Wie ich sehe, gibt es dort einen Flughafen, auf dem ein Lear Jet landen kann. Sie werden in dreißig Minuten auf diesem Flughafen sein, bereit zum Abflug.“

„Ja, Sir. Darf ich fragen warum?“

„Nein, das dürfen Sie nicht.“ Dodson legte auf.

VORSICHTIG bewegte Neville Byrd den Joystick in seinem Schoß und verschob den Laser auf dem Dach um fünf Millimeter nach rechts. Dann setzte er seine Spezialbrille auf, um die Linie des Strahls zu überprüfen. Diesmal hatte er es geschafft. Der grüne Strahl endete präzise in der Mitte eines Fensters im 16. Stock des AmSouth Towers. Von diesem Augenblick an würde dank der Laservorrichtung jedes gesprochene Wort in Andrew Rusks Büro durch Messung der Vibration der Fensterscheibe aufgefangen werden. Außerdem zeichnete das Gerät auf, welche Tasten auf Rusks Computertastatur in welcher Reihenfolge gedrückt würden, indem es die Veränderungen des elektromagnetischen Feldes im Büro maß. Das zusätzlich auf dem Dach installierte optische Glas allein erfasste bereits etwa zwei Drittel von Rusks Tastatur und Bildschirm, was bedeutete, dass vieles von dem, was der Anwalt an seinem Computer tippte, auch auf digitalem Video festgehalten werden konnte.

Byrd lehnte sich gegen das Fenster seines Hotelzimmers, das nur eine Straßenbreite vom AmSouth Tower getrennt lag. Er war auf Anweisung von Noel D. Traver hier, der ihm einen ganz einfachen Auftrag erteilt und anschließend das Doppelte seiner üblichen Honorarsätze für die erfolgreiche Durchführung geboten hatte. Das hatte den früheren Software-Entwickler zu einem glücklichen Mann gemacht. Hightech-Überwachung war kein blühendes Geschäft in Mississippi. In den vergangenen Jahren hatte Byrd hauptsächlich für Scheidungsanwälte und Privatdetektive gearbeitet, sich in E-Mail-Konten gehackt und die Mobiltelefone von Leuten abgehört, die ihre Ehegatten betrogen. Doch dieser Job hier war anders.

Rusk war einer der fünf Top-Scheidungsanwälte in der Stadt und hatte Byrd selbst schon mehrmals engagiert. Nach dessen bescheidener Meinung war der Anwalt bloß ein alternder Ex-Jurastudent mit zu viel Geld und mehr Ego, als gut für ihn war. Im Gegensatz zu ihm machte Dr. Traver einen anständigen Eindruck und war zweifellos um einiges cleverer als Rusk. Weil er im Internet nachgesehen hatte, wusste Byrd, dass Traver Tierarzt war, der eine Zucht für Forschungstiere betrieb.

Ansonsten waren Byrds wertvollste Daten bislang atemberaubende Ausblicke auf die Brüste von Rusks Sekretärin. Der Anwalt schien Busen als primäre Qualifikation für den Job zu verlangen. Byrd fragte sich, ob Traver möglicherweise mit Rusks Sekretärin verheiratet war. Doch sie war nicht älter als dreißig und verdammt sexy, während Traver um die sechzig war und ein hässliches Muttermal im Gesicht trug.

Byrd wartete und war zuversichtlich, dass er bis zum Ende der Woche alles wusste, was es über Andrew Rusk, dessen Sekretärin und den Tierarzt zu wissen gab.

ALICE stand am Rand des kleinen Vorfelds auf dem Flughafen Natchez und beobachtete die Lear 35, die über das Rollfeld auf sie zukam. Die Luke wurde geöffnet und ein stereotyper FBI-Agent kam die kleine Gangway herunter. Blauer Anzug, dunkle Sonnenbrille. Selbst bei dem etwas zu weiten Jackett konnte Alice den Griff der Schusswaffe im Halfter unter seinem linken Arm erkennen.

„Special Agent Alice Morse?"

„Das bin ich!"

„Ich bin Special Agent Gray Williams", stellte er sich vor, ohne ihr die Hand anzubieten. „Tragen Sie eine Waffe, Agentin Morse?"

„Ja." Alice fürchtete, er könnte von ihr die Herausgabe ihrer Pistole verlangen.

„Haben Sie noch weiteres Gepäck?"

„Nein." Sie bückte sich, um ihren Koffer aufzunehmen.

„Dann gehen wir an Bord."

Sein Tonfall verriet tiefes Unbehagen darüber, mit ihr sprechen zu müssen – ein untrüglicher Hinweis darauf, dass sie offiziell als Aussätzige galt. Sie warf ihren Koffer durch die Luke, stieg hinterher und setzte sich auf einen Sitz in Flugrichtung. Williams ließ sich zwei Reihen hinter ihr nieder. Alice hörte, wie er leise in sein Mobiltelefon sprach und bestätigte, dass sie an Bord und bald unterwegs nach Washington sei. Sie nahm ihr privates Handy hervor, stöpselte es in einen Stromanschluss neben ihrem Sitz und hörte ihre Mailbox ab. Eine raue Männerstimme erklang.

„Hier ist Onkel Will …“ Alice schaltete die Lautstärke mit dem seitlichen Knopf auf das Minimum herunter. „Der Zustand deiner Mom hat sich seit gestern Abend nicht geändert. Es war richtig, dass du erst einmal ausgeschlafen hast. Ich rufe an, weil ich einen Bericht von meinem Mann im Alluvian erhalten habe. Er konnte nicht feststellen, auf welcher Etage Thora Shepard abgestiegen ist, aber seine Frau hat sich ein paarmal mit ihr im Nassbereich unterhalten. Thoras Freundin war dabei, und alles schien völlig harmlos. Aber um halb sechs heute Morgen blickte die Frau meines Mitarbeiters zufällig aus dem Fenster. Sie sah einen Mann, der einen kleinen Koffer zum Parkplatz hinter dem Hotel trug. Er hatte es sehr eilig. Es ging alles sehr schnell und die Lichtverhältnisse waren ungünstig, aber sie meint, es könnte Dr. Lansing gewesen sein. Sie ist zu sechzig Prozent sicher. Ich werde überprüfen, ob Lansing tatsächlich zwischen Natchez und dem Alluvian hin- und herpendelt, um mit Thora Shepard ins Bett zu gehen. Ruf mich an, sobald du …“

Die Mailbox hatte sich abgeschaltet, ehe Will seine Nachricht beendet hatte. Weitere Mitteilungen gab es nicht.

Alice lehnte sich für den Start im Sitz zurück. Das Heulen der Turbinen und das Zittern der Maschine riefen Dutzende von Erinnerungen in ihr wach. Wie oft war sie in aller Eile zu einem wartenden Jet gebracht und in eine fremde Stadt geflogen worden, wo ein Mann mit einer Waffe unschuldige Bürger in seiner Gewalt gehalten hatte? Die Tatsache, dass das FBI sich in diesen Situationen auf sie verließ, hatte in ihr ein eigenes Gefühl von Macht hervorgerufen. Sie hatte das Vertrauen ein ums andere Mal gerechtfertigt. Es hatte einen Teil von ihr zerstört, dieses Vertrauen jetzt zu missbrauchen, die täglichen Berichte zu fälschen, einen Kollegen zu bitten, ihre unerlaubte Abwesenheit zu decken. Doch es gab eine höhere Pflicht – die gegenüber dem eigenen Blut. Und koste es, was es wolle, sie würde das Vertrauen ihrer Familie niemals enttäuschen.

Schließlich hatte Alice genug davon, passiv herumzusitzen. Sie nahm ihr Handy hervor und aktivierte den SMS-Modus. Wenn sie schon die nächsten vierundzwanzig Stunden Blut und Wasser schwitzen würde, dann wenigstens nicht allein.

ANDREW RUSK stockte das Herz, als er in seinem Büro die blau unterlegten Worte der SMS auf seinem Handy las:

> Du wirst bezahlen für das, was du getan hast. Es ist mir egal, wie lange es dauert. Ich werde dafür sorgen, dass du die Todesspritze kriegst, Andy. Für Grace Fennell. Für Mrs Braid. Für all die anderen. Es ist mir egal, was aus mir wird. Nichts wird mich aufhalten. Nichts.

Er sah nach dem Absender der SMS, doch die Nummer war verborgen. Es spielte keine Rolle. Er wusste genau, wer die Zeilen verfasst hatte. Die FBI-Agentin. Sein erster Impuls war, aufzustehen und zwei Quadrate Silberfolie in sein nordöstliches Fenster zu hängen, doch die Vernunft hielt ihn davon ab. Glykon war wegen Alice Morse bereits zur Genüge aufgebracht. Diese neue Entwicklung würde lediglich weiteres Öl ins Feuer gießen.

Sie versucht mich zu provozieren, überlegte Rusk. Als würde sie einen Stein in ein Gebüsch werfen, um das Wild aufzuscheuchen und dem Jäger vor die Flinte zu treiben. Das bedeutet, dass jemand beobachtet, in welche Richtung ich springe. Hat sie jetzt die volle Unterstützung des FBI bei dieser Aktion oder arbeitet sie weiterhin auf eigene Faust?

„Bleib ruhig", murmelte er. „Ganz ruhig."

Er nahm den Telefonhörer ab und wählte die Nummer einer hochspezialisierten Detektivagentur, mit der er gelegentlich zusammenarbeitete.

CHRIS untersuchte eine Prostata, als Jane ihn nach draußen rief, um Dr. Connollys Anruf entgegenzunehmen. Er eilte in sein Büro. „Peter? Ich bin's, Chris Shepard."

„He, alter Junge! Lange nichts mehr voneinander gehört. Und jetzt gleich so eine Frage: Absichtlich Krebs bei Menschen herbeiführen? Haben Sie aufgehört mit Ihren Dokumentationen und drehen stattdessen Horrorfilme? Oder ist bei Ihnen unten in Mississippi jemand ermordet worden?"

„Um die Wahrheit zu sagen, Peter, ich kann nicht darüber reden."

Am anderen Ende der Leitung entstand eine lange Pause. „Also schön", sagte Connolly schließlich. „Ich habe während meiner so genannten Mittagspause ein wenig darüber nachgedacht. Es gibt eine Reihe karzinogener Chemikalien, die multiple Myelome hervorrufen können. Herbizide sind ganz besonders schädigend. Aber wir reden hier von einer zwanzig Jahre dauernden Inkubationszeit, bevor der Krebs zuschlägt. Toxine sind wesentlich schneller, aber praktisch alle sind nachzuweisen. Und man kann dieses Zeug nicht so eben im Küchenspülstein zusammenmischen. Nicht einmal in einem durchschnittlichen Universitätslabor."

„Ich hoffe, dass Sie damit Recht haben."

„Strahlung wäre eine andere offensichtliche Möglichkeit", fuhr Connolly fort. „Es besteht kein Zweifel, dass sich so Leukämie hervorrufen lässt."

„Aber könnte man es unbemerkt tun?"

„Es wäre nicht einfach, aber machbar. Röntgenstrahlen verursachen in der Regel alle möglichen Nebenwirkungen, sowohl lokal als auch systemisch, also kann man sie ausschließen. Strahlentherapie-Pellets würden Verbrennungen, Hauttumore und vielleicht im Anfangsstadium ständige Übelkeit verursachen. Die interessanteste Option sind Flüssigkeiten. Wir setzen gegen einige Tumore verstrahlte Flüssigkeiten mit extrem kurzen Halbwertszeiten zwischen vierundzwanzig und achtundvierzig Stunden ein."

Chris nahm sich einen Stift und begann mitzuschreiben.

„Nehmen wir beispielsweise Schilddrüsenkrebs. Wir injizieren radioaktives Jod in den Blutkreislauf. Das Jod sammelt sich in der Schilddrüse, tötet die Krebszellen und wird anschließend völlig harmlos wieder ausgeschieden. Ein soziopathischer Onkologe könnte möglicherweise eine Methode entwickeln, auf diese Weise Krebs zu erzeugen, ohne dass auch nur die geringste Spur zurückbleibt. Aber wenn ich wirklich jemandem Krebs anhängen wollte, ohne mich auch nur dem geringsten Risiko auszusetzen, erwischt zu werden, würde ich zwei andere Methoden in Erwägung ziehen. Die erste würde Viren beinhalten. Sie müssten allerdings bereit sein, einige Zeit zu warten, bis Ihr Opfer stirbt."

„Bis zu einem gewissen Punkt ist Zeit kein Faktor in diesen Fällen", erläuterte Chris.

„Nun, Sie wissen, dass humane Papillomaviren Gebärmutterhalskrebs verursachen können. Ich denke, im Verlauf der nächsten zehn Jahre werden wir entdecken, dass Viren für alle möglichen Formen von Krebs verantwortlich sind. Allerdings darf man nicht vergessen, dass Millionen Frauen diese Papillomaviren in sich tragen, doch nur wenige Gebärmutterhalskrebs entwickeln. Es würde also nicht ausreichen, jemanden mit einem onkogenen Retrovirus zu infizieren. Eine Reihe weiterer Rätsel wäre vorher zu lösen. Beispielsweise wie man Tumorsuppressorgene abschaltet und zelluläre Wachstumsfaktoren erhöht. Es würde eine massive Forschungsanstrengung erfordern."

„Wir reden hier also über etwas, was über das heutzutage technisch Machbare hinausgeht?"

„Keineswegs. Ich habe es bereits selbst getan, hier in meinem Labor."

Connollys Worte trafen Chris wie ein Faustschlag. *„Was?"*

„Es ist erstaunlich, ja. Um die Ursachen für chronische myelogene Leukämie zu verstehen, haben mein Team und ich im Grunde genommen eine

Gentherapie umgekehrt. Wir haben ein Leukämie-induzierendes Gen in ein Retrovirus eingeführt und anschließend eine kerngesunde Maus damit infiziert. Binnen weniger Wochen hatte die Maus eine Nagetierversion von chronischer myelogener Leukämie entwickelt."

„Mein Gott, Peter! Es ist also *möglich*."

Connolly nahm sich ein paar Augenblicke Zeit, um darüber nachzudenken. „Ich nehme an, wenn man einige höhere Primaten zur Verfügung hätte, an denen man seine Arbeit testen könnte – oder, was Gott verhüten möge, Menschen –, dann wäre es möglich. Und wenn man mit dieser Technologie jemanden umbringen würde, könnte nicht einmal der größte Pathologe der Welt jemals feststellen, dass ein Verbrechen begangen wurde. Doch die Tatvorbereitung würde Millionen Dollar verschlingen. Ganz zu schweigen davon, dass der Täter verdammt weit oben auf der Intelligenzskala angesiedelt sein müsste."

Ein Schauer durchlief Chris. „Sie haben zwei mögliche Szenarien erwähnt. Wie lautet das andere?"

„Richtig, das zweite Szenario ist in meinen Augen noch viel unheimlicher, denn es erfordert sehr viel weniger Expertise. Sie brauchten dazu lediglich einen Hämatologen oder einen Onkologen mit der Ethik eines Dr. Mengele. Er müsste nichts weiter tun, als dem Opfer wie bei einer Knochenmarkstransplantation gesundes Knochenmark entnehmen, es im Labor bestrahlen oder sonst wie vergiften und anschließend das Knochenmark dem Opfer wieder injizieren."

„Was wäre das Ergebnis?"

„Eine durch das eigene Knochenmark des Opfers betriebene Krebsfabrik. Im Grunde ganz genau das, was Sie mir mit Ihrer Nachricht auf meiner Mailbox beschrieben haben. Ein Spektrum verschiedener Formen von Blutkrebs."

„Und niemand könnte jemals beweisen, dass der Krebs absichtlich herbeigeführt wurde."

„Solange der Täter kein Geständnis ablegt – niemals."

Chris analysierte das geschilderte Szenario, so schnell er konnte. „Muss man dazu Knochenmarkszellen benutzen? Oder könnte man auch andere Zellen nehmen, die leichter zu gewinnen sind?"

Connolly überlegte. „Ich nehme an, man könnte mehr oder weniger jede lebende Zelle nehmen, solange sie die DNA des Opfers enthält, sogar eine Haarwurzel."

Chris hatte zu viele Informationen in zu kurzer Zeit erhalten, um sie ohne fremde Hilfe noch effektiv verarbeiten zu können. „Peter, können Sie mir etwas über die hämatologischen und onkologischen Fakultäten an der Uniklinik Jackson erzählen? Kennen Sie jemanden, der auf diesen Gebieten forscht, über die wir gerade gesprochen haben?"

„Ich weiß nicht, welche Forschungen in Bezug auf Retroviren im Gange sind, aber ich würde Ajit Chandrekasar anrufen. Ein erstklassiger Virologe. Dann gibt es da noch einen Burschen, den ich für schwierige histologische Arbeiten gebraucht habe. Sein Name war … Tarver. Eldon Tarver."

Chris hörte eine weibliche Stimme im Hintergrund. „Man ruft schon wieder nach mir", seufzte Connolly. „Konnte ich Ihnen wenigstens ein Stück weiterhelfen?"

„Sie haben mir eine Heidenangst gemacht, Peter."

„Können Sie mir nicht verraten, wozu Sie das alles brauchen?"

„Noch nicht. Aber wenn sich herausstellt, dass jemand, den ich kenne, Recht hat, habe ich gleich eine ganze Reihe Fälle, die Sie in den Fachzeitschriften publizieren können."

Connolly lachte. „Sie wissen, dass ich das mit Freuden tun würde. Es sorgt dafür, dass die Forschungsgelder weiterfließen."

Chris legte auf und blickte auf seine Notizen. Er war ein Narr gewesen, Alice' Theorien auf der Basis professioneller Voreingenommenheit zu verwerfen. Nachdem er nun seine Irrwege aufgezeigt bekommen hatte, würde er sich in einen eifrigen Bekenner verwandeln.

Schließlich stand nicht weniger als sein eigenes Leben auf dem Spiel.

Alice saß in einem niedrigen Sessel gegenüber dem Schreibtisch des Abteilungsleiters Administration, der sich bereits vor langer Zeit als ihr Feind zu erkennen gegeben hatte. Außerhalb der FBI-Zentrale in Washington hieß es hinter vorgehaltener Hand, Mark Dodson sei eugenisch als Bürokrat gezüchtet worden. Durch geschickte Nutzung der politischen Verbindungen seiner Familie hatte er sich in der Behörde mit bisher nie gekannter Geschwindigkeit an die Macht geschmeichelt. Während ihrer Washingtoner Zeit hatte Dodson schon früh Stellung gegen Alice bezogen. Sie hatte keine Ahnung warum. Nach dem Fiasko in der Bank hatte er dann alle Hebel in Bewegung gesetzt, um ihre Entlassung zu bewirken. Und sein Ziel fast erreicht. Doch wie sich herausgestellt hatte, hatte Alice sich an jenem Tag nicht geirrt. Der Bankräuber war kein Terrorist gewesen, sondern ein unzufriedener Angestellter. Sie hatte einen schrecklichen Verfahrensfehler begangen, doch ihre Instinkte hatten sie nicht getäuscht. Sie hatte Recht gehabt, und Dodson hatte ihr das nie verziehen.

Jetzt starrte er sie mit unverhüllter Selbstzufriedenheit über den Schreibtisch hinweg an. „Ich nehme an, Sie hatten einen angenehmen Flug?"

„Könnten wir die Spielchen sein lassen? Ich bin zu müde dafür."

Die gute Laune verschwand aus Dodsons Gesicht. Er beugte sich über den Schreibtisch. „Ganz wie Sie meinen, Agentin Morse. Morgen früh um neun Uhr haben Sie ein Treffen mit drei Vertretern der Dienstaufsicht. Vor der Befragung wird man Sie zu einem Drogentest bitten. Sollten Sie sich dem Test entziehen, stellt dies einen Grund für Ihre fristlose Entlassung dar. Sollten Sie sich weigern, jede einzelne Frage wahrheitsgemäß zu beantworten, stellt dies ebenfalls einen Grund für Ihre fristlose Entlassung dar. Haben Sie verstanden?"

Alice nickte und schwieg.

„Diesmal werden Sie sich nicht wieder herauswinden", fuhr Dodson fort. „Was haben Sie sich nur gedacht, nach Natchez zu fahren? Soweit ich es beurteilen kann, haben Sie bei einer Morduntersuchung unten in Mississippi eine Solotour gestartet. Sie haben so viele Vorschriften und Gesetze gebrochen, dass ich nicht mal weiß, wo ich mit dem Aufzählen anfangen soll! Möchten Sie etwas dazu sagen, Agentin Morse?"

Alice schüttelte den Kopf.

„Hat Ihr Schweigen einen tieferen Sinn?" Mit zusammengekniffenen Augen starrte Dodson sie an. „Wollen Sie mir etwa zu verstehen geben, dass Sie mich verachten?"

Ihre Augen blitzten. Sie hoffte, dass er ihre Gedanken lesen konnte.

Mit ausgestrecktem Finger zeigte er auf sie. „Nach dem morgigen Treffen werden Sie nicht mehr so verdammt überheblich dreinblicken. Sie werden den lebenden Beweis dafür abgeben, dass selbst Überflieger wie Sie abstürzen und verbrennen können."

Angestrengt betrachtete Alice ihre Fingernägel. Zwei waren während des Kampfes in der vergangenen Nacht abgebrochen. „Sind Sie fertig mit Ihrer Schadenfreude?", fragte sie.

Dodson lehnte sich im Sessel zurück. „Ich habe gerade erst angefangen!"

ELDON TARVER kauerte auf einem sandigen Uferstreifen und achtete aufmerksam darauf, ob sich in der Nähe etwas bewegte. Sein Motorrad stand unter einer Platane, sein Seesack lag daneben. Die letzten achtzehn Stunden hatte er in den Wäldern von Chickamauga verbracht, während sechzig Kilometer entfernt die Polizei von Natchez die Gegend nach einem weißen Lieferwagen durchkämmte, der am Grund des Mississippi langsam in Richtung Baton Rouge rollte.

Schlangen liebten diese Art von Untergrund, die kühlen, feuchten Vertiefungen in der Nähe von Wasser. Sie mussten trinken, genau wie Menschen.

Das war eines der Geheimnisse des Umgangs mit den Reptilien: das Wissen, dass sie sich nicht so sehr von Menschen unterschieden. Tarver hatte dies bereits in jungen Jahren gelernt. Schlangen fraßen gern, schliefen gern und paarten sich gern, genau wie Menschen. Um zu fressen, mussten sie töten. Und um zu töten, mussten sie jagen.

Die meisten Menschen jagten ebenfalls – zumindest jene, die nicht so entfremdet von ihrer Natur waren, dass sie ihr altes Erbe verloren hatten. Allerdings jagten sie heutzutage auf andere Weise, an anderen Orten: auf Finanzmärkten, in Büros, Labors und dunklen Großstadtgassen. Einige wenige trugen noch immer den Geist des wahren Jägers in sich. Alice Morse war eine davon. Sie entstammte den Lenden eines Jägers und erfüllte lediglich ihre Bestimmung, wie ihre Gene es von ihr verlangten.

Im Augenblick jagte sie ihn. Und das bedeutete, dass Tarver eine schwere Aufgabe vor sich hatte. Er kannte Mittel und Wege, sich zu verstecken, die nicht einmal Tiere beherrschten. Es hatte Zeiten gegeben, da hatte er sich buchstäblich unsichtbar gemacht für andere Menschen, die keinen halben Meter von ihm entfernt vorbeigegangen waren. Heute war ein gutes Beispiel. Er flüchtete nicht in Panik quer durchs Land, wie viele Menschen, die getötet hatten, es an seiner Stelle getan hätten. Er verhielt sich still und blieb in der Nähe des Ortes, an dem er zugeschlagen hatte.

Er lauschte dem Murmeln des Baches und ließ seine Gedanken treiben. Bevor sein Adoptivvater zu dem Glauben gekommen war, dass der junge Eldon von Gott dazu bestimmt worden sei, mit Schlangen umzugehen, hatte er regelmäßige Wutanfälle bekommen und ihn erbarmungslos verprügelt. Aller Zorn, der normalerweise auf seine biologischen Kinder, diese Dummköpfe, herabgefahren wäre, war von seiner Frau auf Eldon umgelenkt worden. Doch der hatte das damals alles noch nicht verstanden – das Einzige, was er verstanden hatte, war Schmerz gewesen. Noch heute trug er mehr als ein Dutzend Brandnarben am Leib, Erinnerungen an die Bemühungen seines Vaters zu beweisen, dass Eldon vom Teufel verführt worden war.

Das Geräusch eines Mobiltelefons klang fremdartig in diesen Wäldern, und viele Tiere hielten inne, um zu lauschen. Tarver ließ es drei weitere Male läuten, bevor er den Anruf entgegennahm.

„Dr. Traver? Ich bin's, Neville Byrd. Ich glaube, ich habe ihn, Sir. Oder sollte ich besser sagen … ich habe die Sache. Den Automatismus."

„Sprechen Sie weiter."

„Rusk hat sich soeben auf eine Webseite eingeloggt. Ich habe den Eindruck, dass er eine Art Authentifizierungsprotokoll durchläuft, um seine Identität zu bestätigen. Und macht er das morgen wieder, haben wir den

Auslöser gefunden. Wenn er sich am nächsten Tag nicht meldet, würde die Hölle losbrechen … oder was immer Sie befürchten."

„Sehr gut. Rufen Sie mich an, sobald Sie sicher sind."

„Mach ich. Sonst noch etwas, Sir?"

„Nein."

Tarver drückte auf die rote ENDE-Taste und kehrte zu seinem Motorrad zurück. Da bemerkte er ein Zittern in den trockenen abgefallenen Kiefernnadeln, das ihn mit Erwartung erfüllte. Hastig trat er mit dem rechten Fuß vor.

Eine dicke schwarze Schlange schoss mit aufgerissenem, milchig-hellem Maul und zwei langen entblößten Fängen darin vor ihm hoch. Eine Wassermokassinotter. Ihre Schwanzspitze vibrierte wie bei einer Klapperschlange, doch es gab kein Geräusch. Trotzdem verteidigte sie sich entschiedener, als eine Klapperschlange es getan hätte.

„Agkistrodon piscivorus", murmelte Tarver. „Bist du vielleicht ein Zeichen, mein Freund?"

Die Wassermokassinotter war nicht so leuchtend bunt wie eine Korallenschlange, doch diese waren selten, und die eine, die Tarver im Park gefunden hatte, war inzwischen mit großer Wahrscheinlichkeit tot. Agentin Morse würde mit ziemlicher Sicherheit überleben, selbst wenn sie gebissen worden war. Doch sie hätte einen Vorgeschmack der Feindschaft bekommen, die Gott in der Genesis versprochen hatte, und sie wüsste, dass ihre derzeitige Jagd so war wie keine andere zuvor.

Die Wassermokassin ging zum Angriff über; sie meinte es offensichtlich ernst. Lachend wich Tarver zur Seite aus. Der Leib der Mokassin war fast so dick wie sein Unterarm. Eine so große Schlange konnte eine Menge Angst verursachen und in bestimmten Situationen ein höchst überzeugendes Werkzeug sein.

„Ich glaube, mein Freund, du bist ein Zeichen meiner Wiedergeburt."

Während er seinen Seesack schulterte und auf die Honda stieg, hallte Tarvers Lachen noch immer seltsam zwischen den Bäumen wider.

CHRIS saß am Küchentisch und diktierte Krankenberichte, als das Mobiltelefon summte, das Alice ihm gegeben hatte. Ben sah im Wohnzimmer fern, doch sie konnten einander durch die offene Tür sehen.

„Wie schaut es bei Ihnen aus, Alice?"

„Gar nicht gut. Man ist mir auf die Schliche gekommen. Ich darf mit niemandem mehr reden, der mit einem der Fälle in Verbindung steht."

„Hat man Sie gefeuert?"

„Noch nicht. Wenn ich alles aufgebe, wenn ich aufhöre nachzuforschen, was mit Grace passiert ist, feuern sie mich vielleicht nicht. Der FBI-Direktor will, dass ich mich in eine psychiatrische Klinik begebe. Er meint, ich hätte eine Art Zusammenbruch erlitten."

Auch wenn er es nicht zugeben wollte, hatte Chris eine ganze Weile insgeheim die gleiche Vermutung gehegt.

„Glauben Sie das auch?", fragte Alice leise.

„Nein. Hören Sie, ich habe heute mit meinem alten Hämatologieprofessor vom Sloan-Kettering telefoniert. Er hat mir eine Mordsangst eingejagt! Es ist möglich, jemanden zu ermorden, indem man bei ihm Krebs verursacht. Peter hat es selbst schon getan, mit Mäusen." Chris berichtete, was Connolly ihm an möglichen Szenarien geschildert hatte. „Ich wünschte, ich hätte schon vor einer Woche mit ihm geredet!"

„Hören Sie, Chris, ich rufe an, um Ihnen Bescheid zu geben, dass ich jemanden vorbeischicke, der heute Nacht auf Sie und Ben aufpasst. Will Kilmer, den ehemaligen Partner meines Vaters. Er ist ein pensionierter Detective der Mordkommission und arbeitet jetzt als Privatermittler, wie Sie wissen. Um die siebzig, aber sehr viel wacher und stärker, als er aussieht."

„Keine Sorge, ich schicke ihn bestimmt nicht weg. Ich bin nervös wie sonst was."

Kurzes Schweigen. „Ich möchte, dass Sie noch etwas erfahren, Chris. Will setzt einen seiner Leute und dessen Frau im Alluvian ein. Sie observieren Thora. Tut mir leid, aber das musste sein."

Sein Magen zog sich angstvoll zusammen. „Verstehe. Haben sie irgendetwas Verdächtiges gesehen?"

„Die Ehefrau meint Lansing gesehen zu haben, als er gegen halb sechs heute Morgen das Hotel verließ. Sie ist sich allerdings nicht sicher."

„Ich habe ihn heute am frühen Morgen hier in Natchez getroffen. Er kann nicht in so kurzer Zeit von Greenwood hergekommen sein."

„Wir werden die Wahrheit bald herausfinden, denke ich. Seien Sie nett zu Will, falls Sie ihn sehen. Er hat mich praktisch aufgezogen und tut mir diesen Gefallen, ohne Geld dafür zu nehmen."

„Wann kommen Sie wieder nach Natchez?"

„Ich habe morgen früh ein Treffen mit der Dienstaufsicht. Wahrscheinlich wird man mir mein Abzeichen und die Dienstwaffe abnehmen, und sicherlich werde ich Berichte schreiben müssen, aber ich versuche, so schnell wie möglich zurückzukommen. Passen Sie nur auf sich auf, damit Sie bis dahin noch gesund und munter sind."

„Und tun *Sie* nichts Unüberlegtes morgen bei diesem Treffen."

Alice lachte. „Genau das sagen mir alle."

Chris lag auf der Schlafcouch in seinem Heimkino und lauschte Bens leisem, regelmäßigem Atmen. Unter dem Vorwand, es sei bequemer, so einen Film zu sehen, hatte sein Sohn ihn gebeten, die Couch aufzuklappen, doch Chris wusste, dass der Junge lieber hier bei ihm hatte einschlafen wollen als allein in seinem Zimmer.

Vor einer Stunde hatte Thora etwa zwanzig Minuten nach seinem Gespräch mit Alice aus Greenwood angerufen. Ihr Tonfall war unbekümmert und kess gewesen. Chris hatte ein surreales Gefühl gehabt, weil er ständig an die „Pille danach" und seine Auseinandersetzung mit Lansing hatte denken müssen. Doch er hatte nicht vorgehabt, eine Diskussion mit ihr anzufangen, solange Ben wach war, also hatte er seinen Ton ihrem angepasst und das Telefonat bald beendet.

Er stand leise von dem Schlafsofa auf und ging in die Küche, um sich ein Sandwich zu machen. Er nahm gerade den ersten Bissen, als jemand an die Garagentür klopfte. Chris durchquerte den Vorratsraum und legte das Auge an den Türspion. Durch die Linse hindurch erblickte er einen grauhaarigen Mann mit Brille.

„Wer ist da?", rief er.

„Will Kilmer. Alice Morse schickt mich."

Chris öffnete. Kilmer war knapp eins achtzig groß und überraschend gut in Form für einen Mann seines Alters. Er trug eine Kakihose, ein Polohemd, graue Laufschuhe und hatte einen Rucksack dabei. Er lächelte Chris an und bot ihm die Hand, und Chris ergriff sie. Der Händedruck war so eisern, wie er es von einem Ex-Cop erwartet hatte.

„Tut mir wirklich leid, Mr Kilmer, dass Sie den weiten Weg hierherfahren mussten."

„Sagen Sie Will zu mir, Doktor." Er ließ Chris' Hand los. „Und kein Problem, wirklich nicht. Nach allem, was Alice mir erzählt hat, würde ich sagen, dass es durchaus angebracht ist, mit Ärger zu rechnen."

„Kann ich Ihnen etwas zu essen und zu trinken anbieten?"

„Ich möchte Ihnen nicht zur Last fallen."

„Ich wollte gerade selbst ein Sandwich essen. Kommen Sie doch herein."

Chris führte ihn in die Küche und machte ein zweites Sandwich. Der Detektiv stellte seinen Rucksack auf den Boden und setzte sich an den Tresen. Chris schob ihm den Teller hin, öffnete ein Bier und reichte es Will.

Die Augen des alten Detektivs leuchteten auf, als er das Bier entgegennahm. „Danke. Es ist wirklich schon verdammt heiß, wenn man bedenkt, dass wir erst Mai haben."

Chris nickte und wandte sich wieder seinem eigenen Sandwich zu. „Sie haben also mit Alice' Vater zusammengearbeitet?", fragte er nach einer Weile.

„Stimmt. Zuerst bei der Polizei, dann in einer gemeinsamen Detektei. Ich habe nie jemanden kennen gelernt, auf den ich mich mehr verlassen konnte, wenn es eng wurde."

„Er wurde kürzlich getötet?"

„Ja, Sir. Er wollte irgendwelchen Leuten helfen, die in Schwierigkeiten steckten. Genau wie ich es von ihm erwartet hätte."

„Sie kennen Alice von klein auf?"

Wills Augen funkelten. „Vom Tag ihrer Geburt an! Der schlimmste Wildfang, den ich in meinem ganzen Leben gesehen habe! Sie wollen wissen, ob sie klug ist? Als sie vierzehn war, habe ich mich dumm gefühlt neben ihr. Und nicht nur ich."

Chris lachte. „Was ist mit ihrer Mordtheorie?"

Will presste die Lippen aufeinander und seufzte. „Ich bin nicht sicher, was ich davon halten soll. Von der technischen Seite verstehe ich nichts. Aber ich sage Ihnen eins: Ich habe länger bei der Mordkommission gearbeitet, als irgendein Mensch dort arbeiten sollte, und ich glaube, dass mehr Menschen in Scheidungssituationen ermordet wurden, als jemand vermutet oder ahnt – ganz besonders bevor die Forensik so hoch entwickelt war wie heute. Ich hatte eine Menge Fälle, wo ich genau *wusste*, dass der Ehemann seine Frau um die Ecke gebracht und es wie einen Unfall hingedreht hatte." Plötzlich sah er verlegen drein. „Hören Sie, nur weil ich denke, dass Alice vielleicht auf etwas gestoßen ist, heißt das noch lange nicht, dass ich auch denke, Ihre Frau betrügt Sie. Ich bin bloß hier, um Alice einen Gefallen zu tun."

„Ich verstehe. Ich kenne Alice erst seit ein paar Tagen, aber ich sehe bereits, warum Sie sie so sehr mögen." Chris nahm einen Schluck von seinem Bier. „Ich frage mich allerdings, ob sie in den letzten paar Monaten so viel durchgemacht hat, dass sie ihre Sinne nicht mehr ganz beisammenhat."

Mit erhobenen Augenbrauen sah Will ihn an. „Sie hat eine Menge durchgemacht, das stimmt. Und wahrscheinlich wissen Sie nicht mal das Schlimmste. Ich glaube, Alice hat den Kerl geliebt, der an jenem Tag erschossen wurde, als es sie erwischte. Er war verheiratet, und sie ist nicht der Typ, der eine Familie zerstört. Es war ein verdammt schwerer Tag für sie. Sie verlor ihr halbes Gesicht und den Mann, den sie liebte, innerhalb von fünf Sekunden. Sie hat Schuldgefühle, weil sie ihn liebte, und sie fühlt sich schuldig an seinem Tod." Er sah Chris in die Augen. „Aber wenn Alice glaubt, dass Sie in Gefahr sind, sollten Sie auf sich aufpassen. Sie ist ganz bestimmt nicht nach Natchez gekommen, um ihre Zeit mit Ihnen zu verschwenden."

Chris erhob sich und trug seinen Teller zum Spülbecken. „Ich gehe bald ins Bett. Sie sind herzlich eingeladen, im Gästezimmer zu schlafen, gleich am Ende des Ganges."

„Wo ist Ihr Junge?"

„Im Fernsehzimmer eingeschlafen." Chris wies auf den Raum. „Dort, wo das schwache Licht brennt. Ich schlafe eine Tür weiter im Elternschlafzimmer."

Als er auf die Kühlschrankablage griff, um seine .38er herunterzuholen, fiel ihm siedend heiß etwas ein. „Haben Sie einen Ausweis dabei, Will?", fragte er mit der Waffe in der Hand.

Der Detektiv nickte, ging zu seinem Rucksack und griff hinein. Chris spürte, wie sich Anspannung in ihm aufbaute. Doch Will zückte lediglich eine Brieftasche und zeigte ihm einen vom Staat Mississippi ausgestellten Führerschein. Das Gesicht auf dem Dokument passte zu dem Mann, der vor Chris stand.

„Hier, sehen Sie." Will klappte ein Plastiketui auf. „Das ist Alice in jüngeren Tagen, zusammen mit mir und ihrem Dad."

Es war ein Schnappschuss, der Alice vermutlich bei ihrer Highschool-Abschlussfeier zeigte. Sie stand zwischen zwei Männern in dunklen Anzügen. Außerdem waren zwei Frauen auf dem Foto zu sehen, die beide breit und offen lächelten. Chris erkannte an Alice bereits zarte Anzeichen der jungen Frau, zu der sie sich entwickelt hatte.

„Ist sie nicht eine Schönheit?", fragte Will.

„Haben Sie selbst Kinder?"

Der alte Mann schluckte. „Wir hatten ein Mädchen. Sie war ein Schuljahr hinter Alice. Sie starb in dem Jahr, als Alice ihren Abschluss machte. Ein betrunkener Fahrer. Danach … ich schätze, Alice hat ihren Platz in meinem Herzen eingenommen." Er klappte die Brieftasche zu, ging zur Theke zurück und trank den Rest seines Biers.

„Tut mir leid."

„Gehört zum Leben", erwiderte Will stoisch. „Man nimmt das Gute zusammen mit dem Schlechten. Gehen Sie schlafen, Doktor. Und machen Sie sich keine Sorgen. Ich passe auf Sie auf."

Eldon Tarver stand im tiefen Mondschatten unter den herabhängenden Zweigen einer Wassereiche und beobachtete, wie die Lichter im Haus auf dem Hügel verloschen. Sein Motorrad lag im Unterholz in der Nähe des Highways. Er hatte den Tag im Chickamauga Hunting Camp verbracht und auf den Anbruch der Nacht gewartet – die Anrufe von Andrew Rusk hatte er allerdings nicht beantwortet.

Als er am Vorabend hier eingetroffen war und eine Frau gesehen hatte, war sein erster Gedanke gewesen, dass er sich in der Adresse geirrt hatte. Die Frau sollte nicht in der Stadt sein. Doch als er die Koordinaten auf seinem GPS-Handempfänger überprüft hatte, hatten sie exakt mit den Notizen übereingestimmt, die Rusk ihm gegeben hatte. Er war nahe genug herangeschlichen, um die Frau deutlich zu erkennen und mit den Fotos in seinem Rucksack zu vergleichen. Es war nicht die Frau auf den Bildern. Sie passte aber zu einem anderen Bild, das sich tief in sein Gehirn eingebrannt hatte – er hatte es in der von Rusk gelieferten Fennell-Akte gesehen. Die Frau in dem Haus war Special Agent Alice Morse, die Schwester von Grace Fennell. Ihre Anwesenheit hier – die Tatsache, dass sie sich mit seiner nächsten Zielperson unterhalten hatte – hatte so tiefgreifende Auswirkungen, dass Tarver beinahe in Panik geraten wäre. Doch das Leben hatte ihn gelehrt, mit dem Unerwarteten zu rechnen.

Er hatte geglaubt, Agentin Morse sei trotz ihrer FBI-Ausbildung leichte Beute. Sie war schließlich nur eine Geiselunterhändlerin, keine taktische Spezialistin. Und ihr Verhalten – wie sie in dem amateurhaften Versuch, ihm zu entwischen, in die Auffahrt geschlüpft war – hatte ihm eines ganz deutlich gezeigt: Sie war allein. Hatte keine Rückendeckung vom FBI. Weder vor Ort noch sonst wo. Doch sie hatte gekämpft wie eine Löwin, als er sie angegriffen hatte, um sie zu töten.

Rückblickend war es allerdings besser, dass sie überlebt hatte. Wäre sie gestorben, wären hundert FBI-Agenten wie Heuschrecken über diese kleine Stadt hergefallen. Jetzt hingegen blieb Tarver genügend Zeit, das zu tun, was für eine saubere Flucht erforderlich war.

Er schulterte seinen Rucksack und stieg langsam den Hügel hinauf. Ehe er das Haus erreichte, bog er nach rechts ab, umrundete die dichten Azaleen und begab sich zu der Stelle mit der Ansammlung von Wärmetauschern, die das Haus klimatisierten. Tarver hatte die Baupläne studiert, die Rusk ihm zur Verfügung gestellt hatte, bis er das Haus in- und auswendig kannte. Er umrundete es weiter, vorbei am Swimmingpool, bis in einen Lagerraum, wo er eine Klappleiter herunterzog und auf den Dachboden stieg. Von dort aus konnte er den Dachboden des Haupthauses erreichen.

Nachdem er seine breiten Schultern durch die enge Luke gequetscht hatte, kam er in einem Wald aus Ständern und Tragbalken hervor. Indem er vorsichtig über die Balken balancierte, gelangte er zu dem Rohr der Klimaanlage, das er benötigte. Tarver kramte in seinem Rucksack und brachte eine Atemschutzmaske zum Vorschein, die er sich sorgfältig über Nase und Mund stülpte. Er setzte eine Motorradbrille auf und zog zum Schluss eine schwere

Gasflasche hervor. Um die Vibration zu dämpfen, legte er eine schwere Gummimatte über das Rohr. Dann nahm er einen kleinen, batteriebetriebenen Handbohrer und bohrte ein Loch in das Metall. Schließlich legte er ein dünnes Stück Gummi über das Loch, nahm die Gasflasche und rammte ihr spitzes Ventil durch Gummi und Loch in das Rohr, wobei das Gummi als Dichtung diente. Sorgfältig kontrollierte er seine Vorrichtung und öffnete dann den Drehverschluss der Flasche.

Ein leises Zischen war zu hören. Innerhalb von zwei Minuten würden der Mann und der Junge betäubt sein. Der Zustand würde bis zum Morgen anhalten, lange nachdem Tarver das Haus verlassen hatte. Er hatte das Gas von einem Bekannten, einem früheren Offizier der Army, der nun für ein großes Unternehmen arbeitete, das Verteidigungssysteme entwickelte.

Tarver saß zwei Minuten vollkommen still, bevor er über die Tragbalken zu der Klapptreppe über der Ankleide des Elternschlafzimmers balancierte. Indem er sich mit beiden Händen gegen einen Deckenbalken stemmte, drückte er die durch Federn gehaltene Leiter mit den Beinen nach unten und klappte sie aus. Dann nahm er seinen Rucksack und stieg nach unten, wo er eine Thermosflasche aus Aluminium hervorzog, die zwei aufgezogene Spritzen enthielt. In der einen war eine Mischung aus Corticosteroiden, die die Immunreaktionen des menschlichen Körpers unterdrückten. Die andere war mit einem Reagens gefüllt, für dessen Entwicklung Tarver ein ganzes Jahr benötigt hatte. Es unterschied sich von jenen, die er bei den übrigen Zielpersonen benutzt hatte. Aus diesem Grund war er aufgeregt, und das Gefühl wurde nicht einmal dadurch gedämpft, dass dies seine letzte Operation sein würde.

Er ging ins Schlafzimmer, legte die Spritzen auf eine Kommode und zog die Bettdecke von Shepard weg, der auf der Seite im Bett lag. Tarver nahm eine kleine Taschenlampe hervor, schaltete sie ein und ergriff die Spritze mit den Steroiden. Er zog Shepard die Boxershorts herunter und injizierte ihm die Steroide zwischen die Pobacken. Shepard rührte sich kaum. Tarver wollte die Prozedur mit der zweiten Spritze wiederholen, doch im letzten Moment zuckte Shepard im Schlaf mit dem Unterleib. Tarver setzte die Spritze neu an und drückte den Kolben ganz herunter. Er deckte Shepard wieder zu, packte alles zurück in seinen Rucksack und ging rasch den Flur hinunter.

Er fand den Jungen auf dem Sofa im Fernsehzimmer. Zu seiner Überraschung entdeckte er eine weitere Person, einen alten Mann, der im Wohnzimmer in einem Sessel schlief, drei leere Bierflaschen neben sich. Tarver hatte ihn noch nie gesehen. Mit seinem Mobiltelefon schoss er ein Foto von ihm, schob die Hand in die Gesäßtasche des Mannes und suchte nach dessen

Brieftasche. Als er keinen Erfolg hatte, öffnete er den neben dem Sessel stehenden Rucksack. Obwohl er hier die Brieftasche fand, breitete sich ein eigenartig taubes Gefühl in seiner Brust aus. Im Rucksack des Mannes, der Will Kilmer hieß, befanden sich auch eine Pistole, ein Nachtsichtgerät, eine Dose Pfefferspray und ein Paar Handschellen.

Tarver verließ das Haus über die Leiter in der Ankleide. Zehn Minuten später marschierte er eilig unter den Bäumen hindurch. Das Hochgefühl, das er verspürt hatte, war verflogen und Nervosität, Zorn und sogar Angst gewichen.

Mit einem Mal hatte sich alles geändert.

7

Haben Sie genug Faden?“, fragte die Schwester.

„Ich glaube schon“, antwortete Chris, während er den letzten von dreiundzwanzig Stichen verknotete.

Der aufgeschlitzte Arm unter seinen Händen gehörte einem Handwerker, der, um sich verarzten zu lassen, in die Praxis gekommen war und nicht zur Notaufnahme, die viermal so viel gekostet und wo es viermal so lange gedauert hätte.

Chris legte seine Zange ab und nahm seine Arbeit in Augenschein. Dabei fühlte er einen scharfen, pulsierenden Schmerz an der Schädelbasis. Seit er am Morgen aufgewacht war, hatte er ihn immer wieder in unregelmäßigen Abständen verspürt. Er war so stark, dass Chris bereits drei Advil eingenommen hatte, doch der Schmerz war davon nur noch schlimmer geworden, nicht besser. Zuerst hatte Chris angenommen, dass es sich um Spannungskopfschmerzen handelte, doch der Schmerz war anhaltend, als signalisierte er den Anfang einer Migräne.

„Sieht großartig aus, Mr Johnese“, verkündete er, während er sich den Nacken rieb. „Lassen Sie sich von Holly noch eine Tetanus-Auffrischung geben, dann können Sie nach Hause.“

Johnese lächelte. „Danke, Doktor.“

Chris verließ das Behandlungszimmer, ging in sein Büro und schloss hinter sich die Tür. Er setzte sich in seinen Sessel, massierte seine Schläfen mit den Daumen und versuchte dann, die Muskeln am Halsansatz zu bearbeiten. Es brachte keine Besserung. Er griff in die Schreibtischschublade und nahm eine weitere Advil. „Das muss jetzt aber reichen“, murmelte er.

Er hatte vorgehabt, in der Uniklinik Jackson anzurufen und mit den Ärzten zu reden, die Connolly bei ihrem Telefonat erwähnt hatte, doch er fühlte sich derzeit nicht in der Stimmung dazu. Er lehnte sich in seinem Sessel zurück und erinnerte sich an Bens Schrecken an diesem Morgen, als der Junge Will Kilmer tief und fest schlafend in dem Sessel im Wohnzimmer vorgefunden hatte. Ben war ins Elternschlafzimmer gestürzt und hatte seinen Vater wach gerüttelt. Nachdcm Chris ihm erklärt hatte, dass Will ein entfernter Cousin und auf der Durchreise vorbeigekommen sei, war die Sache für Ben erledigt gewesen, und er hatte sich auf die Schule vorbereitet. Will hatte sich wortreich entschuldigt und sich beeilt, das Haus zu verlassen. Auf dem Weg zur Schule hatte Ben seinem Vater erzählt, dass er drei leere Bierflaschen am Fuß von „Cousin Wills" Sessel gesehen hatte. Chris hatte sie nicht bemerkt, doch er nahm an, dass sie die Ursache dafür waren, dass der Detektiv im Wohnzimmer eingeschlafen war und sich nicht ins Gästezimmer zurückgezogen hatte. Kein besonders scharfer Wachhund, dachte er ironisch.

„Dr. Shepard?" Hollys Stimme riss ihn unvermittelt aus seinen Gedanken. „In allen vier Behandlungszimmern warten Patienten."

Chris rieb sich die Augen und seufzte schwer. „Bin schon unterwegs."

ALICE saß auf einem unbequemen Stuhl mit gerader Rückenlehne vor einem Tribunal von Vertretern der Dienstaufsicht, die sie mit versteinerten Gesichtern musterten. Es waren zwei Männer und eine Frau.

So gut wie kein Agent des FBI überstand seine Laufbahn ohne wenigstens eine oder zwei Anhörungen durch die Dienstaufsicht. Üblicherweise resultierten sie aus geringfügigen Übertretungen der einen oder anderen Vorschrift. Die heutige Anhörung jedoch war anders. Eines der schlimmsten Vergehen in den Augen der Dienstaufsicht war „Mangel an Redlichkeit", womit Lügen und Täuschung von Vorgesetzten durch einen Agenten gemeint waren, gleich welchen Ausmaßes, einschließlich trivialer Auslassungen. An diesen Standards gemessen, waren Alice' Verfehlungen sehr ernst.

Einer der beiden Männer hatte sämtliche Vorwürfe wiederholt, die Dodson gegen sie erhoben hatte, und die Frau hatte eine Kopie der kompromittierenden Kurznachricht hochgehalten, die Alice am Tag zuvor an Andrew Rusk geschickt hatte. Sie hatte nicht die geringste Ahnung, wie Dodson in den Besitz dieser Kopie gelangt war, doch sie war ausgebufft genug, nicht danach zu fragen. Man hätte es ihr sowieso nicht verraten.

„Special Agent Morse", sagte die Frau, „haben Sie irgendetwas zu Ihren Gunsten zu sagen, bevor wir diese Anhörung beenden?"

„Nein, Ma'am."

Die Frau runzelte die Stirn, bevor sie sich leise mit ihren Kollegen besprach.

„Special Agent Morse", fuhr die Frau schließlich fort, „als Ergebnis dieser vorläufigen Anhörung suspendieren wir Sie ab sofort von sämtlichen weiteren Aufgaben, bis Ihr Fall zu einem endgültigen und formellen Abschluss verhandelt wird. Sie haben Ihren Dienstausweis und Ihre Waffe abzugeben. Jeglicher weiterer Kontakt mit dem FBI hat über Ihren Anwalt stattzufinden."

Schweigend nahm Alice ihre Handtasche vom Boden, zog ihren Dienstausweis und die Glock hervor, erhob sich, brachte beides nach vorn und legte es auf den Tisch.

„Nein." Die Frau war offensichtlich verblüfft darüber, dass jemand widerstandslos aus der Behörde ausschied, für die sie ihr Leben aufs Spiel gesetzt hätte. „Geben Sie die Sachen unten im Erdgeschoss ab."

Alice wandte sich um und ging zur Tür.

„Agentin Morse!", rief die Frau hinter ihr her. „Sie werden Washington nicht verlassen, bis diese Angelegenheit voll und ganz geklärt ist! Agentin Morse?"

Alice verließ den Raum, ohne die Tür hinter sich zu schließen. Sie war endlich frei, komme, was da wolle.

CHRIS untersuchte einen Patienten mit Verdacht auf kongestive Herzinsuffizienz, als Jane an die Tür klopfte und ihm mitteilte, dass er dringend ans Telefon kommen solle.

„Es ist die Schulsekretärin, Doktor."

Angst erfasste Chris mit überraschender Wucht. „Ist etwas mit Ben?"

„Nur Kopfschmerzen, aber sie sind so stark, dass er nach Hause möchte."

„Kopfschmerzen? Ich habe auch Kopfschmerzen." Er ging zum Empfang und nahm den Hörer auf.

„Dr. Shepard? Hier ist Annie vom Schulsekretariat. Ben hat schon den ganzen Morgen starke Kopfschmerzen. Ich denke, er sollte nach Hause gehen. Allerdings weiß ich, dass seine Mutter nicht in der Stadt ist, deswegen habe ich in Ihrer Praxis angerufen."

„Ich bin unterwegs. Bitte behalten Sie ihn im Sekretariat, bis ich da bin."

Chris legte auf und ging den Flur hinunter zum Büro seines Partners.

„Tom, ich muss Ben von der Schule abholen. Er hat schlimme Kopfschmerzen. Können Sie die Stellung allein halten, bis ich zurück bin?"

„Kein Problem, fahren Sie."

Chris stürzte in sein Büro zurück, um seine Schlüssel zu holen. Auf seinem Schreibtisch lag Alice' Mobiltelefon und blinkte. In der letzten Viertelstunde hatte sie drei Nachrichten auf seiner Mailbox hinterlassen. Während er nach draußen zu seinem Pick-up eilte, rief er sie zurück.

„Was gibt's, Alice?"

„Ich bin erledigt. Suspendiert bis zum endgültigen Abschluss meines Falles. Aber im Grunde bin ich nun eine Privatperson wie Sie."

„Was werden Sie jetzt tun?"

„Ich soll vorerst hier in Washington bleiben. Aber ich will nach Mississippi zurückkehren und weiter ermitteln."

Chris stieg in den Wagen. „Was hält Sie ab?"

„Sie überwachen meine Kreditkarten. Wahrscheinlich auch mein Mobiltelefon. Sie wissen allerdings nicht, dass ich ein zweites Gerät besitze."

Chris lenkte das Fahrzeug auf die Straße. „Dann buche ich Ihnen einen Flug. Möchten Sie lieber nach Baton Rouge oder nach Jackson fliegen?"

„Jackson. Es gibt einen Direktflug von Washington aus."

„Ich kann Sie nicht abholen. Aber ich miete Ihnen einen Wagen."

„Danke, Chris. Ich weiß nicht, was ich sonst getan hätte. War Will vergangene Nacht da?"

„Ja. Wir sind prima miteinander ausgekommen." *Er hat drei Flaschen Bier getrunken und ist in meinem Wohnzimmer eingeschlafen*, wollte er hinzufügen, doch Alice' Tag war auch so schlimm genug. „Will hält eine Menge von Ihnen. Rufen Sie mich an, wenn Sie gelandet sind, ja?"

Er beendete die Verbindung und trat das Gaspedal durch. Er konnte sich nicht erinnern, wann Ben das letzte Mal Kopfschmerzen gehabt hatte – oder er selbst. Ein komischer Zufall.

MIT NICHTS als einem Handtuch um die schlanke Taille öffnete Andrew Rusk die Glastür zur Sauna und stapfte in eine Wolke aus weißem Dampf, die nach Eukalyptus duftete. Hinter ihm klatschte ein Angestellter ein Schild auf die Tür: WEGEN REPARATUR GESCHLOSSEN. Rusk wedelte mit der Hand vor dem Gesicht in dem Bemühen, einen Blick auf seine Beute zu erhaschen: Carson G. Barnett.

„Rusk?", fragte eine tiefe Stimme ohne jede Spur von guter Laune.

„Ja. Carson?"

„Ich bin hier, in der Ecke bei den verdammten Steinen. Hätte mir gerade fast sonst was verbrannt an den Dingern!"

Die unterschwellige Wut in der Stimme des Ölbarons war für Rusk nicht unbedingt ein schlechtes Zeichen. Es bedeutete, dass Barnett überlegte, ob er weitermachen sollte. Doch zuerst musste Rusk den Dampf loswerden und sich vergewissern, dass Barnett nicht verdrahtet war.

Er kniete vor der Maschine nieder, die den Dampf produzierte, tastete nach dem Einstellknopf und drehte ihn um die Hälfte zurück. Als er sich erhob, erblickte er Barnetts Bulldoggengesicht, das in den weißen Schwaden zu schweben schien. Der Ölmann hatte die Kiefer fest zusammengepresst und starrte Rusk durch den Dampf hindurch an.

„Ich hab darüber nachgedacht, was Sie gesagt haben", murmelte er. „Schätze, ich bin nicht der Erste, der diesen Vorschlag zu hören gekriegt hat."

Rusk schüttelte den Kopf. „Würde es Ihnen etwas ausmachen, zur Tür zu kommen, Carson?"

„Was?" Der Tonfall war misstrauisch. Dann: „Oh." Das Schwergewicht erhob sich und ging zur Tür, wo die Luft klar war.

„Macht es Ihnen etwas aus, das Handtuch abzunehmen?"

Barnett fluchte. Er zog sich das Tuch herunter und stand wütend da.

Rusk musterte den stämmigen Ölbaron von oben bis unten. „Wenn Sie sich bitte umdrehen würden?"

Barnett folgte der Aufforderung, dann kletterte er auf die oberste Bankreihe. „Wie viel kostet mich das?"

„Eine Menge weniger als die Hälfte von allem, was Sie haben."

„Aber immer noch kostspielig, jede Wette."

„Schmerzhaft kostspielig, ja", räumte Rusk ein. „Aber weit weniger schmerzhaft als eine Scheidung."

„Wenn Sie diese Andeutung gegenüber dem Falschen machen, kann es passieren, dass er Ihnen die Seele aus dem Leib prügelt, das wissen Sie, oder?"

„Ist bis jetzt noch nicht vorgekommen. Ich bin ein ziemlich guter Menschenkenner."

„Ein guter Kenner schlechter Menschen. Ist eine verdammt niederträchtige Sache, über die wir hier reden. Andererseits kann niemand behaupten, dass sie nicht geradezu darum gebettelt hat."

Rusk saß da und schwieg. Er dachte nicht an Barnett und dessen zum Sterben verurteilte Frau. Er dachte an Glykon. Seit ihrem Treffen im Chickamauga Hunting Camp vor inzwischen drei Tagen hatte er ihn nicht erreichen können. Wie versprochen hatte Glykon die Bedrohung neutralisiert, die von William Braid ausgegangen war. Doch er musste auch irgendetwas mit Alice Morse angestellt haben – warum sonst hätte sie die Droh-SMS schicken sollen? Rusk war sicher, dass es richtig gewesen war, die Nachricht an das FBI weiterzuleiten. Seine Kontaktleute dort hatten das Bild einer abtrünnigen Agentin gemalt, die bereits wegen des Debakels in der Bank tief in Schwierigkeiten steckte und mächtige Feinde in der Zentrale hatte. Das FBI insgesamt bedeutete keine Gefahr für ihn oder Glykon – die besessene

Alice Morse ganz allein war die Bedrohung. Jeder Strohhalm, den Rusk ihr auf den Rücken legen konnte, brachte ihr Rückgrat näher an den Punkt, an dem es bräche.

Allerdings war es beunruhigend, keinen Kontakt zu Glykon herstellen zu können. Auf der anderen Seite konnte er sich nicht erlauben, Barnett gehen zu lassen. Sie konnten für diesen Job das Zwei- bis Vierfache ihrer normalen Prämie kassieren. Er musste nichts weiter tun, als den Handel in trockene Tücher zu bringen.

„Carson, hatten Sie wegen dieser Angelegenheit irgendwelche Kontakte zu Strafverfolgungsbehörden?"

„Verdammt, nein!"

„In Ordnung. Es gibt da etwas, was ich Ihnen erklären muss. Niemand wird Ihre Frau ermorden. Sie wird eines natürlichen Todes sterben. Eine tödliche Krankheit. Verstehen Sie, was ich sage?"

Ein langes Schweigen. „Glaub schon. Wie schnell wird es gehen?"

„Nicht sehr schnell. Der zeitliche Rahmen beträgt in der Regel zwölf bis achtzehn Monate. Wenn es schneller geht, dann schneller. Aber Sie sollten sich innerlich darauf einstellen, so lange zu warten."

Barnett nickte langsam. „Was passiert als Nächstes?"

„Sie und ich werden uns nach dem heutigen Tag nicht wiedersehen. In einer Woche von heute an werde ich einen silbernen Chevrolet Impala auf dem Parkplatz des ‚Annandale Country Club' abstellen. Im Kofferraum finden Sie einen großen Umschlag mit Anweisungen bezüglich der Zahlung. In Ihrem Fall werden es Rohdiamanten sein."

Barnett sah Rusk an, als wolle er ihn mit einer Frage unterbrechen, doch der Anwalt hob die Hand.

„Alles Weitere finden Sie in den Instruktionen. Wenn Sie den Umschlag abholen, werden Sie mir Ihrerseits eine Schachtel im Kofferraum zurücklassen. In der Schachtel erwarte ich eine vollständige Kopie der Krankenakte Ihrer Frau, dazu Kopien sämtlicher Schlüssel, die im Leben Ihrer Frau von Bedeutung sind – Wagen, Haus, Safe, Bankschließfach, Schmuckschatullen. Des Weiteren Grundrisse Ihres Hauses, die Passwörter für Ihr Sicherheitssystem und Ihre Computer. Außerdem eine Aufstellung der wöchentlichen Aktivitäten Ihrer Frau. Kurz gesagt: alles, was in deren Leben auch nur entfernt eine Rolle spielt. Haben Sie verstanden?"

Barnett starrte ihn an, und in seinem Gesicht spiegelte sich nacktes Entsetzen. Endlich dämmerte ihm die Wahrheit dessen, was er zu tun vorhatte. „Ich soll ihre Arme halten, während Sie ihr das Messer ins Herz stechen."

„Das müssen Sie mit Ihrem Gewissen ausmachen, Carson. Wenn Sie

Zweifel haben, sollten Sie das jetzt sagen.“ Rusk atmete in der feuchten, heißen Luft tief durch. „Brauchen Sie ein bisschen Zeit, um über Ihre Antwort nachzudenken?“

Barnett hatte das Gesicht in den Händen vergraben, und seine breiten Schultern schienen zu zittern. Rusk überlegte, ob er ihm zu sehr zugesetzt hatte.

„Ich kann Ihnen hier keinen Rat geben, Carson. Falls Sie sich jetzt noch nicht sicher sind, machen wir es von der Schachtel abhängig. Sollte die Schachtel mit den geforderten Unterlagen nächste Woche im Wagen liegen, weiß ich, dass wir weitermachen. Falls nicht, ist die Sache erledigt.“

Der Ölmagnat hob den Kopf. „Was, wenn Sie die Schachtel abholen wollen, und der Sheriff wartet neben dem Wagen?“

„Es wäre sehr schade um Ihre Zwillinge.“

Barnett kam schneller von der Bank hoch, als Rusk reagieren konnte. Der Ölmann warf ihn gegen die Wand und packte ihn mit einem schraubstockartigen Griff an der Gurgel.

„Das war keine Drohung“, krächzte Rusk. „Ich wollte Ihnen damit nur verdeutlichen, dass meine Geschäftspartner nicht die Sorte Leute sind, die man ungestraft aufs Kreuz legt.“

Es dauerte weitere zwanzig Sekunden, ehe Barnett seinen Griff lockerte.

„Ist das ein Ja oder ein Nein?“ Rusk massierte sich den Kehlkopf.

„Ich muss was unternehmen“, knurrte Barnett. „Schätze, mir bleibt nichts anderes übrig. Ich werde nicht die einzige Frau auf dieser Welt aufgeben, die mir ein wenig Frieden verschafft.“

Es gab nichts mehr zu sagen. Rusk verzichtete darauf, Barnett die Hand hinzustrecken – man schüttelte sich bei einem so unheiligen Handel nicht die Hände. Er nickte dem anderen zu und griff nach dem Türknauf.

„Wie komme ich in den Wagen?“, fragte Barnett. „Den Impala?“

„Ich lasse einen Reserveschlüssel auf dem linken Vorderrad Ihres Fahrzeugs, bevor ich hier aufbreche.“

„Sie wissen, mit welchem Auto ich hier bin?“

„Mit dem roten Hummer.“ Rusk ging nach draußen.

Die erste Stunde ihres Rückflugs nach Jackson verbrachte Alice unter Schock. Sie trank Wodka und durchlebte noch einmal die Höhe- und Tiefpunkte ihrer vorzeitig beendeten Karriere. Das Gefühl, außen vor zu sein, nicht länger bei den kritischen Ereignissen im Land mitzuspielen, war überwältigend. Doch irgendwann über Tennessee stellte sie fest, dass sie sich lange genug hatte gehen lassen. Sie lehnte sich gegen das Fenster und schaltete verstohlen ihr Handy ein. Es an Bord zu benutzen verstieß gegen das Gesetz, und sie besaß keinen Dienstausweis mehr, den sie hätte vorzeigen können, um eine Ausnahme zu erwirken. Es dauerte eine ganze Weile, bis das Telefon sich mit einem Netz verband. Drei Nachrichten waren in der Zwischenzcit eingegangen. Sie wählte die Mailbox an.

Der erste Anruf stammte von Will, der ihr mitteilte, dass sein Mitarbeiter in Greenwood gegen vier Uhr an diesem Morgen ein Video von Thora Shepard und Shane Lansing in flagranti gefilmt hatte und dass er ihr ein Standbild auf ihr Handy schicken würde.

Die zweite Nachricht kam von Chris' Sprechstundenhilfe. Es war die Mietwageninformation, die Alice in Jackson benötigte.

Als sie den dritten Anruf abhörte, hätte ihr Herzschlag beinahe ausgesetzt. Es war John Kaiser, einer der besten FBI-Außenagenten. Er hatte mehrere Jahre an der FBI-Akademie in Quantico, Virginia, verbracht und als Mitglied einer Sonderkommission Serienmorde untersucht, doch vor einigen Jahren war er auf eigenen Wunsch in den normalen Dienst nach New Orleans zurückversetzt worden. Alice hatte den allseits angesehenen Kollegen dort während einer Geiselnahme kennen gelernt. Als ihr vor zehn Tagen zum ersten Mal klar geworden war, womit sie es möglicherweise zu tun hatte, hatte sie versucht, Kaiser zu erreichen, doch man hatte ihr mitgeteilt, er sei zusammen mit seiner Frau in einem ausgedehnten Urlaub.

„Alice, ich melde mich jetzt erst bei Ihnen, weil ich die ganze Zeit als verdeckter Ermittler unterwegs war", teilte ihr seine Stimme auf der Mailbox mit. „Als ich Ihre Nachricht hörte, traute ich meinen Ohren nicht. Sie haben meine Handynummer. Rufen Sie mich an, jederzeit."

Alice' Erleichterung war groß genug, um ihr Tränen in die Augen zu treiben. Doch dann kam ihr ein neuer, furchtbarer Gedanke: Kaiser hatte seine Nachricht wahrscheinlich hinterlassen, bevor er von ihrer Suspendierung erfahren hatte. Sie sank im Sitz zusammen. Von allen Menschen auf der Welt, deren Hilfe sie sich hätte wünschen können, stand Kaiser an erster Stelle. Sie atmete tief durch, dann wählte sie seine Mobilnummer.

„Ich bin's, John. Alice Morse."

Zuerst antwortete er nicht. „Ich habe gehört, was heute Morgen passiert ist. Es tut mir leid, Alice."

„Kein guter Tag für mich."

„Was haben Sie vor? Werden Sie weiter an diesem Fall arbeiten?"

Sie zögerte. „Bleibt dieses Gespräch unter uns, oder werden Sie mich melden?"

„Sie müssten mich eigentlich besser kennen."

„Ich kann nicht aufhören. Ich weiß, dass ich Recht habe, und der Arzt, der das nächste Opfer werden soll, glaubt es inzwischen ebenfalls. Dieser Fall ist unglaublich. Sie würden es nicht für möglich halten. Ein Duo begeht die Morde – ein Anwalt und ein Mediziner –, und sie bringen die Opfer um, indem sie bei ihnen Krebs hervorrufen."

„Krebs?", fragte Kaiser leise. „Sind Sie sicher?"

Sie schloss die Augen. „Absolut sicher."

„Was ist das Motiv?"

„Ich denke, es gibt unterschiedliche Motive. Da sind zum einen die Täter und zum anderen ihre Auftraggeber. Aber im Grunde handelt es sich um einen Scheidungsanwalt, der reichen Klienten Millionen spart, indem er ihre Ehegatten durch seinen Partner töten lässt."

Kaiser schwieg sekundenlang. „Was genau kann ich für Sie tun?"

„Überhaupt nichts, John. Sie dürfen gar nichts für mich tun."

Ein trockenes Lachen kam durch den Lautsprecher. „Nehmen wir für den Augenblick an, ich wüsste das nicht. Was möchten Sie, das ich für Sie tue?"

„Kommen Sie nach Jackson, Mississippi. Mit dem Wagen dauert es drei Stunden. Ich bin mit dem Flugzeug auf dem Weg dorthin. Ich möchte, dass Sie diesen Arzt kennen lernen. Hören Sie sich an, was er zu sagen hat, danach hören Sie sich an, was ich Ihnen zu sagen habe. Ich brauche Ihren Verstand, John. Ihre Erfahrung. Bitte sagen Sie mir, dass Sie kommen."

Nach langem Schweigen fragte er: „Wo sollen wir uns treffen?"

Alice schlug das „Cabot Lodge" in unmittelbarer Nähe der Uniklinik vor.

Kaiser erwiderte, er könne nichts versprechen, werde jedoch versuchen, dort zu sein. Dann legte er auf.

CHRIS saß mit Ben auf dem Ledersofa in seinem privaten Praxisbüro, als das Mobiltelefon summte, das Alice ihm gegeben hatte. Chris hatte mittlerweile achthundert Milligramm Ibuprofen eingenommen, doch sein Schädel hämmerte immer noch. Bens Kopfschmerzen waren genauso schlimm.

Chris berührte den Jungen am Knie. „Du legst dich hier hin. Ich schalte das Licht aus und gehe rüber ins Bad, um das Gespräch anzunehmen."

Ben nickte niedergeschlagen. Chris schaltete das Licht aus, zog sich ins Bad zurück und nahm das Gespräch entgegen.

„Chris, ich brauche Sie heute Nachmittag in Jackson", meldete sich Alice mit dringlicher Stimme.

„Warum?"

„Um mit einem Agenten namens John Kaiser zu sprechen. Er ist einer der Topleute des FBI, spezialisiert auf Serienmörder. Er ist bereit, uns zu helfen."

„Warum sollte er Ihnen helfen? Ich dachte, man hätte Sie gefeuert?"

„Man wird mich feuern. Aber Kaiser ist ein guter Freund. Will hat mir gerade ein digitales Foto von Thora und Lansing geschickt. Es ist ein Standbild aus einer Videoaufzeichnung. Und wenn auch Sie es sich angesehen haben, werden Sie den Wunsch verspüren, etwas zu unternehmen. Das Beste, was Sie tun können, ist, nach Jackson zu kommen. Sie schulden es sich und Ben."

„Ich kann nirgendwohin, selbst wenn ich wollte. Ben ist krank. Er hat schlimme Kopfschmerzen. Und ich auch, seit heute Morgen."

Eine Pause entstand.

„Ich muss jetzt auflegen, Alice." Chris beendete das Gespräch und verließ das Badezimmer.

„Wer war das?", wollte Ben wissen.

„Ein Kollege in New York, den ich wegen einem Patienten konsultiere."

„Du meinst eine Kollegin."

Chris vergaß manchmal, wie scharf die Sinne von Kindern im Vergleich zu denen Erwachsener waren. „Stimmt. Was macht dein Kopf?"

„Tut immer noch weh. Können wir jetzt nach Hause fahren?"

„Noch nicht." Chris setzte sich neben ihn und drückte seinen Arm. „Ich muss einen Patienten hier reinholen. Geh so lange zu Jane, ja? Du kannst auf ihrem Computer spielen, wenn du möchtest."

Ben zuckte bloß die Schultern.

Chris brachte ihn nach vorn, dann kehrte er in sein Büro zurück. Wieder an seinem Schreibtisch, tippte er das Passwort ein und startete sein E-Mail-Programm. Die neueste Nachricht stammte ursprünglich von *wkilmer@argusoperations.com* und war von Alice an ihn weitergeleitet worden. ES TUT MIR SEHR LEID, DR. SHEPARD. FREUNDLICHE GRÜSSE, WILL KILMER. Mehr nicht. Am Fuß der Nachricht wies ein Symbol auf eine angeheftete Datei hin. Den Zeigefinger auf der Maustaste, saß Chris einfach nur da und war sich schmerzhaft bewusst, dass das Öffnen dieser Datei sein Leben für immer verändern würde.

Er klickte auf die Maus.

Die Auflösung war gering, doch das Foto zeigte Thora, die sich mit den Ellbogen auf ein Balkongeländer stützte. Sie war splitterfasernackt. Chris ballte die Fäuste, bis die Knöchel weiß hervortraten, als sein Blick sich auf die Gestalt richtete, die hinter seiner Frau stand. Der Mann hatte seine Hand auf ihren straffen Unterleib gelegt, es war eindeutig Shane Lansing.

Urplötzlich überkam Chris eine Woge aus Übelkeit. Er sprang auf und rannte ins Bad, wo er die Überreste seines Mittagessens in die Toilettenschüssel erbrach.

„Dr. Shepard?“, rief seine Helferin Holly.

Bis er wieder an seinem Schreibtisch saß, war der Bildschirm gnädigerweise schwarz geworden. „Kommen Sie rein!“, rief er in dem Wissen zurück, dass sein Gesicht wahrscheinlich rot vor Wut war.

Holly streckte den Kopf zur Tür herein. „Alles in Ordnung?“

„Sicher. Ich bin nur ein wenig müde, das ist alles.“

Wortlos musterte sie ihn. Dann sagte sie zögernd: „Mr Martin wartet schon seit einer ganzen Weile in Zimmer Nummer drei.“

„Ich komme ja schon!“, fauchte Chris.

Ohne ein weiteres Wort machte Holly auf dem Absatz kehrt.

Ein morbider Teil seiner Persönlichkeit wollte das Foto noch einmal anschauen, doch Chris widerstand dem Verlangen. Sein Kopf war von Bildern aus der Zeit erfüllt, als ihm Thora Rayner in einer Krankenstation im St Catherine's Hospital zum ersten Mal aufgefallen war. Wie konnte die Frau, die sich so hingebungsvoll um ihren sterbenden Mann gekümmert hatte, so leichtfertig die neue Beziehung aufs Spiel setzen, die sie jetzt mit ihm eingegangen war? Wie konnte sie einen Vater einfach wegwerfen, der sich so innig mit ihrem Sohn verbunden fühlte? Er spürte, wie ein unerträglich schwerer Schleier der Trauer ihn umhüllte.

Das Handy läutete wieder. Natürlich Alice. Er nahm das Telefon.

„Ist alles okay?“, fragte sie besorgt. „Es muss schlimm gewesen sein, das zu sehen.“

„Ja.“

„Lansing ist mit einem Charterdienst zwischen Natchez und Greenwood hin- und hergeflogen. Thoras Freundin Laura ist als Alibi mit dabei. Es tut mir leid, Chris.“

„Tatsächlich?“

„Aber gewiss. Mir geht es nur um Sie und Ben bei dieser Sache.“

„Das stimmt nicht. Sie wollen Andrew Rusk festnageln.“

„Ja, zugegeben. Aber nicht aus billigen Rachemotiven. Es ist für Grace, Sie und all die anderen Menschen, deren Leben zerstört wurden.“

Chris blieb stumm.

„Da wäre noch etwas“, fuhr Alice schließlich fort. „Etwas, was mir Angst macht. Sie und Ben haben beide Kopfschmerzen, richtig? Will hat ebenfalls welche. Schlimme Schmerzen, die nicht mehr weggehen. Das erscheint mir als höchst unwahrscheinlicher Zufall, finden Sie nicht? Aber ich wüsste nicht, was passiert sein sollte. Ich meine, Will hat Sie doch die ganze Nacht bewacht, oder nicht?“

„Er hat die ganze Nacht in einem Sessel geschlafen.“

„Was?“

„Er hat drei Bier getrunken und war danach weg.“

„Das gibt's doch nicht!“

Plötzlich erschien das Bild von Alice' Motelzimmer vor Chris' geistigem Auge: die Korallenschlange, die sich im Bad wand … „Gibt es noch etwas, was ich wissen sollte? Was Sie mir nicht erzählt haben?“

Schweigen.

„Verdammt, Alice! Was halten Sie zurück?“

„Also, Will hat Lansings Geschäfte unter die Lupe genommen. Sie wissen, dass der die Finger in einer Menge verschiedener Dinge hat?“

„Ja. Raststätten mit Spielhöllen, Altenheime, alles Mögliche.“

„Wie es scheint, ist er auch Mitbesitzer einer Klinik für Strahlenmedizin in Meridian, Mississippi.“

„Aber das bedeutet, dass Lansing Zugriff hat auf …“

„Ich weiß. Cäsiumpellets, flüssiges Jod, alles.“

„Aber … Sie haben mir erzählt, dass diese Verbrechensserie etwa fünf Jahre zurückreicht. Wie kann Lansing dann darin verwickelt sein? Wenn Thora erst vor ein paar Wochen zu Andrew Rusk gefahren ist, wie kann Rusk in der kurzen Zeit Lansing gefunden und angeheuert haben, um mich zu töten? Außer … O mein Gott! *Red Simmons!*“

„Ganz genau. Thora hat vor drei Jahren möglicherweise schon einmal die Dienste von Rusk in Anspruch genommen, um Simmons töten zu lassen. Falls dem so ist, liegt der erste Kontakt zu Rusk mindestens drei Jahre zurück. Vielleicht hat sie Lansing überhaupt erst durch Rusk kennen gelernt.“

„Aber Simmons ist nicht an Krebs gestorben.“

„Genauso wenig wie meine Schwester.“

Chris' Gedanken überschlugen sich. Angst und Wut verschmolzen miteinander zu einer dunklen Verzweiflung, deren einziges Ventil darin bestehen konnte, aktiv zu werden. „Um wie viel Uhr, sagten Sie, ist Ihr Freund in Jackson?“

„So bald wie möglich“, antwortete Alice unüberhörbar erleichtert. „Wenn Sie innerhalb der nächsten Stunde aufbrechen, kommen Sie wahrscheinlich um die gleiche Zeit an wie Kaiser.“

„Gut. Ich komme.“

„Danke, Chris.“

„Danken Sie mir nicht. Von jetzt an geht es um mein Überleben.“

Alice wollte noch etwas sagen, doch er unterbrach die Verbindung und schob das Telefon in seine Schublade. Dann beendete er sein E-Mail-Programm und begab sich in Tom Cage' Teil der Gemeinschaftspraxis. Der alte Arzt saß hinter seinem Schreibtisch und machte sich Notizen.

„Was gibt's?", begrüßte er Chris in seinem gut gelaunten Bariton.

„Ich muss mit Ihnen reden."

„Setzen Sie sich."

Chris schüttelte den Kopf. „Haben Sie einen Raum frei?"

Tom ging in das nächstgelegene Untersuchungszimmer voran und schloss die Tür. Dann blickte er seinen jüngeren Partner mit väterlicher Sorge an.

„Sie müssen mir einen Gefallen tun, Tom. Ohne Fragen zu stellen."

Der alte Arzt nickte ernst. „Schießen Sie los."

„Ich möchte, dass Sie mich untersuchen. Meinen ganzen Körper, von oben bis unten."

„Wonach soll ich suchen? Haben Sie irgendwelche Symptome?"

„Schlimme Kopfschmerzen. Aber das ist nicht das eigentliche Problem. Ich habe Grund zu der Annahme … nun, ich möchte, dass Sie jeden Quadratzentimeter meiner Körperoberfläche mit einer Lampe absuchen. Und einer Lupe, falls nötig. Halten Sie Ausschau nach etwas Ungewöhnlichem. Einer Injektionsstelle, einem Hämatom, einer Schramme, einer Läsion, irgendetwas."

Tom starrte ihn lange wortlos an. Chris konnte beinahe sehen, wie sich die Fragen in seinem Kopf auftürmten. Doch am Ende meinte er nur: „Ziehen Sie sich aus und kommen Sie auf den Untersuchungstisch."

Während Chris sich seiner Kleidung entledigte, setzte Tom sich eine Stirnlampe auf. Chris stieg auf den Tisch und legte sich auf den Rücken.

„Also, wir fangen am besten im Mund an." Tom nahm einen Zungenspatel sowie einen kleinen Zahnarztspiegel und machte sich daran, Chris' Mundhöhle zu untersuchen. „Sieht sauber aus, wenn Sie mich fragen." Er zog die Instrumente zurück. „Vergessen Sie nicht, nach jeder Mahlzeit Zahnseide zu benutzen."

Chris war nicht in der Stimmung für Scherze, doch Tom bedachte ihn trotzdem mit einem ironischen Blick.

„Jetzt sehen wir uns Ihre Haare und Ihre Haut an." Tom arbeitete sich von oben nach unten vor. „Das erinnert mich an meine Assistenzarztzeit", erzählte er, als er bei den Füßen ankam. „Ich habe mehrere Monate in einem Gefängnis in New Orleans gearbeitet. Die Cops dort ließen mich zwischen den Zehen von Verdächtigen nach Einstichspuren suchen."

„Genau das Gleiche hier." Chris drehte sich auf den Bauch.

Er spürte, wie kalte Hände seine Pobacken spreizten, und erwartete, dass Tom sie sofort wieder loslassen würde, doch das tat sein Kollege nicht.

„Was sehen Sie?“

„Ich bin nicht sicher“, murmelte Tom. „Könnte eine Einstichstelle sein.“

Chris stockte der Atem. „Ist das Ihr Ernst?“

„Ich fürchte ja. Sieht so aus, als hätte jemand versucht, eine Nadel einzustechen, und Sie wären weggezuckt. Definitiv eine Schramme. Wirklich eigenartig. Wollen Sie mir nicht erzählen, was das zu bedeuten hat?“

Chris sprang vom Untersuchungstisch und zog seine Hose an. „Wir müssen Ben ebenfalls untersuchen. Er hat die gleichen Kopfschmerzen wie ich.“

NACHDEM er keine Einstichspuren bei Ben gefunden hatte, gab Chris den Jungen zurück in die Obhut der Arzthelferin am Empfang und ging über den Flur zum Röntgenzimmer, wo er die medizinisch-technische Assistentin darum bat, eine Röntgenaufnahme seines Unterleibs zu machen. Verblüfft starrte sie ihn an, doch sie erhob keinen Widerspruch – schließlich war Chris einer ihrer Arbeitgeber.

Zwei Minuten später rammte er das Röntgenbild in den Halter eines Leuchtkastens. Was hatte die Einstichstelle zu bedeuten? Hatte man ihm eine radioaktive Flüssigkeit injiziert?

„Wonach suchen Sie?“, fragte Tom hinter ihm.

„Überbelichtungen.“ Chris konnte kaum sprechen, während er das Röntgenbild untersuchte. Er hatte entsetzliche Angst, schwarze Flecken zu finden – verursacht durch radioaktive Strahlung, die den Film überbelichtet hätte. Doch auf dem Bild war nichts Ungewöhnliches zu entdecken.

„Sieht völlig normal aus, wenn Sie mich fragen“, meinte Tom. „Hat es mit der Einstichstelle zu tun?“

Chris nickte. Unvermittelt spürte er Toms Hand auf der Schulter.

„Was hat das zu bedeuten, Junge? Reden Sie mit mir.“

Er konnte es nicht länger verheimlichen. Er drehte sich zu seinem Partner um. „Jemand versucht mich umzubringen“, sagte er leise.

Nach einer schockierten Pause fragte Tom: „Wer?“

„Thora.“

Der Ältere kniff die Augen zusammen. „Können Sie das untermauern?“

„Nein. Aber ich arbeite zusammen mit einer Agentin des FBI daran, es zu beweisen.“

Tom nickte langsam. „Ist Lansing irgendwie in die Sache verwickelt? Ich habe gehört, Sie haben sich mit ihm im Krankenhaus geprügelt.“

„Ich glaube schon. Wussten Sie eigentlich, dass er Teilhaber einer Strahlenklinik ist?“

Tom schüttelte den Kopf. Chris sah, wie der Verstand des alten Arztes hinter den klugen Augen auf Hochtouren arbeitete. Er würde nicht lange brauchen, um die Hinweise miteinander zu verbinden.

„Hört sich in meinen Ohren so an, als könnten Sie eine Zeit lang Urlaub vertragen“, sagte Tom schließlich.

Chris schüttelte ihm dankbar die Hand, sammelte Ben ein und verließ die Praxis. Seine Kopfschmerzen waren immer noch stark, doch bei dem Jungen ließen sie allmählich nach.

Chris lieferte ihn bei Mrs Johnson ab. Die Witwe hatte sich schon vor der Hochzeit Thoras mit Chris um Ben gekümmert und liebte ihn wie ihren eigenen Sohn. Sie versprach, ihn falls nötig über Nacht dazubehalten; Chris müsse nur anrufen.

Kurze Zeit später jagte er mit kreischenden Reifen in die Auffahrt seines Hauses. Sein Herz hämmerte vor Wut und Angst. Auf dem Beifahrersitz stand eine Holzkiste, die er sich vom Radiologen im St Catherine's Hospital ausgeliehen hatte.

Damit stürzte er nun ins Haus und rannte ins Schlafzimmer.

Zuerst riss er die Wäsche von dem großen Doppelbett herunter und legte die Matratze frei. Dann kniete er daneben nieder und öffnete die Holzkiste, in der sich ein Geigerzähler befand. Zögernd schaltete Chris den Apparat ein – er fürchtete das klickende Stakkato, das die Anwesenheit von Radioaktivität verriet, doch der Apparat gab nur ein leises Summen von sich. Der Geigerzähler besaß einen Tragegriff und einen Stab, der über ein flexibles Kabel mit dem Gerät verbunden war. Chris bewegte den Stab über die gesamte Oberfläche des Bettes, doch er hörte keine Klicks.

Schwitzend und zornig blickte er sich im Zimmer um. Wo würden sie es verstecken? Wo würde er ausreichend verstrahlt? Er packte den Geigerzähler und rannte damit ins Wohnzimmer und zu dem Sofa, auf dem Will Kilmer die Nacht im bierseligen Schlummer verbracht hatte. Doch wieder war nichts zu hören, als Chris mit dem Zählrohr darüberstrich.

Plötzlich wurde ihm bewusst, dass er geradezu hoffte, das verräterische Klicken zu hören. Warum?, fragte er sich. Weil es nichts Schlimmeres gab als die Ungewissheit.

Das war sein Problem. Er hatte keine Ahnung, was die Einstichstelle bedeutete. Hatte jemand ihm etwas injiziert, um ihn zu betäuben, während sie ihn bestrahlt hatten? Ben und Will litten ebenfalls unter Kopfschmerzen. Und doch … Chris hatte keine Einstichstelle bei Ben gefunden. Waren sie alle drei auf andere Weise betäubt und nur er selbst durch eine Injektion mit irgendetwas infiziert worden? Er konnte es nicht wissen.

Chris sah sich um, während seine Gedanken sich überschlugen.

Er wollte das Gerät gerade abschalten, als ihn eine neue, lähmende Überlegung stoppte. Seine Assistentin hatte lediglich eine Röntgenaufnahme seines Unterleibs gemacht. Was, wenn die Strahlungsquelle auf eine andere Stelle gerichtet worden war? Oder sich gar durch seinen Körper bewegte?

Chris stellte sich hin, hielt das Zählrohr an seine Füße und begann jedes Bein damit abzufahren. Er empfand beinahe Widerwillen dabei, die Stille zu akzeptieren, während er den Stab weiter nach oben bewegte, bis er bei den Haaren angekommen war. Dann schaltete er das Gerät ab.

Ihm war übel. Ein kindlicher Teil von ihm wollte glauben, dass alles nur Einbildung war, dass Alice völlig verrückt war. Aber Tom Cage hatte eine Einstichstelle gefunden. Und er selbst hatte das Foto gesehen, das Thora und Lansing auf dem Balkon zeigte. Zudem war Lansing Teilhaber einer Strahlenklinik. Und dann noch die Kopfschmerzen, an denen Ben, Will und er am gleichen Tag litten. Das konnte kein Zufall sein.

Er konnte der Wahrheit nicht entfliehen. Der Mörder von Grace Fennell hatte wieder zugeschlagen.

8

Dr. Eldon Tarver saß allein in seinem Büro in der Uniklinik und studierte Zahlen auf einem Blatt Papier, das vor ihm lag. Doch sein Verstand war nur zur einen Hälfte mit den neuesten Daten der In-vitro-Tests beschäftigt. Die andere Hälfte arbeitete an seinem nächsten Zug.

Er hatte mehrere fingierte Werbe-E-Mails von Andrew Rusk erhalten, vereinbarte Signale für ein Treffen im „Annandale Golf Club“. Doch Tarver hatte sich dort nicht blicken lassen. Auch war er nicht die siebzig Kilometer zum Chickamauga Hunting Camp gefahren, trotz der Alufolie, die hell glitzernd im Fenster des 16. Stocks des AmSouth Towers hing. Er kicherte bei der Vorstellung, dass Rusk in der drückenden Hitze in der Pampa stand und auf ihn wartete. Der Anwalt drehte wahrscheinlich schon durch, weil er den neuen potenziellen Klienten an der Angel hatte, von dem er beim letzten Treffen erzählt hatte. Rusk lebte für Geld, und auch wenn das Risiko täglich zunahm, konnte er an nichts anderes denken als an den nächsten großen Fisch.

Tarver wusste, dass der nächste große Fisch niemals kommen würde. Die Zusammenarbeit mit Rusk war vorbei. Die Injektion, die er Shepard gegeben hatte, hatte den Schlusspunkt dargestellt. Tarver hatte bereits damit angefangen, das Primatenlabor aufzulösen. Damit blieb nur noch ein einziges Problem: Andrew Rusk selbst.

Seit nunmehr fünf Jahren hatten er und der Anwalt einen Fluchtplan parat, der es ihnen gestatten würde, die Vereinigten Staaten zu verlassen und den Rest ihres Lebens in Sicherheit und relativem Luxus zu verbringen. Indem Tarver seine Verbindungen zum Geheimdienst benutzt hatte, die bis in die späten Sechzigerjahre zurückreichten, hatte er einen einzigartigen Handel für sich und Rusk ausgearbeitet, der den gierigen, hedonistischen Fantasien des Anwalts würdig war. *Nicht* würdig allerdings den Vorstellungen eines Wissenschaftlers aus Überzeugung. Tarver hatte ein Forschungsprojekt am Laufen, und um es abzuschließen, musste er in den Staaten bleiben. Seine In-vivo-Subjekte wohnten schließlich ebenfalls in den USA. Mehr noch, fünf Jahre der Zusammenarbeit mit Rusk hatten ihn zu der Überzeugung gelangen lassen, dass er den Anwalt nie wiedersehen wollte. Rusk war eine wandelnde Zeitbombe, ein Unsicherheitsfaktor hoch drei. Tarver sah ihn vor sich, wie er mit einem Drink in der Hand an einer Bar saß und prahlte, den Reichen und Berühmten ihre Millionen gerettet zu haben, indem er ihre Ehefrauen habe abmurksen lassen. Nein danke.

Die Ironie war, dass Tarver stets eine größere Auswahl an Fluchtrouten gehabt hatte. Es hatte schon immer Länder gegeben, die bereit gewesen waren, ihn aufzunehmen und atemberaubende Summen für seine Arbeit zu bezahlen. Das einzige Problem bei diesem Szenario bestand darin, dass Tarver Patriot war. Und die Länder, die ihn für seine Dienste bezahlen wollten, waren schlicht und ergreifend die falschen.

Er zuckte zusammen, als sein Handy läutete. Er sah auf das Display und nahm den Anruf entgegen. „Dr. Noel D. Traver."

„Ich bin es, Doktor. Neville Byrd. Ich hab's, Sir! Die Sache, mit der Rusk sich zu schützen versucht. Zwei Tage hintereinander hat er sich jetzt gegen Ende des Arbeitstags auf eine Webseite eingeloggt und eine Serie von Passwörtern eingegeben. Alle auf derselben Webseite."

Tarvers Puls ging mit einem Mal schneller. „Haben Sie die Tastenanschläge aufgezeichnet?"

„Selbstverständlich, Sir. Jeden einzelnen."

„Faxen Sie sie zu mir herüber auf die Nummer, die ich Ihnen gegeben habe."

„Ja, Sir. Ich schicke die Passwörter gleich durch. Aber ich kann Ihnen die Seite jetzt schon sagen, falls Sie einen Blick darauf werfen möchten. Sie nennt sich Ex Nihilo. Es ist eine niederländische Seite, und sie hat nur den einen Zweck, Menschen anonym den Zugang zum Netz zu ermöglichen."

„Klingt vielversprechend. Vielen Dank." Tarver legte auf.

Zehn Sekunden später starrte er auf den Ereignishorizont des schwarzen Lochs, der Besucher in der Welt von Ex Nihilo willkommen hieß. Ein Klick brachte ihn auf eine Unterseite, welche die verfügbaren Dienste der Firma auflistete. Dreißig Sekunden später kam das Fax von Byrd durch.

„Mein Gott", murmelte Tarver, während er mithilfe der Passwörter Rusks digitale Fußspuren zurückverfolgte. Es war genau so, wie er vermutet hatte. Rusk musste sich jeden Tag auf der Webseite einloggen und seine Existenz dadurch verifizieren. Falls er sich zehn aufeinanderfolgende Tage nicht einloggte, würde Ex Nihilo den Inhalt einer großen Datei an die Polizei und das FBI übersenden.

Tarver versuchte die Datei zu öffnen, doch die Webseite gestattete ihm keinen Zugriff. Er benötigte ein separates Passwort und fluchte. Offensichtlich hatte Rusk seit ihrer Erzeugung nicht mehr auf die Datei zugegriffen, was bedeutete, dass die Lasersysteme Byrds ihn nicht beim Öffnen beobachtet haben konnten.

Spielt keine Rolle, sagte Tarver sich. Solange er sich regelmäßig einmal am Tag als Andrew Rusk bei Ex Nihilo einloggte, würde das System seine destruktive Datei nicht an die Strafverfolgungsbehörden weiterleiten, und er wäre in Sicherheit.

Tarver kicherte, lachte, bis er sich schließlich prustend schüttelte. Ex Nihilo änderte alles. Jetzt konnte er seine Pläne verfolgen, ohne weiter auf Rusk Rücksicht nehmen zu müssen. Oder ich könnte sie völlig umschreiben, dachte er, und ein Schauer überlief ihn. Mit einem ganz neuen Ende.

Er hatte seinen Anteil von Anfang an in ungeschliffenen Diamanten verlangt. Rusk hatte zuerst gemeckert, doch bald war auch ihm klar geworden, wie klug diese Form der Bezahlung war: Im Gegensatz zu Geld waren Rohdiamanten immun gegen Feuer und Wasser. Sie konnten unbegrenzt lange vergraben werden. Man konnte sie nicht zurückverfolgen. Am besten jedoch war, dass sie aussahen wie Steine. Eine Schachtel voller Steine!

Rusk hatte seine ersten Zahlungen in Form von Beteiligungen an einträglichen Geschäften seiner reichen Mandanten erhalten. Er war der Meinung gewesen, dass es ein brillanter Schachzug sei, denn er hatte Steuern auf seine Einnahmen gezahlt und sich die Finanzbehörden auf diese Weise vom Hals gehalten. Aber je zahlreicher seine Geschäftsverbindungen geworden waren, desto mehr hatten sich die nachverfolgbaren Verbindungen zu einer Serie von Mordfällen gehäuft. Und genau das, da war Tarver mehr oder weniger sicher, hatte Special Agent Alice Morse überhaupt erst auf ihre Spur gebracht.

Nach zwei Jahren hatte Rusk seinen Fehler eingesehen und sich von da an seine Honorare auch in Rohdiamanten auszahlen lassen. Und so hatte er inzwischen eine ziemlich große Schachtel mit Steinen gesammelt. Die einzige Frage war – wo bewahrte er sie auf? Falls Tarver darauf die Antwort fand, konnte er den Übergang in sein nächstes Leben als sehr viel reicherer Mann bewerkstelligen.

Die Zeit war reif für drastische Maßnahmen. Es war an der Zeit, Schuldscheine einzulösen. Alle. Und das bedeutete Edward Biddle. Tarver hatte seit mehr als zwei Jahren nicht mehr mit ihm gesprochen – nicht mehr, seit der Mann von TransGene ihm die Gaskanister geliefert hatte. Nichtsdestoweniger hatte die Sache eins deutlich gemacht: Biddle hielt sein Versprechen, sich um „seine Leute" zu kümmern. Und das waren die ehemaligen Mitarbeiter an einem Projekt, das in den goldenen Zeiten gestartet worden war, als Regierung, Industrie und Militär noch Hand in Hand gearbeitet hatten. Nur die wenigen Engagierten hatten verstanden, dass jegliche wissenschaftliche Entdeckung ein zweischneidiges Schwert war. Ein Skalpell konnte einen Tumor aus dem Gewebe eines Patienten schneiden – oder seine Halsschlagader durchtrennen. Eine Virusinfektion konnte lebensrettende Gentherapie bedeuten – oder ein globales Massensterben verursachen. Es war die Verantwortung einiger, diese Möglichkeiten zu entdecken und weiterzuentwickeln. Andere würden entscheiden, wie sie einzusetzen waren. Tarver hatte seinen Platz in der Hierarchie nie infrage gestellt, und Biddle hatte ihn dafür geschätzt.

Er blätterte durch das Rolodex auf seinem Schreibtisch, bis er die Visitenkarte fand. EDWARD BIDDLE, STELLVERTRETENDER VORSTAND, TRANSGENE CORPORATION. Und darunter: WELTFÜHRER AMERIKA. Tarver liebte die Firma dafür. Es gehörte eine Menge Mumm dazu, im so genannten Zeitalter der Globalisierung einen Sinnspruch wie diesen auf eine Geschäftskarte zu setzen. Doch Mikrobiologie war das eine Feld, auf dem Amerika seine Führung gegenüber den Konkurrenten behalten hatte.

Er wählte die Nummer auf der Visitenkarte. Es läutete zweimal, dann meldete sich eine abgehackte, befehlsgewohnte Stimme.

„Biddle."

„Hier ist Eldon Tarver, Herr General."

Ein mit einem Schuss Ironie versetztes Lachen kam durch die Leitung. „Hallo Doktor! Was kann ich für Sie tun?"

„Es wird Zeit, dass ich umziehe."

Eine kurze Pause. „Haben Sie ein bestimmtes Ziel im Sinn?"

„Ich würde gern im Land bleiben. Aber ich benötige eine neue Identität."

„Verstehe." Keine Sekunde des Zögerns. Ein gutes Zeichen. „Ich weiß, dass Sie geforscht haben. Ich habe Ihre Arbeiten an der Uniklinik von Mississippi verfolgt und finde, dass die dort Ihre Talente nicht voll nutzen."

Jetzt lachte Tarver. „Die Vorschriften bezüglich meines Forschungsgebiets sind heutzutage ziemlich beengend. Aus diesem Grund habe ich seit einiger Zeit private Studien betrieben. Ähnlich dem, was wir beim VKP gemacht haben.“

„Tatsächlich?“ Biddle klang jetzt höchst interessiert.

„Ja. Man könnte sagen, ich habe dort weitergemacht, wo wir aufhören mussten. Mit dem Unterschied, dass ich jetzt von In-vivo-Studien rede.“

„An Primaten?“

„Ausschließlich. Höhere Primaten, um genau zu sein.“

„Ich bin fasziniert, Eldon. Ich habe das Gefühl, Ihre Arbeit könnte sich wunderbar mit einer Reihe Projekte ergänzen, die unsere risikofreudigeren Mitarbeiter bei TransGene durchführen. Und an welchen zeitlichen Rahmen dachten Sie, was Ihren Umzug angeht?“

„Zwei oder drei Tage, falls möglich. Vielleicht auch früher.“

Wieder eine kurze Pause. „Das ist selbstverständlich möglich. Sie und ich sollten unbedingt unter vier Augen miteinander reden. Wenn ich in den nächsten Tagen zu Ihnen käme, könnten wir uns treffen?“

Tarver lächelte zufrieden. „Absolut, Sir.“

„Gut. Rufen Sie später noch mal an. Es ist schön, dass wir endlich wieder zusammenarbeiten, Eldon.“

„Das finde ich auch, Sir.“

Tarver legte auf, nahm Biddles Karte aus dem Rolodex und steckte sie zusammen mit den Seiten, die Byrd ihm gefaxt hatte, ein. Seine gesamte Zukunft ruhte nun in seiner Hosentasche.

Es gab nur eine einzige Bedrohung für diese Zukunft: Andrew Rusk. Doch spätestens am Abend des folgenden Tages würde der Anwalt tot und sein Schatz an Rohdiamanten in Tarvers Besitz übergegangen sein.

ALICE war allein im Aufzug in den fünften Stock der Universitätsklinik unterwegs. Ihre Begeisterung über die mögliche Hilfe durch John Kaiser war verflogen, als sie von Chris erfahren hatte, dass er im Verlauf der Nacht wahrscheinlich eine Injektion unbekannter Art erhalten hatte. Da Kaiser noch immer eine Stunde südlich von Jackson entfernt war, hatte sie kurzerhand beschlossen, ihre Mutter zu besuchen.

Als die Aufzugtüren sich öffneten, ging Alice über den Flur in die onkologische Abteilung und fand ihre Mutter mehr oder weniger genauso vor, wie sie sie zwei Tage zuvor verlassen hatte. Bewusstlos zwar, doch sie klammerte sich ans Leben. Alice setzte sich neben sie und hielt ihre schlaffe, verschwitzte Hand, während sie gegen Wogen der Verzweiflung ankämpfte. In

Zeiten wie diesen schien es, als gäbe es kein Glück auf der Welt. Sie drückte ihrer Mutter die Hand, dann hinterließ sie eine kurze Notiz, die die Krankenschwestern ihr später vorlesen konnten: *Liebe Mom, ich war hier. Ich hoffe, du hast nicht allzu starke Schmerzen. Ich bin ganz in der Nähe und komme bald wieder. Ich liebe dich, Alice.*

Sie ging zurück zum Lift und wartete. Ein leises *Ping* ertönte. Sie betrat den Aufzug. Ein Mann in weißem Kittel stand bereits in der Kabine. Er trat zurück und machte Platz, indem er sich in die rechte hintere Ecke stellte. Instinktiv bezog Alice die entgegengesetzte Ecke und stellte sich zur Tür gewandt hin.

Die Aufzugtüren waren auf Hochglanz poliert, und in der verschwommenen Reflexion sah Alice, dass der große Mann einen Bart trug – und ein flammend rotes Feuermal darüber. Es musste ziemlich übel aussehen, da es sogar in dem verschwommenen Spiegelbild so deutlich zu erkennen war.

Der Mann sah sie an und nickte, doch statt den Blick danach abzuwenden, musterte er sie unverwandt weiter. Es war ein Verstoß gegen die ungeschriebenen Fahrstuhlgesetze, doch Alice nahm an, dass ihre Narben seine professionelle Aufmerksamkeit erweckt hatten.

„Schrotgewehr?“ Er berührte seine eigene Wange.

Alice errötete. Er hatte richtig geraten. Nur wenige Ärzte sahen, dass ihre Narben von einem Schrotschuss herrührten, weil ein großer Teil von den Glassplittern stammte. Vielleicht war der Mann Unfallchirurg. „Ja“, antwortete sie nur.

„Ich möchte nicht, dass Sie sich unbehaglich fühlen. Ich kann nachvollziehen, wie es ist, wenn die Leute einen anstarren.“

Alice erwiderte seinen Blick. Der Mann war vielleicht sechzig Jahre alt und hatte eine tiefe, beruhigende Stimme. „Ist das ein Muttermal?“, fragte sie.

Er lächelte. „Genau genommen eine arteriovenöse Anomalie. Es sieht nicht so schlimm aus, wenn man zur Welt kommt, aber in der Pubertät scheint es plötzlich zu explodieren, und dann sieht es so aus.“

Alice setzte zu einer neuen Frage an, doch als hätte er ihre Gedanken gelesen, fuhr der Fremde fort: „Chirurgische Eingriffe machen es oft nur noch schlimmer. Ich möchte dieses Risiko nicht eingehen.“

Sie nickte. Er war nicht gut aussehend, aber ohne dieses grauenhafte Geflecht aus Indigo und Purpur auf der linken Wange wäre er zweifellos ein stattlicher Mann gewesen.

Ein weiteres *Ping* ertönte.

„Einen guten Tag noch.“ Der Mann verließ die Kabine.

Alice stand da wie in Trance. Sie dachte an den Tag in der Bank zurück, an die umherfliegenden Glassplitter und an James Broadbent, der mit zerfetzter Brust am Boden lag …

„Ma'am?“ Der Mann mit dem Feuermal hielt die Tür mit dem Ellbogen auf. „Das hier ist das Erdgeschoss.“

„Oh … entschuldigen Sie. Danke sehr.“

Er wartete, bis sie ausgestiegen war. „Hatten Sie eine schwere Nacht?“

„Meine Mutter liegt im Sterben.“

In seinem Gesicht regte sich aufrichtiges Mitgefühl. „Sie sind in der Onkologie eingestiegen. Krebs?“

Alice nickte. „Die Eierstöcke.“

Er schüttelte den Kopf. „Eine furchtbare Krankheit. Es tut mir leid. Wie geht es Ihnen? Sind Sie versorgt?“

„Ja, danke. Ich wohne drüben im Cabot Lodge.“

Er lächelte. „Gut.“ Er winkte ihr zu, drehte sich um und ging davon.

ALICE trat in die Hotelhalle, um einzuchecken, und bemerkte Chris in einem Sessel an der Wand zu ihrer Rechten. Er saß vornübergebeugt und rieb sich die Schläfen. Sie ging zu ihm hin und kauerte neben ihm nieder. „Chris?“

Aus rot geränderten Augen blickte er sie an. „Hallo.“

„Ach du liebe Zeit! Was machen Ihre Kopfschmerzen?“

„Ein bisschen besser. Mein Magen ist inzwischen das Problem. Ich habe noch mal mit Peter Connolly telefoniert. Er hat mir geraten, eine Reihe starker antiviraler Medikamente zu nehmen. Tom Cage hat mir eine Verordnung dafür gegeben. Ich denke, das ist der Grund für meine Übelkeit.“

„Geht Connolly davon aus, dass sie wirken?“

Chris lachte düster auf. „Wie kann er wissen, ob sie wirken, wenn er nicht weiß, was mir injiziert wurde? Er ist der Meinung, dass ich auch sofort mit einer Chemotherapie anfangen sollte.“

„Und warum tun Sie es nicht?“

„Weil viele Chemotherapeutika selbst karzinogen sind. Ich bin nicht sicher, ob ich verzweifelt genug bin, um das zu machen.“

Alice versuchte die Logik zu begreifen. „Wie kann Chemotherapie helfen, wenn Sie noch gar keinen Krebs haben?“

Langsam hob Chris den Kopf. „Es ist möglich, dass ich bereits Krebs habe.“

Alice erblasste. „Wie?“

„Erinnern Sie sich an Peters schaurigstes Szenario? Bei dem jemand Zellen einer bestimmten Person in seinen Besitz bringt, sie im Labor mit Krebs infiziert und der Person wieder injiziert? Das wären vom ersten Moment an aktive Krebszellen. Gleich nachdem sie wieder im Körper wären."

„Was glauben Sie, ist gestern Nacht passiert? Hat jemand Ihre Zellen gestohlen, um sie zu verändern? Oder Ihnen bereits veränderte Zellen injiziert?"

In Chris' Augen stand Bitterkeit. „Ich bete, dass es Ersteres war. Aber das glaube ich nicht. Es gibt viel einfachere Methoden, an meine Zellen zu gelangen. Überlegen Sie mal. Wer hat ständigen Zugang zu meinem Körper?"

„Thora? Aber wie kann sie Ihnen Blut abgenommen haben, ohne dass Sie es bemerkt hätten?"

„Kein Blut."

Sie dachte einen Moment lang nach. „Sperma?"

„Genau. Ist das nicht eiskalt und berechnend?"

Sie starrte ihn an und wusste nicht, was sie sagen sollte.

„Vor ein paar Nächten kam Thora in mein Studio. Wir haben miteinander geschlafen. Sie hat mir weisgemacht, dass sie immer noch versucht, schwanger zu werden. Es war ganz untypisch, wenn man bedenkt, wie die Dinge vorher zwischen uns gestanden hatten, aber ich machte mit, weil ich nur das Beste hoffte." Zornig verzog er das Gesicht. „Und drei Tage später fand ich durch einen Bluttest heraus, dass sie danach eine Abtreibungspille genommen hatte."

Ungläubig schüttelte Alice den Kopf. „Aber ich kann nicht glauben, dass jemand so schnell Krebs in die Zellen einschleusen kann. Nicht einmal in einem richtigen Labor."

„Ich hoffe, Sie haben Recht. Das ist einer der Gründe, warum ich bis jetzt noch nicht mit der Chemo angefangen habe."

Alice legte beide Arme um ihn und drückte ihn fest an sich. Zuerst versteifte sich Chris, doch dann spürte sie, wie er nachgab. Als er die Arme um sie legte, merkte sie, wie er zitterte. Lag es an den Medikamenten?

„Kommen Sie, gehen wir nach oben. Haben Sie eingecheckt?"

Er nickte.

Sie war in der Hotellobby mit Will verabredet. Er sollte ihr eine unregistrierte Waffe bringen. Jetzt ließ sie an der Rezeption eine Nachricht für ihn zurück.

Sechzig Sekunden später schloss sie die Tür zu einer Suite auf. Auf das Schlafzimmer folgte ein kleiner Wohnraum mit einem Sofa, zwei Klubsesseln und einem Schreibtisch. Alice ging zum Fenster und sah hinaus.

„Ist Kaiser schon in der Stadt?", fragte Chris.

„Er muss jede Minute hier sein."

Er schaute sich den Inhalt der Minibar an. „Warum haben Sie sich ausgerechnet an ihn gewandt?“

„Kaiser hat lange Zeit bei einer Spezialabteilung des FBI gearbeitet. Davor war er in Vietnam. Er ist ein erstklassiger Mann.“

In diesem Moment klopfte es an der Tür. Alice zuckte zusammen. In der Erwartung, Kaiser zu sehen, öffnete sie, doch vor ihr stand Will mit einer großen Schuhschachtel in den Händen.

Sie nahm den Karton entgegen. „Was ist drin?“

„Eine SIG-9-Millimeter. Nicht registriert.“

„Danke, Onkel Will. Sind die Kopfschmerzen weg?“

„Ja, Gott sei Dank.“ Der alte Detektiv sah aus, als hätte er mit Dämonen gerungen. „Ich fühle mich, als hätte ich den Doktor im Stich gelassen.“

„Gestern Nacht spielt keine Rolle mehr. Es kommt alles in Ordnung. Aber du gehst besser gleich wieder, Onkel Will.“

Als Alice in die Suite zurückkam, trank Chris Bourbon. „Der Zimmerservice liefert Schuhe?“ Er deutete auf die Schachtel.

„9-Millimeter-Schuhe.“ Sie brachte den Karton ins Schlafzimmer, wo sie ihn auf dem Kleiderschrank verstaute. „Kaiser braucht nichts davon zu wissen.“

Chris nickte. „Die würde ich auch gern bei jemandem benutzen.“

Bei wem?, überlegte Alice. Thora? Lansing? Oder beiden? Sie berührte seinen Arm. „Ich hoffe, das war nur ein Witz. Es würde doch nur bewirken, dass Ben von jemand anders als Ihnen aufgezogen wird.“

Chris’ Augen verloren jeden Ausdruck.

„Was, glauben Sie, ist die Ursache Ihrer Kopfschmerzen?“, fragte sie in dem Versuch, ihn von Ben abzulenken.

„Ich nehme an, wir drei wurden irgendwie betäubt. Ich bin nicht sicher, wie es bewerkstelligt wurde. Aber letzten Endes spielt es keine Rolle, oder? Solange Ben und Will nicht krank werden …“

Es klopfte wieder, energisch diesmal.

Chris folgte Alice zur Tür. Ein großer Mann mit tiefliegenden Augen stand vor ihnen. „Darf ich reinkommen?“, fragte er.

Alice lächelte und umarmte John Kaiser zur Begrüßung. Dann streckte der Agent Chris die Hand entgegen. „Dr. Shepard? Erfreut, Sie kennen zu lernen.“

Chris schüttelte ihm die Hand. „Ganz meinerseits.“

Alice verschränkte die Arme und blickte zu Kaiser auf. „Es ist noch schlimmer, als ich dachte, John. Chris steckt bereits in großen Schwierigkeiten. Er wurde gestern Nacht angegriffen.“

Kaiser musterte Chris sekundenlang. Er nahm den Ausdruck von Müdigkeit und Verzweiflung in dessen Gesicht wahr. „Wenn jemand mir vielleicht erzählen könnte, was los ist, bevor Dr. Shepard bewusstlos wird?"

Kaiser stand am Fenster. Alice saß neben Chris auf dem Bett und hielt einen Mülleimer für ihn bereit, falls er sich wieder übergeben musste. Er hatte mit Erbrechen angefangen, während Alice Kaiser über die jüngste Entwicklung informiert hatte, und es kam immer noch in Wellen.

„Es sind wahrscheinlich die Tabletten." Er hielt den verkrampften Leib mit beiden Armen umfasst. „Mein Körper ist nicht daran gewöhnt, und ich nehme jetzt drei verschiedene Sorten auf einmal."

„Was halten Sie davon, John? Können Sie irgendetwas unternehmen?", fragte Alice.

Kaiser wandte sich vom Fenster ab. „Sie brauchen objektive Beweise, dass es sich um Mord gehandelt hat. Beweise gleich welcher Art."

„Gibt es eine Möglichkeit, Autopsien bei den Opfern vorzunehmen?"

„Nicht, ohne eine Morduntersuchung einzuleiten. Und die lokalen Behörden glauben nicht daran, dass Verbrechen begangen wurden."

„Ich weiß. Aber ich hatte mir überlegt, dass Chris vielleicht eine Substanz injiziert wurde, die bei Menschen Krebs hervorruft. Warum können Sie das nicht als biologische Waffe einstufen? Und falls Sie es tun – warum könnte das FBI den Fall dann nicht untersuchen?"

Er schürzte die Lippen. „Keine schlechte Idee, Alice. Aber man müsste zuerst die Substanz in seinem Blut isolieren."

„Können wir das nicht versuchen?"

„Wir wissen doch gar nicht, wonach wir suchen müssen", krächzte Chris. „Ein radioaktives Material? Ein Retrovirus? Ein Toxin? Ist es überhaupt nachweisbar?"

Kaiser nickte niedergeschlagen. „Und wer macht das für uns?"

„Peter Connolly fängt sofort mit den Tests an, wenn ich nach New York zum Sloan-Kettering fliege", erklärte Chris. „Vielleicht gelingt es ihm ja, irgendetwas zu isolieren."

Der FBI-Agent sah ihm tief in die Augen. „Trauen Sie Ihrer Frau einen Mord zu?"

„Zuerst hielt ich es nicht für möglich. Aber ich hätte auch nicht gedacht, dass sie mich betrügen könnte."

„Können Sie *überhaupt* was tun, John, um uns zu helfen?", fragte Alice.

„Zumindest kann ich ein paar Beziehungen spielen lassen und eine lokale Observation von Andrew Rusk in die Wege leiten. Ich kann zwar nichts unternehmen, was das FBI auf mich aufmerksam machen würde, aber ich kann für Sie Nummernschilder überprüfen und Hintergrundinformationen beschaffen – solche Dinge."

„Ich weiß das sehr zu schätzen, aber das sind nur Babyschritte. Diese Typen bringen seit Jahren Menschen um. Und obwohl sie wissen, dass ich mich für sie interessiere, sind sie kein bisschen langsamer geworden …"

Kaisers Kiefermuskeln arbeiteten. „Das mag vielleicht kalt klingen, Alice, aber das ist gut so. Wenn sie jetzt die Köpfe einziehen und in Deckung gehen würden, hätten wir wahrscheinlich gar keine Chance, sie je zu kriegen. Das Beste, was wir momentan tun können, ist Rusk mit einem spitzen Stock zu piesacken. Ich werde meinen Teil dazu beitragen. Ich werde alles über ihn herausfinden, was es zu wissen gibt."

In ihrer Miene zeichnete sich neue Hoffnung ab.

Kaiser wandte sich Chris zu. „Ich möchte, dass Sie diese Chemotherapie machen, Doktor. Bei unseren Ermittlungen können Sie sowieso nicht helfen. Ihre einzige Aufgabe ist es, zu überleben."

Chris wollte antworten, doch in diesem Moment überkam ihn neuerlicher Brechreiz. Er beugte sich über den Eimer und begann zu würgen.

Als Kaiser sich mit Alice ins Nachbarzimmer zurückzog, kroch Chris ins Bett und zog sich die Decke bis zum Kinn. Als Alice Kaiser verabschiedet hatte und wiederkam, war er eingeschlafen.

CHRIS erwachte im Dunkeln vom Summen seines Mobiltelefons. Er blinzelte mehrmals, dann drehte er sich nach rechts. Durch einen Spalt zwischen den Vorhängen fiel Sonnenlicht ins Zimmer. Im schwachen rosafarbenen Schimmer sah er Alice schlafend auf dem anderen Bett liegen. Sie trug eine Bluse, aber keine Hose. Er tastete auf dem Nachttisch herum, bis er das Telefon gefunden hatte.

„Hallo?", meldete er sich.

„Chris!" Eine aufgeregte Frauenstimme. „Wo steckst du?"

Es war Thora. „Äh … in Jackson."

„Jackson? Du hast Ben bei Mrs Johnson gelassen, und sie hat keine Ahnung, wo du bist!"

„Das stimmt nicht. Sie wusste Bescheid, dass ich vielleicht außerhalb sein würde."

„Sie sagte mir, eine Frau namens Alice hätte sie gestern Abend angerufen und ihr mitgeteilt, Ben solle bei ihr übernachten. Wer ist diese Alice?"

Vorsichtig setzte Chris sich auf. Dann erhob er sich ganz und ging ins angrenzende Wohnzimmer. „Hör zu. Ich musste nach Jackson, um einen

Patienten in der Uniklinik zu besuchen. Es gibt überhaupt keinen Grund zur Aufregung. Wo bist du?“

„In Greenwood. Was dachtest du denn?“ Thoras Stimme hatte nichts von ihrer Hysterie verloren.

Er biss die Zähne zusammen und schwieg.

„Chris? Bist du noch da? Was hat das zu bedeuten? Was geht da vor?“

Fast zu schwach, das Telefon zu halten, stand er in dem dunklen Zimmer und kämpfte um seine Beherrschung, damit er Thora nicht aus den tiefsten Tiefen seiner Seele anschrie. Alice hatte ihn gebeten, seine Frau nicht zur Rede zu stellen, doch er konnte Thora gegenüber nicht mehr so tun, als wäre alles in Ordnung.

„Und was ist mit Shane Lansing? Ist er auch in Greenwood?“

Plötzlich herrschte Schweigen am anderen Ende der Leitung.

„Ist er bei dir?“

„Was redest du denn da, Chris?“

„Ich weiß, dass du am Morgen, nachdem wir in meinem Studio miteinander geschlafen haben, die Pille danach eingenommen hast.“

Er hörte, wie sie nach Luft schnappte.

„Außerdem habe ich einen hübschen Schnappschuss von Shane und dir auf dem Balkon des Hotels. Du bist seine … hm, warte … zehnte Eroberung dieses Jahr?“

Er hörte einen unterdrückten Aufschrei, gefolgt vom Grunzen eines Mannes.

„Ist er gerade bei dir?“ Chris wankte, als er einen plötzlichen Schwindelanfall erlitt. „Wenn er bei dir ist, gib ihn mir.“

Keine Antwort.

„Ich weiß, was du getan hast. Und vielleicht bin ich in einem Jahr tot. Aber du und Lansing, ihr seid ebenfalls tot. Seelisch tot. Und du wirst ins Gefängnis gehen.“

Sie schluchzte jetzt.

„Wie konntest du Ben so etwas antun, Thora?“

Sie kreischte wie eine Frau, die sich vor Trauer und Schmerz das Fleisch von den Knochen riss.

Chris beendete die Verbindung und stand zitternd in der Dunkelheit. Er war nicht mehr allein. Alice war in der Tür zwischen Wohn- und Schlafzimmer erschienen. Die Umrisse ihrer nackten Beine waren im Licht vom Fenster deutlich zu sehen.

„Was haben Sie gemacht?“, fragte sie.

„Ich konnte nicht länger so tun, als wäre nichts.“

„Aber … Vielleicht haben Sie alles ruiniert."

„Wie denn das? Sie haben Kaiser gehört: Wir stacheln sie mit einem spitzen Stock auf. Ich habe Thora soeben aufgestachelt. Und ich könnte wetten, dass sie sich auf der Stelle mit Rusk in Verbindung setzt und ihm die Hölle heißmacht wie noch nie jemand vor ihr."

Alice wischte sich den Schlaf aus den Augen. „Wie geht es Ihrem Magen?"

„Besser. Haben Sie Mrs Johnson gebeten, dass Ben bei ihr schläft?"

„Ja, ich habe ihre Nummer auf Ihrem Handy gefunden. Sie sagte, Ben geht es gut."

„Thora hat getan, als wäre sie wegen ihm in Panik. Und es gefiel ihr wohl auch nicht, dass eine Frau bei Mrs Johnson angerufen hat. Sie wollte von mir wissen, wer zum Teufel Alice ist."

„Ist sie eifersüchtig?"

„Bestimmt nicht." Er setzte sich in einen der Sessel.

Alice zog ihre Jeans an. „Warum haben Sie Thora geheiratet? Wegen ihrer Schönheit?"

Er dachte eine Weile nach, bevor er antwortete. „Damals dachte ich, es wäre nicht deswegen. Aber heute … Ich glaube, es hatte mehr damit zu tun, als ich mir damals eingestehen wollte. Aber es war nicht nur das. Außerdem begreife ich immer noch nicht, warum sie das tun sollte. Warum hat sie mich nicht einfach gefragt? Ich hätte mich nicht gesperrt, wenn sie die Scheidung verlangt hätte."

„Ich nehme an, es ist wegen Ben. Sie weiß, wie sehr er Sie liebt. Sie kann ihrem Sohn nicht sagen, dass sie sich von seinem wunderbaren neuen Vater trennen will, weil der sie plötzlich langweilt. Der Tod würde all diese Probleme für sie lösen. Wenn Sie sterben, ist sie die noble Witwe, nicht die selbstsüchtige Ehefrau, die sich von ihrem Mann hat scheiden lassen. Und die noble Witwe ist eine Rolle, in der Thora sich bestens auskennt."

„Das können Sie laut sagen."

„Ganz zu schweigen davon, dass ihr Bankkonto wieder um zwei Millionen dicker würde."

Er schwieg.

„Früher hielten die Menschen mich ebenfalls für wunderschön", flüsterte Alice und betastete mit der freien Hand ihre vernarbte Wange. „Bevor das hier passiert ist."

„Sie sind immer noch sehr schön. Sie können es im Augenblick bloß nicht sehen. Sie sind nur nicht der gleiche Mensch wie vorher. Es ist wie bei den Frauen, die eine Chemotherapie bekommen. Sie sind immer noch schön, sie sind nur kahl."

Alice lächelte, dann verschwand sie im Bad. Chris ging zu seiner Tasche und nahm seine morgendliche Dosis antiviraler Medikamente. Als er die letzte Tablette schluckte, kam Alice aus dem Badezimmer.

Chris seufzte. „Ich habe bald selbst keine Haare mehr, wenn ich diese Chemo anfange."

„Kein Wenn und Aber." Drohend wackelte sie mit dem Zeigefinger. „Sie machen diese Chemo. Keine Widerrede."

„Sind Sie jetzt meine Ärztin?"

„Wollen Sie russisches Roulette mit Ihrem Leben spielen?"

„Das wäre eine Chemotherapie unter diesen Umständen. Wir wissen nicht, was mir injiziert wurde. Meine größte Chance auf Überleben besteht darin, genau herauszufinden, was mich von innen heraus umbringt."

Alice dachte darüber nach. „Und wie wollen Sie das anstellen?"

„Was halten Sie davon, wenn Sie und Kaiser diese Mistkerle für mich schnappen?"

„Hört sich so an, als ginge es Ihnen besser heute Morgen."

Chris bückte sich nach seiner Hose und mühte sich hinein.

„Wo wollen Sie hin?", fragte Alice.

„Zur Uniklinik, mit den Forschern reden, deren Namen ich von Peter Connolly habe. Wenn sie nicht mehr dort arbeiten, versuche ich eben, mit den gegenwärtigen Topleuten in der Hämatologie und Onkologie zu sprechen." Eine Woge der Benommenheit erfasste ihn. Er setzte sich auf die Bettkante. „Ich denke, wir haben uns zu sehr auf Lansing versteift. Zugegeben, er ist Teilhaber an einer Strahlenklinik. Doch wäre die Substanz, die man mir injiziert hat, radioaktiv gewesen, hätte ich sie wahrscheinlich bereits auf dem Röntgenbild entdeckt, das ich gestern habe anfertigen lassen. Nein, ich halte es für wahrscheinlicher, dass Peter Recht hat. Jemand hat sich Zugriff auf mein Blut oder Sperma verschafft, die Zellen verändert und mir wieder injiziert. Wenn es so war, halte ich Lansing für einen unwahrscheinlichen Kandidaten. Er besitzt nicht das erforderliche Wissen für so etwas. Wir haben es hier mit Experten zu tun. Mit Leuten, die sich auf dem Gebiet der Genetik und onkogenen Viren auskennen. Es gibt nicht viele davon in diesem Staat, und die wenigen arbeiten gleich auf der anderen Straßenseite in der Uniklinik."

Alice sah ihn an, Erregung in den Augen. Sie ging zum Telefon, das auf dem Nachttisch stand. „Ich bestelle uns erst mal Frühstück. Können Sie was essen?"

„Toast und eine Schale Hafergrütze. Und heißen Tee."

Sie grinste breit. „Sie sind der einzige Mann, mit dem ich in den letzten zehn Jahren eine Nacht verbracht habe, der am nächsten Morgen Hafergrütze zum Frühstück wollte."

Chris lächelte zurück. „Und angesichts unserer gemeinsamen Nacht könnten wir uns doch eigentlich duzen, oder?"

ANDREW RUSK verfluchte Alice Morse inbrünstig, als er fünfzehn Kilometer südlich von Jackson von der Interstate abbog und den Wagen in die Drive-in-Fahrspur eines Hamburgerrestaurants lenkte. Zwei Wagen folgten ihm. Er steckte mächtig in Schwierigkeiten.

„Verdammt noch mal!", brüllte er unbeherrscht.

Vergangenen Abend, nachdem er eine kodierte Spam-E-Mail von Glykon erhalten hatte, war er in Hochstimmung gewesen. Er wusste nicht, wo sein Partner sich herumgetrieben hatte, doch er war sicher, dass der Doktor gute Gründe gehabt hatte, sich so lange nicht mit ihm in Verbindung zu setzen. Jedenfalls war ihm die anstehende Fahrt ins Jagdcamp wie ein gemütlicher Ausflug erschienen. Jetzt aber war diese Spritztour unmöglich geworden. Wenn er die Typen in den Regierungslimousinen nach Chickamauga führte, würde Glykon ohne eine Sekunde des Zögerns zuerst sie und dann ihn töten.

Rusk bestellte sich einen Cheeseburger und beobachtete, wie einer der ihn verfolgenden Wagen auf dem Parkplatz einige Meter entfernt hielt. Was zum Teufel sollte er tun? Wenn sie ihn so lückenlos observierten, hatten sie sicher auch seine Telefone angezapft. Und alles wegen Alice Morse!

Als er an diesem Morgen im Büro eingetroffen war, hatte seine Sekretärin berichtet, eine gewisse Thora Shepard habe zwölf Nachrichten hinterlassen, jede wütender als die vorangegangene. Thora war nicht so dumm gewesen, den Grund ihrer Anrufe zu nennen, doch eine innere Stimme sagte Rusk, dass es mit Alice Morse zu tun hatte. Entweder das, oder Thora waren Zweifel gekommen, ob sie ihren Mann töten wollte.

Er nahm seinen Cheeseburger von der Bedienung am Schalter entgegen, zahlte und ordnete sich in die Ausfahrtspur ein. Einer der Verfolger erschien hinter ihm. Diese Burschen versuchten nicht einmal, unauffällig zu bleiben.

Die Ironie bei Thora ist, überlegte er, während er auf die I-55 Nord einbog, dass sie ihren ersten Ehemann gar nicht hätte umbringen müssen. Der Arme war eines ganz natürlichen Todes gestorben. Selbstverständlich hatte Rusk ihr das nie verraten. Wie vereinbart hatte sie ihre Zahlungen geleistet, und er hatte ohne jeden Skrupel ihr Geld genommen. Dass ausgerechnet Thora eine Stammkundin geworden war, war ein guter Witz, auch wenn er jetzt keine Zeit hatte, sich darüber zu amüsieren. Thora drohte auszuflippen, und das konnte ihn teuer zu stehen kommen. Er musste Kontakt mit Glykon aufnehmen, und zwar schnell. Er hatte keine Ahnung, wie er das bewerkstelligen sollte, doch während er zurück nach Norden in Richtung Jackson raste, wurde ihm klar, dass er sich gar nicht bemühen musste. Er musste nichts weiter tun, als die Nerven zu behalten. Irgendwann im Verlauf der nächsten zwölf Stunden würde Glykon wie durch Zauberei um eine Ecke biegen oder in einen Aufzug steigen. So arbeitete dieser Kerl. Und sämtliche Agenten des FBI würden ihn nicht daran hindern.

Rusk fand, dass es – bildlich gesprochen – an der Zeit war, die Chips einzutauschen und das Kasino zu verlassen. Er hoffte nur, dass sie vorher noch Gelegenheit hatten, das Geschäft mit Carson Barnett abzuschließen.

Er verlangsamte seine Fahrt, bis der dunklen Limousine hinter ihm nichts anderes übrig blieb, als ihn zu passieren. Als der adrette Fahrer am Steuer in seine Richtung blickte, grinste Rusk ihn breit an.

TARVER bedauerte den Ausdruck dumpfen Nichtbegreifens im Gesicht seines Adoptivbruders. Es war genau die Miene, die er erwartet hatte. Sie standen neben den Primatenkäfigen – nicht gerade der beste Ort für diese Unterhaltung.

„Alle?", fragte Judah. „Auch die Schimpansen?"

„Ich fürchte, ja. Es darf nichts übrig bleiben, das jemandem verrät, was wir hier getan haben."

„Ich dachte immer, das wäre nichts Böses."

„Es ist auch nichts Böses, aber die Leute werden das nicht so sehen."

„Aber was, wenn *ich* sie behalten würde? Nur ein paar?"

„Ich wünschte, das wäre möglich. Ehrlich. Aber du weißt, dass das nicht geht, wenn ich nicht da bin."

Eine neue Angst erschien in Judahs Gesicht. „Wohin gehst du?"

„Das weiß ich noch nicht. Aber ich werde dich nachholen lassen, sobald ich dort bin. Ich sage dir, was wir tun. Du kümmerst dich um die Beagles und überlässt die Primaten mir. Ich weiß, wie schwer dir das fallen würde."

Judah kaute auf der Unterlippe herum. „Die Hunde sind auch schwer. Ich kenne inzwischen jeden einzelnen und habe jedem einen Namen gegeben."

Es erstaunte Tarver immer wieder, dass ein so harter Mann wie Judah so weich sein konnte, wenn es um Tiere ging. Er legte den Arm um die massigen Schultern seines Bruders und führte ihn von den Primatenkäfigen fort zu ihrer kleinen Beaglezucht. Judah würde den größten Teil des Tages benötigen, sämtliche Tiere einzuschläfern. Nicht dass sie Widerstand leisten würden. Ihre Zahmheit und Freundlichkeit waren zwei der Gründe, warum Beagles so gern in der medizinischen Forschung eingesetzt wurden.

„Wie wirst du es tun?", fragte Judah. „Die Schimpansen, meine ich?"

„Ich werde sie mit einem Barbiturat betäuben. Sobald sie bewusstlos sind, injiziere ich ihnen Kaliumchlorid. Sie werden nichts spüren, Bruder."

Judah biss sich weiter auf die Unterlippe. „Muss es wirklich *Feuer* sein?"

„Wir müssen diesen Ort reinigen. Gott hat Feuer benutzt, also werden wir das Gleiche tun."

Für einige Sekunden schloss Judah die Augen. Als er sie wieder öffnete, sah Tarver, dass er es als sein Schicksal akzeptiert hatte. „Wohin gehe ich, wenn ich fertig bin?"

„Das erkläre ich dir alles noch."

Tarver lächelte und kehrte in den Primatenbereich zurück. Er musste ein paar Dinge nachlesen – Sprengsätze waren nicht sein Fachgebiet. Dennoch vertraute er auf seine Fähigkeiten. Was für ein Schauspiel das gäbe! Eine Explosion, gefolgt von einem Feuer, das heiß genug war, um sogar Stahl zu schmelzen. Und wenn die Feuerwehr eintraf, würde das ganze Gebäude in hellen Flammen stehen.

9

Chris folgte Alice in die hämatologische Abteilung der Universitätsklinik. Ganz am Ende des Ganges befand sich eine Tür mit einem Messingschild, auf dem DR. MATTHEW PEARSON, CHEFARZT HÄMATOLOGIE zu lesen war.

Chris sah Alice an. „Kein Wort über FBI, Mord oder sonst was in der Art, klar? Wenn es auch nur entfernt so riecht, als könne es zu einem Rechtsstreit kommen oder das Krankenhaus zur Rechenschaft gezogen werden, finden wir uns auf der Straße wieder. Das ist meine Welt. Tu einfach, was ich dir sage."

Alice verdrehte die Augen. „Ich kann damit leben."

Er klopfte an der Tür und betrat das Büro. Eine rothaarige Frau blickte von einem Stapel Papiere auf. „Kann ich Ihnen behilflich sein?"

„Das hoffe ich doch sehr. Dr. Chris Shepard aus Natchez. Ich bin zu Besuch bei einer Freundin" – er nickte in Alice' Richtung – „und hatte gehofft, mit Dr. Pearson über eine Häufung von Krebsfällen bei meinen Patienten reden zu können."

„Haben Sie einen Termin, Dr. Shepard?"

„Ich fürchte nein. Allerdings habe ich mit Peter Connolly vom Sloan-Kettering telefoniert, und er lobte Dr. Pearson in den höchsten Tönen. Peter schien der Meinung zu sein, dass ich eine gute Chance hätte, ihn kurzfristig zu sprechen."

Die Miene der Sekretärin hellte sich im Handumdrehen auf. „Sie kennen Dr. Connolly?"

„Ich habe bei ihm studiert, hier an dieser Fakultät."

„Oh. Ich verstehe." Sie erhob sich. „Dr. Pearson ist in der Tat im Augenblick beschäftigt. Aber warten Sie, ich sehe nach, ob er sich nicht vielleicht für eine Minute freimachen kann."

Als sie im Büro hinter dem Vorzimmer verschwand, flüsterte Alice Chris zu: „Du hast sie ziemlich beeindruckt."

Sekunden später öffnete die Tür sich wieder, und ein schick gekleideter Mann Mitte vierzig kam mit ausgestreckter Hand auf Chris zu. „Dr. Shepard?"

„Der bin ich, Sir." Chris ergriff die Hand und drückte sie energisch. „Freut mich, Sie endlich kennen zu lernen."

„Ganz meinerseits, Herr Kollege. Ich sehe Ihren Namen auf vielen Krankenakten, die hier durchgehen. Sie überweisen viele Patienten in unsere Klinik. Wir wissen das zu schätzen, danke sehr. Joan hat etwas von einer Anhäufung von Krebsfällen erzählt …"

„Ganz recht. Aber ich habe meine Manieren vergessen." Chris drehte sich zu Alice um. „Das ist Alice Morse. Ihre Mutter liegt zurzeit in dieser Abteilung."

Ein angemessen ernster Ausdruck erschien auf Pearsons Gesicht. „Ich bin mit diesem Fall vertraut. Es tut mir sehr leid, dass wir uns unter diesen Umständen kennen lernen, Miss Morse."

„Danke sehr. Sämtliche Ärzte und Pfleger sind einfach wunderbar."

„Gehört Ihre Mutter zu dieser Gruppe von Krebsfällen?"

Chris verneinte. „Alice ist nur eine Freundin. Was die Krankheitsfälle angeht, habe ich noch keine statistische Auswertung, aber wir hatten im vergangenen Jahr mehrere sehr ähnlich gelagerte Fälle, und die Geschichte fängt allmählich an, mich richtig zu beunruhigen."

„Was für eine Art Krebs?", erkundigte sich Pearson.

„Verschiedene Arten, aber allesamt Formen von Blutkrebs. Leukämie, Lymphome und Myelome."

Pearson nickte in aufrichtigem Interesse. „Ich bin überrascht, dass wir das bisher noch nicht selbst festgestellt haben. Wir führen nämlich das Tumorregister des Staates Mississippi, müssen Sie wissen. Waren diese Patienten hier bei uns?"

„Ein paar. Kollege Mercier hat einige von ihnen in Natchez behandelt. Andere waren in der Dana-Farber-Krebsklinik. Die Sache ist die, ein paar meiner Kollegen vor Ort haben sich gefragt, ob es vielleicht einen Umweltfaktor gibt, der diese Fälle miteinander verbindet."

Ein neuerliches Nicken Pearsons. „Das wäre durchaus möglich. Es ist natürlich ein sehr komplexes Thema. Und kontrovers obendrein."

„Ich habe mich außerdem gefragt", fuhr Chris fort, „ob es zwischen den Fällen möglicherweise andere ätiologische Verbindungen gibt. Strahlung ist eine Möglichkeit. Wir haben zwei Atomkraftwerke in der näheren Umgebung, und zwei der Patienten haben in einem der beiden gearbeitet. Abgesehen davon bin ich sehr an der Rolle onkogener Viren bei der Entstehung von Krebs interessiert."

Pearson blickte skeptisch drein. „Scheint mir weit hergeholt."

„Ich hatte jedenfalls gehofft", schloss Chris, „Sie könnten mich mit Mitgliedern der Fakultät zusammenbringen, die sich auf diese Gebiete spezialisiert haben. Insbesondere karzinogene Gifte und onkogene Viren. Peter Connolly hat mir einige Namen genannt. Zum Beispiel Ajit Chandrekasar."

„Ajit ist nicht mehr bei uns."

„Und Eldon Tarver?"

Pearson nickte. „Dr. Tarver ist noch bei uns. Er hat eine Reihe großartiger Arbeiten geleistet und weiß möglicherweise mehr über Retroviren und onkogene Viren als jeder andere Spezialist, dem ich je begegnet bin. Er wäre sicherlich erfreut, mit Ihnen zu reden – vorausgesetzt, Sie melden sich rechtzeitig bei ihm an."

Chris ließ seine Enttäuschung durchscheinen.

„Für Umwelttoxine müssten Sie weit fahren, um einen kompetenteren Spezialisten als unseren Dr. Parminder zu finden", fuhr Pearson fort. „Für Strahlenmedizin schlage ich Dr. Colbert vor. Wenn Sie wollen, werde ich versuchen, für Sie einen Termin zu vereinbaren. Warum geben Sie mir nicht einfach Ihre Telefonnummer und ich rufe Sie an, sobald ich mit ihnen gesprochen habe?"

Chris nannte ihm seine Handynummer. „Ich weiß es wirklich zu schätzen, dass Sie sich die Zeit genommen haben, uns zu empfangen. Ich werde Peter berichten, wie hilfreich Sie waren."

„Für einen Kollegen ist immer Zeit." Pearson bot ihm die Hand.

Sie verabschiedeten sich, und sobald sich die Tür hinter ihnen geschlossen hatte, bog Alice nach rechts ab, auf eine weitere Reihe Türen zu.

„Was hast du vor?", flüsterte Chris nervös.

„Wir suchen jetzt die Typen, von denen er gesprochen hat."

WILL KILMER parkte am Fuß des AmSouth Tower, als Thora Shepard aus ihrem silbernen Mercedes stieg und in die Eingangshalle des Bürogebäudes stürmte. Ihre Ankunft war eine riesige Überraschung. Will war nur hier, weil sein Mitarbeiter, der Rusk beschatten sollte, gemeldet hatte, dass die Zielperson fünfzehn Kilometer südlich der Stadt kehrtgemacht hatte und wieder in Richtung Jackson gefahren war. Und weil der Mitarbeiter außerdem berichtet hatte, dass Rusk auch von FBI-Fahrzeugen überwacht wurde, war Will hergefahren, um die Observation zu übernehmen.

Das Paar, das in Greenwood auf Thora angesetzt war, hatte sie am frühen Morgen beim Auschecken aus dem Alluvian beobachtet. Genau wie Will hatten die beiden angenommen, dass Thora auf dem kürzesten Weg nach Natchez zurückfahren würde – doch jetzt war sie hier und stürmte in Rusks Büro.

Will stieg aus seinem Ford Explorer und betrat das Gebäude. Er teilte dem Portier mit, er wolle zu den Geschäftsräumen von AmSouth im zweiten Stock. Dann stieg er in den Lift und drückte die Zwei und die Sechzehn.

Sobald sich die Türen in der 16. Etage öffneten, hörte er eine Frau wüst schimpfen. „Ich habe Ihrem Chef ein Vermögen bezahlt, und ich werde mit ihm reden, auf die eine oder andere Weise!“

Will stieg aus dem Lift und betrat einen ultramodernen Empfangsbereich. Mit dem Rücken zu ihm stand Thora vor einer attraktiven Blondine.

„Mrs Shepard“, entgegnete die Rezeptionistin, „ich habe Ihnen wiederholt gesagt, dass Mr Rusk nicht in der Stadt ist. Ich habe bisher vergeblich versucht, ihn zu erreichen. Aber ich werde ihm Ihre Nachricht übermitteln und ihn auf die Dringlichkeit Ihrer Situation hinweisen, das verspreche ich Ihnen.“

Die Hände in die Hüften gestemmt, stand Thora da und sah aus, als wäre sie fest entschlossen, falls nötig den ganzen Tag dort stehen zu bleiben, um Rusk zu sehen. Doch dann wirbelte sie ohne Vorwarnung herum und marschierte zurück in Richtung Lift.

„Möchten Sie nach unten, Ma'am?“, fragte Will.

„Verdammt richtig!“, giftete Thora.

Während der Aufzug dem Erdgeschoss entgegenraste, fluchte Thora ununterbrochen leise vor sich hin. In der Enge der Kabine bemerkte Will, dass ihr Hals mit unruhigen roten Flecken übersät war, als stehe sie kurz vor einem Wutanfall. Unter beiden Augen zeichneten sich dunkle Ringe ab. Will musste dringend mit Alice reden. Irgendetwas war in der vergangenen Nacht passiert, und sie mussten unbedingt herausfinden, was es war.

Als die Lifttüren sich öffneten und Will Thora nach draußen auf die Straße folgte, flutete Adrenalin durch seinen Körper, wie immer, wenn ein Fall eine Wendung nahm. Er fühlte sich so jung und lebendig wie seit Jahren nicht mehr.

Alice und Chris gingen den Korridor hinunter in Richtung der akademischen Büros. Das Messingschild auf der ersten Tür verwies auf Dr. Eldon Tarver. Alice klopfte energisch, doch niemand antwortete. Sie klopfte wieder. Keine Reaktion.

„Oh, hallo", erklang eine ihr vertraute Bassstimme hinter ihnen. „Ich bin Dr. Tarver. Was kann ich für Sie tun?"

Alice drehte sich um. Vor ihr stand der bärtige Mann mit dem Muttermal, dem sie bereits am Vortag im Aufzug begegnet war.

Chris streckte ihm die Hand entgegen. „Mein Name ist Chris Shepard. Ich bin Internist aus Natchez. Peter Connolly vom Sloan-Kettering hat Sie als Experten auf dem Gebiet onkogener Viren empfohlen."

Tarver starrte ihn überrascht an. „Ich bin nicht sicher, ob ich mich als Experten bezeichnen würde. Ich habe zwar eine Reihe von Abschlüssen, bin aber kein staatlich anerkannter Virologe."

„Nichtsdestoweniger scheint Peter der Meinung zu sein, dass Sie sich auf diesem Gebiet extrem gut auskennen, Sir."

Tarver sah zu Alice. „Und wer sind Sie? Wir sind uns ja schon über den Weg gelaufen."

„Nancy Jenner. Ich bin Dr. Shepards Assistentin."

Tarvers Augen funkelten. „Warum gehen wir nicht rein?" Er blickte auf die Uhr. „Ich kann fünf Minuten erübrigen, ehe ich einen anderen Termin habe."

Er führte sie in sein kleines Büro, in dem drei der vier Wände von Bücherregalen gesäumt waren. Die vierte war mit gerahmten Fotos übersät, darunter eines mit Tarver und Präsident Nixon. Alice studierte die Bilder, während Chris sich mit dem Doktor unterhielt.

„Eine Häufung von Krebsfällen in Natchez, sagen Sie?", meinte Tarver schließlich. „Davon wusste ich nichts."

„Ja. Es geht um Blutkrebs, um genau zu sein", fügte Chris hinzu. „Viele einheimische Ärzte fragen sich allmählich, ob diese Fälle eine gemeinsame Ursache haben könnten."

„Eine *virale* Ätiologie?"

„Wir wissen es nicht. Ich dachte zuerst an übermäßige Strahlenexposition, doch es gelingt uns nicht, eine gemeinsame Quelle festzustellen. Die meisten Patienten arbeiten in verschiedenen Firmen und Orten und wohnen in unterschiedlichen Vierteln der Stadt."

„Was Umwelteinflüsse ebenfalls mehr oder weniger ausschließt“, bemerkte Tarver.

„Ganz recht. Deshalb bin ich auf den Virus-Aspekt gekommen. Ich weiß, dass es verschiedene Arten von Krebs gibt, von denen feststeht, dass sie eine virale Ätiologie haben.“

„Das trifft bei Tieren viel häufiger zu als bei Menschen. Und mir fällt nicht ein einziger Fall ein, wo ein Virus verantwortlich für eine Anhäufung von Krebsfällen gewesen wäre.“

Alice bewegte sich von Foto zu Foto. Das Muttermal machte es einfach, Dr. Tarver auf den Bildern herauszupicken, selbst auf Gruppenaufnahmen. Während sie die Fotos studierte, erinnerte sie sich plötzlich an etwas, was sie an der FBI-Akademie in Quantico gelernt hatte. Viele Serienmörder litten an einer äußerlichen Missbildung, die sie während ihrer Kindheit zu Außenseitern gemacht hatte. Natürlich war es verrückt, Tarver zu verdächtigen, und doch … er besaß genau die Kenntnisse, die der Mörder für seine Taten benötigte.

Chris und Tarver unterhielten sich inzwischen in ärztlichem Jargon über Dinge, die ihr zu hoch waren. Da stach Alice ein bestimmtes Foto ins Auge. Es zeigte Tarver und einen Mann in Army-Uniform vor einem Gebäude, das aussah wie eine Festung; ein Schild über dem Eingang verkündete VKP. Auf Tarvers Laborkittel war das gleiche Kürzel zu sehen.

Bei der nächsten Pause in der Unterhaltung der beiden Männer fragte sie Tarver: „Was bedeutet VKP?“

„Bitte?“, entgegnete er.

„Auf diesem Foto hier tragen Sie einen Kittel mit den Initialen VKP.“

„Ach so.“ Er lächelte. „Das steht für ‚Veteranen-Krebs-Projekt‘, ein Vorhaben, das die Regierung finanzierte, um die Häufung von Krebsfällen bei Kriegsveteranen zu untersuchen. Vor allem aus Vietnam, aber auch viele aus dem Zweiten Weltkrieg und Korea.“

Bevor Alice eine weitere Frage stellen konnte, warf Chris ein: „Verwahren Sie eigentlich Blutproben von Patienten, die in der onkologischen Abteilung verstorben sind?“

Die Frage brachte Alice’ Puls zum Rasen. Einige „ihrer“ Opfer waren in ebendiesem Hospital gestorben. Falls deren Blut aufgehoben worden war … war es dann vielleicht möglich, ein gemeinsames Karzinogen zu entdecken, das ihre Theorie von einem Serienmörder bewies?

„Meines Wissens verwahrt die Pathologie sämtliche Proben zehn Jahre lang. Wahrscheinlich behalten wir in manchen Fällen auch neoplastische Zellen“, antwortete Tarver.

„Ich könnte Ihnen eine Liste der Patienten geben, für die wir uns interessieren“, schlug Alice vor.

Tarver lächelte sie gefällig an. „Ich schätze, ich kann diese Liste für Sie an Dr. Pearson weitergeben.“

Alice hatte Mühe, sich ihre Aufregung nicht anmerken zu lassen, als sie an Tarvers Schreibtisch trat und einen Stift aus einem silbernen Ständer nahm. „Darf ich auf diesen Rezeptblock schreiben?“

„Selbstverständlich, nur zu.“

Sie begann eine Liste von Namen zu notieren.

„Das mag vielleicht ein wenig verrückt klingen“, meldete sich Chris wieder zu Wort. „Aber ich habe mich gefragt, ob es möglich wäre, dass jemand vorsätzlich Krebs bei einem Menschen auslösen kann.“

Alice blickte von ihrer Liste auf. Tarver starrte Chris an, als hätte dieser behauptet, dass Priester bei der Taufe heimlich Babys ermordeten. „Das ist eine der bemerkenswertesten Theorien, von denen ich je gehört habe“, sagte Tarver schließlich. „Wie kommen Sie auf so eine Idee?“

„Keine andere Möglichkeit scheint die Fälle hinreichend zu erklären. Und all diese Patienten waren mit wohlhabenden Ehepartnern verheiratet, die sich von ihnen scheiden lassen wollten.“

Ungläubig sah Tarver ihn an. „Wollen Sie damit sagen, dass jemand Menschen *ermorden* könnte, indem er bei ihnen Krebs hervorruft?“

„Mehr als das. Ich denke, der Täter ist ein Arzt.“

Tarver lachte. „Es tut mir leid, aber ich weiß nicht, was ich dazu sagen soll. Gibt es eine Behörde, die mit Ihrer Hypothese konform geht?“

„Ja“, bestätigte Alice scharf. Sie wusste nicht, wieso Chris sich so weit vorgewagt hatte, doch sie hatte nicht vor, ihn jetzt hängen zu lassen. „Dr. Tarver, ich bin in Wahrheit Special Agent beim FBI. Und ich versichere Ihnen, dass sich die Bundespolizei sehr für diesen Fall interessiert.“

„Darf ich Ihren Dienstausweis sehen?“

Alice griff nach ihrer Brieftasche – und erstarrte. In ihrem ganzen Leben hatte sie sich noch nie so lächerlich gefühlt wie in diesem Augenblick. „Ich habe ihn im Hotel vergessen“, entschuldigte sie sich lahm.

„Ich würde Ihnen ja gerne helfen, Dr. Shepard“, meinte Tarver unbehaglich. „Aber ich muss Ihnen sagen, wenn Dr. Pearson wüsste, dass Ihr Besuch etwas mit Dingen zu tun hat, die juristisches Terrain betreffen, wäre er höchst aufgebracht. Ich sollte dieses Gespräch lieber beenden, bis wir es auf offizieller Basis fortsetzen können.“ Er blickte auf die Uhr. „Abgesehen davon muss ich jetzt wirklich dringend zu meinem Termin.“

Er sammelte ein paar Unterlagen ein und führte seine Besucher vor sich her zur Tür. Als sie alle draußen auf dem Gang standen, schloss er hinter sich ab, wünschte ihnen einen guten Tag und eilte zu den Aufzügen davon.

„Ich weiß nicht, warum ich das gemacht habe“, sagte Chris. „Sobald Pearson von dieser Unterhaltung erfährt, bin ich an dieser Institution eine Persona non grata.“

„Nicht wenn du wirklich so viele Patienten hierher überweist. Geld regiert die Welt. Außerdem ist meine Mutter Patientin hier. Mich können sie gar nicht rauswerfen, selbst wenn sie wollten.“

Chris ging zu einer Bank gegenüber den Aufzügen und ließ sich darauffallen.

„Ist alles okay?“, fragte Alice.

„Ich weiß es nicht. Ich muss zurück ins Hotel, bis mein Magen sich beruhigt hat.“

„Kein Problem. Ich muss sowieso mein Telefon aufladen.“ Sie drückte den Knopf neben den Aufzügen. „Was hältst du von Tarver?“

Chris zuckte die Schultern. „Ein typischer Spezialist.“

„Ich habe ein eigenartiges Gefühl in seiner Gegenwart.“

Die Glocke ertönte und die Aufzugtüren glitten zur Seite.

Chris war bereits in die Kabine gestiegen, als Alice ein Gedanke kam. „Fahr schon runter. Ich muss noch mal zurück zu Pearson. Ich habe eine letzte Frage an ihn.“

Chris hielt die Türen auf. „Welche?“

„Auf einem der Fotos steht Tarver vor einem Gebäude mit einem Banner über dem Eingang, auf dem etwas von kostenlosen Aidstests zu lesen ist. Es kam mir irgendwie bekannt vor. Ich glaube, es war früher ein Restaurant namens ‚Pullo’s‘, das in der Innenstadt von Jackson lag und in das mein Dad mich als Kind mitgenommen hat. Ich will nur wissen, warum sie dort Aidstests durchgeführt haben. Es ergibt keinen Sinn.“

„Ich komme mit dir.“ Chris machte Anstalten, aus dem Lift zu steigen.

Sanft, aber bestimmt schob sie ihn in die Kabine zurück. „Nein. Ich bin gleich wieder bei dir. Setz dich auf eine Bank und warte auf mich, ja?“

Er sank gegen die Wand der Kabine. „In Ordnung.“

AUF DEM WEG zu seinem Treffen mit Edward Biddle arbeitete jener Teil von Tarvers Gehirn, der Bedrohungen einschätzte, auf Hochtouren. Im Stillen beglückwünschte er sich zu seiner Entscheidung vom Vortag, sich frühzeitig aus der Unternehmung zurückzuziehen. Das Schicksal hatte ihm nun gezeigt, dass es keine Sekunde zu früh gewesen war. Sondern im Gegenteil bereits sehr spät.

Die Unterhaltung mit Shepard und Agentin Morse war eine der bemerkenswertesten Erfahrungen, die er jemals gemacht hatte. Nicht nur dass er Alice Morse' Schwester getötet hatte, auch Shepard war so gut wie tot, ein wandelnder Toter! Tarver fragte sich, ob der Arzt vielleicht schon wusste, dass er sterben würde. Noch existierte der Krebs jedoch nicht. Tarver hatte lediglich eine Kaskade von Ereignissen in Gang gesetzt, die auf zellulärer Ebene zu Kanzerogenese führten, wenn sie ungestört abliefen. Und niemand würde diese für Shepard tödliche Kaskade stoppen. Der einzige Mensch, der dazu imstande wäre, war Tarver selbst. Doch für ihn bedeutete der Tod des Arztes wertvolle Forschungsdaten. Lebendig war Shepard für ihn nutzlos – und möglicherweise sogar gefährlich.

Andererseits, wenn er an das Verhalten von Alice Morse und Shepard in seinem Büro dachte, hatte es den Anschein, als tappten sie noch im Dunkeln. Hätten sie etwas Konkretes gegen ihn in der Hand – oder, wichtiger noch, hätte das FBI offiziell die Zuständigkeit für diesen Fall übernommen –, wären sie zweifellos anders vorgegangen.

ALICE setzte ein gewinnendes Lächeln auf und betrat Dr. Pearsons Vorzimmer. Die Sekretärin war auf ihrem Posten, doch die Tür zum inneren Büro des Doktors stand offen.

„Hallo noch mal", sagte Alice. „Ich hätte da noch eine Frage an Dr. Pearson, die ich vorhin zu stellen vergessen hatte."

Die Sekretärin seufzte. „Ich würde es für besser halten, wenn Sie sich mit dem zufriedengeben, was Sie bis jetzt erfahren haben."

Im Vertrauen auf Pearsons Hilfsbereitschaft hob Alice die Stimme. „Es ist nur eine einzige Frage, und sie hat nichts mit Medizin zu tun."

Pearson streckte den Kopf durch die Tür. „Oh. Hallo."

„Hallo. Wir haben eben mit Dr. Tarver gesprochen. Er bat uns in sein Büro, und er hatte ein paar sehr interessante Fotos an der Wand hängen. Ich bin in Jackson aufgewachsen, und eines der Fotos lässt mir keine Ruhe. Darauf ist ein langes Gebäude mit Glasfenstern zu sehen, und auf einem Banner über der Tür steht HEUTE KOSTENLOSE AIDSTESTS. Es sieht genauso aus wie ein Restaurant in der Jefferson Street, in das mein Dad mich mitgenommen hat, als ich noch ein kleines Mädchen war."

Pearsons Augen leuchteten auf; er war aufrichtig froh, ihr behilflich sein zu können. „Ja, natürlich! Das war früher das Pullo's, bevor Tarver es gekauft hat. Er wollte eine Lokalität, die für die bedürftigen Bewohner der Stadt leicht zugänglich ist: die Obdachlosen, die Armen, die medizinisch Unterversorgten."

„Leicht zugänglich? Weshalb?“

„Es handelt sich um seine Praxis. Sie ist speziell für die Armen, völlig kostenlos. Tarver investiert viel Zeit in diese Praxis. Er testet die Menschen auf viele der verbreiteten Viren, von denen die schlechter gestellten Bevölkerungsschichten heimgesucht werden – Aids, Hepatitis C, Herpes –, und behandelt diese Erkrankungen auch. Er hat eine Menge Fördergelder bekommen. Natürlich sind die Aufzeichnungen, die er über seine Arbeit führt, auch in statistischer Hinsicht sehr wertvoll.“

Alice nickte. Sie hatte das Gefühl, einer wichtigen Sache auf die Spur zu kommen. „Das kann ich mir denken. Ich wusste gar nicht, dass wir in Jackson so etwas haben.“

„Hatten wir viele Jahre lang auch nicht. Doch als Tarver seine Frau verlor, beschloss er, aus dem Verlust etwas Positives zu machen.“

„Woran ist sie gestorben?“

„Gebärmutterkrebs. Ein schrecklicher Fall. Es ist sieben oder acht Jahre her – vor meiner Zeit in Jackson. Tarver hat eine hübsche Stange Geld von seiner Frau geerbt und wollte es für einen guten Zweck einsetzen, und das hat er auch getan.“

Alice' Gedanken rasten. Sie dankte Pearson und rannte zu den Aufzügen. Als nicht gleich eine Kabine kam, nahm sie das Treppenhaus. Im Erdgeschoss angekommen, sah sie Chris in der Halle vor der Eingangstür sitzen.

Sie berührte ihn am Arm. „Du wirst es nicht glauben! Dr. Tarver ist jetzt der Besitzer des Gebäudes, nach dem ich gefragt habe. Pearson hat mir verraten, dass Tarver dort eine Praxis für die Armen eingerichtet hat. Er untersucht sie auf Viren – Aids, Hepatitis, Herpes – und behandelt die Kranken dort auch. Er hat die Praxis im Gedenken an seine Frau gegründet, die vor sieben oder acht Jahren an Krebs gestorben ist. Und er hat einen Haufen Geld von ihr geerbt. Mir erscheint das verdächtig. Er könnte unter dem Deckmäntelchen des barmherzigen Samariters Gott weiß was anstellen. Ich würde gern herausfinden, ob es eine Verbindung zwischen Tarver und Andrew Rusk gibt.“

„Es wäre einen Versuch wert.“ Chris schnitt eine Grimasse. „Aber erst mal brauche ich eine Toilette und ein Bett. Ich fühle mich ziemlich mies.“

„Tut mir leid.“ Alice schob sich unter seinen Arm, sodass er sich auf sie stützen konnte. „Gehen wir zum Wagen.“

Langsam tippelten sie nach draußen.

„Wenn ich abgelenkt bin, so wie vorhin“, meinte Chris, „kann ich die Realität fast ganz verdrängen. Aber wenn ich allein bin, wie vor einer Minute …“

Alice drückte die Wange gegen seine Brust. „Du bist nicht allein. Vergiss das nicht. Du hast Ben, und ich werde bei dir sein, egal was passiert. Aber so weit wird es bestimmt nicht kommen“, betonte sie mit Nachdruck. „Wir werden diese Schweine finden und dafür sorgen, dass du geheilt wirst.“

Seine Antwort war nicht mehr als ein Flüstern. „Ich hoffe es.“

ALS SIE zurück in der Hotelsuite waren, hängte Alice ihr Mobiltelefon an das Ladegerät. Sofort begann es zu läuten. Es war Will.

„Ich versuche schon den ganzen Morgen, dich zu erreichen, Mädchen! Der Fall scheint eine überraschende Wendung zu nehmen! Thora Shepard hat eben Rusk auf der Straße vor seinem Büro abgefangen. Allem Anschein nach hat sie die Nerven verloren. Hat sich vor seinem Wagen aufgebaut und ihn angebrüllt, er solle den Anschlag auf ihren Mann abbrechen.“

„Echt? Wo sind die beiden jetzt?“

„Oben in Rusks Büro, nehme ich an.“

Alice überlegte rasch. „Kannst du jemanden herbeirufen, der deinen Posten übernimmt und sich an Thora hängt? Ich möchte, dass du mit mir zum ehemaligen Pullo’s gehst.“

„Der Laden hat doch schon vor Jahren zugemacht.“

„Ich weiß. Es ist heute eine Praxis für Bedürftige.“

„Und warum brauchst du mich dort?“

„Weil es eventuell heikel werden könnte.“

„Okay. Wir treffen uns in fünfzehn Minuten am Smith Park.“

Chris kam aus dem Bad und setzte sich auf die Bettkante. „Was ist passiert?“, fragte er heiser.

Sie wollte ihn nicht belügen, doch sie hatte auch nicht vor, ihm zu erzählen, dass seine Frau in den Straßen von Jackson Amok lief. Nicht in seinem gegenwärtigen Zustand. „Will hatte beinahe einen Unfall“, antwortete sie.

Er musterte sie mit einem zweifelnden Seitenblick. „Du hast ihn gefragt: ‚Wo sind die beiden jetzt?‘ “

„Ich meinte die Leute, die ihn fast umgefahren hätten.“ Alice zog die Bettdecke zurück und bedeutete Chris, sich hinzulegen. „Du brauchst Ruhe. Komm, leg dich ein wenig schlafen.“

Er sah sie aus eingefallenen Augen an, doch statt zu protestieren, ließ er sich rücklings auf die Matratze fallen und schob die Füße unter die Decke.

Alice beugte sich vor und küsste ihn auf die Stirn. „Ich bin bald wieder zurück.“ Sie wollte sich aufrichten, doch er packte ihr Handgelenk und hielt sie mit erstaunlicher Kraft fest. „Sei vorsichtig, Alice. Diese Leute gehen über Leichen.“

„Ich weiß."

Als er ihr Handgelenk losgelassen hatte, nahm sie die geborgte SIG-Sauer aus dem Schuhkarton auf dem Schrank, schob sie hinten in den Hosenbund und eilte aus dem Zimmer.

ANDREW RUSK hielt den Lift eine Etage unterhalb seiner Büroräume an. Er hatte nicht vor, eine hysterische Thora Shepard an seiner Sekretärin vorbeizuzerren. Als die Lifttüren zur Seite glitten, roch er Sägespäne. Mehrere Wände waren auf dieser Etage herausgeschlagen worden, denn sie befand sich gerade mitten im Umbau. Von den Arbeitern war jedoch weit und breit keiner zu sehen.

Rusk marschierte über nackten Beton zu einem großen Fenster. Dort drehte er sich um und fauchte Thora mit allem Zorn an, der sich in den letzten Stunden in ihm aufgestaut hatte. „Was ist bloß in Sie gefahren? Haben Sie das bisschen Verstand in Ihrem hübschen Kopf verloren?"

„Halten Sie die Klappe!", schrie Thora und fuchtelte mit ihrem Zeigefinger vor seinem Gesicht herum. „Sie haben mir erzählt, es könnte überhaupt nichts schiefgehen! Aber irgendwas ist schiefgegangen. Chris weiß alles, Sie dämlicher Versager!"

„Das ist unmöglich!"

Ihre Augen blitzten. „Meinen Sie? Als ich ihn anrief, sagte er mir, dass er vielleicht in einem Jahr tot wäre, aber ich ebenfalls. Seelisch. Und dass ich ins Gefängnis käme. Vergeht Ihnen jetzt das selbstgefällige Grinsen?"

Rusk hatte Mühe, sich nicht anmerken zu lassen, wie sehr ihre Worte ihn beunruhigten.

„Sie müssen die Sache abbrechen", forderte Thora zum wiederholten Male. „Das ist die einzige Möglichkeit."

„Chris kann nichts beweisen. Er weiß alles von einer FBI-Agentin, die bereits suspendiert wurde. Es kommt alles wieder in Ordnung, Thora."

„Erwarten Sie, dass ich diesen Unsinn glaube? Ich verlange von Ihnen, dass Sie Ihren Handlanger zurückpfeifen. Auf der Stelle! Sie bekommen sowieso keinen einzigen Cent mehr von mir, damit das klar ist!"

Rusk packte ihre Arme. „Bevor Sie wüste Drohungen ausstoßen, sollten Sie ein paar Dinge wissen. Erstens – Sie können mir nicht schaden, ohne sich selbst zu schaden. Denn die Person, die diese Jobs ausführt, ist extrem gefährlich. Wenn Sie diesen Kerl verärgern, indem Sie ihm die Bezahlung verweigern, ziehen Sie seine Rache auf sich. Also … falls Ihr Ehemann tatsächlich die Wahrheit vermutet, werde ich selbstverständlich alles tun, um die Dinge aufzuhalten, die angestoßen wurden. *Sie* aber werden überhaupt nichts unternehmen. Hätte mein Partner Ihr Verhalten am heutigen Tag beobachtet, wären Sie wahrscheinlich schon tot."

Mit wildem Blick starrte sie ihn an. „Was soll ich denn tun?", jammerte sie. „Wohin kann ich gehen?"

„Sie können fürs Erste in meinem Büro bleiben. Aber Sie dürfen dort kein Wort über diese Geschichte verlieren! Mein Büro ist möglicherweise verwanzt."

„Ich will nicht hierbleiben. Ich will meinen Sohn sehen."

„Können Sie aber nicht. Nicht jetzt."

„Blödsinn! Ich habe gegen kein Gesetz verstoßen!"

Erstaunt starrte Rusk sie an. „Sie haben jemanden angeheuert, der Ihren Ehemann töten sollte! Zweimal sogar! Und das erste Mal sind Sie dadurch zur Multimillionärin geworden."

„Ich habe einen Scheidungsanwalt aufgesucht. Niemand kann beweisen, dass ich etwas anderes getan habe."

„Sie haben mir bereits eine Million Dollar gezahlt!"

Kalte Arroganz senkte sich wie ein Vorhang über ihre Augen. „Ich habe eine Investitionsempfehlung befolgt, die Sie mir gegeben haben. Dadurch kamen eine Million Dollar unter Ihre Kontrolle. Wenn jemand sich diesen Handel anschaut, wird es aussehen, als hätten Sie das Geld unterschlagen und Rohdiamanten davon gekauft."

Rusk verschlug es die Sprache.

„Und jetzt", fuhr Thora fort, „werde ich mein altes Leben weiterführen. *Sie* werden dafür sorgen, dass meinem Mann nichts geschieht. Falls ihm doch etwas zustößt, hänge ich Ihren Hintern zum Trocknen ins Freie, Andrew. Kapiert?"

Rusks Verstand raste. Dieses Miststück hatte nicht den leisesten Schimmer von der gegenwärtigen Situation. „Ich werde Ihnen zeigen, warum Sie nicht einfach so weiterleben können." Er führte sie zum Fenster. „Sehen Sie die Männer da unten?" Er stieg über eine Werkzeugkiste. „Da, den an der Straßenecke. Und den auf den Stufen auf der anderen Straßenseite."

„Meinen Sie den Mann, der die Zeitung liest?"

„Genau. FBI. Die Frau ebenfalls. Die Joggerin."

Thoras Unterkiefer sank herab. „Woher wissen Sie das?"

„Ich habe Kontakte zum FBI."

„Aber warum sind die hier? Wie viel ist denen bekannt?"

„Das weiß ich noch nicht. Sehen Sie weitere mögliche Agenten?"

Als Thora angestrengt hinunterstarrte, bückte sich Rusk und nahm einen Klauenhammer aus der Werkzeugkiste. Thora bemerkte die Bewegung und drehte sich um, doch Rusk hatte bereits weit ausgeholt. Der Hammerkopf krachte in Thoras Schädel. Sie taumelte, ging zu Boden.

Das verwöhnte Miststück hatte alles bedroht, was er sich in fünf Jahren aufgebaut hatte! Doch von nun an würde Glykon ihn nie wieder als feigen Mittelsmann sehen, der Angst hatte, sich die Finger schmutzig zu machen. Rusk stand über der blutigen Leiche. Nie zuvor hatte er eine solch elementare Macht verspürt. Er wünschte nur, sein Vater könnte ihn so sehen.

WILL erwartete Alice bereits, als sie am Smith Park eintraf. Sie stieg aus ihrem Corolla, schloss die Tür ab und nahm auf dem Beifahrersitz von Wills Ford Explorer Platz.

„Was hat es mit dieser Praxis auf sich, Alice?"

„Sie gehört einem Arzt von der Uniklinik, einem gewissen Eldon Tarver. Ich hatte ein merkwürdiges Gefühl, als ich mit ihm geredet habe. Seine Frau starb vor Jahren an Krebs, und er erbte eine Menge Geld. Er hat die Praxis im Gedenken an sie eröffnet und behandelt dort viele Arme, aber ich glaube, dass vielleicht mehr dahintersteckt. Tarver ist Spezialist für Krebserkrankungen, und die Praxis wäre eine perfekte Tarnung für ihn. Er könnte den Patienten jede Art von Virus oder Toxin verabreichen und die Entwicklung verfolgen."

„Ein durchgeknallter Besessener also."

„Vielleicht." Alice biss sich auf die Unterlippe. „Wir werden es hoffentlich bald herausfinden. Los, fahren wir hin."

„Wie geht es eigentlich Dr. Shepard?"

Alice legte dem alten Detektiv eine Hand auf den Arm. „Er ist krank, Onkel Will. Sehr krank. Aber das ist nicht deine Schuld."

„Von wegen! Ich bin auf meinem Posten eingeschlafen! Früher wurden wir dafür erschossen!"

„Du wurdest betäubt. Ihr alle drei. Jetzt hör endlich auf, dir Vorwürfe zu machen, und konzentrier dich auf unser Spiel. Ich brauche dich."

Mit beiden Händen rieb er sich das runzlige Gesicht und stieß einen Seufzer aus. „Nimmst du deine Kanone mit rein?"

Sie schüttelte den Kopf. „Diesmal noch nicht."

Will griff ins Handschuhfach und brachte eine kurzläufige .357er-Magnum zum Vorschein. „Dann bleib ich besser ganz in deiner Nähe."

„Genau da will ich dich haben, Partner."

DAS UMGEBAUTE ehemalige Restaurant besaß nur noch wenig von seinem früheren Charakter. Unmittelbar hinter der Tür saß eine Sprechstundenhilfe an einem verschrammten Metallschreibtisch. Zu ihrer Rechten standen eine

Menge Stühle. Auf mehreren saßen ausgemergelte Männer, die nach Alkohol, Zigaretten und mangelnder Körperhygiene rochen.

„Kann ich Ihnen helfen?“ Die Sprechstundenhilfe musterte Alice von oben bis unten. Gut gekleidete weiße Frauen gehörten eindeutig nicht zu den üblichen Besuchern dieser Praxis.

„Ich habe eben in der Universitätsklinik mit Dr. Tarver gesprochen. Nun ist mir noch eine sehr wichtige Frage eingefallen, aber er hatte die Klinik in der Zwischenzeit verlassen. Ich hoffte, ihn vielleicht hier anzutreffen.“

„Der Doktor ist nicht da. Wenn Sie hier warten wollen, gehe ich nach hinten und frage jemanden. Vielleicht kommt er bald wieder ins Haus.“

„Danke. Das wäre sehr nett von Ihnen.“

Die Sprechstundenhilfe erhob sich und ging langsam den Flur hinunter.

Alice trat dichter an den Schreibtisch heran. Dort lagen Rechnungen an die Praxis, ein aufgeschlagenes Magazin und daneben ein Terminkalender. Auf einem linierten Notizblock stand in einer nahezu unleserlichen Schrift: *Stromrechnung verspätet – Dr. vet. Noel D. Traver*. Darunter eine Nummer: *09 36 59 74*. Alice versuchte sie sich einzuprägen, als die Sprechstundenhilfe zurückkehrte.

„Er kommt heute nicht mehr ins Haus“, verkündete die Frau, wobei sie Alice mit einem herrschaftlichen Blick bedachte.

Alice wollte erst eine Nachricht hinterlassen, überlegte es sich aber anders. Als sie sich zum Gehen wandte, wäre sie fast mit einem Mann zusammengestoßen, der in einem teuren Geschäftsanzug steckte. „Oh, entschuldigen Sie.“

Der Neuankömmling hatte kurz geschnittene graue Haare und stahlblaue Augen. Sein Gesicht löste etwas in Alice' Bewusstsein aus, doch sie vermochte ihn nicht einzuordnen.

„Kein Problem“, erwiderte er mit kaum merklichem Lächeln. Er trat einen Schritt zur Seite, um ihr Platz zu machen.

Alice verließ die Praxis und ging die Straße hinab zu Wills Wagen.

„Hast du was erreicht?“, fragte Will, als sie auf den Beifahrersitz stieg.

„Rein gar nichts.“

„Hast du den Burschen gesehen, der gerade eben reinging?“

„Ja. Kennst du ihn?“

„Ich kenne diesen *Typ*. Er ist oder war Soldat. Und sieh dir mal den Kerl in der dunklen Limousine da drüben an.“

Hinter dem Lenkrad eines Wagens, an dem sie soeben vorbeigegangen war, bemerkte Alice einen jungen Mann in Army-Uniform.

„Er hat den anderen hergebracht?“

„Ja. Und auf der Wagentür steht in schwarzen Lettern US-REGIERUNG.“

„Was hat das zu bedeuten? Wer sind die beiden?“

Will fuhr den Block hinunter zu der Stelle, wo Alice ihren Corolla geparkt hatte. „Die beiden kommen so sicher wie das Amen in der Kirche nicht von der Steuerfahndung.“

Alice nickte. „Hast du schon mal von einem Tierarzt namens Noel D. Traver gehört?“

„Nein. Aber *Traver* klingt fast wie *Tarver*, findest du nicht?“

„Aber natürlich! Es ist ein Anagramm! Umgestellte Buchstaben! Noel D. Traver – Eldon Tarver. Ich habe auf einem Tisch da drin eine Notiz wegen einer unbezahlten Stromrechnung gesehen.“

„Ah, jetzt machen wir Fortschritte.“ Wills Augen funkelten. „Ein Krebsdoktor mit Pseudonym. Ergibt das einen Sinn für dich?“

Alice schüttelte den Kopf. „Lass uns umdrehen und rausfinden, wie lange dieser Regierungstyp in der Praxis bleibt. Fahr um den Block.“

„Gute Idee. Wenn er immer noch da ist, dann ist Tarver vielleicht doch anwesend und redet mit ihm.“

Will trat aufs Gas. Aber als sie in die Jefferson Street einbogen, sah Alice sofort, dass die dunkle Limousine verschwunden war.

„Wenn ich raten müsste“, meinte Will, „würde ich sagen, dass er in Richtung Interstate unterwegs ist.“

10

Beschreiben Sie sie mir“, bat Dr. Tarver.

Edward Biddle schürzte die Lippen und sah sich in dem spartanischen Büro um. Tarver war klar, dass sein Besucher überlegte, ob dies etwa der Ort sein sollte, an dem die „bahnbrechenden“ Forschungsarbeiten durchgeführt worden waren.

„Ungefähr eins siebzig. Dunkle Haare, hübsch, Narben auf der rechten Gesichtshälfte.“

Tarver war bemüht, sich nichts anmerken zu lassen, doch Biddle ließ sich nicht täuschen.

„Wer ist sie, Eldon?“

„Eine FBI-Agentin. Allerdings arbeitet sie allein, ohne jegliche Unterstützung ihrer Behörde.“ Er sah das Missfallen in den Augen des anderen. „Sie ist kein Problem. Sie hat überhaupt nichts mit der Sache zu tun.“

Biddle nickte. „Kommen wir also gleich zum Wesentlichen. Was haben Sie für mich?“

Tarver hielt kurz inne. Vor noch nicht einmal fünf Minuten hatte er sich voll und ganz auf seine Verhandlungen mit Biddle konzentriert. Doch jetzt war Alice Morse aufgetaucht und gefährdete die gesamte Operation. Wenn sie so eine verdammt gute Beobachterin war, dass sie nur ein paar Sekunden lang auf ein Foto in seinem Büro zu blicken brauchte, um eine Verbindung zwischen seiner Praxis und Pullo's herzustellen, würde sie irgendwann erkennen, dass der Army-Major auf dem VKP-Foto derselbe Mann war, der gerade in die Praxis gekommen war. Und wenn ihr das klar wurde, würde sie auch ziemlich schnell die Wahrheit hinter VKP erkennen. Und das würde es ihr ermöglichen, ihn, Tarver, aus seinem alten Leben in das neue zu verfolgen. Er durfte dieses Risiko nicht eingehen.

„Sie möchten wissen, was ich habe, Edward?" Tarver lehnte sich im Sessel zurück. „Genau das, wonach Sie damals so dringend gesucht haben. Die perfekte Waffe."

„*Perfekt* ist ein großes Wort, Eldon."

Tarver lächelte. „Was würden Sie zu einer Waffe sagen, die niemand als Waffe erkennt? Hier ist sie." Er öffnete seine Schreibtischschublade und zog eine kleine Ampulle hervor, die mit einer bräunlichen Flüssigkeit gefüllt war.

„Und was ist das?"

„Ein Retrovirus."

„Ursprung?"

„Das muss für den Augenblick mein Geheimnis bleiben."

„Verraten Sie mir, was dieses Virus zu einer perfekten Waffe macht?"

„Erstens, es hat eine lange Inkubationszeit. Zehn bis zwölf Monate, und der Tod tritt im Durchschnitt nach sechzehn Monaten durch Krebs ein."

Biddle neigte den Kopf zur Seite. Er dachte bereits über die weiteren Folgen nach. „Dass diese Waffe Freund und Feind gleichermaßen angreifen könnte, macht sie in großem Maßstab untauglich. Das wissen Sie."

Tarver beugte sich vor. „Dieses Problem habe ich gelöst. Ich habe bereits einen Impfstoff entwickelt."

„Also müssten wir all unsere Streitkräfte impfen, ehe wir die Waffe einsetzen."

„Ja, aber man könnte es heimlich unter dem Deckmantel der gängigen Immunisierung tun."

Biddle runzelte die Stirn. Es war klar, dass er befürchtete, seine Zeit wäre verschwendet worden. „Was ist mit der Zivilbevölkerung? Wenn wir die impfen müssten, würden alle möglichen Alarmglocken schlagen. Man könnte es niemals geheim halten – nicht in unserem Zeitalter."

„Ich kann das Virus auch *nach* der Infektion noch ausschalten, bevor die Onkogenese stattgefunden hat."

Die Züge von Biddles Pokerface entgleisten. „Sie können das Virus *nach* der Infektion noch ausschalten?"

Tarver lehnte sich wieder zurück. Seine Zuversicht war unerschütterlich. „Ich habe dieses Virus erschaffen. Ich kann es auch wieder vernichten."

Biddle schüttelte den Kopf, doch Tarver entging die Erregung in seinen Augen nicht.

„Nach etwa drei Wochen", erläuterte der Arzt, „ist die Kaskade nicht mehr aufzuhalten. Doch während dieser Zeit kann ich die Infektion praktisch kurzschließen."

„Sie erzählen mir also, dass …"

„… ich Ihre Waffe gegen China habe."

Biddle sah aus wie jemand, dessen Gedanken soeben richtig gelesen wurden.

„Ich kenne Sie, Edward", fuhr Tarver mit gerissenem Grinsen fort. „Ich sehe, was überall auf der Welt passiert. Ich weiß, wie begrenzt die Ölreserven und die strategischen Metalle sind. Ich weiß, wohin diese Reserven fließen, wohin die Schwerindustrie geht. Und ich kenne die Fähigkeiten der chinesischen Atom-U-Boote. Ich weiß Bescheid über das Raketenprogramm der Chinesen. Ihr stehendes Heer umfasst drei Millionen Mann, und täglich werden es mehr. Die wahre Bedeutung dieser Zahl liegt darin, dass ein Leben dort nicht viel bedeutet. Tote bedeuten überhaupt nichts – im Gegensatz zu dem Land, in dem wir leben. Die Chinesen sind nicht die Russen. Wir werden sie nicht durch ein Wettrüsten niederringen. Sie halten bereits unsere Wirtschaft in Schwung. Wenn sie beschließen, jetzt den Stecker zu ziehen, haben wir nur noch eine Option: einen Atomschlag. Doch das werden wir nicht tun. Und sie wissen, dass wir das nicht tun, weil wir nicht dazu in der Lage wären. Die Gelben können es sich leisten, eine halbe Milliarde Menschen zu verlieren, wenn es zum Atomschlag kommt. Wir nicht. Wichtiger noch – sie wären *bereit*, so viele Menschenleben zu opfern. Im Gegensatz zu uns."

Biddles Augen waren halb geschlossen. „Sie erzählen mir also, dass wir dieses Virus in einem Slum in Shanghai freisetzen könnten, und …"

„Bis die ersten Menschen sterben würden, wären fünfzehn Monate mit exponentieller Infektionsrate vergangen. Das Virus wäre bis in jede größere chinesische Stadt vorgedrungen. Man würde eine Vielzahl verschiedener Arten von Krebs sehen, nicht nur eine. Das Chaos wäre unvorstellbar."

„Aber es hätte sicherlich auch die Meere übersprungen", gab Biddle zu bedenken.

Tarvers Grinsen verging. „Ja. Wir müssten Verluste hinnehmen. Aber nur für eine Weile. Wie das Beispiel Aids gezeigt hat, würden die meisten Staaten Dringlichkeitsprogramme starten, um einen Impfstoff zu finden. Ihre Firma könnte in den Vereinigten Staaten die Führung übernehmen."

„Und Sie könnten die Firma leiten. Ist das Ihr Plan?"

„Leiten nicht. Aber ich sollte dazugehören. Jedenfalls, nach einer angemessenen Zeitspanne – ehe der Todeszoll bei uns zu sehr anstiege –, würden wir mit einem experimentellen Impfstoff an die Öffentlichkeit treten."

Mit blasser Zunge leckte Biddle sich über die Lippen. „Trotzdem. Angesichts der Bevölkerungsmassen in China wäre es höchstens eine destabilisierende Waffe, keine entscheidende."

„Sie wollen die Apokalypse? Die kann ich Ihnen geben. Ich bin in der Lage, die Inkubationszeit zu verlängern. Bei einer Inkubationszeit von fünf Jahren wären siebzig Prozent der Bevölkerung über fünfzehn infiziert, bevor die ersten Krankheitsfälle aufträten. Die Gesellschaft würde komplett zusammenbrechen." Tarver beugte sich wieder vor. „So, jetzt wissen Sie, was ich anzubieten habe. Und ich möchte wissen, wie groß Ihr Interesse ist."

„Ich bin interessiert, das dürfte offensichtlich sein. Doch es dürfte genauso offensichtlich sein, dass es ein paar Probleme gibt. Sie sind Ihrer Zeit voraus, Eldon. Das waren Sie schon immer."

Tarver nickte und schwieg.

„Aber nicht einmal mehr annähernd so weit voraus, wie Sie es mal waren", fuhr Biddle fort. „Die regulatorischen Eingriffe waren hart, doch die Dinge entspannen sich allmählich. Überall werden Anlagen zur Zucht von Primaten errichtet. Man hat endlich erkannt, dass man mit niederen Spezies nur bis zu einem gewissen Punkt kommt und nicht weiter."

„Und selbstverständlich ist China allen anderen auf diesem Gebiet weit voraus."

Biddle räumte es mit einem Nicken ein. „So weit voraus, dass wir bereits einen Teil unserer Primatenforschung bei den Chinesen betreiben."

Voller Abscheu schüttelte Tarver den Kopf. „Wie lange noch, bis es so weit ist?"

„Das lässt sich nicht sagen. Aber das ist nicht der kritische Punkt für unser Arrangement. Was eine neue Identität für Sie angeht, so könnte ich das in ein paar Tagen erledigen. Falls Sie Geld wollen, große Summen ..."

„Ich möchte das, was diese Technologie wert ist."

Ein erstaunter Ausdruck erschien auf Biddles Gesicht. „Das wird länger dauern ... drei Jahre, vielleicht fünf."

Zorn und Bitterkeit stiegen in Tarver auf. „Ich bin jetzt neunundfünfzig, Edward. Die Welt sieht anders aus als 1970."

„Das müssen Sie mir nicht sagen. Aber überlegen Sie Folgendes: Sie werden für eine Firma arbeiten, die Ihnen bei Ihren Forschungen absolut freie Hand ließe."

„Können Sie mir das versprechen? Dass niemand mir über die Schulter blickt?"

„Das garantiere ich Ihnen. Meine Hauptsorge, alter Freund, ist das Risiko, auch nur eine Minute zu warten, ehe wir zur nächsten Phase schreiten. Ich möchte, dass Sie mit mir kommen. Heute noch. Ich kann nicht riskieren, dass Ihnen etwas zustößt, bevor meine Leute Ihre Forschungsarbeiten gesehen haben."

„Wir haben bisher keinerlei Vereinbarung getroffen!"

Biddle starrte Tarver hart in die Augen. „Hören Sie zu, Eldon. Das Geld wird kommen. Auch die Anerkennung von den entsprechenden Stellen. Aber das Wichtigste ist, dass Sie es für Ihr Land tun werden. Es ist unsere Aufgabe, das Überleben unserer Nation zu sichern. Ich habe für dieses Land geblutet. Sie ebenfalls, auf Ihre Weise. Sie lehnen Ihr Land nicht ab, oder? Ich denke, Sie spüren die gleiche Verpflichtung gegenüber Ihrem Vaterland wie ich."

Tarver blickte auf seinen Schreibtisch. Ablehnung hatte selbstverständlich nie zur Debatte gestanden – er hatte lediglich gehofft, dass die mehr fassbaren Symbole der Anerkennung schneller in seine Richtung gekommen wären. Andererseits würden ihm Rusks Diamanten zusammen mit denen, die er selbst besaß, ein behagliches Leben ermöglichen, bis TransGene oder die Regierung ihn für seine Mühen entlohnte.

„Also gut, Edward. Ich bin dabei."

Ein breites Grinsen erschien auf Biddles Gesicht. „Reden wir über den Zeitplan."

Tarver hob die Hände. „Ich brauche einen Tag. Nur einen Tag."

Misstrauen trübte Biddles Blick. „Warum warten?"

Einen Augenblick lang überlegte Tarver, ob er ihn bitten sollte, sich für ihn um Alice Morse zu kümmern. Biddle verfügte zweifellos über Kontakte, die ihren Tod wie einen Unfall aussehen lassen konnten. Doch falls Biddle und der Vorstand von TransGene ihn selbst als ein Risiko für die Firma betrachteten – als jemanden, der eine Spur hinterlassen hatte –, kamen sie möglicherweise zu dem Entschluss, ihn zu eliminieren, sobald sie das Virus und die dazugehörige Dokumentation besaßen. Nein, er musste sauber und unbefleckt in sein neues Leben wechseln.

„Vertrauen Sie mir, Edward. Morgen gehöre ich Ihnen."

Biddle sah alles andere als zufrieden aus, doch er versuchte nicht mehr zu argumentieren.

„Wie wollen Sie mich hier rausholen?"

„Ich hatte mir Folgendes gedacht", antwortete Biddle. „TransGene ist im Besitz derselben Muttergesellschaft wie die Firma, die das Atomkraftwerk zwischen Baton Rouge und New Orleans errichtet. Es dauert zwei oder drei Tage, bis die Papiere für Ihre neue Identität fertig sind. Ich werde Sie zur Kraftwerksbaustelle fliegen, während wir darauf warten. Es wird Ihnen an nichts mangeln; Sie haben Ihren eigenen Wohnwagen. Ich nehme an, dass wir uns außerdem um einige logistische Dinge zu kümmern haben. Was müssen Sie mitnehmen, abgesehen von Daten? Spezielle Apparaturen? Biologische Reagenzien?"

„Keine Apparaturen. Was ich an Reagenzien brauche, findet in einem einzigen Peli-Koffer Platz. Und meine kritischen Daten passen in einen Rucksack."

„Ausgezeichnet. Dann bliebe einzig noch der Zeitpunkt zu klären."

„Morgen, wie bereits gesagt. Aber ich hätte Sie gerne von jetzt an auf Abruf bereit."

Eine Weile starrte Biddle ihn wortlos an. „Gibt es noch etwas, was ich erfahren sollte, Eldon?"

Tarver wich der Bedeutung hinter der Frage aus. „Ich möchte, dass Sie den Helikopter fliegen und dass Sie kommen, wenn ich Sie rufe, wohin auch immer."

Biddle kratzte sich am Kinn. „Besteht die Gefahr einer heißen Extraktion?"

Tarver lächelte. Er hatte schon immer eine Vorliebe für den Agentenjargon gehabt. „Ich rechne eigentlich nicht damit."

„Also schön." Biddle grinste. „Verdammt, ich freue mich darauf, diese Mission zu fliegen!" Er streckte die Hand aus, und Tarver schlug ein. „Bis morgen also", sagte der Arzt.

Biddle ging zur Tür, dann drehte er sich noch einmal um. „Ist es die Sache wert, unerledigten Dingen nachzugehen, wenn eine Agentin des FBI überall herumschnüffelt?", fragte er mit ernstem Gesicht.

Tarver bedauerte, dass er Alice Morse' wahre Identität enthüllt hatte. „Ich fürchte, sie hat mit diesen unerledigten Dingen zu tun."

Biddles kalte blaue Augen sahen Tarver unverwandt an. „Nun ja. Solange Sie sauber bleiben, was unser Geschäft angeht …"

„Absolut."

ALICE betrat das Hotelzimmer so leise es ging. Während sie sich um einen Sessel herumtastete, hörte sie eine zitternde Stimme.

„A-Alice?“

„Chris? Alles in Ordnung?“

„Ich d-denke schon.“

Während sie sich am Bett entlang vorantastete, gewöhnten sich ihre Augen an die Dunkelheit, und sie entdeckte Chris’ Gesicht. Er lag auf dem Rücken, die Bettdecke bis zum Kinn hochgezogen. Seine Stirn glänzte vor Schweiß.

„Mein Gott, Chris! Was ist los?“

„Typische Anfangsreaktion auf ein … ein Virus. Das Knochenmark … spuckt I-Immunoglobuline aus, um den Eindringling zu bekämpfen … versucht den Virus mit Fieber zu töten … k-klassische Symptome.“

Am liebsten hätte Alice den Notarzt gerufen. Doch Chris war nicht in Panik, und er war schließlich der Arzt, nicht sie.

„Keine Sorge“, murmelte er schwach. „Ich … s-sage dir rechtzeitig, wann du … in P-Panik verfallen kannst.“

Sie zwang sich zu einem Lächeln. „Hast du was dagegen, wenn ich meinen Computer benutze?“

Er schüttelte den Kopf.

Sie beugte sich vor und legte ihre Hand auf seine brennend heiße Schulter, und er zuckte zusammen. Hilflose Wut stieg in ihr auf. In ihrem ganzen Leben hatte sie sich noch nie so ohnmächtig gefühlt. Will hatte es nicht geschafft, dem Regierungswagen zu folgen, der draußen vor Tarvers Praxis geparkt hatte. John Kaiser hatte angerufen, doch zu ihrem Missfallen hatte er noch keine Nachforschungen über Tarver angestellt, sondern sich weiterhin auf Rusk konzentriert. Das meiste, was er herausgefunden hatte, waren Informationen, die Alice seit Wochen kannte. Kaiser hatte ihr auch erzählt, die Agenten, die Rusk observierten, gingen davon aus, dass Thora Shepard noch in der Kanzlei war. Alice hatte Kaiser gebeten, seine Bemühungen auf Tarver zu konzentrieren, und ihn über das Alias Noel D. Traver informiert.

Sie nahm ihren Laptop und ging damit zum Schreibtisch, wo sie sich ins Internet einwählte. Als sie versuchte, sich in den Computer der Nationalen Verbrecherdatenbank einzuloggen, stellte sie fest, dass ihr FBI-Zugangscode keine Gültigkeit mehr besaß. Mark Dodson war sehr gründlich gewesen. Das war ein vernichtender Schlag für sie. Von nun an musste sie eine Suchmaschine verwenden wie jeder andere. Leise fluchend rief sie die Seite auf und tippte ELDON TARVER in die Eingabezeile. Der Name lieferte mehr als hundert Treffer.

Als sie gerade die Einträge über den Bildschirm ablaufen ließ, läutete ihr Handy. John Kaiser war am Apparat.

„Noel D. Traver hat kein Vorstrafenregister. Allerdings habe ich beim Überprüfen seiner Vergangenheit herausgefunden, dass die tierärztliche Hochschule, die er angeblich besucht haben will, keine Aufzeichnungen über ihn besitzt. Seine Lizenz wurde ihm auf der Grundlage von Papieren des Staates Tennessee erteilt, die er den Behörden von Mississippi vorlegte. Er praktiziert hier aber nicht als Tierarzt. Er besitzt eine Hundezucht im Süden von Jackson. Er verkauft die Hunde für Forschungszwecke an medizinische Einrichtungen."

„Eigenartig. Insbesondere, da es gar keinen Noel D. Traver gibt und er in Wirklichkeit Eldon Tarver ist."

„Einen Moment bitte." Sie hörte Stimmen im Hintergrund, konnte aber nicht verstehen, was gesprochen wurde. „Alice, ich muss Sie zurückrufen."

Sie legte auf und wandte sich wieder dem Computer zu. Plötzlich dämmerte ihr, dass es vielleicht eine ganz einfache Methode gab herauszufinden, ob Noel D. Traver ein Alias von Tarver war oder nicht. Sie tippte den Namen in die Eingabezeile und klickte auf BILDERSUCHE. Nach kurzer Wartezeit erschien eine Reihe von Miniaturbildern auf dem Schirm.

Das erste Bild zeigte einen Afroamerikaner in einer Uniform der U. S. Army – Captain Noel D. Traver. Das zweite zeigte einen Mann mit breitem Schädel, grauem Bart und vollem Haar. Die Bildunterschrift lautete: ZÜCHTER BEHANDELT FORSCHUNGSHUNDE WIE HAUSTIERE. Das Bild war körnig, doch Alice hatte nicht den geringsten Zweifel: Noel D. Traver war nicht die gleiche Person wie Eldon Tarver.

„Was zum Teufel …?", flüsterte sie.

Ihr Mobiltelefon läutete wieder. Es war Will.

„Alice, Eldon Tarver besitzt ein pathologisches Labor hier in Jackson. Es führt die Labortests für eine ganze Reihe einheimischer Ärzte durch."

„Der Kerl hat seine Finger wirklich überall drin."

„Möchtest du, dass ich mir den Laden ansehe?"

„Ja. Schau dich ein wenig um und finde heraus, ob irgendetwas nicht mit rechten Dingen zugeht."

Will gluckste. „Das Übliche also."

Alice' Mobiltelefon piepte und zeigte einen zweiten Anrufer in der Warteschleife an. Kaisers Rückruf. „Meld dich später noch mal, Onkel Will. Ich muss auflegen." Sie drückte den Knopf und nahm Kaisers Anruf entgegen. „Ja?"

„Tut mir leid, Alice. Die Dinge sind im Augenblick ziemlich verfahren. Tyler weiß von meinem kleinen Freizeitunternehmen, und er …"

Webb Tyler war der Leitende Special Agent im FBI-Büro Jackson. An ihn hatte Alice sich zuerst mit ihrer Mordtheorie gewandt, und sie nahm an, dass er sich bei Mark Dodson über sie beschwert hatte. Aber sie hatte nun keine Zeit, sich darüber Gedanken zu machen.

„Hören Sie, John. Ich habe eine Bildersuche nach Noel D. Traver gestartet und ein Bild von ihm gefunden. Aber es ist nicht Eldon Tarver. Ich begreife es nicht. Zwei Namen, die perfekte Anagramme sind – das kann unmöglich Zufall sein. Nicht wenn sich der eine Name auf einem Schreibtisch in der Praxis des anderen Namensträgers findet."

„Wir sind da auf eine ganz merkwürdige Geschichte gestoßen, keine Frage. Aber zurück zum Thema: Tyler sagt, selbst wenn Sie Recht hätten, wäre es immer noch ein gewöhnlicher Mordfall. Ich soll sämtliche Beweise in meinem Besitz an die Polizei Jackson übergeben und nach New Orleans zurückkehren. Und Sie sollen sich schon mal eine neue Arbeit suchen."

„Tyler kann mich mal. Wir überprüfen die Hundezucht von Traver."

„Das wird Tyler nicht dulden. Ich habe bereits nach einem Durchsuchungsbefehl gefragt. Keine Chance."

„Meine Güte, was hat der Kerl für ein Problem?", fauchte Alice wütend.

„Mark Dodson ist sein Problem. Tyler weiß, dass Dodson Sie hasst wie die Pest, und er denkt, Dodson wäre der Liebling des FBI-Direktors. Deshalb will Tyler mir nicht helfen."

„Offenbar bin ich schon so gut wie gefeuert."

„Wir bekommen den Beschluss schon noch. Wir müssen nur unermüdlich weiter Beweise anhäufen."

„Wie denn, ohne jede Unterstützung? Haben Sie eine Idee, wo Eldon Tarver in diesem Augenblick steckt?"

„Nein. Er wohnt allein, und er ist nicht zu Hause. Er ist nicht an der Uni und auch nicht in seiner Praxis. Ich gebe Ihnen Bescheid, sobald wir ihn aufgespürt haben."

„Und wo genau befindet sich die Hundezucht?", fragte Alice missmutig.

„Denken Sie nicht mal dran. Nicht ohne Durchsuchungsbefehl. Und rufen Sie mich an, wenn Sie etwas haben, was ich wissen muss."

Alice legte auf und wählte Wills Nummer. „Noel D. Traver besitzt eine Hundezucht im Süden von Jackson. Ich muss wissen, wo genau."

„Weiß ich bereits."

„Ich liebe dich, alter Mann! Gib mir die Adresse bitte."

Will las die Adresse laut vor. „Hast du vor, dem Laden einen Besuch abzustatten?"

„Wir könnten ja mal vorbeifahren."

„Bin schon unterwegs. Wir treffen uns dort."

Alice trat zu Chris ans Bett und kniete neben ihm nieder. Er zitterte immer noch, doch er hatte die Augen nun geschlossen, und sein Atem ging regelmäßig. Sie kehrte an den Schreibtisch zurück, packte ihr Notebook in die Tasche und verließ das Zimmer, so leise sie konnte.

WILL berührte Alice am Knie. „Das Gebäude war eine Bäckerei, als ich noch ein Junge war. Ich glaube, es war sogar 1985 noch eine."

Er hatte seinen Explorer in der Halle einer ehemaligen Autowerkstatt abgestellt, weil sie von dort aus einen guten Überblick über die von Noel D. Traver geführte Hundezuchtanlage hatten. Das Gebäude war von einem großen Parkplatz umgeben. Gefährlich glitzernder Klingendraht umsäumte in langen Spiralen die Oberkante des Zauns. Das einzige Fahrzeug auf dem Parkplatz war ein kleiner Lieferwagen, der mit dem Heck zur Wand des Gebäudes geparkt stand. Weder hatte es jemand betreten oder verlassen, seit Alice und Will vor zwei Stunden eingetroffen waren, noch war ein Laut nach draußen gedrungen. Die Entfernung betrug zwar annähernd hundert Meter, aber zumindest ein gelegentliches Bellen hätten sie hören müssen.

Die SIM-Karte in Alice' Computer stellte eine Verbindung zum Internet her und verlor sie sogleich wieder. Frustriert schlug Alice mit der flachen Hand gegen die Tür. Sie hatte online gehen wollen, um zu sehen, ob ihr Neffe sich vielleicht bei MSN eingeloggt hatte.

„Ich mache mir Sorgen wegen Jamie", gestand sie Will. „Ich habe seit fast achtundvierzig Stunden nicht mehr mit ihm geredet."

„Ihm fehlt schon nichts."

Alice' Handy klingelte. Es war Kaiser. Sie stieß den Atem aus und drückte die ANNEHMEN-Taste. „Hallo John."

„Ich versuche Sie seit Stunden zu erreichen! Wo stecken Sie?"

Sie verzog das Gesicht und sagte ihre Lüge auf. „Ich bin im Hotel und kümmere mich um Chris. Irgendetwas Neues in Bezug auf die Hintergründe der einzelnen Verdächtigen?"

„Shane Lansing scheint sauber zu sein, wenn Sie mich fragen. Ein typischer Chirurg halt. Sohn eines Anwalts und großer Schürzenjäger. Genau wie Rusk hat er in die verschiedensten Unternehmungen investiert. Die radiologische Klinik in Meridian scheint ein legaler Betrieb zu sein, und obwohl er Zugang zu radioaktiven Materialien erlangen könnte, wenn er wirklich wollte, erscheint er mir derzeit als der unwahrscheinlichste Täter. Rusk ist reich, hat die besten Verbindungen und ist zum zweiten Mal verheiratet. Er lebt wie ein Playboy, wenn er nicht gerade arbeitet. Der einzige Anlass zu

Misstrauen sind die Geschäftsverbindungen, die Sie ausgegraben haben, aber die sind ausnahmslos legal. Nicht mal das Finanzamt hat was gegen Rusk in der Hand."

„Und Tarver?"

„Da sieht es ein wenig anders aus. Er wurde 1946 in Oak Ridge, Tennessee, als uneheliches Kind eines Armeeoffiziers geboren. Er wurde in ein Lutherisches Kinderheim gesteckt, wo er bis zum siebten Lebensjahr blieb. Anschließend wurde er von einer Familie aus Sevierville in den Smoky Mountains adoptiert. In den Fünfzigerjahren waren die Schlangenkirchen in dieser ländlichen Gegend ansässig."

„Schlangenkirchen?", wiederholte Alice, und Will blickte sie fragend an.

„Das sind fundamentalistische Glaubensgemeinschaften, die bei ihren Gottesdiensten Giftschlangen benutzen. Sie trinken Strychnin und machen ähnlichen anderen Schwachsinn. Ich habe keine Ahnung, ob Tarver etwas davon mitgekriegt hat, aber sein Adoptivvater war Laienprediger. Tarver erlangte ein akademisches Stipendium und ging auf die Universität von Tennessee. Das ersparte ihm Vietnam. Während ich durch Reisfelder stiefelte, betrieb er hochmoderne mikrobiologische Forschung. Die Daten aus diesem Teil seines Lebens sind dünn gesät. Ab 1974 arbeitete er für einen größeren pharmazeutischen Konzern. 1976 ging er an die medizinische Fakultät. Er hat Facharztzulassungen auf zahlreichen Spezialgebieten, einschließlich Pathologie und Hämatologie. 1985 nahm er seinen jetzigen Job an der Uniklinik an und heiratete zwei Jahre später eine Professorin für Biochemie. Sie starb 1998 an Gebärmutterkrebs. Den Rest kennen Sie." Er machte eine Pause. „Ich denke, wir haben einen Kandidaten, so viel steht fest."

Will packte Alice' Knie und deutete durch die Windschutzscheibe nach vorn. Sechzig Meter voraus fuhr ein roter Lieferwagen durch das Tor auf den Parkplatz der alten Bäckerei.

„Chris braucht mich", sagte Alice. In dem Versuch, das Nummernschild zu erkennen, kniff sie die Augen zusammen. Aber es war zu weit entfernt und der Winkel war ungünstig.

„Noch eines", sagte Kaiser. „Noel D. Traver ist ein sehr geheimnisvoller Mann. Auf dem Papier existierte er bis vor zehn Jahren nicht, soweit ich feststellen konnte. Und sein Wohnsitz hat die gleiche Adresse wie die Hundezucht."

„Ich muss wirklich los, John. Sonst noch was?"

Kaiser lachte. „Ja. Ich habe eigentlich nur angerufen, um sicher zu sein, dass Sie nichts Dummes anstellen, beispielsweise in Tarvers Haus oder diese Hundezucht einzubrechen."

„Wie nett." Alice lachte ebenfalls und hoffte, dass es nicht hohl klang. „Versuchen Sie weiter, diesen Durchsuchungsbefehl zu bekommen, John." Sie beendete das Gespräch, bevor er etwas erwidern konnte.

„Hast du das gehört?", fragte Will. „Der Fahrer hat gerade gehupt."

Der rote Lieferwagen war zu einem großen Aluminiumtor in der Seitenwand der alten Bäckerei gefahren. Als Alice hinschaute, glitt das Tor unvermittelt nach oben, bis die entstehende Durchfahrt groß genug für den wartenden Wagen war.

„Ich will verdammt sein!", fluchte Will. „Schätze, es war die ganze Zeit jemand da."

Das Aluminiumtor blieb offen, doch der Wagen fuhr nicht hindurch.

„Was hat Kaiser dir erzählt?", fragte Will.

„Nicht viel. Er sagt, es gibt eine Lücke in der Zeit, in der Tarver auf der Uni war. In der Zeit gegen Ende des Vietnamkrieges." Alice hielt inne. „Tarver hat mir in seinem Büro von einem Forschungsprojekt erzählt, an dem er arbeitete. Irgendwas mit Kriegsveteranen und Krebs …" Sie schloss die Augen und stellte sich das Foto mit Tarver und dem Offizier vor. „VKP. Diese Buchstaben waren auf Tarvers Kittel gestickt. Das Veteranen-Krebs-Projekt."

Sie nahm ihren Computer vom Wagenboden auf, tippte VKP in die Eingabezeile der Suchmaschine und drückte ENTER. Sekunden später erschien eine Vielzahl von Ergebnissen, deren einzige Gemeinsamkeit das identische Kürzel war. Als Nächstes tippte sie VKP und KREBS. Die ersten Treffer bezogen sich auf ein Forschungsprojekt in Indien. Der fünfte Treffer jedoch ließ ihren Puls höher schlagen. Die Worte, die auf das Kürzel folgten, lauteten VIRUS-KREBS-PROGRAMM. Alice klickte den Link an und begann zu lesen.

> Das VKP war ab 1964 eine massive Forschungsanstrengung der Vereinigten Staaten unter Mitarbeit einiger der bedeutendsten Wissenschaftler. Das Projekt hatte zum Ziel, die möglichen viralen Ursprünge von Krebs zu erforschen, insbesondere Leukämie. Behördliche Aufzeichnungen bestätigen, dass Zehntausende Liter gefährlicher neuer Viren in den Körpern lebender Tiere kultiviert und viele dieser Viren so modifiziert wurden, dass sie die Barrieren zwischen den Spezies überspringen konnten. Im Jahr 1973 wurde ein bedeutender Anteil des Virus-Krebs-Programms nach Fort Detrick, Maryland, umgesiedelt, dem nationalen Zentrum für die Erforschung biologischer Waffen.

„Das ist es!", flüsterte Alice. „Verdammt, das ist es!"

„Warum so aufgeregt?" Angestrengt starrte Will auf den Bildschirm.

„Tarver hat mich belogen! VKP steht für ein Regierungsprojekt während des Vietnamkriegs, das die Verbindung zwischen Viren und Krebs untersuchte. Und Tarver hat daran mitgearbeitet! Er benutzt das Wissen, das er damals erworben hat, um Menschen umzubringen und Geld an Rusk und dessen verzweifelten Klienten zu verdienen. Wir haben sie, Onkel Will!"

„Sieh nur!" Er packte ihr Handgelenk. „Ich werd verrückt!"

Alice blickte auf. Die Lieferwagen, sowohl der kleine als auch der rote, waren beide verschwunden, und das große Aluminiumtor glitt langsam wieder nach unten.

„Ich glaube, dass Tarver dabei ist, sein Projekt abzubrechen. Ich war in seinem Büro und habe mich als Agentin des FBI zu erkennen gegeben. Ich war in seiner so genannten Praxis für Bedürftige. Ich habe ihm sogar eine Liste der Mordopfer gegeben, verflixt noch mal! Und ich habe ihn nach dem Foto gefragt, auf dem VKP zu erkennen ist. Er kann sich denken, dass ich irgendwann die Wahrheit aufdecke. Er bereitet seine Flucht vor." Sie stellte ihren Computer auf den Rücksitz und streckte die Hand nach dem Türgriff aus.

„Warte!" Will hielt sie fest. „Wenn du ihn mit Indizien festnageln kannst, wäre es sinnlos, den Fall dadurch zu gefährden, dass du dir ohne Durchsuchungsbefehl Zutritt verschaffst."

„Ich gehe da jetzt rein. Kommst du mit oder nicht?"

Will seufzte. Er öffnete das Handschuhfach und zog seine Magnum hervor. Plötzlich hielt er inne. „Halt! Das Zufahrtstor steht offen. Wir fahren besser einfach zur Vordertür rein und erzählen ihnen, dass wir uns verfahren haben, anstatt mit Kanonen im Hosenbund auf dem Gelände herumzuschleichen."

Alice grinste. „Ich wusste, dass ich dich aus einem bestimmten Grund mitgenommen habe."

Will lenkte den Wagen über die Straße, und während er durch das Tor der alten Bäckerei fuhr, wählte Alice die Nummer von Kaisers Handy.

„Ich hab den Fall gelöst, John! Sie müssen ein Forschungsvorhaben namens Virus-Krebs-Programm überprüfen, ein großes Projekt in den späten Sechzigern. Tarver hat daran mitgearbeitet. Es gibt ein Foto in seinem Büro. Er trägt einen Laborkittel mit den Buchstaben VKP. Als ich ihn nach der Bedeutung des Kürzels fragte, hat er mich belogen."

„Ich mache mich gleich an die Arbeit. Tyler sperrt sich immer noch gegen einen Durchsuchungsbefehl für Tarvers Haus. Vielleicht hilft diese neue Erkenntnis, damit er jetzt seine Meinung ändert." Kaiser legte auf.

Sie waren nur noch zwanzig Meter von der alten Bäckerei entfernt.

„Halte vor diesen Flügelfenstern an, Onkel Will."

Als der Wagen zum Stehen kam, stieg Alice aus und lief zu den Fenstern. Die meisten Scheiben waren geschwärzt, und die, die noch durchsichtig waren, befanden sich zu hoch, als dass man hätte hindurchsehen können.

„Kannst du mir eine Räuberleiter machen?"

Will kam zu ihr, schob seine Pistole in die Hose, verschränkte die Hände vor dem Bauch und ging ein wenig in die Knie. Alice stieg in seine verschränkten Hände, bekam das gemauerte Sims zu fassen und zog sich zu einer der klaren Fensterscheiben hinauf. Sie drückte die Augen an das Glas und entdeckte im Innern eine Wand voller Käfige. Dutzende Käfige. Und in jedem davon einen schlafenden Hund.

„Kannst du was erkennen?", fragte Will.

„Hunde. Zig Hunde, die in ihren Käfigen liegen."

„Kein Wunder – schließlich züchten sie hier Hunde."

„Trotzdem, irgendwas ist merkwürdig an der Sache. Es sind bestimmt hundert Stück. Sie können unmöglich alle gleichzeitig schlafen. Vielleicht sind sie betäubt worden …"

Während Alice wieder in die Halle spähte, erklang das Geräusch eines Motors. Es kam näher und wurde von Sekunde zu Sekunde lauter. Noch bevor Alice den roten Lieferwagen sah, der auf den Begrenzungszaun zuraste, erwachte bei ihr der Instinkt, der sie durch so viele erfolgreiche Geiselverhandlungen geführt hatte.

„Lauf!", rief sie und sprang zu Boden.

„Was ist denn?", ächzte Will.

„Lauf, verdammt!" Alice packte ihn am Arm und zerrte ihn von der alten Bäckerei weg.

Sie waren noch keine zehn Meter weit gekommen, als eine alles versengende Wand aus Feuer sie zu Boden riss. Alice schrie nach Will, hörte aber nichts außer dem gewaltigen Rauschen der Flammen.

Es dauerte fast eine Minute, bis sie wieder atmen konnte. Langsam rollte sie sich herum und setzte sich auf.

Ein paar Meter entfernt kniete Will und bemühte sich vergeblich, einen großen Glassplitter aus seinem Rücken zu ziehen. Hinter ihm stieg eine gewaltige Rauchsäule in den Himmel. Sämtliche Fenster der vorderen Fassade waren verschwunden. Die Hitze, die aus dem brennenden Gebäude drang, war beinahe unerträglich.

Alice mühte sich auf die Beine. Sie machte drei taumelnde Schritte auf Will zu, dann kippte sie vornüber aufs Gesicht.

11

Andrew Rusk hatte zwei Valium und einen Betablocker genommen. Trotzdem hämmerte ihm das Herz immer noch bis zum Hals. Seinem Kopf ging es noch schlimmer.

„Aber ich *verstehe* das nicht!“, sagte seine Frau Lisa zum mindestens achten Mal in ebenso vielen Minuten.

„Diese Männer da draußen“, erklärte Rusk und deutete auf die dunklen Patio-Fenster des Hauses, „sind Agenten vom FBI.“

„Woher willst du das wissen? Vielleicht sind sie von der Steuerfahndung oder sonst was!“

„Ich weiß es, weil ich es weiß.“

„Aber Kuba?“, jammerte Lisa. „Das ist noch nicht mal amerikanisch.“

Er nahm ihre Hand. Er musste sie überzeugen. Sie mussten das Land verlassen, und zwar schnell. Thora Shepards Leiche lag im Kofferraum seines Cayenne unter einer Malerplane. Wenn einer der FBI-Agenten da draußen auf die Idee kam, in die abgesperrte Garage einzubrechen, war alles vorbei. Doch Rusk brauchte Glykons Hilfe, um sich der Observation durch das FBI zu entziehen. Darum hatte er ihm nochmals eine Notfall-E-Mail geschickt.

„Was hast du denn angestellt, Andy? Du hast gesagt, es wäre eine Steuergeschichte. Warum ist die Regierung dann so sauer auf dich?“

Besorgt blickte er zu den dunklen Fenstern. „Du verstehst nichts von diesen Dingen. Die Wahrheit ist schlicht und einfach, dass wir keine andere Wahl haben. Sobald die Lage sich ein wenig beruhigt hat, ziehen wir nach Costa Rica. Und Costa Rica ist ein Paradies.“

Sie bedachte ihn mit einem langen kalten Blick. „Vielleicht hast *du* keine andere Wahl. Aber *ich* habe nichts getan. Ich kann hierbleiben, bis es in Costa Rica sicher ist. Danach komme ich zu dir.“

Rusk starrte sie ungläubig an. Sie klang genauso wie Thora Shepard. „Schatz, wenn wir erst auf Kuba sind, wirst du schon sehen, wie großartig es dort ist. Jetzt geh nach oben und pack einen Koffer.“

Lisa schob den Unterkiefer vor und starrte ihn trotzig an. *„Ich – komme – nicht – mit!* Du kannst mich nicht zwingen. Wenn du es versuchst, reiche ich die Scheidung ein.“

Rusk war sprachlos. Lisa bluffte sicher nur. Er hatte einen wasserdichten Ehevertrag aufgesetzt. Wenn sie sich von ihm scheiden ließ, bekam sie fast nichts. Nun ja … im Verlauf der letzten drei Jahre hatte er aus steuerlichen Gründen einige beträchtliche Werte auf sie übertragen. Zum damaligen

Zeitpunkt war es ihm vernünftig erschienen. Doch jetzt war er genauso angeschmiert wie seine vielen jammernden Mandanten. Ehe er wusste, was er tat, lag seine rechte Hand an ihrer Kehle.

„Noch einen Zentimeter und ich schreie", sagte sie tonlos. „Und wenn diese Typen vom FBI ins Haus stürmen, erzähle ich ihnen von jedem Steuerschwindel, von dem ich weiß."

Rusk wich vor seiner Frau zurück. Es spielt keine Rolle, sagte er sich. Soll sie bleiben oder hingehen, wo der Pfeffer wächst. Solange ich aus dem Land verschwinde, ist es egal, was sie macht. Sie kann ein paar Millionen haben. Es ist mehr als genug für mich übrig. Wenn nur Glykon endlich auf der Bildfläche erscheinen würde …

Er verließ den Raum, um seine E-Mails im Arbeitszimmer abzurufen, doch sobald er durch die Tür trat, sah er eine massige Gestalt, deren Gesicht im Dunkeln lag.

„Hallo Andrew", sagte Glykon. „Ziemlich viel Betrieb da draußen. Hatten Sie mich schon aufgegeben?"

Rusk konnte die Miene des anderen nicht lesen, doch er hörte die Erheiterung in dessen Stimme. Dieser Bursche war durch nichts zu erschüttern. „Wie sind Sie unbemerkt an den FBI-Leuten vorbeigekommen?"

Tarver antwortete mit einem leisen Lachen. „Ich bin im Herzen ein Junge vom Lande geblieben."

„Können wir irgendwie raus?", fragte Rusk in bemüht gelassenem Tonfall. „Ich meine, haben Sie eine Idee?"

Glykon zog sich seinen großen Rucksack von den Schultern und ließ ihn zu Boden gleiten. „Haben Sie mich jemals ohne Idee erlebt, Andrew?"

Rusk schüttelte den Kopf. Es stimmte – auch wenn er sich nicht erinnern konnte, dass sie jemals zuvor so in der Klemme gesessen hatten.

Glykon wandte sich zum Arbeitszimmer um. „Rufen Sie Lisa her. Wir müssen anfangen."

Warum ausgerechnet das Arbeitszimmer?, wollte Rusk fragen, doch dann wurde ihm die Antwort klar: Der Raum hatte keine Fenster nach draußen. Er blickte über die Schulter. „Lisa? Komm bitte mal."

„Nein, komm du!", erklang die trotzige Antwort.

„*Lisa!* Wir haben Besuch."

„Oh, das ist was anderes. Ich komme."

Mit Glykons Auftauchen spürte Rusk seine männliche Überlegenheit zurückkehren. Er wollte eine witzige Bemerkung machen und drehte sich zu Glykon um – gerade rechtzeitig, um zu sehen, wie der Doktor eine Pistole hob und ihm damit in die Brust schoss.

Sie kämpfte sich aus einem dunklen Ozean hinauf in grelles weißes Licht.

„Alice?“, fragte eine tiefe Stimme.

Nach und nach zog sich der verschwommene Fleck über ihr zu dem sorgenvollen Gesicht John Kaisers zusammen. „Sie sind in der Notaufnahme der Uniklinik“, erklärte er. „Sie haben eine ziemlich schlimme Gehirnerschütterung, doch ansonsten scheint Ihnen nichts zu fehlen.“

„Wo ist Onkel Will?“ Alice packte die Hand des Agenten. „Sagen Sie mir, dass er nicht tot ist!“

„Er lebt. Die Ärzte haben seine Wunde im Rücken genäht und ihn für vierundzwanzig Stunden zur Beobachtung aufgenommen. Sie ebenfalls.“

Sie wollte sich aufsetzen, doch eine Woge der Übelkeit rollte durch ihren Magen. Behutsam drückte Kaiser sie auf die Untersuchungsliege zurück.

„Es tut mir leid, John, dass ich Sie angelogen habe. Ich weiß, Sie haben mir gesagt, dass ich mich von dort fernhalten soll …“

„Verschwenden Sie nicht Ihre Energie. Ich hätte wissen müssen, dass Sie trotzdem hinfahren, ganz gleich was man Ihnen sagt. Ich an Ihrer Stelle hätte wahrscheinlich genauso gehandelt.“

„Was ist eigentlich passiert? Eine Bombe?“

„Das frage ich *Sie*.“

Alice schüttelte den Kopf, versuchte sich zu erinnern. „Ich weiß nur, dass ich durch ein Fenster blickte und Hunde sah … viele, und alle schliefen. Es schien irgendwie seltsam. Dann hörte ich einen Motor und sah aus den Augenwinkeln einen davonrasenden Lieferwagen. Da wusste ich, was los war. Intuition, verstehen Sie? Ich wusste, dass Noel D. Traver und Eldon Tarver ein und dieselbe Person sind, ich wusste, dass Tarver flüchten wollte und dass er mich so nahe an sich hatte herankommen lassen, weil er mich ausschalten wollte – mitsamt den Beweisen, die sich in diesem Gebäude befanden, wie immer sie auch aussahen. Haben Sie den Durchsuchungsbefehl? Oder stellt Tyler sich immer noch quer?“

Kaiser seufzte. „Nicht mehr ganz. Wir haben den Beschluss für Tarvers Haus. Derzeit ist ein Team dort. Bis jetzt haben sie allerdings nichts Belastendes gefunden.“

„Nichts, das ihn mit Rusk in Verbindung bringt?“

Er schüttelte den Kopf. „Aber diese Geschichte über das Virus-Krebs-Programm, die Sie herausgefunden haben, ist atemberaubend. Das und die Explosion in der Hundezucht haben Tyler bewegt, den Richter um den Durchsuchungsbefehl zu bitten. Wir müssen nur noch ein paar Beweise für Straftaten finden, die weniger als dreißig Jahre zurückliegen.“

„Was ist mit Rusk? Sie sollten sein Büro und sein Haus ebenfalls durchsuchen.“

„Tyler sträubt sich mit Händen und Füßen dagegen. Er meint, es gäbe keinerlei Veranlassung, gegen Rusk zu ermitteln. Aber keine Sorge, Rusk sitzt im Augenblick in seinem Haus fest. Ich habe sechs Leute, die ihn rund um die Uhr überwachen.“

„Keine Idee, wo Tarver sein könnte?“

„Keine.“

„Thora Shepard?“

Kaiser blickte verlegen drein. „Sie war heute Nachmittag bei Rusk in der Kanzlei, aber irgendwie ist sie nach draußen geschlüpft, ohne dass unsere Jungs es bemerkt hätten.“

„Was ist mit Chris?“

„Dr. Shepard ist hier im Hospital. Er hat hohes Fieber und ist stark dehydriert. Er hat vom Hotel aus einen Notruf abgesetzt. Als er hier eingeliefert wurde, fragte er nach einem alten Studienkollegen, Dr. Clarke.“

Angst durchzuckte sie wie ein Stich. „Dem Onkologen meiner Mutter?“

„Genau. Dr. Clarke und Tom Cage haben Chris in die onkologische Abteilung eingewiesen. Er liegt nur ein paar Türen weiter als Ihre Mutter.“

„Was ist mit seinem Sohn? Hat jemand nach Ben gesehen?“

„Dr. Shepard war im Fieberwahn, als er eingeliefert wurde, aber er fragte immer wieder nach dem Jungen – und übrigens auch nach Ihnen. Schließlich fand er genügend Kraft, um einen Anruf zu machen. Ben geht es gut.“

Alice versuchte, die Situation durch den Nebel in ihrem Kopf hindurch von allen Seiten zu durchleuchten. „Thora muss außer sich sein vor Angst. Außerdem ist sie eine Bedrohung für Rusk und seinen Komplizen. Was, wenn sie das Bürogebäude nie verlassen hat? Wenn Rusk sie dort oben bei sich getötet hat? Oder vielleicht war auch Tarver in Rusks Kanzlei.“

„Möglich. Halten Sie es für wahrscheinlich, dass die beiden so schnell gegen Thora vorgehen würden?“

„Ich sage nur zwei Worte: William Braid.“

Kaiser verzog das Gesicht. „Sie haben Recht. Also schön, ich trommle ein paar Leute zusammen, die das Hochhaus durchsuchen.“

„Offiziell?“

„Nein. Aber wenn wir eine Leiche finden, können wir Rusk vorläufig festnehmen und beim Verhör in die Mangel nehmen.“ Er drückte Alice’ Schulter. „Ich muss jetzt los. Es wird Zeit, dass Sie sich ausruhen.“

Sie schnaubte verächtlich. „Sie wissen, dass ich kein Auge zumachen werde, solange die Dinge im Fluss sind!“

Frustriert schüttelte Kaiser den Kopf, doch Alice sah, wie froh er war, dass es ihr gut genug ging, um ihm Widerworte zu geben.

„Wenn Sie die Ärzte überreden können, mich zu entlassen, verspreche ich Ihnen, dass ich im Hospital bleibe. Ich verbringe die Nacht im Zimmer meiner Mutter. Auf diese Weise kann ich auf sie und auf Chris aufpassen."

Kaiser starrte sie sekundenlang an. „Bleiben Sie hier", sagte er schließlich. „Bleiben Sie hier und rühren Sie sich nicht. Ich sehe zu, was ich für Sie tun kann."

Blinzelnd erwachte Andrew Rusk. Er war mit Klebeband an den Sessel hinter seinem Schreibtisch gefesselt, und sein Mund war mit dem Band zugeklebt. Lisa saß ihm gegenüber auf dem Ledersofa. Ihre dünnen Handgelenke und Knöchel waren ebenfalls mit Klebeband aneinandergebunden, und ein silbernes Rechteck verschloss auch ihren Mund.

Glykon stand zwischen Lisa und dem Tisch. Seine Augen funkelten irre, und er streckte beide Arme hoch über den Kopf. In den Händen hielt er zwei dicke schwarze Schlangen, die sich um seine Unterarme wanden.

Panik stieg in Rusk auf, als er den Schmerz spürte, der von seiner Brust ausstrahlte, und die beiden kleinen Blutflecken auf seinem Hemd bemerkte. Doch dann sah er das Gewirr aus dünnem silbernem Draht zu Glykons Füßen. Taserdraht. Jetzt erinnerte er sich wieder an die Pistole draußen in der Halle und den Schuss aus kürzester Distanz, der ihn in die Brust getroffen hatte. Es war eine Schockpistole gewesen, deren mit Draht verbundene Projektile ihn nach dem Abfeuern durch Elektroimpulse betäubt hatten. So hatte Glykon ihn also in den Sessel verfrachten und fesseln können.

Der Doktor setzte sich nun mit dem Gesicht zu Rusk auf den Schreibtisch. Die Schlange, die dem Anwalt am nächsten war, besaß einen diamantförmigen Kopf und prall gefüllte Giftdrüsen unter den Augen. Eine Wassermokassin, erkannte Rusk entsetzt.

„Ich bin sicher, inzwischen haben Sie herausgefunden, aus welchem Grund ich hergekommen bin, Andrew."

Rusk schüttelte den Kopf, doch er konnte es sich eigentlich denken. Glykon wollte die Diamanten.

„Nein? Vielleicht sind Sie von meinen Freundinnen hier ein wenig abgelenkt."

Glykon streckte die rechte Hand aus, bis der Kopf der Schlange so nahe war, dass sie Rusk ins Gesicht hätte beißen können. Die Pupillen der Mokassin waren senkrechte Ellipsen, wie Katzenaugen. Als spürte sie Rusks Angst, riss sie das Maul auf und enthüllte fünf Zentimeter lange Giftzähne.

„Wo sind die Diamanten, Andrew? Oder vielleicht mag Ihre hübsche kleine Ehefrau diese Schlangen ja lieber als Sie.“

Glykon ging auf Lisa zu, die wimmernd auf dem Sofa kauerte. Als der Doktor immer näher kam, blähte ein Schrei aus ihrer Brust ihre Wangen auf und brach sich trompetend durch die Nase Bahn.

Glykon lachte leise, wich zwei Schritte zurück und öffnete mit der Fußspitze einen weißen Beutel. Dann schob er eine der Schlangen hinein, trat mit dem Fuß auf die Öffnung des Beutels und zog sie mit einem Durchziehband zusammen. Danach wandte er sich wieder an Rusk, während er den Kopf der verbliebenen Schlange streichelte.

„Ich werde das Klebeband ein Stück von Ihren Lippen lösen, Andrew. Sie werden nicht schreien. Sie werden nicht um Ihr Leben oder das Ihrer Frau betteln. Ich weiß, dass die Steine hier sind. Ich kenne Ihren Fluchtplan, ich selbst habe ihn entwickelt. Aber jetzt ist es an der Zeit, sich von diesem Traum zu verabschieden und das nackte Leben zu retten.“

Er zog ein paar Zentimeter Klebeband von Rusks Lippen. Mit trockenem Mund krächzte der Anwalt: „Sie werden mich doch sowieso töten, egal was ich tue.“

Glykon schüttelte den Kopf und nahm einen Putter, den Rusk aufbewahrte, um das Einlochen zu üben. Indem Tarver den Schläger am Kopf packte, begann er, die Mokassin mit dem belederten Griff zu reizen. „*Agkistrodon piscivorus* ist ein furchterregender Killer“, erklärte der Doktor, während die Schlange ihre Fänge entblößte und nach dem Schläger schnappte. „Ihr Gift ist ein Hämotoxin, eine komplexe Mischung aus Proteinen. In dem Augenblick, da es injiziert wird, beginnt es mit der Zerstörung der Blutzellen und löst die Gefäßwände auf. Es zersetzt sogar das Muskelgewebe. Die Schmerzen sind unbeschreiblich, wie man mir berichtet hat. Binnen weniger Stunden setzt Gewebsnekrose ein, und die Haut wird schwarz wie Teer. Sind Sie sicher, dass Sie Ihre Meinung nicht ändern wollen?“

Rusk starrte Glykon nur an. Ganz gleich was der Doktor ihnen versprach – er würde sie in dieser Nacht töten. Zu Rusks Erstaunen nahm ihm diese Erkenntnis einen großen Teil seiner Angst. Er hatte den Tod in der Vergangenheit oft herausgefordert, doch es war stets seine eigene Entscheidung gewesen, meist in Gesellschaft anderer Yuppies auf der Suche nach Nervenkitzel. Sie hatten genau gewusst, dass Rettungsprofis sie von einem Berg herunterholen würden, falls mal etwas schiefging.

Das hier war anders, ein Kampf bis zum unausweichlichen Tod, und er hatte keine Verbündeten auf seiner Seite. Was er wusste, war Folgendes: Er war bereit, einen qualvollen Tod zu sterben, doch er war nicht bereit, seinen

Partner die Früchte von fünf Jahren Arbeit stehlen zu lassen. Ihm war außerdem klar, dass sein neu gefundener Mut nicht auf einem Schwall Endorphine basierte, die sich in wenigen Minuten wieder verflüchtigen würden. Irgendwo tief ihn ihm hatte ein Stück Pfadfinder überlebt. Und dem war bekannt, dass die Bisse von Wassermokassins zwar so schmerzhaft waren, wie Glykon sie beschrieben hatte, doch selten zum Tod führten. Wenn die Mokassin, die sich um Glykons Arm wand, Rusk in eine Extremität biss, war es durchaus möglich, dass er bis zum Morgen einen Arm oder sogar ein Bein verlor. Doch er würde nicht sterben. Und darin lag sein verborgener Vorteil: Er war bereit, für zwanzig Millionen Dollar einen Arm herzugeben. Denn am Morgen würden die Agenten draußen sich fragen, wieso er nicht zur Arbeit gefahren war, und sich Zutritt verschaffen.

Rusk blickte Glykon fest in die Augen. „Die Diamanten sind nicht hier."

Was als Nächstes geschah, ließ all seine logische Argumentation wie ein Kartenhaus in sich zusammenfallen. Glykon beugte sich über Lisa, klopfte der Schlange zweimal mit dem Schläger auf das Maul und ließ sie los. Die Mokassin schlug blitzschnell zu und erwischte Lisa am Oberkörper. Als der Tumult endete, hatte die Schlange sich fest im Unterarm von Rusks Frau verbissen. Lisa sprang vom Sofa auf und schwang hektisch ihre gefesselten Arme umher, als wäre sie von Dämonen besessen. Endlich ließ die Schlange los, und ihr schwerer Leib wurde gegen eine Reihe Bücher im Regal geschleudert.

Glykon war blitzschnell über dem Tier. Er lenkte die Mokassin mit dem blitzenden Putter ab, packte sie hinter dem Kopf und hob sie hoch.

Lisa war auf dem Sofa zusammengebrochen und starrte auf die zwei punktförmigen Wunden in ihrem Arm. Ihr Atem ging schneller und schneller. Schaum drang aus ihren Nasenlöchern.

„Sie sehen, welche Folgen es hat, wenn jemand nicht kooperieren will", seufzte der Doktor. „Ich gebe Ihnen noch eine letzte Chance, Andrew. Aber vorher möchte ich Ihnen etwas erklären. Ich habe nicht die Absicht, Sie zu töten. Wenn ich Sie töte, bringt mir das einen Haufen Probleme ein. Ihren Ex Nihilo-Mechanismus beispielsweise. Ganz zu schweigen von der Morduntersuchung. Wenn ich Sie hingegen am Leben lasse, sind Ihnen die Hände gebunden, weil Sie selbst sich ebenfalls schuldig gemacht haben. So wie es von Anfang an war. Sehen Sie? Sie können diese Nacht überleben. Ihre Diamanten sind der Preis dafür. Was ist schon Geld im Vergleich zu dreißig oder vierzig Jahren Leben? Sie haben reichlich Zeit, mehr zu verdienen. Ich nicht. Ich muss nehmen, was das Leben mir bietet." Glykon kam um den Schreibtisch herum und setzte sich dicht vor Rusk. „Vertrauen Sie der Logik, Andrew. Ich bin viel sicherer, wenn Sie leben, als wenn Sie tot sind. Sind Sie nun bereit, mir zu verraten, wo Sie die Diamanten versteckt haben?"

Rusk blickte zur anderen Seite des Zimmers. Zitternd lag Lisa auf dem Sofa und starrte immer noch auf die Löcher in ihrem Unterarm. An der Stelle des Bisses war bereits eine dunkelviolette Schwellung zu sehen. Lisas Augen traten hervor wie bei einer Kranken, die an Schilddrüsenüberfunktion leidet. Sie versuchte auf die Füße zu kommen, brach aber zusammen und stürzte zu Boden.

„Ich sage es Ihnen. Aber was ist mit Lisa?"

„Wenn ich weg bin, bringen Sie sie in die Notaufnahme. Sagen Sie, sie wäre beim Gärtnern gebissen worden. Benutzen Sie Ihre Fantasie." Glykon streckte die freie Hand aus und zog Rusk am Kinn zu sich hin, bis ihre Augen nur noch wenige Zentimeter voneinander entfernt waren. „Es ist Zeit."

„Unter meinem Bett", flüsterte Rusk. „In einem Bordkoffer."

Glykon lachte auf. „Sie haben die Steine unter dem Bett aufbewahrt?"

„Ich hatte sie vergraben, genau wie Sie es sagten. Ich habe sie erst heute Nachmittag wieder ausgegraben."

„Sehr klug, Andrew."

Glykon umrundete den Schreibtisch und stopfte die zweite Mokassin zu ihrer Gefährtin in den Beutel. Dann klebte er Rusk den Mund wieder zu und verließ das Arbeitszimmer.

Auf der anderen Seite des Schreibtisches erklang ein Wimmern. Rusk konnte sich nicht einmal annähernd vorstellen, was in Lisa vorgehen mochte – falls sie überhaupt noch bei klarem Verstand war. Er sehnte sich verzweifelt da-nach, ihr zu helfen, doch seine Fesseln machten es unmöglich.

Eine knarrende Diele kündete von Glykons Rückkehr. Er grinste durch seinen Bart hindurch, als er den schweren Koffer mit lautem Krachen auf den Schreibtisch stellte. Sodann zog er ein kleines Messer aus der Tasche. „Ich schneide Lisas Handfesseln zu drei Vierteln durch", verkündete er. „Sie müsste imstande sein, den Rest zu zerreißen, wenn sie sich ein paar Minuten zusammennimmt und falls es Ihnen gelingt, sie bei Bewusstsein zu halten."

Während Rusk gegen die Fesseln ankämpfte, die ihn an den Sessel banden, erhob sich der Doktor wieder, schulterte seinen Rucksack, nahm den Koffer und verließ das Arbeitszimmer.

Rusk öffnete den Mund, so weit er konnte, und das Klebeband über seinen Lippen löste sich. „Lisa!", rief er. „Kannst du mich hören? Reiß das Band von deinen Handgelenken! Du musst es abreißen, bevor du das Bewusstsein verlierst! Du musst uns beide retten, Schatz!"

Keine Antwort.

Dann hörte Rusk, wie sich etwas bewegte. Danach das wundervolle Geräusch von Klebeband, das zerrissen wurde. Ein leises, unmenschlich klingendes Stöhnen.

„Lisa? Bist du frei? Als Nächstes musst du deine Füße losmachen! Liebling, kannst du mich hören?“

Das Geräusch abreißenden Klebebandes wiederholte sich, und diesmal dauerte es an.

„Das ist gut, Schatz! Ich wusste, du schaffst es! Steh auf, Liebling. Steh auf und mach mich los!“

Die Frau, die sich auf der anderen Seite des Schreibtisches vom Boden erhob, war kaum wiederzuerkennen. Sie sah aus, als wäre sie durch die Hölle geschleift worden. Ihr Mund stand offen, als wäre sie stumpfsinnig, und ihre Augen waren blutunterlaufen.

„Lisa, hörst du, was ich sage? Mach mich los! Ich muss dich ins Krankenhaus bringen! Auf dem Beistelltisch neben dem Sofa liegt ein Taschenmesser. Das kleine Messer, das ich als Hochzeitsgeschenk bekommen habe.“

War da ein Flackern des Erkennens in ihren Augen? Ja!

Langsam wie ein Zombie ging sie zum Beistelltisch. Bückte sich. Doch als sie wieder hochkam, hatte sie nicht das Taschenmesser in der Hand.

„Lisa? Hol das Messer! Das ist ein Golfschläger, den du da hältst.“

Sie starrte auf den Putter und erwiderte leise: „Ich weiß.“

Sie kam zum Schreibtisch, hob den Schläger hoch über den Kopf und schwang ihn in weitem, kraftvollem Bogen herab. Rusk war in seinem Sessel zur Unbeweglichkeit verdammt. Er zuckte nur einmal kurz, als der Schläger ihm den Schädel zertrümmerte.

Alice ließ die schlaffe Hand ihrer Mutter los und schlich leise aus dem Krankenzimmer. Sie hatte fast eine Stunde am Bett gesessen und die meiste Zeit leise geredet, doch das Gesicht ihrer Mutter hatte nicht ein einziges Mal gezuckt. Margaret Morse war stark betäubt, und das nicht ohne Grund. Sie war an einem Punkt angelangt, wo ein Ende besser war als ein Weiterleben.

In Krankenhauspantoffeln schlurfte Alice über den Gang und passierte die fünf Türen, die das Zimmer ihrer Mutter und das von Chris trennten. Zu ihrem Erstaunen fand sie ihn wach vor, als sie eintrat. Sie beugte sich über sein Bett und sah, dass er weinte. Sie nahm seine Hand. „Was ist?“

„Ich habe gerade mit Mrs Johnson telefoniert. Ben ist furchtbar aufgeregt“, berichtete er. „Thora hat sich nicht bei ihm gemeldet, und an meiner Stimme hat er gemerkt, dass irgendetwas nicht stimmt.“

Vorsichtig legte Alice die Hand auf seinen Arm. „Es gibt ein paar Dinge, die du erfahren musst. Will war Ohrenzeuge, wie Thora Rusk aufgefordert hat, den Anschlag gegen dich abzublasen. Es ist Zeit, sie zu verhaften."

In seinen Augen stand Verwirrung. „Sie hat versucht, den Anschlag abzubrechen?"

„Nur weil sie wusste, dass du ihr auf die Schliche gekommen bist. Sie muss allein um ihres eigenen Schutzes willen verhaftet werden. Sie stellt eine Bedrohung für Rusk und Tarver dar."

„Aber wer kümmert sich um Ben, wenn Thora verhaftet wird?"

„Mrs Johnson?", schlug Alice vor.

Chris schüttelte den Kopf. „Mir wäre es lieber, wenn Tom Cage und seine Frau das übernehmen könnten. Tom weiß, was zu tun ist, wenn die Dinge aus dem Ruder laufen."

„Ich rufe ihn an. Du versuchst dich zu beruhigen."

„Ich möchte nicht, dass Ben sieht, wie seine Mutter verhaftet wird."

„Ich weiß. Und ich glaube auch nicht, dass es dazu kommt. Die Alternative könnte allerdings noch schlimmer sein." Sie beugte sich hinunter und berührte seine Wange. „Ich weiß, dass es im Moment hoffnungslos aussieht. Aber du wirst auch wieder bessere Tage sehen. Du wirst weiterleben, und du wirst dein Leben mit Ben teilen."

Er schloss die Augen. Doch als sie seine immer noch brennend heiße Stirn streichelte, spürte sie auf einmal die schreckliche Angst, er könnte die Nacht nicht überleben.

JOHN KAISER stieg in den Fond eines schwarzen Chevy Suburban, der vor Andrew Rusks Grundstück parkte. Fünf Agenten vom FBI-Büro Jackson warteten im Wagen – drei Männer und zwei Frauen. Einer von ihnen hatte gemeldet, dass der Anwalt an diesem Morgen noch nicht das Haus verlassen hatte, um ins Büro zu fahren. Normalerweise war er so pünktlich, dass man die Uhr nach ihm stellen konnte. Das hatte Kaiser stutzig gemacht.

„Wir haben immer noch keinen Durchsuchungsbefehl", teilte er den anderen mit. „Also gehe ich zur Haustür und klopfe. Wenn niemand öffnet, werden Sie sich um das Haus herum verteilen und durch die Fenster sehen. Halten Sie Ausschau nach einem hinreichenden Verdachtsmoment, das es uns erlaubt, ins Haus einzudringen. Verstanden?"

Gemächlich rollte der Suburban unter den Bäumen hindurch und hielt vor dem Haupteingang. Kaiser stieg aus, ging zur Tür und läutete.

Niemand öffnete.

Er läutete noch einmal. Eine weitere Minute verging.

„Ausschwärmen!“, rief er den Agenten zu. Eine düstere Vorahnung erfüllte ihn.

Sämtliche Wagentüren öffneten sich gleichzeitig, und die Agenten verteilten sich rings um das Haus. Kaiser läutete unterdessen weiter. Dann stieg er die Treppenstufen der Veranda hinunter und umrundete das Haus.

„Hierher!“, rief plötzlich eine Agentin. „In der Küche!“

Kaiser rannte los. „Was gibt's denn?“

Die Beamtin wich vom Fenster zurück. „Sieht aus wie eine weibliche Person. Sie liegt mit dem Gesicht nach unten auf dem Boden. Wagenschlüssel in der rechten Hand. Ein wenig Blut unter dem Arm. Das einzige Blut, das ich gesehen habe.“

Kaiser drückte das Gesicht an die Scheibe. „Warten Sie fünf Minuten, dann alarmieren Sie die Staatspolizei und das Büro des Sheriffs. Das sieht nach einem hinreichenden Verdachtsmoment aus.“

ALICE lenkte ihren Mietwagen neben den Pulk von Behördenfahrzeugen, die vor dem Anwesen der Rusks parkten. Sie wusste, dass Kaiser wütend sein würde – als er sie angerufen hatte, um ihr mitzuteilen, dass man den Anwalt und seine Frau tot aufgefunden hatte, hatte er ihr auch verboten, vor Ort aufzutauchen. Doch nach sechs Wochen voller Blut, Schweiß und Tränen konnte sie nicht untätig herumsitzen, während andere den Stab aufnahmen und weitermachten. Abgesehen davon kann Kaiser mir keine Befehle erteilen, wenn ich keine Agentin des FBI mehr bin, dachte sie.

Sie passierte einen Kordon aus Beamten des Sheriffbüros, doch niemand stellte sich ihr in den Weg. Nach weniger als einer Minute war sie im Arbeitszimmer, wo der tote Andrew Rusk immer noch mit Klebeband gefesselt in dem Sessel hinter dem Schreibtisch saß. Hinter der Leiche kauerten zwei Männer, von denen Alice einen als Kaiser erkannte. Das blaue Leuchten eines Schneidbrenners rahmte die Silhouetten der beiden Männer ein. Nach einer Minute vernahm Alice ein triumphierendes Grunzen.

Kaiser erhob sich und drehte sich zu ihr um. „Verdammt!“, raunzte er sie mit unüberhörbarer Verärgerung an. „Hören Sie eigentlich nie, wenn man Ihnen was sagt?“

„Das ist mein Fall“, erwiderte sie halsstarrig.

„Sie haben keine Fälle! Kapieren Sie das nicht? Ich selbst bin nur hier, weil ich dem Sheriff gesagt habe, dass möglicherweise biologische Waffen im Haus versteckt sind und wir alles überprüfen müssen, bevor die normale Spurensicherung ihre Arbeit aufnehmen kann.“

„Was ist in dem Safe drin?“

„Das werden wir gleich herausfinden. Werfen Sie unterdessen einen Blick auf den Notizblock auf dem Schreibtisch."

Alice tat wie geheißen. Es standen in Bleistift geschriebene Zahlen darauf. „Was ist das? Sieht aus wie GPS-Koordinaten."

„Das sind sie auch, nehme ich an. Dazu eine Zeit und ein Datum."

Alice las die Zahlen nochmals. „Das ist heute!"

„Ja. Vierzehn Uhr. Ich denke, Ihr Freund, der Anwalt, wollte gerade seine Koffer packen. Einer unserer Leute denkt, dass die Koordinaten eine Stelle irgendwo an der Golfküste bezeichnen, wenn nicht sogar direkt *im* Golf von Mexiko."

Der Mann mit dem Schneidbrenner breitete ein paar Papiere auf dem Boden aus, und Kaiser kniete sich hin, um den Inhalt des Safes in Augenschein zu nehmen.

„Irgendetwas von Interesse?", fragte Alice.

„Würden Sie zwei Pässe aus Costa Rica interessant nennen?"

„Wir haben mittlerweile ein Auslieferungsabkommen mit Costa Rica."

„Ja. Aber diese Pässe sind nicht auf die Rusks ausgestellt."

„Aber es sind die Fotos der Rusks?"

„Ja. Sehen Sie selbst."

Alice trat vor und beugte sich über seine Schulter. Kaiser hatte Recht. Sie nahm einen der Pässe und verglich das lächelnde Porträt Andrew Rusks mit dem blutigen Leichnam im Sessel zu ihrer Linken. Dann schaute sie Kaiser weiter beim Durchblättern der Papiere zu: Versicherungspolicen, Testamente, Sozialversicherungsunterlagen …

„Was haben Sie sonst noch?"

„Eine Jacht." Er hielt ein Foto hoch. „Mit dem Ding kann man die Welt umsegeln. Rusk hat alles Mögliche gemacht. Sämtliche Hobbys der Reichen und Schamlosen. Er besitzt außerdem noch ein Powerboat, das normalerweise auf einem Anhänger hinter dem Haus steht." Er blickte von den Papieren auf. „Es steht aber kein Powerboat hinter dem Haus."

Alice warf einen neuerlichen Blick auf den Notizblock mit den handschriftlichen Koordinaten. „Was, wenn er vorhatte, sich auf See mit jemandem zu treffen? Mit dem Powerboat die 24-Meilen-Zone hinter sich bringen, an Bord dieser Jacht gehen und nach Costa Rica segeln?"

Kaiser starrte auf ein Blatt, das er in den Händen hielt, und stieß einen langgezogenen Pfiff aus. „Dieses Dokument garantiert dem Inhaber freie Passage durch kubanische Gewässer und gestattet ihm außerdem, in der Marina von Havanna anzulegen. Es ist vom Verteidigungsminister höchstpersönlich unterzeichnet. Und auf Dr. Eldon Tarver ausgestellt."

Alice nahm das Dokument und las es Zeile für Zeile. Ihr Pulsschlag beschleunigte sich mit jedem Wort. „Das ist eine Fotokopie."

„Es ist viel mehr als das: ein eindeutiger Beweis, dass Rusk und Tarver zusammengearbeitet haben."

Alice gab Kaiser die Kopie zurück. „Warum sollten die Kubaner dem guten Dr. Tarver eine Einwanderungsgenehmigung erteilen?"

Kaiser blickte sie an, als wäre sie schwer von Begriff. „Das Virus-Krebs-Programm. Virale Biowaffen. Jede Wette, dass der kubanische Geheimdienst Tarver ein lukratives Angebot für seine Mitarbeit unterbreitet hat. Er muss geglaubt haben, dass Kuba ein geeigneter Ort sei, um für eine Weile den Kopf einzuziehen. So lange, bis es sicher wäre, unter einem anderen Namen nach Costa Rica zu gehen."

„Was ist Ihrer Meinung nach hier passiert?" Alice neigte den Kopf in Richtung Rusks Leiche. „Glauben Sie, Tarver steckt dahinter?"

„Ich wüsste nicht, wer sonst. Der Gerichtsmediziner meint, die Frau sei an Schlangenbissen gestorben. Sie wurde zweimal gebissen. Einmal in den Unterarm und einmal in die Brust, direkt über dem Herzen."

„Mein Gott!" Alice erschauerte bei der Vorstellung, was sich in diesem Raum ereignet haben musste. „Was glauben Sie, hinter was Tarver her war? Er hat den Safe ja nicht angerührt, oder?" Sie sah sich im Zimmer um. „Haben Sie den Block mit den Koordinaten auf dem Schreibtisch gefunden?"

„Nein. Er lag auf dem Kühlschrank in der Küche, unter einem Serviertablett. Außerdem ist einer der Techniker draußen im Garten auf ein rechteckiges Loch gestoßen. Sieht so aus, als wäre erst vor kürzester Zeit irgendetwas ausgegraben worden."

„Bargeld?", mutmaßte Alice.

Kaiser blickte skeptisch drein. „Ich schätze, dass es etwas Dauerhafteres war. Gold vielleicht. Oder Edelsteine. Bei Tarver zu Hause wurde gestern Abend ebenfalls ein Loch gefunden."

„Tatsächlich? Diese Typen haben anscheinend Schätze angehäuft."

„Sir?", meldete sich der Techniker zu Wort, der das Arbeitszimmer mit einem starken Scheinwerfer abgesucht hatte. „Ich habe hier was auf dem Boden gefunden. Als hätte das Opfer versucht, etwas mit dem Fuß zu schreiben. Hier, im Blut." Er beugte sich darüber. „Sieht aus wie *A 23*. Wie ein Autokennzeichen."

„Vergessen Sie nicht, es zu fotografieren." Kaiser nahm Alice am Arm und führte sie hinaus. „Zu dumm, dass seine Frau es nicht mehr bis ins Krankenhaus geschafft hat. Ich nehme an, sie war ein ‚Kollateralschaden'."

„Warum hat sie nicht den Notruf gewählt?"

„Die Leitung war tot. Jemand hat die Kabel draußen durchschnitten.“

„Obwohl Ihre Leute das Haus observierten?“

Kaiser nickte und blieb an der Haustür stehen. „Dieser Kerl ist unbemerkt durch einen Kordon von sechs Agenten geschlüpft. Rein und raus, ohne jedes Geräusch. Ein ernst zu nehmender Verdächtiger.“ Er fasste Alice bei den Schultern und sah ihr tief in die Augen. „Sie *müssen* sich aus dieser Sache raushalten. Zumindest so lange, bis wir uns überlegt haben, wie wir den Fall angehen wollen. Er wurde soeben zu einer Angelegenheit der nationalen Sicherheit. Falls Tyler herausfindet, dass Sie hier waren … ich will lieber nicht darüber nachdenken.“

Er wollte sie gerade zum Wagen bringen, als einer der Beamten ihm mitteilte, ein Anruf sei für ihn gekommen. Als Kaiser zu Alice zurückkehrte, sah er angespannt aus.

„Das war Dodson. Er wurde von Tyler informiert, dass ich ‚unautorisierte Maßnahmen‘ in einer Angelegenheit vornehme, für die die Behörden von Mississippi zuständig sind. Ich habe ihm von dem illegalen Primatenlabor erzählt, das wir gestern entdeckt haben, und dass Tarver dort anscheinend genetische Experimente durchführte. Da wirkte Dodson kurz nicht mehr so selbstsicher wie zuvor. Doch dann erzählte er, das FBI habe von Rusk vor dessen Tod zahlreiche Beschwerden erhalten, dass er von Ihnen verfolgt werde, weil Sie ihm die Schuld am Tod Ihrer Schwester geben würden. Dodson berichtete auch, dass ein gewisser Neville Byrd mit illegalen Abhörgeräten modernster Bauart in einem Hotel in der Innenstadt aufgegriffen wurde. Der Bursche behauptet, eine Alice Morse habe ihn angeheuert, um Rusks Büro zu überwachen, und sie habe das Doppelte seines üblichen Honorars gezahlt.“

Ungläubig schnappte Alice nach Luft und schüttelte entschieden den Kopf. „Ich habe den Namen noch nie gehört. Ich schwöre, ich habe ihn nicht engagiert.“

Kaiser blickte ihr direkt in die Augen. „Und dann habe ich Dodson das Dokument aus Rusks Safe vorgelesen. Sie haben verdammtes Glück, dass wir es dort gefunden haben.“

„Haben Sie Dodson auch von den GPS-Koordinaten erzählt?“

„Das musste ich. Von jetzt an werden keine Informationen mehr zurückgehalten. Die ganze Sache landet auf dem Tisch des FBI-Direktors.“

„Und wie geht es jetzt weiter?“, fragte Alice.

„Sie fahren wieder ins Krankenhaus. Versuchen Sie erst gar nicht zu widersprechen. Und ich werde diesem Kerl einen Besuch abstatten, der behauptet, Sie hätten ihn engagiert, um Rusk zu bespitzeln. Ich wette, dass vielmehr

Tarver ihn angeheuert hat, um sicherzustellen, dass sein Partner ihn nicht aufs Kreuz legt."

Als der Wagen des Gerichtsmediziners vorbeirollte, fragte Alice: „Haben Sie Dodson auch von der Botschaft auf dem Fußboden erzählt? A 23?"

Kaiser schwieg.

Alice konnte ihre Freude nicht unterdrücken. „Ich dachte, von jetzt an gäbe es kein Zurückhalten von Informationen mehr?"

„Der Bastard kann mich mal."

Ein junger Agent kam herbeigehastet. „Ich soll Sie holen, Sir. Sie haben im Kofferraum von Rusks Wagen eine Leiche gefunden."

„Also, Alice, fahren Sie jetzt bitte wieder ins Krankenhaus."

Als Kaiser zurück zum Haus eilte, schaute sie ihm verärgert nach. Dann zählte sie bis fünf und rannte ihm hinterher.

12

Alice stand vor Chris' Krankenzimmer und versuchte, all ihren Mut zusammenzunehmen, um ihm die Nachricht vom Tod seiner Frau zu überbringen.

„Kann ich Ihnen helfen, Ma'am?", fragte eine Krankenschwester.

„Nein, danke." Alice trat ein.

Als sie Chris zitternd im Bett liegen sah, sagte sie sich, dass es der falsche Zeitpunkt war, ihm von Thoras Tod zu berichten. Was hätte es genutzt?

„Alice?", flüsterte er. „Komm näher ... Ich glaube nicht, dass ich dich anstecken kann."

Sie ging zu seinem Bett, nahm seine zitternden Hände in die ihren und küsste ihn auf die Wange. „Ich weiß."

Er reagierte mit einem schwachen Lächeln. „Ein Kuss aus Mitgefühl?"

„Vielleicht." Sie wollte ihn irgendwie ablenken, wusste aber nicht wie. „Also ist Ben jetzt bei Dr. Cage zu Hause?"

„Ja. Toms Frau ist großartig. Sie hat ihn sofort bei sich aufgenommen."

„Was ist mit der Chemotherapie? Du hast immer noch nicht damit angefangen, oder?"

„Nein. Nach allem, was ich über das Virus-Krebs-Programm und Tarvers Primatenlabor erfahren habe, bin ich mehr denn je überzeugt, dass er mir ein Retrovirus injiziert hat. Kein Virus ist imstande, innerhalb weniger Tage Krebs zu erzeugen, also ist die richtige Gegenmaßnahme für den Augenblick der Einsatz von Virostatika. Deshalb auch die neuen Fieberanfälle."

Alice drückte seine Hände. „Du willst bloß nicht deine Haare verlieren, stimmt's?"

Er schloss die Augen, doch um seine Lippen spielte wieder die Andeutung eines Lächelns.

„Chris, ich muss dir noch etwas über Thora sagen."

„Oje", seufzte er müde. „Was hat sie getan?" Plötzlich flackerte Angst in seinen Augen auf. „Sie hat doch wohl nicht Ben geholt, oder?"

Alice schüttelte den Kopf. „Nein. Thora ist tot, Chris."

Er starrte sie an, ohne dass sein Gesichtsausdruck sich verändert hätte.

„Sie wurde ermordet. Wir wissen noch nicht, wer es war, aber es sieht alles danach aus, als wäre Rusk oder Tarver dafür verantwortlich."

Chris blinzelte. „Wie wurde sie umgebracht?"

„Sie wurde mit einem stumpfen Gegenstand erschlagen. Wahrscheinlich einem Hammer."

Alice sah Verzweiflung in seinem Blick. Er drehte sich zur Wand, als würde er die Neuigkeit innerlich abstreiten. Doch Alice wusste, dass er ihr glaubte.

„Ich wollte es dir erst gar nicht sagen", gestand sie hilflos. „Aber die Vorstellung, dass jemand anders es tut, war noch schlimmer."

„Ben weiß nichts von alledem, oder?"

„Nein, nein."

„Ich muss ihn sehen."

Alice hatte sich bereits darum gekümmert. „Er ist auf dem Weg hierher." Sie blickte auf die Uhr. „Er müsste jeden Augenblick hier sein. Ich habe Tom Cage angerufen, sobald wir … sobald ich es erfahren hatte. Tom hat Ben vorzeitig aus der Schule abgeholt und versprochen, ihn so schnell wie möglich herzubringen."

Chris seufzte tief und wandte sich ihr wieder zu. „Danke, dass du dich darum gekümmert hast. Tom weiß sicherlich, wie er mit Ben umgehen muss. Nun musst du noch Tarver finden."

„Man lässt mich nicht. Man hat mich zur Zuschauerin degradiert."

„Na und? Du hast doch vorher auch nie auf Erlaubnis gewartet. Und es gibt nur eine Möglichkeit, deinen Neffen zu retten – oder mich. Du musst Tarver festnageln. Nur er kann deinen Schwager jetzt noch belasten. Und nur er kann den Ärzten verraten, was er mir injiziert hat. Ohne diese Informationen bin ich sehr bald tot."

Alice war wie betäubt angesichts des Zorns in seiner Stimme. Sie dachte noch über eine beruhigende Antwort nach, als ihr Mobiltelefon in der Tasche vibrierte. Es war John Kaiser.

„Ich sitze hier bei Ihrem angeblichen Freund Neville Byrd", teilte er ihr mit.

„Er hat die Aussage über Sie widerrufen und zugegeben, dass er von Tarver beauftragt wurde.“

Erleichtert schloss Alice die Augen. „Wie haben Sie das geschafft?“

Während Kaiser antwortete, schaltete sie den Lautsprecher ihres Handys ein, damit Chris mithören konnte.

„Als Byrd und sein Anwalt die Worte Antiterrorgesetz hörten, wurden sie schlagartig sehr gesprächig. Aber Tarver hat Byrd nicht nur angeheuert, um Rusk im Auge zu behalten. Der Anwalt hatte einen digitalen Mechanismus eingerichtet, der Tarver vernichten sollte, wäre der Doktor auf den Gedanken gekommen, Rusk zu eliminieren. Eine Art Lebensversicherung. Byrd sollte herausfinden, was das für ein Mechanismus war.“

„Und, ist es ihm gelungen?“

„Ja. Rusk hatte ein Benutzerkonto bei einem niederländischen Internet-Dienstleister namens Ex Nihilo. Einmal am Tag musste er sich einloggen und eine Serie von Passwörtern eingeben, um zu verifizieren, dass er am Leben war. Wäre seine Meldung ausgeblieben, wäre eine digitale Akte über jedes gemeinschaftlich mit Tarver begangene Verbrechen an das FBI und die Staatspolizei von Mississippi übersandt worden.“

„Gütiger Himmel! Sagen Sie mir, dass Sie diese Datei haben, John.“

„Habe ich. Aber ich kann sie nicht öffnen, weil ich das finale Passwort nicht besitze. Rusk hat die Datei nie geöffnet, während Byrd ihn observierte. Byrd versucht gerade, sie für uns zu hacken – bis jetzt ohne Erfolg.“

„Haben Sie eine Idee, was für ein Passwort das sein könnte?“

„Ich nehme an, dass Rusks letzter bewusster Gedanke der an Rache war, nachdem Tarver ihm den Golfschläger über den Kopf gezogen hatte. Er konnte das Telefon nicht benutzen, doch den Fuß noch gut genug bewegen, um damit im Blut am Boden zu schreiben.“

„A 23!“, rief Alice.

„Ganz genau. Aber was könnte das bedeuten?“

„Es muss etwas sein, von dem Rusk dachte, dass wir dahinterkommen können. Wie lauteten seine Passwörter?“

„Zwei waren Namen aus der klassischen Literatur. Ein anderes war die Lichtgeschwindigkeit. Und ein weiteres die Zahl Pi bis zur neunten Stelle hinter dem Komma.“

Chris packte Alice’ Ellbogen. „Es gibt da eine Zahl, die ich mit A und 23 in Verbindung bringen würde: die Avogadrosche Zahl.“

„Wer spricht da?“, wollte Kaiser wissen.

„Chris“, antwortete Alice. „Was ist die Avogadrosche Zahl?“, fragte sie den Arzt.

„Eine physikalische Konstante. Sie hat mit der molaren Konzentration zu tun. Jeder Schüler im Leistungskurs Chemie muss sie auswendig können. Sie lautet: sechs Komma null zwo zwo mal zehn hoch dreiundzwanzig."

„Hoch dreiundzwanzig", wiederholte Alice. „A 23."

„Wie würden Sie das ausschreiben?", fragte Kaiser.

Chris sah zur Decke. „Sechs-Komma-null-zwo-zwo-X-eins-null-zwo-drei."

„Habe ich gehört", bestätigte Kaiser. „Neville tippt das Passwort ein."

Alice wartete.

„Fehlanzeige", meldete Kaiser entmutigt.

„Lassen Sie das Komma weg", empfahl Chris.

„In Ordnung. Byrd versucht es noch einmal …"

Alice zuckte zusammen, als ein Triumphschrei durch den Hörer drang.

„Das ist es!", rief Kaiser. „Wir sind drin!"

Alice drückte das Telefon so fest, dass ihre Hand schmerzte. „Was steht drin? John, was steht in der Datei?"

„Gütiger Himmel … Ein Geständnis, so viel ist klar. Seiten über Seiten."

Alice nahm Chris' Hand in ihre. „Sehen Sie Grace' Namen?"

„Ich suche … Hier sind mehrere der Opfer aufgeführt, die Sie für mich aufgeschrieben haben." Pause. „Hier", murmelte Kaiser. „Grace Fennell."

Alice spürte, wie die Tränen über ihre Wangen strömten. „Kopieren Sie diese Datei, John, *auf der Stelle*!"

„Das hat Neville bereits getan", versicherte er ihr. „Er druckt im Moment alles aus."

„Was ist mit meinem Namen?", erkundigte sich Chris.

„Hier. Dr. Christopher Shepard. Es steht alles schwarz auf weiß da. Alle Beweise der Welt. Rusk gesteht, dass er und Tarver zusammen neunzehn Menschen getötet haben." Kaisers Stimme klang immer aufgeregter. „Warten Sie! Man hat mir eine Notiz hingeschoben. Soeben wurde Rusks Powerboat entdeckt! Es sitzt auf einem Anhänger hinter einem schwarzen Dodge Pick-up, der auf dem Highway 49 nach Süden unterwegs ist."

„Ist etwas über den Fahrer bekannt?", fragte Alice.

„Ein kahlköpfiger Mann mit grauem Bart und leuchtendem Feuermal auf der linken Wange."

Ihr Puls begann zu rasen. „Wir haben ihn!"

„Nein, wir wissen lediglich, wo er vor fünfzehn Minuten war. Der Highway 49 führt zur Golfküste, nicht wahr?"

„Richtig. Haben Sie inzwischen herausgefunden, wo genau diese GPS-Koordinaten liegen?"

„Ja. Sie bezeichnen tatsächlich einen Punkt *im* Golf von Mexiko. Fünfundvierzig Kilometer südlich von Petit Bois Island."

„Außerhalb der Zuständigkeit der Küstenwache." Alice warf einen Blick auf ihre Armbanduhr. „Vierzehn Uhr. Keine zwei Stunden mehr."

„Keine Sorge. Ich habe einen Hubschrauber in Bereitschaft", erwiderte Kaiser schwer atmend, als wäre er bereits losgerannt. „Gehen Sie aufs Dach der Uniklinik, da ist ein Landeplatz. Ich hole Sie dort ab. Wir nehmen sechs Jungs des Sondereinsatzkommandos aus Jackson mit und treffen uns mit ein paar meiner eigenen Leute aus dem FBI-Büro New Orleans. Ich bin in zehn Minuten bei Ihnen."

Sie beendeten das Telefonat. Chris beobachtete Alice vollkommen reglos. Sein Zittern hatte aufgehört.

„Ich muss mit John fliegen. Ich will dich nicht allein lassen, aber …"

„Ich komme schon klar, Alice. Geh und schnapp dir Tarver."

Nachdem sie eine Gefühlsaufwallung niedergekämpft hatte, winkte sie zum Abschied, verließ das Zimmer und rannte auf die Aufzüge zu. Zehn Schritte weiter passierte sie die Tür zum Zimmer ihrer Mutter und blieb abrupt stehen. Dann eilte sie ins Zimmer, drückte die Hand ihrer Mutter und beugte sich zu ihr hinunter.

„Mom?", flüsterte sie. „Jamie wird nichts geschehen. Ich sorge dafür. Du kannst jetzt loslassen."

Sie betete um ein Zeichen, ein blinzelndes Auge oder einen sich bewegenden Finger – doch da war nichts. Sie küsste ihre Mutter auf die Wange und rannte hinaus.

ALICE suchte den grauen Himmel nach Kaisers Hubschrauber ab. Als sie eine Vibration am Oberschenkel spürte, zog sie ihr Handy hervor und sah auf das Display: 1 NEUE NACHRICHT. Sie klappte das Gerät auf und sah, dass die Mitteilung von Jamie kam. Endlich! Sie drückte auf LESEN.

> Dad packt unsere Sachen. Sagt, wir ziehen um. Heute noch! Habe gehört, wie er mit ihr über Mexiko geredet hat. Kann er mich einfach mitnehmen nach Mexiko? Er scheint Angst zu haben. Ich habe auch Angst. Kannst du mich holen? Rest am Computer. Dad lässt mich nicht telefonieren.

Alice knallte das Handy auf ihren Oberschenkel. Bills Timing war wie üblich perfekt. Am liebsten hätte sie Kaiser gebeten, den Hubschrauber umzuleiten, um Jamie zu holen, aber das ging natürlich nicht. Rusks schriftliches Geständnis würde Bill bald genug an die Wand nageln, doch im Augenblick hatte er die gesetzliche Vormundschaft über den Jungen.

Alice hatte geglaubt, der Hubschrauber würde sie zu dem Mann bringen, der Grace ermordet hatte, doch nun wurde ihr bewusst, dass nicht Tarver der Mörder ihrer Schwester war. Er war nur die Waffe gewesen. Der eigentliche Mörder war Bill. Und jetzt plante er wie Tarver, aus dem Land zu flüchten – mit Jamie im Gepäck. Damit blieb Alice keine Wahl. Doch das konnte sie Kaiser nicht sagen. Gut möglich, dass sie selbst innerhalb der nächsten dreißig Minuten gegen das Gesetz verstoßen würde: Entführung eines Kindes. Sie durfte Kaiser nicht in diese Sache hineinziehen.

Sie sah noch einmal zum Himmel hinauf, dann drückte sie sich das Mobiltelefon ans Ohr und rief Kaiser an. „Meine Mutter, John. Organversagen. Sie hat eine Patientenverfügung unterschrieben, was bedeutet, dass sie bald sterben wird. Es ist unfassbar."

„Es ist Ihre Entscheidung, Alice." Er schwieg.

„Sie ist meine Mutter. Ich danke Ihnen, dass Sie mir die Chance verschafft haben. Und jetzt fliegen Sie weiter, ohne mich. Nageln Sie den verdammten Bastard fest."

„Gut. Es tut mir leid wegen Ihrer Mom!"

Alice beendete das Gespräch, dann wählte sie die Nummer von Will Kilmer, der sich inzwischen selbst aus dem Krankenhaus entlassen hatte.

Der FBI-Helikopter befand sich 45 Kilometer südlich von Jackson, als die Zweifel, die an Kaiser nagten, übermächtig wurden. Würde Alice wirklich die Chance verpassen wollen, den Kerl zur Strecke zu bringen, der ihre Schwester auf dem Gewissen hatte? Sie hätte beinahe ihre Karriere wegen dieser Geschichte ruiniert. Er rief in der Universitätsklinik an. Als die Telefonzentrale sich meldete, gab er sich als Agent des FBI zu erkennen und verlangte die Oberschwester der onkologischen Abteilung zu sprechen.

„Wir haben einen Notfall auf Leben und Tod. Die Tochter Ihrer Patientin Margaret Morse ist darin verwickelt, Agentin Alice Morse."

„Ich habe sie nicht mehr gesehen, seit sie vor zwanzig Minuten nach draußen gerannt ist."

„Haben Sie Agentin Morse in den letzten Minuten angerufen und ihr mitgeteilt, dass ihre Mutter stirbt?"

„Nein. Mrs Morse scheint sich heute Morgen sogar ein wenig gefangen zu haben."

Kaiser legte auf und sah den Piloten an, während er mit dem Zeigefinger einen waagerechten Kreis in der Luft beschrieb. „Wir drehen um!"

Während der Helikopter über der I-55 wendete, wählte Kaiser die Nummer des FBI-Büros Jackson und verlangte einen Techniker zu sprechen.

„Ich brauche die GPS-Koordinaten eines Mobiltelefons. So schnell wie möglich.“ Er nannte Alice’ Nummer und fügte hinzu: „Rufen Sie mich zurück, sobald Sie die Koordinaten haben.“

Wohin will Alice?, überlegte er. Glaubte sie etwa, dass der Mann, der Rusks Boot zur Küste brachte, nicht Tarver war? Hatte Kilmer das herausgefunden? Möglich. Andererseits hatte der Grund dafür, warum Alice nicht mitgeflogen war, vielleicht überhaupt nichts mit Tarver zu tun. Aber was konnte so wichtig für sie sein?

Sein Handy läutete. „Hallo?“

„Ich habe die Koordinaten, Sir. Das Mobiltelefon befindet sich auf der Coachman’s Road, gleich am Ufer des Ross-Barnett-Stausees.“

„Ist der Rose’s Bluff Drive da irgendwo in der Nähe?“

„Jawohl, Sir. Ganz in der Nähe.“

Kaiser beendete die Verbindung. „Das Haus ihres Schwagers!“

Der Pilot sah zu ihm hinüber. „Wo fliegen wir jetzt hin, Sir?“

Ihr Neffe, dachte Kaiser wütend. Geht es etwa um irgendwelchen Sorgerechtsmist? Jamie war der eigentliche Grund, warum Alice so hartnäckig an diesem Fall gearbeitet hatte. Aber war es möglich, dass Bill Fennell Tarver bei der Flucht half? Nicht wenn der Pathologe auf dem Weg zur Golfküste war. Aber wenn dem nicht so war? Was, wenn wirklich jemand anders den Pick-up mit Rusks Powerboat auf dem Anhänger lenkte?

Bill Fennell wohnte am Südwestufer des Ross-Barnett-Stausees, einer hundertdreißig Quadratkilometer großen Wasserfläche, die in einem Sturm wie dem, der gerade aufzog, schaumgekrönte Wellen hervorbringen konnte, die so hoch waren wie auf dem Meer.

In einem blauen Nissan, den Will als Ersatz für seinen Explorer gemietet hatte, jagte er mit Alice über die Coachman’s Road. Der Ford stand noch in der Werkstatt, wo er nach der Explosion des Labors wieder instand gesetzt wurde. Wills .357er-Magnum lag auf dem Sitz zwischen den beiden, dazu eine Schrotflinte auf dem Rücksitz. Alice’ geliehene SIG lag im Handschuhfach, und sie hatte eine .38er-Smith-&-Wesson in einem Halfter um ihren linken Knöchel geschnallt.

„Hast du noch irgendwelche Textnachrichten erhalten?“, fragte Will.

„Nein. Ich hoffe nur, sie sind noch nicht aufgebrochen. Sie müssen hier entlangkommen, nicht wahr?“

„Nicht unbedingt. Es gibt ein halbes Dutzend Wege aus dieser Gegend.“

Das aufgewühlte Wasser des Sees kam in Sicht. Will bog nach Süden ab und fuhr den Streifen Land entlang, auf dem sich Bills Anwesen befand.

„Wie willst du vorgehen, Kleines?"

„Wir fragen nett und höflich nach Jamie. Dann nehmen wir ihn mit und verschwinden von hier. Bill wird wahrscheinlich wegen Mord verhaftet, noch ehe der Tag zu Ende ist." Alice deutete auf ein großes schmiedeeisernes Tor fünfzig Meter voraus. „Fahr langsamer."

Nachdem Will vor dem Tor gehalten hatte, sah er Alice fest in die Augen. „Bevor wir reingehen, möchte ich dir eine Frage stellen. Wie groß ist die Chance, dass wir in eine Falle tappen?"

„Deshalb bist du bei mir", antwortete sie leise. „Wenn ich mit Sicherheit wüsste, dass ich es nur mit Bill zu tun habe, brauchte ich niemanden, der mir hilft, mit ihm fertig zu werden."

Will seufzte. „So was Ähnliches habe ich mir schon gedacht."

„Wenn du möchtest, gehe ich ohne dich rein", sagte Alice ernst. „Du kannst so lange hier warten."

Der alte Detektiv schaute sie an. „Dein Dad hat mir so oft den Hintern gerettet, dass ich es nicht mehr zählen kann. Deshalb bin ich jetzt an seiner Stelle hier. Und ich werde tun, was er tun würde. Los, gehen wir den Jungen holen."

Er fuhr durchs Tor und über die lange, gewundene Auffahrt, die zur Rückseite der Fennell-Villa führte, einer überdimensionalen Kopie eines Südstaaten-Anwesens mit weißen Säulen und umlaufender Veranda.

Will parkte hinter einer kleinen Baumgruppe gut hundert Meter vom Haus entfernt. „Das ist nah genug."

Als er den Motor abstellte, setzte der Regen ein, der sich seit Stunden am Himmel angekündigt hatte, und fegte über das Anwesen. Alice öffnete das Handschuhfach, nahm die SIG, stieg aus und marschierte durch den peitschenden Regen zu einer großen Eiche. Will trug das Schrotgewehr locker in der linken Hand, sodass der Lauf nach unten zeigte, während er in der rechten seine Pistole hielt. Als er bei Alice angekommen war, beobachteten sie gemeinsam das Haus und das umliegende Grundstück.

Die Villa war zum See hin gebaut worden. Wie Alice wusste, erstreckte sich vor der Hausfront ein breiter Pier weit in den See hinaus, an dessen Ende sich ein Bootshaus befand.

„Das ist Bills Hummer." Alice deutete auf das wuchtige Geländefahrzeug, das in der Ferne in der Garage zu erkennen war.

„Ich weiß", erwiderte Will. „Ich habe ihn damit gesehen, wenn er Jamie vorbeibrachte und der Junge mit Jim zum Angeln fuhr."

„Ich hatte ganz vergessen, dass du ab und zu mit ihnen gegangen bist."

Will stapfte über die freie Fläche los. „Jamie ist ein guter Junge. Ich hatte nie viel für seinen Dad übrig. Ein Großmaul, wenn du mich fragst."

„Du weißt, was ich von ihm halte." Alice folgte ihm dicht auf den Fersen.

Sie bewegten sich wie Schatten durch den Regen. Als das Haus noch zwanzig Meter vor ihnen lag, blieben sie hinter ein paar großen immergrünen Sträuchern stehen.

„Wir versuchen, einen Blick ins Innere zu werfen", entschied Will.

Sie traten hinter den Büschen hervor und huschten zur rechten Seite des Hauses. Will drängte sich durch die dichte Hecke unterhalb der Veranda, dann kletterte er an der Ecke über das Geländer, wo er auf Alice wartete.

Hinter dem ersten Fenster lag ein leeres Zimmer. Sie schlichen an der Wand entlang zum nächsten Fenster. Hinter der Scheibe war niemand zu sehen.

„Hände hoch!", befahl eine herrische Stimme hinter ihnen. „Ich ziele mit einer abgesägten Schrotflinte auf Sie. Bleiben Sie mit den Gesichtern zur Wand stehen und werfen Sie die Waffen übers Geländer."

„Wo ist er hergekommen?", flüsterte Will Alice von links zu.

Die Hecke, erkannte sie. Er hatte hinter der Hecke gelauert.

Will drehte sich halb zur Seite und sagte mit rauer Stimme: „Hören Sie, Fennell, Sie wollen doch bestimmt nicht …"

„Das ist nicht Bill", fiel Alice ihm ins Wort.

Er blickte über die Schulter, schloss die Augen und schüttelte den Kopf.

So viel musste man Tarver lassen – seine Strategie war bewundernswert. Er hatte die angebliche Nachricht von Jamie geschickt und sich dann auf die Lauer gelegt, um auf die Reaktion zu warten. Einfach, doch brillant. Die Frage lautete allerdings: Wieso war Tarver überhaupt hier?

„Versuchen Sie nicht, den Helden zu spielen, Opa", sagte der Doktor. „Sie sind längst über das Alter hinaus."

Will murmelte eine unverständliche Antwort.

„Und Sie, Agentin Alice, erinnern sich bestimmt, wie es ist, wenn man von einer Ladung Schrot getroffen wird, oder? Also werfen Sie Ihre Waffen über das Geländer! Und zwar *sofort*!"

Sie spürte, wie Will sich neben ihr anspannte wie ein Raubtier vor dem Sprung. *Lass es! Du bist nicht schneller als eine Ladung Schrot …*

„Wo ist Jamie?" Alice warf ihre SIG über die Schulter.

„Das werden Sie früh genug sehen."

Gütiger Gott, lass ihn am Leben sein …

„Ich liebe dich, Mädchen", murmelte Will fast unhörbar leise neben ihr.

Mit der gleichen Bewegung, mit der er seine Schrotflinte über die Schulter warf, wirbelte er mit all der Schnelligkeit, die ein Siebzigjähriger aufzubringen vermochte, von Alice weg. Gleichzeitig feuerte er seine Pistole ab, um Tarver zu verwirren, während er Alice damit eine einzige Chance erkaufte.

Ihre Hand hatte die .38er im Knöchelhalfter beinahe erreicht, als der kanonenlaute Knall der abgesägten Schrotflinte den Lärm der Schüsse aus Wills Pistole überdeckte. Als Alice mit der .38er hochkam, befand sich der qualmende Lauf von Tarvers Flinte nur einen halben Meter von ihrem Gesicht entfernt.

„Es wäre eine Schande, die andere Hälfte Ihres Gesichts auch noch zu ruinieren“, drohte er.

Alice bewegte nur die Augen. Will lag auf dem Gesicht. Unter ihm breitete sich eine große dunkle Blutlache aus. „O Gott!“, stöhnte Alice mit Tränen in den Augen. „Du verdammtes Schwein!“

„Es war seine eigene Entscheidung. Los, ins Haus jetzt! Gehen Sie!“ Tarver deutete zur dem See zugewandten Vorderseite des Gebäudes.

Auf dem Weg zum Eingang starrte Alice zum Bootshaus am Ende des Piers und fragte sich, ob Bills Powerboat dort lag. Wenn es ihr gelang, Jamie aus dem Haus zu befreien …

Der vordere Teil der Veranda war verglast. Alice öffnete die Tür zu dem geschützten Bereich, trat ein und blieb vor der Tür stehen, die ins Innere des Hauses führte. Welcher Albtraum mochte sie auf der anderen Seite erwarten?

„Gehen Sie rein!“, befahl Tarver.

Alice drehte den Knauf und drückte die Tür aus dunklem Zypressenholz auf.

Bill Fennell lag am Fuß der großen Treppe. Seine langen Beine waren in eigenartigem Winkel abgespreizt, und sein Mund stand offen. Als Alice den Raum mit hektischen Blicken nach Jamie absuchte, stieß Tarver ihr den Lauf der Schrotflinte zwischen die Schulterblätter und trieb sie weiter.

„Warum haben Sie Bill umgebracht?“

„Er ist nicht tot“, antwortete Tarver. „Ich habe ihn betäubt.“

Wahr oder unwahr? „Wo ist Jamie?“

Mit dem Lauf der Waffe deutete Tarver zu einem Flur, der in den hinteren Teil des Hauses führte. „Im Wäscheraum.“

Alice wappnete sich innerlich gegen unaussprechliches Entsetzen, ehe sie die Tür öffnete.

Jamie hockte auf der Waschmaschine und starrte wie hypnotisiert auf zwei schwarze Knäuel am Fußboden. Es dauerte ein paar Sekunden, bis Alice den Anblick in sich aufgenommen hatte. Die Schlangen waren dick und kurz und besaßen große dreieckige Köpfe. *Wassermokassins* …

„Tante Alice!“ Jamies Augen leuchteten. „Du bist gekommen!“

Sie zwang sich zu einem Lächeln. „Natürlich bin ich gekommen, Kumpel.“ Sie drehte sich zu Tarver um und zischte: „Sadist!“

Ungerührt kicherte er. „Dem Jungen fehlt nichts. Sehen Sie die?“

Er zeigte auf zwei große wasserdichte Koffer, die neben den Schlangen standen; einer war gelb, der andere weiß. Es war die Art Koffer, in denen Ingenieure und Techniker teure Ausrüstung transportierten.

„Tragen Sie sie nach vorn vors Haus!“, befahl Tarver. „Los, Bewegung!“

„Ich komme wieder, Jamie“, versprach Alice.

Der Junge nickte, doch seine Blicke kehrten rasch zu den beiden Schlangen am Boden zurück.

Die Peli-Koffer waren so schwer, dass Alice sie kaum hochbekam. Als sie rückwärts nach draußen wankte, sah sie, wie Tarver einen Jutebeutel öffnete. Vielleicht hatte er vor, die Schlangen für eine Weile wegzupacken.

Als ihr bewusst wurde, dass Tarver ihr nicht in den Vorraum gefolgt war, ließ sie die Koffer fallen und stürzte zu Bills Waffenschrank im Flur, doch die Türen waren fest verschlossen. Alice versuchte sie aufzubrechen, als Tarver nach draußen kam und Jamie am Arm hinter sich herzerrte.

„Dafür reißt Tante Alice dir die Birne ab, du blöder Affe!“, schrie der Junge mit schriller, sich überschlagender Stimme.

Tarver versetzte ihm einen Schlag gegen die Schläfe, und Jamie fiel zu Boden. Seine Schreie verstummten schlagartig.

Wo ist die Schrotflinte?, fragte sich Alice.

Tarver trat zu einem Bücherregal, griff in eines der oberen Fächer und brachte eine automatische Pistole zum Vorschein, die Alice als eine Beretta aus Bills Sammlung erkannte. Dann zog Tarver ihre eigene SIG-Sauer, die hinten in seinem Hosenbund gesteckt hatte.

„Warum tun Sie das?“, fragte Alice. „Warum sind Sie nicht verschwunden, als Sie die Chance dazu hatten?“

Tarver lächelte sie gezwungen an. „Ich beginne heute ein neues Leben. Mit einer neuen Identität. Ich hätte Sie nur zu gerne weiterleben lassen, aber ich fürchte, Sie haben einen Hinweis auf den Weg in mein neues Leben. Sie wissen es vielleicht noch nicht, aber es ist so. Und wenn ich Sie am Leben lasse, werden Sie sich irgendwann erinnern.“

Mit einer beiläufigen Bewegung drehte er sich zur Seite und schoss Bill mit Alice' SIG in den Kopf.

Entsetzt zuckte sie zurück, doch sie hatte keine Zeit, sich um Bill zu sorgen. Jamie rührte sich am Boden. Wenn er den Kopf hob, würde er das zerfetzte Gesicht seines Vaters sehen. Alice sprang zu dem Jungen und verdeckte ihm mit ihrem Körper die Sicht.

„Perfekt“, sagte Tarver. „Wie klingt das: Sie kamen her, um Ihren Neffen zu retten. Fennell widersetzte sich, und Sie erschossen ihn. Leider wurde der Junge bei dem Schusswechsel ebenfalls getötet. Ich denke, das FBI wird die Untersuchung so schnell wie möglich hinter sich bringen wollen.“

„Bitte“, flehte Alice. „Töten Sie mich, aber lassen Sie Jamie am Leben!“

Tarver schüttelte den Kopf. „Er darf nicht überleben, sonst erzählt er Ihren Freunden vom FBI, dass er letzte Nacht zwei Fremde als Gäste hatte.“

Verwirrt blinzelte sie. „Zwei?“

„Meinen Bruder Judah und mich.“

„Dann fährt Judah den Wagen mit Rusks Powerboat?“

Tarver grinste. „Etwas Make-up kann wahre Wunder bewirken. Leben Sie wohl, Alice. Sie waren eine würdige Gegnerin.“ Er wechselte die Beretta in die rechte Hand, trat einen Schritt zurück und zielte auf Jamie.

Ein beinahe unwiderstehlicher Impuls befahl Alice, den Jungen hochzuheben und mit ihm zu flüchten. Sie wusste, dass sie nichts damit erreichen konnte – aber war es nicht besser, bei dem Versuch zu sterben, als nichts zu tun? Wenigstens war Jamie bewusstlos und würde das Ende nicht mitbekommen. Alice schob die Arme unter ihn und mühte sich, seinen schlaffen Körper anzuheben. Kein Schuss fiel. *Warum feuert der Kerl nicht?*

Mit geneigtem Kopf stand Tarver da und lauschte auf den Sturm draußen vor dem Haus. Alice folgte seinem Beispiel. Zuerst hörte sie nichts, doch dann … das charakteristische Pochen von Rotorblättern. Ein Hubschrauber landete hinter dem Haus!

„Schade, dass Ihr Plan jetzt nicht mehr funktioniert, Doktor.“ Alice zwang sich zur gelassenen Gleichmut der Geiselunterhändlerin. „Allein schon die Tatsache, dass Sie hier sind, macht alles zunichte.“

Tarver trat einen Schritt auf sie zu und hämmerte ihr den Lauf der Beretta so heftig ins Gesicht, dass sie für einen Moment nichts mehr sah und über Jamie fiel. Rennende Schritte entfernten sich und kehrten kurz darauf zurück. Tarver riss Alice auf die Beine. Als ihr Sehvermögen wiederkehrte, sah sie, dass er eine Rolle Klebeband und ein Seil bei sich trug.

Er schnitt ein Stück von dem Seil ab, band damit Jamies Füße zusammen und fesselte ihn an das schwere Bein eines danebenstehenden Sofas. „Sagen Sie mir, wer bei denen das Kommando hat, Alice.“

„Ich bin die Unterhändlerin. Sie reden mit mir.“

Er schlug sie wieder, diesmal auf die Nasenwurzel. Sogleich strömte ein roter Schwall über Alice’ Lippen und Kinn. Blut spuckend zog sie ihr Handy aus der Tasche und reichte es Tarver. „Kurzwahltaste vier. John Kaiser.“

Tarver riss ein Stück Klebeband ab und fesselte damit Alice’ Hände. Dann schob er ihr Handy in die eine Tasche, nahm sein eigenes aus der anderen, drückte eine Taste und wartete. Alice kniete am Boden und hielt Jamie, der wieder zu sich kam, so gut sie konnte. Sie betete darum, dass das Einsatzkommando bereits um das Haus ausschwärmte.

„Wie nah sind Sie, Edward?“, fragte Tarver ins Telefon. „Zehn Minuten oder weniger. Bleiben Sie auf Höhe, bis ich Ihnen die endgültige Position durchgebe … Genau.“

Höhe?, dachte Alice. Hat er etwa einen Hubschrauber in der Nähe?

Jetzt holte Tarver ihr Handy hervor und drückte einen Knopf. „Spreche ich mit Agent Kaiser? … Gut. Hören Sie genau zu, ich habe folgende Forderungen. Ich will, dass Sie in zwanzig Minuten einen Suburban des FBI mit geschwärzten Scheiben vor der Hintertür des Hauses parken und wieder verschwinden. Das ist die Seite, wo Ihr Helikopter steht. Außerdem verlange ich eine Cessna Citation mit einem Piloten, vollen Tanks und laufenden Motoren auf dem Flughafen von Madison County. Versuchen Sie nicht, die Auffahrt zu blockieren, wenn wir losfahren. Schießen Sie nicht, wenn sich die Hintertür öffnet. Der Fennell-Junge wird vor mir hergehen. Und vergessen Sie nicht, in zwanzig Minuten steht der Suburban vor der Tür.“

Tarver unterbrach die Verbindung und schob das Handy in seine Tasche. Dann hob er die Flinte hinter dem Sofa auf und feuerte damit in den Boden.

Jamie drängte sich dichter an Alice, als die Waffe losdonnerte.

Tarver packte Bills Leichnam bei den Fußgelenken und zerrte ihn in Richtung Hintertür. Alice kroch zum Sofa, schob ihre gefesselten Hände darunter und hob es mit aller Kraft an. „Zieh das Seil vom Sofabein runter!“, flüsterte sie ihrem Neffen zu. „Mach schnell!“

Sie vernahm ein Ächzen, das ihr verriet, dass Tarver Bills Leiche hochhob und vor die Tür warf. Jamie hatte das Seil fast vom Sofabein abgestreift, als der Doktor ins Zimmer zurückkehrte. Der Junge legte sich wieder hin.

„Der Kleine ist der Nächste, Kaiser“, drohte Tarver in Alice’ Handy. „Sie haben noch neunzehn Minuten.“

Alice sah, dass er ein Bettlaken aus dem Wäscheraum mitgebracht hatte. Er schüttelte es auseinander, nahm eine Schere aus seinem Rucksack und schnitt ungefähr in der Mitte zwei Gucklöcher in den cremefarbenen Stoff.

„Was tun Sie da?“, fragte Jamie. „Wird das ein Halloween-Kostüm?“

Tarver lachte. „Ganz genau, mein Junge. Und es wird einigen Leuten eine Heidenangst einjagen.“

Er durchschnitt das Seil, das Jamie ans Sofabein fesselte. Dann nahm er ein längeres Stück und band den Jungen an sich fest, indem er das Seil mehrfach um seinen Bauch und danach um den von Jamie schlang. Er ließ weniger als einen Meter freies Seil zwischen ihnen.

„Bitte tun Sie das nicht, Dr. Tarver!“, bettelte Alice. „Lassen Sie Jamie gehen. *Ich* schirme Sie auf dem Weg nach draußen ab.“

Sie hätte genauso gut mit einer Statue reden können.

„Schnallen Sie sich meinen Rucksack auf“, wies Tarver sie an.

„Da sind die Schlangen drin“, warnte Jamie sie leise.

„Es ist noch mehr drin.“ Tarver schnitt Alice’ Fesseln durch.

Sie zögerte und überzeugte sich zuerst davon, dass der Rucksack sicher verschlossen war, ehe sie ihn schulterte. Er war schwer, doch zu ihrer Erleichterung bewegte sich im Innern nichts.

„Machen Sie sich bereit!“, befahl Tarver, den Blick auf die Vordertür gerichtet. „Sie werden beide Koffer tragen.“

Plötzlich wurde Alice bewusst, dass Tarvers Forderungen an Kaiser nur dazu dienten, dem FBI den größtmöglichen taktischen Nachteil zu bescheren. In diesem Moment bereiteten sie sich auf eine Szene vor, die sich so niemals abspielen würde. Weil sie auf der falschen Seite des Hauses waren.

Tarver packte Jamie und hob ihn hoch; dann zog er das doppelbettgroße Laken über sie beide. Alice erkannte nun nicht mehr, wo genau sich Jamies Körper befand.

„Wir gehen zum Bootshaus“, sagte Tarver. „Hören Sie genau zu, Alice. Wenn Sie die Koffer fallen lassen, schieße ich Jamie in den Kopf. Sag ihr, wo meine Pistole ist, Jamie.“

Alice sah ein Rucken unter dem Laken. „Unter meinem Kinn“, antwortete der Junge verängstigt.

„Sie werden die ganze Zeit vor uns hergehen, Alice. Wenn Sie vom Pier springen, erschieße ich Jamie ebenfalls. Tun Sie nichts Verrücktes. Denken Sie an Ihren grauhaarigen Freund auf der Veranda.“

Sie nahm die schweren Koffer auf.

„Direkt zum Bootshaus. Wenn Sie langsamer werden, ist Jamie tot.“

Alice stapfte hinaus in den Regen und ging über das Gras zum Pier. Angestrengt hielt sie nach Mitgliedern des Einsatzkommandos Ausschau, die hinter Büschen und Bäumen in Stellung gegangen waren, doch niemand war zu sehen. Dennoch hatte Kaiser wahrscheinlich einen oder zwei seiner Leute auf dieser Seite postiert. Sie würden ihm in diesem Augenblick berichten, was sich hinter dem Haus abspielte: Eine mit Koffern beladene Frau führte ein Gespenst über den Rasen in Richtung Pier.

Falls nicht ein nervöser Scharfschütze einen Fehler begeht, werden wir das Bootshaus lebend erreichen, dachte Alice. Und das taten sie auch.

„Aufmachen!“, brüllte Tarver.

Alice stieß die Tür auf und fand sich in feuchter Dunkelheit wieder. Ein Satz kam ihr in den Sinn, den Tarver vorhin am Handy geäußert hatte: *Bleiben Sie auf Höhe, bis ich Ihnen die endgültige Position durchgebe.* Wer würde durch die Luft zu Tarvers Rettung eilen?

Das glänzende weiße Schnellboot dümpelte in den Wellen, die unter den modernden Wänden hindurchkamen.

„Bringen Sie die Koffer ins Heck, dann gehen Sie zum Bug!“, befahl Tarver, der immer noch mit Jamie unter dem Laken wartend dastand.

Vorsichtig kletterte Alice in das schaukelnde Powerboat und verstaute die Koffer im Heck nahe den beiden riesigen Außenbordmotoren. Dann legte sie den Rucksack ab und ging nach vorn zu der gepolsterten Fläche im Bug.

Eine große Hand schoss unter dem Laken hervor und packte eines ihrer Handgelenke. „Los, halten Sie die Hände zusammen!“, schnauzte Tarver.

Er schlang ein langes Stück Klebeband um ihre Gelenke und zog es so fest, dass sie das Gefühl hatte, er würde ihr das Blut abschnüren.

Ihr Handy läutete und Tarver antwortete. „Eine Änderung des Plans, Kaiser. Ich unternehme eine Bootsfahrt. Wenn Ihr Hubschrauber sich auf weniger als dreihundert Meter nähert, töte ich den Jungen auf der Stelle.“

Tarver blieb unter dem Laken, als er hinter das Steuer trat und die Motoren startete. Das Boot glitt aus dem Bootshaus in den peitschenden Regen hinaus. Sobald es im Freien war, erbebte es unter dem Anprall der Wellen gegen den Bug, doch die Motoren drehten hoch, und das schnittige Fahrzeug sprang von Wellenkamm zu Wellenkamm. Sie hielten auf eine kleine bewaldete Insel zu, die ein paar Hundert Meter vor der Küste lag.

Alice verkroch sich hinter die Frontscheibe. Sie sah, wie der Helikopter hinter dem Haus in die Höhe stieg. Er ging in Schräglage und schoss hinaus auf den See, um dem Boot in gleichbleibendem Abstand zu folgen.

Tarver gab Vollgas, schwenkte nach steuerbord und umrundete die Insel bis zur anderen Seite. „Los, hinlegen!“, befahl er und ging unter überhängenden Ästen in Deckung.

Jetzt hörte Alice das Pochen der Rotoren des FBI-Hubschraubers über den im Leerlauf drehenden Motoren des Boots. Kaiser ließ es darauf ankommen. Alice nahm an, dass er hin- und hergerissen war zwischen Sicherheitsbedenken und der Angst, dass Tarver seine Geiseln erschießen könnte, während die Einsatzkräfte hilflos in der Nähe verharren mussten.

„Unten bleiben!“, befahl Tarver.

Alice streckte sich wieder zwischen den Bootssitzen aus. Einen Moment später hörte sie zwei Schüsse krachen. Voller Angst um Jamie blickte sie auf und sah Tarver einen dritten Schuss ins unruhige Wasser neben dem Boot abfeuern. *Was hat er vor?*

Tarver bückte sich, öffnete ein langes, schmales Fach im Bootsdeck und zog ein großkalibriges Gewehr hervor, eine weitere Waffe aus der Sammlung ihres toten Schwagers.

Was als Nächstes geschah, ereignete sich mit der grauenhaften Unausweichlichkeit eines Albtraums. Der FBI-Hubschrauber kam hundert Meter vom Boot entfernt in Sicht. Tarver grinste, dann sprang er auf wie ein Jäger hinter einem Entenschirm und feuerte in rascher Folge fünf Schüsse ab.

Schwarzer Rauch quoll aus den Turbinen des Helikopters, noch ehe der letzte Schuss einschlug. Die Maschine geriet wild ins Trudeln. Alice hörte eine Explosion; dann sackte der Helikopter unvermittelt der Wasseroberfläche entgegen, während seine Rotoren sich noch drehten. Mit der Nase voran krachte er in die weiße Gischt, doch Gott sei Dank gab es keine weiteren Explosionen. Alice erhob sich, um nach Überlebenden im Wasser Ausschau zu halten, doch sie schlug der Länge nach auf das Deck, als Tarver das Powerboat aus seinem Versteck unter den Bäumen hervorjagte.

Er brüllte in sein Mobiltelefon, um den Lärm der Motoren zu übertönen. „Es gibt eine Insel genau östlich vom Treffpunkt. Auf der einen Seite befindet sich ein abgestürzter Hubschrauber im Wasser. Ich bin auf der anderen Seite. Halten Sie sich von dem Hubschrauber fern."

Tarver umrundete die Insel, und bald darauf warteten sie wieder unter den Bäumen. Die Insel schirmte sie zwar vom Wind ab, doch der Regen prasselte weiter erbarmungslos in Alice' Gesicht, als sie den dunklen Himmel absuchte.

Sie erstarrte, als wieder das Rattern von Rotorblättern an ihre Ohren drang. War das Tarvers Komplize? Oder hatte Kaiser Luftverstärkung angefordert?

Das Rotorgeräusch wuchs zu einem Brüllen an. Dann flammten hoch über dem Boot Scheinwerfer auf. Kein Wunder, dass sie das verdammte Ding nicht hatte sehen können! Es war dunkelgrau und kaum vom Himmel zu unterscheiden. Während Alice beobachtete, wie der Hubschrauber tiefer ging, erstarb in ihr jegliche Hoffnung. Über sein Handy lotste Tarver den Piloten vorsichtig näher, während er selbst das Boot unter den Bäumen hervorfuhr. Bald schwebte der graue Helikopter direkt neben dem Speedboat so tief über dem Wasser, dass die Kufen von den Wellen überspült wurden.

Eine riesige Luke wurde geöffnet, und auf ein Zeichen von Tarver hin sprang ein schwarz gekleideter Mann aus dem Helikopter ins Boot. „Laden Sie die Koffer ein!", rief der Doktor ihm zu und deutete zum Heck.

Während der Mann nach hinten huschte, durchtrennte Tarver das Seil, das ihn mit Jamie verband, und wickelte sich das freie Ende des um den Jungen gebundenen Teils wie eine Hundeleine um die eine Hand. Mit der anderen warf er das Hochleistungsgewehr in den wartenden Helikopter.

Der schwarz gekleidete Mann hatte den ersten Koffer eingeladen und holte nun den zweiten. Tarver packte Jamie, stellte einen Fuß aufs Dollbord und machte Anstalten, den Jungen in den Hubschrauber zu werfen.

„Tante Alice!“, kreischte Jamie voller Entsetzen. „Hilf mir!“

Während er sich mit Händen und Füßen gegen Tarver zur Wehr setzte, bemerkte Alice den Piloten. Ihr stockte der Atem. Es war der grauhaarige Mann, der ihr am Vortag in Tarvers Praxis begegnet war. Und in diesem Moment wurde ihr auch bewusst, dass er der Offizier war, der auf dem Foto im Büro des Doktors zusammen mit Tarver vor dem VKP-Gebäude stand.

Die beiden Männer kletterten in den Helikopter, und Alice musste mitansehen, wie der Schwarzgekleidete Jamie hinter dem Piloten in einen Sitz schnallte. Das Gesicht des Jungen war eine Maske der Furcht.

Der Pilot drückte die Nase des Hubschraubers nach vorn und ging in Steigflug. Zehn Meter, zwanzig, dreißig. Der Pilot hielt die Maschine so, dass die Luke unablässig dem Boot zugewandt war. Schnell erkannte Alice den Grund dafür. Tarver hatte das Gewehr zur Hand genommen und kniete nun in der Luke, während er auf ihre Brust zielte. Eine weit entfernte Stimme in ihrem Kopf schrie: *Lass dich fallen!*, doch ihr Körper war wie erstarrt. Wenn sie ihr Versprechen Grace gegenüber nicht erfüllen konnte – welche Rolle spielte da noch ihr eigenes Schicksal?

Während sie auf den Mündungsblitz wartete, sah sie plötzlich einen weißen Fleck vor Tarvers Gesicht. Das Bettlaken? Nein, das lag achtlos weggeworfen hinter ihr auf dem Deck. Da bemerkte sie Jamies Gesicht neben dem flatternden weißen Etwas. Er hatte seine dünnen Arme um Tarvers Hals geschlungen und zog irgendetwas straff.

Eine Zugschnur. Der Jutesack, erkannte Alice.

Tarver begann wild um sich zu schlagen, und das Gewehr fiel aus der Luke. Der Doktor taumelte ins Innere der Kabine und stieß den schwarz gekleideten Mann gegen den Piloten. Der Helikopter machte einen Satz zur Seite und drehte sich dreißig Meter über dem Wasser um die eigene Achse. Da segelte einer der Koffer heraus. Der Schwarzgekleidete folgte mit wild in der Luft rudernden Armen und verschwand im See.

Der Helikopter drehte sich weiter. Als die Luke das nächste Mal in Sicht kam, sah Alice, dass Tarver den Sack mit beiden Händen gepackt hatte und ihn sich vom Hals riss. Ein dickes schwarzes Tau hing an seiner Wange. Alice erschauerte, als ihr klar wurde, dass es eine der Wassermokassins war, die ihre Fänge in Tarvers Gesicht geschlagen hatte. Er riss die Schlange ab und schleuderte sie hinaus. Als cr wieder in die Kabine torkelte, neigte die Maschine sich zur Seite, und Jamie schoss wie eine Kanonenkugel durch die offene Luke. Entsetzt schrie Alice auf, doch dann sah sie, dass es ein kontrollierter Sprung war und Jamie gerade, mit den Füßen zuerst, nach unten fiel. Siebzig Meter vom Boot entfernt landete er im Wasser.

Alice sprang hinter das Steuer, stellte aber fest, dass Tarver den Schlüssel mitgenommen hatte. Fluchend hämmerte sie die gefesselten Hände auf das Dollbord, ehe sie nach hinten rannte. Hoffnung erfüllte sie. Auf der Backbordseite befand sich ein elektrischer Notmotor. Bill hatte ihn häufig benutzt, um das Boot leise um Angelplätze herumzumanövrieren.

Alice starrte zurück zu der Stelle, wo Jamie im Wasser aufgeschlagen war. Dort ging der Helikopter tiefer. Offenbar hatten sie es aber nicht auf den Jungen, sondern den herausgefallenen Peli-Koffer abgesehen, der trotz seines Gewichtes an der Wasseroberfläche schwamm.

Alice hob die Klammer des Notmotors an, sodass der Propeller aus dem Wasser kam und knapp über das Dollbord ragte. Sie konnte das Boot zwar mit gefesselten Händen steuern, doch sie wäre hilflos, sobald sie Jamie erreicht hätte. Also rieb sie das Klebeband über den scharfen Blättern des Propellers hin und her und schnitt so ihre Fesseln durch.

Sobald ihre Hände frei waren, senkte sie den Propeller ins Wasser hinab und schaltete ihn an. Langsam nahm das Boot Fahrt auf. Alice sprang hinter das Steuer und richtete den Bug auf die Stelle aus, wo sie Jamie zuletzt gesehen hatte.

Zwanzig Meter voraus und ein Stück zu ihrer Rechten schwebte der graue Helikopter dicht über der Wasseroberfläche. Tarver kauerte auf der linken Kufe und versuchte verzweifelt, den Koffer aus den Wellen zu bergen. Jamie war nirgends zu sehen. Tarver wuchtete den Koffer nun in den Hubschrauber. In diesem Moment schlug eine hohe Welle durch die Luke ins Innere. Der Pilot geriet offenbar in Panik, denn er schwenkte die Rotoren nach rechts und spülte das Wasser wieder nach draußen, ehe er höher stieg. Dieses Manöver führte dazu, dass Tarver in den See fiel. Der Pilot ließ die Maschine weiter steigen und verharrte dann, als wäre er unsicher, was er als Nächstes tun sollte.

Während Alice auf der Suche nach Jamie langsame Kreise fuhr, hallte das Krachen von Gewehrfeuer über das Wasser. Zwei Schüsse … fünf. Das Echo einer Explosion wurde vom Ufer hinter Alice zurückgeworfen. Der Helikopter war hoch genug gestiegen, um Kaisers Scharfschützen ein deutliches Ziel zu bieten! Jetzt stürzte er dem See entgegen, schwarzer Rauch drang aus der Turbine.

Keine 25 Meter von Alice entfernt prallte er auf die Wellen. Mühsam versuchte sie, die Angst um ihren Neffen im Zaum zu halten. „Jamie!“, rief sie. „Jamie! Ich bin’s, Tante Alice!“

Nichts. Sie warf einen hastigen Blick nach rechts: Der Helikopter war bereits bis zum Turbinengehäuse versunken. „Jamie!“, rief sie wieder.

Da entdeckte sie ihn. Mit dem Gesicht nach oben trieb er im schweren Wellengang. Und sie sah einen kahlen Kopf mit überraschender Geschwindigkeit durch das aufgewühlte Wasser auf ihn zugleiten. Tarver würde ihn erreicht haben, lange bevor sie mit dem Boot bei Jamie sein konnte.

Aber anstatt direkt auf die beiden zuzuhalten, setzte Alice ihren Kreiskurs fort, was sie aus Tarvers Gesichtsfeld führte. Der Instinkt sagte ihr, dass er im Begriff stand, sich auf ihr Terrain zu begeben. Sechs Wochen lang war sie ihm nachgelaufen, und er war ihr immer drei Schritte voraus gewesen. Diesmal aber sah es anders aus: Sie waren in einer Verhandlungssituation.

Während das Boot langsam kreiste, rannte Alice zum Heck und suchte nach der Treibstoffleitung. *Da!* Sie riss den Schlauch ab, und Benzin lief auf das Achterdeck. Alice kehrte zum Ruder zurück und steuerte auf Tarver zu, der Jamie inzwischen wie ein Lebensretter im Bergegriff hielt. Der Junge schien bewusstlos zu sein.

Als Alice noch zehn Meter entfernt war, sprang sie wieder zum Heck und schaltete den Notmotor aus. Da stieg eine Erinnerung in ihr auf: Bill, der ein Sitzpolster hochriss, um an Werkzeug zu gelangen. Sie schob die Finger unter dasselbe Kissen. Es löste sich und gab den Blick auf einen kleinen Kasten frei. Darin lagen ein Schraubendreher, eine Rolle Isolierband und ein Satz Schraubenschlüssel. Aber kein Messer, keine Signalpistole …

„Lassen Sie uns reden!“, rief Tarver. „Ich will Ihnen ein Geschäft vorschlagen. Das Boot gegen den Jungen.“

Alice blickte auf. Während das Boot näher zu Tarver trieb, nahm sie den Schraubendreher und steckte ihn in die Tasche.

„Sie haben eine Pistole, Tarver. Ich weiß es.“

„Ich hab sie in dem Chaos verloren.“

Alice schüttelte den Kopf. „Keine Pistole, kein Boot.“

Tarvers rechte Hand hielt mit den Ruderbewegungen inne, versank unter der Wasseroberfläche und erschien mit einer Automatik in den Fingern.

„Werfen Sie die Waffe weg!“, forderte Alice.

Sie sah Wut in Tarvers Augen, doch er schleuderte die Pistole in die Wellen.

„Steigen Sie aus!“, brüllte er. „Ich habe den Schlüssel für das Boot. Sobald Sie von Bord sind, schwimme ich zum Spiegel und klettere hinein.“

„Nein! Sie schwimmen zuerst von Jamie weg!“

„Dann ertrinkt er!“

Alice drehte sich um, packte einen Rettungsring und warf ihn Tarver zu. „Schieben Sie ihm den Ring unter die Arme, dann schwimmen Sie weg!“

Tarver sah keine Alternative, also mühte er sich ab, Jamies reglosen Leib durch den Ring zu schieben. Während er damit beschäftigt war, sah Alice, dass das Feuermal auf seiner linken Gesichtshälfte nicht mehr so aussah, wie sie es in Erinnerung hatte, sondern von dem Schlangenbiss erschreckend angeschwollen war.

„Gut, schwimmen Sie weg!“, befahl Alice.

Widerstrebend ließ er Jamie los und hielt rasch auf das Heck des Bootes zu. „Springen Sie raus!“, rief er.

Immer noch misstrauisch, zog Alice die Schuhe aus, streifte ihre Jeans ab und sprang ins kalte Wasser. Während sie auf Jamie zuschwamm, bemerkte sie links von sich eine Bewegung. Tarver war nicht ins Boot gestiegen, sondern kraulte zurück in Jamies Richtung. Alice schoss ebenfalls los, doch Tarver war schneller. Er legte seine mächtige Hand auf den Kopf des Jungen und drückte ihn tief unter Wasser.

„Versuchen Sie mal, ihn jetzt noch zu retten“, höhnte Tarver.

Alice konnte Jamie nicht sehen, doch er schien sich nicht zu wehren. Tarver drückte ihn so leicht unter Wasser wie einen Säugling. Alice überlegte, den Schraubendreher zu ziehen, doch sie war Tarver in einem offenen Kampf nicht gewachsen.

Die Lösung kam ihr mit der Wucht einer Offenbarung in den Sinn. Sie tauchte nach unten ab, während die Stimme ihres Vaters in ihrem Kopf erklang. *Wenn du mit dem Rücken zur Wand stehst, tu das Unerwartete.* Sie tauchte tiefer, bis sie fünf Meter unter der Wasseroberfläche war. Dann öffnete sie die Augen und sah nach oben, doch außer einem undeutlichen Schatten war vor dem grauen Hintergrund nichts zu erkennen. Während sie langsam in die Höhe schwebte, glitt ein dunkler, schlanker Schemen an ihr vorbei. Sie packte ihn. Es war ein Knöchel – Jamies Knöchel. Sie stieß Luft aus ihrer Lunge und riss den Knöchel kräftig nach unten. Mit aller Kraft tauchte sie tiefer und spürte, dass Jamies Körper mit ihr kam.

Nach ein paar Beinstößen ging sie in die Waagerechte und zog den Jungen im Schlepptau mit sich, doch ihre Luft ging nun rasch zu Ende. Sie musste auftauchen. Als sie nach oben stieg, sah sie über sich einen schwarzen Schatten, der auf sie zukam und Luftblasen wie einen Schweif hinter sich herzog. Sie wechselte Jamies Knöchel von der rechten in die linke Hand, zog den Schraubendreher aus der Tasche und wartete.

Als der Schatten nach ihr griff, paddelte sie nach oben und stieß mit der Kraft der Verzweiflung zu. Sie traf irgendetwas, doch eine starke Hand packte ihre Kehle. Alice holte zur Seite aus und stieß ein weiteres Mal zu. Tarvers großer Leib zuckte, dann ließ er ihren Hals los. Hoffnung durchflutete Alice und drängte sie, ihm den endgültigen Stoß zu versetzen. Sie zerrte am Griff ihrer improvisierten Waffe, doch der Schraubendreher saß fest.

Sie ließ den Griff los und strampelte mit Jamie dem grauen Tageslicht entgegen. Als sie die Wellen durchbrach, tauchte Tarver direkt vor ihr auf. Sein Mund war schlaff und verzerrt. Der Schraubendreher steckte bis zum Griff in seinem linken Ohr. Mit einem letzten irren Blick auf Alice wandte Tarver sich ab und schwamm schwerfällig in Richtung Boot davon.

Alice drehte sich im Wasser und hielt auf die Insel zu. Ihre Lungen brannten, Jamies Gesicht war blau angelaufen. Nach einer Weile gehorchten ihre bleiernen Gliedmaßen ihr in den anbrandenden Wellen kaum noch, auch wenn sie wusste, dass sie wahrscheinlich nur noch ein paar Meter vom Ufer entfernt war. Vor ihrem geistigen Auge erschien ein Bild von Grace, dann von ihrem Vater und schließlich ihrer Mutter, die bewusstlos im Krankenhaus lag. Wir sind die Letzten, dachte sie hilflos, Jamie und ich. Sie versuchte zu schwimmen, hatte aber keine Reserven mehr.

Ihr Mund war voller Wasser, als sie eine Männerstimme Befehle rufen hörte. Sie hob Jamies Kopf höher, während sie versuchte, sich mit gefühllosen Beinen über Wasser zu halten. Dann wurde sie von einem starken Arm gepackt und zusammen mit Jamie zum Ufer gezogen. Man nahm ihr den Jungen ab. Halb bewusstlos bekam sie mit, wie jemand eine Herzdruckmassage durchführte. Dann öffnete sie die Augen. Besorgt sah Kaiser sie an.

„Jamie!“, stieß sie hervor. „Lebt er?“

Wie als Antwort hörte sie neben sich ein würgendes Husten, und dann fing ein Junge leise zu weinen an.

„Setzen Sie das Boot außer Gefecht!“, befahl Kaiser seinen Scharfschützen und sprang auf. „Schießen Sie auf den Motor!“

„Nein!“, rief Alice, als ihr die abgezogene Treibstoffleitung einfiel. Nach den aufbrüllenden Motoren zu urteilen, hatte Tarver sie wieder aufgesteckt. „Halt … die Benzinleitung …“

„Was?“, rief Kaiser und kam zu ihr zurück.

In diesem Moment feuerte ein Scharfschütze und das Heck des Boots verschwand in einer Stichflamme. Eine Gestalt hetzte zum Dollbord, doch bevor sie ins Wasser springen konnte, flog das Boot in die Luft.

Alice sackte in den Schlamm zurück. Sie versuchte Kaiser zu erklären, dass er die Koffer bergen müsse, doch ihre Stimme ging im Quäken der Funkgeräte und den gebrüllten Befehlen Kaisers unter. Sie rollte sich auf die Seite und sah Jamie neben sich liegen. Er starrte sie aus weit aufgerissenen Augen an – es waren Grace’ Augen. Als er eine zitternde Hand nach Alice ausstreckte, zog sie ihn an sich und drückte sein Gesicht an ihre Brust.

Sie hatte ihr Versprechen gehalten.

Epilog

Zwei Wochen später

Bist du sicher, dass du weißt, wo es hingeht?", fragte Jamie, während sie durch einen Tunnel aus Eichen fuhren.

„Es ist noch nicht lange her, dass ich das letzte Mal hier war. Ich habe mit ihm auf der großen Brücke gestanden, über die wir eben gefahren sind."

Jamie beugte sich vor. „Ich glaube, ich sehe es. Ist das ein Fahrweg?"

„Ist es, Adlerauge."

Nervös starrte der Junge durch die schmale Lücke zwischen den Bäumen. „Mann, ist das dunkel da drin!"

Alice verlangsamte den Wagen vor der Abzweigung und bog nach links auf den holprigen Weg ein. Doch ohne Allradantrieb war er nahezu unpassierbar. Nach fünfzig Metern gab es nur noch Sand. Sie mussten den Wagen stehen lassen. „Los", verkündete Alice. „Von hier aus gehen wir zu Fuß."

Jamie sah sie überrascht an, stieg jedoch aus. Alice nahm ein Terrakottagefäß vom Sitz, schloss ab und ging voran. Die Luft war stickig und schwül, und Pferdebremsen schwirrten blutrünstig um ihre Gesichter.

„So ein Quatsch", maulte Jamie. „Ich glaub nicht, dass da jemand ist."

„Hab Vertrauen." Alice blieb stehen und lauschte. „Hörst du das?" Sie lächelte. „Wasser." Langsam lief sie los.

Jamie rannte neben ihr her. Einen Moment später brachen sie unter den Bäumen hervor in helles Sonnenlicht, das in einem breiten Bach wie Diamanten funkelte.

„Wir dachten schon, ihr hättet aufgegeben!", rief eine Männerstimme.

Alice schirmte die Augen gegen die Sonne ab und folgte dem Verlauf des Baches. Dreißig Meter entfernt saßen Chris und Ben auf einem umgefallenen Baumstamm vor einem kleinen Lagerfeuer. Der Wind wehte den Duft gegrillten Fleischs heran.

Jamie rannte über den Sand los. Alice folgte ihm ein wenig langsamer.

Als sie das Lagerfeuer erreicht hatte, tollten Ben und Jamie bereits auf der Suche nach alten Pfeilspitzen und Dinosaurierknochen im Bach herum.

Chris stand auf und umarmte Alice zur Begrüßung. „Was ist da drin?"

Sie nahm den Gefäßdeckel ab und zog eine Flasche gekühlten Weißwein hervor. „Mein Beitrag. Um die allgemeine Stimmung zu heben."

Chris lachte. „Ich hoffe, du hast einen Korkenzieher mitgebracht."

Sie lächelte. „Schraubverschluss."

Er griff nach der Flasche, öffnete sie und füllte zwei Styroporbecher. Sie nahmen auf dem Baumstamm Platz und tranken.

„Wie geht es Ben?“, fragte Alice nach einer Weile.

„Er hat ein paar schlimme Nächte hinter sich. Im Moment schläft er bei mir. Insgesamt hält er sich aber prächtig. Und wie geht es Jamie?“

„Besser. Doch er vermisst Grace immer noch sehr. Viel mehr als seinen Vater. Aber wie steht's mit *dir*?“

„Körperlich nicht allzu schlecht. Ich habe noch immer eine Reihe seltsamer Symptome, doch Peter Connolly meint, dass es sich um Reaktionen auf das Gegenmittel handelt.“

Chris war von einem Arzt der Army behandelt worden. Dieser hatte ihm Injektionen aus den Ampullen verabreicht, die sich in einem der beiden geborgenen Peli-Koffer befunden hatten. Die Ampullen waren Chris' einzige Hoffnung, das krebserzeugende Virus zu neutralisieren, das Tarver ihm injiziert hatte. Die Unterlagen des Doktors waren von den besten Virologen des Landes eingehend studiert worden, und sie waren zuversichtlich, dass Chris wieder völlig gesund würde.

Alice hob ihren Becher zu einem Toast. Sie stießen an und tranken.

„Und wie geht es sonst?“

„Von Tag zu Tag besser. Tom Cage hat mir viel geholfen.“ Chris füllte ihren Becher nach. „Wie entwickelt sich die Sorgerechtssache?“

„Jamie bleibt bei mir, daran besteht kein Zweifel. Der Richter hat die Klausel in Grace' ursprünglichem Testament für wirksam erklärt. Ich bin Jamies Patentante, und im Testament steht eindeutig, dass ich ihn aufziehen soll, falls Bill und Grace sterben. Damit wäre der Fall klar.“

„Hast du überlegt, wohin du von hier aus gehst?“

„Der FBI-Direktor hat mir angeboten, zu meiner alten Stelle nach Washington zurückzukehren. Aber vor ein paar Tagen habe ich ein anderes Angebot bekommen. Der Chef des FBI-Büros New Orleans hat mich gefragt, ob ich als Geiselunterhändlerin für ihn arbeiten möchte.“

Chris hob die Augenbrauen. „Steckt John Kaiser dahinter?“

Sie nickte. „Er hat viel Einfluss in New Orleans. Abgesehen davon passiert dort im Moment eine Menge. Die Kriminalität gerät außer Kontrolle.“

„Klingt nach einer wunderbaren Stadt, um dort ein Kind aufzuziehen.“

Alice lächelte verhalten. „Ich weiß. Aber es ist wirklich hübsch dort. Und es ist der Süden – es wird Zeit für mich, nach Hause zurückzukehren.“

Chris sah ihr fest in die Augen. „Da hast du wohl Recht.“

Eine Weile erwiderte sie seinen Blick wortlos, bevor sie in die Tasche griff und eine kleine Plastikhülle zum Vorschein brachte.

„Was ist das?“, erkundigte er sich.

„Die Original-Minidisk von Thora und Lansing auf dem Balkon. Sie befand sich unter Wills persönlichen Dingen, aber ich finde, sie gehört dir.“

Chris streckte die Hand nach der Hülle aus und warf sie ins Feuer.

„Die Vergangenheit soll also ruhen?“, fragte Alice.

Er nickte. „Du könntest es auch mal damit versuchen.“

Ohne Vorwarnung hob er die Hand und betastete die Narben um ihr rechtes Auge herum. Alice zuckte zusammen und wollte zurückweichen, doch irgendwie fand sie die Kraft, die Berührung zu ertragen.

„Thora war nach außen hin vollkommen“, meinte Chris. „Doch im Innern war sie hässlich. Selbstsüchtig und grausam. Du sollst wissen, dass diese Narben keine Rolle spielen.“

Melancholisch lächelte sie. „Doch, tun sie. Ich weiß es, weil es eine Zeit gab, als ich sie noch nicht hatte. Die Leute haben mich anders behandelt.“

Chris beugte sich vor und drückte seine Lippen auf die schlimmste Narbe, einen purpurnen Gewebegrat gleich unter ihrer Schläfe. „So etwa?“

Alice war so aufgewühlt, dass sie sich abwenden wollte, doch er hielt sie fest. „Ich habe dir eine Frage gestellt.“

„Vielleicht“, flüsterte sie. „So ähnlich.“

Ein schriller Schrei gellte auf. Beide blickten bachabwärts. Ben und Jamie kamen durchs Wasser herbeigerannt, dass es nur so spritzte.

„Ich glaube, sie haben was gefunden.“ Chris nahm Alice’ Hand und führte sie über den warmen Sand zum Ufer. „Sehen wir nach, was es ist.“

Mit der freien Hand wischte Alice sich die Tränen aus den Augen und folgte ihm in das kühle, klare Wasser.

Foto: privat

Vom Rockmusiker zum Schlagerstar

Die ersten vier Lebensjahre verbrachte Greg Iles in Deutschland: als er 1960 in Stuttgart geboren wurde, leitete sein Vater die medizinische Abteilung der US-Botschaft. Die Rückkehr in die Staaten führte die Familie nach Natchez, in jene traditionsreiche Stadt am Mississippi also, in der nicht nur *Leises Gift* spielt, sondern Iles mit Frau und zwei Kindern auch heute noch lebt.

Freilich hatte Greg Iles nicht immer ein derart sesshaftes Leben geführt. Bis zu seinem dreißigsten Lebensjahr hatte er sein tägliches Brot als Rockmusiker in einer Band verdient, die fünfzig Wochen im Jahr auf Achse war. Der Tourneestress blieb nicht ohne Folgen: in einer Silvesternacht zerstritt sich die Band heillos, und Iles, der damit ohne Einkommensquelle dastand, fasste einen radikalen Entschluss – er nahm sich vor, ein Jahr lang von seinen kärglichen Ersparnissen zu leben und in dieser Zeit einen Roman zu verfassen.

Rund 18 Stunden am Tag arbeitete er von nun an an einem Thriller, für den er sich Prinzipien von Handlungsaufbau und Erzähltechnik bei seinen Vorbildern Jack Higgins, Frederick Forsyth und Hans Hellmut Kirst abschaute. „Am Ende hatte ich ein Manuskript erstellt, das etwa dreimal so lang war, wie dies bei heutigen Thrillern üblich ist“, erinnert sich Iles. Aber der Einsatz hatte sich gelohnt. Ein Verlag bot Iles für die Rechte am Erstling *Spandau Phoenix* sowie an dem bereits geplanten Nachfolgebuch ein Honroar von 125 000 Dollar – das Fünffache dessen, was Iles bis dahin im Jahr verdient hatte.

In der Freizeit gilt die Leidenschaft des Autors nach wie vor der Musik. Er gehört der Band *Rock Bottom Remainders* an, die sich ausschließlich aus Schriftstellern, Journalisten und Drehbuchautoren zusammensetzt – darunter niemand Geringerer als Stephen King, der weltweit erfolgreichste Verfasser von Gruselromanen.

RUTH MARIA
KUBITSCHEK

Das Wunder der Liebe

Ein Roman voller Humor und Weisheit, der wieder an das Wunder der Liebe glauben lässt.

1 Elisabeth Romm setzte ihren Fuß auf die Treppe des Zuges nach Venedig und fühlte sich frei und leicht. Sie hievte ihren schweren Koffer ins Abteil, den zweiten hinterher, stürzte noch einmal zurück, umarmte ihre Freundin Gabriela: „Sei nicht traurig, ich hoffe, ich komme so schnell nicht wieder."

Gabriela verzog ihren Mund, als ob sie weinen wollte.

„Bitte, Schätzchen, nicht weinen. Ich bin ja nicht aus der Welt, und wenn ich irgendwo angekommen bin, rufe ich dich an."

Gabriela nickte, nun doch unter Tränen, und schluchzte: „Viel Glück!"

„Ja, es ist alles richtig, wie es ist!", schrie Elisabeth gegen den Lärm der Lautsprecheransage ihrer Freundin entgegen. „Leb wohl!", und in dem Moment schloss sich die Tür des Waggons.

Endlich war sie allein, mit zwei Koffern in einem fahrenden Zug in ein Abenteuer, das sie nicht kannte und das sie sich auch nie in ihrem Leben hätte vorstellen können. Sie suchte einen Platz, an dem sie allein sein konnte, und wuchtete einen Koffer hoch auf die Gepäckablage. Der andere war so schwer, dass sie ihn einfach stehen lassen musste.

Mit einem tiefen Seufzer fiel sie in den Sitz der ersten Klasse. Der Zug verließ München, und während sie aus dem Fenster sah, dachte sie: Warum bin ich nicht einmal traurig, fast dreißig Jahre meines Lebens hat mich die Stadt beglückt – geschmerzt – gehalten. Nun liegt sie bald hinter mir und damit all die Erlebnisse und Menschen, die ich in dieser Stadt gelassen habe.

Sie griff nach ihrem Brustbeutel, in dem sie ihr Geld und eine Kreditkarte an ihrem Körper trug. Um den Bauch hatte sie eine Hüfttasche mit dem Ausweis, den sie für zehn Jahre hatte verlängern lassen, ihre Schiffskarten, die Bahnkarte, Lippenstift und eine Puderdose. Bloß keine Handtasche, um ja geländegängig mit ihren zwei Koffern, ihrer ganzen Habe, zu sein.

Sie blickte wieder aus dem Fenster. Die Vororte von München zogen an ihr vorbei. Überall Leben, doch es ging sie nichts mehr an. Namen, die keine Bedeutung mehr für sie hatten. Sie nahm ihren Schal, kuschelte sich in die

Ecke, legte ihre Füße auf die gegenüberliegende Bank und schloss die Augen.

Frei – war sie wirklich frei? Frei wovon? Von Besitz? Frei von dem Mann, den sie glaubte geliebt zu haben? Frei von Freunden und von ihrer Tochter?

Nein, von Isabé nicht! Von Kindern ist man nie frei. Schade, dass sie ihren kleinen Enkelsohn nicht würde aufwachsen sehen. Das würde ihr sicher am meisten fehlen.

Ihrer Tochter hatte sie nach dem Tod von Bert nur gesagt, dass sie alles in München aufgeben würde.

Isabé fand das übertrieben: „Lass einfach mal etwas Zeit ins Land gehen; du wirst schon wieder zur Besinnung kommen." Aber als Isabé spürte, dass es Elisabeth ernst war, holte sie sich doch ein paar Erinnerungsstücke aus der Wohnung. Sie nahm ihre Bücher und Spielsachen für ihre eigenen Kinder mit, die noch kommen sollten.

Hoffentlich ist Isabé glücklich. Ja, mit ihrem Mann ist sie das bestimmt, ich kann ruhig gehen. Sie muss eh ihre eigenen Erfahrungen machen und ihr eigenes Leben leben – und ich endlich meines.

Wieso denke ich so etwas? Habe ich kein eigenes Leben geführt? Ist das kein eigenes Leben, wenn man für andere da ist? Ja, für wen war ich denn da in den letzten dreißig Jahren? Immer für Bert, für seine Probleme, seine Ausflüchte, die Beichtmutter für die Probleme seiner Ehe, seiner Kinder, seines Betriebes. Wie konnte ich dreißig Jahre meines Lebens stillhalten und so viel Lügen überhaupt ertragen?

Lebenslügen nennt Strindberg das, und ich habe mitten in einem Sumpf von Lügen gelebt. Gelebt? Habe ich wirklich gelebt? Dreißig Jahre gehofft, dass er endlich seine Frau verlässt, dass die Kinder erwachsen werden, dass er den Betrieb seinem Sohn übergeben kann und endlich frei ist.

Und dann war es endlich so weit. Bert würde da sein, da schlafen, da wohnen, bei mir in unserer Wohnung im Lehel, die in den dreißig Jahren unsere Zufluchtsstätte, unser Liebesnest, unser Heim gewesen war. Wir wollten diese neue Freiheit feiern! Ich hatte ihm sein Lieblingsgericht gekocht, den Tisch festlich gedeckt, das Zimmer mit Kerzen geschmückt. Doch an diesem Abend wartete ich vergeblich auf ihn.

Mit einem Ruck hielt der Zug.

Elisabeth öffnete die Augen. Es war nichts zu sehen, keine Station – der Zug hielt einfach nur so.

Der Himmel über ihr hatte eine dramatische Wolkenbildung, dunkle Wolken hingen vor der Sonne, die mit ihrer Kraft versuchte, dieses dichte Gewölk aufzulösen. Ein heller Lichtstrahl kämpfte sich durch die Dunkelheit.

Elisabeth spürte: Wenn ich jetzt die Sonne durch die Wolken kommen sehe, wird alles gut. Dann war meine Entscheidung richtig.

Der Zug fuhr vorsichtig wieder an und die Sonne zeigte ihr Gesicht. Ein großes Glücksgefühl erfüllte Elisabeth. Sie würde es schaffen, ein neues Leben anzufangen, ohne Angst vor dem Ungewissen, was da vor ihr lag.

In diesem Moment kam der Schaffner, um die Fahrkarten zu prüfen. Er monierte ihren großen Koffer im Abteil.

„Ja, ich weiß", erwiderte Elisabeth. „Er ist mir zu schwer, ich will ihn lieber am Boden stehen lassen."

„Gnä' Frau, dann gehen Sie doch in den Großraumwagen, da können Sie ihn hinstellen." Er schaute auf ihre Fahrkarte. „Nach Venedig wollen Sie?"

„Ja. Und wenn Sie nichts dagegen haben, würde ich gerne in diesem Abteil bleiben."

Er machte eine leichte Handbewegung und sagte charmant: „Wie es Ihnen beliebt, gnä' Frau."

Sie lächelte ihm dankbar zu, ließ sich wieder zurück in ihren gepolsterten Sitz sinken, legte die Füße genüsslich hoch und schloss die Augen. Allein – Ruhe und Zeit.

Sofort meldeten sich die Gedankenbilder. Sie sah Bert daliegen in diesem Hotelzimmer mit dem Kopf zum geöffneten Fenster. Es war, als ob das, was ihn liebenswert gemacht hatte, sein Charme, seine Kraft, weggeflogen wäre durch dieses Fenster. Sie sah sich fassungslos vor ihrem toten Geliebten stehen. In ihrer Ohnmacht kniete sie nieder und betete für seine Seele.

Warum, Gott, bist du so grausam und nimmst ihn gerade jetzt zu dir? Voller Verzweiflung und Schmerz flossen ihre Tränen.

Der Mensch, die Hülle, die da vor ihr lag, sah streng, beinahe asketisch aus. Es war fast so, als ob Bert durch den Tod eine Läuterung erfahren hätte. An dem Tag, an dem er alle alten Bande gelöst hatte, versagte sein Herz. Oder war es für sein Leben nur wichtig gewesen, dass er endlich die Wahrheit über sein Doppelleben ans Licht gebracht hatte? War damit seine Lebensaufgabe erfüllt? Oder war es eine zu große Anstrengung gewesen, sich zu mir, zu unserer Tochter, zu bekennen? War es ihm so schwergefallen, den Betrieb seinem Sohn zu übergeben, und noch schwerer, seine Frau nach fast vierzig Jahren Ehe zu verlassen? Alles Fragen, die er ihr nicht mehr beantworten konnte.

Berts Verlust schmerzte so sehr, dass Elisabeth begann, über ihr eigenes Leben nachzudenken. Es war der Schmerz, der sie bis zu dem Entschluss begleitete, dass auch ihr Leben geläutert werden müsste.

Warum hatte sie von Bert eine Entscheidung verlangt? Warum eigentlich hatte sie nicht einfach beschlossen, diese ganze Liebschaft zu beenden und mit ihrem Kind unterm Arm zu gehen und sich selbst ein Leben aufzubauen – ohne die Rückversicherung eines relativ wohlhabenden Mannes?

Ja, warum? Existenzangst, Angst, die schöne Wohnung aufzugeben, alles, was ihr so viel wert war, zu verlassen und für sich und das Kind zu arbeiten. Hatte sie Angst vor der Arbeit? Eigentlich nicht. Ihren Beruf als Antiquitätenhändlerin hatte sie geliebt. Schöne Dinge zu suchen und zu verkaufen hatte sie immer mit Freude erfüllt. Hätte sie davon leben können? Ja, natürlich, nur etwas bescheidener.

Eigentlich hatte es keinen Sinn, über Wenn und Aber nachzudenken. Denn erst der Verlust von Bert war der Anstoß gewesen, um aufzuwachen und ihr Leben selbst in die Hand zu nehmen.

Immer noch kochte die Wut in ihr, wenn sie an das Gespräch mit Berts Sohn dachte, als sie die Familie über seinen Tod verständigt hatte. Was für Hasstiraden waren da auf sie niedergegangen: „Sie sind schuld am Tod meines Vaters. Wie konnten Sie nur so eine übermenschliche Entscheidung verlangen! Wie Sie sehen, waren wir ihm viel wert. Mit Ihnen leben wollte er offensichtlich nicht. Glauben Sie bloß nicht, dass Sie irgendetwas bekommen. Die Hure meines Vaters bekommt keinen Cent. Das werde ich verhindern!"

Elisabeth schüttelte sich jetzt noch. Sie wollte gar nicht wissen, was im Kreise der Familie über sie und ihre Tochter geredet wurde.

Der nette Schaffner klopfte an die Abteiltür und bot ihr Kaffee und ein Sandwich an.

„Kaffee gerne, aber bitte kein Sandwich."

Sie zahlte, trank den Kaffee in kleinen Schlückchen und sah dabei zum Fenster hinaus. Es ist zu blöde, über alles nachzudenken, sagte sie sich, ich sollte lieber in die Natur schauen. Alles, was war, ist vorbei.

Der Zug war jetzt mitten in den Bergen, fast konnte sie nach den Bäumen greifen, die im ersten Grün leuchteten.

Sie war jung, das musste sie sich zumindest einreden, denn schließlich war sie 59, sah jedoch aus wie fünfzig. Und sie war frei und ganz arm war sie auch nicht. Sie hatte all ihre schönen Möbel, ihr Silber, ihre Bücher, alles, was sie im Laufe ihres Lebens an Dingen angesammelt hatte, verkauft. Am schwersten gefallen war ihr der Abschied von den Steinen, mit denen sie sich in den vielen Jahren des Alleinseins umgeben hatte.

Übrig geblieben waren ein paar Schmuckstücke, die nötige Kleidung, ihre Aquarellfarben und ihr Lieblingsstein, der violette Amethyst, in ihrer Hosentasche.

Sie tastete, ob der kleine Rosenquarz in ihrer Brusttasche noch da war. Gabriela hatte ihn ihr zum Abschied geschenkt.

„Den kannst du auf deine Reise mitnehmen, als Ersatz für deine vielen anderen Steinfreunde. Er wird dir über alle Schmerzen hinweghelfen“, hatte sie gesagt. Nun, Gabriela musste es ja wissen. Sie hatte ihren Mann verloren, der sie auf Händen getragen hatte. Nach kurzer Ehe war er an Krebs erkrankt. Ihr half damals ebenfalls ein kleiner Rosenquarz, den Verlust zu verkraften.

Eine Welle von Dankbarkeit für diese Freundschaft mit Gabriela, die nun schon fast vierzig Jahre dauerte, durchflutete sie. Elisabeth war zwanzig gewesen und Gabriela achtzehn, als sie sich kennen lernten. Gabriela studierte damals in Paris bei einem Couturier und konnte wunderbar nähen. Sie benahm sich stets so vornehm, dass sie für Elisabeth immer „die Gräfin“ war, und schließlich heiratete sie auch einen Grafen.

Gabriela war bestimmt heute sehr traurig, dass sie gegangen war und ihr Angebot nicht angenommen hatte, mit ihr gemeinsam auf dem Land in ihrem hübschen Haus am See zu leben.

Nun fuhr Elisabeth mit dem Zug nach Venedig. Sie war noch nie in Venedig gewesen. Sie wusste weder, wo der Bahnhof lag, noch, wie sie mit ihren zwei schweren Koffern zum Hafen kommen sollte.

Hoffentlich hat meine Kabine auf dem Schiff richtige Fenster, dachte sie. Sie hatte sich eine Broschüre über die griechischen Inseln, die das Schiff anlief, besorgt. Auf einer der Inseln, die ihr gefiel, die sie sozusagen rief, würde sie aussteigen und bleiben.

„Ja, das ist schon besser, nun denke ich an die Zukunft und damit an das, was sein wird, und nicht, was war“, sagte sie leise vor sich hin.

Die Griechen und ihre Philosophie sowie ihre Götter hatten sie schon immer fasziniert. Von allen Göttern gefiel ihr Zeus, der Schwerenöter, als Mann am meisten. Seine Weibergeschichten fand sie doch sehr fantasievoll. Besonders als er sich in die schöne Europa verliebte. Um ihr nahe zu sein, musste er sich in einen Stier verwandeln. Eines Tages, als Europa mit ihren Gefährtinnen am Ufer des Meeres spielte, sah sie den strahlend weißen Stier. Sie fühlte sich von seiner majestätischen Schönheit angezogen. Der Stier kniete nieder und Europa kletterte auf seine Schultern, worauf der Stier seine Flügel ausbreitete und durch die Himmel davonflog. Zeus trug Europa zu einem geheimen Ort, und dort gaben sie sich ihrer Liebe hin. Ob Zeus wirklich so verführerisch war, wissen nur die Götter und er selbst.

Sie dachte weiter über die griechische Götterwelt und das Ziel ihrer Reise, die griechischen Inseln, nach. Aus einem Impuls heraus kramte sie sich ihr griechisches Wörterbuch hervor und suchte das Wort „Hure“: *Pautana.* Sie fragte sich, warum sie das Wort Hure so sehr verletzt hatte. Es klang besonders beschämend, sich das von einem jungen Mann anhören zu müssen, der noch nichts in seinem Leben geleistet hatte. Er war nur der Sohn seines Vaters!

Nun ja, überstanden. Sie wischte diese Gedanken weg und verdrängte sie aus ihrem Gedächtnis. Und das versuchte sie so lange, bis sie fest darüber eingeschlafen war.

Sie erwachte durch ein Klopfen des Schaffners und sein lautes: „Gnä' Frau, aufwachen, wir sind in Venedig. Wenn Sie sich ein bisschen gedulden, helf ich Ihnen mit dem Koffer bis zum Taxi."

Jetzt war Elisabeth hellwach. Mit dem Schaffner hievte sie den Koffer herunter, und sie schoben beide Koffer in den Gang. Elisabeth streckte sich und dachte gut gelaunt: So, auf in ein neues Abenteuer.

Mit der Hilfe des netten Schaffners kam sie problemlos zum Taxi.

Das Licht des Sonnenuntergangs empfing sie mit goldenem Schimmer, den die alten Mauern der Stadt Venedig zurückspiegelten, weich und tröstend den Verfall verbergend. Mein Gott, was hat diese Stadt für eine Ausstrahlung, ging es ihr durch den Kopf. Hoffentlich habe ich heute noch Zeit, durch die Gassen zu wandern.

Am Hafen angekommen, suchte sie das Schiff *Costa Viktoria*, mit dem sie die griechischen Inseln besuchen wollte. Da lag ein großes Schiff, genau das Gegenteil von dem, was sie sich vorgestellt hatte. Man verlangte ihre Papiere und nahm ihr die Koffer ab. Sie ließ sich in ihre Kabine führen.

Auch das noch: ein großes Rundfenster, das sich nicht öffnen ließ! Also musste sie mit der Klimaanlage leben. Und sie war auf einem riesigen Schiff mit vielen Menschen! Alles Umstände, die sie verabscheute. Doch Elisabeth hatte sich vorgenommen, nichts und niemanden mehr zu hassen, auch nicht die Umstände auf dem Schiff.

DIE NETTE HOSTESS sagte ihr, dass das Schiff morgen Abend bei Sonnenuntergang ausliefe und sie noch Zeit hätte, Venedig zu genießen.

Das ließ sie sich nicht zweimal sagen. Sie lief aus dem Hafen in die engen Gassen Venedigs. Eine Straße schlängelte sich an alten Kirchen und Geschäften vorbei direkt zum Markusplatz.

Die Dämmerung legte sich über die Stadt. Aus den Geschäften strahlte Licht und ihre einzigartigen Angebote waren verlockend. Sie sah schöne venezianische Leuchter, verrückte Handtaschen, Schuhe und Kleider … Sie schritt rüstig aus, um den Markusplatz zu erreichen. Von Weitem hörte sie schon die Walzermusik, und der Markusplatz empfing sie hell erleuchtet. Sie setzte sich in eines der Cafés und bestellte einen Campari Orange. Japaner,

Amerikaner, Deutsche flanierten an ihr vorbei, die alle nur ein Ziel hatten, den Markusplatz zu sehen und in einer Gondel durch die Kanäle zu gleiten. Sie wollte gern in die Markuskirche, aber da stand eine lange Warteschlange, und so beschloss sie, es am nächsten Morgen noch einmal zu versuchen. Heiter stieg sie in ein Vaporetto und fuhr in dunkler Nacht durch die Wasserstraßen. Die Paläste wirkten wie eine Theaterkulisse.

Beim Aussteigen wollte nicht nur sie zum Schiff, ein österreichisches Ehepaar hatte denselben Weg, und sie boten ihr an, mit ihr zu gehen. Sie stellten sich vor: Erika und Viktor Weigel. Sie waren erfahrene Schiffsreisende und luden Elisabeth auf einen Drink ein, doch sie entschuldigte sich mit ihrer Müdigkeit.

Ihre beiden Koffer standen schon in ihrer eiskalten Kabine. Wie sollte sie die Nacht nur überstehen? Am Meer zu sein und kein Fenster öffnen zu können, fand sie nahezu unerträglich. Nachdem sie sich frisch gemacht hatte, zog sie einen Pullover an und nahm sich vor, die Nacht auf Deck zu verbringen. Sie lief über das ganze Schiff, doch überall war etwas los. Nur ganz hinten war ein Fleckchen Ruhe. Sie setzte sich auf den Holzfußboden mit dem Rücken an die Wand und schaute in die Nacht. Irgendwann schlief sie wohl ein und fand sich gegen Morgen lang ausgestreckt auf dem Holzfußboden wieder. Es tat ihr so ziemlich alles weh. So ging sie fast demütig in ihre Kabine, akzeptierte die Klimaanlage, kroch in das schöne Bett und schlief wohlig ein.

Elisabeth musste ziemlich lang geschlafen haben, denn als sie aufwachte, floss das Tageslicht in ihren Raum und auf dem Gang des Schiffes herrschte reges Treiben. Sie schaute auf ihre Uhr: Schon halb zehn, und sie hatte doch vorgehabt, um acht Uhr auf dem Markusplatz zu sein und in die Kirche zu gehen. Zu spät.

Sie schloss die Augen und zog die Decke über den Kopf. Wollte sie überhaupt aufstehen? Wäre es nicht das Beste, im Bett zu bleiben und zu träumen? Wovon? Sich ihr Leben auf einer Insel auszumalen?

Sie versuchte, sich eine griechische Insel vorzustellen: Olivenhänge, weiß gestrichene Häuser, blaue Fenster und Türen, und da irgendwo mittendrin war sie. Was würde sie da machen?

Na, leben! Ja, aber wie?

Was sie da gerade tat, war genauso blöd, wie in der Vergangenheit herumzukramen. Steh auf und wirf dich ins Leben, dachte sie. Du bist jetzt in Venedig, genieße es.

Mit einem tiefen Seufzer stand sie auf und ging unter die Dusche. Dann machte sie sich auf die Suche nach einem Frühstück.

An Deck herrschte ein ohrenbetäubender Lärm. Man übte schon einen Sirtaki, und an einer anderen Stelle versuchten wohlgenährte Damen ihren Körper zu verschlanken. Elisabeth fragte sich zum Frühstücksbüfett durch, sie hatte jetzt wirklich Hunger. Das Büfett war mehr als reichlich. Sie füllte sich ihren Teller mit Obst, Brötchen, Butter und Honig, bestellte ein Kännchen Tee und fand sich eingeladen am Tisch der Österreicher vom Vortag. Erika Weigel war eine gut aussehende Dame von ungefähr fünfzig und ihr Mann Viktor vielleicht ein bisschen älter. Sie kamen aus Klagenfurt und hatten diese Reise schon öfter gemacht.

Während Elisabeth ihr Brötchen aß und ihren Tee trank, erklärten ihr die beiden, dass es in Venedig jetzt schon knallvoll wäre, am besten, man führe mit einem Vaporetto zum Markusplatz, schaue, ob man in die Kirche komme, und gehe die Gassen kreuz und quer zurück. Um vier Uhr müsse man sowieso an Bord sein. Genau das taten sie dann auch gemeinsam, und Elisabeth freute sich über die nette Gesellschaft.

Natürlich war der Markusplatz gerammelt voll. Über den ganzen Platz wand sich eine Menschenschlange, die in den Dom drängte.

Viktor meinte: „Also, das lassen wir. Wir genießen einfach unser Dasein auf dem Platz bei der Kapelle, die Wiener Walzer spielt, und trinken den teuren Kaffee, wozu es mir eine Ehre ist, die beiden Damen einzuladen."

Sie genossen die Aussicht auf die wunderbaren Bauwerke, die den Markusplatz umgaben, sahen dem Treiben der Tauben zu. Schließlich schlenderten sie durch die engen Gassen Venedigs zurück zum Schiff.

Erika und Viktor luden Elisabeth an ihren Tisch zum Abendessen ein, doch Elisabeth bat die beiden zu verstehen, dass sie abends nicht gern aß. Sie nehme jedoch gern nach der Ausfahrt einen Drink mit ihnen. „Danke, dass Sie mich mitgenommen haben, es war sehr schön. Ciao, bis später."

Sie ging in ihre eiskalte Kabine und duschte. Anschließend nahm sie Rock, Bluse und einen großen Kaschmirschal aus ihrem Gepäck, und als das Schiff sich mit lautem Tuten in Bewegung setzte, ging sie schnell an Deck, um die Ausfahrt aus Venedig zu erleben.

In dem breiten Kanal fuhr das Riesenschiff voll staunender Menschen bei Sonnenuntergang aus der Lagunenstadt hinaus aufs offene Meer. Das Dahingleiten bei orangegoldenem Licht, das sich über Häuser, Paläste, Kirchen und Kuppeln ergoss, rührte Elisabeth zu Tränen. Sie glitt mit dem Schiff an dieser unwirklichen Kulisse vorüber, blickte noch einmal auf den Markusplatz, dann wurde der Kanal immer breiter, und schon sah man die Inseln, die vor Venedig lagern. Vor ihr lag das offene Meer, das sie so liebte.

Das Deck leerte sich jetzt rasch, und auch Elisabeth ging nach unten, um mit Erika und Viktor den versprochenen Drink an der Bar zu nehmen. Die beiden warteten schon auf sie.

„Es ist doch ein einmaliges Erlebnis, diese Ausfahrt aus Venedig, nicht wahr? Nun, trinken wir ein Glas Champagner auf unsere Reise“, meinte Viktor fröhlich, „man soll die Feste feiern, wie sie fallen. Morgen kann alles vorbei sein.“

Elisabeth dachte, wie recht er doch hatte.

„Sie müssen sich immer die ausgelegten Tagesberichte über die Inseln genau durchlesen, sie bieten viel Informationen“, meinte Viktor. Dann erhob er sein Glas: „Trinken wir auf die griechischen Götter.“

„O ja“, sagte Elisabeth schnell, „auf Zeus und alle Götter des Olymp.“

Erika hob ihr Glas und meinte: „Und vor allem auf die Göttinnen.“

„O Gott“, sagte Viktor, „fang bloß nicht wieder damit an.“

„Männer“, seufzte Erika und blickte zum Himmel. Dann wandte sie sich zu Elisabeth und fragte: „Welche Göttin lieben Sie am meisten?“

„Athene, auch Artemis und vor allem Aphrodite, weil ich Aphrodite als unabhängigste Göttin empfinde. Ich glaube, sie ist die älteste Göttin.“

„Oh, Sie verstehen ja direkt etwas von diesem Thema.“

Jetzt griff Viktor energisch ein: „Ihr habt noch viel Zeit, euch darüber zu unterhalten, ich habe jetzt Hunger.“

Mit einem ironischen Augenaufschlag gehorchte Erika und die beiden gingen einträchtig zum Essen.

Elisabeth, die allein zurückblieb, umrundete das Schiff, überall war laute Musik zu hören, es wurde getanzt und getrunken. Sie ging wieder zu ihrem Ruheplatz vom gestrigen Abend, doch der Fahrtwind war so heftig, dass sie mit einem Seufzer in ihre Kabine schlich.

Lange saß sie am Fenster ihrer Kabine und starrte in das tintenschwarze Meer, bis ihre Müdigkeit groß genug war, die Klimaanlage zu ertragen. Das Fahren des Schiffes und das leichte Schaukeln ihres Bettes schläferten Elisabeth fast in einem kindlichen Wohlgefühl der Geborgenheit ein.

Sie erwachte erst durch die Geräusche auf dem Gang und war erstaunt, als sie auf die Uhr schaute: Sie hatte bis zehn geschlafen. Jetzt aber schnell zum Frühstück, mahnte sie sich.

Elisabeth rannte auf das Hinterdeck zum Frühstücksbüfett und wurde dort schon von Erika und Viktor erwartet. Herzlich begrüßten sie die beiden.

„Wie haben Sie die Nacht verbracht?“, fragte Viktor galant.

„Über alle Maßen gut“, erwiderte Elisabeth lachend. „Beinahe hätte ich das Frühstück versäumt.“

Die beiden luden sie ein, den Tag auf dem zu ihrer Kabine gehörigen Balkon zu verbringen und den Ausflug nach Bari zu vergessen. „Da gibt's nichts zu sehen, lieber sollten wir Kraft schöpfen für Olympia. Holen Sie sich etwas Leichtes zum Anziehen und einen Schal und kommen Sie, wann Sie wollen", sagte Erika. „Vielleicht können wir uns ein bisschen auf Katakolon/Olympia vorbereiten."

„Oh, ich ahne Schlimmes", sagte Viktor humorvoll, „es wird ein Göttinnengespräch. Meine Lieben, ich gehe dann ein bisschen streuseln. Ich überlasse euch eurem Schicksal", damit verließ er die beiden Frauen.

„Männer", sagte Erika mit Blick zum Himmel, es schien ihr Lieblingsausdruck zu sein. „Haben Sie auch schon bemerkt, dass sie das Wichtigste im Leben meistens nicht kapieren?"

„Ihr Mann ist doch sehr verständnisvoll", fand Elisabeth.

„Ja, mein Einfluss."

Sie waren an der Kabinentür der Suite angekommen.

„Kommen Sie, vielleicht können wir einfach so draußen sitzen."

Die Kabine war geräumig und hübsch eingerichtet. Sie setzten sich in die Liegestühle und Erika fragte: „Sie waren noch nie in Olympia?"

„Nein, ich war noch nie in Griechenland, es ist alles neu für mich. Obwohl ich viel gereist bin, war ich komischerweise nie in der griechischen Welt."

„Ich möchte nicht aufdringlich sein, Elisabeth, darf ich Sie fragen, warum Sie diese Schiffsreise machen? Sie wirken so, als ob Sie keinen Grund unter den Füßen hätten. Eine Suchende, was suchen Sie, Elisabeth?"

„Mich selbst", erwiderte diese offen. „Ich suche mich, wer ich bin, was der Sinn meines Lebens ist und was ich eigentlich hier mache auf der Erde."

„Diese Frage stellt man sich meistens erst nach einem schweren Schicksalsschlag, war das bei Ihnen so?"

Elisabeth musste sich räuspern. „Ja, so war es wohl, der Mann, den ich liebte, hat sich nach dreißig Jahren endlich für mich und meine Tochter entschieden, und an diesem Tag ist er gestorben. Ich habe mein ganzes bisheriges Leben aufgelöst, um mich neu zu finden. Ich hoffe, ich finde eines Tages das Zuhause, das ich mein Leben lang schon suche."

„Das Zuhause können Sie nur in sich selbst finden. Das Zuhause gibt es nicht im Außen."

Elisabeths Stimme wurde immer heiser, wenn sie über Gefühle sprach. „Ich bin auf der Suche nach einer Insel, wo ich aussteigen werde, um einen Neuanfang zu wagen. Darf ich Sie jetzt fragen, wie sieht Ihr Leben in Klagenfurt aus?"

„Oh, ich bin eine der wenigen glücklichen Ehefrauen. Viktor ist wirklich ein außergewöhnlich liebevoller Mann. Er hat sehr viel gearbeitet und war häufig unterwegs. Um mit meinem Alleinsein fertig zu werden, habe ich viel gelesen und mich mit der Geschichte der Völker auseinandergesetzt, weil ich die kriegerischen Auseinandersetzungen einfach nicht verstehen konnte. Warum begreifen die Menschen nicht, dass wir uns auf der Erde keine Kriege mehr leisten können."

In diesem Moment kam Viktor zurück. „Da Elisabeth kein Abendbrot isst", sagte er, „lade ich euch beide zum Lunch ein. Seid so nett und gebt mir die Ehre eurer Gesellschaft."

Erika schaute Elisabeth fragend an. Diese nickte. „Sie sind so reizend, Viktor", sagte sie, „da kann man nicht widerstehen."

Kurz darauf saßen sie auf der Terrasse des Schiffes, aßen feinste Nudeln mit Öl und etwas Knoblauch, tranken einen trockenen Weißwein und amüsierten sich über ihre Mitreisenden.

Nachdem sie alle drei dem Wein ein bisschen zu viel zugesprochen hatten, beschlossen sie, einen Mittagsschlaf zu machen.

„Bitte entschuldigt mich, wenn ich heute Abend wieder nicht mitkomme, wir sehen uns ja morgen ganz früh beim Ausflug nach Olympia. Danke für eure Gesellschaft und die Einladung." Damit verließ Elisabeth die beiden und ging in ihre Kabine.

„Schade", seufzte Erika, „so eine interessante Frau. Weißt du, Viktor, sie braucht noch das Alleinsein. Ihre Seele muss sich erst erholen."

„Wovon erholen?", fragte Viktor.

„Ich erzähle es dir nachher." Erika hakte sich ein und sie gingen in ihre Suite.

Am nächsten Morgen ganz früh trafen sie sich zum Frühstück und waren die ersten Passagiere, die das Schiff verließen.

An Land erwartete sie ein Omnibus und eine Professorin für Geschichte aus Athen, die sie durch Olympia führen sollte.

Der Hafen von Katakolon war etwas ärmlich, die Landschaft war zwar grün, aber ohne besonderen Reiz.

Die gut aussehende Griechin führte sie schon im Bus in die Geschichte des Heiligtums von Olympia ein. Sie erklärte, die Anfänge der Olympischen Spiele verlören sich teilweise im Dunkeln. Man nehme an, die Wettspiele seien von Göttern und Heroen gegründet worden. Ein Mythos nannte als Begründer den Idaischen Herakles, der mit seinen Brüdern aus Kreta gekommen sein soll, dabei ging es um einen Wettlauf, der Siegespreis war der Zweig eines wilden Ölbaumes. Ein anderer Mythos berief sich auf Herakles, den berühmten Sohn der Alkmene, der nach dem Trojanischen Krieg den Heroen vorschlug, zu Ehren des Zeus an einem bekannten Ort in Griechenland einen Wettkampf auszutragen. Herakles wählte Olympia, denn Olympia war schon immer ein altes Heiligtum der Erdgöttin Gaia. „Und beachten Sie, meine Herrschaften“, fuhr die Reiseführerin fort, „der Tempel der Hera wurde schon im siebten Jahrhundert vor Christus erbaut. Der Zeustempel dagegen wurde erst vierhundertsechsundfünfzig vor Christus fertig. Frauen waren es, die die ersten Wettspiele in Olympia zu Ehren von Hera ausgetragen haben. Wahrscheinlich liefen sie in einem kurzen Chiton. Bekanntermaßen waren während der Olympischen Spiele alle Kampfhandlungen untersagt. Diese Idee der Olympischen Spiele hat Kraft bis zur heutigen Zeit.“

In Olympia angekommen, schlenderten Elisabeth, Viktor und Erika langsam durch das mit herrlichen alten Bäumen bewachsene Gelände und gingen anschließend noch still zu dem Zeustempel, in das riesige Sportfeld und ins Museum.

Mehr oder minder beeindruckt trafen sich alle am Omnibus wieder und fuhren in die kleine Stadt. Elisabeth kam aus dem Staunen nicht mehr heraus: ein Juwelier am andern.

Erika und Viktor steuerten ein Geschäft an, das sie schon kannten. Nach langer Auswahl fanden sie ein Armband, eine Nachahmung eines alten Schmuckes. Erika war glücklich und Viktor großzügig. Nach einem Kaffeeplausch mit der Besitzerin verließen sie im Omnibus diese heilige, gastliche, schmuckgeladene Stätte.

Sie waren alle müde. Auf dem Rückweg schliefen die meisten und waren froh, das Schiff zu erreichen, um sich frisch machen zu können.

„Elisabeth, heute Abend auf einen Drink, das Armband muss gefeiert werden“, schlug Erika vor. „Um sieben Uhr an der Bar.“

Elisabeth richtete sich für den Abend. Eigenartig, dachte sie, in Olympia möchte ich nicht leben. Welche Insel wird mich rufen?

Fröhlich ging sie in die Bar zu Erika und Viktor. Erika hatte ihrem Mann inzwischen Elisabeths Geschichte erzählt, ihn jedoch gebeten, sie nicht zu verraten.

Viktor fragte Elisabeth scheinheilig: „Sie wollen also auf einer Insel, die Ihnen gefällt, einfach aussteigen? Gott sei Dank war es ja nicht Olympia. So haben wir noch die Freude Ihrer Gesellschaft. Mykonos ist ganz schön, da leben viele Deutsche. Santorin ist sehr beeindruckend, allerdings nur für ein paar Stunden. Rhodos sollten Sie sich näher anschauen. Es ist eine größere Insel mit einer imponierenden Tempelritterburg, und da gibt es auch ein bissl Kultur.“

„Lasst uns auf unsere Fahrt anstoßen“, schaltete Erika sich ein, „auf mein Armband und natürlich darauf, dass Elisabeth die richtige Insel findet.“

Nach zwei Gläsern Champagner verabschiedete sich Elisabeth von den beiden: „Bis morgen zum Frühstück.“

„Ja, ganz früh“, sagte Viktor. „Auf Santorin haben wir nicht so viel Zeit. Das Schiff legt um zwölf Uhr wieder ab. Also um sieben Uhr an Deck.“

„Aye, aye, Sir.“

Sie las im Bett die Information über Santorin. Dort hatte es eine große alte Kultur gegeben. 1500 vor Christus vernichtete ein schreckliches Erdbeben diese Kultur, und immer wieder veränderten Erdbeben das Gesicht von Santorin. Das letzte große Beben 1956 hatte ziemlich viele Häuser zerstört und die Menschen waren nur zögerlich zurückgekommen, um sie wieder aufzubauen. Jetzt war Santorin eine große Touristenattraktion.

Man wird sehen, ob mich Santorin beeindruckt, dachte Elisabeth.

Sie war schon um sechs Uhr hellwach, duschte und zog dann eine Dreiviertel-Hose und eine Leinenbluse an, damit sie geländegängig war für den Tag.

Pünktlich um sieben stand sie auf Deck. Das Schiff fuhr durch die Kykladen. Auf einmal sah sie von Weitem Felsen im Dunst des Morgens. „Schaut mal, Schnee!“, rief sie. „In der Ägäis gibt es Schnee auf den Bergen!“

Erika lachte: „Elisabeth, das sind die weißen Häuser von Santorin.“

„Mein Gott, sieht das toll aus, so was hab ich ja noch nie gesehen.“

Viktor meinte: „Es ist immer wieder etwas Besonderes!“

Elisabeth war aufgeregt und konnte es nicht erwarten, bis sie endlich übersetzen sollten. Sie stiegen in das erste Boot, und die Insel sah von Nahem genauso großartig aus: die Felsen in allen Farben leuchtend im Morgenlicht und darüber die weiße Pracht der Häuser.

Nun standen sie vor der Wahl, mit dem Esel hochzureiten oder mit der Seilbahn zu fahren. „Lasst uns die Seilbahn nehmen. Wir haben nicht so viel Zeit“, drängelte Elisabeth.

Oben angekommen, wandten sie sich nach links, den steilen Weg und die Treppen nach oben.

Elisabeth musste vor Aufregung aufs Klo. Sie fanden ein Terrassenrestaurant, und Erika bestellte derweil einen Joghurt mit Honig. Als Elisabeth zurückkam, sagte sie: „Ich steige hier aus.“

Der Wirt, bei dem sie zufällig eingekehrt waren, sprach Deutsch. „Ja, im Winter bin ich in Deutschland und im Sommer hier.“

„Wissen Sie eventuell, wo ich ein Zimmer mieten kann, oder gibt es hier ein nicht so teures Hotel? Ich möchte gerne hierbleiben.“

„Einen Moment, ich frag mal meine Frau. Wir haben eine kleine Wohnung, die wir manchmal an Touristen vermieten."

Er kam mit seiner Frau zurück und stellte sie vor: „Das ist Kajiobi, die beste aller Ehefrauen, und ich bin Gregori."

Kajiobi gab Elisabeth die Hand und sagte: „Wenn Sie die Wohnung wollen, für achthundert Euro können Sie sie haben."

Elisabeth sagte erschrocken: „Das ist aber teuer!"

„Ja, das sind Touristenpreise", sagte Kajiobi, „für Sie siebenhundert."

„Oh, jetzt entschuldigt, Erika und Viktor, ich muss sofort zurück aufs Schiff, meine Sachen holen. Haben Sie einen Wagen für meine Koffer? In anderthalb Stunden bin ich wieder da."

„Wollen Sie die Wohnung nicht erst ansehen?", fragte Kajiobi.

Elisabeth war sichtlich nervös und antwortete: „… dafür habe ich jetzt keine Zeit."

„Wir begleiten Sie natürlich", sagte Viktor.

Gemeinsam fuhren sie mit der Seilbahn hinunter und bestiegen das nächste Boot zurück zum Schiff. Elisabeth ging in ihre Kabine, packte schnell ihre Sachen zusammen und traf beim Auschecken wieder auf Erika und Viktor. Sie halfen ihr mit dem Gepäck, und so standen sie gemeinsam erneut an der Seilbahn.

Elisabeth war gar nicht mehr zum Nachdenken gekommen. Ihr Entschluss stand fest, die Entscheidung hatte sie auf dem Klo getroffen.

„Was wollen Sie eigentlich auf diesem felsigen Eiland mit den engen Gassen?" Viktor konnte es nicht fassen, dass sie einfach hier aussteigen wollte. „Gar nicht zu sprechen von der Gefahr eines Erdbebens oder einem Ausbruch des Vulkans. Am liebsten würde ich Sie mit nach Klagenfurt nehmen. Sie können sich doch überall eine neue Existenz aufbauen. Aber doch nicht hier, mitten unter Touristen. Bitte, Elisabeth, überlegen Sie sich diesen überstürzten Entschluss noch einmal. Das Schiff ist noch da, Sie können noch zurück."

Erika warf einen Blick zum Himmel. „Männer! Du verstehst mal wieder gar nichts. Aber lieb, dass du dir solche Sorgen um Elisabeth machst. Ich glaube, sie weiß, was sie tut. Sie muss ihrer inneren Stimme folgen."

Sie nahmen Elisabeth in den Arm.

Erika hatte Tränen in den Augen. „Gottes Segen mit dir, du Tochter des Zeus!" Sie schubste Elisabeth fast zu ihrer Gondel mit all dem Gepäck. Dann ging es ab nach oben.

Elisabeth weinte auch. Diese beiden Menschen waren ihr in den vier Tagen so nahegekommen wie selten jemand. Sie schaute nach oben. Sie fuhr nach oben, nicht nach unten. Das war gut.

Am Ausstieg wartete ein junger Mann mit einem Trägerkarren und begleitete sie zu ihrem neuen Zuhause. Es ging über viele Treppen hinauf, dann wieder hinunter. An einem Abhang, genau gegenüber dem Krater, empfing sie ein tonnenartiges Gebäude mit Terrasse. Sie war entzückt.

DIE WOHNUNG bestand aus einem Flur, einer kleinen Küche, einem Wohnraum und einem kleinen Schlafzimmer. Die Wände waren weiß gekalkt. Es gab eine Kommode, einen Spiegel, einen Schrank in der Wand und ein großes Eisenbett. Mit einem Seufzer ließ sie sich aufs Bett fallen – angekommen! Das Leben konnte beginnen.

Sie ließ alles stehen und begab sich zuerst einmal zu ihrem Vermieter, um sich bei ihm zu bedanken und etwas zu essen.

Gregori war froh, dass es ihr so gefiel, und meinte: „Die Deutschen sind zu mir immer nett gewesen. Nun kann ich mich mal revanchieren.“

Später saß sie auf der Terrasse und sah das Schiff aufs Meer hinausmanövrieren. „Ade, Erika und Viktor, ich wünsche euch von Herzen alles Gute.“

Sie löffelte genüsslich den Joghurt mit dem goldbraunen Honig und konnte sich im Moment nichts Köstlicheres vorstellen. Wer hatte schon so eine Kulisse vor sich mit dieser frischen Meeresbrise?

Anschließend ging sie schnurstracks in eines der Kleidergeschäfte und erkundigte sich nach einer Kleiderstange mit Bügeln, um all ihre Kleider aufzuhängen.

Die Verkäuferinnen waren sehr freundlich. „Wofür brauchen Sie das?“

„Ich will länger hierbleiben und der Schrank in meiner Wohnung reicht nicht aus.“

„Ah, wie schön. Da freuen wir uns, wenn eine so elegante Dame wie Sie länger hierbleiben will. Morgen können Sie alles abholen.“

Sie besorgte sich Zitronen und Grapefruits, holte sich eine Blume und ein einfaches Glas und ging wieder die Treppen hinauf und hinunter. Auf jeden Fall bleibe ich hier fit, dachte sie belustigt.

Sie fing an, ihren Kosmetikkoffer auszupacken. Im Bad konnte sie nur eine Zahnbürste, Seife und ein Glas unterbringen. Den ganzen Kosmetikkram stellte sie auf die Kommode vor dem Spiegel.

Natürlich würde sie sich in allem einschränken müssen. Auf so engem Raum musste sie ihre Ansprüche runterschrauben. Und genau das wollte sie ja im Moment.

„Ja, im Moment“, sagte sie zu sich selbst. „Vielleicht will ich es eines Tages wieder anders. Dann werde ich es eben wieder ändern; ich werde nie mehr stehen bleiben. In der Bewegung findet das Leben statt, nicht im Verharren. Dieses wenigstens habe ich begriffen. Nun, Santorin, ich bin da. Ihr Götter auf dem Olymp, Elisabeth Romm ist in Griechenland eingetroffen. Nun antwortet, so ihr wollt und könnt!“

Elisabeth räumte, so viel sie konnte, in die Kommode und den Schrank. Alles andere musste warten bis morgen. Oh, morgen. Sie brauchte ja noch Tee und Wasser. Jetzt war es zu spät.

Sorge dich nicht um den morgigen Tag, sagte sie sich. Der morgige Tag wird für sich selbst sorgen. Sie dachte noch an die Lilien auf dem Feld: Sie säen nicht, sie ernten nicht und haben das schönste Kleid an. Oder waren das die Vögel?

Ihr Blick fiel auf den kleinen Eisschrank, und siehe da, er war gefüllt: Bier, Wein und Wasser waren vorhanden. In einer Schale lagen sogar kleine Tee- und Kaffeebeutel. Für den morgigen Tag war gesorgt.

Nach all dem Auspacken genoss sie dann ein Bier auf ihrer Terrasse. Diese Terrasse war wie ein zweites Zimmer. Da der Himmel bedeckt war, ging die Sonne hinter den Wolken unter und die Dämmerung kam sehr schnell. Elisabeth ging früh zu Bett.

Die Entscheidung war gefallen. Santorin!

2 Am nächsten Morgen machte sie sich fröhlich ihren ersten Tee und trank ihn auf ihrer Terrasse. Sie schaute auf den Krater, der da ruhig im Meer lag. Ob darunter noch das Feuer brodelte? Er sah ganz friedlich aus. Über ihr strahlten die weißen Häuser von Fira den Schiffsreisenden entgegen. Neugierig beschloss sie, ihre Insel zu erkunden.

Sie wanderte den engen Fußweg mit den vielen Treppen hinauf zur Kirche. Sie bewunderte die Häuser, die sich aneinanderschmiegten, die Mauern, die gleichsam alle Häuser in weichen Bogen verbanden. Die Innenhöfe, geschmückt mit wunderbaren Mosaiken und Blumen in Terrakotta-Vasen, und die Wege, die gepflastert waren und an manchen Stellen weiß gekalkt.

Zwischen den einfachen schachtelförmigen Häusern, bei denen das Weiß oft mit einem kräftigen Blau aufgewertet wurde, gab es auch ein luxuriöses Appartementhaus. Von einem etwas entfernten Hügel lockte sie eine weiße Stadt auf einem Felsen, doch das war ihr fürs Erste zu weit.

Von der Kirche schlenderte sie eine enge Gasse entlang. Links und rechts lagen Geschäfte aller Art. Sie versuchte, sich zurechtzufinden, und stand plötzlich vor dem Kleidergeschäft. Drinnen bekam sie die gewünschte Kleiderstange und jede Menge Bügel. Damit ging sie wieder die Treppen auf und ab in ihr neues Zuhause.

Aus dem großen Koffer ordnete sie nun den Rest ihrer Sachen auf den Kleiderständer. Nun war es zwar etwas eng, aber gemütlich. Anschließend ging sie zu Gregori ins Restaurant, um einen Salat zu essen.

Das waren ihre Vorsätze: Morgens Joghurt mit Honig, mittags griechischen Salat und Gemüse, abends einen Apfel und später ein Glas Wein. Die guten Vorsätze sind dafür da, dass man sie bricht, dachte sie amüsiert.

Der Salat war vorzüglich. Die Gurken schmeckten hier noch nach Gurken, die Tomaten dufteten noch wie Tomaten; alles schmeckte so, wie sie es aus ihrer Kindheit kannte. Sie schüttete viel Olivenöl über ihren Salat. Der Santoriner Schafskäse war besonders lecker und würzig zu dem getoasteten Weißbrot. Gregori empfahl ihr dazu ein Viertel Weißwein von der Insel.

„Ja, wo gibt es denn hier Weinberge?“, fragte Elisabeth.

Gregori machte eine ausladende Handbewegung nach hinten: „Da müssen Sie mal die Insel umrunden. Wir haben große Weinfelder, flach angebauten Wein, wegen des Windes. Die Stämme sind am Boden gedreht, nicht nach oben aufgebunden. Probieren Sie mal, der Wein ist gut.“

Sie kostete. „Etwas süß!“

„Ja, das macht die Sonne“, versetzte er mit einem Lachen.

Das Lokal füllte sich, und Gregori hatte keine Zeit mehr für Elisabeth.

Nach ihrem ersten Eindruck hatte er das Restaurant mit der schönsten Aussicht von ganz Fira. Hier würde sie jeden Tag ihren Salat essen.

Als sie zahlte, meinte Gregori: „Wenn Sie noch etwas für die Wohnung brauchen, sagen Sie es bitte. Wir können alles möglich machen.“

Der süße Wein glühte in ihrem Gesicht, als sie wieder auf der Straße war. Sie fühlte sich auf einmal todmüde. Sie konnte sich ja schlafen legen, sie hatte ja Zeit. Keine Verpflichtung, keine Aufgabe. Keine Aufgabe? Ob das wohl gut ginge, so ganz ohne Aufgabe? Müde sank Elisabeth in ihr großes Eisenbett und schlief ein.

Sie träumte, dass sie in ihrer Wohnung in München schlief und der Regen aufs Dach trommelte. Auf einmal klang es, als ob der Regen auch in ihre Wohnung tropfte. Verzweifelt sprang sie aus dem Bett und suchte Eimer und Lappen. Doch alles Wischen half nichts, die Wohnung schwamm im Wasser. Weinend wachte sie auf. Gott sei Dank war es nur ein Traum. Sie war gar nicht mehr in München. Sie war ja jetzt in Santorin. Wein am Mittag, sie sollte etwas vorsichtiger damit sein.

Langsam stand sie auf, schüttelte den Traum ab und beschloss, das Nötigste einkaufen zu gehen. Sie musste das geschickt planen, denn alles musste sie treppauf und treppab schleppen. Außerdem war es gar nicht so einfach, sich zurechtzufinden. Es gab jegliche Art von Souvenirläden, Schmuckgeschäften und Modeshops. Ein Lebensmittelgeschäft hatte sie jedoch noch nicht entdeckt.

Auf ihrer Suche musste sie ziemlich weit hinuntergehen. Schließlich fand sie einen Laden. So etwas hatte sie noch nicht gesehen: Vor dem Laden türmten sich Berge von Gemüsesorten, Apfelsinen und Zitronen, an denen noch die Blätter hingen. Innen war es sehr voll, und trotzdem folgte alles einer seltsamen Ordnung: Da standen Fässer mit Oliven und Weinblättern; daneben Fisch in Eimern, Säcke mit Linsen, Bohnen, Mehl und Mais. An Stangen hingen Würste aller Art und an der Theke gab es eine riesige Auswahl an Joghurt, Quark und Käse. Sie wagte nicht, weiter in die Tiefe des Ladens vorzudringen, denn nur eine einzige falsche Bewegung konnte die riesigen Paletten von Tüten, Dosen und Schachteln zum Einstürzen bringen.

Der Herr der Lebensmittel, ein wohlgenährter Grieche, bediente sie höflich. Hinter ihm befand sich eine Wand aus Kosmetikflaschen jeder Sorte. Über ihm hing ein Brett für alle Bedürfnisse eines Handwerkers: Bürsten, Pinsel, Werkzeug, Scheren und Sägen.

Sie kaufte von allem, was sie brauchte, nur so viel, dass sie es tragen konnte. Dann wanderte sie mit ihren zwei Tüten langsam wieder nach oben.

Atemlos kam sie in ihrer Wohnung an. Sie versuchte, alles ordentlich einzuräumen, denn sie wollte peinliche Ordnung halten in der Enge.

Schließlich kochte sie sich einen Tee und servierte ihn sich selbst auf der Terrasse. Dazu aß sie kleine Orangen. Beglückt schaute sie auf die Umgebung und versuchte, nichts zu denken. Wie schön könnte es sein, wenn die Gedanken endlich Ruhe geben würden. Doch die Gedanken gehorchten ihr nicht.

Was willst du denn eigentlich auf so einer Insel machen? Du kannst ja nicht nur auf der Terrasse sitzen und Tee trinken!

Dein Geld wird nicht ewig reichen!

„Ruhe jetzt!“, rief sie laut heraus. „Ihr Zweifler, setzt euch hin und haltet die Klappe! – Ich will es so und damit basta!“

Sie schaute aufs Meer, auf den Krater, der in vielen Farben wie schlafend dalag. Sie entschloss sich, einen Abendspaziergang zu machen. Auf der kleinen Gasse am Meer war ein lebhaftes Gewimmel, sie musste sich durch die Menschen drängen. Erst weiter oben bei der Kirche war sie wieder allein. Sie schlenderte die innere Gasse zurück und da begegnete ihr das Nachtleben von Santorin: ein Klub nach dem andern. Sie hatte Glück, dass sie am Abhang zum Meer wohnte und die laute Musik nicht hören konnte.

Unterwegs kaufte sie in einem Souvenirgeschäft ein kleines Notizbuch, in das sie die griechischen Vokabeln, die sie jeden Tag vorhatte auswendig zu lernen, aufschreiben würde. So hatte sie das mit allen Sprachen gemacht, weil Ludwig, ihr Ersatzvater, es so gewollt hatte. „Sprachen, mein Mädel, musst du als Frau im Antiquitätengeschäft können: Sprachen und die Epochen auseinanderhalten."

„Siehst du, Ludwig, nun lerne ich auch noch Griechisch. Es ist eine schöne Sprache. Am besten ist, ich fang gleich damit an."

Wieder zu Hause, holte sie ihr Wörterbuch und lernte die Wörter, die ihr zunächst einmal am wichtigsten erschienen. So schaffte sie sich eine Aufgabe und schlief zufrieden ein.

DREI WOCHEN vergingen. Elisabeth lernte die Insel kennen, die sie mit dem Bus durchfuhr, wunderte sich über die Weinfelder und die gedrehten Stämme am Boden und versuchte jeden Tag, ihr Griechisch zu erweitern.

Sie war wie immer in der letzten Zeit durch die engen Gassen von Fira geschlendert, der Wind, der sich hier besonders zu Hause fühlte, hatte sie total durchgepustet. Sie bewunderte immer wieder diese würfelartigen Häuser, das Weiß der Wände, durchbrochen von einem heftigen Blau der Kuppeln und Türen. Sie schaute in die Auslagen der Juweliere und staunte, wie viel Schmuck es in dieser kleinen Stadt zu kaufen gab. Jeden Abend stand sie vor einem großen Geschäft mit besonders ausgewählten Stücken, die aus dem Gros des Angebots herausragten.

An diesem Abend stand der Besitzer an der Tür und sprach sie in einwandfreiem Englisch an. „Entschuldigen Sie meine Neugier, gnädige Frau. Ich habe Sie jetzt seit Wochen hier spazieren gehen sehen. Gewöhnlich bleiben Besucher nicht so lange in Fira." Er schaute auf ihr Armband, einen breiten gehämmerten Goldreif mit dem Lilienkreuz. „Oh, was haben Sie für einen schönen Reif, wer hat den gehämmert?"

„Ein Juwelier in Konstanz."

„Aha, sind Sie aus Deutschland?"

Elisabeth nickte.

„Und was bedeutet dies?" Er zeigte auf das gleichschenklige Kreuz mit Lilien am Ende und einem Kreis darum.

„Das Zeichen habe ich in einem alten Buch über eine slowenische Kirche gefunden. Es hat mir einfach gefallen, weil es gleichschenkelig ist."

„Sehr schön gearbeitet, verstehen Sie was von Schmuck?"

Sie schaute ihn lächelnd an. „Von Schönheit ja. Ich bin Antiquitätenhändlerin."

„Und was machen Sie hier, Antiquitäten kaufen?"

„Nein, nein, ich will versuchen, hier zu leben."

„Und was wollen Sie machen, die ganze Zeit spazieren gehen?"

Sie wollte sagen, das geht Sie doch einen feuchten Kehricht an, aber ihr fiel es in Englisch nicht ein. So zuckte sie nur die Schultern und sagte nicht direkt freundlich: „Warum nicht?"

Er sagte entschuldigend: „Wissen Sie, warum ich Sie so direkt frage? Ich suche jemand Vertrauenswürdigen für meinen Laden. Meine Frau bekommt in diesem Monat ein Kind, und mein Vater, dem das Geschäft noch gehört, ist auf Reisen. Ich suche jemanden, der seriös aussieht und mehrere Sprachen spricht. Was sprechen Sie außer Englisch?"

„Na ja, Deutsch, Italienisch und Spanisch – auch leidlich Französisch. Leider kein Griechisch, aber ich bin dabei, es zu lernen."

„Darf ich Sie einen Moment hereinbitten, Frau … Wie heißen Sie?"

„Romm", antwortete sie, „Elisabeth Romm."

Er öffnete galant die Tür und stellte sich ebenfalls vor. „Menander Andropoulos", sagte er stolz. „Mein Vater ist sehr geschichtsbewusst."

Es war kühl im Geschäft, und schön klar lagen die Schmuckstücke unter Glas in großen Tischen, und an der Wand hingen wunderbar gearbeitete Goldketten.

Bewundernd wandte sie sich zu den Goldketten und sagte: „Mir ist aufgefallen, dass Sie nicht diesen üblichen glänzenden Goldschmuck haben. Deshalb bin ich auch immer an Ihrem Schaufenster stehen geblieben. Ihre Arbeiten sehen aus, als ob sie handgearbeitet wären. In den Ketten ist das Spiel von Licht und Schatten im Gold sichtbar."

„Danke für das Kompliment. Mein Vater ist Goldschmied mit Leib und Seele, und die Sachen sind alle von ihm. Er war viel in Deutschland, in Idar-Oberstein und in Pforzheim und wegen Steinen natürlich überall in der Welt. Im Moment ist er in Indien auf der Suche nach Rubinen. Könnten Sie sich vorstellen, hier zu arbeiten?"

Elisabeth schaute ihn an. Er war ein gut aussehender, kräftiger Mann mit klaren braunen Augen, dichtem Haar. Sehr männlich, bestimmt ein Macho, dachte sie. „Wissen Sie, Herr …"

„Andropoulos", sagte er schnell.

„Also, Herr Andropoulos, ich habe nicht an so etwas gedacht. Es kommt sehr überraschend, aber das Leben ist sowieso voller Überraschungen, warum eigentlich nicht?"

Er fragte sie weiter: „Verstehen Sie was von Steinen?“

Am liebsten hätte sie geschrien: Ja, Herr Andropoulos, ich liebe Steine! Doch sie antwortete selbstbewusst: „Ich denke schon.“

Er nahm ein paar Schmuckstücke in die Hand und fragte sie: „Was ist das für ein Stein?“

Sie antwortete: „Ein Mondstein aus Indien, wahrscheinlich.“

„Und dies hier?“ Er zeigte auf eine Brosche.

„Citrin und Amethyst“, antwortete sie. „Ungewöhnlich, diese beiden Steine miteinander zu verarbeiten.“

„Und dies hier?“

„Eine Granatkette.“ Sie zeigte auf einen Ring, den er in der Hand hielt. „Das ist ein Smaragd-Cabochon.“

Sie ging an den Schmucktischen entlang und sagte schnell: „Dies ist ein Beryll – dies ist ein Goldtopas, ein Saphir, das ist ein Aquamarin, ein Türkis und dieser Stein hier ist ein Fluorit.“

Andropoulos warf seine Hand mit großer Geste an seine Brust. „Ich hab’s geahnt, dass Sie eine außergewöhnliche Frau sind. Morgen früh um halb zehn könnten Sie anfangen. Für jeden Schmuck, den Sie verkaufen, zehn Prozent für Sie. Die Preise stehen an jedem Stück und es gibt auch noch jede Menge Listen davon. Rechnen können Sie mit dem Taschenrechner. Können Sie am Computer arbeiten?“

„Ja, leidlich.“

Er streckte ihr die Hand entgegen. „Wunderbar, Frau Romm, fangen Sie morgen an.“

Sie nahm seine Hand, drückte sie fest und sagte: „Abgemacht, halb zehn.“

Erstaunt und glücklich verließ sie den Laden. Nun hatte sie eine Arbeit, sollte sogar noch Geld verdienen und von Gold und Edelsteinen umgeben sein. Etwas Schöneres konnte sie sich gar nicht wünschen.

Sie rannte fast zurück in ihr neues Zuhause und setzte sich mit einem Glas Wein auf ihre Terrasse, um den Sonnenuntergang zu genießen.

Die Sonne war schon ein riesiger goldener Ball, der über den Himmel glühte und goldene Funken ins Meer sprühte. Die Strenge der baumlosen Kykladenlandschaft brach das Licht und machte die Formen weich und unwirklich. In der Kargheit und Klarheit dieser Landschaft erschienen Elisabeth die Ereignisse ihres Lebens mehr als Erfahrung und nicht mehr als unverdiente Tragödie. Das Leben reichte ihr wieder die Hand. Vielleicht muss man zuerst einmal alles loslassen, bereit sein, aus alten Bahnen auszubrechen, damit das Wunder des Lebens in einem wieder lebendig werden kann.

Sie saß noch lange in der lauen Nacht auf ihrer Terrasse, schaute in die ziehenden Wolken, in die funkelnden Sterne, und als der Mond fast voll am Himmel stand, ging sie in ihr Bett und freute sich auf den nächsten Tag.

Am Morgen strahlte die Sonne durch die offene Tür und tauchte ihr Zimmer in warmes Licht. Sie sprang aus dem Bett, rannte auf ihre kleine Terrasse, atmete die Frische des Meeres ein. Nach dem Duschen stand sie an ihrer Kleiderstange und überlegte, was sie zu ihrem ersten Arbeitstag anziehen sollte. Sie entschloss sich zu Hose und Bluse und einem Pullover über die Schultern. Genüsslich aß sie noch eine Schale mit dem dicken Joghurt und dem Honig darüber, der wie pures Gold schimmerte.

Als Erstes ging sie ins Blumengeschäft, kaufte Lilien, Rankwerk und Rosen in mehreren Farben. Sie wollte das Schaufenster etwas verändern, denn bei ihren Spaziergängen hatte sie die Dekorationen der Schmuckgeschäfte genau angesehen und sie alle als brav und einfallslos empfunden.

Herr Andropoulos war schon da, und er war sichtlich erstaunt, sie mit Blumen kommen zu sehen.

„Guten Morgen“, sagte sie in bestem Griechisch, das sie am Abend noch geübt hatte. „Haben Sie etwas dagegen, wenn ich Ihr Schaufenster ein wenig umdekoriere?“, fragte sie charmant.

„Nein … bitte, tun Sie es.“

„Darf ich dafür noch passenden Schmuck aussuchen?“

„Aber natürlich, nur zu; ich bin gespannt.“

Vorsichtig begann sie, alles auszuräumen. Dann legte sie behutsam eine Lilie ins Schaufenster. Über den Stängel zog sie verschiedene Ringe mit Steinen, die zusammenpassten. Aus einer Lilienblüte ließ sie ein Brillantarmband herausfließen. Die Rosen legte sie zwischen die Goldketten, die sie ineinander verschlang. Aus Rosenköpfen bildete sie eine Schnecke, und die Zwischenräume füllte sie mit Schmuck. Es sah sehr hübsch aus.

Herr Andropoulos klatschte spontan Beifall, als er vom hinteren Teil des Ladens wieder nach vorn kam. „Na, dann viel Erfolg für Ihren ersten Tag. Falls Sie etwas zu ändern haben, sagen Sie mir Bescheid. Ich stelle Sie später noch Elias vor, unserem Goldschmied. Er sitzt hinten in der Werkstatt. Und natürlich stehe ich Ihnen jederzeit für Fragen zur Verfügung“, sagte er und ging dann wieder nach hinten an den Computer.

Im Moment herrschte noch Ruhe auf der Straße. Doch Elisabeth wusste, dass sich das ändern würde, sobald das erste Schiff im Hafen anlegte. Sie war aufgeregt. Würde sie es schaffen? Es war eine tolle Chance.

Und schon betrat ein italienisches Ehepaar das Geschäft. Sie sahen sich suchend um. Nach einer Weile meinte die chic gekleidete Dame: „Könnte ich diesen grünen Ring probieren?“, und zeigte auf den Lilienstängel.

Es war ein leicht grüner Heliodor in Brillantschliff, wunderbar gefasst in breitem Gold. Elisabeth streifte der Dame den Ring über den Finger und erklärte: „Ein Heliodor ist ein Geschenk der Sonne, ein harmonisierender Stein für den Organismus."

„Was Sie nicht sagen, das ist ja hochinteressant", flötete die Italienerin.

Sie wollte unbedingt noch den Opalring aus Mexiko probieren. Der Ring war beweglich und nach etruskischem Vorbild gearbeitet.

„Wissen Sie, dass ein Opal Energien verstärken kann? Das kann sich positiv, aber auch negativ auswirken. Bei einem Opal sollte man deshalb möglichst im Einklang mit sich selbst sein. Er hat wirklich magische Kräfte."

Beide Ringe sahen schön aus an der Hand der Dame.

Ihr Mann meinte: „Nimm doch beide."

Die Italienerin wollte dann noch einen Opalanhänger sehen, und Elisabeth zeigte ihr einen Anhänger und eine Opalkette, die ihr Menander reichte.

Während Elisabeth der Dame die Kette umlegte, schimmerte sie in allen Farben. „Sehen Sie die Regenbogenfarben, sie spiegeln die Vielfalt unserer Emotionen wider."

Der Gatte war ganz entzückt und meinte: „Wir nehmen den Opalring und die Opalkette."

„Die ist aber sehr teuer", erwiderte Elisabeth.

„Hab ich mir schon gedacht", sagte etwas herablassend der Ehemann. Zu seiner Frau gewandt, fragte er: „Gefallen sie dir? Dann darf ich sie dir zu unserem zwanzigsten Hochzeitstag schenken."

Elisabeth machte innerlich einen Luftsprung. „Darf ich Sie fragen, was für ein Sternbild Sie sind?", erkundigte sie sich.

„Ich bin Schütze", erwiderte die Kundin mit einem glücklichen Lächeln.

„Da haben Sie den richtigen Stein gewählt", sagte Elisabeth. „Und bitte setzen Sie die Opale nicht zu viel dem Sonnenlicht aus und reinigen Sie den Schmuck ab und zu in lauwarmem Wasser."

Der Ehemann meinte: „So haben wir ja noch nie Schmuck gekauft." Er bezahlte bar.

Es fängt ja gut an, dachte Elisabeth.

Dann betraten ein paar junge Leute den Laden, die nach Silber Ausschau hielten, doch in dieser Hinsicht konnte sie nichts Billiges bieten.

Als Nächstes kam ein Herr, der seiner Frau eine Überraschung an ihrem Geburtstag machen wollte. Er war Schweizer.

„Wie sieht Ihre Frau denn aus?"

„Sie ist klein und zierlich, hat dunkle Haare und braune Augen."

Elisabeth dachte nach. Für einen Ring muss man die genaue Größe kennen, das wäre zu gewagt. Doch ein Armband oder eine Kette passten immer.

„Wie wäre es mit einer handgearbeiteten Goldkette, eng am Hals getragen? Die Kelten trugen immer einen Goldreif eng am Hals als Schutz. Und die Helvetier waren doch Kelten, also Ihre Vorfahren als Schweizer."

„Ach, da schau her, die Helvetier, das habe ich gar nicht gewusst, dass das Kelten waren."

„Ja, sehen Sie, und Gold schützt." Sie legte ihm eine schöne geschlungene Goldkette hin. „Handgearbeitet."

„Die ist sicherlich teuer", meinte er stirnrunzelnd.

„Ja, dann nehmen wir etwas Kleineres, ein Armband vielleicht."

„Nein, nein", meinte der Schweizer, „ich muss schon Eindruck machen mit dem Geschenk." Er gab sich einen Ruck: „Ich nehme die Kette. Da kann ich meiner Frau die Geschichte von den Kelten erzählen. Eine Schutzkette."

„Ja", unterbrach ihn Elisabeth, „und Gold hält jung, wenn es am Hals getragen wird."

„Na, so was …"

Auch dieser Herr bezahlte bar und Elisabeth konnte es kaum fassen.

Danach kam Menander Andropoulos hinter seinem Computer hervor und sagte voll freudiger Anerkennung: „Sie machen das ja fabelhaft! Vielleicht hätte ich sagen sollen, fünf Prozent."

Sie sah ihn an: „Abgemacht ist abgemacht. Man handelt ja meistens in Griechenland, und wenn ich merke, dass jemand wirklich fünf Prozent Nachlass möchte, verzichte ich auf meine zehn."

„Das ist sehr großzügig von Ihnen, Frau Romm. Wir rechnen dann jeden Tag ab, und wenn jemand mit der Karte zahlt, haben wir es ja im Computer und vielleicht schreiben Sie es sich auch auf."

Elisabeth zeigte ihm ein Büchlein. „Das habe ich mir schon mitgebracht."

„Aha, typisch deutsch, da werden Sie meinem Vater gefallen."

„Darf ich in alle Schubladen schauen? Ich möchte wissen, was da ist."

„Ja, tun Sie das, Frau Romm."

Gegen Mittag kam eine zierliche Griechin und stellte sich als Tante und Schwester des Besitzers vor. „Ich bin Daphne Andropoulos."

„Elisabeth Romm, ich freue mich, Sie kennen zu lernen." Sie sprachen Englisch.

„Wie geht es Ihnen am ersten Tag? Menander hat mir erzählt, dass er Sie gestern quasi mit dem Lasso eingefangen hat. Der Junge ist so aufgeregt, weil seine Frau das erste Kind bekommt, und würde am liebsten nicht mehr von ihrer Seite weichen."

Elisabeth schmunzelte.

„Und er ist der Meinung, auf die Deutschen könnte man sich immer verlassen … Soll ich Ihnen morgen etwas zu essen mitbringen, Frau Romm?“

„O nein, danke, ich hole mir mittags schnell einen Salat.“

Daphne gab Menander einen Topf mit Essen und verschwand wieder. „Viel Erfolg, junge Frau!“, rief sie noch als Abschiedsgruß.

Junge Frau ist gut, dachte Elisabeth. Sie kam mit ihren selbstkritischen Gedanken jedoch nicht weiter, weil plötzlich eine ganze Gruppe Männer und Frauen den Laden betrat. Sie suchten Ringe, und so musste Elisabeth alle vom Lilienstängel holen. Man probierte und probierte, und Elisabeth musste aufpassen, dass sie auch alle Ringe wieder zurückbekam.

Sie verkaufte den Heliodor-Ring, einen Amethyst und einen Goldtopas. Sie erklärte im Schnellgang die Steine. Die Herrschaften verließen zufrieden den Laden und wieder hatte sie ihre zehn Prozent.

Oje, das wird dem Herrn Menander wehtun, mir so viel Geld zu geben, dachte sie etwas belustigt. Sie schaute auf ihre Uhr. Gleich legte das Schiff ab, bestimmt wäre jetzt eine Weile Ruhe.

Sie ordnete die Ringe neu, überlegte, wie sie den Schmuck besser dekorieren könnte, schrieb in ihr Buch, was sie verkauft hatte, und eine Liste für Herrn Andropoulos in den Computer. Sie hörte ihn hinten hämmern. Also ist auch er Goldschmied wie sein Vater, ging es ihr durch den Kopf.

Eine hochschwangere Frau betrat das Geschäft.

Aha, die Ehefrau kommt, um zu prüfen, wie alt die deutsche Dame ist. Höflich stellte sich Elisabeth vor, doch die Dame sprach nur Griechisch. So klaubte sie all ihre griechischen Vokabeln zusammen und eine Verständigung war zumindest möglich.

Herr Andropoulos kam aus der Werkstatt, küsste seine Frau und fragte Elisabeth, ob sie auch allein fertig würde, weil er mit seiner Frau einen Kaffee trinken gehen wolle.

„Aber bitte, wenn Sie das Vertrauen haben, werde ich auch allein fertig.“

Nach einer Weile klingelte das Telefon. Elisabeth meldete sich in Englisch: Elisabeth Romm im Geschäft von Menander Andropoulos.

Erst mal trat am anderen Ende der Leitung Stille ein, dann drang aus dem Hörer: „Immer noch Konstantin Andropoulos, wo ist denn mein Sohn?“

„Ihr Sohn ist mit seiner Frau einen Kaffee trinken gegangen.“

„Hm“, kam es durchs Telefon. „Woher kommen Sie, wenn ich fragen darf, und was machen Sie in meinem Geschäft?“

„Ich komme aus Deutschland. Ihr Sohn hat mich kurzerhand gestern eingestellt“, sagte Elisabeth etwas verlegen.

„So, so“, antwortete er in Deutsch. Er hatte eine tiefe melodische Stimme.

„Sie sind noch in Indien?“, fragte sie.

„Ja, warum?“

„Weil ich Sie bitten würde, bei den Tibetern vorbeizugehen, die haben sehr schönen Silberschmuck und alte Heilstäbe aus Bergkristall, die sie sehr stilvoll verarbeiten. Ich habe das gesehen, als ich dort war. Und, Herr Andropoulos, vielleicht auch noch schöne indische Stoffe oder Saris, damit könnte man die Schaufenster besser dekorieren.“

„Wie sie befiehlt, Bichette.“

Sie antwortete: „Rosenkavalier.“

„Was sind Sie denn von Beruf, mein Fräulein?“, fragte die Stimme spöttisch.

„Ich war Antiquitätenhändlerin, und leider bin ich kein Fräulein mehr, sondern eine ältere Dame.“

Er lachte leise. „Ich werde sehen, was ich machen kann bei den Tibetern. Grüßen Sie meinen Sohn und auf Wiedersehen also. Wie war doch Ihr Name?“

„Elisabeth Romm.“

„Hm“, brummte er, „hübscher Name, also auf Wiedersehen.“

„Auch das noch, ruft der Besitzer an, wenn ich allein bin, und ich gebe ihm obendrein Aufträge“, murmelte Elisabeth, als sie aufgelegt hatte.

Jetzt kam ein junges Paar, und der Mann wollte seiner Freundin einen Ring kaufen. Die junge Dame wollte gern einen Türkisring. Sie meinte: „Das ist mein Glücksstein.“

„Ja, da haben Sie Recht“, meinte Elisabeth. „Die Indianer halten ihn für den Beschützer des Körpers. Der Türkis ist gut für Fische, Zwillinge und Schützen.“

„Ich bin Zwilling“, rief die Dame entzückt, „bitte kauf mir den Ring!“

Der Mann schaute auf den Preis. „Er ist sehr teuer“, und Elisabeth sagte spontan: „Ich kann Ihnen zehn Prozent nachlassen, wenn Sie ihn gerne möchten.“ Sie dachte, das ist mein Dank an die Götter für den reichen Tag. Und der junge Mann kaufte seiner glücklichen Freundin den Türkisring.

So ging der erste Tag zu Ende, und Menander Andropoulos bezahlte sie schweren Herzens, wie sie spürte. „Wenn mein Vater zurückkommt, müssen wir das vielleicht neu regeln“, sagte er.

„O ja, überhaupt, Ihr Vater hat angerufen. Ich soll Sie grüßen.“

„Hat er nicht gesagt, wann er kommt?“, fragte Menander etwas ungehalten.

„Leider nein.“

„Er treibt sich zu gern in der Weltgeschichte herum. Alle fünf Jahre trifft er sich in Kaschmir mit seinen Freunden, Juwelieren aus der ganzen Welt. Er kauft ein wie ein Weltmeister."

Elisabeth schluckte und erzählte ihm nicht, dass sie ihm sogar auch schon mehrere Aufträge gegeben hatte.

Menander erklärte ihr noch, wie man den Safe öffnete und schloss, und dass sie immer aufpassen müsse, wenn Schmuck probiert werde, weil es sehr raffinierte Leute gebe. „O ja, und noch etwas …"

Elisabeth war gerade im Gehen und drehte sich zu Menander um.

„Der älteste Einwohner eines Ortes ist immer der Neid. Ich halte es für besser, wenn wir Sie als Tante meiner Frau in Santorin vorstellen. Meine Frau ist aus Athen und es kennt sie hier niemand. Vorläufig ist es für alle das Beste."

„Wie Sie wünschen, Herr Andropoulos. Wie heißt Ihre Frau?"

„Athena."

„Und wie hieß sie, bevor Sie geheiratet haben?"

„So wie alle Griechen heißen: Papadopoulos."

An diesem Abend musste Elisabeth erst einmal tief durchatmen, um diesen Tag zu verkraften. Sie duschte, zog sich eine leichte Hose und einen Nicki an und ging ihren üblichen Weg fast im Laufschritt. Dabei rotierten die Gedanken in ihrem Kopf.

Sie musste sich ein Konto hier auf der Bank einrichten, sie war verwandt mit Athena und sie wollte heute Abend noch einmal in ihrem Steinbuch die Bedeutung einiger Steine nachsehen, bei denen sie sich nicht mehr ganz sicher war. Am besten, sie nähme das Buch mit ins Geschäft. Sie dachte an den Vater von Menander und an das Gespräch. Er hatte eine schöne Stimme, und anscheinend hatte er auch Humor.

Sie rannte nach Hause, setzte sich auf ihre Terrasse, trank ein Glas Rotwein, las in ihrem Buch über Steine und schaute auf den Krater, der sein Gesicht immerfort veränderte. Mal lag er weich und verhangen da, fast unwirklich, dann wieder schimmernd in allen Farben; manchmal wirkte er bedrohlich und sehr nah, und an manchen Tagen verhüllte er sich total.

Sie bedankte sich bei Zeus, Athena und Aphrodite, deren Statue auf dem offenen Platz gegenüber dem Krater stand. Elisabeth bewunderte sie jedes Mal, wenn sie dort vorüberkam.

Sie lernte noch ein paar Vokabeln und nahm sie mit in den Schlaf.

Am Morgen spürte sie, dass die Tage wärmer wurden und sie sich eigentlich ein paar leichte Leinensachen kaufen müsste, aber sie hatte keine Zeit. Haha!, sie hatte auf einmal keine Zeit.

Sie machte sich schön, rannte zu Gregori, erzählte ihm unter dem Siegel der Verschwiegenheit, dass sie ab heute eine Verwandte von Athena sei, und er versprach ihr, die Nachricht zu verbreiten. Er hatte schon gehört, dass sie bei Konstantin arbeitete. „Ein toller Mann“, sagte er.

„Ich kenne ihn nicht, er ist noch verreist.“

„Na, Mädel“, sagte Gregori weise, „dann halten Sie mal Ihr Herz fest, wenn Sie ihn kennen lernen.“

„Ha, ich doch nicht, über das Alter bin ich wirklich hinaus.“

„Darüber ist man nie hinaus, Elisabeth.“ Er wandte sich seiner Frau zu und sagte augenzwinkernd: „Sie ist verwandt mit Athena Andropoulos“, und an Elisabeth gerichtet fügte er hinzu: „Auf uns können Sie sich verlassen.“

Ihr erster Weg führte Elisabeth wieder ins Blumengeschäft, und diesmal nahm sie Margeriten, Wicken und große grüne Blätter für ihre Dekoration.

Herr Andropoulos war schon da und begrüßte sie: „Da kommt ja die Blumenfee. Woher wissen Sie eigentlich, wie man Schmuck verkauft?“

„Ach, Herr Andropoulos, ich habe alte teure Möbel verkauft in einem Antiquitätengeschäft in München. Da habe ich auch die Schaufenster gestaltet. Dennoch gibt es einen kleinen Unterschied zwischen Möbeln und Schmuck“, lachte sie.

„Aber woher wissen Sie so viel über Steine?“, fragte er hartnäckig.

„Ach das, das ist mein Hobby, müssen Sie wissen.“

„Hm … bemerkenswert. Sie werden meinen Vater bestimmt beeindrucken.“ Gregori hatte es andersherum gesagt.

Elisabeth schmückte die großen Blätter mit Smaragdringen und Goldketten und meinte, zu Menander gewandt: „Smaragde sind so stark, sie müssen allein wirken. Wenn man einem Schmuckstück die Ehre gibt zu wirken, wird es auch gekauft. Diese Weisheit habe ich von meinem Meister Ludwig. Für ihn galt das zwar für Möbel, doch ich denke, das ist für alle Dinge gleich. Was mir bei meinen Spaziergängen auffiel: Die Juweliere legen zu viel Durcheinander in ihre Fenster. Das Auge muss Ruhe finden.“

Um den Margeritenstrauß drapierte sie Perlenketten.

„Haben Sie einen richtig schönen, großen Brillanten, zweieinhalb Karat oder so?“, fragte sie Menander.

„Ja, Sie gehen aber ran. Haben wir.“

Er gab ihr einen Brillantring, in Platin gefasst, so fein, dass nur der Stein wirkte.

„Oh, wie schön.“ Elisabeth küsste den Stein und sagte: „Komm, du findest deinen rechtmäßigen Besitzer.“ Früher hatte sie sich oft so einen großen Brillantring gewünscht, heute war es ihr egal, sie freute sich einfach nur an der Schönheit. „Übrigens, ich habe Gregori erzählt, dass ich mit Ihrer Frau verwandt bin, er sorgt dafür, dass sich die Nachricht verbreitet."

„Wenn mein Vater nicht nach Hause kommt, muss ich Sie vielleicht mit meiner Tante allein lassen, meine Frau möchte in Athen entbinden und ich möchte bei ihr sein."

„Das verstehe ich sehr gut."

„Danke."

An diesem Tag verkaufte sie den Brillantring an eine deutsche Psychologin aus Stuttgart, die sich genau einen solchen Ring gewünscht hatte. Der Smaragdring und die Kette gingen an ein amerikanisches Ehepaar, das über die Kraft des Smaragdes Bescheid wusste und sich genau diesen Ring vorgestellt hatte.

Menander blieb die ganze Zeit im Geschäft und beobachtete Elisabeth.

Elisabeth war in ihrem Element. Sie spürte, dass alles im Leben seinen Sinn hatte, den man oft erst viel später erkennt. Sie wollte am liebsten ihre Tochter und Gabriela anrufen, doch man sollte das Glück nicht beschreien.

Mittags kam Daphne mit dem Essen und meinte: „Athena geht es nicht gut, ihr müsst vielleicht heute noch nach Athen aufbrechen."

Menander war außer sich.

„Beruhige dich, ich komme jeden Tag ins Geschäft."

Sie sprachen Griechisch miteinander. Soviel Elisabeth verstand, erzählte Menander seiner Tante, was sie verkauft hatte.

Daphne schaute aus den Augenwinkeln zu Elisabeth und sagte auf Englisch zu Menander: „Du kannst gehen, mein Junge, wir schaffen das schon. Ruf aber bitte von unterwegs Konstantin an, er soll kommen, der Herumtreiber."

Menander gab dem jungen Goldschmied noch Anweisungen und zu Elisabeth sagte er: „Und jeden Tag das Geld auf die Bank bringen. Meine Tante wird Sie sicher unterstützen." Er rannte fast kopflos aus dem Geschäft.

„Männer", sagte jetzt Daphne wie Erika, mit dem Blick zum Himmel. „Wenn die Kinder bekommen müssten, wäre die Menschheit wahrscheinlich bald vom Aussterben bedroht." Sie nahm ihren Topf mit Essen. „Das werden wir beide jetzt verzehren."

„Ich bin Vegetarierin", entgegnete Elisabeth.

Sie gingen in den kleinen Garten hinter der Werkstatt, ließen die Tür zum Geschäft offen und löffelten gemeinsam Paprikaschoten mit Reis.

„Ich habe gehört, Sie sind mit Athena verwandt", sagte Daphne nach einer Weile spöttisch. „Willkommen in unserer Familie. Das ist eine gute Idee von Menander, hätte ich ihm gar nicht zugetraut."

„Ich weiß auch nicht, wie lange ich als Touristin hierbleiben kann."

„Das werden wir alles klären, wenn Konstantin kommt. Wir haben noch ein Geschäft in Athen, um das sich Menander nebenbei kümmern kann, wenn er sowieso in Athen ist."

Es kamen Kunden und Elisabeth hatte bis zum Abend keine Zeit mehr. Daphne hielt sich zurück, war behilflich, auf den Schmuck aufzupassen und einzuräumen. Die beiden Frauen verständigten sich mit Blicken, und Daphne sah nun auch, wie geschickt Elisabeth Menschen behandelte und dabei wirklich gut verkaufte.

Abends verstauten sie alles sorgfältig im Safe. Sie verabschiedeten sich und Elisabeth versprach, pünktlich zu öffnen. Beide gingen erschöpft heim.

Elisabeth blieb an diesem Abend zu Hause. Die Arbeit erfüllte sie mit großer Befriedigung, und das Geld, das sie dabei verdiente, war auch nicht zu verachten.

Elisabeth hatte jetzt keine Zeit mehr einzukaufen, so ging sie zum Frühstück zu Gregori. „Bitte Joghurt mit Honig und einen Tee", sagte sie.

„Heute essen Sie auch Toast und Käse", sagte Gregori kategorisch, „sonst fallen Sie mir vom Fleisch."

Elisabeth erzählte, dass sie nun mit Daphne allein sei, weil Athena und Menander am gestrigen Abend mit dem Schiff nach Athen gefahren waren.

„Na, dann viel Glück."

Elisabeth kaufte frische Blumen und öffnete das Geschäft. Ein paar Minuten später kam Daphne, sie holten das Geld aus dem Safe und Daphne ging damit zur Bank. Daphne hatte Elisabeth am Abend bezahlt und drängte sie, jetzt auch irgendwann ein Konto zu eröffnen und niemandem zu erzählen, wie viel sie verdiente.

Elisabeth dekorierte das Fenster, heute hauptsächlich mit Korallenschmuck. Aus dem Meer geboren und durch Menschenhand geformt, dachte sie.

Daphne kam zurück und bewunderte ihr Werk. Sie hatte auf der Bank andere Juweliere getroffen, die sich über die Schaufenster von Elisabeth unterhielten. „Wer ist denn die Frau bei euch?"

„Oh, eine deutsche Verwandte von Athena."

„So, so, da können wir uns alle eine Scheibe abschneiden."

Daphne lachte. „Eine Revolution in Santorin, meine Liebe. Konstantin wird sich ganz schön wundern."

Dann hatten sie keine Zeit mehr. Sie arbeiteten Hand in Hand. Daphne sah, wie umsichtig Elisabeth war, und Elisabeth war dankbar für die ruhige, aufmerksame Hilfe von Daphne.

Diese musste zwischendurch noch einmal zur Bank, weil der Korallenschmuck nach Frankreich mitgenommen wurde und nie zu viel Bargeld im Laden aufbewahrt werden sollte. „Hoffentlich haben wir genug Schmuck … wenn Sie so weitermachen …“, meinte Daphne.

Es kam ein Anruf von Konstantin. Daphne sprach mit ihm. Er wäre auf dem Heimweg, er könne nur nicht genau sagen, wann er komme.

„Er kommt!“, freudig umarmte Daphne Elisabeth.

Am Abend fiel Elisabeth müde ins Bett. Sie dachte darüber nach, wie sie morgen das Fenster gestalten könnte und welche Blumen und welchen Schmuck sie dazu brauchte, darüber fielen ihr die Augen zu.

Beim ersten Sonnenstrahl hüpfte sie aus dem Bett. Sie wusch ihre Haare, pflegte ihre Hände, und auch ihre Füße verdienten etwas Respekt, denn sie wollte gut aussehen.

Zum Frühstück ging sie zu Gregori und seiner Frau Kajiobi. Sie hatte solchen Hunger, dass sie drei große Weißbrotschnitten mit Joghurt und Honig bestrich, das war ihre neueste Erfindung, es schmeckte wunderbar. Dazu trank sie eine große Kanne Tee.

„Ich komme tagsüber nicht zum Essen, also esse ich auf Vorrat“, sagte sie fröhlich und zahlte.

Dann ging sie ins Blumengeschäft, wo die Besitzerin anfing, sich zu wundern, weil Elisabeth sich jeden Tag etwas Besonderes aussuchte. Blätter, Stängel, Blüten.

„Die Rosen können auch kurz vor dem Verblühen sein.“

Die Besitzerin zeigte ihr weißrosa Rosen, die schon zu sehr aufgegangen waren, um noch verkauft werden zu können.

„Oh, das ist schön morbide, darf ich die alle haben?“

„Die schenke ich Ihnen, ich kann damit nichts mehr anfangen.“

Glücklich ging Elisabeth mit den Rosen zum Geschäft. Sie schloss auf, legte die Blumen auf den Tisch und suchte zu diesen blassrosa Blüten Granatketten und Rubine aus. Sie legte die Rosenköpfchen ins Fenster und ließ aus ihrer Mitte den Schmuck herausragen. Ein Brillantarmband umringte sie mit Rosen. Den Rest der Rosen nahm sie, um sie in die Vase zu stellen.

In diesem Augenblick ging die Ladentür auf, und Elisabeth sah nur einen großen Herrn eintreten. Er kam näher. Dunkle Locken, buschige Augenbrauen, blaue Augen und eine große Nase – eine machtvolle Erscheinung.

Sie stand da, die Rosen im Arm, ihre Knie zitterten, und wie zu sich sagte sie: „O Gott, Zeus.“

„Nein“, sagte der Mann lachend, „leider nicht. Konstantin Andropoulos.“ Er streckte ihr die Hand entgegen. „Sie müssen Elisabeth Romm sein.“

Sie gab ihm die Hand und ließ dabei alle Rosen fallen. Sie bückten sich beide und stießen heftig mit den Köpfen zusammen.

„Entschuldigung", murmelten beide und rieben sich die Stirn.

„Ziemlich hart, Ihr Schädel", meinte Konstantin.

„Ihrer auch", entgegnete Elisabeth.

„Nachdem unsere Begrüßung sozusagen in die Rosen gefallen ist, guten Tag, Frau Romm."

Sie standen sich fassungslos gegenüber, beide wie gebannt von der Art des anderen.

Konstantin fasste sich als Erster, ging zum Fenster und sagte: „Wunderschön haben Sie das gemacht."

Sie räusperte sich und brachte kein Wort heraus. Wie immer wenn sie innerlich aufgewühlt war, war sie heiser.

„Daphne hat mir Wunderdinge von Ihnen erzählt, dass Sie hier eine Revolution auslösen und unseren ganzen Vorrat verkaufen."

Elisabeth räusperte sich erneut und sagte heiser: „Und überhaupt … ja, es macht mir Freude, mit so schönen Dingen umzugehen, Herr Andropoulos."

Er holte einen Koffer, den er bei der Tür abgesetzt hatte. „Ich habe all Ihre Wünsche erfüllt und bin Tag und Nacht geflogen, um diese Wunderfrau kennen zu lernen. Sie müssen wissen, dass auch mein Sohn geradezu überschwänglich von Ihnen gesprochen hat." Er hatte den Koffer auf die Glasplatte gestellt und geöffnet: „Drei Saris, ich hoffe, sie gefallen Ihnen, hier Seidenstoffe und darunter die schönsten Heilstäbe und Silberschmuck. Die Rubine habe ich zu Hause im Safe. Mondsteine, Türkise, indische und afghanische Türkise, dicke schöne Silberketten und Ringe. Das war ein guter Tipp mit den Tibetern, sehr ehrenwerte Leute."

In dem Moment kam Daphne. „Oh, du bist schon da, grüß dich, Konstantin." Sie gab ihm einen Kuss und fuhr ihm liebevoll durch sein krauses Haar.

Elisabeth sah jetzt, dass es mit Silberstreifen durchzogen war.

„Du musst ja todmüde sein, Junge, wie lange hast du nicht geschlafen?"

„Zwei Nächte, doch ich bin überhaupt nicht müde."

„Geh nach Hause, leg dich hin, wir beide machen das schon."

Elisabeth war dabei, auf eine gelbe Seide einen Heilstab zu legen und silberne Ketten daneben. „Darf ich den Rest des Koffers auspacken?"

„Ja natürlich, Sie finden hier ganz unten noch eine Schublade."

Elias, der junge Goldschmied, den Elisabeth inzwischen wegen seiner sanften Art sehr schätzte, kam und Konstantin ging mit ihm in die Werkstatt.

Sie lief den beiden in die Werkstatt nach. „Herr Andropoulos, ich habe ja keine Preise von den neuen Sachen."

Er ging wieder mit ihr zurück.

„Was kostet so ein Heilstab?“, fragte sie.

„Was würden Sie sagen?“

„Ich weiß nicht, zu welchen Konditionen Sie eingekauft haben. Zweihundert Euro?“ Sie blickte ihn fragend an.

„Dreihundert Euro“, erwiderte er, „und die Silberketten nach Gewicht. Den Preis von Silber haben Sie hier auf der Liste.“

„Sie wissen, dass Ihr Sohn mir für jeden von mir verkauften Schmuck zehn Prozent zugesichert hat. Finden Sie das richtig?“ Sie hatte ihre Sicherheit wiedergewonnen, und ihre Stimme gehorchte ihr jetzt auch.

„Ja, das weiß ich und finde es in Ordnung. Ich weiß auch, dass Sie mit uns verwandt sind“, sagte er lächelnd.

Daphne beobachtete die beiden und dachte: Oje, da hat es schon gefunkt.

Anscheinend hatte wieder ein Schiff im Hafen angelegt, denn vor dem Fenster standen einige Menschen. Eine Dame kam aufgeregt herein.

„Sie haben einen Heilstab im Fenster, woher ist der?“

„Aus Tibet“, antwortete Elisabeth, „er ist gerade eben angekommen.“

„Was kostet er?“

„Dreihundert Euro.“

„Darf ich ihn in die Hand nehmen? Sie wissen, dass die Tibeter diese Kristallstäbe zum Heilen verwenden? Sie verstärken die heilende Energie.“

Elisabeth holte ihn aus dem Fenster.

Die Frau schloss die Augen. „Ich nehme ihn, er fühlt sich gut an. Und die Kette, ist die auch aus Tibet?“ Sie nahm die Kette in die Hand. „Wie teuer ist die?“

„Die muss ich wiegen.“ Elisabeth ging zur Waage und schaute auf Konstantin.

„Fünfhundert Euro“, sagte er.

„Das sind ja tausend Mark. Für vierhundert nehme ich sie.“

Konstantin zwinkerte. „Für Sie vierhundert, einverstanden.“

So kaufte sie beides und ging mit der Silberkette und dem Heilstab glücklich von dannen.

Kurze Zeit später betraten drei Frauen das Geschäft und fragten nach der Granatkette in der Auslage.

Elisabeth holte sie. Es waren acht kleine Granatketten mit zierlichen Goldblättchen und Kugeln dazwischen. Während Elisabeth der Jüngsten der drei die Kette umlegte, erzählte sie: „Granaten sind Steine des Feuers, der Leidenschaft, aber auch der Reinheit des Herzens.“

„Was sagst du, Mutter, gefällt sie dir?“

Diese wiederum fragte Elisabeth: „Haben Sie auch Granatohrringe?“

„Ja, natürlich, doch ich würde am Ohr Gold zu dieser Kette tragen.“

„Zeigen Sie uns doch dann bitte noch Ohrringe.“

Daphne hatte sie inzwischen gebracht und auch goldene dazugelegt. Anscheinend waren die drei Mutter, Tochter und Großmutter. Die Tochter bekam die Kette, und dazu schenkten ihr die beiden älteren Damen noch goldene Ohrringe.

„Sie sehen großartig aus, viel Freude damit.“

Sie zahlten und gingen ebenfalls freudig von dannen.

Ein Ehepaar betrat den Laden. Nein, korrigierte Elisabeth sich in Gedanken, die beiden sind nicht verheiratet, die Dame ist seine Freundin.

Der Herr fragte nach dem Brillantarmband. „Meine junge Frau hat sich in dieses Armband verliebt.“

Elisabeth holte auch dieses aus dem Fenster.

„Ja, willst du wirklich …“, fragte die junge Frau mit gekonntem Augenaufschlag.

Elisabeth legte ihr das Armband um und erklärte ihr, dass ein Brillant in seiner vollkommenen Schönheit für Harmonie, Weisheit und Erleuchtung stehe. „Und er stärkt die Liebesbeziehung“, fügte sie schnell hinzu. Erleuchtet wollte diese Dame bestimmt nicht werden.

„Stärkt die Liebesbeziehung“, wiederholte der ältere Herr nachdenklich.

„Und er stärkt die Toleranz. Der Diamant ist der Stein für den Löwen, die Waage und den Krebs.“

„Ich bin Krebs“, sagte die junge Frau.

„Würde es dir Freude machen, Liebling?“

„Ja, bitte … sehr“, und er kaufte ihr, ohne zu murren, das Armband.

Konstantin saß auf einem Stuhl in der Ecke und meinte etwas spöttisch: „Wenn Sie so weitermachen, muss ich zur Konkurrenz einkaufen gehen.“ Er reichte ihr eine Diamantkette im Smaragdschliff. „Legen Sie die in die Auslage. Wir haben sie bisher nicht verkaufen können.“

Elisabeth sah die Kette liebevoll an und streichelte über die Steine. „Mein Gott, bist du schön.“ Sie legte sie behutsam zu den Rosen. Dann drehte sie sich um: „Haben Sie noch Granate, Herr Andropoulos?“

„Ja, haben wir.“

Er reichte ihr einen einzelnen großen Stein.

„Soll ich noch einen Heilstab ins Fenster legen?“

„Ja, tun Sie das.“

Sie legte einen Heilstab auf die gelbe Seide.

Daphne unterhielt sich derweil mit ihrem Bruder auf Griechisch. Sie versuchte ihn anscheinend zu bewegen, sich hinzulegen, so viel verstand Elisabeth.

Doch er war störrisch: „Nein, ich bleibe."

Elisabeth wäre es lieber gewesen, er wäre gegangen, denn sie fühlte sich wie den Löwen zum Fraß vorgeworfen. Jetzt hatte sie einen so schönen Job und würde sich bestimmt alles vermasseln. Sie sprach sich in Gedanken selbst Mut zu: Ich bin doch eine reife Frau, kein Teenager mehr und überhaupt, warum lässt er mich verkaufen, er könnte es doch selbst machen. Aber nein, er sitzt da und schaut mir zu. Und wie er schaut …

Konstantin nahm ihre Bewegungen auf, hörte auf die Melodie ihrer Stimme, sah ihre Hände und die schmalen Handgelenke, und doch war sie nicht schlank. Sie schien viel Busen zu haben und einen kleinen Bauchansatz. Sie ist nicht mehr jung, dachte er, aber sie bewegt sich wie ein junges Mädchen. Augen, die sich im Weinen übten. Er sah auch ihre kleinen Fältchen um die Lippen. Ob sie viel gelitten hat?

Plötzlich trafen sich ihre Blicke. Elisabeth blieb mit dem Schmuck in der Hand stehen und schaute ihn an, räusperte sich und fragte heiser: „Was soll ich tun, Herr Andropoulos?"

„Mal eine Weile nichts", antwortete er.

In diesem Moment kamen mehrere Leute in den Laden und fragten nach dem Diamanthalsband. Es waren Russen. Russisch konnte Elisabeth nicht, doch die blonde Frau fragte auf Französisch: „Was kostet dieses Halsband?"

Atemlos erwiderte Elisabeth: „Dreihunderttausend Euro."

Die schöne Frau sah die beiden Männer an. „Na, was ist?"

Elisabeth holte fast schockiert die Kette aus dem Fenster, legte sie der Russin um den Hals, die noch grünere Augen hatte als sie selbst. „Sie haben wunderschöne Augen, die Farbe Ihrer Augen habe ich noch nie gesehen."

Die Russin lächelte und sagte: „Ich bin aus Kasachstan."

„Oh, Kasachstan." Elisabeth wusste nicht, wo das lag, erklärte jedoch der Frau die Diamanten. Bei ihr konnte der Hinweis auf Erleuchtung und Weisheit klappen.

Die junge Frau war entzückt. „Ich bin Löwe. Ist der Stein da richtig?"

„Ja, goldrichtig. Der stärkste Stein, für das stärkste Sternbild."

„Na, ihr Jungs, nun mal raus mit dem Geld!", rief die blonde Kasachin.

Ihre Begleiter holten wirklich das Geld aus einem schwarzen Aktenkoffer.

Als sie gegangen waren, hielt sich Elisabeth am Tisch fest und unterdrückte ein Weinen.

Daphne nahm sie in den Arm und sagte vorwurfsvoll zu Konstantin, der gebannt auf dem Stuhl saß: „Nun tu doch was!"

Er stand auf und führte Elisabeth, der die Tränen herunterliefen, zum Stuhl. Sie sagte unter Schluchzen: „Entschuldigung, aber ich habe noch nie ein so teures Stück verkauft." Sie hatte natürlich kein Taschentuch.

Konstantin kramte seines hervor.

„Männer haben komischerweise immer Taschentücher und überhaupt, ich bin ganz fertig." Sie schnäuzte die Nase in sein Taschentuch.

Konstantin war auch fassungslos. „Sie sind ein Genie, die Kette konnte ich nie verkaufen."

Elisabeth war wieder einigermaßen hergestellt und stand auf. Da aber Konstantin vor ihr stand und nicht zurückwich, waren sie sich einen Moment ganz nahe und schauten sich an.

Als Konstantin bewusst wurde, wie unhöflich das war, trat er zurück und sagte eifrig: „Sie müssen eine neue Kette in die Auslage legen." Er holte eine breite, wuchtige Goldkette und gab sie ihr.

Sie nahm die Kette, drückte sie fest an ihr Herz und legte sie sorgfältig zwischen die Rosen. Dann drehte sie sich um: „Ich glaube, das Kreuzfahrtschiff legt ab, jetzt ist erst mal eine Weile Ruhe."

„So, meine Damen, wir haben heute so viel verdient, ich lade euch zum Essen ein!", rief Konstantin etwas überdreht. „Ihr geht schon zum Italiener, ich gehe auf die Bank."

Er legte das Geld für Elisabeth in die Schublade und machte sich mit einer voll beladenen Aktentasche daran zu gehen. Er wandte sich noch einmal kurz um: „Daphne, du weißt wo?"

„Jaja, geh nur, wir schließen den Laden." Die beiden Frauen gingen in ein hübsches italienisches Restaurant und Konstantin kam schnell nach.

Er wurde mit lautem Hallo begrüßt. „Aha, und die schöne Frau, eine Verwandte deiner Schwiegertochter."

Einen Moment schaute Konstantin verdutzt, dann fiel ihm ein: Ja natürlich, die Tante von Athena. „Die Buschtrommel funktioniert", sagte er schmunzelnd zu Daphne.

Nachdem Sie bestellt hatten, wandte sich Konstantin an Elisabeth: „Ich hätte meinem Sohn so viel Menschenkenntnis gar nicht zugetraut, wie hat er Sie denn gefunden?"

„Er hat mich einfach angesprochen und mein Armband bewundert." Sie schaute auf ihren Arm. „Heute habe ich es nicht um, er fragte mich, was ich hier mache, ich könnte doch nicht nur spazieren gehen. Ich fand es schon ein bisschen anmaßend, aber … na ja, er hat mich auf der Stelle engagiert."

„Sie sprechen sehr gut Französisch, wo haben Sie das gelernt?"

„Ich hatte einen Ersatzvater, der immer gesagt hat, für einen Menschen sei es das Wichtigste, sich mit Menschen aus anderen Ländern unterhalten zu können, um ihre Kultur zu verstehen. So habe ich Spanisch, Italienisch, Englisch und Französisch gelernt."

„Das muss ein kluger Mann sein. Haben Sie einen Beruf?"

„Ja, ich war Antiquitätenhändlerin. Das habe ich eben von der Pike auf gelernt, und später habe ich in München in einem großen Antiquitätengeschäft gearbeitet."

„Ja, ich verstehe, daher der Geschmack und das Wissen um die Wirkung der Dinge."

Daphne saß ruhig neben ihnen, schaute von einem zum anderen und dachte: Da muss er nun so alt werden, um endlich die passende Frau zu finden.

Sie aßen Nudeln, Konstantin trank ein Glas Wein dazu, die beiden Frauen weigerten sich. „Wir müssen noch weiterarbeiten, du gehst heim und schläfst dich aus, wir brauchen dich heute Nachmittag nicht", sagte Daphne bestimmend.

Als sie zurück ins Geschäft kamen, stellten sie fest, dass sie Elias, den jungen Goldschmied, eingeschlossen hatten.

„Macht nichts", sagte der fröhlich.

Konstantin ging langsam und offensichtlich sehr müde aus dem Laden. „Jetzt überlasse ich euch beiden das Feld, ich spüre mein Alter und die Strapazen der Reise."

Die beiden Frauen arbeiteten bis zum späten Abend. Als sie den Laden schlossen, sagte Daphne: „Elisabeth, es macht wirklich Spaß mit Ihnen. Da habe ich mein Leben lang mit Schmuck zu tun und weiß so wenig über ihn."

Nachdenklich ging Elisabeth in ihre Wohnung. Wenn es jetzt immer wärmer wird und immer mehr Menschen kommen, wird die Arbeit im Geschäft bestimmt sehr anstrengend, sagte sie sich. Aber sie verdiente jetzt so viel Geld, dass sie hinterher, wenn die Saison zu Ende wäre, gut davon leben konnte.

Sie hatte sich aus dem Café ein Weißbrot und Ziegenkäse mitgenommen und trank dazu auf ihrer Terrasse ein Glas Wein. Es war windstill. Die Sterne funkelten und der Himmel war noch indigoblau. Das Meer unter ihr lag ruhig, schwarz und bedrohlich.

„Gegenüber beim Krater soll es heiße Quellen geben. Eines Tages würde ich gern darin baden", murmelte sie zu sich selbst. „O Gott, bin ich müde, das Stehen macht die Beine so schwer." Sie legte sich auf den Boden und schwang die Beine nach oben. So lag sie eine Weile und wäre fast eingeschlafen. Da fiel ihr Konstantin Andropoulos ein und sie war hellwach.

Das hatte ihr gerade noch gefehlt nach dem ganzen letzten Theater, dass sie sich in einen Griechen verliebte. Nein – das dachte sie nicht zu Ende, das war zu albern. Ältere Dame verliebt sich in älteren Herrn.

Sie schwang ihre Beine wieder runter. Warum eigentlich nicht? Sie hatte ja nichts zu verlieren, außer ihrem neuen Job vielleicht. Von einmal Sehen konnte man ja auch gar nichts sagen. Und überhaupt, wahrscheinlich war er ja auch verheiratet. Ein Mann, der so aussah, war bestimmt in festen Händen. Genau, deshalb konnte sie jetzt beruhigt schlafen gehen. Wer einen Sohn hatte, hatte auch eine Frau.

3

Elisabeth gönnte es sich jeden Morgen, bei Gregori im Restaurant zu frühstücken. So gut wie bei ihm schmeckte der Joghurt nirgends. Elisabeth hatte gerade den Mund voll Joghurt und Honig, als Gregori sie fragte: „Wie gefällt Ihnen Konstantin Andropoulos?“

Sie verschluckte sich und hustete heftig. Übertrieben kühl antwortete sie: „Ein außergewöhnlich gut aussehender Mann, mehr weiß ich noch nicht.“

„Er sieht nicht nur außergewöhnlich gut aus, er hat auch seine Qualitäten“, schwärmte Gregori.

„Was meinen Sie mit Qualitäten – in Bezug auf Frauen?“, entfuhr es ihr.

„Na ja, in allem, meine ich. Ein guter Juwelier, guter Freund, guter Vater.“

Sie verkniff sich zu fragen, wenn er ein guter Vater sei, wo dann seine Frau wäre. Stattdessen schaute sie auf den Joghurt: „Davon kann ich gar nicht genug bekommen. Glauben Sie, Gregori, dass ich davon zunehme?“

Er lachte. „Wenn Sie bis jetzt noch nicht zugenommen haben, können Sie es ruhig weiteressen.“

Gregori dachte: Oje, es ist schon passiert, sie hängt schon am Haken. Laut sagte er: „Das macht die Luft von Santorin, dass Sie nicht dicker werden.“

„Dann bin ich ja beruhigt.“ Elisabeth zahlte und ging zur Arbeit.

Sie kam an dem öffentlichen Telefon vorbei. Neun Uhr in Deutschland. Kurz entschlossen rief sie ihre Tochter Isabé an, und während sie mit ihr sprach, nahm sie die Schönheit der Statue der Aphrodite im Morgenlicht vor dem Meer auf.

„Stell dir vor, ich habe Arbeit gefunden bei einem Juwelier und es macht unglaublich Spaß. Geht's euch gut? Was macht der kleine Andreas? Er läuft? Toll … Ich umarme euch, grüß deinen Mann.“

Sie ging ins Blumengeschäft und wünschte sich heute etwas ganz Einfaches, Bäuerliches. Mohn fiel leider zu schnell ab, deshalb nahm sie Ginster, Lorbeerzweige, Margeriten und Anemonen. Als sie zum Geschäft kam, war es schon geöffnet und Konstantin hantierte herum.

„Guten Morgen, wie geht es Ihnen heute?“, fragte sie auf Griechisch.

Er schaute sie erstaunt an: „Sie sprechen Griechisch?“

„Nein, nur ein paar Worte. Aber ich lerne jeden Tag mehr.“

Im Stillen dachte sie: Mein Gott, sieht dieser Mann gut aus. Diese Augen, wieso haben Griechen überhaupt blaue Augen?

Sie versuchte, sich auf die Arbeit zu konzentrieren. *Bloß nichts anmerken lassen, locker bleiben, Elisabeth.* Sie nahm heute einen blauen Seidenstoff, faltete ihn geschickt, und aus den Falten ließ sie goldene Ketten fließen.

Konstantin war nicht fähig, irgendetwas zu tun. Er stand zwar am Computer, tat, als ob er arbeitete, doch er sah ihr nur zu.

Sie wiederum versuchte, ihn zu ignorieren. Sie drehte sich um und blickte direkt in seine Augen. „Herr Andropoulos“, sagte sie heiser.

„Ja“, erwiderte er, wie ein Junge ertappt. „Ich schaue Ihnen einfach fasziniert zu, was Sie da machen, aber wenn es Sie stört, gehe ich in meine Werkstatt.“

„Ja, es wäre nett, wenn Sie das täten.“ Sie hätte lieber gesagt, ja, es stört.

Konstantin ging sofort zu Elias in die Werkstatt. Sie atmete auf, richtete das zweite Fenster.

Da kamen schon die ersten Touristen, betrachteten die Schaufenster, betraten den Laden und schauten sich um. Eine Italienerin zeigte sich interessiert an einer gedrehten klassischen Kette. Da die Kette ziemlich dick gearbeitet war, war sie auch nicht billig. Elisabeth und die Italienerin sprachen über den Unterschied von Gold. Ob 22 Karat oder 24 Karat besser wäre.

„Ich glaube, bei vierundzwanzig Karat ist das Gold weicher“, sagte Elisabeth. „Diese gedrehte Kette hat zweiundzwanzig Karat, das ist am Hals natürlich schön zu tragen. Soviel ich weiß, ist Gold gesund und verjüngt, das kann ja jede Frau gebrauchen.“

Die Italienerin kaufte die Kette und ließ sie sich gleich umlegen.

Später am Vormittag kam Konstantin neugierig aus der Werkstatt. „Na, wie gehen die Geschäfte?“

„Es läuft gut, ich habe heute nur Goldketten verkauft. Im Computer und in meinem Heft ist alles aufgeschrieben“, doch er schaute nicht hin.

„Ich hole uns einen Kaffee. Was wollen Sie, Cappuccino oder Espresso?“

„Nein, Milchkaffee bitte.“

Es war schon fast zwölf Uhr, sie hatte gar nicht bemerkt, wie die Zeit vergangen war. Das Kreuzschiff legte gleich ab und es gab Hoffnung auf etwas Ruhe.

Konstantin kam mit einem Tablett, auf dem er die Kaffeetassen balancierte. *„Coffee time.“* Er hatte auch an Elias gedacht und den Kaffee für ihn in die Werkstatt gebracht. Dann kam er zurück in den Laden.

Elisabeth stand mit ihrem Glas in der Hand und stocherte mit dem langen Löffel in ihrem Kaffee herum.

Konstantin dagegen schaute sie an. Wie alt mochte sie sein? Über fünfzig bestimmt. Ein schön geschnittenes Gesicht. Die Backenknochen würden es jung halten bis ins hohe Alter.

Für Elisabeth wurde sein Blick fast unerträglich und sie fragte: „Ich habe gehört, Sie waren in Kaschmir. Es soll das schönste Land auf der Erde sein.“

Was für eine schöne Stimme sie hat, dachte er. Sie spricht ein klares Deutsch. „O ja, Kaschmir“, er war sichtlich froh, ein Gesprächsthema zu haben. „Kaschmir ist teilweise wie die Schweiz. Berge, Seen, unglaublich grün und hat eine völlig intakte Natur. Wussten Sie, dass dort viel Schmuck hergestellt wird? Außerdem natürlich Stoffe und Teppiche. Die Kaschmiri sind raffinierte Geschäftsleute, doch ich liebe sie. Sie glauben, Jesus liege bei ihnen in Srinagar begraben. Jesus wäre nicht am Kreuz gestorben, sondern nach Kaschmir gekommen und hätte den damals schon eingeschlafenen Buddhismus wieder zum Leben erweckt. Jussuph, ein Freund von mir, einer der größten Juweliere Kaschmirs, ist ein Sufi. Er hat es mir nicht nur erzählt, sondern auch das Grabmal gezeigt. Das war sehr beeindruckend, weil die stilisierten Fußabdrücke deutlich die Narben der Kreuzigung erkennen lassen.“

„Das ist mir neu, dass Jesus in Indien begraben sein soll. Ich habe schon gehört, dass er als junger Mann in Indien ausgebildet worden sei. Ich bin auch so froh, dass in den griechisch-orthodoxen Kirchen nicht das Symbol des ans Kreuz genagelten Christus hängt. Man könnte geradezu glauben, die Kirche habe sich nur auf das Leiden festgelegt und nicht auf das, was Christus eigentlich wollte, nämlich uns zeigen, dass die Auferstehung möglich ist.“

In diesem Moment kam Daphne mit dem Essen. Durch dieses Gespräch war die Spannung zwischen ihnen irgendwie aufgelöst.

Daphne spürte sofort, dass die erste Annäherung stattgefunden hatte.

Zu dritt gingen sie hinter die Werkstatt in den kleinen Hof, wo gerade genug Platz war für einen Tisch, vier Stühle und eine Vase mit Blumen.

Daphne hatte für Elisabeth verschiedene Gemüse gekocht, dazu gab es frisches Brot mit Öl. Für Konstantin hatte sie Kartoffeln mit Hackfleisch gebacken: „Sein Lieblingsgericht, müssen Sie wissen. Die Ladenklingel hören wir ja, also lassen wir es uns schmecken."

Familienfreundlich, dachte Elisabeth. Sie hatte wirklich Hunger. „Das Brot mit dem Öl ist köstlich", sagte sie etwas übertrieben.

„Ich liebe das auch, Brot mit Öl. Wenn ich auf Reisen bin, habe ich immer ein Fläschchen Öl bei mir. Wissen Sie, dass die griechischen Eltern ihren Kindern überall in die Welt mit UPS Essen schicken? Wenn sie mit dem Flugzeug verreisen, nehmen sie alles frisch gekocht mit. An der Sicherheitskontrolle gibt es deshalb oft lustige Zwischenfälle."

„Kinder in Griechenland werden sehr verwöhnt und die Eltern lassen sie später nur sehr schwer los", meinte Daphne und sah Konstantin an.

„Gut, dass du keine eigenen hast, da kannst du den Fehler nicht machen", versetzte er.

„Mir genügt deiner", sagte Daphne trocken.

Die Ladentür klingelte und Elisabeth sprang gleichzeitig mit Konstantin auf.

„Ich gehe", sagte sie bestimmt, und er setzte sich brav wieder hin.

Die schöne Russin kam wieder mit ihrem Gefolge. Sie wollte eine Standardausstattung für den Tag in Gold, keinen alten Schmuck.

Elisabeth zeigte ihr einen Smaragd-Cabochon, ein mattes Gliederarmband und eine ebensolche Kette. Die Russin schaute sich noch sehr viele Ringe und Ketten an, entschied sich dann jedoch für den Smaragd und alles, was Elisabeth ihr zuerst gezeigt hatte.

„Sind Sie länger auf der Insel?", fragte Elisabeth.

„Nein, wir sind mit dem Schiff unterwegs."

Elisabeth dachte: Aha, die neureichen Russen.

Diese Frau war außergewöhnlich schön, und die Männer schienen ihre Leibgarde zu sein. Es wurde wieder bar bezahlt und die Russin war glücklich. „Ihr Schmuck ist sehr schön."

Konstantin kam in diesem Augenblick herein, die Russin sah kurz zu ihm hin und sprach weiter: „Wir haben inzwischen ziemlich viel Schmuck gesehen. Ihre Arbeiten unterscheiden sich grundlegend von den anderen."

Elisabeth wies auf Konstantin und stellte ihn vor. „Hier ist der Künstler, der diesen Schmuck kreiert, Konstantin Andropoulos!"

„Mein Kompliment", sagte die Russin. „Sie haben mich schon ein kleines Vermögen gekostet."

„Das tut mir leid", erwiderte Konstantin charmant, „aber es freut mich, dass er Ihnen gefällt." Er war offensichtlich ebenfalls beeindruckt von der außergewöhnlichen Schönheit der Russin.

Elisabeth wurde jetzt mutig. „Eigentlich gehört zu dem Brillantkollier ein Ring im selben Smaragdschliff. Haben wir einen solchen?“ Sie blickte fragend zu Konstantin.

Dieser zog eine Schublade auf und überreichte ihr einen wundervollen Brillantring im Smaragdschliff. „Ich liebe diesen Schliff bei Diamanten am meisten.“ Es war ein großer Stein in Platin gefasst.

„Wie viel?“, fragte die schöne Russin.

Konstantin antwortete charmant: „Viel zu viel.“

„Ich nehme ihn.“ Er sah an ihrer Hand zauberhaft aus.

Inzwischen war Elisabeth an die Summen gewöhnt, die hier immer wieder über den Ladentisch gingen, und tat so, als ob sie jeden Tag Hunderttausende in die Kasse legen würde. „Zehn Prozent, das sind ja …“ Sie wagte nicht weiterzudenken.

Als sie wieder allein waren, sagte Konstantin: „Sie gehen jetzt sofort auf die Bank und eröffnen ein Konto, wenn Sie noch keines haben.“ Er gab ihr alles Geld, das sie verdient hatte.

Elisabeth ging schnellen Schrittes mit ihrem Schatz zur Bank. Es ist ja nur Papier, Papierfetzen, die nichts bedeuten, außer Sicherheit vielleicht, dachte sie. *Na ja, aber wenn ein Erdbeben kommt, ist die Sicherheit futsch.* Das amüsierte sie.

Nachdem sie ihr Konto eröffnet hatte, kam sie schnell wieder ins Geschäft zurück.

Konstantin stand vor der Tür und führte Männergespräche. Die Nachbarjuweliere hatten sich vor seinem Schaufenster versammelt. „Was hast du denn da für eine Frau, die schnappt uns ja die ganzen Kunden weg?“, fragten mehrere von ihnen.

„Die Tante von Athena, aus Deutschland“, sagte er diebisch erfreut über die offensichtliche Neugier. Vielleicht war auch ein bisschen Neid dabei.

Er prahlte: „Eine erfolgreiche Antiquitätenhändlerin aus München, die ihren Beruf versteht. Eine qualifizierte Kraft. Wann haben wir das schon?“

„Kann sie sich nicht mal um unsere Schaufenster kümmern?“, fragte sein Nachbar Jurgo.

„Da kommt sie, fragt sie selbst, nur Griechisch kann sie noch nicht so gut.“

Elisabeth war über die Frage erstaunt und blickte unsicher zu Konstantin: „Das ist doch die Konkurrenz.“

„Ach, machen Sie nur, wir sehen das hier nicht so eng.“

„Wissen Sie, meine Herren“, begann sie auf Englisch, „Sie tun zu viel in ein Schaufenster. Sie müssen einem Schmuck die Ehre geben zu wirken, weil die Einfachheit es ist, die das Auge des Menschen anlockt. Kommen Sie, ich zeige Ihnen, wie das geht."

Sie ging zu Jurgos, nahm alles aus dem Fenster, legte nur eine Kette um den Hals aus Pappe und sagte: „Sie dürfen schon solche Pappe gar nicht verwenden. Es gibt so schöne Materialien wie Jade, Marmor oder Alabaster. Stoffe, Tücher, Bilder, mit denen Sie einen Schmuck zur Wirkung bringen können. Sie müssen die Menschen durch etwas Harmonisches anlocken."

Die Männer hörten ihr fasziniert zu. Sie wandte sich noch einmal an alle: „Jeder sollte etwas anderes, Ausgefallenes versuchen, nur nicht alle das Gleiche. Und wenn ich darf, gebe ich Ihnen ab und zu einen Tipp."

Jurgos klopfte Konstantin auf die Schulter: „Du hast Glück, so eine Tante zu haben."

Als Elisabeth und Konstantin zurückkamen, bog sich Daphne vor Lachen. „Das habe ich ja noch nie erlebt. Ich habe ja gleich gesagt, Elisabeth sorgt für eine Revolution in Santorin. Ich verlasse euch wieder, ihr beide schafft das auch ohne mich."

Konstantin entschuldigte sich mit Arbeit und ging in die Werkstatt. In seinem Kopf tobten immer wieder dieselben Gedanken. Wie komme ich dieser Frau näher? Ich muss sie kennen lernen, bevor sie mir einer wegschnappt. Es fiel ihm nichts Besseres ein, als sie zum Essen einzuladen. Morgen, ja morgen, da falle ich nicht gleich mit der Tür ins Haus.

Elisabeth im Laden dachte ähnlich. Was fasziniert mich an diesem Mann so, er ist mir so vertraut, wie soll ich mich schützen? Wie soll ich so eine Spannung verkraften? Es macht mir so viel Spaß, so viel Freude, dieser Beruf. Ich würde so gern dabeibleiben, nicht wegen der Papierfetzen.

Zwischendurch verkaufte sie für diese Papierfetzen Steine und Gold.

Am Abend verabschiedeten sie sich gekonnt förmlich.

„Gute Nacht, Frau Romm, schlafen Sie gut."

„Vielen Dank, dass Sie so großzügig sind, und gute Nacht."

Sie dachte: Er ruft mich zurück.

Er dachte: Hoffentlich sagt sie noch etwas.

Nichts geschah. So gingen sie in entgegengesetzter Richtung auseinander.

Konstantin eilte sofort zu Daphne. „Ich kann es nicht fassen, ich bin verliebt wie ein kleiner Junge. Ich zerspringe vor Sehnsucht nach dieser Frau."

„Setz dich erst mal hin. Ich habe es vom ersten Moment an gewusst, als ich diese Frau sah, da warst du noch in Kaschmir. Diese Frau ist kein Spielzeug, Konstantin."

„Wie kann ich es machen, dass ich ihr näherkomme, bevor Menander zurückkommt? Ich hab doch nicht mehr so viel Zeit."

„Lad sie morgen zum Essen ein, weil du dich bedanken willst für den großen Erfolg, den sie dir gebracht hat. Ich habe sie in den Tagen, als ich mit ihr allein war, beobachtet. Sie ist innerlich gerade gewachsen und im Herzen jung und frisch geblieben. Sie ist ordentlich, großzügig ohne Schnörkel. Eine gewisse Traurigkeit habe ich in ihren Augen bemerkt. Nun, versuch dein Glück, keiner würde sich mehr freuen als ich, wenn du endlich eine Frau finden würdest. Hat ja ziemlich lange gedauert, deine Suche, und war auch nicht immer gut für beide Seiten. Zerbrich kein Porzellan, und jetzt geh schlafen." Sie schickte Konstantin in sein Haus.

Elisabeth saß auf ihrer Terrasse mit Brot und Wein.

Sie müsste nach allem, was sie erlebt hatte, unglaublich glücklich sein. Geld auf der Bank, eine Aufgabe, das Meer vor der Nase. Sonne und Wärme, herrliche Luft und Joghurt mit Honig. Und auf einmal kommt so ein Mann daher und bringt alles durcheinander.

Ein tiefer Seufzer ging zu Zeus. „Hilf mir. Ich habe mich in einen Griechen verliebt, und eigentlich empfinde ich kein Wenn und Aber, nur ein tiefes, brennendes Gefühl. Ist das Liebe? Dieser Mann, obwohl ich ihn erst zwei Tage kenne, ist mir der vertrauteste Mensch, den ich in meinem Leben kennen gelernt habe."

Sie zog sich langsam aus und legte sich hellwach in ihr Bett.

In dieser Nacht träumte sie, dass sie sich erheben konnte, den Menschen unter ihr, die sie festhalten wollten, einfach davonflog. Es war ein herrliches Gefühl. Sie flog über unendliche Weiten und wunderbare Landschaften. Sie war nicht allein, sie spürte einen Begleiter, doch sie konnte ihn nicht sehen, empfand nur ein herrliches Gefühl der gemeinsamen Freiheit des Gleitens.

In einem beglückenden Gefühl der Leichtigkeit wachte sie auf. Die Sonne strahlte, der Joghurt mit Honig lockte und alles war gut, so wie es war.

Gregori hatte schon für sie gedeckt und erzählte ihr, dass die Tante von Athena Stadtgespräch sei und er froh wäre, dass gerade sie sein Gast sei.

Sie schlenderte die Treppen hinunter zur Statue der Aphrodite, schaute aufs Meer, und dann musste sie doch schmunzeln, als sie an den Auslagen der Schmuckgeschäfte vorbeiging, und sah, wie jeder versuchte, eine ruhigere Dekoration seines Schaufensters zu erreichen.

Als sie bei Jurgos vorbeikam, hatte er gerade Smaragde und Rubine ineinandergeschlungen. Elisabeth überlegte kurz und ging dann doch hinein.

„Aber, Herr Jurgos, einen Smaragd sollte man nur neben einen Brillanten oder Bergkristall legen. Ein Rubin schwächt den Smaragd. Legen Sie den Smaragd auf die andere Seite und umgeben Sie ihn mit Gold oder Brillanten."

Herr Jurgos, ein kleinerer, fülliger Grieche mit einem runden Männergesicht bedankte sich artig und meinte: „Schade, dass Sie die Tante von Athena sind, ich würde Sie sofort engagieren."

Konstantin hatte das Theater nebenan beobachtet und sagte ziemlich laut: „Untersteh dich, Jurgos, diese Dame gehört mir", und zog Elisabeth dabei lachend aus Jurgos' Geschäft in seines. „Das wäre ja noch schöner, dass diese Strauchdiebe Sie jetzt auch noch abwerben wollen. Elisabeth", fiel er mit der Tür ins Haus, „heute Abend möchte ich Sie zum Essen einladen."

Elisabeth räusperte sich und entgegnete heiser: „Herr Andropoulos, ich esse abends eigentlich nichts."

„Nein, nein, tun Sie mir das nicht an, dann trinken Sie eben nur. Keine Widerrede, und überhaupt, wir gehen heute Abend gemeinsam essen. Vergessen Sie nicht, Sie gehören zur Familie, Sie sind die Tante von Athena."

Nun, das wäre geklärt. Beflügelt ging Konstantin in Richtung Werkstatt und sagte mit höflicher Stimme: „Verkaufen Sie schön, und wenn Sie mich brauchen, rufen Sie mich. Ich stehe jederzeit zur Verfügung."

Gott sei Dank. Elisabeth atmete auf. Gut – sie würde sich heute Abend stellen.

Dann gestaltete sie das eine Schaufenster mit Lapislazuli und Gold. Es war ihr danach, diesen tiefblauen Stein mit dem goldenen Schimmer heute an ihr Herz zu nehmen. Das linke Fenster schmückte sie mit dem Aquamarin, dem Stein des Wasserelementes. Sie legte den Schmuck auf weiße Seide. Es sah wunderschön aus und glücklich schaute sie auf ihr Werk.

Da überraschte sie die Stimme von Konstantin. „Bravissimo, noch nie waren meine Auslagen so schön." Staunend bewunderte er ihr Werk, und als er aufschaute, stand draußen Jurgos und betrachtete ebenfalls Elisabeths Dekoration.

„Du Gauner", lachend rannte Konstantin zu Jurgos. „Mach es nach, wenn du kannst, aber die Frau bekommst du nicht."

Der Tag verging wie im Flug.

Nachdem sie den Laden geschlossen hatten und Konstantin Andropoulos noch immer hartnäckig darauf bestand, sie zum Essen auszuführen, half auch keiner ihrer Einwände mehr, sie esse abends nie und auf so einer kleinen Insel sei es ja morgen Tagesgespräch und überhaupt …

„‚Und überhaupt' gibt es nicht in meiner Sprache. Wir fahren jetzt nach Pyrgos."

Sie gingen die Treppen nach unten zu seinem Auto.

„Deshalb wohne ich nicht mehr hier oben, sondern unten, wo es flach ist, um mit dem Auto vor das Haus zu fahren, wenn ich vom Flughafen mit Gepäck komme", erklärte Konstantin. „Und überhaupt – da wären wir wieder bei Ihrem Lieblingswort – ist es in meinem Alter bequemer. Ich habe auch gern ein wenig freien Raum um mich. Mein Vater hatte da unten ein Feld, und da wohnen meine Schwester und ich heute."

Sie stiegen ins Auto und fuhren die Eukalyptusallee entlang nach Pyrgos. Es war fast schon dunkel.

Elisabeth war unglaublich verlegen, ihm so nah zu sein. Es vibrierte zwischen ihnen. Ich sitze wie auf einem Pulverfass, dachte sie, wie soll ich diesen Abend überstehen? Am liebsten hätte sie sich in seine Arme geschmiegt.

Ich dumme Kuh, ich bin doch nicht mehr zwanzig, schimpfte sie sich innerlich. Viel zu alt für ein Abenteuer.

Als ob er ihre Gedanken hätte lesen können, sagte Konstantin nachdenklich: „Eigentlich ist man nie zu alt, ich fühle mich wie ein junger Mann, der zum ersten Mal ein Mädel ausführt, so aufgeregt bin ich. Vom ersten Augenblick an, als ich Sie gesehen habe, nein, schon am Telefon, als ich Ihre Stimme hörte, ging es wie ein Stromschlag durch meinen Körper. Alles in mir war hellwach, als ob mir da etwas begegnete, was unausweichlich zu mir gehörte, was ich im tiefsten Innern ersehnt habe, mein Leben lang. Sie sind mir, obwohl Sie eine Deutsche sind und ich ein Grieche bin, vertraut. Es ist ein Gefühl des Heimkommens." Er sagte es, ohne sie anzuschauen. Sehr langsam, er wollte die richtigen Worte finden für diese Frau, die ihn so berührte.

Elisabeth räusperte sich. Sie wollte spöttisch antworten: Vielleicht sind ja die griechischen Männer leichter zu entflammen. Dann räusperte sie sich wieder und sagte verzweifelt: „Ja, es ist einfach schrecklich."

„Was ist daran schrecklich?"

„Einfach alles, Sie wissen ja nichts von mir."

„Eben, deshalb gehen wir jetzt zum Essen. Ich will alles wissen über Sie."

Sie betraten ein großes Restaurant und bekamen einen Platz allein in einer Ecke. Konstantin wurde freundschaftlich begrüßt. Dann endlich saßen sie sich allein gegenüber.

Konstantin griff nach ihrer Hand. „Elisabeth, warum sind Sie in Santorin? Welcher Mensch kommt auf die Idee, auf diese Insel zu gehen, die im Sommer von Touristen wimmelt und im Winter kalt und menschenleer ist?"

„Ach, warum?" Elisabeth trank einen Schluck von dem Wein, den Konstantin bestellt hatte. „Der ist aber süß, ich muss mir etwas Mut antrinken."

„Nicht mit diesem", meinte Konstantin lachend, „da müsste ich Sie nach Hause tragen."

Er bestellte einen anderen Rotwein. „So, und nun erzählen Sie mir, warum Santorin?“

„Ehrlich, ich weiß es auch nicht. Ich fuhr auf dem Schiff und saß mit einem netten Ehepaar beim Frühstück. Als ich die Felsen von Santorin erblickte, dachte ich, wie toll, im Mittelmeer so hohe Berge mit Schnee. Die beiden klärten mich auf, dass es die weißen Häuser von Santorin seien. Das hat mich so fasziniert, dass ich ausgestiegen und geblieben bin.“

„Ja, nur warum, Elisabeth, fährt man auf einem Schiff, um auf einer Insel auszusteigen? Es sieht ja so aus, als ob Sie bleiben wollen.“

„Ja, es sieht so aus, als ob ich bleiben wollte“, wiederholte sie verlegen.

Konstantin sah sie die ganze Zeit an.

Diese Augen, wo hatte sie nur die Augen schon gesehen? Sie nahm ihre ganze Kraft zusammen und erzählte ihm ihr Leben mit Bert und die Geschehnisse um seinen plötzlichen Tod. Sie verschwieg auch nicht das Gespräch mit dem Sohn von Bert, das sie so getroffen hatte.

Konstantin hatte ruhig zugehört. Sie hatte ab und zu von dem Brot gegessen und einen Schluck Wein getrunken. „So, nun wissen Sie, warum ich hier bin.“

„Ja, ich verstehe, was du durchgemacht hast. Ich bin dem Schicksal dankbar, dass dein Bert gegangen ist. Du bist frei.“ Er sagte ganz selbstverständlich und vertraut „Du“ zu ihr. „Du bist nun ein freier Mensch und ich auch. Was, meinst du, kann zwischen uns Schreckliches passieren?“

„Alles ist schrecklich, wenn man wieder so von Gefühlen zerrissen wird. Ich wünschte mir nur noch Ruhe im Leben.“

„Wenn du Ruhe im Leben willst, bist du vielleicht schon tot. Komm, lass uns gehen, wir fahren an den Strand und gehen ein Stück zu Fuß.“ Er zahlte und sie fuhren zum Strand.

Fahles Mondlicht spiegelte sich auf der Meeresoberfläche, der schwarze Sand glitzerte. Er hatte ein Handtuch mitgenommen; sie setzten sich darauf und schauten ins Wasser.

„Und Sie?“, fragte sie. „Warum sind Sie frei? Haben Sie keine Frau?“

„Oh, ich hatte eine tolle Frau. Sie fand die Insel furchtbar und zog mit einem anderen Mann und unserer Tochter nach Rom. Mein Sohn blieb bei mir. Meine Schwester hat ihn mit großgezogen. Ich bin im Winter viel gereist, habe mich umgeschaut, was die Juweliere in der Welt machen. In jungen Jahren habe ich in Idar-Oberstein Steinschleifen gelernt, deshalb kann ich so gut Deutsch. Natürlich hatte ich ab und zu Frauen, es scheiterte jedoch meistens, weil keine mit hierherwollte.“

Er setzte sich hinter sie und legte seine Arme um sie. „Komm, Elisabeth, lehn dich an mich, lass mich dich fühlen.“

Auf einmal war alles ganz einfach. Sie lehnte sich zurück und er küsste ihren Nacken, ihr Haar. Seine Lippen schmiegten sich an ihre Haut. „Ich liebe dich.“

Vorsichtig zog er Elisabeth aus, küsste ihre Brüste, streichelte ihre Haut, dabei redete er Griechisch. Sie verstand nichts, doch es war, als ob er sie in Ströme von Liebesworten einhüllte. Ihre Körper fanden zusammen. Er drang in sie ein, stark und kräftig, und war endlich vereint mit Elisabeth. Sie wurden in den Himmel geschleudert und blieben ermattet liegen.

„Meine geliebte Elisabeth! Du …“

Elisabeth weinte, schluchzte, so tief erschüttert war sie über ihn – über sich selbst – über ihre nie geahnte Lust und Erfüllung.

Er küsste ihre Tränen: „Heimgekommen, Elisabeth.“

„Ja, mein Zeus.“

„Du, meine Geliebte, ich bin Konstantin.“

„Ja, ich weiß, aber ich habe eben einen Gott geliebt, den Zeus in dir.“

„Dann komm, lass uns ins Meer gehen. Die Wasser der Ägäis mögen unsere Liebe segnen.“

Sie fassten sich an den Händen und rannten ins Wasser. Es war ein bisschen kalt, doch es fühlte sich herrlich an.

„Sie nennt mich Zeus!“, rief er. „Poseidon, mein Bruder, hier stelle ich dir meine Frau vor. Elisabeth aus Deutschland.“ Er tauchte Elisabeth ins Wasser.

Prustend kam sie wieder hoch. „Du bringst mich um mit deiner Kraft.“

Sie schwammen noch ein Stück, und immer wieder umarmten sie ihre nackten Körper. Frierend trockneten sie sich ab, schlüpften in ihre Kleider und rannten zum Auto.

„Fährst du mich noch ein Stück rauf, Konstantin?“

„Ich bringe dich bis vor deine Tür, ich muss ja wissen, wo du wohnst.“

An ihrer Tür sagte sie: „Es wird komisch sein, morgen im Geschäft.“

„Nein, Elisabeth, nicht komisch. Wir spielen mit offenen Karten vor allen Menschen, wenn es dir recht ist.“

„Ja, mein Geliebter, schlaf gut, Konstantin – Zeus.“

„Schlaf gut, meine Hera – Elisabeth.“

Damit ging Konstantin den engen Weg und die Treppen hinunter und fuhr glücklich in sein Haus.

Elisabeth schüttelte den Sand aus ihren Kleidern, trocknete ihre Haare und ging fassungslos über sich selbst in ihr Bett. Bloß nicht alles zerdenken, mahnte sie sich, einfach zulassen, das Leben.

Am nächsten Morgen wachte sie mit dem Gedanken auf, wenn Gott in allem ist, was lebt, dann ist Gott das Leben überhaupt. *Überhaupt?* Sie war sich nicht bewusst gewesen, dass sie dieses Wort oft gebrauchte. Sie schlüpfte aus dem Bett und schaute in den Spiegel. Ob sie wohl nach dieser Nacht anders aussehen würde?

Das bin ich also? Ihre Augen waren seegrün und ganz hell. Das kommt vom Schwimmen, dachte sie.

Sie machte sich sorgfältig zurecht. Der Morgen danach. „O Gott, hilf mir, dass ich keine Fehler mache. Ich habe schon so viele gemacht, lass mich etwas richtig anfangen."

Sie ging zuerst ins Blumengeschäft und holte einen Arm voll lachs- und rosafarbener Rosen.

Konstantin stand bereits erwartungsvoll in der Tür. „Willkommen." Er nahm sie schon auf der Straße in den Arm. Alle sollten es sehen. Dann zog er sie in das Geschäft, und da stand ein riesiger Strauß dunkelroter Rosen. „Für dich, Elisabeth!"

Sie küssten sich und beide hatten sie vor Glück Tränen in den Augen.

„Konstantin, ich habe kein Taschentuch."

„Aber ich, Elisabeth." Er trocknete ihre Tränen. „Wir haben nicht so viel Zeit wie andere Leute – ich danke dir. Ich bin wirklich froh, dass Menander noch in Athen ist, so können wir uns an die neue Situation gewöhnen."

„Ja, Konstantin, lass uns arbeiten. In mir ist so viel Freude, deinen Schmuck zu verkaufen, und du, schmiede Ketten wie Hephaistos."

Elisabeth hatte heute ihr breites Armband angelegt, das Konstantin bewunderte. „Diese Arbeit inspiriert mich, ich gehe in meine Schmiede, wie du befiehlst, aber ich komme wieder."

Elisabeth nahm die Hälfte der roten Rosen und stellte sie in eine Glasvase auf den Tisch, mischte die andere Hälfte mit den lachsfarbenen Rosen und legte sie wie einen Teppich in das Schaufenster. Sie suchte passenden Schmuck wie Korallenketten, Goldketten und Brillanten.

Kurz nachdem das erste Schiff angelegt hatte, drückten Frauen ihre Nasen an die Fenster.

„Kommen Sie ruhig herein und schauen Sie, schauen kostet nichts."

Zwei Frauen betraten den Laden und suchten nach Goldketten.

„Sie sind handgearbeitet, wissen Sie. Wir haben nicht diese Fabrikwaren, wir sind noch eine richtige Goldschmiede. Herr Andropoulos ist für seinen Schmuck sehr berühmt."

„Wir finden das auch schön", sagte die eine der beiden, „bei uns in Berlin glänzt alles, weil das den Russen gut gefällt."

„Ach, Sie sind aus Deutschland, ich bin aus München und lebe hier."

Die beiden probierten die Ketten von Konstantin, schauten auf den Preis und waren nicht einmal schockiert. Die jüngere von beiden meinte, sie wolle eigentlich eine Aquamarinkette, da kam Konstantin aus der Werkstatt.

„Verehrteste, ich habe eine wunderschöne Aquamarinkette, naturbelassen." Er holte die Kette aus einem Schubfach, sie war wirklich zauberhaft.

Die Damen kauften beide eine Kette.

„Jetzt hast du mich doch glatt um meinen Verdienst gebracht."

Sie fielen sich glücklich in die Arme. Das fing ja gut an.

Die nächsten Kunden kamen und Konstantin verschwand wieder.

Elisabeth verkaufte den Brillantring, der in den rosafarbenen Rosen lag, und eine Goldkette mit dem passenden Ring.

Die beiden Damen aus Berlin kamen noch einmal mit einer Bekannten, die auch so eine handgeschmiedete Goldkette wollte, allerdings lang.

Auch das hatte Elisabeth. „Die ist wirklich teuer."

„Macht nichts", sagte die Dame, „ich will die Kette nur nicht noch einmal sehen. Es ist doch ein Unikat?"

„Ja, wir haben nur Unikate."

So verkaufte Elisabeth auch diese teure Kette.

Als die Frauen die Tür hinter sich geschlossen hatten, rannte Elisabeth in die Werkstatt. „Konstantin, ich habe bald keine Ketten mehr."

Konstantin rief in Athen im Geschäft an, wo viele seiner Ketten lagerten.

Menander war am Telefon. „Ja, Vater, warum brauchst du die denn?"

„Elisabeth verkauft wie ein Teufel."

„Elisabeth?", fragte Menander irritiert.

Konstantin ging darüber hinweg. „Schicke bitte, was ich dir gesagt habe, in Athen läuft sicherlich nicht so viel. Wie lange bleibst du noch in Athen?"

„Ich glaube, in vierzehn Tagen kommen wir mit dem Baby heim."

„Gut so! Geht es dem Baby gut?"

„Ja, wunderbar."

Kaum hatte Konstantin aufgelegt, rief er: „Elisabeth, wir sind noch vierzehn Tage allein!"

Mittags kam Daphne und brachte für die beiden etwas zu essen.

Konstantin nahm Daphne an der Hand. „Geliebte Schwester, darf ich dir Elisabeth vorstellen, die Frau, die ich liebe."

Daphne lachte: „Oh, du Esel, ich habe es sofort gewusst, als ich Elisabeth sah, dass sie genau die Richtige ist. Das musste so kommen." Sie umarmte Elisabeth: „Endlich hat der Topf einen Deckel."

„Daphne, bitte, sprich nicht so respektlos von deinem kleinen Bruder."

Sie wuschelte in seinem Lockenhaar. „Oh, du Kindskopf, ich bin glücklich für dich – für euch.“ Sie schaute Elisabeth liebevoll an: „Sehen Sie in mir ebenfalls eine Schwester. Hast du vielleicht schon bemerkt, was für ein Verkaufsgenie Elisabeth ist, da musst du dich sputen, Junge, arbeite, sonst ist dein Laden bald leer.“ Sie verließ die beiden.

Elisabeth spürte, dass Daphne sie mochte, und das wärmte ihr Herz.

Am Abend hatten sie so viel verkauft, dass Konstantin Elisabeth einen hohen Betrag überreichte. „Du hast es verdient, du machst mich nicht nur glücklich, sondern auch noch reich.“

Elisabeth holte schnell ihren Badeanzug und sie fuhren zum Schwimmen. Danach zeigte Konstantin Elisabeth stolz sein Haus.

Eigentlich waren es zwei zusammengebaute Häuser mit jeweils einem Tonnendach, einer großen Terrasse und einem überdachten Gang von einem Haus zum anderen. Zwischen den beiden Häusern lag ein großer Innenhof mit vielen Pflanzen. Der Wohnraum war sehr groß, hatte einen Kamin und war modern eingerichtet. Im oberen Stockwerk befanden sich drei Schlafzimmer mit Bädern, und im Hinterhaus zeigte Konstantin ihr stolz seine Werkstatt. „Das Praktische an unseren Häusern ist, wir haben im Winter Ölheizung und können jederzeit auf Sonnenenergie umschalten“, sagte er. „In den Gästezimmern und in meinem Schlafzimmer habe ich Holzfußböden. Ich hasse kalte Füße, wenn ich aus dem Bett steige. Gefällt es dir? Könntest du dir vorstellen, hier mit mir zu leben?“

„Und Daphne?“, fragte Elisabeth mit Blick auf ihr Haus.

„Oh, sie wird froh sein, dass sie mich endlich los ist. Sie wird dir bestimmt eine gute Freundin sein. Komm, setzen wir uns auf die Terrasse und feiern unseren ersten Tag.“

Sie schauten in das tiefe Indigo des Himmels mit seinen glitzernden Sternen und zwischen ihnen war eine beredte Stille. Konstantin beugte sich vor, ergriff ihre Hand. „Elisabeth“, er sprach ihren Namen langsam, als tastete seine Zunge jeden Laut ihres Namens ab. „Wer bist du und wo kommst du her, die du wie eine leuchtende Sternschnuppe in mein Leben gefallen bist? Wer bist du? Wo kommst du her, wer hat dein Leben geprägt, wer hat aus dir diese wunderbare, kluge, schöne Frau geformt?“

Elisabeths Augen flatterten ein bisschen. Und spontan antwortete sie: „Meine Großmutter und Ludwig Stadler. Wenn du es wirklich wissen willst, ich bin in der damaligen Tschechoslowakei in Bischofteinitz bei Kriegsende geboren. Meine Mutter war Kreisfürsorgerin, eine moderne junge Frau, die mit ihrem Motorrad die kleinen Dörfer abfuhr, um Alt und Jung zu versorgen. Als ich auf die Welt kommen sollte, holte sie ihre Mutter aus Komotau zu sich, damit sie mich versorgen konnte. Im Mai 1945 war der Krieg zu Ende. Da war ich ungefähr ein halbes Jahr alt. Meine Mutter wurde verhaftet und verschleppt. Meine Großmutter blieb in Bischofteinitz, immer in der Hoffnung, meine Mutter würde eines Tages zurückkommen.

So nach und nach wurden alle Deutschen aus der Tschechoslowakei ausgewiesen. Meine Großmutter war fünfundsechzig Jahre alt und musste mit mir im Kinderwagen zu Fuß nach Deutschland flüchten. Sie wollte auf jeden Fall in den von Amerikanern besetzten Teil Deutschlands. Sie hatte sich Regensburg auf der Landkarte ausgesucht, weil dort die Donau floss und sie meinte, in der Stadt fiele man als Flüchtling nicht so auf und werde besser behandelt.

Meine Großmutter war eine kleine, füllige Frau mit einem gütigen slawischen Gesicht, mit hellgrauen Augen, Kinderhänden und voller Liebe. So ging sie über die Grenze ihrer Heimat mit dem Kinderwagen und einem Rucksack. Das war all ihre Habe. Sie hat nie über diese Flucht und über den Verlust ihrer Tochter gesprochen. Nie auch nur ein Wort.

Ich weiß dies alles von Ludwig Stadler, der auf der Flucht in ihr Leben getreten ist. Das war bei Furth im Wald. Ludwig kam von einem Möbelverkauf mit seinem klapprigen Fahrzeug mit drei Rädern langsam eine Landstraße gefahren und sah vor sich eine schwarz gekleidete kleine Gestalt, die mühselig einen Kinderwagen schob, und er dachte: Gleich fällt sie um. Ihre Schritte wurden immer langsamer. Also hielt Ludwig, sprang aus dem Auto und lief zur Großmutter. Die sagte zu ihm: ‚Bitte helfen Sie mir‘, und fiel ohnmächtig in seine Arme.

Er machte eine Mund-zu-Mund-Beatmung, bis sie die Augen aufschlug. Mit zwinkernden Augen hat er mir erzählt: ‚Ich habe deine Großmutter regelrecht wach geküsst, leider hat sie mich das nie mehr wiederholen lassen.‘

Er lud uns beide in sein Auto und nahm uns mit in sein Haus nach Regensburg. Er war Kunsttischler, hatte in einem großen Haus eine Werkstatt und im ersten und zweiten Stock Ausstellungsräume und seine Wohnung. Ludwig hinkte, deshalb war er nicht im Krieg und hatte wohl auch deshalb keine Frau gefunden. Er war irgendwie kindlich und andererseits ganz weise, ein philosophierender Tischler, ein Eigenbrötler. Jedenfalls ein außergewöhnlicher Mann, der diese beiden wildfremden Menschen aufnahm, ohne viel Federlesens. Großmutter musste an diesem Abend in Ludwigs Bett schlafen, mit mir im Arm.

Ludwig erzählte: ‚Du glaubst gar nicht, was für ein hübsches Bild das war, ihr zwei in meinem Bett. Zwei Mondgesichter, ein altes und ein junges, sahen mich ungläubig an. Eine Milchsuppe am Morgen und ein Zichorienkaffee haben auch deine Großmutter wieder auf die Beine gebracht. Du kannst dir nicht vorstellen, was sie für ein Theater gemacht hat: Sie können uns doch nicht einfach so aufnehmen, das ist ja eine Last für Sie. Ich sagte ihr, dass ich selbst entschied, was für mich eine Last sei und was nicht.‘ Und so hat Ludwig uns als Tante und Nichte im Ort angemeldet.

Ludwig fragte die Großmutter, er nannte sie immer Frau Marie Theres, als sie sich von der Flucht erholt hatte, was sie denn so könne. Ganz umsonst gebe es nichts auf dieser Welt, denn jeder Mensch müsse eine Aufgabe haben.

Nun, meine Großmutter konnte himmlisch kochen, die böhmische Küche rauf und runter. Schmeckt fantastisch und macht schön dick. Außerdem war sie geschickt mit ihren Händen, sie konnte sticken, weben und nähen.

Ludwig war begeistert und engagierte sie sofort als Köchin für seine drei Leute. ‚Nähen und Sticken kann ich auch brauchen, wenn wir Stühle polstern. Frau Marie Theres, Sie brauchen nicht Danke zu sagen, ich werde Ihre Möglichkeiten weidlich ausnutzen.‘

Siehst du, Konstantin, diese beiden Menschen haben mich geprägt.“

„Und wo ist dein Vater?“, fragte Konstantin.

„Ich habe keinen Vater.“

„Du hast keinen Vater? Wie bist du denn auf diese Welt gekommen?“

Elisabeth lachte: „Na ja, keine jungfräuliche Geburt, wenn du das meinst. Meine Mutter muss mit einem Mann geschlafen haben, zu dem sie sich, da noch Krieg war, nicht bekennen konnte, da das sonst beider Leben gekostet hätte. Auch meiner Großmutter hat sie nie gesagt, wer mein Vater ist. ‚Es ist mein Kind, Mutter, das muss dir genügen.‘ Großmutter hat es genügt, denn sie meinte, das Wichtigste für ein Kind sei die Liebe und Männer könnten sowieso keine Liebe geben. Damit hatte sie aber nicht Recht, Ludwig wurde für mich zu einem verständnisvollen Vater. Er nannte mich stolz ‚meine Tochter‘ und am Ende hat er es auch geglaubt.

Ach, Konstantin, es ist eine lange Geschichte, und wenn ich an meine Großmutter denke, an ihre unendliche Güte … Entschuldige …“ Elisabeth suchte ein Taschentuch.

Konstantin reichte ihr seines mit den Worten: „Ich wollte dich nicht traurig machen.“

Er nahm sie zärtlich in seine Arme, küsste ihre Tränen, ihren Mund und sie versanken ineinander, verschmolzen in einem sanften, liebevollen Einssein unter dem Sternenhimmel Santorins.

Sie waren glücklich, am Anfang ihrer Liebe auch im Geschäft ohne Menander zu sein.

Es war eine Zeit der Schulung für Elisabeth. Konstantin erklärte ihr die verschiedenartige Qualität der Steine, ihre Schliffarten, den Unterschied der Farben der Diamanten, von Gelb über Rosa bis Goldbraun und wie die Karatzahl und die Reinheit eines Steines seinen Wert bestimmten.

An den Abenden studierten sie Schmuckbücher über verschiedene Epochen und wie man die alten Vorbilder in die heutige Zeit übertragen könnte, um sie für uns wieder tragbar und modern erscheinen zu lassen.

Sie entwarfen und zeichneten und komponierten immer neue Variationen von Ketten und Ringen. Konstantin war Feuer und Flamme, sie in die Tat umzusetzen. Sie überlegten, ob sie noch einen Goldschmied einstellen sollten, der im Atelier im Haus die Vorarbeiten machen könnte, damit Konstantin dann nur mit seinem Feinschliff darübergehen müsste.

Konstantin schüttete sein ganzes berufliches Wissen über Elisabeth aus – glücklich, eine Partnerin gefunden zu haben, die ihn beflügelte.

Manchmal blieb Konstantin am Abend bei Elisabeth im Tonnenhäuschen und sie genossen den Blick aufs Meer und liebten sich in dem kleinen Raum.

Konstantin wollte wissen, wie Elisabeth in München gelebt hatte und wer ihre Freunde waren. Sie erzählte ihm von ihrer Freundin Gabriela, der Gräfin, die Isabé mit aufgezogen hatte.

„Und wie hast du gewohnt?"

„Meine Wohnung war sehr hübsch, doch das ist vorbei. Lassen wir doch die alten Zeiten. Ich bin so glücklich hier mit dir."

Morgens schmückte Elisabeth die Auslagen und bediente die Kunden. Konstantin schmiedete in der Werkstatt, kam sie immer wieder besuchen. Abends schwammen sie in dem immer noch kalten Meer und studierten Bücher. Konstantin zeigte ihr, wie man Ringe perspektivisch zeichnet, und Elisabeth sah zu, wie Konstantin schmiedete, wie ein Rohling entstand und der fertige Ring aussah.

Konstantin schenkte ihr eine Löwenkette, die er mit viel Liebe für sie als Löwin gearbeitet hatte: zwei aneinandergeschmiegte Löwenköpfe mit Diamantaugen, die an einer dicken, gestrickten Goldkette verankert waren.

„O bitte schenk mir nicht so etwas Kostbares, ich brauche es wirklich nicht."

„Ich weiß, dass du es nicht brauchst, doch ich bitte dich, es anzunehmen."

Und das tat Elisabeth mit tiefer Freude.

Die Zeit der Zweisamkeit war viel zu schnell vorüber. Menander kam zurück. Er hatte seine Frau mit dem Baby noch in Athen gelassen.

Als er ins Geschäft kam und Elisabeth mit der Kette sah, stutzte er, ging zu seinem Vater in die Werkstatt und sie hörte die beiden ziemlich laut reden. Das Wort *pautana* fiel. Soweit Elisabeth Griechisch verstand, sagte er: „Und jetzt schenkst du deiner Hure schon unseren Schmuck", worauf ein Moment Stille eintrat. Dann hörte sie eine kräftige Ohrfeige, und Konstantin stürmte aus dem Geschäft, kurz hinterher Menander mit hochrotem Kopf.

Elisabeth war wie gelähmt, dann kochte die Wut in ihr hoch. „Nein, das lasse ich mir kein zweites Mal gefallen, sollen sie doch ihren Laden allein führen."

Sie blieb zwar bis zum Abend, führte alles aus, wie sie es immer tat. Kurz bevor sie ging, rief sie Konstantin an, eine Freundin aus Deutschland hätte sie heute überraschenderweise besucht und würde die Nacht bei ihr verbringen. So hätte sie heute Abend keine Zeit. Sie war erstaunt, dass Konstantin das so hinnahm, und das bestärkte sie in ihrem Entschluss zu gehen – einfach zu gehen.

Anschließend eilte sie zu Gregori, fragte ihn, ob er eine Adresse auf Rhodos hätte, buchte einen Flug über Athen und packte das Nötigste zusammen.

4

Elisabeth fand sich nach einer durchwachten Nacht im Flugzeug nach Athen wieder. Sie war unendlich traurig.

Sie wusste auch nicht, ob ihre Flucht richtig war. Ob sie sich nicht dem Problem hätte stellen sollen, doch diese Beschimpfung, „deine Pautana", war ebendieselbe, die sie auch von Berts Sohn schon gehört hatte.

Manche Ereignisse im Leben schienen sich zu wiederholen. Sie musste sich von den Söhnen der Männer, die sie liebte, gefallen lassen, als Hure bezeichnet zu werden. Das hatte in ihr eine solche Wut ausgelöst, dass sie sich selbst nicht mehr kannte. Elisabeth hatte sich geschworen, sich keine Demütigung mehr gefallen zu lassen. Dann lieber gehen, wenn es auch noch so wehtat.

Sie hatte, bevor sie fuhr, Gregori ein Paket mit der Kette und einem Brief an Konstantin gegeben. Er sollte es nicht vor zehn Uhr vorbeibringen und es Konstantin persönlich übergeben. „Nur bitte nicht dem Sohn. Und bitte, Gregori, sagen Sie ihm nicht, dass ich nach Rhodos gehe."

Sie hatte Gregori zwei Monatsmieten gegeben. Sobald sie wusste, wo sie bleiben wolle, würde sie den Rest ihrer Sachen holen.

Kajiobi hatte sie in die Arme genommen. „Es tut mir so leid, dass Sie gehen. Denken Sie über Ihre Entscheidung in Ruhe nach und kommen Sie bitte wieder zurück, wir hüten Ihre Sachen."

Gregori sagte noch: „Man stirbt nicht an gebrochenem Herzen, Sie werden uns sehr fehlen."

Sie hatte nicht genau erzählt, was vorgefallen war, nur dass Menander sie sehr gekränkt hatte.

Natürlich hatten Gregori und Kajiobi ihre Affäre mit Konstantin mitbekommen. Jeder in Santorin wusste es, weil Konstantin keinen Hehl daraus gemacht hatte. Er liebte die Tante von Athena und damit basta.

Elisabeth saß im Flugzeug und Santorin lag unter ihr. Sie heulte bitterlich. Ihr Körper, ihr ganzes Sein schrie nach Konstantin. Sie wusste, dass sie auch ihm mit ihrer Flucht einen großen Schmerz zufügte. Trotzig dachte sie: Soll auch er Kummer haben, nicht nur ich.

Warum sind Söhne so?, fragte sie sich. Ist das Eifersucht – Angst um das Erbe? Der Vater schenkt seiner Geliebten eine teure Kette. Das war zu viel. Sein Laden – sein Gold … Menander hatte wohl vergessen, dass er der Nutznießer der Arbeit und des Einfallsreichtums seines Vaters war.

Wenn man über sechzig ist, hat man gefälligst zu gehen, wenn es möglich ist – am besten sterben, damit für die Jungen der Weg frei ist.

Was, der Alte liebt noch, hat in seinem Alter noch ein Weib? Das kann doch nur eine Hure sein.

So blöde, so frech, so borniert können Söhne sein. Auch Berts Sohn ging es nur um das Erbe, damit ja die uneheliche Tochter nichts bekam. Elisabeth hätte sowieso keinen Cent genommen und Isabé auch nicht.

Warum erlebte sie dasselbe noch einmal? Was machte sie falsch?

Vielleicht sollte sie dagegen kämpfen? Nein, sie kämpfte nicht. Sie ließ los und ging. Auch wenn es noch so wehtat.

Endlich wurde sie ruhiger. Sie brauchte jedenfalls keine Angst um ihre Existenz zu haben. Auch auf Rhodos würde es Schmuckgeschäfte geben. Sie würde arbeiten und vergessen. Vergessen?

Die Nächte mit Konstantin kannst du nicht vergessen …

Gott sei Dank saß sie allein in einer Dreierreihe. Sie konnte weinen und würde keinen stören. Bloß gut, dass sie zu Hause keinen angerufen hatte. Wie sollte sie dieses neue Drama erklären?

Elisabeth bemühte sich, nicht mehr an das Geschehene zu denken. Sie schaute aus dem Fenster, unter ihr lag das Meer und ab und zu kleine Inseln, doch keine war wie Santorin.

Warum klangen in Griechenland alle Namen so schicksalhaft? Delos,

Naxos und Ithaka. Durch die Geschichte des Trojanischen Krieges war ihr alles vertraut. Schuldbeladen und tragisch. Diese Verkettung der Schicksale, der Heroen mit den Göttern, die ihnen beistanden oder schadeten.

Nun kam Elisabeth zum ersten Mal in ihrem Leben nach Athen, doch hatte sie keine Zeit, auf die Akropolis zu gehen, denn sie würde gleich weiterfliegen nach Rhodos. Ein anderes Mal. Irgendwann fliege ich auch noch nach Athen, nahm sie sich vor.

Unter ihr lag ein riesiges Häusermeer ohne Bäume. Sie war entsetzt, wie konnte man da leben?

Am Flughafen schaute sie in die Gesichter der Menschen, ob sie die Größe eines Achill, eines Agamemnon, einer Klytämnestra ausdrückten – doch sie fand nur einfache, bäuerliche Gesichter. Am schönsten sahen noch die Mädchen aus mit ihren schwarzen Haaren und ihrer Feingliedrigkeit.

Obwohl das Flugzeug nach Rhodos ziemlich voll war, blieb der Platz neben Elisabeth wieder frei.

Tief in unserem Innern wissen wir, was wir tun sollen, überlegte Elisabeth. Doch letzte Nacht hatte sie nicht in sich hineinhören können. In ihr war ein brodelnder Vulkan. Es war viel zu laut. Sie nahm sich vor, auf Rhodos wieder zur Ruhe zu kommen und hinzuhören auf ihre innere Stimme.

Hoffentlich war die Dame, zu der Gregori sie schickte, einigermaßen nett. Eigentlich dürfte sie keine Ansprüche stellen, da um diese Zeit alle Hotels ausgebucht waren.

Konstantin hatte jetzt bestimmt ihren Brief. Vielleicht verstand er sie.

Konstantin verstand, doch er konnte es nicht fassen. Hatte sie kein Vertrauen? Wie kann sie sich so verletzt fühlen durch einen Ausspruch eines dummen Jungen, mit dem er gestern noch lange gesprochen hatte.

„Menander, es tut nicht gut, wir beide zusammen. Du bekommst, da es dir ja wohl um das Erbe geht, das Geschäft in Athen. Da kannst du dir selbst etwas aufbauen. Deine Frau fühlt sich hier auf der Insel sowieso nicht wohl. Wenn du meinen Schmuck in Athen behalten willst und ihn verkaufst, bekommst du zehn Prozent. Wenn du ihn nicht haben willst, hole ich ihn, aber erhoffe dir nichts mehr. Ich lebe noch, und wie! Ich liebe diese Frau und lasse mir von dir mein Leben nicht zerstören oder verkürzen. Ich bin noch nicht tot, Menander. Ich hoffe, dein Sohn wird respektvoller mit dir umgehen, wenn du alt bist. Was auch immer passieren mag, das ist mein letztes Wort."

Dann rief er Daphne an: „Bitte komm sofort ins Geschäft."

Kaum war sie da, fiel er ihr in die Arme. „Hilf mir, Daphne, du bist eine

Frau. Du wirst sie verstehen.“ Er gab ihr den Brief. „Vielleicht kannst du mir erklären, was ich tun soll.“

Daphne las den Brief, setzte sich in den Stuhl und sagte: „Erst mal ist das alles sehr peinlich, was Menander gesagt hat. Du musst dir überlegen, wenn eine Frau zweimal so eine Kränkung erfährt, dann ist das, als ob man mit einer Hacke in dieselbe Wunde schlägt. Da handelt man besinnungslos, weil es blutet. Ich kann das gut nachvollziehen. Konstantin, gib ihr etwas Zeit. Sie liebt dich und sie wird wegen so etwas diese Liebe nicht aufs Spiel setzen. Vielleicht ist es gut, dass es passiert ist, so sind die Fronten geklärt.“

Dann nahm sie sich Menander vor. „Da habe ich wohl in deiner Erziehung etwas nicht richtig gemacht. Du selbst hast Elisabeth ausgesucht, sie hat dir doch gefallen, und nur aus Habsucht, aus Angst, weil du dein Erbe davonschwimmen sahst, tust du so etwas Verletzendes? Warum eigentlich, sie bekommt doch keine Kinder mehr? Was geht in euren Köpfen vor? Ich würde dir vorschlagen, Menander, dass du deine eigene schöpferische Kraft dazu benutzt, dir und deiner Frau das Leben aufzubauen, das ihr euch wünscht, aber nicht auf den Schultern deines Vaters. Er war immer für dich da. Du wirst dich bei Elisabeth, sollte sie wiederkommen, entschuldigen.“

Menander tat seine Unbeherrschtheit inzwischen auch leid. Er schaute seine Tante treuherzig an. „Der Vater hat mir schon den Kopf gewaschen, Daphne. Ich gehe sogar sehr gern nach Athen und bin dankbar für die Chance, die er mir trotzdem gibt.“ Zu seinem Vater gewandt sagte er: „Es tut mir leid, kannst du mir verzeihen?“

Konstantin nickte nur. Ihm war hundeelend. Er konnte sich das Leben ohne Elisabeth gar nicht mehr vorstellen. Ihr musste es doch genauso gehen! „Wir müssen herausfinden, wo sie ist“, sagte er. „Vielleicht weiß Gregori etwas …“

„Ich werde versuchen, es herauszufinden“, beruhigte Daphne Konstantin. „Es wird gut, du wirst einen Weg finden.“

Elisabeth stand inzwischen vor dem Haus an einem Platz in Rhodos, wo Etschika Camary wohnen sollte. Es war ein richtiger Trödlerladen, der anscheinend Etschika gehörte. Er erinnerte Elisabeth an das Lebensmittelgeschäft auf Santorin. Hinter Stapeln von Waren, von Teppichen, Lampen und Schmuck stand eine kleine, alte Frau.

„Oh, mein Besuch!“, rief diese. „Sprechen Sie Französisch?“

„Ja.“

„Oh, wie schön, kommen Sie, ich zeige Ihnen Ihr Zimmer.“

Sie sperrte die Ladentür zu und brachte Elisabeth in einen kleinen Hinterhof mit einem extra Eingang. „Hier ist Ihr Reich.“ Mit einer großen Geste zeigte sie auf den kleinen Raum. „Alles französisch eingerichtet, wie bei mir zu Hause. Meine Nichten wohnen hier, wenn sie im Sommer kommen. Wie lange wollen Sie bleiben?“

„Äh … Ich heiße Elisabeth Romm.“

„Ich bin Etschika Camary und ich freue mich über Ihren Besuch. Wie lange wollen Sie bleiben?“

Elisabeth hatte schon beim Hineinfahren nach Rhodos gewusst, dass sie hier nicht bleiben würde. Vom ersten Moment an spürte sie klar, dass dies nicht ihre Insel war. Und als sie durch ein Tor in die Altstadt fuhr, fühlte sie sich bedrückt durch die hohen Mauern, die den Stadtkern umgaben. Sie sehnte sich schon nach der Kargheit, den weißen Häusern, der Einfachheit, dem noch bäuerlichen Leben Santorins. Deshalb antwortete sie: „Höchstens vier Wochen. Es könnte jedoch sein, dass es nur vierzehn Tage werden.“

„Wie Sie wollen, machen Sie es sich bequem. Jeder Tag kostet dreißig Euro, frühstücken können Sie gegenüber. Und nun entschuldigen Sie mich bitte, ich muss wieder ins Geschäft.“ Sie ging mit einem Schwung aus der Taille davon. „Wenn Sie wollen, besuchen Sie mich, ich freue mich, Französisch sprechen zu können.“ Damit entschwebte sie gleichsam in ihre göttliche Unordnung.

Elisabeth dachte, sie muss Tänzerin gewesen sein, und setzte sich auf das französische Bett.

Was habe ich nur getan? Was mache ich hier?, fragte sie sich im Stillen.

Sie vernahm ihre leise innere Stimme: Kehr doch um.

Nein, ich kann doch nicht zurückkriechen, nur weil es wehtut.

Gut, tut es halt weh.

Trotzig packte sie ihren Kosmetikkoffer aus. Sie hatte hauptsächlich Bücher mitgenommen und wollte vor allem Griechisch lernen. Sie räumte alles ein, so gut es ging, den Rest ließ sie im Koffer, duschte sich und ging zu Etschika ins Geschäft. Vielleicht konnte sie sich ja nützlich machen.

Etschika war hocherfreut, sie zu sehen.

„Darf ich Ihnen ein bisschen helfen, ich habe in Santorin Schmuck verkauft und früher in München Antiquitäten. Wenn Sie erlauben, würde ich gerne Ihr Schaufenster dekorieren.“

„*Oh, mon Dieu*, Sie schickt mir der Himmel. Sehen Sie, ich bin eine alte Frau“, sagte sie kokett, „und das Geschäft wächst mir über den Kopf.“

Elisabeth fragte nach einem Silberputztuch, einem Staubtuch, Besen und Schaufel, Eimer und Wasser.

„Selbstverständlich, habe ich alles, hinten in der Küche. Suchen Sie sich alles zusammen, das Silberputztuch ist hier.“

Die Küche war geräumig, überladen, unübersichtlich und vielleicht auch schon lange nicht mehr geputzt. Hier konnte Elisabeth etwas tun und vergessen.

Als Erstes säuberte sie das Schaufenster, putzte den Schmuck, suchte einen kleinen Teppich, schüttelte ihn aus und hängte ihn ins Schaufenster. Dann legte sie den Silberschmuck und eine schöne Lampe in die Auslage.

Etschika, die begeistert zusah, zeigte ihr noch ein paar schöne Teppiche.

„Sie haben ja tolle Sachen, man muss sie nur richtig platzieren, dass sie besser zur Wirkung kommen. Weniger ist mehr."

Dann kämpfte Elisabeth sich durch den Staub der Jahrhunderte, der den Laden bedeckte. Am Abend hatte sie immerhin schon eine Ecke in Ordnung gebracht.

„Nein, ich erkenne mein Geschäft nicht wieder, Sie sind ja eine Zauberin. Aber Sie können ja nicht einfach umsonst bei mir arbeiten. Wenn Sie mir so helfen, dann brauchen Sie nichts für das Zimmer zu bezahlen."

„O nein, die Arbeit tut mir gut, dabei kann ich vergessen."

Spätabends saßen sie beide zusammen in der Küche, tranken ein Glas Wein und aßen Schafskäse mit Toast.

„Darf ich hier auch aufräumen?", fragte Elisabeth.

Etschika nahm ihre Hand: „Ich wäre Ihnen dankbar. Ich bin von früh bis abends im Geschäft. Ich habe nie einen Menschen gefunden, dem ich trauen konnte, und so mache ich alles recht und schlecht allein. Ich bin auch nicht mehr taufrisch, ich bin achtzig Jahre alt."

„Oh, das hätte ich nicht gedacht", unterbrach sie Elisabeth. „Sie wirken so beweglich und jung."

„Wissen Sie, ich war Tänzerin, das hilft mir. Aber nun ins Bett. Das Geschäft schließe ich nicht vor zehn Uhr auf. Schlafen Sie gut die erste Nacht auf Rhodos. Sie hat mir der Himmel geschickt", und damit entschwebte Etschika in ihr Schlafzimmer.

Nun war Elisabeth allein und die Gedanken fielen wie Erinnyen über sie her. Was willst du hier, willst du hier als Putzfrau Karriere machen, nur damit du nicht denken musst? Was glaubst du, wie es Konstantin geht? Hat er dir nicht bewiesen, dass er zu dir steht? Dass er dich liebt? Du kannst ihn nicht für deine anderen Enttäuschungen im Leben bestrafen. Ruf ihn an!

Nein, nein, nein, wehrte sie sich innerlich, nein, ich rufe ihn nicht an. Und weinend fiel sie in das fremde Bett und schluchzte sich in den Schlaf.

Sie wachte sehr früh auf und nichts hielt sie in dem kleinen Raum. Also zog sie sich an und ging ziellos durch die Gassen. Die Häuser waren im Gegensatz zu Santorin von einem warmen Ockergelb. Sie waren klein und schienen geradezu zusammengewachsen zu sein, und die Gassen waren noch enger als auf Santorin. Alles wirkte geschlossen, zugeknöpft, vielleicht auch durch die mächtigen Stadtmauern.

Elisabeth ging durch eines der Tore zum Hafen. Das Meer war sauber, von einem wunderbaren Blau. Viele Schiffe und Motorjachten ankerten. In der Ferne fuhr ein Kreuzfahrtschiff in den Hafen ein.

Sie ging durch ein anderes Stadttor zurück. Überall gab es Läden, alles in einem wilden Durcheinander aufgebaut. Doch irgendwie ging sie das alles nichts an. Schlafwandelnd bewegte sie sich weiter durch die alten Gassen.

Auf einmal stand sie vor einem Museum. Sie betrat diesen großen, alten Palast, das Hospital des Johanniterordens, und ging langsam durch die Räume an griechischen Statuen vorbei, bis sie in einen kleinen Garten mit alten Vasen und Statuen, Blumen und Bäumen kam. Sie setzte sich auf die steinerne Bank. Der Ort hatte etwas Beruhigendes, Liebevolles, Vertrautes. Sie lehnte sich zurück und schloss die Augen.

Was hatte sie heute Nacht geträumt, in der ersten Nacht auf Rhodos?

Sie hatte vor einem großen Schwimmbecken mit dunkelgrünem Wasser gestanden, in dem Menschen schwammen. Sie war mit einem männlichen Begleiter da, doch sie sah sein Gesicht nicht. Es war einfach jemand mit ihr, zu dem sie eine erotische Beziehung hatte. Sie wollte in diesem vor Schmutz dunkelgrünen Wasser schwimmen. Sie zog sich nackt aus und dachte, durch das Dunkel des Wassers sieht er nicht, wie alt ich aussehe. Sie hatte vergessen, ihre silberne Uhr abzulegen, und als sie daraufschaute, war diese zersprungen. Der Begleiter kam nicht ins Wasser, was sie so unbedingt wollte.

Was hatte der Traum zu bedeuten, das schmutzige Wasser, in dem sie schwamm? Wollte man ihr zeigen, dass ihr Handeln nicht klar, nicht sauber war? Fischte sie im Trüben?

Sie blickte auf ihre Uhr, die golden war und völlig anders aussah als die im Traum. Zehn Uhr, sie musste zu Etschika.

Elisabeth stand auf, löste sich von dem kleinen Garten und ging schnell durch die Gassen zu Etschikas Haus.

Diese war entzückt, sie zu sehen. „Guten Morgen, *Chérie*, gut geschlafen?“

„Es geht. – Ich war eben in diesem hübschen Garten vom Hospital, da werde ich öfter hingehen.“

„Oh, in der Burg der Kreuzritter. Ja, das waren tolle Leute, sehr barmherzig, aber manchmal sehr grausam. So wie das Leben immer eine helle und eine dunkle Seite hat.“

Sie hatte Elisabeth ein neues Silberputztuch besorgt. Eimer, Wasser und Lappen standen schon bereit.

„Haben Sie auch einen Staubsauger, Etschika?“

„Natürlich habe ich einen Staubsauger, ich bin doch nicht von gestern. Wozu brauchen Sie denn den?“

„Ich würde gern alle ihre zusammengerollten Teppiche reinigen. Woher haben Sie überhaupt so viele verschiedene Teppiche?“

„Die bringen mir die Matrosen von überall her mit, aus dem Orient, aus Asien, aus der Türkei, aus Afghanistan, und verdienen sich damit ein Taschengeld. Ich nehme ihnen immer alles ab, und das spricht sich herum. Die Touristen kaufen aber eben nicht so viel Teppiche.“

In diesem Moment kam ein Tourist und fragte nach dem Teppich in der Auslage. Er sei mit dem Segelboot unterwegs und suche schon lange so etwas Kleines, Handliches. Er kaufte gleich zwei, und bevor Etschika den Preis sagen konnte, hatte Elisabeth bereits einen viel höheren genannt, den er immer noch als günstig empfand.

Elisabeth zwinkerte Etschika zu und wickelte mit einem Strick die beiden Teppiche als Rolle zusammen. Dann suchte sie aus dem Stapel zwei neue, reinigte sie und drapierte sie im Schaufenster. Sie holte alle Teppiche in den kleinen Innenhof, den sie heute als ganz schön empfand. Er hatte ein Mosaik aus Kieselsteinen: eine Blume mit acht Blättern und einen Kreis darum. Dieses Mosaik hatte sie heute schon öfter auf der Straße bemerkt.

Unter den Teppichen waren welche mit wunderschönen Ornamenten, mit Vasen und Blumen, und ganz ruhige, die an chinesische Teppiche erinnerten. Teppiche mit Tierbildern, mit Blumenornamenten und ein Teppich mit einem Lebensbaum, der ihr besonders gefiel. Sie suchte drei der schönsten aus, die sie für Konstantins Haus kaufen wollte.

Ja, meine Liebe, das ist ja äußerst interessant, für Konstantin?

„Ja, für Konstantin – Ruhe bitte“, sagte sie zu sich selbst.

Nachdem sie die Teppiche beiseitegelegt hatte, säuberte sie mit dem Staubsauger die Ecke, wo die Teppiche gelagert waren. Sie schrubbte den Boden und bemerkte jetzt, dass es schöne Terrakotta-Platten waren, die man vorher gar nicht gesehen hatte. Dann schichtete sie die Teppiche übersichtlich wieder ein.

Etschika verkaufte inzwischen den Schmuck aus dem Schaufenster und machte alles ein bisschen teurer.

Elisabeth dekorierte das Fenster neu, indem sie die Ringe und Armbänder putzte und die, die irgendwie zusammenpassten, geschickt in das Schaufenster legte. Dann kroch sie hinter einen Ladentisch, da lag alter Silberschmuck, Bergkristall und Rohsteine – alles voller Staub.

„Darf ich?“, fragte sie Etschika.

„Nur zu.“

Sie holte ein Tablett und ging in die Küche, um alles zu reinigen. Nachdem das Tischregal leer war, säuberte sie auch dieses, brachte so nach und nach die Sachen zurück und legte sie wieder in die Fächer. Auf diese Weise arbeitete Elisabeth sich durch den ganzen Laden. Schließlich verzog sie sich in die Küche, um auch diese auf Hochglanz zu bringen.

Als Etschika abends in die Küche kam, konnte sie ihr Glück gar nicht fassen. „Diese Sauberkeit müssen wir mit einem Festessen feiern.“

DAS FESTESSEN der beiden Frauen bestand aus Ziegenkäse, Tomaten, getoastetem Brot und Rotwein.

Nachdem sie ein paar Gläser getrunken hatten, hatte Etschika den Mut, Elisabeth zu fragen, warum sie so Hals über Kopf aus Santorin geflohen sei. „Sie sehen nicht glücklich aus, wenn ich das sagen darf. Sie stürzen sich in die Arbeit, als ob sie etwas verdrängen wollten. Es ist nie gut zu fliehen. Wovor sind Sie denn geflohen, Elisabeth? Gregori hat zu mir gesagt, es sei in Ihrem Leben etwas Unangenehmes passiert und Sie wollten die Insel so schnell wie möglich verlassen. Was ist passiert, Elisabeth? Sie können einer alten Frau wie mir doch alles erzählen, vielleicht weiß ich einen Rat.“

Elisabeth schaute in dieses mit Falten durchzogene kleine Gesicht und wäre sich schäbig vorgekommen, nicht die Wahrheit zu sagen. Sie erzählte ihr kurz, warum sie überhaupt nach Santorin gekommen war, und dann ihre Geschichte mit Konstantin und den Vorfall mit Menander.

Als sie geendet hatte, trank Etschika einen großen Schluck Rotwein. „Na, das ist ja eine Geschichte. Ich habe noch nie in meinem Leben gehört, dass eine Frau alles, was ihr im Leben wichtig war, auflöst und einfach geht und dann auf einer Insel aussteigt, wo sie dann zufällig einen Mann kennen lernt, der sie liebt und den sie, wie ich spüre, auch liebt. Konstantin Andropoulos, der aussieht wie Zeus in Ihrer Vorstellung. Aber Kind, da müssen Sie zurück, so gerne ich Sie behalten würde. Das Schicksal gibt uns meistens nur einmal eine Chance, vielleicht ein zweites Mal, doch wenn wir nicht zugreifen, bereuen wir es später. Schauen Sie, dieser Menander ist ein junger Mensch. Machen Sie sich nichts aus diesem Wort ‚Hure‘. Nehmen Sie diesen Vorfall gelassen. Verbauen Sie sich nicht die Liebe zu diesem Mann. Glauben Sie einer alten Französin, die schon einundsechzig Jahre in Griechenland wohnt. Ich wurde übrigens oft als Hure bezeichnet, weil ich Tänzerin war. Tänzerinnen waren in der damaligen Zeit einfach Huren für die bürgerlichen Menschen. Ich muss allerdings sagen, Elisabeth, ich bin dem Schicksal dankbar, dass Sie bei mir hereingeschneit sind, und ich hoffe, Sie bleiben mir noch eine Weile erhalten." Dabei stellte sie sich auf die Zehenspitzen, küsste Elisabeth auf die Stirn, drehte sich spielerisch und verschwand in ihr Gemach.

Getröstet begab sich Elisabeth in den Hof, setzte sich auf den Mosaikboden, schaute in die Sterne und betete: „Zeus, hilf mir, dass ich verzeihen kann, denn ich weiß, dass nur dem verziehen wird, der verzeihen kann." Damit ging sie in ihr französisches Bett und schlief auf der Stelle ein.

Am Morgen setzte sie ihre Wanderung durch Rhodos fort und fand sich im Palast des Großmeisters wieder: eine große Festungsburg mit einem Rundgang durch Hunderte von Zimmern mit unglaublich schönen Mosaikfußböden. Auf Elisabeth wirkte alles eher bedrückend.

Als sie jedoch durch das Zimmer mit dem großen Malteserstuhl und dem Malteserwappen an der Wand ging, war sie sehr berührt. Vielleicht war hier noch der Geist der Nächstenliebe spürbar, mit dem der Johanniterorden gegründet wurde.

Sie wanderte weiter durch die Säle mit mittelalterlichen Schränken und Möbeln. Als sie den Palast verließ, dachte sie, jetzt gehe ich zur Erholung noch in meinen Garten ins Hospital.

Das tat sie dann. Sie setzte sich auf die Bank, schloss die Augen und in ihr wurde es still. Beinahe wäre sie eingeschlafen, doch bevor sie von der Bank fiel, stand sie lieber auf und machte sich auf den Weg zu Etschika.

Etschika hatte inzwischen Schicksal gespielt. Sie hatte sich von Gregori die Telefonnummer von Konstantin erbeten und ihn mutig angerufen.

Sie erzählte ihm ihr gestriges Gespräch mit Elisabeth. Er solle einer alten Frau verzeihen, wenn sie sich in ihrer beider Leben einmische, doch es gebe so viel Elend auf der Welt und so wenig Liebe. Wenn man sie gefunden habe, sollte man sie nicht wieder verlieren. „Und wie Sie mir geschildert wurden, Herr Andropoulos, sind Sie ein wunderbarer Mann. Holen Sie sich Ihre Frau. Schließen Sie die Wunde, die Ihr Sohn ihr geschlagen hat."

Konstantin war überglücklich. „Wo kann ich sie finden?"

„Kommen Sie nach Rhodos. Ich werde Elisabeth jeden Morgen zwischen acht und zehn Uhr in das Museum, das Hospital der Tempelritter, schicken. Im ersten Stock, wo all die Statuen stehen, gehen Sie durch dieses Museum hindurch. Am Ende gibt es einen kleinen Garten und dort werden Sie sie finden. Sonst bei Etschika Camary im Geschäft. Übrigens, Elisabeth weiß nichts von meinem Anruf. Ich wünsche Ihnen Glück."

Elisabeth füllte diesen Tag wieder mit Arbeit. Am späten Vormittag kam der Herr vom Segelschiff zurück und kaufte die beiden Teppiche aus dem Schaufenster, weil seine Frau so begeistert gewesen war, dass sie auch noch vor jedes Bett so einen Teppich legen wollte. Elisabeth dekorierte also das Schaufenster mit neuen Ideen und versuchte auch Etschika zu überzeugen, dass es besser sei, wenige, aber gute Dinge ins Fenster zu legen.

„Wenn wir alles, was wir haben, ins Schaufenster legen, wird die Wahl schwierig. Etschika, verkaufen Sie nicht zu billig, die Menschen schätzen oft billige Dinge nicht. Es muss ihnen im wahrsten Sinne des Wortes teuer sein."

Sie wollte Etschika das Ruder nicht aus der Hand nehmen, deshalb ging sie in die Küche und ordnete alle Schubfächer. Mit jedem Kasten, den sie ausräumte und reinigte, klärte sie auch ihre Gedanken.

Etschika rief: „Elisabeth, legen Sie neuen Schmuck ins Schaufenster, ich habe alles verkauft, Sie sind ein Genie!"

Elisabeth ließ alles stehen und liegen und eilte, das Fenster neu zu schmücken. „Gibt es hier ein Blumengeschäft?"

„Ja, natürlich, ein Stück weiter oben an der Straße."

Elisabeth holte einen Lorbeerzweig und Mimosen und schmückte das Fenster, indem sie die Ringe und Ketten mit den Zweigen verband. Anschließend ging sie wieder in die Küche und putzte, als ob sie ihr Leben lang nichts anderes gemacht hätte. Sie war dankbar, dass sie hier bei Etschika sein durfte und nicht allein in einem Hotel saß. Sie nahm sich vor, am Abend Etschika nach ihrer Geschichte zu fragen.

Elisabeth musste noch zwei Mal das Fenster neu gestalten, dann konnten sie endlich früher das Geschäft schließen.

„Chérie, Kind, Sie haben mir Glück gebracht", sagte Etschika. „So viel wie heute habe ich in einem Monat nicht verkauft. Ich kann es wirklich gebrauchen, denn die Geschäfte gehen viel schlechter als früher, weil immer weniger Amerikaner kommen und die Europäer sorgsamer mit dem Geld umgehen. Heute ist ein Glückstag." Mit einem Hüftschwung setzte sie sich in den Küchenstuhl. „Mein Gott, ich erkenne meine Küche nicht wieder. Elisabeth, ich bin hingerissen."

Sie aßen dieses gute gelbe Brot, das Elisabeth so mochte, mit frischem Ziegenkäse, Kräutern und Olivenöl und tranken dazu Rotwein.

„Ist das nicht ein köstliches Mahl, ich kann mir nichts Feineres vorstellen. Ich habe in Deutschland auch immer Ziegenkäse gegessen. Pyramidenkäse hieß er bei uns."

Als sie ein bisschen dem Wein zugesprochen hatten, fragte Elisabeth Etschika: „Wie sind Sie denn aus Paris überhaupt nach Rhodos gekommen?"

„Oje, das ist eine lange Geschichte. Ich war bei einer Tanzgruppe. Es war Krieg, Frankreich war besetzt. Wir gastierten überall da, wo Soldaten waren. In Holland, Belgien, Italien und auf den Mittelmeerinseln und auch hier auf Rhodos. Ich war froh, auf der Insel hier weit weg vom Kriegsgeschehen zu sein. Damals hatte ich natürlich überall Verehrer, weil ja alle Männer dachten, wenn du Tänzerin bist, bist du leicht zu haben. Hier lernte ich einen griechischen Lehrer kennen, der das natürlich auch dachte. Und als er mich nicht bekam, erwachte der Grieche in ihm: Was er wollte, konnte ihm niemand verweigern. So machte er mir einen Heiratsantrag. Er hieß komischerweise Adonis, sah auch so aus und war überrascht, als ich Ja sagte. So heirateten wir, was nicht einfach war, und ich verließ meine Gruppe.

Es waren schwere Zeiten, das können Sie mir glauben. Die Italiener hatten Rhodos besetzt. Das Volk war arm und viele junge Leute verließen die Insel. Ich ernährte uns durch Tanzunterricht und wir schlugen uns mühselig durch. Adonis hatte eine besonders erotische Ausstrahlung auf Frauen" – sie seufzte tief – „es war nicht immer leicht.

Als dann nach dem Krieg die Touristen kamen, hatte ich die Idee mit dem Laden. Mein Mann war dagegen, schließlich war er Lehrer. Also versuchte ich es allein. So nach und nach half er mir, weil er begriff, dass es unsere Existenzgrundlage war. Mit siebzig ist er gestorben und ich bin schon zehn Jahre allein." Sie legte ihren Kopf auf den Küchentisch. „Eigentlich bin ich eine müde alte Frau. Was soll's, die Show geht weiter, bis unsere Zeit gekommen ist. Eigentlich könnte ich jetzt gehen und Sie übernehmen den Laden. Das ist wirklich eine gute Idee, wir sollten darüber nachdenken.

Übrigens, Elisabeth, gehen Sie ruhig jeden Morgen ins Museum, in Ihren Garten. Die Atmosphäre tut Ihnen gut." Jetzt flunkerte Etschika. „Ich bin auch in schweren Zeiten oft da gesessen. Morgen früh öffnen wir nicht vor halb elf, und nun ab ins Bett."

Elisabeth duschte und sank danach mit einem Stoßgebet an Zeus in ihr Bett.

Am Morgen wehte eine frische Brise durch ihre Tür und weckte sie auf. Ein starker Wind war aufgekommen und kühlte die aufkommende Hitze.

Sie dachte an Konstantin, ob sie nicht eines der öffentlichen Telefone benutzen sollte, um ihn anzurufen und einfach zu sagen: Ich liebe dich, verzeih mir, dass ich so kopflos davongerannt bin?

Nein, das ist blöd, sagte sie sich, vielleicht ist Menander oder Daphne am Telefon, was sage ich dann?

Du könntest ihn ja auch zu Hause anrufen und nicht im Geschäft.

Hm … das wäre überlegenswert.

Sie sah in den Spiegel: Verliere ich dann mein Gesicht?, fragte sie sich.
Wenn man liebt und nachgibt, verliert man nie sein Gesicht.

Also gut, ich gehe in den Garten, dann rufe ich an.

Elisabeth ging beflügelten Schrittes durch diese geschichtsträchtige Stadt. Die gelben Häuser taten ihr heute wohl. Als sie vor der Burg der fränkischen Ritter stand, war sie erstaunt darüber, was die Deutschen doch überall so bewirkt hatten. Sie fühlte sich in dieser Burg einfach wohl. Sie ging langsam durch die Säle. In einem Saal blieb sie vor der Statue einer wunderschönen Aphrodite stehen. Ihre Haltung war einzigartig.

Dann fesselte Elisabeth der Kopf des Sonnengottes Helios mit einem dramatischen Ausdruck. Im kleinen Saal war sie entzückt von einer badenden Aphrodite. Wie wohl Elisabeth der Anblick ihrer Lieblingsgöttin heute tat!

In „ihrem“ Garten angekommen, bewunderte sie die Vase aus Marmor. Sie war wie eine große Blüte gearbeitet, die sich öffnete, und um sie herum wand sich eine Schlange. Was für Reichtümer lagen in dem kleinen Garten einfach so herum!

Hier wurde es ganz still in ihr und sie konnte wieder nach innen sehen. Sie setzte sich auf ihre Bank und schloss die Augen. Sie war allein, so früh kam niemand in das Museum. Oder war sie doch nicht allein? Sie hörte Schritte und dachte: Das geht mich nichts an, ich öffne meine Augen nicht.

Es setzte sich jemand neben sie und legte den Arm um ihre Schultern.

Leise fragte sie: „Zeus, bist du gekommen, um mich zu trösten?“

Sie spürte den Geruch von Konstantin. Noch mit geschlossenen Augen legte sie ihren Kopf an seine Schulter. „Konstantin, wo kommst du her?“

„Aus der Ewigkeit, um dich zu finden und nicht mehr loszulassen.“

Elisabeth öffnete die Augen und wandte ihm ihr Gesicht zu. Dann tauchten sie tief ineinander ein und sprachen kein Wort. Und saßen noch eine Weile glücklich nebeneinander in dem alten Garten.

„Einen schönen Garten hast du dir ausgesucht.“ Sein Blick blieb auf dem zylinderförmigen Altar aus Marmor mit Blumengirlanden und der Göttin Nike hängen. „Was waren doch unsere Alten für begnadete Handwerker.“

Er schaute Elisabeth an. „Willst du mit mir kommen in meinen armseligen Garten nach Santorin, oder willst du auf Rhodos bleiben? Es wäre zwar etwas umständlich, doch wenn du willst, komme ich hierher.“

„Was willst du denn auf Rhodos, du bist doch auf Santorin verwurzelt? Ich kann dich doch da nicht herausreißen.“

„Das sagst gerade du, du hast dich doch auch mit allen Wurzeln herausgerissen.“

„Vielleicht, Konstantin, hatte ich nicht so tiefe Wurzeln in München wie du auf Santorin. Ich weiß nicht, was es ist, was mich an Santorin bindet“, sagte Elisabeth nachdenklich.

„Na, doch hoffentlich ich“, meinte Konstantin etwas betroffen. „Es tut mir so leid, was vorgefallen ist.“

Sie unterbrach ihn. „Nein, Konstantin, mir tut es leid, dass ich mich wie eine dumme beleidigte Gans verhalten habe.“

Er nahm ihre Hände. „Komm, wir reden nicht mehr darüber. Ich frage dich noch einmal, kommst du zu mir zurück nach Santorin?“

„Ja, Konstantin, ich würde sonst sterben.“

„Ich auch“, antwortete Konstantin. „Dann sind wir uns ja einig. Um vier Uhr geht unser Schiff. Komm, wir holen deine Sachen.“ Er zog sie hoch.

Sie gingen langsam durch die Säle des Museums, manchmal blieben sie bewundernd stehen. Als sie durch die engen Gassen gingen, fragte sie ihn: „Woher wusstest du überhaupt, wo ich war?“

„Oh, das ist das Geheimnis von Etschika Camary und mir.“

„Aha … Etschika also.“

Als sie ins Geschäft kamen, fiel Elisabeth Etschika um den Hals. „Ich danke Ihnen, Frau Camary! Darf ich Ihnen Konstantin Andropoulos vorstellen?“

Er küsste Etschika galant die Hand und sagte: „Ich bin Ihnen zu großem Dank verpflichtet.“

„Sie sehen ja wirklich aus wie Zeus, kein Wunder, dass man sich in Sie verliebt. Herr Andropoulos, ich muss Ihnen sagen, es fällt mir richtig schwer, Elisabeth wieder gehen zu lassen. Ich hätte in ihr eine würdige Nachfolgerin für mein Geschäft gefunden.“

„Ja, das sehe ich, dass sie hier gewirkt hat.“ Mit Blick ins Schaufenster sagte er leicht spöttisch: „Ich sehe die Hand der Künstlerin.“

Etschika bestätigte das heftig. „Ja, eine Künstlerin! Sie glauben gar nicht, wie viel ich in den zwei Tagen verkauft habe.“

„Wem sagen Sie das, Frau Camary. Wenn Elisabeth noch länger bei Ihnen bliebe, würde ich pleitegehen.“

„Du übertreibst“, protestierte Elisabeth.

Konstantins Augen waren in der Ecke bei den Teppichen gelandet. „Was haben wir denn da für Kostbarkeiten, darf ich sie mir mal ansehen?“

„Ja, Konstantin, ich habe schon zwei für dich ausgesucht. Wenn du willst, tragen wir die Teppiche in den Hof und du suchst dir einen aus.“

Elisabeth spürte, dass Konstantin sich revanchieren wollte, weil er als erfahrener Kaufmann Etschikas Situation sofort erfasst hatte. Als sie mehrere Teppiche betrachtet hatten, fragte Konstantin: „Weißt du, wo die Teppiche her sind? Das sind ja ganz seltene Stücke."

„Die Matrosen bringen sie von überall her mit und verdienen sich damit Geld; das hat mir Etschika so erzählt."

„Wir suchen uns die schönsten aus, damit helfen wir ihr ein bisschen auf die Beine. Apropos Beine, Etschika bewegt sich sehr anmutig. Wie sie sich bewegt, hatte ich das Gefühl, sie sei Tänzerin auf einer Bühne."

„Das war sie", sagte Elisabeth und war tief berührt, wie feinfühlig Konstantin war.

Nach und nach suchten sie im Ganzen sieben Teppiche aus. Und da fiel Konstantin ein, dass sie auch für Daphne einen mitnehmen sollten.

„Woher kommt eigentlich der Name Daphne? Irgendwie weiß ich, dass es da eine Geschichte gab", fragte Elisabeth.

„Das ist eine hübsche Geschichte. Eines Tages verliebte sich Apollo in die Tochter des Flussgottes Peneios, die erwiderte seine Liebe jedoch nicht. Als der Gott sie mit seinem Liebesdrängen trotzdem verfolgte, bat sie ihren Vater, sie zu verwandeln. Der Vater verwandelte seine Tochter in einen Lorbeerbaum, der dann Apollo heilig wurde."

„Das ist eine schöne Geschichte, bei jedem Lorbeerbaum werde ich von nun an an Daphne denken. Suchen wir ihr den schönsten Teppich aus."

Konstantin bezahlte Etschika für die acht Teppiche viel mehr, als sie eigentlich verlangte. Anschließend kaufte er noch den ein oder anderen Silberschmuck und Elisabeth wollte den Bergkristall.

„Können wir das denn alles transportieren?", fragte sie ungläubig.

„Mit dem Schiff schon. Wenn wir eine große Tasche dazu kaufen und einen Strick, mit dem wir die gerollten Teppiche zusammenbinden, ist es überhaupt kein Problem." Er blickte Etschika an. „Darf ich Sie zum Mittagessen einladen?"

„O ja", erwiderte Etschika und hüpfte vor Freude, „gehen wir essen, mittags, das habe ich schon lange nicht mehr gemacht."

Sie schlossen das Geschäft und gingen gegenüber in ein hübsches Lokal, saßen auf der Veranda und konnten so dem Treiben auf Rhodos zusehen.

Etschika und Konstantin unterhielten sich über das Kaufverhalten der Touristen und die Eigenarten der verschiedenen Nationalitäten.

„Gehört Ihnen das Haus mit dem Geschäft?", fragte Konstantin.

„Es gehörte meinem Mann, der hier Lehrer war. Seine Eltern waren Bauern, sie waren arm, doch sie hatten Land und das Haus. Wertvoll ist es ja erst, seit die Touristen kommen."

„Der Tourismus ist eine große Einnahmequelle, er könnte aber auch eine gefährliche Entwicklung nehmen."

„Die Grundstücke auf Rhodos sind so teuer wie in Athen. Wenn das Haus mir nicht gehörte, könnte ich mir das Geschäft gar nicht leisten."

„Das dachte ich mir", sagte Konstantin nachdenklich. „Habt ihr denn Wasser auf der Insel?"

„Genug, ich glaube, wir versorgen sogar wasserarme Inseln mit dem kostbaren Nass."

„Wollen wir darauf anstoßen, auf das Wasser des Lebens, in Wein verwandelt." Sie tranken Wein aus Rhodos, aßen geröstetes Brot mit Öl und Oliven und kleine Gerichte, die in Griechenland *mesethes* genannt werden. Die Sonne schien auf sie herab und jeder für sich war glücklich. Etschika über den Geldsegen, Konstantin, dass er Elisabeth wiederhatte, und Elisabeth dankte Zeus, dass er sie erhört hatte.

„An wen hast du jetzt gedacht, Elisabeth?", fragte Konstantin.

Elisabeth blickte nach oben. „Ich habe mich bedankt."

„Zeus, hab ich mir doch gedacht."

„Jaja", sagte Etschika, „mit den Göttern sollte man sich gut stellen. Haben Sie auch eine Lieblingsgöttin, Herr Andropoulos?"

„Ja, außer Elisabeth, wenn du erlaubst, habe ich eine Lieblingsgöttin, Athene, die Göttin der Weisheit. Athene, so berichtet die Geschichte, hat die Menschen viele Handwerke gelehrt. Für viele war Athene eine kriegerische Göttin, für mich hat sie auch im Krieg voller Weisheit für den Frieden gehandelt. Ich liebe Athene."

„Dann sollten wir eine schöne Athene-Statue suchen und sie bei dir oder im Geschäft aufstellen."

„Ideen hast du!" Konstantin schaute Elisabeth verliebt an. „Aber jetzt habe ich ja dich, da brauche ich keine Statue mehr."

Sie waren vom Wein, der Sonne und dem Essen müde geworden. Etschika seufzte: „Und jetzt ein Bett."

„Dafür haben wir leider keine Zeit."

Konstantin zahlte und schickte die beiden Damen heim. „Ich hole noch eine Tasche und eine dicke Schnur, bis gleich, meine Schönen."

Elisabeth bedankte sich bei Etschika. „Es tut mir auch leid, dass ich Sie heute schon wieder verlassen muss", sagte sie, „aber ich verspreche, dass ich wiederkomme." Sie ging in ihr Zimmer, legte ihre Kleider sorgfältig zusammen und schichtete sie mit den Büchern in den Koffer.

Konstantin hatte mit Etschika inzwischen die Teppiche gerollt, drei Pakete gemacht, verschnürt und die Tasche mit dem Schmuck, dem Silber und dem Bergkristall mit viel Zeitungspapier gefüllt, damit nichts kaputtging.

Immer wieder kamen Touristen in den Laden und Etschika verkaufte beflügelt ihre Ware.

Konstantin ging zu Elisabeth. „Wir müssen los, meine Liebe.“ Er nahm sie in den Arm. „Wir fahren nach Hause.“

Etschika hatte schon das Taxi bestellt, sie wollte in jedem Fall zum Hafen mitkommen.

Der Abschied von Etschika fiel ihnen beiden schwer. Wie ein kleiner Vogel stand die ehemalige Tänzerin vor dem großen Schiff und wünschte ihnen Freude und Glück. „Elisabeth hat meine einsame Seele in diesen drei Tagen gewärmt. Passen Sie gut auf dieses Kleinod auf, dass es Ihnen nicht wieder entwischt.“ Sie machte mit ihren kleinen Händen eine Drohgebärde in Richtung Konstantin, drehte sich abrupt um und ging, die Füße nach außen gerichtet, den Kai entlang, ohne sich umzudrehen.

Elisabeth und Konstantin brachten ihr Gepäck in die Kabine, die eine Tür zu einem Balkon hatte. Konstantin war mit demselben Schiff in der Nacht gekommen und hatte seine Sachen an Bord gelassen.

Endlich allein – sie setzten sich auf den kleinen Balkon und beobachteten die Ausfahrt des Schiffes hinaus aufs offene Meer.

Elisabeth fühlte sich bei der ganzen Aktion der Heimholung von Konstantin auch überrumpelt. Ihre innere neu gewonnene Freiheit und Unabhängigkeit würde sie in dieser Liebe aufgeben müssen, und sie versuchte, es vorsichtig zu formulieren. „Konstantin, du darfst bitte nicht glauben, dass ich nach dreißig Jahren Warten auf einen Mann bereit bin, alles, was ich mir in Schmerzen erarbeitet habe, aufzugeben. Ich muss unabhängig bleiben, mein eigenes Geld verdienen. Ich möchte mich nicht, nur dass es mir besser geht, mit Haut und Haaren einem Mann verschreiben.“

„Ich will nur deine Haut, Elisabeth, nicht deine Haare“, lachte Konstantin. „Ich verstehe jedoch auch, dass dich erschreckt, was du hier erlebt hast. Du musst wissen, die Herren im Haus sind in Griechenland die Frauen, und nur die Frauen bestimmen. Sie machen das sehr geschickt, sodass die Männer nie ihr Gesicht verlieren.“

„Ich will nichts geschickt machen, ich will meine Wünsche, auch meine Bedürfnisse als Frau leben – nicht verteidigen, verstehst du.“

„Natürlich verstehe ich dich, Elisabeth. Ich bin oft genug im Ausland und betrachte die Welt mit offenen Augen. Ohne dich kann ich mir das Leben gar nicht mehr vorstellen. Für mich bist du als Mensch ebenso gleichberechtigt wie als Partner im Geschäft. Und du wirst finanziell unabhängig sein mit dem Geld, das du dir durch dein Können in unserem Geschäft verdienst." Er nahm ihre Hand. „Wollen wir es so halten, du verkaufst meinen Schmuck und ich mache ihn? Du wirst dabei bestimmt reicher als ich, bist du damit einverstanden?"

Sie waren inzwischen draußen auf dem Meer und der Wind wurde immer stärker. Konstantin zog sie in die Kabine. Sie setzte sich etwas verlegen auf die linke Seite des Bettes, zog sich schnell aus und schlüpfte unter die Decke.

Konstantin war ebenso schnell neben ihr. „Ich will deine Haut spüren." Seine großen, schlanken Hände tasteten über ihren Körper. „Habe ich dich wieder." Er küsste ihren Hals. „Deine weiche, warme, duftende Haut." Er vergrub seinen Kopf in ihre Brüste, küsste sie, bis Elisabeth unter ihm unruhig wurde. Ihre Hände flatterten über seinen Rücken.

„Komm, meine Geliebte." Er drang ganz langsam in sie ein und flüsterte: „Für mich bist du die Welt. Ich will dich, du Weib." Dann sprach er Griechisch, liebevolle Worte, die sie nicht verstand. Seine Hände krallten sich in ihr Fleisch. Sie schrie auf, ihre Körper bäumten sich vor nie gekannter Lust.

Später, als sie sich wieder voneinander gelöst hatten, sagte Elisabeth: „Stell dir vor, ich habe heute Morgen wirklich einen Moment gedacht, Zeus legt seine Hand auf meine Schulter, um mich zu trösten."

„Da habe ich ja Glück gehabt, dass ich es war. Ein Mann genügt dir nicht, ein Gott muss es sein."

Sie schliefen eng aneinandergedrängt im schaukelnden Schiffsbett der wilden Ägäis ein.

5 Der Felsen von Santorin leuchtete in allen Farben des Morgenlichts, in denen die Häuser von Fira noch weißer strahlten. Durch den Anblick war Elisabeth sehr berührt. Sie war wieder auf ihrer geliebten Insel.

Am Hafen erwartete sie Elias und brachte alles Gepäck ins Haus. Konstantin nahm Elisabeth in seinen Arm und sagte: „Meine Liebe, dies ist nun dein Zuhause, herzlich willkommen. Du musst dich nicht mehr um deine Sachen kümmern, sie sind schon da, Daphne hat alles arrangiert." Er hob sie hoch und trug sie über die Schwelle.

„Du bist verrückt, Konstantin, ich bin viel zu schwer", protestierte sie, doch da war es schon geschehen.

Das Haus war mit Blumen geschmückt, und Elias blickte etwas verlegen, aber glücklich, dass Elisabeth wieder da war. Er hatte mit Konstantin gelitten, doch nun war ja alles wieder gut. „Kann ich gehen?", fragte er.

Konstantin antwortete: „Ja, geh nur, vielen Dank, wir kommen später nach." In diesem Moment kam Daphne mit ausgebreiteten Armen auf Elisabeth zu und sagte: „Willkommen in unserer Familie, ich bin glücklich, dich wiederzuhaben, es war furchtbar ohne dich."

Elisabeth war sehr gerührt von diesem Empfang, und etwas hilflos blickte sie auf Konstantin.

Dieser sagte lachend: „Du kommst mir nicht mehr aus, ich lasse dich nie mehr los." Er führte sie in das obere Stockwerk. „Wähle dir das Zimmer, das das deine werden soll. Heute abend kannst du deine Sachen einräumen. Ich bin der glücklichste Mensch auf der Welt. Bist du es auch?"

Sie legte ihren Kopf an seine Brust. „Weißt du, ich konnte mich noch nie in meinem Leben anlehnen. Ich musste immer die Starke sein. Ich muss mich erst daran gewöhnen, dass es einen Menschen gibt, der mich an sich drückt und Verantwortung übernimmt."

„Ich bin ein Mann, Elisabeth."

„Ja, das bist du", sagte sie lachend, „und was für einer!"

„Und jetzt machen wir uns frisch und gehen ins Geschäft. Wir haben zu tun."

„Also, dann los." Sie sprangen ins Bad, duschten, warfen sich in leichte Kleider und fuhren ein Stück mit dem Auto. Hand in Hand gingen sie den schmalen Weg hinauf. Elisabeth löste sich und sagte: „Ich hole noch schnell Blumen."

„Ich warte auf dich." Er stand vor dem Geschäft und wartete, wie wenn er Angst hätte, sie zu verlieren.

Sie war wieder auf Santorin. Zu Hause, dachte sie. Sie kaufte Anemonen und Oleander, wie schön, sie durfte wieder schmücken.

Im Geschäft stand Menander. Es sah aus, als ob er von einem Bein aufs andere hüpfte vor Verlegenheit. Elisabeth gab ihm keine Gelegenheit, sich zu entschuldigen. Sie ging auf ihn zu und sagte: „Es tut mir leid, entschuldigen Sie, Menander – lassen Sie uns Freunde sein", und reichte ihm die Hand, die er freudig ergriff.

„Nein, ich muss mich entschuldigen", widersprach er mit Blick auf den Vater.

„Halleluja", sagte dieser, „an die Arbeit, alles wieder in Ordnung."

Elisabeth dekorierte das Fenster mit den Oleanderzweigen und den geschmiedeten Goldketten. Die Armbänder legte sie seitlich in die Blätter. Die Anemonen dekorierte sie mit Schmuck aus Amethyst. Und da lag ja noch der gelbe Stoff! Sie suchte sich Citrin-Schmuck und arbeitete konzentriert weiter. Als das Schiff die Menschen ausspie, war alles aufs Beste vorbereitet.

Konstantin ging an die Arbeit zu Elias und Menander arbeitete am Computer. Er sagte höflich zu Elisabeth: „Ohne Sie haben wir nicht so gut verkauft, es tut mir wirklich sehr leid."

Der Tag verging wie im Flug. Elisabeth verkaufte alles, was sie ins Schaufenster gelegt hatte. Sie war selbst erstaunt über ihr Talent, Dinge zu erklären. Am Abend musste Menander das Geschäft hüten.

„Wir beide gehen schwimmen, und dann packen wir deine Sachen aus."

Konstantin und Elisabeth stürzten sich in das immer noch kalte Wasser und gingen dann schnellen Schrittes nach Hause.

Elisabeth hatte sich ein Zimmer im oberen Stock mit einem großen Schrank ausgesucht. Entschuldigend sagte sie zu Konstantin: „Bei dir kann ich doch nicht mit einer Kleiderstange arbeiten."

Konstantin setzte sich aufs Bett und sah ihr zu. „Hast du eigentlich auch Papiere? Wenn du aus Tschechien bist, hast du auch einen Taufschein?"

„Natürlich, was denkst du denn! So wenig Marie Theres auch mitnehmen konnte, an Papiere hat sie gedacht."

„Hast du einen Ausweis?"

„Ja natürlich, wozu willst du denn das wissen?"

„Weil ich vorhabe, dich zu heiraten – auf Griechisch."

„Würdest du mich fragen, ob ich überhaupt will?"

„Oh, dieses Wort hast du jetzt zwei Tage nicht ausgesprochen. Also *überhaupt* … Willst du meine Frau werden?"

Elisabeth stand gerade mit dem Rücken zu Konstantin am Schrank. Sie hängte zuerst die Sachen auf, die sie in der Hand hatte, dann drehte sie sich langsam um und sagte: „Konstantin, ich bin neunundfünfzig Jahre alt, bald werde ich sechzig. Ich habe ein uneheliches erwachsenes Kind …"

„Das habe ich dich nicht gefragt. Willst du mich heiraten oder nicht?"

„Und überhaupt, ja, ich will deine Frau werden."

„Du brauchst ein Führungszeugnis aus Berlin und deine Geburtsurkunde muss in Athen übersetzt werden. Damit alles nicht so lange dauert, fliege ich selbst nach Athen. Und was ich dir noch nicht erzählt habe, Menander zieht mit seiner Frau nach Athen und übernimmt das Geschäft dort. Ich muss sowieso mit ihm vieles an Ort und Stelle regeln."

„Geht er meinetwegen?", fragte Elisabeth betroffen.

„Nein, meinetwegen. Ich will nicht jeden Tag erleben, wie er auf meinen Abgang wartet. Ich habe vor, mit dir zu leben und nicht zu sterben. Es ist gesünder, man trennt die Interessen, und ich gebe ihm mit warmen Händen, was möglich ist. Es hat nichts mit uns zu tun – oder doch? Es war sehr klärend, was passiert ist, für mich auf alle Fälle. Jetzt bitte ich dich, die Kette wieder umzutun, ich liebe sie so an dir, meine Löwen-Jungfrau."

Er legte ihr die Kette mit den Löwenköpfen um den Hals. „Mein Verlobungsgeschenk, in Griechenland verlobt man sich noch. Zweimal hält besser", sagte er verlegen.

„Und jetzt gehen wir zu Daphne und bringen ihr den Teppich, den wir für sie ausgesucht haben."

Daphne freute sich unbändig, die beiden zu sehen.

„Wir haben dir etwas aus Rhodos mitgebracht."

„Bitte lasst uns zusammen ein Glas Wein trinken. Ich habe in der Hoffnung, dass ihr vorbeikommt, Mesethes vorbereitet." Sie stellte viele kleine Teller mit Gemüsen, Fleisch und Fisch auf den Tisch.

Sie tranken Rotwein und naschten von den Köstlichkeiten, und Konstantin erzählte von Etschika und wie er Elisabeth gefunden hatte. „Und stell dir vor, Daphne, dieses deutsche Weib hat wirklich gedacht, Zeus persönlich komme, um sie zu holen."

„Zu trösten, hab ich gesagt", warf Elisabeth ein.

„Ist doch dasselbe", erwiderte Konstantin. „Außerdem hat sie mir geschworen, Daphne, in jedem Lorbeerbaum dich zu sehen."

„Du Schwindler!" Elisabeth wuschelte seinen Lockenkopf. „Glaub ihm kein Wort, Daphne."

„Und überhaupt, Daphne, was sagst du dazu, sie will mich unbedingt heiraten und bringt ein erwachsenes Kind in die Ehe mit."

„Dass du mir nicht übermütig wirst, alter Knabe." Sie drohte ihm mit dem Teppich, den sie gerade in der Hand hatte: „Sonst fliegt deine Braut mit dem Teppich davon."

Als sie an dem Abend zum ersten Mal im eigenen Haus, sozusagen als Verlobte, ins Bett gingen, hielt Konstantin eine Rede. „Was du bis jetzt noch nicht weißt, du emanzipiertes Weib: Ab morgen musst du mich mit Gesang, Joghurt, Honig und süßen Mandeln, die du mir ans Bett bringst, wecken. Außerdem musst du ein Haus mitbringen, Olivenbäume und Ziegen. Sollte mir eines Tages eine andere Frau besser gefallen als du, kannst du mich hinauswerfen, nackt und bloß, wie ich in dein Haus kam. Die Söhne bekommen nichts, alles die Mädels. Die Griechen haben die Frauen abgesichert. Wir Griechen sind frauenfreundlich. Das Feld meines Vaters, auf dem unser Haus steht, gehörte Daphne. Sie hat es freundlicherweise mit mir geteilt."

„Oh, ich werde auch alles mit dir teilen, und wenn du willst, pflanze ich Olivenbäume und kaufe Ziegen."

Sie fielen sich lachend in die Arme. „Wir sind Gott sei Dank zu alt für all den Firlefanz."

Elisabeth nahm sein Gesicht in ihre Hände. „Konstantin, ich war noch nie so glücklich. Nicht in meinen kühnsten Träumen habe ich mir so einen Mann wie dich vorstellen können."

„Ich muss dir leider mitteilen", sagte Konstantin mit Trauermiene, „dass wir ab jetzt bis zur Hochzeit enthaltsam sein müssen."

„Nein, bitte tu mir das nicht an." Sie fing an, ihn zu küssen und zu streicheln, und merkte sofort, dass seine Enthaltsamkeit nicht wirklich ernst gemeint war. Ermattet schliefen sie ein.

Elisabeth wachte durch Konstantins Berührung auf, der im Schlaf ihre Nähe suchte. Das morgendliche Licht war zart erkennbar durch leichte rosa Wolken, die den Sonnenaufgang ankündigten. Sie drehte sich vorsichtig auf die Seite, um Konstantin nicht zu wecken. Sie schaute ihn an. Er schlief ihr zugewandt, den Kopf in den Arm gelegt. Sie suchte in diesem Männerkopf das Kind, das er einst gewesen war. Ihr fiel auf, dass sie noch nie über seine Eltern gesprochen hatten.

Wie lange kannte sie den Mann, der da neben ihr schlief? Sie rechnete nach. Ungefähr vier Wochen müssten es sein. Wie war es möglich, dass in dieser kurzen Zeit durch ihn alles andere in ihrem Leben ausgelöscht wurde? Er war ihr vertraut, sie kannten sich. Da fiel ihr ein, dass sie das in der Bibel gelesen hatte, wenn zwei sich liebten, stand da geschrieben: „Er erkannte sie, sie erkannte ihn." Treffender konnte man es auch mit vielen anderen Worten gar nicht ausdrücken. Wir haben uns erkannt.

Elisabeths Leben hatte in diesen letzten Wochen eine rasante Wendung genommen. Sie hatte einen Mann gefunden, der noch auf eine altmodische Weise für eine Frau Verantwortung übernahm. Wie oft hatte sie sich das von Bert gewünscht. Und jetzt, wo sie bereit gewesen war, Verantwortung für sich zu übernehmen, nahm Konstantin ihr diese aus der Hand.

Ich bin wunschlos glücklich, sagte sie sich.

Bist du wirklich wunschlos glücklich?, kam eine leise innere Stimme.

Sie lächelte in sich hinein. Mein geliebter Zweifler, entgegenete sie still, du kannst beruhigt sein. Ich würde gern den Mann, der so entspannt neben mir schläft, glücklich machen. Sein Leben füllen mit dem, was ich kann und bin. Also doch ein Wunsch.

Konstantin dehnte sich so, dass seine Gelenke knackten, und schaute auf die Frau an seiner Seite. „Elisabeth, was machst du in meinem Bett?", und übermütig zog er die geliebte Frau an sich. „Ich kann es nicht glauben, du bist da bei mir – ich bin nicht mehr allein. Ich habe die Frau, die ich ein Leben lang gesucht habe, wirklich an meiner Seite. Weißt du, dass ich erst jetzt fühle, dass ich wirklich einsam war, dass meine Tage funktionierten, aber ohne Inhalt, ohne Liebe, ohne das Gegenüber dahinflossen." Sie schmiegten sich aneinander und empfanden demütig das Wunder ihrer Liebe.

Beim Frühstück in dem geräumigen Innenhof mit dem südlichen Flair pflückte Elisabeth von einem Zitronenbaum die Zitrone für den Tee, ein völlig neues Lebensgefühl. Sie tranken Tee und aßen Joghurt mit Honig.

„Ich liebe diesen dicken griechischen Joghurt." Sie schaufelte den Joghurt dick auf das Brot und ließ den Honig genüsslich darüberfließen. „Schmeckt doch gut auf dem Toast, findest du nicht?"

Er schaute sie verliebt an. „Was man immer hat, schätzt man nicht. Ich wusste nicht, dass unser Joghurt so gut schmeckt, du hast Recht, der ist auf dem Toast sehr erfrischend. Elisabeth, lass uns bitte einen Plan für die nächste Zeit machen. Ich würde gerne morgen nach Athen fliegen mit deinem Pass und deinen Papieren. Wir brauchen jemanden, der in Berlin dein Führungszeugnis persönlich abholt. Wer könnte das deiner Meinung nach tun? Deine Tochter?"

„Nein, eher meine Freundin, Gabriela, die Gräfin."

„Gibst du mir die Adresse deiner Freundin und deiner Tochter? Lass mich das bitte regeln, nachdem du mit ihnen gesprochen hast. Daphne muss auch genau Maß an dir nehmen, weil ich dir aus Athen etwas mitbringen will."

„Bitte, Konstantin, ich will nichts, keine Kleider, keinen Schmuck, ich habe alles, was ich brauche. Ich will mich nicht wieder mit Zeug belasten."

„Ich will dich nicht belasten, ich will dich schmücken. Ich denke, wir sollten unsere Hochzeit Anfang Mai feiern, später ist es zu heiß. Im August, an deinem Geburtstag, bist du schon die alte-junge Frau Andropoulos. Hast du Vertrauen in meinen Geschmack, dann lass mich nur machen."

„Müssen wir denn wirklich heiraten?"

„Ja, das müssen wir – das wollen wir doch, Elisabeth! Ich will dich als meine Frau. Du musst keine Angst vor der Ehe haben. Ich verspreche dir, dass es bei uns nicht langweilig wird."

„Gut, ich hol dir meine Papiere und rufe Gabriela und meine Tochter an." Sie ging die Treppen hinauf in ihr Zimmer, um das Gewünschte zu holen.

Er kam mit dem Telefon hinterher. „Ruf sofort deine Tochter und deine Freundin an, bitte!"

„Du griechischer Tyrann", erwiderte sie spöttisch.

Isabé war sehr überrascht, freute sich mit ihrer Mutter und sagte: „Wenn du heiratest, den Mann möchte ich sehen."

Konstantin nahm Elisabeth das Telefon aus der Hand und stellte sich vor: „Isabé, so darf ich Sie doch nennen, ich bin Konstantin Andropoulos, im Moment der glücklichste Mensch unter der Sonne und bald sozusagen Ihr Stiefvater. Darf ich Sie und Ihren Mann und den kleinen Sohn zu unserer Hochzeit einladen und in meine Arme schließen? Den genauen Termin und wie Sie auf unsere Insel kommen, besprechen wir noch."

Gabriela war sofort bereit, nach Berlin zu fliegen, um das Nötige zu besorgen. Konstantin stellte sich ihr ebenfalls vor. Er würde ihr alle Unterlagen schicken und sie müsse selbstverständlich bei der Hochzeit dabei sein.

Auch das hätten wir geschafft …

Er lief zu Daphne und brachte sie mit Zentimetermaß und Bleistift zu Elisabeth. „Daphne, bitte nimm die Maße, wenn's geht, schnell, denn wir müssen ins Geschäft. Morgen musst du mit Elisabeth allein den Laden hüten, Menander und ich fliegen nach Athen."

Daphne kannte ihren Bruder gut genug, um sich nicht zu wundern. Wenn er etwas wollte, dann war er nicht mehr zu bremsen.

„Bitte, Konstantin, sag mir, was du mit meinen Maßen vorhast. Ich ahne, dass du das Hochzeitskleid nähen lassen willst, meinst du nicht, ich sollte wissen, wie es aussieht? Ich heirate zum ersten und hoffentlich auch zum letzten Mal."

„Wie du befiehlst." Er holte ein großes Schmuckbuch und zeigte ihr eine Hochzeitstracht aus Korfu, aus weißer Seide mit einer wunderschönen Kopfbedeckung. Es wirkte rein und etwas bäuerlich. „So, Elisabeth, habe ich mir immer gewünscht, sollte meine Braut aussehen. Willst du so aussehen?"

Elisabeth hatte feuchte Augen, als sie Konstantin ansah, und antwortete: „Ja, so würde ich gerne aussehen, genau so und nicht anders."

„Na, dann ist ja alles gut. Daphne, mache es so genau wie möglich, denn nähen kann das nur jemand in Athen."

„Da das Kleid aus zwei Teilen besteht", meinte Daphne, „wird es bestimmt passen."

Nun hatte Konstantin alles geregelt und sie konnten ins Geschäft fahren. Menander fühlte sich erst etwas überrumpelt, dass er morgen mit nach Athen kommen sollte. Gegen den Willen seines Vaters war er jedoch machtlos und fügte sich.

Elisabeth schmückte die Auslage mit einem kostbaren dunkelgrünen Sari, auf den sie Rosenblätter streute und dann Goldketten, Armbänder und Ringe ausbreitete. Im linken Fenster legte sie auf weiße Seide etwas von dem Silberschmuck aus Tibet. Den Bergkristall von Etschika hatte sie gereinigt und platzierte ihn auf der Glasplatte des großen Tisches.

Die Zeit verging wie im Flug. Konstantin arbeitete und fragte Elisabeth des Öfteren, ob ihr der Schmuck, den er gerade in Arbeit hatte, gefiele.

Sie zeichneten, wenn sie Zeit hatten, und entwarfen gemeinsam neue Muster für Ketten. Elisabeth bat ihn um Entwürfe für Broschen, die in ihrer Auswahl einfach fehlten. Anschließend entwarfen sie Ohrringe, manche mit Stein, manche ohne.

Menander fühlte an diesem Tag sehr deutlich, dass diese beiden Menschen sich wirklich ergänzten, dass sein starker Vater ein ebenso starkes, kreatives Gegenüber gefunden hatte, und er, Menander, hatte dabei Schicksal gespielt.

Konstantin war besonders herzlich zu seinem Sohn. Er konnte sich vorstellen, wie es in ihm aussah. „Menander, ich freue mich, morgen mein Enkelkind zu sehen, Alexander den Großen. Athena wird bestimmt in ihrer gewohnten Umgebung bei ihren Freundinnen und in der Nähe ihrer Eltern glücklicher sein als hier."

Menander erzählte beim Mittagessen im Hof, dass sie im Haus von Athenas Eltern draußen am Meer eine schöne Wohnung bekommen hatten. Er müsste dann zwar jeden Morgen nach Athen in die Innenstadt fahren, doch durch die Olympischen Spiele hatte sich der öffentliche Nahverkehr ja entscheidend verbessert.

„Ach, dann brauchst du unsere Wohnung über dem Geschäft gar nicht?", fragte Konstantin erstaunt.

„Vielleicht mal, um da zu schlafen, wenn es zu spät wird."

Daphne war froh, dass für Menander alles so reibungslos lief, denn für sie war er eben doch wie ein eigener Sohn. „Ich komme euch bald in Athen besuchen, um euer Kind zu sehen, wenn Konstantin wieder da ist."

Am Abend, nachdem Konstantin alles gepackt hatte, saßen er und Elisabeth noch bei Daphne, die etwas zum Essen gerichtet hatte. Sie sprachen über die Qualität der Seide, die Konstantin besorgen wollte, und was er für Daphne aus Athen mitbringen könnte.

„Erzählt mir doch bitte etwas von euren Eltern", bat Elisabeth. „Und habt ihr denn außer dem Geschäft noch eine Wohnung in Athen?"

„Ja, natürlich, Elisabeth." Daphne ergriff das Wort. „Die Wohnung unserer Eltern liegt über dem Geschäft, mitten in der besten Lage von Athen. Du musst wissen, unsere Mutter war eine reiche Frau, die einzige Erbin eines großen Juweliers in Athen. Unser Vater kam aus Makedonien und war bei unserem Großvater angestellt. Er war der gütigste, schönste Mann, den du dir vorstellen kannst. Er stammte aus einer armen Bauernfamilie, doch er sah aus wie ein Herr. Unsere Mutter war verwöhnt, launisch, herrschsüchtig, deshalb nahm sie wohl auch kein anderer Mann. Du glaubst nicht, mit welcher Nachsicht und Liebe unser Vater diese verwöhnte Frau mit ihren Launen ertragen hat. Unsere Mutter war sehr krank und starb mit fünfzig Jahren an ihren selbst erfundenen Leiden, die irgendwann Wirklichkeit wurden. Unser Vater sah ungefähr so aus wie Konstantin heute. Und ich kann leider nicht leugnen, dass ich unserer Mutter ähnlich sehe. Wir Kinder liebten unseren Vater heiß und innig, und durch die Kühle unserer Mutter schlossen wir uns sehr eng zusammen. Sie war nur mit sich und ihrer gesellschaftlichen Stellung in Athen beschäftigt. Sie hielt Hof, und da störten wir beide. Weißt du noch, Konstantin, wie sie immer wieder betonte, sie täte das alles nur für unseren Vater, damit all die reichen Leute seinen Schmuck trugen? Unser Vater hatte dies gar nicht nötig, er war genial und sogar international anerkannt. Schade, dass du ihn nicht mehr kennen lernen kannst. Unser Vater hat durch seinen Fleiß und seine Begabung das Vermögen unserer Mutter vermehrt. Wir haben in Athen noch zwei große Häuser, und von den Mieten kauft Konstantin Edelsteine."

Jetzt fiel ihr Konstantin ins Wort: „Weil meine große Schwester alles mit mir geteilt hat, wie ich dir schon erzählt habe. Es ist nicht unbedingt üblich, dass Schwestern mit ihren Brüdern teilen."

Daphne schnitt ihm das Wort ab. „Die Lieblingsinsel unseres Vaters war Santorin, und so hat er hier das Geschäft aufgebaut. Konstantin durfte überall in der Welt studieren, und ich habe ihn bis zu seiner Ehe oft begleitet. Unser Vater ist erst vor einem Jahr gestorben und alles ist in der Wohnung noch so, wie es war, sogar unsere Zimmer. Wenn Konstantin morgen nach Athen fliegt, kommt er sozusagen in der Wohnung in seiner Kindheit an. So, nun weißt du etwas mehr über deinen zukünftigen Ehemann."

„Danke, Daphne. Ich kann mir nun gut vorstellen, wie ihr aufgewachsen seid. Aber wie, glaubst du, fühlt sich Menander, wenn er nach Athen ziehen muss?"

Daphne sah Konstantin an. „Darf ich es beantworten?"

„Jaja, natürlich, du kennst ihn wahrscheinlich besser als ich."

„Ich glaube, es schmerzt ihn etwas, dass er plötzlich auf seine eigenen Füße gestellt wird, aber für seine Entwicklung wird das bestimmt sehr hilfreich sein. Er ist ja jetzt gerade Vater geworden und da wird es Zeit, ein Mann zu werden, nicht mehr den Sohn zu spielen. So, nun ab ins Bett mit euch, ihr müsst morgen früh aufstehen. Ich komme eine Stunde später ins Geschäft, Elisabeth, und bringe etwas zu essen mit. Gute Nacht, ihr zwei."

Elisabeth und Konstantin waren nach diesen ereignisreichen Tagen rechtschaffen müde und schliefen eng umschlungen ein.

Am Morgen stand Konstantin ganz leise und behutsam auf, er wollte Elisabeth nicht so früh wecken. „Schlaf, meine Geliebte“, flüsterte er ihr ins Ohr, „ich fahre mit dem Taxi und hole noch Menander ab.“

Sie drehte sich wohlig im Bett um und schlief wirklich weiter, was sie eigentlich unverschämt fand.

Konstantin blieb drei Tage in Athen. Am Abend und am Morgen telefonierten sie, um sich die Ereignisse des Tages zu erzählen.

Er war begeistert von seinem Enkelkind, und ebenso begeistert war Athena über die Idee, in Athen bleiben zu können.

Elisabeth war beruhigt. Konstantin hatte alle Papiere übersetzen lassen, alle Unterlagen zu Gabriela geschickt, und er hoffte, dass sie am vierten Mai heiraten könnten. Auch die Seide hatte er besorgt, das Kleid in Auftrag gegeben. Alle geschäftlichen Belange mit Menander waren geklärt. Ihm gehörte das Geschäft jetzt als Eigentum, allerdings vom Haus getrennt.

Elisabeth und Daphne lernten sich in diesen Tagen der Arbeit noch intensiver kennen und mögen. Daphne war eine selbstlose, herzliche Frau. Sie erzählte, dass sie wohl durch das Vorbild ihrer Mutter so geschockt gewesen sei, dass sie sich immer bemüht hatte, das Gegenteil zu werden.

„Warst du denn nie verheiratet?“

„Doch, doch, die Ehe hat meine Mutter für mich geschlossen, natürlich mit einem reichen Erben. Ich war allerdings genau das Gegenteil einer Vorzeigepuppe. So hat mein Mann sich bald eine Attraktivere gesucht als mich. Es hat schon wehgetan, so schnell ausrangiert zu werden, aber mein Leben ist danach viel reicher geworden. Außerdem hatte ich immer neben Konstantin eine Aufgabe. Du siehst, Gott oder das Leben, wie du es auch nennen möchtest, hat mir nun dich geschenkt. Ich bin dankbar, dass Konstantin dich gefunden hat. Schon als er klein war, habe ich versucht, ihm die Mutter zu ersetzen. Dann hatte er sich eine Frau ausgesucht, die dasselbe Muster widerspiegelte wie unsere Mutter, das konnte natürlich nicht gut gehen. Aber jetzt darf ich loslassen, jetzt hat er dich.“

Am letzten Abend bevor Konstantin zurückkommen wollte, gönnten sich die beiden auf der Terrasse bei Daphne zum Ausklang des Tages und auch zum Abschluss ihrer erfolgreichen Arbeit etwas Rotwein und naschten von den Mesethes, die Daphne kunstvoll zubereitet hatte.

Elisabeth genoss diese warmen Abende und erzählte Daphne von München, wie gemütlich die Stadt sei.

Daphne fragte sie, wie sie aufgewachsen sei und wo. In München?

„Nein, ich bin ein Flüchtlingskind, Daphne. Meine Großmutter ist mit mir von Tschechien nach Regensburg gewandert. Dort wohnten wir bei

Ludwig Stadler, einem Antiquitätenhändler. Als ich zehn Jahre alt war, durfte ich bei ihm in der Werkstatt helfen. So habe ich meinen Beruf von Kindesbeinen an gelernt. Abends schickte er mich in Sprachschulen und zahlte mein Studium. Meine Kindheit war von diesen beiden Menschen so behütet, ich glaube Eltern können auch nicht mehr Liebe geben, als ich empfangen habe. Marie Theres starb, als ich fünfzehn war. Und, Daphne, wenn man von einem Menschen sagen könnte, er war ein Engel, dann war sie es. Immer gütig, nie ein böses Wort. Als dann auch Ludwig starb, war ich fünfundzwanzig, und direkt auf seiner Beerdigung holte mich ein großer Antiquitätenhändler von Regensburg nach München. In München lernte ich später Bert kennen, der im Antiquitätenladen einen Schrank für seine Frau kaufen wollte. Er war unglaublich charmant und weltgewandt. Ich war noch irgendwie unerfahren, wahrscheinlich auch naiv, und so wurde aus dieser anfänglichen Liebschaft eine Beziehung, die dreißig Jahre dauerte. Mit neunundzwanzig bekam ich meine Tochter. Immer wieder versprach er mir, sich scheiden zu lassen, doch es dauerte ganze dreißig Jahre, bis es wirklich so weit war, und da starb er. Dann kam ich hierher und traf Konstantin."

Daphne hatte aufmerksam zugehört. „Du musstest Konstantin treffen. Überlege dir mal, was das Leben sich für Verwicklungen ausdenkt, damit die Ereignisse im Leben eines Menschen geschehen können. Ich bin immer wieder erstaunt, wie von langer Hand vorbereitet unser Leben wird, damit es in die richtige Richtung läuft. Spürst du da nicht auch eine große geistige Kraft, die dich leitet?"

„Ja, die spüre ich auch. Doch das Wissen liegt auch in uns selbst, wir müssen nur still werden und hinhören."

Daphne seufzte: „Das sollten wir alle lernen – hinhören – uns immer wieder fragen, wo will ich hin? Wo willst du hin, Elisabeth?"

„Heute Abend erst mal in mein Bett", sagte diese lachend, „damit ich morgen frisch bin, wenn Konstantin kommt." Sie nahm Daphne liebevoll in den Arm. „Dass ich dich treffen durfte, ist für mich ein großes Geschenk."

Daphne streckte sich und nahm Elisabeths Gesicht zärtlich in ihre Hände. „Du bist für mich wie ein warmer Regen, der auf vertrocknete Erde fällt. Lass uns Freundinnen sein."

Die beiden Frauen umarmten sich.

KONSTANTIN kam mit großem Elan aus Athen zurück. Er brachte einen Koffer voll Schmuck mit, unter anderem auch ein paar Arbeiten seines Vaters. Elisabeth war begeistert vom Reichtum der Einfälle und von der Zartheit der Entwürfe. Zwei Broschen gefielen ihr besonders, die eine war als Schnecke gearbeitet, die andere war eine geschwungene Schleife.

Er hatte auch mehrere Arbeiten von sich mitgebracht, die Elisabeth bestaunte. „Nun, du hast ja die Begabung, den Schmuck die Menschen aussuchen zu lassen“, sagte er. „Hier, das ist alles zu deiner Verfügung.“

Sie schmückte mit großem Spaß die Fenster, lobte leise jede der Arbeiten, die sie auf Blüten und Seide bettete. Sie legte auch die teure Schleifenbrosche von Konstantins Vater ins Fenster – man würde ja sehen.

Und siehe da, die wunderschöne Russin aus Kasachstan kam mit zwei anderen Damen und ihrem Begleitschutz schon sehr früh ins Geschäft. Sie stellte die beiden Elisabeth vor: „Das ist meine Freundin aus Kiew.“ Diese junge Frau hatte stahlblaue Augen und dickes Haar wie reifer Weizen. Dann deutete sie auf die andere Dame: „Und das ist meine liebe Mutter.“

Lachend erzählte sie von der Begeisterung der beiden, als sie ihren Schmuck gesehen hätten. So hatten sie noch einmal Kurs auf Santorin genommen, damit auch sie sich etwas aussuchen könnten. „Meine Mutter sucht eine Brosche, da sie hauptsächlich Kostüme trägt.“ Liebevoll umarmte sie ihre Mutter, die fast noch schöner war als ihre Tochter, seegrüne Augen, volle Lippen und braunes Haar.

Elisabeth staunte nicht schlecht. Das sah nach altem Geldadel aus, doch eigentlich war das ja fast nicht möglich. Sie rief Konstantin, der auch freudig überrascht war, die schöne Russin wiederzusehen.

Die Mutter bat Elisabeth, die Schleifenbrosche aus dem Fenster zu holen. Behutsam holte sie das wertvolle Stück aus dem Fenster und erklärte der Dame, dass es eine Arbeit von Konstantins Vater sei.

Die Dame nahm die Brosche und steckte sie an das Revers ihres dunkelblauen Seidenblazers. Es sah aus, als hätte die Brosche schon immer da gesteckt. Sie blickte Konstantin an und dieser schmolz dahin.

„Gnädige Frau, wahrscheinlich sind Sie die einzige Dame, die diese Brosche tragen kann. Wenn Sie sie unbedingt wollen, werden wir uns von der Arbeit meines Vaters trennen.“

„Ja, Mamutschka, du siehst toll aus damit, wir kaufen sie!“

„Sie fragen gar nicht nach dem Preis?“, fragte Konstantin erstaunt.

„Sie werden sie uns nicht schenken, das wissen wir“, erwiderte die Russin mit einem charmanten Augenaufschlag.

„Willst du sie wirklich verkaufen?“, fragte Elisabeth.

Er nickte nur. „Erkläre ich dir später.“

Anschließend suchten sie für die blonde blauäugige Frau aus Kiew etwas. An ihr sahen die Lapislazulikette mit viel Gold und ein ebensolcher Ring wunderbar aus. „Sie sind eine der wenigen Frauen, die diesen königlichen Stein tragen können“, sagte Elisabeth. „Die Goldeinschlüsse darin gleichen dem funkelnden Sternenhimmel.“

Inzwischen hatte die junge Frau aus Kasachstan ein Schlangenarmband entdeckt – einzigartig gearbeitet. Die drei Damen probierten auch noch Brillantringe und eine Blätterkette von Konstantins Vater. Am Ende kauften sie alles und diese einzigartigen Juwelen verließen das Geschäft, und zurück blieb ein großer Haufen Papier.

Konstantin saß etwas erschlagen am Computer vor seinem Geldhaufen und verstand die Welt nicht mehr. „Elisabeth, was hast du an dir, dass wir auf einmal so viel Erfolg haben?“

„Das ist reiner Zufall, Konstantin, dass diese reichen Russen mit ihrem Schiff gerade hier herumkreuzen und gerade uns finden. Hoffentlich hast du noch genügend Arbeiten deines Vaters.“

„Haben wir! Im Safe in Athen und auch hier. Ich wollte dir eigentlich nur ein paar Arbeiten meines Vaters zeigen, damit du siehst, wie genial er war. Und da du im Verkauf ebenfalls genial bist, gehe ich jetzt auf die Bank.“

Am Mittag kam Daphne. Sie saßen im kleinen Hof, aßen die Köstlichkeiten, die ihnen Daphne mitgebracht hatte, und erzählten ihr von dem Erfolg und dass nun auch etwas von Vaters Schmuck verkauft wurde.

Daphne meinte trocken: „Das ist gut so, dann können wir eine richtig schöne Hochzeit feiern. Hast du eigentlich Einladungen verschickt, Konstantin? Der 4. Mai rückt näher.“

„Ich habe von Athen aus alle Freunde telefonisch eingeladen. Ich habe außerdem eine Woche das Hotel in unserer Nähe gemietet, um sie alle unterzubringen. Und heute Abend gehen wir alle drei zu Gregori und besprechen mit ihm, wie wir nach unserer Trauung bei ihm feiern können. Die Terrasse mit dem Ausblick aufs Meer wäre doch für alle ein unvergesslicher Eindruck. Außerdem, Elisabeth, was hältst du davon, wenn wir die Wohnung, die du gemietet hast, für unsere Freunde und Kinder behalten? Vielleicht können wir sie Gregori eines Tages sogar abkaufen. Ich habe mich in dieses Tonnenhäuschen, besonders in die Terrasse mit dem Ausblick auf den Krater verliebt.“

Elisabeth war überglücklich – sie hatte auch schon daran gedacht, die Wohnung weiter zu mieten.

Kajiobi und Gregori waren an diesem Abend sehr erfreut, alle glücklich vereint wiederzusehen. Daphne und Konstantin bestellten Fisch mit Kräutern und Elisabeth Gemüse und Kartoffeln.

Konstantin fragte Gregori, ob er einen Moment Zeit hätte, sich zu ihnen zu setzen.

„Für euch doch immer", sagte Gregori schmunzelnd. „Ich hab schon gewusst, dass ihr füreinander geschaffen seid, also was wollt ihr von mir?"

„Wir würden gerne am 3. und 4. Mai den ganzen Tag dein Restaurant mieten, und außerdem sollst du unser Hochzeitsessen ausrichten, wenn dir das genehm ist."

„Nichts, was ich lieber täte für euch zwei. Es ist mir eine Ehre, dass ihr an mich gedacht habt."

„Wir haben noch eine Bitte, Gregori. Wir würden gerne das kleine Häuschen für immer mieten. Wir übernehmen auch jedes Jahr die Renovierung dafür, und wenn du es eines Tages verkaufen würdest, denke bitte an uns."

„Natürlich könnt ihr es mieten, über Verkaufen müsst ihr mit Kajiobi sprechen, das entscheidet sie." Gregori ging wieder an seine Arbeit. Das Restaurant war ziemlich voll.

Die drei genossen den Ausblick aufs Meer, die langsam sich senkende Sonne und die gut gewürzten Speisen. Sie besprachen die Speisekarte für die Hochzeit und schrieben ihre Wünsche für Kajiobi fein säuberlich auf.

„Ich habe noch einen Wunsch, Konstantin", sagte Elisabeth mit leicht heiserer Stimme. „Können wir in der kleinen Kirche Panagia Episkopi, die der Muttergottes geweiht ist, heiraten? Diese Kirche hat mich mit ihren alten Fresken und dem hübschen Vorplatz mit den Lorbeerbäumen sehr berührt."

Daphne lächelte. „Ja, das wäre sehr hübsch. Konstantin kann das bestimmt möglich machen mit einer Spende für das Kirchlein."

„Morgen rede ich mit dem Popen. Deine Freundin hat mir versprochen, mit den Papieren sofort nach Berlin zu fliegen und sie dann hierherzufaxen. Sie kommt am zweiten Mai abends."

„Ach, da fällt mir noch etwas ein", meinte Elisabeth, „ich würde gern Erika und Viktor einladen, die ich auf der Kreuzfahrt kennen gelernt habe."

„Ja klar, gleich morgen rufst du sie an. Wie gut, dass der Geldregen heute über uns niedergeprasselt ist. So können wir mit allen Freunden großzügig feiern. Übrigens, Daphne, die Hälfte vom Schmuck des Vaters geht selbstverständlich an dich."

„Ach, du Witzbold, was soll ich denn damit? Ich habe mehr als genug, das ist mein Hochzeitsgeschenk an euch."

Konstantin küsste seine Schwester auf die Wange. „Du bist wirklich freigebig – danke."

Elisabeth bedankte sich ebenfalls für dieses großzügige Geschenk.

Sie tranken noch ein Glas auf das Leben und seine Überraschungen und fuhren heim. Eng umschlungen schliefen die beiden Liebenden ein.

Der nächste Tag war voller Aktivitäten für die Hochzeit. Elisabeth rief Erika und Viktor an, die sich darüber sehr freuten und zusagten.

„Wenn wir einen Flug bekommen, sind wir am 3. Mai da."

„Ein Hotel haben wir für euch reserviert. Bitte ruft uns an, wenn ihr genau wisst, wann ihr ankommt."

Sie gab ihnen die Adresse des Hotels und die Telefonnummer von Daphne und Konstantin. Dann rief sie Gabriela an, die gerade in Berlin war und das Führungszeugnis erhalten hatte. Und schließlich rief sie auch noch ihre Tochter an, die ihr freudig mitteilte, dass sie alle drei kommen könnten. Sie hätten am 2. Mai gebucht und würden abends eintreffen.

„Mami, ich freue mich ja so für dich, und Michael auch. Du wirst staunen, wie Andreas sich entwickelt hat."

Auch Etschika freute sich über den Anruf, aber sie sollten nicht böse sein, sie hätte nicht mehr den Mut zu reisen. „Besucht mich doch nach eurer Hochzeit, wir feiern in Rhodos ein bisschen nach."

Elisabeth hatte alle Anrufe erledigt und deckte den Frühstückstisch, während Konstantin noch am Telefon hing und mit seinen Freunden alles regelte.

Heute hatten sie nicht so viel Zeit, ihr Frühstück zu genießen. Konstantin musste noch die ganzen bürokratischen Formalitäten erledigen, so brachte er Elisabeth mit dem Auto nach oben und fuhr weiter, um alles auf die Reihe zu bringen, was nötig war.

Noch sieben Tage, verrückt sind wir, dachte Elisabeth, als sie frische Blumen besorgte, den Laden säuberte und dekorierte. Sie bat Elias, ihr zu helfen, damit auch alles reibungslos lief, bis Konstantin zurückkam.

Erika rief an. „Wir haben einen Flug am 2. Mai bekommen und kommen abends aus Athen an."

„O wie schön, meine Tochter kommt mit demselben Flugzeug. Ich freue mich so, dass es geklappt hat, wir holen euch ab."

Elisabeth konzentrierte sich wieder auf die Kundschaft, die schon auf sie wartete, und legte ihr mit großer Freude Konstantins Schmuck vor. Sie erklärte die Steine und sprang von einer Sprache in die andere.

Konstantin kam mittags fröhlich zurück. Er hatte alles erledigen können, die Papiere abgegeben, den Hochzeitstermin geklärt, die kleine Lieblingskirche war ihnen sicher.

„Jurgos und deine Freundin Gabriela habe ich als Trauzeugen angegeben. Du musst wissen, der Trauzeuge hat bei uns Griechen eine ganz besondere Funktion in der Familie. Er kann kommen, wann er will, er darf bleiben, so lange er will, er ist immer willkommen. Später ist er der Taufpate bei den Kindern. Bei uns wird er sich auf die Enkel konzentrieren müssen."

Daphne brachte etwas zu essen. Sie hatte am Vormittag mit den Frauen des Dorfes den Teig für die Einladung zur Hochzeit zubereitet. Aus Sesam, Honig und Mandeln wird eine Masse hergestellt, die, in Rhomben geschnitten, in eine Klarsichtfolie verpackt und in einem Tüll- oder Seidenbeutel mit Blumen geschmückt als Einladung übergeben wird.

„Schade, dass du das nicht erleben kannst, wie es bei mir aussieht und wie sehr sich die Frauen darüber freuen, dass Konstantin eine so schöne Frau gefunden hat. Die Frauen würden dir gerne aus selbst gepflückten Margeriten einen Hochzeitsstrauß winden." Damit sprang Daphne auf. „Ich muss gehen, ich hole später alles ab. Ich komme mir vor wie die Brautmutter." Sie küsste Elisabeth lachend und verschwand.

Der Tag verging wie im Fluge und Elisabeth erlebte noch am Abend bei Daphne, wie die Frauen die zuckrigen Rhomben in Klarsichtfolie einwickelten, in Seidenbeutel mit Mandeln verpackten und mit einem Medaillon der Muttergottes schmückten. Zum Abschluss schnürten sie mit einer Schleife das Ganze zu und steckten eine Seidenmargerite in das Band.

Elisabeth wurde umarmt und geherzt. Ihr strömte so viel Liebe und Zuneigung entgegen, dass sie spürte, wie sie vorbehaltlos in die Gemeinschaft der griechischen Frauen des Dorfes aufgenommen wurde. Sie blieben noch lange sitzen und tranken den süßen Wein, und trotz Elisabeths spärlichem Griechisch verstanden sich die Frauen. Als Konstantin dazukam, wurde er mit lautem Hallo wieder hinausgeschmissen, das war jetzt Frauensache. Sie versprachen alle zu kommen, um zu helfen, vor allem wollten sie die Braut im Hochzeitskleid sehen.

Spät am Abend wankte Elisabeth ziemlich beschwipst nach Hause und sank erschöpft in Konstantins Arme. „O Gott, hoffentlich halte ich das durch bis zur Hochzeit", brachte sie gerade noch hervor und schlief dann ihren süßen Rausch auf Konstantins Brust aus.

Am nächsten Morgen nahm Elisabeth Schmuck aus dem Safe, und Konstantin brachte sie mit dem Auto nach oben zum Juweliergeschäft, bevor er mit Daphne zum Einkaufen fuhr.

Während sie die Rollläden hochzog, dachte Elisabeth: Ich fühle mich so, als ob ich schon immer hier gelebt hätte, am Morgen das Geschäft öffne und nie etwas anderes getan hätte, als Schmuck zu verkaufen.

Sie dekorierte die Fenster mit den Ketten, die sie mitgebracht hatte. Eine gefiel ihr besonders. Die Glieder waren in verschiedenen Formen und

Variationen gearbeitet. Diese Kette hatte sie einmal mit Amethyst und einmal mit Aquamarin, dazu passende Ohrringe. Na, die werden weggehen, dachte sie, so traumhaft, wie die wirken.

Als sie damit fertig war, rief sie Gregori an, um zu fragen, ob Kajiobi eventuell vorbeikommen könnte, weil sie allein im Geschäft sei.

Kajiobi kam sofort und machte große Augen, als sie das kostbar dekorierte Schaufenster sah. „So etwas habe ich ja noch nie gesehen."

Jurgos, der am Fenster stand, kam auch herein und meinte: „Aha, jetzt gibt Konstantin seine Schätze preis."

„Sie wissen schon, Jurgos, dass Sie mit meiner Freundin Gabriela, einer Gräfin, Trauzeuge sein werden."

„Weiß ich, doch mir wäre lieber, Sie würden mich heiraten, mir würden Flügel wachsen, wenn ich so eine Frau haben könnte."

Kajiobi sah ihn spöttisch an: „Bisher, Jurgos, war dir keine gut genug."

„Ja ja, wem sagst du das", seufzte Jurgos und sah dabei ganz fröhlich aus.

Elisabeth hatte sich vorgenommen, das Hochzeitsessen zu bezahlen, und wollte Kajiobi eine Anzahlung geben.

Kajiobi lachte herzlich. „Elisabeth, da kennen Sie Konstantin schlecht. Er hat schon fast alles bezahlt, das dürfen Sie nicht, Sie würden ihn damit sehr kränken."

Die ersten Kunden betraten den Laden und Elisabeth musste sich auf den Verkauf konzentrieren.

Später sah sie Daphne, wie sie bei den Juwelieren und anderen Geschäften die Einladungen in den weißen Säckchen abgab. Nach einer Weile standen die Geschäftsleute alle auf der Straße und diskutierten die Neuigkeit.

Mittags kamen Daphne und Konstantin mit etwas Essbarem ins Geschäft und sie saßen hinten im Hof und erzählten sich die Erlebnisse.

Daphne war nicht wiederzuerkennen, humorvoll erzählte sie, wie sie mit ihrer Einladung zur Hochzeit überall begeistert empfangen worden war. „Wir können uns auf einiges gefasst machen."

Sie sagte etwas sehr schnell auf Griechisch zu Konstantin, was Elisabeth nicht verstehen sollte. (Die Händler wollten sich am Abend treffen, um das Hochzeitsgeschenk für Elisabeth zu besprechen.) Zu Elisabeth gewandt sagte sie: „Ein kleines Geheimnis muss sein."

Elisabeth bat Konstantin, auf die Bank zu gehen, und berichtete ihm, was sie alles nicht mehr hatte. „Jurgos meinte heute Morgen, du würdest jetzt mit deinen Schätzen herausrücken."

Konstantin streckte sich in seiner ganzen Größe. „Jurgos weiß noch nicht, dass du mein größter Schatz bist. Ich könnte die ganze Welt umarmen, dass mir so ein Glück widerfährt in meinem Alter, in dem man eher geneigt ist, nichts mehr zu erwarten."

„Vielleicht kann das Unerwartete eintreten, wenn man nichts mehr erwartet."

Daphne wunderte sich, dass Clio, Konstantins Tochter, kommen wollte. „Wie hast du das gemacht, Konstantin?"

Konstantin wurde nachdenklich. „Ich hatte ein langes Gespräch mit ihr, auch über ihren Bruder, über mein Alter – und dass sie jetzt allein entscheiden könnte, ob sie nicht doch mit ihrem Vater auf irgendeine Weise verwandt wäre. Wir haben uns nun zehn Jahre nicht gesehen. Ich habe ihr gesagt, dass mir sehr viel daran liege, sie an meiner Hochzeit dabeizuhaben, weil ich sie immer geliebt habe, besonders weil ich mir so sehr eine Tochter gewünscht hätte. Und nun hätte ich eine, und eine so tüchtige dazu. Na ja, das hat ihr Herz geöffnet und sie kommt. Du musst wissen, Elisabeth, sie ist Architektin, die Assistentin eines berühmten Architekten in New York. Sie kommt am dritten Mai morgens. Und jetzt an die Arbeit."

Der Tag verging viel zu schnell, und um acht Uhr am Abend schlossen sie das Geschäft und gingen sofort zu Daphne. Sie hatte für die beiden das Abendbrot gerichtet.

Sie saßen in der lauen Nacht in dem kleinen Garten. Elisabeth und Konstantin fassten sich immer wieder an den Händen, um sich zu vergewissern: Ich bin nicht allein, du bist wirklich da – wir sind nicht mehr allein.

Daphne sah voll Zärtlichkeit auf die beiden Liebenden. Ihr Bruder hatte heimgefunden.

6 Am 1. Mai morgens stand Konstantin am Flughafen, um den ersten Hochzeitsgast abzuholen. Es war Jussuph, Konstantins Freund aus Kaschmir. Die beiden Männer umarmten sich und Jussuph stellte als Erstes fest, dass sein Freund, den er erst vor ein paar Wochen gesehen hatte, in der kurzen Zeit um zehn Jahre jünger geworden war. „Ich bin gespannt auf diese Frau, die das bewirkt hat."

Sie verstauten die Koffer und Konstantin fuhr bis zum Parkplatz. Dann hievten sie das Gepäck auf eine Karre und gingen die schmale Gasse mit den vielen Treppen zum Tonnenhäuschen, in dem Jussuph wohnen sollte. Den ganzen Weg über staunte Jussuph über die Sauberkeit der Treppen und die Anlage der weißen Häuser von Santorin. Entzückt war er über das Tonnenhaus und die Terrasse mit dem Blick aufs Meer und den Krater.

Stolz zeigte Konstantin seinem Freund seine Heimat. „Wenn du dich eingerichtet hast und dich frisch fühlst, kommst du einfach die Treppen wieder herunter und fragst nach mir. Elisabeth ist auch im Geschäft und freut sich sehr, dich kennen zu lernen. Um zwölf Uhr kommt meine Schwester und wir essen eine Kleinigkeit."

Anschließend ging Konstantin noch bei Gregori vorbei, um mit ihm für alle Eventualitäten gewappnet zu sein. „Ich kann dir beim besten Willen nicht sagen, wie viele Gäste kommen werden, aber jeder soll uns willkommen sein."

„Ja, Konstantin, wir haben alles im Griff."

„Übrigens, wir haben unseren Besuch aus Kaschmir in deinem Häuschen untergebracht und er kommt vielleicht zu dir zum Frühstück."

Konstantin eilte ins Geschäft, er wollte noch an einer Überraschung für Elisabeth arbeiten. Elisabeth empfing ihn freudig, sie hatte die Auslagen heute mit indischer Seide drapiert, zu Ehren von Jussuph, und der Schmuck wirkte unglaublich edel, so wie sie ihn angeordnet hatte.

„Bist du zufrieden, Konstantin?"

„Es ist perfekt. Jussuph kommt vielleicht um zwölf Uhr, und ich gehe noch was arbeiten."

Elisabeth hatte das Gefühl, dass heute mehr Einheimische unter irgendeinem Vorwand ins Geschäft kamen, um die Braut von Konstantin zu sehen. Sie sprachen mit Elias, der sich dann verlegen zu Elisabeth drehte, um zu zeigen: *Das ist sie*. Man schaute dann mehr anstandshalber Schmuck an, blickte jedoch ungeniert auf Elisabeth, die ihr hübschestes Lächeln aufsetzte. Ab und zu verstand sie etwas und gab lachend Auskunft: „Ja, ich bin die Frau, die Braut!"

Jurgos stand lange vor dem Schaufenster und schaute sehnsüchtig durch die Scheibe, bis Elisabeth sich erbarmte und ihn hereinbat.

„Wann kommt denn die Gräfin, die mit mir Trauzeuge ist?"

„Morgen Abend, und dann können Sie sie kennen lernen und mit ihr alles besprechen. Ich nehme an, Sie wissen, was ein Trauzeuge zu tun hat."

„Weiß ich, sagen Sie mir gleich Bescheid, wenn sie ins Geschäft kommt. Übrigens, Kompliment, heute haben Sie sich wieder selbst übertroffen. Kein Wunder, dass Sie all dieses Zeugs verkaufen. Gibt es noch mehr solche Frauen wie Sie in Deutschland?", fragte Jurgos mit großen Augen.

Wie er sie so sehnsüchtig anblickte, bemerkte Elisabeth, dass er wunderschöne Augen hatte. „O Jurgos, mit diesen honigfarbenen Augen werden Sie manches Frauenherz zum Schmelzen bringen."

„Ihr Wort in Gottes Ohr, Elisabeth." Damit trollte er sich wieder.

Es kamen noch mehrere Touristen und nahmen eine Erinnerung an Santorin in Form einer Kette oder eines Ringes mit nach Hause.

Als mittags das letzte Boot zum Kreuzschiff fuhr, leerten sich mit einem Schlag die engen Gassen und nur die Sonne brannte auf Santorin.

Daphne kam mit einem Korb voller Essen und Konstantin hatte vorsorglich einen großen Sonnenschirm im Hof aufgespannt.

Jussuph, der große Juwelier aus Kaschmir, betrat mit einem Rucksack über der Schulter das Geschäft. „Hallo, jemand da?“

Elisabeth stand am Computer und kam dem großen, schmalen Mann entgegen, der seinen Rucksack auf einem der Tische abstellte.

„Sie müssen Elisabeth sein …“ Er führte die gefalteten Hände an die Stirn und verbeugte sich vor ihr. Durch diese Geste wurde sie verlegen.

Konstantin befreite sie. Er hatte die Ladentür gehört und kam, um seinen Freund zu begrüßen. „Jussuph, das ist Elisabeth. Elisabeth, das ist Jussuph.“

Sie wusste nicht; sollte sie dem Mann aus Kaschmir die Hand geben oder nicht? Da streckte ihr Jussuph beide Hände entgegen, nahm ihre Hand in seine beiden und schaute ihr tief in die Augen.

Sie dachte: Der schaut ja bis auf den Grund meiner Seele.

Und er freute sich, die Frau, die seinen Freund so glücklich machte, kennen zu lernen. „Elisabeth“, sagte er nachdenklich und bedachte sie wieder mit diesem offenen, tiefen Blick.

Daphne rief: „Es ist angerichtet!“

Konstantin legte den Arm um die Schultern seines Freundes: „Komm, das ist meine Schwester.“

Nachdem Jussuph Daphne und danach auch Elias begrüßt hatte, setzten sie sich alle an den Tisch im Hof und aßen frisches Brot mit Öl und Gemüse. Die beiden Damen musterten unauffällig Konstantins Freund. Sie wussten, dass er ein Juwelier und Goldschmied war und dazu noch ein Sufi, darunter konnten sie sich gar nichts vorstellen. Nun hatten sie ihn vor Augen, den asketischen, edlen Kopf mit dichtem dunklem Haar, straff nach hinten gekämmt, dunklen Augenbrauen und einer geraden Nase. Das Hervorstechendste waren seine blauen Augen.

Veilchenblau, dachte Elisabeth, dieselbe Augenfarbe wie Liz Taylor.

Er antwortete: „Ja, unsere Vorfahren waren Juden, sie kamen schon lange vor Jesus nach Kaschmir.“

„Haben Sie jetzt meine Gedanken gelesen?“, fragte Elisabeth.

„Erraten“, sagte er fröhlich. „Bei uns gibt es sehr viele Menschen mit dunkelgrünen und blauen Augen.“

„Ich habe mich auch gerade über Ihre Augenfarbe gewundert. Sie sehen nicht indisch aus.“

„Sage ich doch, wahrscheinlich bin ich ein Urjude.“

„Die habe ich mir aber nicht so schön vorgestellt wie Sie“, platzte Daphne heraus und alle lachten.

„Und was ist ein Sufi?“, fragte Daphne weiter. „Kommt das aus dem Islam oder Buddhismus?“

„Weder noch. Der Sufismus ist keine Art von Religion, er ist völlig ohne Dogma. Ein Sufi zu sein oder zu werden ist die Religion des Herzens, dein ureigenster Weg, dich zu erinnern an deine göttliche Wahrheit. Natürlich wurde ich von Jugend an in geistiger Disziplin und der Hingabe des Dienens von meinem Sufimeister erzogen, bis ich selbst einer wurde. Das war eine harte Schule, aber sehr sinnvoll.“ Er sah Konstantin an. „Beneidenswert bist du schon, mein Freund, zwei solche Seelen um dich zu haben. Jeder von uns sollte die Menschen, mit denen er in Berührung kommt, sehr aufmerksam studieren. Wir treffen uns nicht einfach zufällig.“ Er nahm ein Stück Brot, goss Öl darüber und sah Elisabeth mit durchdringendem Blick an. „Schaut euch alle Menschen, die zu eurer Hochzeit kommen, genau an. Fühlt in euch hinein, was spürt ihr? Könnt ihr zu jedem Menschen einen Weg finden, eine Melodie des Herzens, die euch miteinander verbindet?“ Er stand auf. „Und nun, Konstantin, wo schauen wir uns die Sachen an, die ich dir in meinem Rucksack mitgebracht habe?“

„Wenn es dir nichts ausmacht, fahren wir zu mir nach Hause, dann können wir alles, was ich nehme, gleich in den Safe tun.“

„Meine Schönen, bis heute Abend.“ Jussuph schulterte seinen Rucksack, verbeugte sich vor den Damen mit gefalteten Händen und ging mit Konstantin hinaus.

„Wie kommst du dir vor Daphne? Hat dieser Gruß nicht etwas sehr Ergreifendes?“

Daphne sagte nachdenklich: „Er verbeugt sich vor dem Göttlichen in dir, und wie der Mann ausschaut, sieht er es vielleicht auch noch. Wenn ich zwanzig Jahre jünger wäre, stünde ich jetzt in Flammen.“

„O Daphne, das hat doch nichts mit dem Alter zu tun, der würde gut zu dir passen.“

„Ja schon, aber vor zwanzig Jahren.“

Sie stand auf, rief Elias zum Essen und Elisabeth übernahm das Geschäft.

Jussuph und Konstantin verbrachten ein paar Stunden damit, das mitgebrachte Material zu sichten. Jussuph hatte es in speziellen Schmuckbeuteln in seinem Rucksack transportiert. Die beiden Freunde einigten sich auf die Preise und beratschlagten, welche der anderen Juweliere in Santorin infrage kämen, Jussuph noch weiteren Schmuck abzunehmen.

„Bei der Hochzeit lernst du sie ja alle kennen. Da ergibt es sich sicherlich, das Gespräch darauf zu bringen. Das ist einfacher, als wenn du jetzt von Tür zu Tür tingelst. Wie lange kannst du denn bleiben?“, fragte Konstantin.

„Ich bin so fasziniert von diesem Ort, dass ich gerne eine Zeit dableiben würde. Ich hätte vierzehn Tage Zeit. Würde das in euren Plan passen? Immerhin seid ihr dann frisch verheiratet.“

„Ach Jussuph, nichts würde uns mehr freuen, als deine Gegenwart noch ein bisschen zu genießen. Ich glaube, meine Schwester würde sich auch sehr freuen. Ihre Augen haben richtig geleuchtet, als du gesprochen hast.“

Jussuph sah Konstantin lächelnd an. „Wenn ich deine Schwester ansehe, leuchtet in mir auch etwas auf, mein Lieber. Also wunderbar, ich bleibe. Darf ich die restlichen Sachen zur Sicherheit bei dir im Safe lassen?“

„Selbstverständlich. Dann haben wir auch noch Zeit, sie mit Elisabeth anzuschauen und vielleicht für Daphne etwas zu suchen.“

Sie verstauten die Kostbarkeiten im Safe und Konstantin brachte Jussuph ins Tonnenhäuschen, weil er sich noch etwas ausruhen wollte.

„Wir sind ja nicht mehr die Jüngsten“, meinte Jussuph spöttisch.

Konstantin legte den Arm um die Schultern seines Freundes: „Na, dir sieht man dein Alter bestimmt nicht an – beneidenswert. Ich hole dich heute Abend um acht Uhr ab, wir treffen uns bei Daphne, ist dir das recht?“

„Sehr recht“, entgegnete Jussuph.

„Also dann, bis später.“

Konstantin ging beschwingt die Treppen hinunter ins Geschäft und dachte: Noch zwei Tage – am dritten Tag wird Elisabeth meine Frau.

Er wunderte sich über die Wege des Schicksals und er empfand sich als einen absoluten Glückspilz. „Zum ersten Mal in meinem Leben bin ich absolut glücklich“, staunte er, „mit vierundsechzig Jahren. Wie eine reife Frucht fiel die Liebe in mein Dasein. Allein das Gefühl, lieben zu dürfen, macht mich wieder jung.“

Am liebsten hätte er mitten auf Santorin einen lauten Schrei der Freude ausgestoßen. Er ging ins Geschäft, riss Elisabeth in seine Arme und küsste sie vor allen Kunden. Es waren einige Einheimische im Laden, die Konstantins leidenschaftlichen Auftritt begeistert beklatschten. Er musste natürlich für seine Landsleute einen Ouzo ausgeben, und so fing das Feiern schon am Nachmittag des ersten Mai an.

Am Abend holte Konstantin Jussuph. Elisabeth und Daphne erwarteten die beiden Männer vor einem reich gedeckten Tisch im Garten.

Daphne hatte sich an diesem Abend besonders hübsch zurechtgemacht. Ihre braunen Haare hatte sie aufgesteckt und um den Hals trug sie drei verschiedene kostbare Ketten. In den Ohren steckte ein Diamant. Dazu trug sie einen weißen Leinenrock und eine zarte weiße Seidenbluse.

Jussuph grüßte sie, nahm dann ihre Hand, küsste sie und sagte leise zu Daphne: „Sie sind die reizvollste Frau, die mir je begegnet ist."

Daphne wurde rot. Wie ein junges Mädchen überließ sie Jussuph ihre Hand, der sie nicht so schnell wieder losließ. Daphne dachte: Was meint er mit reizvoll?

„Liebreizend meine ich, Daphne, das ist schöner als schön", antwortete Jussuph.

Sie verschluckte die Frage, woher er wisse, was sie gedacht habe.

„Manchmal kann ich es sehen, Daphne, nicht immer", sagte er beruhigend. Damit erst ließ er ihre Hand los.

Elisabeth, die wie Konstantin diese kleine Szene beobachtet hatte, sah Konstantin bedeutungsvoll an und bat zu Tisch. Daphne hatte aus verschiedenen Gemüsen würzige Speisen zubereitet, dazu gab es Brot, Öl und Wein.

Jussuph trank ausnahmsweise einen Begrüßungsschluck mit den dreien und gab seiner Freude Ausdruck: „Ich freue mich so sehr, an diesen für Konstantin und Elisabeth so wichtigen Tagen hier sein zu dürfen." Sein Blick wanderte immer wieder zu Daphne, als könne er sich nicht sattsehen.

Daphne brachte dies immer mehr in Verlegenheit und sie bot deshalb etwas zu hektisch die Speisen an. Sie versuchte, Jussuphs Alter zu schätzen, und kam höchstens auf 55, vielleicht auch sechzig Jahre.

„Siebzig", antwortete Jussuph, „ich bin siebzig!"

Daphne riss ihre Augen auf, schaute erschrocken auf Jussuph. „Siebzig", entfuhr es ihren Lippen, „das ist nicht wahr, Sie schwindeln."

„Wieso sollte ich schwindeln?", fragte Jussuph scheinheilig. „Ich kenne niemanden, der sich älter macht, als er ist."

„Du bist älter als ich?", wunderte sich jetzt auch Konstantin.

„Na ja, ein bisschen", meinte Jussuph schmunzelnd. „Man ist so alt, wie man sich fühlt. Wir vier sind jedenfalls im Herzen jung geblieben."

Daphne stand auf und entschuldigte sich, sie müsse noch etwas holen. Sie musste einen Moment in Ruhe nachdenken. Mich hat es erwischt, und wenn er fünfundfünfzig wäre, dann hätte ich keinen Gedanken daran verschwendet, aber so – er ist ja vier Jahre älter als ich!

Sie kam mit einem Krug frischem Zitronenwasser zurück, das sie Jussuph statt Wein anbot. Konstantin erhob sich und erklärte, er müsse jetzt zum Flughafen, das Kleid von Elisabeth abholen. „Ich bin so schnell wie möglich wieder zurück."

Danach entstand eine verlegene Pause. Die Nacht breitete langsam ihre

Schwingen aus. Es wurde angenehm kühl im Garten. Die Blumen dufteten und jeder hing seinen Gedanken nach. Elisabeth dachte an ihr Kleid. Hoffentlich passt es, sagte sie sich. Jussuph genoss die schöne Atmosphäre und sein Blick blieb an Daphnes Halsschmuck hängen.

„Ungewöhnlich schön, was Sie da tragen, Daphne. Außerdem sieht es aus, als ob der Schmuck für Sie, nur für Sie, entworfen worden wäre."

„Wurde er auch. Mein Vater hat ihn gemacht und mir zu meinem achtzehnten Geburtstag geschenkt." Daphne war froh, nun einen Gesprächsstoff gefunden zu haben. „Unser Vater war ein genialer Goldschmied. Wir haben ihn sehr gemocht, weil er ein liebevoller Mensch war."

„Sie haben sehr viel von Ihrem Vater", bemerkte Jussuph.

„Ich weiß nicht so genau, ich sehe eher aus wie meine Mutter."

„Das ist nur Ihre Hülle, Daphne, Ihr Charakter ist der Ihres Vaters."

Elisabeth spürte, dass sie die beiden allein lassen sollte. Unter dem Vorwand, noch einen Anruf zu erledigen, ging sie schnell ins Haus.

Jussuph schaute Daphne mit diesem tiefen Blick an. „Sie spüren auch, Daphne, dass wir beide uns nicht ausweichen können. Kommen Sie mit mir nach Kaschmir und teilen Sie mein Leben. Sie haben Ihre Aufgabe hier mit Konstantin erfüllt. Sie sind jetzt frei und können sich zu Ihrer Vollkommenheit entwickeln, die mit meiner zusammenhängt. Denken Sie darüber nach. Ich bleibe vierzehn Tage oder auch länger hier, eben so lange, bis Sie sich entschlossen haben, mit mir zu gehen." Er nahm vorsichtig ihr Gesicht in seine Hände. „Daphne, du bist wunderschön." Er küsste sie zart auf den Mund. „Sagen Sie nichts Voreiliges, Daphne, lassen Sie die Liebe in sich wachsen."

Daphnes Augen leuchteten. „Irgendwie warst du mir sofort vertraut", bekannte sie. „Ich dachte nur, du bist viel jünger als ich, und dann wäre es ja eine Farce."

„Selbst wenn ich fünfzig wäre, wäre es keine Farce in unserem Fall. Beruhigt dich mein Alter?"

„Schon", sagte Daphne lachend. „So ist es für mich leichter zu akzeptieren, was mit mir geschieht."

Jussuph nahm Daphne zärtlich in seine Arme. „Es geschieht mit uns beiden etwas Wunderbares, findest du nicht?"

Sie hielten sich eine Weile fest umschlungen.

Jussuph löste sich langsam. „Mein Herz, ich gehe nun. Ich hoffe, du verstehst, dass ich jetzt nicht mehr reden will."

„Konstantin kann dich doch fahren; es ist doch recht weit zu Fuß!"

„Nein, nein, ich muss jetzt einfach zu Fuß gehen. Schau, der Mond lächelt auf uns herab und die Venus begleitet mich. Du bist ab jetzt immer bei mir.“ Damit verließ Jussuph Daphne mit schnellen Schritten.

Daphne setzte sich vor das Haus auf die Treppe und schaute in die Nacht. Sie konnte nur zulassen, was mit ihr geschah. Ein Mann trat in ihr Leben und mit ihm eine große Veränderung.

„Daphne, wo bist du?!“, rief Elisabeth und fand sie vor dem Haus. Wortlos setzte sie sich zu ihr. Nach einer Weile sagte sie: „Du wirst mit ihm gehen, ich habe es gespürt, wir werden dich verlieren.“

Sie umarmte Daphne und sie hielten sich eine Weile aneinander fest.

Kurze Zeit später kam Konstantin mit einer großen Schachtel zurück. „Wo ist Jussuph?“, fragte er verwundert.

„Schon gegangen, er wollte zu Fuß gehen“, entgegnete Daphne.

„Also kommt, ihr beiden. Elisabeth, probier das Kleid. Ich soll es ja nicht sehen.“

Die Frauen gingen ins Haus und probierten in Elisabeths Zimmer das Kleid. Es war wunderschön gearbeitet. Das Oberteil war wie ein Mieder unterhalb der Brust zu schnüren und ganz feine Spitze zog sich über der Brust zu den Armen. Die Ärmel waren eng anliegend. Das Unterteil bestand aus zwei Röcken, einem dünnen und einem schweren Seidenrock. Der Schleier war auf einer kleinen Kappe drapiert.

Daphne war begeistert. „Du siehst aus wie eine ganz junge Braut.“

Elisabeth musste sich erst an den Anblick der Tracht gewöhnen, doch sie fühlte sich in dem Kleid wohl, und das war ja die Hauptsache.

Zufrieden, aber auch müde begaben sie sich zur Ruhe.

Der nächste Morgen schüttete sein Licht und seine Blumenpracht über die Insel aus. In der Nacht hatte es ein heftiges Gewitter gegeben und die Luft war gereinigt und die Erde erfrischt. Das Meer strahlte in tiefem Blau und die Häuser von Fira hatten ihr weißes Kleid erneuert.

Konstantin und Elisabeth standen am Morgen auf ihrer Terrasse, betrachteten die herrliche Landschaft, die sich vor ihnen ausbreitete, und atmeten dankbar die Schönheit ein.

Schon bald war es mit ihrer Ruhe jedoch vorbei, als ein Lastwagen vorfuhr. Konstantin zog Elisabeth ins Haus. „Eigentlich solltest du von den Vorbereitungen nichts mitbekommen. Ich fahre dich rauf und bringe dir dein Frühstück ins Geschäft.“

„Mach dir keine Mühe, ich werde schon nicht verhungern, ich gehe schnell zu Fuß, kümmere du dich nur um deine Sachen.“

Aber Konstantin fuhr sie trotzdem hinauf.

Elisabeth holte Blumen und Brötchen und schickte Elias los, eine Kaffeemaschine und alles, was man sonst zum Kaffeekochen brauchte, zu kaufen. So installierten sie später zusammen die Maschine auf einem kleinen Tisch im Hof und waren auf alle Fälle für Besuch bereit.

Elisabeth war doch ein wenig durcheinander. Am Abend würden ihre Tochter mit ihrem Mann und dem Enkelkind und ihre Freundin Gabriela eintreffen. Sie hatte Mühe, sich auf das Geschäft und die Kunden zu konzentrieren.

Jurgos schlenderte ab und zu sehnsüchtig am Fenster vorbei, und immer wieder kamen die Santoriner, um die Braut anzuschauen.

Endlich war es Mittag, und Daphne kam gleichzeitig mit Jussuph ins Geschäft. Sie saßen im Schatten des Schirmes und Jussuph berichtete begeistert vom Frühstück bei Gregori. „Für mich ist der griechische Joghurt mit diesem goldglänzenden Honig eine Delikatesse."

Gregori hatte ihm erzählt, wie sehr Elisabeth dieses Frühstück liebte. Außerdem hatte Jussuph am Morgen einen großen Spaziergang gemacht, um einen Eindruck von der Insel zu erhalten, und seine Begeisterung war ihm anzumerken.

„Wie geht es, Daphne?" Er vermied jetzt vor Elisabeth, sie zu duzen. „Gut geschlafen?"

Daphne antwortete ebenso. „Den Umständen entsprechend gut."

Elisabeth ließ die beiden allein. Sie hätte noch viel Arbeit im Geschäft, entschuldigte sie sich.

Daphne sah jetzt in die veilchenfarbenen Augen von Jussuph.

„Deine Augenfarbe, Daphne, ist goldbraun, wie euer Honig – voller Sonnenwärme und Licht."

So saßen sie eine Weile und schauten sich nur an. Es wurde ihnen bewusst, wie allein sie bis zu diesem Zeitpunkt gewesen waren. Sie waren voller Sehnsucht nach dem Du. Geh mit ihm!, sagte etwas in Daphne, und sie wiederholte nun mit leiser Stimme ganz bewusst: „Ich komme mit dir!" Es war, wie um sich selbst zu bestätigen, dass sie das wirklich gesagt hatte.

„Du kommst mit mir", wiederholte Jussuph, „du machst mich sehr glücklich."

Konstantin betrat den Hof. Er spürte, dass er im falschen Moment kam, und wollte wieder umdrehen, aber Jussuph sprang auf: „Nein, bleib nur, du sollst es als Erster erfahren." Er schaute Daphne an: „Darf ich?"

Sie nickte.

„Konstantin, Daphne wird mit mir nach Kaschmir gehen, ich hoffe, du hast nichts dagegen. Wir wissen, dass wir zusammengehören."

Konstantin war nicht erstaunt, er hatte es geahnt. „Wenn Daphne glücklich ist, bin ich es auch.“ Er nahm seine Schwester in den Arm. „Meine liebe Daphne, ich wüsste keinen würdigeren Mann für dich als Jussuph. Meinen Segen habt ihr – und den von Elisabeth auch. Ihr könntet ja gleich mit uns heiraten.“

„Nein“, sagte Daphne lachend, „ich will noch eine Weile üben und mir Kaschmir erst mal ansehen.“

„Dann übt mal, ich muss weiter. Ich kann noch bis morgen üben, dann wird es ernst. Bis später, meine Lieben.“

Am Abend standen Elisabeth und Konstantin erwartungsvoll am Flughafen. Zehn ihrer Gäste kamen mit dem Flugzeug aus Athen. Adonis und sein Vater, die ein Taxiunternehmen auf Santorin hatten, standen mit ihren Wagen bereit.

Als Erster kam Andreas durch die Sperre getrippelt. „Omi, Omi!“, schrie er und schaute sich suchend um.

„Hallo, hier bin ich“, Elisabeth rannte hin, um das Kind aufzufangen. Isabé kam hinterher und umarmte ihre Mutter mitsamt Kind. „Mami, ich bin ja so glücklich! Michael kümmert sich um das Gepäck.“

Konstantin, der die Szene mit Rührung beobachtet hatte, kam jetzt zu den dreien und sagte zu Andreas: „Und ich bin dein Opi.“ Andreas schaute vorsichtshalber seine Mutter an, ob das wahr sei.

Diese nickte und sagte: „Ja, Andreas.“

Da sprang der Kleine in die Arme von Konstantin und zauste in seinem Haar. „Opi, Opi“, mehr konnte er anscheinend noch nicht sprechen.

Konstantin begrüßte Isabé, und diese war mehr als überrascht über den Mann, den ihre Mutter heiratete. „Donnerwetter – den würde ich auch sofort nehmen“, flüsterte sie ihrer Mutter ins Ohr.

Jetzt kamen die anderen Gäste. Zwei Freunde von Konstantin, die er Elisabeth vorstellte. „Herr Machou und Herr Papadimitriou aus Athen.“

Dann folgten die zwei Goldschmiede aus Deutschland. „Michael Zobel und Bernd Munsteiner.“

Konstantin machte alle miteinander bekannt und drückte seine Freude darüber aus, dass sie extra für seine Hochzeit gekommen seien. „Draußen stehen Taxis, fahrt doch bitte schon zum Hotel, macht euch frisch, wenn ihr wollt, und Adonis fährt euch ins Restaurant zu Gregori.“

Dann kam Gabriela und die Freundinnen umarmten sich stürmisch. Viktor und Erika wurden ebenso herzlich umarmt, und sie freuten sich riesig, Elisabeth wiederzusehen. Der Bräutigam wurde ihnen vorgestellt und alle bewunderten diesen gut aussehenden Mann.

Auch die drei wurden ins Taxi verfrachtet, ins Hotel geschickt und dann zu Gregori gebeten. Michael, Isabés Mann, kam als Letzter mit dem Gepäck und sie wurden von Konstantin ins Hotel gefahren. Andreas wollte nur auf dem Schoß der Großmutter sitzen, das war mal was Neues.

„Am besten ist, wir nehmen den Kleinen im Wagen mit zu Gregori, er ist viel zu überdreht, vielleicht schläft er dann später ein“, meinte Isabé.

Sie lieferten die junge Familie am Hotel ab. „Wir warten in der Halle, und wenn ihr länger braucht, nehmt ihr das Taxi, die zwei stehen immer zur Verfügung.“

„Geht nur, Mami und Konstantin … ich darf doch Konstantin sagen?“, meinte Isabé kokett. „Wir kommen in Ruhe nach.“

Inzwischen kamen die Gräfin, Erika und Viktor die Treppe herunter, und so fuhren sie dicht hintereinander zu Gregori. Das letzte Stück mussten auch sie zu Fuß gehen.

Viktor ging mit Konstantin und erzählte ihm, wie besorgt er damals gewesen war, Elisabeth einfach auf Santorin allein zu lassen. „Es ist wirklich ein Wunder, dass Sie beide sich gefunden haben.“

Die drei Frauen spazierten eng umschlungen den Weg entlang, sie passten genau hinein und jede hatte Kleidersorgen. „Was zieht man in Griechenland bei einer Hochzeit an?“, fragte Gabriela.

„Mein Brautkleid ist eine Tracht aus Korfu, ich finde es sehr originell.“

„Ich habe auch eine Tracht dabei“, verkündete Gabriela, „ein festliches Dirndl aus Salzburg, dann könnte ich ja das anziehen.“

„Das wäre wunderbar. Und Sie, Erika?“

„Ich habe ein apricotfarbenes Kostüm mit einem ziemlich langen Rock und einem hübschen Hut.“

„O schön, Apricotfarben liebe ich“, meinte Gabriela.

„Du wirst heute Abend Jurgos, den anderen Trauzeugen, kennen lernen, der konnte es schon gar nicht mehr erwarten, bis die Gräfin endlich kommt. Ein sehr netter Mensch.“

Gabriela kam auf Konstantin zu sprechen: „Dein Mann, Elisabeth, na ja, bald ist er ja dein Mann, ist eine Wucht! Wie gut er ausschaut, ich bin hingerissen.“

„Ja, ich auch“, stimmte Erika zu.

„Das freut mich, dass er euch gefällt. Ich bin auch hingerissen.“

Sie waren bei Gregori angekommen. Hier erwarteten sie schon Daphne und Jussuph und natürlich Jurgos. Elisabeth stellte ihre Freunde vor, und Jurgos war außer sich vor Freude, eine so schöne Gräfin kennen zu lernen und mit ihr auch noch Trauzeuge zu sein. Er nahm sie gleich an seine Seite und wich nicht mehr aus ihrer Nähe. Elisabeth dachte, wunderbar, Gabriela ist untergebracht.

Erika und Viktor setzten sich zu Daphne und Jussuph. Die beiden sprachen perfekt Englisch. „Auch die werden sich gut verstehen“, dachte Elisabeth.

Jetzt kamen die vier Juweliere. Die zwei Athener hatten zwar Zobel und Munsteiner noch nicht persönlich kennen gelernt, doch ihr Ruf als Goldschmiede war auch bis zu ihnen nach Athen gedrungen.

Jussuph kannten sie alle. Den hatten sie in Basel auf der Schmuckmesse kennen gelernt und sie freuten sich, ihn hier wiederzutreffen.

Isabé kam mit ihrem Mann und ihrem Kind und auch sie wurden vorgestellt. Jussuph nahm Andreas auf den Arm und küsste ihn herzhaft.

Andreas schaute ihn treuherzig an und fragte: „Opa?“

Alle lachten. „Ja, natürlich, auch Opa“, sagte Konstantin, „aber ich bin dein Opi, darauf bestehe ich.“

Kajiobi und Gregori nahmen die Bestellungen auf. Sie hatten eine lange Tafel festlich geschmückt, darauf standen schon Brot, Öl, Oliven und verschieden zubereitete Käseschälchen. Sie waren heute fünfzehn Personen und die Gespräche gingen kreuz und quer in Deutsch, Englisch und Griechisch.

Nachdem Andreas von Arm zu Arm gewandert war, schlief er schließlich auf dem Schoß seiner Mutter ein. Er wurde in den Kinderwagen gelegt und schlummerte dort selig weiter. Jurgos himmelte die Gräfin an. Daphne, Jussuph, Viktor und Erika unterhielten sich lebhaft. Elisabeth tauschte sich angeregt mit ihrem Schwiegersohn aus und fand, dass Michael sich in der Zeit seiner Ehe zu einem richtigen Mann entwickelt hatte.

Konstantin war von einem zum andern gegangen und hatte mit jedem geredet. Für die Juweliere hatte er eine Rundreise um die Insel arrangiert und fragte nun, ob noch jemand daran interessiert wäre. Alle meldeten sich. „Drei Taxen holen euch morgen Vormittag um elf Uhr ab, dann seid ihr vielleicht um zwei oder drei Uhr wieder zurück, und wenn ihr wollt, steht anschließend bei Gregori Essen für euch bereit. Jeder kann dann unternehmen, was ihm Spaß macht, und abends treffen wir uns wieder bei Gregori.“

Er setzte sich zu Elisabeth, legte den Arm um sie und fragte: „Bist du glücklich?“

„Ja, Konstantin, ich schwimme in einem Meer von Glück, das du mir gefüllt hast mit allen Gaben deiner Liebe, ich danke dir.“

Elisabeth stand auf, klopfte an ihr Glas. „Ich danke euch von ganzem Herzen, dass ihr alle die Strapazen der Reise auf euch genommen habt, um mit uns zu feiern.“ Sie schaute zu Konstantin: „Es ist ein Geschenk, dass wir uns treffen durften, wenn auch etwas spät in unserem Leben, aber umso tiefer trifft uns dann die Liebe. Ich bin dankbar, dass ich Konstantin hier in Griechenland gefunden habe. Bitte lasst uns auf Zeus und die griechischen Götter anstoßen." Alle erhoben ihr Glas.

Es wurde ein ausgelassener Abend unter dem beinahe vollen Mond und dem funkelnden, fast greifbar nahen Sternenhimmel von Santorin.

Am nächsten Morgen erwachte Elisabeth allein im Bett. Konstantin war offensichtlich so leise aufgestanden, dass sie nichts gehört hatte, und war zum Flughafen gefahren, um seine Tochter abzuholen.

Schnell stand Elisabeth auf, um gerichtet zu sein, wenn sie Konstantins Tochter kennen lernen sollte.

Sie richtete im Garten das Frühstück, und Daphne kam und half. Sie bat Elisabeth, nicht hinter das Haus zu gehen, Konstantin zuliebe. „Ich habe für Clio das Zimmer vorbereitet und freue mich, dass ich sie nach so langer Zeit wiedersehe. Deine Tochter Isabé gefällt mir sehr und Andreas ist ein herziges Kind. Sind Kinder nicht was Schönes? Enkelkinder wahrscheinlich noch entzückender, weil man die Verantwortung für sie nicht hat."

„Für mich war meine Großmutter der wichtigste Mensch in meinem Leben. Hoffentlich werde ich eine so gute Großmutter wie sie."

„Wirst du bestimmt, mit einer Schar von Enkelkindern, von Menander, Isabé und Clio, da könnt ihr euch auf etwas gefasst machen. Gut, dass ich nach Kaschmir gehe, dann habt ihr noch ein Haus für die Kinder."

„Sag so was nicht, Daphne, kaum habe ich dich gefunden, verliere ich dich schon wieder."

„Du verlierst mich bestimmt nicht, Elisabeth, du wirst sehen, wir werden eine neue Verbindung schaffen. Santorin – Kaschmir – Santorin."

Konstantin hatte inzwischen Clio am Flughafen empfangen. Sie waren beide sehr aufgewühlt: Clio, als sie diesen starken, schönen Mann wahrnahm, der ihr Vater war, und Konstantin, als diese große, schlanke Frau auf ihn zukam. Sie sah wirklich aus wie eine Bilderbuchgriechin, das dunkle Haar straff zurück zu einem Knoten gekämmt, mit blauen Augen, vollen Lippen und viel Selbstbewusstsein. Konstantin schlang seine Arme um die junge Frau. „Clio, meine Tochter, sei willkommen zu Hause!" Er hob sie hoch wie ein Kind. „Ich bin ja so glücklich, dass du da bist."

Clio meinte trocken: „Du bist ganz schön verrückt … Vater." Das Wort Vater kam etwas zögerlich über ihre Lippen.

Er stellte sie wieder auf den Boden, nahm ihr Gepäck und sie gingen zum Auto. Auf der Fahrt schauten sie einander etwas verstohlen an. Zehn Jahre waren eine lange Zeit.

„Damals warst du fünfzehn, als ich dich in Rom das letzte Mal gesehen habe“, meinte Konstantin. „Jetzt bist du fünfundzwanzig.“

„Sechsundzwanzig“, unterbrach sie ihn.

„Menander ist neunundzwanzig, weißt du, dass er verheiratet ist und einen Sohn hat?“

„Nein, weiß ich nicht.“

„Er hat vor zwei Jahren geheiratet, sie wohnen jetzt in Athen. Er kommt am 4. Mai, fliegt jedoch nach der Trauung gleich wieder zurück. Athena, seine Frau, bleibt mit dem kleinen Baby noch zwei Tage. Du wirst bei Daphne wohnen, sie freut sich sehr auf dich.“

„Hm … Weißt du, Vater“, sie zögerte wieder bei dem Wort, „meine Kindheit und die Zeit auf Santorin liegen lange zurück. Meine Mutter hat diese Zeit in sich verdrängt und in mir auch.“ Sie schaute aus dem Fenster: „Hübsch ist es hier, sehr ländlich.“

Die Wiesen blühten voller Margeriten und Mohn. Die weißen Häuser von Fira leuchteten ihnen entgegen. Sie fuhren durch die Eukalyptusallee, und Konstantin spürte, dass Clio versuchte, sich zu erinnern, und schwieg. Sie waren an den beiden großen weißen Häusern angekommen.

Daphne kam sofort aus dem Haus, als sie das Auto hörte, und schaute Clio liebevoll an. „Erinnerst du dich an deine Tante Daphne? Gott bist du schön.“ Sie umarmte Clio herzlich und küsste sie. „Ich freue mich so, dass du endlich gekommen bist, willkommen zu Hause!“ Sie zog Clio in den Garten. „Wir haben ein Frühstück für dich gerichtet nach der langen Reise, und dann kannst du dich ausruhen.“

Elisabeth stand im Garten und ging fröhlich auf Clio zu. „Ich bin Elisabeth, darf ich dich umarmen und dir danken, dass du gekommen bist?“

Konstantin legte seine Arme um Daphne, Clio und Elisabeth. „Clio, diese beiden Frauen bedeuten mir sehr viel. Mögest du sie genauso lieben lernen wie ich.“

Clio war überwältigt von diesem herzlichen Empfang. Mit dem gesunden Hunger der Jugend verschlang sie den wohlschmeckenden Toast und probierte ihn auf Empfehlung Elisabeths mit Joghurt und Honig. Sie genoss das Frühstück und die Sonne und meinte: „Ich glaube, hier lässt es sich leben.“

„Ja, meine Tochter, du sagst es.“

Elisabeth verabschiedete sich von allen. „Entschuldigt, ich muss ins Geschäft. Wir sehen uns heute Abend, Clio, oder wenn du Lust hast, besuche uns mittags mit Daphne im Hof.“

„Ja, bis später.“

„Nein, du gehst nicht zu Fuß, ich fahre dich.“ Konstantin begleitete sie hinaus. „Schau immer geradeaus, Elisabeth, nicht nach links." Er hüpfte neben ihr her, um die linke Seite zu verdecken.

„Ich schaue nicht, Konstantin, ich bin ganz brav."

Im Auto küsste sie ihn. „Ich habe dich heute Morgen vermisst. Du bist sehr rücksichtsvoll, ich habe dich wirklich nicht gehört."

„Ja … nicht? Ich bin gut im Schleichen. Oh, meine Geliebte, ich freue mich auf morgen."

„Ich auch, Konstantin. Übrigens, deine Tochter ist ein sehr schönes Mädchen, gratuliere. Glaubst du, dass sie mich annehmen kann?"

„Elisabeth, wer könnte dich nicht annehmen? Ich bin überzeugt, dass du ihre Liebe, aber auch ihren Respekt gewinnst."

„Na, dann bin ich beruhigt. Clio ist ein sehr schöner Name, der Name der Muse der Geschichte und des Heldenliedes. Ihr Griechen seid zu beneiden."

„Morgen bist du auch eine Griechin Elisabeth – meine Griechin."

Sie sprang lachend aus dem Auto, rannte wie ein junges Mädchen den Berg hinauf und kam schon ein bisschen zu spät.

Elias hatte geöffnet und Blumen geholt. „Guten Morgen, Elisabeth, alles schon da, damit Sie gleich arbeiten können."

„Danke, Elias, wie aufmerksam."

Elisabeth schmückte die Auslage. Sie legte eine lange Goldkette über den Ginster, fein geschlungen, damit ihre Schönheit zur Geltung kam.

Als sie aufschaute, blickte sie in Jurgos' Gesicht, der ihr von außen durch die Scheibe zusah. Sie sprang auf und winkte ihn herein.

„Oh, guten Morgen, schöne Braut, ich bin ja so aufgeregt!" Jurgos war ganz atemlos. „Ihre Freundin, die Gräfin, ist ja eine wunderhübsche Frau und so gebildet und so fein. Meinen Sie … äh … bitte nehmen Sie es mir nicht übel, äh … äh … glauben Sie, ich hätte eine Chance bei ihr?"

„Ach Jurgos, das weiß ich nicht, da müssen Sie sie schon selbst fragen. Ich wünsche Ihnen Glück. Gabriela ist wirklich ein wunderbarer Mensch, nicht nur eine schöne Frau. Sie hatte es nicht immer leicht im Leben."

„Ist sie verheiratet?", fragte Jurgos fast ängstlich.

Elisabeth legte tröstend ihre Hand auf seine Schulter. „Nein, Jurgos, ihr Mann ist gestorben."

Sie hörte die Steine förmlich plumpsen, die von seinem Herzen fielen.

„Danke, Elisabeth, danke." Damit ging Jurgos glücklich und voller Hoffnung in sein Geschäft.

Die ersten Kunden kamen, und Elisabeth verkaufte just die Kette, die sie so liebevoll dekoriert hatte, an einen Mann, der sie seiner Frau schenken wollte.

Es war eine Ruhe und Gelassenheit in ihr, die sie selbst erstaunte. Eigentlich müsste sie doch aufgeregt sein. Morgen würde sie zum ersten Mal heiraten und so viele Menschen waren gekommen, um dabei zu sein.

Ihre Tochter kam mit Andreas, um zu schauen, was ihre Mutter so machte. „Michael ist mit den anderen zur Inselumrundung gefahren. Andreas ist dafür noch zu klein. Na, Mami, schön hast du's hier. Und wie du dich verändert hast, ich bin stolz auf dich."

„Hab ich mich verändert? Wie denn?"

Isabé schaute sie aufmerksam an. „Du siehst jünger aus und schöner und du wirkst gelassener als früher. Du scheinst angekommen zu sein in dir, oder bei Konstantin, das weiß ich nicht."

Elisabeth nahm Andreas auf den Arm: „Na, kleiner Mann, gefällt dir dein Opa?"

Doch der Kleine lächelte etwas verständnislos und spielte mit ihrer Goldkette. Das faszinierte ihn, dieses glänzende Ding am Hals seiner Omi.

„Geht doch in den Hof, Elias macht euch Kaffee, ich muss mich um die Kunden kümmern."

Elisabeth verkaufte in aller Seelenruhe weiter Schmuck.

Mittags kam Daphne mit Clio, ohne Jussuph, der war mit den andern um die Insel gefahren. So saßen die vier Frauen allein im Hof und aßen ein paar Kleinigkeiten. Es war eine schöne Fügung, dass sich Isabé und Clio in Ruhe kennen lernen durften. Die beiden erzählten einander über ihren Beruf und ihr Leben zu Hause.

Isabé war Lehrerin am Gymnasium in Überlingen, und da hatte sie auch ihren Mann Michael, einen Chirurgen, kennen gelernt. Clio schilderte ihre Arbeit als Assistentin eines Architekten in New York.

Elisabeth musste zurück ins Geschäft. Sie bediente und verkaufte weiter Konstantins Schmuck.

Die beiden jungen Frauen kamen nach einer Weile schnatternd zu ihr in den Laden. „Wir machen einen Spaziergang. Vielleicht schläft Andreas ja im Kinderwagen und wir sehen uns diesen schönen Ort an."

„Kauft euch einen Strohhut, die Sonne ist schon stark", meinte Daphne, die mit einem Korb und dem Rest des Essens ebenfalls ins Geschäft kam.

Die beiden gingen mit dem Kinderwagen in den Ort.

Daphne umarmte Elisabeth: „Ciao, meine schöne Braut, ich muss wieder gehen, also bis heute Abend."

Der Abend kam schneller als gedacht. Sie trafen sich alle bei Gregori wieder. Die Inselumrunder hatten viel länger gebraucht, weil sie in Akrotiri, bei den archäologischen Ausgrabungen, mehr Zeit verbracht hatten.

Die fünf Goldschmiede saßen zusammen und hatten ihr Thema. Viktor, Erika, die Gräfin und Jurgos bildeten eine andere Gruppe.

Clio, Isabé und Daphne unterhielten sich angeregt und Andreas hüpfte von einer zur andern. Elisabeth und Konstantin setzten sich mal zu den Juwelieren und blieben da eine Weile, dann ging Elisabeth zu Viktor, Erika und der Gräfin und amüsierte sich, wie Jurgos Gabriela umgarnte. Die war das gar nicht mehr gewohnt und fragte Elisabeth: „Ist das griechisch?"

Elisabeth lachte. „Nein, das ist ein Mann und du gefällst ihm."

„Offensichtlich", meinte Erika heiter. „Er hat wunderschöne Augen. Augen sind die Fenster der Seele. Gräfin, schauen Sie sich ihn genau an."

Gabriela lachte etwas unsicher: „Wenn ihr meint."

Elisabeth und Konstantin verschwanden relativ früh. „Wir bitten euch alle morgen früh um zehn Uhr zu uns ins Haus, von da geht es dann weiter."

Daphne und Jussuph übernahmen die Gastgeberrolle und das Brautpaar wurde mit großem Hallo verabschiedet. Sie gingen eng umschlungen den Weg zum Auto. Der Mond leuchtete auf sie herab. Die Luft war würzig und mild.

„Hoffentlich haben wir morgen nicht zu viel Wind."

„Es wird bestimmt herrlich. Zeus schenkt uns das schönste Wetter, du wirst sehen. Empfindest du nicht auch, dass alles reibungslos läuft?"

Sie schliefen glücklich aneinandergeschmiegt ein. Alles hatte sich in ihrem Leben gelöst. Ihre Schicksalsfäden waren geordnet, die Knoten zerschlagen. Ein neuer Lebensabschnitt begann für Elisabeth und Konstantin.

DIE MORGENSONNE erhob sich am 4. Mai in aller jungfräulichen Schönheit aus dem Meer und malte rosarote Wolken in den blauen Himmel. Sie selbst glänzte wie pures Gold und schüttete es als einen leuchtenden Strahl ins Meer. Eine erfrischende Brise erfüllte die Luft.

Das Brautpaar wurde vom Gesang der Frauen aus dem Dorf geweckt, der harmonisch in ihr Schlafzimmer drang.

„Aufstehen, meine Schöne, unser Hochzeitstag ist da." Konstantin warf sich voller Freude über Elisabeth und küsste sie wach. Sie rannten in Bademänteln auf die Terrasse, und jetzt sah Elisabeth, warum sie nie nach links hatte schauen dürfen. Auf die Wiese war eine große Bühne gebaut, darum herum standen Tische und Bänke. Die Tische waren geschmückt mit Blumen und Bändern, Theken waren aufgebaut und hinten stand ein Grill. Die Frauen jubelten, als die beiden kamen, und eine Kapelle spielte für sie auf.

Sie gingen wieder zurück und Konstantin sagte: „Wir müssen noch das Bett zudecken." Sie warfen gemeinsam eine schöne Tagesdecke darüber.

Elisabeth wollte sich anziehen gehen. Konstantin bat sie, einen Moment zu warten. „Zwei Frauen werden dir helfen, das ist so Brauch."

Sie kamen schon die Treppe herauf und Konstantin flüchtete. Elisabeth machte den Frauen verständlich, dass sie sich erst waschen müsste. Dann wurde sie unter Singen und Lachen angezogen.

Sie gingen in den Garten, wo Daphne und Jussuph warteten. Der Tisch war gedeckt, und Daphne bat Elisabeth, unbedingt etwas zu essen: „Sonst hältst du das nicht durch."

Elisabeth aß ruhig ihren Toast und genoss auch heute ihren Joghurt mit Honig und trank zwei große Tassen Tee. Sie sah entzückend aus, ganz jung in diesem Kleid, und der Schleier hob ihre grünen Augen hervor.

Daphne und Jussuph führten sie dann in Daphnes großes Wohnzimmer, das mit Blumen und Bändern geschmückt war. Ein hübsch dekorierter Sessel stand in der Mitte, in den Elisabeth gesetzt wurde.

Daphne beugte sich lachend zu ihr: „Denk einfach, du bist jetzt die Königin von England und nimmst die Huldigungen entgegen. Jussuph wird nicht von deiner Seite weichen."

Elisabeth sah Jussuph dankbar an. „Schön, dass du da bist."

Er lächelte und sagte: „Es ist dein Tag, euer Tag, genieße ihn."

Schon kamen die ersten Gäste. Sie bewunderten die Braut. Daphne flüsterte ihr zu: „Das sind die Juweliere von Santorin mit ihren Frauen."

Sie gratulierten und legten Elisabeth drei Ketten um den Hals. Die oberste Kette war aus Gold und Perlen gearbeitet. Die zweite Kette bestand aus Jadeblättchen und Goldgliedern. Die dritte wieder aus Perlen.

„Es soll dir Glück bringen", übersetzte Daphne. „Mit dieser Gabe wollen sie dir ihren Respekt bezeugen."

Elisabeth war so gerührt, dass ihr die Tränen herunterliefen. Natürlich hatte sie kein Taschentuch und Jussuph reichte ihr eines.

Elisabeth bedankte sich herzlich bei den Juwelieren. Daphne bot Champagner an, während die nächsten Gäste eintrafen.

Tanzend und singend kamen die Frauen, die die Einladungen gebacken hatten, und brachten Elisabeth den selbst gebundenen Brautstrauß aus Margeriten und Myrte. Sie segneten sie und gaben ihrer Freude Ausdruck, dass sie eine griechische Tracht als Hochzeitskleid trug.

„Orai, orai!", schrien sie, klatschten und stürmten in das Haus des Brautpaares bis ins Schlafzimmer und warfen unter lautem Lachen Münzen aufs Bett. „Für die Enkelkinder, für eine Schar von Enkelkindern", jubelten sie. Dann tanzten sie in den Garten.

Adonis brachte die persönlichen Gäste, die überrascht in das Treiben hineingerissen wurden. Auch sie defilierten an der Braut vorbei, und Gabriela und Isabé küssten die Braut und wünschten viel Glück. Andreas wollte auf den Schoß von Omi und wurde mit Mühe ferngehalten.

Bernd Munsteiner legte Elisabeth ein kleines Kunstwerk aus Jade in den Schoß, das er für ihr Glück geschliffen hatte.

Michael Zobel band ihr eine Kette mit einem runden Stab aus Jade um den Hals. „Für die Harmonie Ihrer Liebe zu Konstantin."

„Danke, ich weiß gar nicht, womit ich das verdient habe."

„Du hast es verdient, mein Kind", hörte sie Jussuphs Stimme.

Sie legte das Taschentuch gar nicht mehr aus der Hand, weil sie immer wieder ihre Tränen trocknen musste. Die Athener Juweliere legten ihr zwei lange Goldketten mit Münzverschluss um den Hals.

Jurgos brachte eine selbst gearbeitete, mittellange Goldkette mit einer alten Münze und flüsterte ihr ins Ohr, wie glücklich er sei.

Elisabeth dachte: O Gott, ich werde geschmückt wie ein Maibaum.

Immer wieder kamen Gäste und bestaunten und beschenkten die Braut.

Erika und Viktor küssten sie liebevoll. Sie hatten gestickte Tischdecken aus Dubrovnik mitgebracht.

„Ich danke euch von Herzen. Ich kann es gar nicht fassen, wie ich beschenkt werde. Ich wollte doch nichts mehr haben."

„Eben deshalb bekommst du es jetzt", sagte Jussuph hinter ihr.

„Wo ist denn bitte Konstantin?", fragte sie ihn.

„Ihn siehst du erst in der Kirche wieder."

Clio kam und küsste sie und wünschte ihr Glück.

„Danke, Clio, ich wünsche dir von ganzem Herzen, dass du so glücklich wirst wie ich."

Clio hatte ebenfalls feuchte Augen. Zum ersten Mal erlebte sie eine griechische Hochzeit. Sie war dabei, ihre Wurzeln zu entdecken.

Endlich wurde Elisabeth in ein geschmücktes Auto gesetzt, mit Jussuph an ihrer Seite. „Ich vertrete heute sozusagen deinen Vater."

Da fing sie wieder an zu weinen. Der Schmerz, den sie auf einmal spürte, zerriss ihr fast die Brust. „Ich kenne meinen Vater ja gar nicht", sagte sie schluchzend, „und meine Mutter auch nicht."

Elisabeth weinte bitterlich den ganzen Weg bis zur kleinen Kirche Panagia Episkopi um ihre Eltern, die sie nie gesehen hatte.

Sie hatte gar nicht mitbekommen, dass vor ihnen und hinter ihnen Autos fuhren, dass auf dem ganzen Weg gesungen und musiziert wurde. Bevor sie ausstieg, versuchte sie, sich zu fassen. „O Gott, Jussuph, wie sehe ich aus?"

„Reingewaschen wie ein junger Morgen, Elisabeth."

Er nahm sie in den Arm, reichte ihr den Strauß und schritt mit ihr durch das Spalier der singenden Menschen zur Kirche. Die Kirche war so klein, dass nur Elisabeth und Jussuph, die beiden Trauzeugen und Daphne, die den Bräutigam führte, hineingehen konnten.

Sie standen vor dem Popen, der sie traute, und Elisabeths Tränen flossen unentwegt. Sie erlebte die Zeremonie wie durch einen Vorhang. Konstantin steckte ihr einen Ring an den Finger und sie hörte sich „Ja" sagen.

Hinter ihnen standen die Gräfin und Jurgos. Sie hielten die zwei Kränzlein, die durch Bänder verbunden waren, abwechselnd über die Häupter des Brautpaares und schauten sich dabei innig in die Augen.

Konstantin nahm am Ende der Zeremonie Elisabeth in den Arm und küsste sie. „Wach auf, Elisabeth, ich liebe dich. Jetzt bist du meine Frau."

Elisabeth schluckte. Sie fiel erlöst in seine Arme.

Gabriela und Jurgos umarmten sie, und dann gingen Elisabeth und Konstantin langsam aus der kleinen Kirche als Mann und Frau. Sie wurden mit Blumen, Reis und süßen Mandeln beworfen und bejubelt.

Konstantin hielt Elisabeth an beiden Händen von sich weg. „Lass dich anschauen. Bezaubernd siehst du aus in deinem Hochzeitskleid mit dem vielen Schmuck."

Die Musik spielte auf und die Gäste fassten sich an den Händen und fingen an, einen Sirtaki um die Bäume zu tanzen. Jeder wurde erfasst und sie tanzten, bis sie alle atemlos um Gnade baten.

„Jetzt auf zu Gregori", sagte Konstantin.

Zurück fuhren nun Elisabeth und Konstantin mit Daphne und Jussuph in einem Auto und alle anderen hinterher.

Elisabeth blickte auf den Ehering an ihrer Hand, einen breiten Goldreif, wie ein Relief gearbeitet, auf dem eine Lilie und ein Lorbeerzweig matt und glänzend hervorgehoben waren. Darin stand eingraviert:

Elisabeth und Konstantin 4. Mai 2004 – daneben zwei Ringe, ineinander verschlungen.

„O wie schön, Konstantin, ich danke dir."

Konstantin hielt ihr mit dem Finger den Mund zu. „Psst … Elisabeth, du hast mich zum Gott gemacht und so habe ich gehandelt."

Jussuph, der das Auto fuhr, schmunzelte in sich hinein, griff nach Daphnes Hand und sagte laut: „Ein gesegneter Tag heute."

Sie fuhren über die blühende Insel, und als sie in Fira ausstiegen, gingen sie wieder durch ein Spalier von singenden Menschen, die die Braut bewunderten und Konstantin die Hände schüttelten.

Konstantin hatte am Geschäft und an allen Cafés an der Straße entlang

Bars aufbauen lassen, die allen Menschen etwas anboten. Überall wurde getanzt und gesungen, alle feierten mit, es war ein großes Volksfest. Elisabeth und Konstantin wurden geküsst, umarmt, und natürlich wurde überall auf das Glück der Ehe angestoßen. Immer wieder wurde ein Kreis gebildet und getanzt, bis sie endlich erhitzt bei Gregori ankamen. Auch hier war eine große Bar aufgebaut und jeder wurde bewirtet.

Eigentlich war es ein heilloses Durcheinander, doch alles funktionierte. Man trank und lachte und redete durcheinander.

Das Brautpaar ging zu all seinen Gästen, schüttelte immer wieder Hände, wurde beglückwünscht und bestaunt. Kajiobi und Gregori gratulierten und meinten: „Du bist jetzt eine von uns. Santorin hat dich aufgenommen."

„Danke, Kajiobi, danke Gregori."

Nachdem sie gegessen hatten, ging es mit Musik und Tanz wieder die Treppen hinunter. Jeder wollte die Braut anfassen, umarmen, beglückwünschen, und so ging es turbulent weiter, bis sie zum Auto kamen. Unter großem Beifall fuhren sie nach Hause. Als sie ankamen, wurden sie sofort auf die Bühne gezogen und jeder wollte in der Nähe der Braut tanzen.

Elisabeth sah Konstantin umringt von den Frauen des Dorfes. Glücklich dachte sie: Das ist nun mein Mann. Sie entzog sich den Tanzenden und flüchtete ins Haus, setzte die Kappe mit dem Schleier ab, ordnete ihr Haar und netzte mit kaltem Wasser ihr verweintes Gesicht.

Als sie gerade wieder in den Garten gehen wollte, kam Konstantin. „Elisabeth, ich habe dich gesucht. Lass uns einen Moment hier allein sein."

Sie setzten sich in Elisabeths Zimmer, legten die Füße hoch und Konstantin seufzte: „Anstrengend, so eine griechische Hochzeit."

„Ich wusste ja nicht, was da auf mich zukommt. Die wertvollen Geschenke haben mich schon ganz aus der Fassung gebracht, und als Jussuph sagte: ‚Ich vertrete jetzt deinen Vater', überkam mich dieser Schmerz um meine Eltern. Ich hoffe, ich habe dir die Zeremonie dadurch nicht verdorben."

„Elisabeth, ich war genauso berührt wie du und jetzt ist ja alles gut. Wir holen beide tief Luft und werfen uns wieder in die Menge."

Der Tag verging mit Singen, Tanzen, Umarmungen und Gesprächen, und Elisabeths Griechisch wurde auf eine harte Probe gestellt.

Endlich ging der Mond rot leuchtend am Rande des Firmaments auf. Der Himmel war von einem milchigen Blau. Die Menschen hatten genug gefeiert, getrunken und gingen glücklich nach Hause. Langsam kehrte Ruhe ein.

Die kleine Hochzeitsgesellschaft saß im Garten und entspannte sich nach diesem aufregenden Tag. Die Musik klang verhalten von außen in den Garten, der heute einem Blumenmeer glich.

Konstantin sagte zu Clio: „Bitte schließ deine Augen." Er legte ihr eine kostbare Kette, die ihr Großvater gearbeitet hatte, um den Hals. Dann ging er zu Athena und legte auch ihr eine Goldkette mit Diamanten um den Hals. „So bleibt die Arbeit eures Großvaters in der Familie."

Schließlich ging er zu Isabé und Gabriela und schenkte ihnen beiden den gleichen Goldreif, den auch Elisabeth hatte. In jeden Goldreif hatte er innen ihre drei Namen eingraviert: *Elisabeth, Isabé, Gabriela* und darunter: *zur Erinnerung, 4. Mai 2004*.

Jussuph klopfte an sein Glas. „Jetzt, wo etwas Ruhe eingekehrt ist, will ich ein paar Worte sprechen. Elisabeth und Konstantin haben diese Vollmondnacht als ihren Hochzeitstag gewählt, als den Tag ihrer irdischen Vereinigung. Für ihre Seelen ist es auch eine himmlische, und wir, die wir dabei sein durften, haben alle etwas mit dieser Vereinigung, mit Versöhnung zu tun. Wir erleben heute die Magie des Muttermondes, der unsere Herzen öffnet und uns alle wie Kinder versöhnt.

Und jetzt zu euch, Elisabeth und Konstantin: Elisabeth, darf ich dir eine Smaragdkette aus Indien verehren? *Samaragdos* kommt aus dem Griechischen und heißt: die grüne Göttin aller Steine! Möge sie deine Liebe zu Konstantin beschützen. Du hast dich gesucht und Konstantin gefunden. Mein Freund Konstantin hat auf dich gewartet, und so konnte sich euer Schicksal erfüllen."

Jussuph ging zu Konstantin, stellte sich hinter ihn, legte seine Hände auf seine Schultern: „Mein lieber Freund, der Name Elisabeth bedeutet: Gott wohnt in deinem Haus. Was willst du mehr?"

Die Nacht senkte sich langsam herab und der Maimond leuchtete über Santorin.

RUTH MARIA KUBITSCHEK

Foto: privat

„Leben hat kein Alter."

An ihre erste Begegnung mit der griechischen Insel Santorin erinnert sich die Schauspielerin und Autorin Ruth Maria Kubitschek ganz genau: „Ich war auf einem Schiff, drehte einen italienischen Film. Als ich zum ersten Mal Santorin sah, dachte ich, auf den Felsen liegt Schnee. Der Regisseur belehrte mich eines Besseren. ‚Das sind die weißen Häuser von Santorin', erklärte er. Seitdem hat mich diese Insel nicht mehr losgelassen. Ich habe mir zu Hause ein großes Buch mit einem Bild von Santorin aufgestellt und über eine Geschichte nachgedacht."

Augenscheinlich war diese Methode erfolgreich, denn mit *Das Wunder der Liebe* hat Ruth Maria Kubitschek eine zauberhafte Liebesgeschichte in diese traumhafte Kulisse verlegt. Das zentrale Thema in diesem Buch ist „Liebe im Alter". Ruth Maria Kubitschek glaubt an die große Kraft der Liebe – gerade auch, wenn man nicht mehr ganz jung ist. Sie selbst kann mit ihrem Alter gut umgehen. „Älter zu werden, hat für mich am ehesten mit Begriffen wie ‚Weisheit', ‚Loslassen', ‚Freiheit', ‚Bindungslosigkeit' zu tun." Ihre 78 Jahre sieht man der Schauspielerin, die seit dreißig Jahren eine Fernbeziehung mit dem Regisseur Wolfgang Rademann führt, nicht an. Ihr Rezept für eine jugendliche Ausstrahlung und Fitness ist Meditation, Yoga und Qigong, die Arbeit in ihrem Aphrodite-Garten und der Glaube an Elfen, Feen und die Geheimnisse der Sterne und Steine.

In Deutschland wurde Ruth Maria Kubitschek als Schauspielerin besonders populär durch ihre Rollen in *Monaco Franze – Der ewige Stenz*, *Kir Royal* und *Das Erbe der Guldenburgs*. Was lag da näher, als dass sie auch in der Verfilmung ihres Romans, der im Auftrag der ARD auf Santorin gedreht wurde, die Hauptrolle übernahm?

Volker Klüpfel
und
Michael Kobr

MILCHGELD

Plötzlich öffnete sich die Tür zur Scheune. Kluftingers Herz übersprang einen Schlag. Er duckte sich tief in den nächtlichen Schatten. Seine Hand wanderte wie in Trance an den Bund zu seinem Holster. Verdammt, seine Waffe lag im Auto …

Kreuzkruzifix! Kluftinger sprach den Fluch nicht laut aus, er dachte ihn nur. Seine Frau hasste es, wenn er fluchte, und alles, was er mit einem laut ausgesprochenen Fluch bewirkt hätte, wäre einer ihrer Vorträge gewesen. „Ein Kommissar sollte sich in seiner Ausdrucksweise wohl von denen abheben, hinter denen er beruflich her ist", würde sie dann wieder sagen.

Und darauf konnte er ganz gut verzichten, wo seine Laune sowieso schon nicht besonders war. Denn wenn es etwas gab, was er hasste, war es, beim Essen gestört zu werden. Das passierte natürlich vorzugsweise am Montag. Seinem Montag. Seinem Kässpatzen-Montag. Die Kässpatzen waren das Beste am Montag, eigentlich das Einzige, weswegen er ihn überhaupt ertragen konnte. Denn montags war Musikprobe, und das lag ihm dann immer den ganzen Tag über im Magen.

„Gehst du mal hin?", rief seine Frau aus der Küche zu ihm herüber, nachdem das Telefon bereits zum dritten Mal geklingelt hatte. Sie aß heute nicht mit. Diättag, wie sie sagte. In Wirklichkeit wusste er, dass sie jedes Mal, wenn sie für ihn kochte, selbst auch immer ein „bissle was" aus dem Kühlschrank stibitzte. Aber sollte sie ruhig. Er schlug ja auch jedes Mal kräftig zu, obwohl ihm bewusst war, dass ihm so fette Speisen eigentlich nicht bekamen. Er wusste, dass ihn heute Nacht sein Sodbrennen wieder heimsuchen würde, die vielen in Butter gebräunten Zwiebeln würden schon dafür sorgen. Und doch liebte er diese deftige Kost. Besonders die Zwiebeln.

Dass seine Frau ihm jeden Montag seine Spatzen kochte, war das Ergebnis eines Handels, den sie vor vielen Jahren abgeschlossen hatten. Und bis auf den Tag der Beerdigung ihrer Mutter und der Abiturfeier ihres Sohnes hatte sie die letzten – wie viele Jahre waren es eigentlich gewesen? – bestimmt gut fünfzehn Jahre ihren Teil der Vereinbarung immer eingehalten.

Er ging dafür jeden Montag zur Musikprobe. Immer wieder hatten sie ihn bekniet, doch mitzumachen, weil sonst niemand so ein Taktgefühl für die große Trommel besaß wie er, weil sonst niemand stattlich genug war, dieses mächtige Instrument zu tragen – weil sonst niemand die Großtrommel spielen wollte, hätten sie ruhig ehrlich sagen können, dachte er manchmal. Auch seine Frau hatte ihn immer wieder darum gebeten. Sie wollte, dass er – und damit auch sie – am Dorfleben teilnahm. „Nun mach halt einfach mal mit, wenn du erst dabei bist, macht es dir bestimmt Spaß, und wenn sie dich doch so dringend brauchen ...“ Irgendwann hatte er dann leichtfertig Ja gesagt. Irgendwann sagte er immer Ja. Das wusste sie.

Es klingelte zum vierten Mal. Mit einem Ächzen erhob er sich und ging in den Hausgang. Seine Hose zwickte im Schritt. Lederhosen! Wer hat nur diese saudummen Lederhosen erfunden, dachte er sich bei jeder Bewegung. Aber es half nichts. Heute war große Auftrittsprobe, und das hieß: in voller Montur. In seinem Fall war das die Kniebundhose mit den kratzigen Wollstrümpfen, das weiße Stehkragenhemd, das ihm andauernd die Kehle abschnürte und sein Gesicht noch röter aussehen ließ, und die rote Weste.

Es klingelte zum fünften Mal. „Ja, Kluftinger?“, fragte er in den Hörer. Dass es ein dienstliches Gespräch war, wunderte ihn. Die Einsatzleitung rief an. Kluftinger schwante Böses. Früher, als junger Polizist, hatte er öfter mal nachts rausgemusst. Jetzt ließ er sich immer Wochentage zuteilen, an denen erfahrungsgemäß die Kriminalrate gegen null tendierte: montags beispielsweise schienen nicht nur Pfarrer und Friseure ihren freien Tag zu haben, sondern auch Gesetzesbrecher.

Die Stimme der jungen Beamtin am anderen Ende war erfüllt von professioneller Ernsthaftigkeit und Betriebsamkeit. „... Tötungsdelikt ... kriminaltechnische Untersuchung ... vor Ort ... Staatsanwaltschaft.“ Als es Kluftinger gelungen war, seine Aufmerksamkeit vom Topfklappern aus der Küche weg und auf das Gespräch zu lenken, hatte er das Wichtigste bereits verpasst. Die Dame am anderen Ende redete viel zu schnell. Sie war aus Norddeutschland.

Er bat sie, sie möge alles noch einmal wiederholen, diesmal verstand er wenigstens die Adresse, zu der er kommen sollte. Er konnte es kaum glauben: die Stimme am anderen Ende nannte seinen eigenen Wohnort – Altusried.

„Kreuz…“, verbiss er sich einen weiteren Fluch. Nicht einen Bissen hatte er angerührt und jetzt das. Ein Toter, so viel hatte er mitbekommen. Das konnte ja heiter werden. Viel Zeit blieb ihm nicht mehr. Er konnte sich entweder noch schnell umziehen oder sich ein paar Kässpatzen einverleiben. Kluftinger setzte sich hin und begann zu essen.

ALS ER das Haus des Toten betrat, verwünschte er sich dafür, dass er sich fürs Essen entschieden hatte. Es war lange her, dass er die letzte Leiche zu Gesicht bekommen hatte. Jetzt kamen die Erinnerungen wieder hoch – und die Spätzle, die er gerade noch so hastig verschlungen hatte, wollten dasselbe tun. Ihm war eigentlich schon immer schlecht geworden, wenn er einen Toten gesehen hatte. Das war bereits als Kind losgegangen, als ihn sein Vater, der Dorfpolizist, einmal mitgenommen hatte, um ihm seine erste Leiche zu zeigen. Sein Vater hatte darin wohl so etwas wie einen Initiationsritus gesehen, einen wichtigen Schritt auf dem Weg zum Mann. Kluftinger war damals zwölf Jahre alt gewesen.

Woran sich Kluftinger noch genau erinnern konnte, war der Geruch. Gerüche konnte er sich besser merken als Gesichter oder Telefonnummern. Es war ein leicht süßlicher, feuchter Geruch, kein sehr starker, aber ihm hatte er damals den Atem geraubt.

Seitdem rochen für Kluftinger alle Toten gleich. Auch heute. Dabei hatte er ihn noch gar nicht gesehen. An der Haustür kam ihm einer seiner Kollegen entgegen. „Also ich meine ... ich war ...", sagte Eugen Strobl. Er war sehr aufgeregt, schwitzte und schüttelte den Kopf: „Schau's dir selbst an." Seine Hand deutete auf eine verglaste Tür.

Kluftinger ging langsam in die ihm gewiesene Richtung. Seine Übelkeit meldete sich wieder. Mit jedem Schritt schien der Geruch intensiver zu werden.

„Na, da haben Sie sich für den Anlass ja extra fein gemacht." Dr. Martin Langhammer betrachtete abschätzig Kluftingers Aufzug.

Wer hat den denn hier reingelassen, verfluchte Kluftinger innerlich seine Kollegen.

„Die Beamten haben mich gleich geholt, ich war im Garten", beantwortete Langhammer den fragenden Blick Kluftingers. Der Kommissar erinnerte sich: Langhammer wohnte gleich nebenan, und Kluftinger musste schon einmal – auf Drängen seiner Frau – ein Abendessen im luxuriösen Bungalow der Langhammers über sich ergehen lassen.

Na prima, heute kommt ja mal wieder alles zusammen, dachte sich der Kommissar, sagte ein flüchtiges „Danke" in Langhammers Richtung und setzte dann seinen Gang entschiedener fort. Vor Langhammer wollte er sich keine Blöße geben.

Noch bevor er das Zimmer mit der Leiche betreten konnte, kam ihm ein weiterer Kollege entgegen. Richard Maier war groß und schlank. Sein Gesicht war blass, die dunkelbraunen Haare wie immer an den Kopf geklatscht. Er trug ein altes Cordsakko, das lederne Ellbogenschoner aufgenäht hatte. In der Hand hielt er ein Diktiergerät.

„Abend", sagte Kluftinger kurz. „Hast du schon alles fürs Protokoll aufgenommen?"

„Gerade dabei." Maier spulte das Diktiergerät zurück, das er überall dabeihatte, und drückte auf Wiedergabe. Aus dem kleinen Lautsprecher rauschte sein bisheriger Bericht. „Die Situation stellt sich uns wie folgt dar: Das Opfer, männlich, befindet sich in Rückenlage vor einer Couch. Punkt. Nach Angabe des alarmierten Hausarztes seien die Würge- und Strangulationsmale aller Voraussicht nach als Todesursache anzusehen. Punkt. Nach der Lage der Leichenflecken und der bereits stark verminderten Körpertemperatur zu urteilen sei der Tod vor mindestens zwölf Stunden ..." Maier unterbrach das Band und sagte: „Eine Schätzung von Langhammer, er war einer der Ersten bei der Leiche." Er ließ das Band weiterlaufen: „... eingetreten, das wäre gegen 8.30 Uhr. Punkt."

„Wer ist der Tote?"

„Sein Name ist Philip Wachter. Steht jedenfalls auf der Klingel." Kluftinger wollte schon weitergehen, da schob Maier noch nach: „*Doktor* Wachter übrigens."

„Ich geh dann mal rein", sagte Kluftinger zögerlich.

Kluftingers Kollegen wussten, dass er keine Toten sehen konnte. Früher hatte er gedacht, er werde im Laufe der Zeit sein Problem in den Griff bekommen, aber dem war keineswegs so. Tote gehörten hier nicht gerade zur Routinearbeit. Wenn sie erst kurz davor gestorben waren, etwa bei einem Verkehrsunfall, ging es noch. Aber heute Abend hätte er schwören können, dass es bereits im ganzen Haus süßlich roch. Er ging durch die Tür ins Wohnzimmer.

Was sich nun vollzog, war so etwas wie ein Ritual. Das half Kluftinger nicht nur dabei, seine Übelkeit zu kontrollieren, sollte ein Toter mit von der Partie sein. Es gab ihm auch das sichere Gefühl, nichts zu übersehen. Die Beamten im Wohnzimmer sprachen ihn nicht an. Zunächst stand Kluftinger einfach nur da. Ließ den Ort auf sich wirken. Ließ seinen Blick schweifen. Die Wohnung war geschmackvoll eingerichtet, auch wenn sie sehr teuer aussah. Meist war das ein Widerspruch, fand Kluftinger, aber in diesem Fall ... Sein Blick wanderte von einem wuchtigen antiken Esstisch, auf dem sich eine Kaffeetasse, eine Zeitung und ein Teller mit einer halben Marmeladensemmel befanden, über das Bücherregal, vor dem einige der Bücher kreuz und quer auf dem Boden lagen, hin zur ledernen Couch.

Tote kamen bei seiner Bestandsaufnahme immer zuletzt. Die Leiche lag auf dem Boden vor der Couch, eine Hand war nach hinten ausgestreckt. Kluftingers Blick blieb am Hals des Toten haften. Dunkelblaue Striemen zogen sich darüber. Kluftinger musste schlucken. Seine Übelkeit meldete sich wieder. Ein Mord. In seiner Gemeinde. An seinem Abend. Am liebsten hätte er geflucht.

Aber er war noch nicht fertig. Nachdem er alles begutachtet hatte, senkte er den Blick. Mit den Fingern massierte er seine Nasenwurzel. Die roten Äderchen auf seinen Wangen traten jetzt deutlich hervor. Kluftinger versuchte, sich den Tatort einzuprägen. Sein Gedächtnis war gut, manche behaupteten sogar, es sei fotografisch. Eines der wenigen Dinge, auf die er bei sich selbst stolz war.

Etwas störte ihn. Gut, es hatte einen Kampf gegeben. Bücher lagen am Boden. Zeitschriften neben dem Couchtisch. Aber der Kampf hatte sich hier abgespielt, zwischen Bücherregal und Couch, da waren die Spuren eindeutig. Und doch ... jetzt wusste er es: die Vorhänge auf der anderen Seite des Zimmers, vor der großen Balkon-Schiebetür, fehlten. Sie lagen auf einem Tisch, der vor der Schiebetür stand. Sie sahen nagelneu aus, wie gerade erst ausgepackt. Er drehte sich um.

Maier stand bereits hinter ihm. Er hatte darauf gewartet, dass sein Chef sich wieder bewegte, vorher hätte er sich nicht getraut, ihn anzusprechen. Er schwenkte eine durchsichtige Plastiktüte vor Kluftingers Gesicht. „Das war um seinen Hals gewickelt“, sagte er mit einem Kopfnicken in Richtung der Leiche.

Kluftingers Magen rebellierte wieder. Es war die Vorhangschnur. So etwas in seiner 7000-Seelen-Gemeinde Altusried? Er zwang sich, noch ein paar Schritte auf die Leiche zuzugehen. „Wer hat ihn gefunden?“

„Ein Kollege aus dem Milchwerk, wir haben ...“

„Ist er noch da?“, unterbrach Kluftinger seinen Kollegen.

„Nein, der war völlig fertig. Ich habe seine erste Aussage aufgezeichnet. Willst du mal hören?“

Der Kommissar atmete lautstark. Was Maier bloß immer mit seinem Diktiergerät hatte. „Erzähl's mir einfach.“

„Er hat sich den Schlüssel beim Nachbarn geholt, weil Wachter den ganzen Tag nicht zur Arbeit gekommen war. Er ist ein hohes Tier im Milchwerk. Lebensmittel ... na ... Moment!“ Maier spulte auf seinem Diktiergerät herum. „Warte, ich hab's.“ Er drückte auf Wiedergabe. „Lebensmitteldesigner“ war die Bezeichnung, die er suchte.

„Was soll denn das sein?“, fragte der Kommissar und ging dabei in die Hocke, um sich die Leiche genauer anzusehen. Er war vielleicht noch einen Meter von ihr entfernt, näher wollte er ihr auf keinen Fall kommen.

„Na ja, also das ist einer, also der macht ... das ist schwer zu erklären.“

Kluftinger hätte beinahe gelacht. Maier konnte einfach nicht zugeben, wenn er etwas nicht wusste. „Ich will ihn gleich morgen früh im Büro sehen.“

„Den Bartsch? Habe ich schon erledigt. Er ist für morgen früh um neun bestellt“, antwortete Maier ein wenig stolz.

„Hat er Verwandte?“

„Bartsch?“

Kluftingers Wangen fingen an zu leuchten. Er war schon viel zu lange hier. „Nein, der Dings natürlich, der Tote.“

„Ach ja, sicher. Das wollte Strobl klären.“

Kluftinger hatte genug gesehen. Er ging nach draußen. Strobl lief ihm entgegen. „Und? Hat er Verwandte?“

„Also Dr. Langhammer hat gemeint, er lebt allein. Er hat aber zwei Töchter, eine wohl im Ausland. Seine Frau lebt irgendwo in Südamerika. Seine Exfrau, meine ich. Wir checken das.“

Checken. Lebensmitteldesigner. So ein Schmarrn. Die sollten sich lieber mal schleunigst ans Telefon klemmen. „Wir sehen uns morgen“, sagte Kluftinger und ging auf seinen alten Passat Variant zu. Als er an den „Grünen“ vorbeikam, wie seine Kollegen die uniformierten Polizisten nannten, bemerkte er ein Grinsen auf ihren Gesichtern. „Ufftata-ufftata“, ahmte einer eine Blaskapelle nach. Er hätte sich doch umziehen sollen.

Als er nach Hause kam, sah er einen Zettel neben dem Telefon liegen. *Musikkollegen sauer. Habe gesagt, du musstest dienstlich weg. Morgen Paul anrufen.* Kluftinger seufzte. Als ob er keine anderen Sorgen hätte.

„Sapprament.“ Kluftinger fiel ein, dass er die Trommel noch im Auto liegen hatte. Wurscht, dachte er sich, kann ich morgen auch noch rausräumen.

Er ging ins Wohnzimmer. Seine Frau schlief vor dem Fernseher. Das war ihm gerade recht. Er wollte heute keine Fragen mehr beantworten, er wollte nur noch ins Bett. Just als er sich hingelegt hatte, kam auch seine Frau ins Schlafzimmer. Kluftinger tat, als schliefe er bereits.

Aber er schlief diese Nacht sehr schlecht. Und diesmal lag es nicht an den Kässpatzen. Sein Hirn wollte nicht zur Ruhe kommen. Ein Mord. In Altusried. Soviel er wusste, hatte es so etwas noch nie gegeben. Zeitung, Lokalfernsehen, vielleicht sogar richtiges Fernsehen – alle würden sich um die Geschichte reißen. Das schöne friedliche Allgäu und ein kaltblütiger Mord, der Gegensatz würde die Leute beschäftigen. Gar nicht auszudenken, was das für einen Rattenschwanz nach sich ziehen könnte.

Als Kluftinger am nächsten Morgen zur Arbeit fuhr, steckte ihm die kurze Nacht noch in den Gliedern. Es regnete, was für diesen Sommer nicht ungewöhnlich war. Immer schien sich irgendwas zusammenzubrauen. Nach fünfzehn Minuten Fahrt bog er in den Parkplatz der Kemptener Inspektion.

Es waren erst wenige Autos zu sehen. Kluftinger war früh dran. Wenn er schon nicht mehr schlafen konnte, wollte er sich wenigstens einmal im Büro ein paar Gedanken um den Fall machen. Auf gar keinen Fall hätte er heute Morgen die Fragen seiner Frau ertragen. Sie hätten ihm nur vor Augen geführt, dass es bis zu den Antworten noch ein mühsamer und langer Weg war. Als er seinen Kombi abschloss, bemerkte er, dass er hinten noch immer die Trommel liegen hatte.

In seinem Büro räumte er zunächst seinen Schreibtisch auf. Anschließend kochte er sich einen Kaffee. Viertel nach sieben. Es würde noch eine Dreiviertelstunde dauern, bis die ganze Truppe komplett war. Er setzte sich an seinen Schreibtisch und starrte an die Decke. Wo sollte er anfangen?

„Gütscher Gott, hab ich mich erschrocken!“ Frau Henske, die Sekretärin, machte erst ein überraschtes, dann ein besorgtes Gesicht. „Dass Sie schon so früh da sind ...“, sagte sie und legte die Post auf seinen Schreibtisch.

„Ich habe heute viel zu tun“, entgegnete Kluftinger.

„Gibt’s was Besonderes?“

Kluftinger sah sie an. Er verstand nicht, warum die Kollegen so hinter ihr her waren. Sicher: Mit ihren oft recht kurz gehaltenen Röcken und den meist engen Oberteilen war sie nicht unattraktiv. Aber als er sie das erste Mal gesehen hatte, war ihm das Wort „Tussi“ kurz in den Sinn gekommen. Doch schnell gewann sie ihn durch ihre gewissenhafte Arbeit und ihre freundliche, sympathische Art für sich. „Ist bei uns nicht jeder Tag was Besonderes?“, entgegnete er jetzt und blätterte durch den Briefstapel, den sie ihm gegeben hatte.

Sie merkte, dass er nicht reden wollte, und ging aus dem Zimmer. Kluftinger legte die Post wieder weg.

Die Tür ging auf und Strobl kam herein. Er sah ebenfalls mitgenommen aus. Seine hageren Wangen schienen noch mehr eingefallen, seine Augenringe noch tiefer als sonst. Er streifte sich die Regenjacke ab und hängte sie zusammen mit seiner Schirmmütze an den Kleiderständer.

„Auch schlecht geschlafen?“ Kluftinger nickte ihm mit einem Lächeln zu. „Wie lange wart ihr denn noch gestern, du und der Richard?“

„Wir sind eigentlich gleich nach dir gegangen. Die Spurensicherung war auch fertig.“ Strobl ging zur Kaffeemaschine und goss sich eine Tasse ein.

Hefele kam herein. „Morg’n. Ganz schöner Scheiß, oder?“ Die Augen des kleinen, rundlichen Mannes schauten heute nicht ganz so verschmitzt aus den Lachfältchen wie sonst. Dennoch ging von dem Mann mit dem buschigen schwarzen Schnauzer und seinen krausen Locken selbst heute eine unterschwellige Heiterkeit aus.

„Das wird ganz schön einschlagen. Mit Pauken und Trompeten ...“ Strobl sah Hefele erwartungsfroh an. Dieser hatte verstanden. Sie prusteten los.

Kluftinger war die Spitze nicht entgangen. „Schon gut, ich hatte wirklich andere Sorgen, als meine Trommel aufzuräumen.“

„Macht ja nichts“, sagte Hefele, „irgendeiner muss hier ja den Takt angeben.“ Wieder brachen er und Strobl in schallendes Gelächter aus.

Maier kam ins Büro. „Habe ich etwas verpasst? Ach übrigens – ich finde, wir sollten den Fall jetzt gleich noch mal *durch*-pauken.“ Er begann zu lachen, versetzte Hefele einen Rippenstoß und deutete mit dem Kopf in Richtung Parkplatz. Keiner lachte mit. Kluftinger blickte Maier scharf in die Augen und holte tief Luft. „Ich wollte ... ich dachte nur, wegen der Stimmung, also ... ach ja, der Bartsch steht schon draußen.“

„Bartsch?“, fragte Kluftinger. „Der, der den Toten gefunden hat? Ich denke, der kommt erst um neun.“

„Ja, ich ...“ Maier wurde rot. „Kann sein, dass ich ihn auch schon um acht bestellt habe“, sagte er kleinlaut.

Der Kommissar dachte, auch schon wurscht, und sagte: „Soll reinkommen.“

BARTSCH war Kluftinger auf den ersten Blick unsympathisch. Er trug eine rosa Krawatte! Kluftinger bremste sich selbst. Eine vorgefertigte Meinung vernebelt die Sinne, hatte ihn sein Vater immer gewarnt. Und in dem Punkt hatte er sogar Recht.

Aber bei Bartsch fiel es ihm schwer, neutral zu bleiben. Der Mann trug einen dunkelgrauen Anzug und ein hellblaues Hemd zu seiner schweinchenfarbenen Krawatte. Von seinem dichten pechschwarzen Haar hatte er sich ein paar Strähnen ins Gesicht gezupft. Er roch nach Parfum und gab Strobl die Hand: „Wir haben uns ja gestern schon gesehen.“ Maier nickte er kurz zu. Dann streckte er eine Siegelring-Hand in Richtung Kluftinger. „Bartsch. Robert Bartsch. Ich habe die ... ich habe ihn gefunden.“

„Kluftinger. Ich weiß. Bitt'schön.“ Kluftinger deutete auf den Stuhl vor seinem Schreibtisch. Obwohl eine kleine Sitzgruppe im Zimmer stand, führte er Vernehmungen meist am Schreibtisch durch. Nicht nur weil er sich so bequemer Notizen machen konnte. Er hatte das Gefühl, die Menschen, die ihm gegenübersaßen, waren sich so seiner Autorität besser bewusst. Und sahen sich vielleicht manchmal gezwungen, Sachen zu sagen, die sie in der Sitzgruppe nicht gesagt hätten.

Bartsch nahm dem Kommissar gegenüber Platz, und Strobl, Maier und Hefele ließen sich in die Sessel fallen. Da die weitere Aufgabenverteilung noch nicht besprochen war, konnten sie ebenso gut hierbleiben.

„Wohnen Sie in Krugzell?“, wollte Kluftinger wissen. Krugzell war der Ortsteil von Altusried, in dem die Molkerei stand.

„Nein. Ich habe ein Haus in Immenstadt. Jeden Tag knapp vierzig Kilometer. Aber ich arbeite eben gerne in Krugzell.“

Er erzählt von sich aus, das ist gut, dachte sich der Kommissar. Bartsch' Stimme klang angenehm tief und weich. Er wirkte sehr offen und freundlich. Vielleicht war er doch kein so übler Kerl. „Wieso haben Sie Wachter an diesem Abend besucht?“

„Na ja, er war nicht zur Arbeit gekommen. Das war ziemlich ungewöhnlich. Die Herren von der Werbeagentur waren da, um weitere Spots zu besprechen. Für unsere neue Käselinie. Ich habe dann versucht, ihn anzurufen. Erst auf dem Handy, dann privat. Aber er meldete sich nicht.“ Bartsch sah den Kommissar an. Kluftinger schwieg. „Philip galt als sehr gewissenhaft, fast schon pedantisch. Man hat schnell so einen Ruf weg, wenn man in der Hierarchie weit oben steht und nicht alles durchgehen lässt.“

„Stand Wachter über Ihnen?“

„Auf dem Papier – schon. Aber wir haben uns eher als Team gesehen, uns gut ergänzt. Ich bin etwas lockerer, Philip hat manchmal etwas verkrampft gewirkt. Er konnte aber auch ganz schön abgehen, Sie verstehen? Vor allem wenn irgendeine Frau im Spiel war.“ Bartsch grinste kurz. Der ist ja schon wieder ganz munter, dachte Kluftinger. Als hätte Bartsch seine Gedanken erraten, wurden seine Züge schlagartig wieder ernst. „Gott, es ist furchtbar.“

„Das ist es. Was ist passiert, als Sie angekommen sind?“

„Ich habe geklingelt. Er hat nicht aufgemacht. Aber sein Jaguar stand vor der Garage. Da fiel mir auf, dass die Tür nicht ganz zu war. Und da lag er dann ...“

„Haben Sie gleich die Polizei gerufen?“

„Nein, ich ging erst mal zu ihm hin. Ich ... ich habe ja nicht jeden Tag einen Toten vor mir, aber so wie er aussah, da wusste ich Bescheid. Seine Augen waren geöffnet, irgendwie herausgequollen. Auch sein Mund stand halb offen.“ Bartsch wurde unruhig, nestelte an seinem Krawattenknoten, Schweißperlen hatten sich auf seiner Oberlippe gebildet. „Und am Hals ... also am Hals waren diese furchtbaren Striemen. Da bin ich rausgerannt, frische Luft atmen. Mir war speiübel geworden.“

Beim Wort Übelkeit blickte Kluftinger zu seinen Kollegen. „Und weiter?“

„Ich habe die Polizei gerufen, den Rest kennen Sie ja.“

„Haben Sie irgendwas bemerkt? In der Wohnung, im Haus?“

„Nein, nichts. Ich bin ja gleich wieder hinausgerannt.“

„Haben Sie die ganze Zeit vor der Tür gestanden? Ich meine, bis meine Kollegen kamen?“

„Ja, die ganze Zeit. Man hat mir gesagt, ich soll mich nicht wegbewegen und nichts anfassen.“

Kluftinger war zufrieden mit den Antworten. Er lehnte sich in seinem Schreibtischsessel zurück und fragte jetzt, wie sich Bartsch und Wachter kennen gelernt hatten.

„Das muss so dreizehn, vierzehn Jahre her sein. Ich war schon in der Firma, als Philip, also Herr Wachter, zu uns kam.“

Dieser Punkt ließ Kluftinger aufhorchen. „Und trotzdem wurde er Ihr Vorgesetzter?“

„Vorgesetzter! Wie das klingt. Wir waren ein Team. Ja, formal war Philip mein Vorgesetzter. Aber wir waren wirklich ein Team.“ Kluftinger entging nicht, wie heftig Bartsch auf diese Frage reagierte.

„Waren Sie befreundet?“

„Also, wir waren nicht gerade Busenfreunde. Aber wir kamen sehr gut miteinander aus. Wenn man im Führungsteam zusammen arbeitet, lernt man sich zwangsläufig näher kennen.“

„Hatten Sie auch privat Kontakt?“

„Wir sind einmal die Woche zusammen zum Golfen gefahren. Nach Hellengerst. Wir sind da beide im Klub.“

„Hatte Herr Wachter beruflich Feinde?“

Bartsch antwortete schnell: „Nein, also wirklich nicht. Klar gab's mal die ein oder andere Auseinandersetzung. Neue Kollegen haben auch schon mal versucht, an seinem Stuhl zu sägen, aber da war nichts zu machen. Er war ein geschätzter Kollege. Und hatte fachlich was drauf.“

Kluftinger war irritiert. „Wieso hat er dann hier gearbeitet? Wenn er so gut war, hätte er doch sicher auch woanders Chancen gehabt, oder?“

„Philip wollte einfach nicht weg, dem hat es hier viel zu gut gefallen. Im Allgäu. Er hat immer gesagt, dass es eigentlich unbezahlbar sei, hier zu leben.“

Jetzt wollte Kluftinger es wissen: „Haben Sie sich nie Hoffnungen auf seinen Job gemacht?“

„Also jetzt reicht's aber!“, entgegnete Bartsch wütend. „Ich lasse mich doch hier nicht so hinstellen. Ich –“

„Wie steht es denn mit Herrn Wachters Familie?“, unterbrach der Kommissar seinen Wutanfall.

Bartsch beruhigte sich augenblicklich. „Da hat er nie viel erzählt. Er hat zwei Töchter, eine davon im Ausland. Mit der hat er wohl noch Kontakt ...

gehabt. Zu seiner anderen Tochter und zu seiner Exfrau glaube ich nicht. Ich denke, die eine Tochter war mit seinem Lebenswandel nicht ganz einverstanden. Mit den vielen Frauen, meine ich."

Kluftinger hatte noch irgendetwas fragen wollen, aber es fiel ihm nicht mehr ein. „Danke, das reicht mir fürs Erste. Aber halten Sie sich bitte bereit. Und wenn Ihnen was einfällt, rufen Sie an", sagte der Kommissar, obwohl er sich sicher war, dass Bartsch ihn nicht anrufen würde.

Mit einem Kopfnicken in die Runde verließ Bartsch das Büro. Als Kluftinger das Gespräch beendet hatte, gönnte er sich und seinen Kollegen eine kleine Pause. Er machte sich einen Pfefferminztee, einen aus dem Teebeutel, der ihn, so hatte er einmal in einer ruhigen Minute ausgerechnet, lediglich 2,5 Cent kostete, plus Wasserkosten und Strom, was hier ohnehin Vater Staat übernahm. Seine Frau hatte für derlei Rechenexempel kein Verständnis. Er aber konnte sich freuen wie ein Kind, wenn etwas wirklich günstig war. Seine schwäbische Abstammung und die solide kleinbürgerliche Erziehung ließen ihn immer wieder diese kleinen Glücksmomente spüren.

Mit seiner Tasse in der Hand ging er zu seiner Sekretärin, die zwar Sandra hieß, die alle aber nur Sandy nannten. Sandy Henske kam aus einem kleinen Ort nahe Dresden. Kluftinger bat sie, ihn über die Ankunft der beiden Töchter zu unterrichten, und erfuhr, dass die ältere der beiden noch heute aus München ankomme und sich dann zuerst um die Beerdigung kümmern wolle, dann würde sie sich bei der Polizei in Kempten melden.

Die jüngere Tochter lebe in Italien und es sei nicht einfach gewesen, sie zu erreichen. „Sie ist nämlich Künstlerin und daher viel unterwegs, um zu malen", sagte Sandy stolz. Sie habe einen älteren Herrn am Telefon gehabt, der nur Italienisch sprach, und diesem habe sie – der Volkshochschule sei Dank – erklärt, dass Signorina Wachter bei der Kemptener Polizei zurückrufen solle, was aber noch nicht geschehen sei.

Der Kommissar fragte, ob sie auch die Adresse von Wachters Frau herausbekommen könnte. Aber da machte sie Kluftinger keine Hoffnungen. „Irgendwo in Mittel- oder Südamerika" war als Ortsangabe zu ungenau, und man wusste nicht einmal sicher ihren derzeitigen Namen.

Kluftinger war bereits wieder in sein Büro zurückgegangen, als er noch einmal kehrtmachte. Bartsch hatte doch ganz deutlich darauf hingewiesen, dass die Polizei seiner Meinung nach bei Wachters Freundinnen ansetzen solle. Warum? Wollte er den Beamten helfen oder sie in eine Sackgasse lenken?

„Um halb zehn Konferenz im Besprechungszimmer", sagte er abwesend. Er hatte selbst das Gefühl, dass er etwas neben sich stand, was er auf den mangelnden Schlaf letzte Nacht schob. Er fühlte sich noch nicht bei vollem kriminalistischem Verstand. Er ging in sein Büro und wartete auf die kleine Konferenz, die er anberaumt hatte, auch wenn er fand, dies sei ein zu wichtiges Wort für etwas ganz Alltägliches.

Gegen neun Uhr vierzig hatte sich auch der letzte Kollege im Konferenzraum eingefunden, und an einem Flipchart – ein Wort, über das Kluftinger nur lachen konnte, sagte er doch immer „die Tafel mit Papier drauf" – sammelten die Beamten, was sie bisher über den Fall wussten.

Philip Wachter, Lebensmitteldesigner, war also mit einer Vorhangschnur erdrosselt worden.

Die Gerichtsmedizin sagte, dass Wachter den Erstickungstod durch Strangulation gestorben sei, zwischen acht und zehn Uhr morgens. Am Hinterkopf finde sich eine Verletzung durch einen stumpfen Gegenstand, die aber nicht zum Tode geführt haben könne.

Der Kollege von der Spurensicherung gab an, dass sich an der „Tatwaffe" keine Fingerabdrücke finden ließen, eine Vorhangschnur eigne sich dafür nicht, ansonsten gebe es natürlich Wachters Abdrücke und die von mehreren anderen Personen, die sich jedoch nicht eindeutig zuordnen ließen. Es habe in der Wohnung keinerlei Einbruchsspuren gegeben, das Opfer habe den oder die Täter also offenbar freiwillig in seine Wohnung gelassen, wenn sie nicht einen Schlüssel besaßen. „Soweit man dies sagen kann, hatte es der Täter nicht auf Wertsachen abgesehen. In der Wohnung lagen neben Bargeld auch zwei teure Armbanduhren, die Vitrine mit den antiken Taschenuhren war unversehrt", schloss der Beamte seinen Bericht.

Kluftinger verteilte kurz die Aufgaben, wies noch einmal eindringlich darauf hin, dass der Presse gegenüber zumindest für diesen Tag noch Stillschweigen herrschen solle, und wollte seine Kollegen gerade in den weiteren Arbeitstag entlassen, als ihr oberster Vorgesetzter, der Leiter der Polizeidirektion Kempten-Oberallgäu Dietmar Lodenbacher, ohne Anklopfen den Raum betrat. Lodenbacher, ein großer, hagerer Mann, immer gut gebräunt und mit perfekt sitzendem weißem Haar, war aus Niederbayern. Aus Passau, sagte er, tatsächlich aber aus Hauzenbergersöll, ein Ortsname, der bei Kluftinger ein kleines Grinsen auslöste. Lodenbacher war nun seit zwei Jahren hier im Allgäu. Man hatte das Gefühl, dass er weder mit der hiesigen Mentalität noch mit der hiesigen Sprache noch mit den hiesigen Kollegen besonders warm geworden war. Und dieses Gefühl hatte auch er selbst.

Lodenbacher grüßte kurz. Er habe gerade „g'hert", was gestern in Altusried „bossiert" sei. Das sei eine „ganz heiße G'schicht", für die es jede

Menge „Fingerschbidsngfui“ brauche. Dann machte er Kluftinger klar, dass er schnell „hiab- und schdichfesde“ Ergebnisse erwarte. Außerdem wolle er über alle Fortschritte sofort informiert werden. So schnell, wie er gekommen war, war der Vorgesetzte wieder verschwunden und die kleine niederbayerische Dialekteinlage war vorbei.

„So, jeds wissmas, meine Herren, und schdrengans eana bloos o!“, ahmte Hefele den Chef zur allgemeinen Erheiterung nach, bevor Kluftinger die Konferenz endgültig beendete.

Für den weiteren Vormittag hatte sich der Kommissar vorgenommen, den Betrieb zu besuchen, in dem Wachter gearbeitet hatte. Er wies Frau Henske an, seinen Besuch in Krugzell anzukündigen, und ließ sich von der Fahrbereitschaft einen Dienstwagen geben. Der leere Tank seines Passats zwang ihn dazu. Der Regen hatte einer angenehmen Sommersonne Platz gemacht. Am Parkplatz musste er feststellen, dass wieder einmal nur der „Blitzkombi“ zur Verfügung stand, ein Kleinbus mit verdunkelten Scheiben und einer Radarkamera an Bord. Beim Milchwerk angekommen, ließ er sich den Spaß nicht nehmen, das Auto parallel zur Straße abzustellen. Es war wie immer: die Autos bremsten abrupt ab, als sie den „Blitzkombi“ sahen. „Verkehrserziehung“ nannte er das.

Er ging über den Betriebshof, auf dem reges Treiben herrschte: Zwei „Milchautos“, eigentlich Tanklastzüge für Lebensmittel – aber für Kluftinger wie für jeden Allgäuer waren es einfach „Milchautos“ –, wurden gerade leer gepumpt und ein alter Traktor ohne Verdeck mit mehreren Milchkannen auf einem kleinen Anhänger fuhr auf das Gelände. Offenbar sparte sich der Besitzer, ein etwa Siebzigjähriger, das Geld für das „Milchauto“. Ein schönes Bild, dachte sich Kluftinger, der nicht wusste, dass das Milchwerk so seine Probleme mit dieser Art Bauern hatte und vor allem mit den Keimzahlen in ihrer Milch.

An der Pforte wies man Kluftinger den Weg ins Büro des Senior-Firmenchefs. Er ging einen Treppenaufgang nach oben, dessen Wände voll waren mit Werbetafeln für die Käseprodukte der Firma. Es waren Plakate mit jungen, dynamischen, durchtrainierten und braungebrannten Menschen, die zur Brotzeit Fitnesskäse aßen. Im Hintergrund sah man Kletterfelsen, Mountainbikes, Kanus, Snowboards oder Inlineskates und stets die Berge des Allgäus. Besonders ins Auge stach Kluftinger ein Poster mit einer südländisch aussehenden Surferin im knappen Bikini, die ein Käsebrot aß. „Priml“, sagte er halblaut, seine übliche Verballhornung des Wortes „prima“, das seiner Meinung nach den ironischen Sinn der Vokabel noch besser hervortreten ließ. „Früher hat man mit Kühen und Älplern für Käse geworben, und jetzt mit nackerte Weiber. Na dann Mahlzeit ..." Kluftinger fiel noch auf, dass die modernen Werbeplakate nicht recht zum etwas abgestandenen Siebzigerjahre-Charme des mit dunkelgrünem Teppich und orangebraunen Fliesen gestalteten Treppenhauses passten. Dann klopfte er an die Tür des Seniorchefs.

An einem großen, ehrwürdigen Eiche-Rustikal-Chefschreibtisch saß ein Mann Mitte sechzig, also etwa zehn Jahre älter als Kluftinger selbst, klein, mit einer dicken Hornbrille, hinter der helle, wache und sympathische Augen hervorblinzelten. Er trug einen hellgrauen, etwas zu großen Anzug, der ihn noch kleiner erscheinen ließ. Der Mann liebt seinen Käse wirklich, dachte Kluftinger: Hinter ihm waren auf einer Theke an der Wand Käseschachteln ausgestellt, allerdings solche der „klassischen" Produkte der Käserei, nicht für die „Lean-Line", die die Plakate im Treppenhaus bewarben. Camembertschachteln standen einträchtig neben einem Emmentalerlaib aus Kunststoff und einer natürlich leeren Romadurverpackung. „Karl Schönmanger, guten Tag", sagte der Mann und lächelte freundlich.

Kluftinger nahm mit ihm in der schwarzen Ledergarnitur Platz, lehnte Kaffee dankend ab und begann das Gespräch, nachdem der Chef seiner offenbar aufrichtig gemeinten Bestürzung über das Geschehene Ausdruck verliehen hatte. „Was können Sie über Herrn Wachter sagen, wie war er bei der Arbeit?"

„Wissen Sie", begann Schönmanger in ruhigem Ton zu erzählen, „Philip Wachter war in professioneller Hinsicht absolut vorbildlich und integer. Er war Leiter unserer Entwicklungsabteilung. Ich meine, was er privat machte, seine Frauengeschichten, das geht mich nichts an, hier im Betrieb war er ein Mitarbeiter, wie man ihn sich nur wünschen kann." Kluftinger registrierte, dass Schönmanger der Zweite innerhalb weniger Stunden war, der Wachters angebliche Frauengeschichten erwähnte. „Er war fleißig, absolut genau und korrekt und eine Führungspersönlichkeit. So ein Mann ist ein Glücksfall für einen mittelständischen Betrieb, wie wir es sind."

„Woran arbeitete Wachter denn gerade?"

„Er hat es geschafft, unsere Light-Produkte nochmals im Fettgehalt zu senken, ohne den Geschmack zu beeinträchtigen. Zwei neue Geschmacksrichtungen stehen kurz vor der Markteinführung. Ohne Wachter und seine Ideen wäre unser Betrieb jetzt nicht da, wo er ist. Nach Ansicht meines Sohnes wären wir sogar schon bankrott ... Wissen Sie, mein Sohn macht bei uns das Marketing. Auf moderne Art, aber die Zahlen, die in unseren Büchern stehen, geben ihm Recht."

„Wachter war also mit für Ihren momentanen Erfolg und das Florieren der Firma verantwortlich?“, hakte Kluftinger nach.

„Absolut. Und offen gestanden, wir ließen uns Wachter auch etwas kosten. Er hatte mit Abstand das beste Gehalt hier. Star-Lebensmittelchemiker bekommt man eben nicht umsonst.“

„Herr Schönmanger, verstehen Sie mich nicht falsch“, Kluftinger wand sich etwas bei dieser Frage, „wenn Wachter so exzellent auf seinem Gebiet war, hätte er nicht, ich meine, hätte er nicht woanders in einem größeren Betrieb arbeiten können?“

Zum ersten Mal zögerte Schönmanger bei einer Antwort, was dem Kommissar nicht entging. „Sehen Sie, wir hatten einfach Glück, dass wir Wachter damals, als er sich von seiner vorigen Firma trennte, für uns gewinnen konnten. Er stammte aus dem Allgäu, und irgendwann zieht es jeden wieder in die Heimat zurück, gerade wenn es dort so schön ist wie bei uns ...“ Das letzte Argument hatte der Kommissar schon einmal gehört. Er wollte später noch darauf zurückkommen. Schönmanger sagte zögernd: „Ich will nicht unbescheiden klingen. In unserer Firma hat es ihm, glaube ich, gefallen. Wir haben hier ein außergewöhnliches Betriebsklima. Das liegt vielleicht daran, dass die Firma seit drei Generationen in Familienbesitz ist. Das alles haben mein Vater und mein Großvater aufgebaut.“ Bei diesen Worten machte er eine Handbewegung, mit der er auf die Fotos an der Wand zeigte, auf denen historische und neue Ansichten des Betriebs zu sehen waren. „Das ist mein Leben, verstehen Sie? Daran ist sogar meine Ehe zerbrochen. Meine Frau konnte einfach nicht verstehen, dass ich mehr mit der Firma verheiratet war. Sie hatte wohl Recht.“

Kluftinger nickte verständnisvoll, ging aber auf die privaten Einlassungen Schönmangers nicht weiter ein. „Könnte ich das Labor einmal sehen? Wachters Arbeitsplatz meine ich?“

„Nun ja, das ist ein sehr sensibler Bereich, aber Ihnen kann ich ihn wohl zeigen. Ich sage Ihnen aber gleich, dass ich mich dort so gut wie gar nicht auskenne. Mein Metier sind die Zahlen, ich bin Betriebswirt, auch wenn ich damals auf Wunsch meines Vaters Käser lernen musste ...“

Vor dem Betreten des Labors musste sich Kluftinger einen weißen Kittel, Überschuhe aus Plastikfolie und eine alberne Laborhaube anziehen, die auch die Mitarbeiter im Produktionsbereich der Käserei, in den man durch einige Fenster im Gang blicken konnte, trugen. Auch Schönmanger zog die Sachen über.

„Wie gesagt, ich kenne mich hier nicht so aus, und Bartsch hat sich heute freigenommen. Es ist nur unsere Assistentin im Entwicklungslabor, und die hat gerade Mittagspause. Und das Untersuchungslabor wird Sie ja weniger interessieren“, entschuldigte sich Schönmanger.

Tatsächlich konnte Kluftinger ohne Hilfe nichts im Labor anfangen. Er sah Fläschchen, Reagenzgläser und Apparaturen, die ihm nicht weiterhalfen. „Herr Schönmanger, vielen Dank für Ihre Geduld, ich kündige aber gleich einen weiteren Besuch an, wenn eine Laborführung möglich ist.“

„Kein Problem, auch uns ist natürlich sehr an der Aufklärung dieses schrecklichen Unglücks gelegen.“ Unglück, dachte Kluftinger, interessanter Begriff für ein solches Verbrechen. „Bevor Sie gehen, Herr Kluftinger, möchte ich Ihnen aber noch etwas Käse mitgeben. Sie mögen doch Käse? Wir lassen alle unsere Besucher gern von unseren Produkten probieren.“

„Gern“, sagte Kluftinger, der insgeheim schon damit gerechnet hatte, etwas mit nach Hause zu bringen.

Schönmanger ging in die Produktionshalle und kam kurz darauf mit einer Papiertüte zurück. „Also, Emmentaler, Camembert, Camembert leicht und eine kleine Auswahl unserer Lean-Produkte, sogar der mit Rucola. Sie sind quasi Testperson, den Käse gibt es ja eigentlich noch gar nicht. Wenn Sie wollen, gebe ich Ihnen noch vom Weißlacker mit ...“

Natürlich wollte Kluftinger. Kluftinger liebte diesen Käse. Es war für ihn ein Käse, den man hassen oder lieben musste. Seine Frau hasste ihn und kaufte ihn auch nie. Kluftinger kam nur an diesen Käse, wenn er von seiner Frau zum Einkaufen geschickt wurde. Sie verpackte den Weißlacker dann sofort in eine Tupperdose, weil sie den ihrer Meinung nach bestialischen Gestank im Kühlschrank nicht ertragen konnte. Kluftinger verabschiedete sich und ging zum Auto. Er beschloss, den Käse zu Hause noch in den Kühlschrank zu legen, da er ja schon so gut wie in Altusried war. Einen Teil des Weißlackers nahm er wieder mit ins Auto, das würde sein Mittagessen sein. Er wollte sich auf dem Weg ins Büro noch frische Semmeln kaufen.

Auf der Fahrt nach Kempten klingelte sein Handy. Frau Henske informierte ihn, dass Wachters ältere Tochter bereits im Büro auf ihn wartete. Den Umweg zum Bäcker sparte er sich daher.

Er ging in sein Büro, orderte bei Frau Henske vorher noch eine Tasse Kaffee, begrüßte seine Gesprächspartnerin und sprach ihr sein Beileid aus. Julia Wagner, geborene Wachter, war eine junge Frau um die dreißig. Sie trug ein strenges, dunkles, teures Kostüm und darunter ein roséfarbenes T-Shirt.

Auf einmal klingelte Frau Wagners Handy, und die junge Dame nahm den Anruf an, nachdem sie sich beim Kommissar dafür entschuldigt hatte. Kluftinger nutzte die Zeit, Julia Wagner genauer zu mustern. Sie war eine attraktive junge Frau, gute Figur und „Zahnpastalächeln". Aber vielleicht war ihre Kleidung übertrieben streng und passte nicht recht zu ihrem sonstigen Auftreten. Die Schatten um ihre Augen verrieten, dass sie die letzten Tage mitgenommen hatten.

„Du solltest wirklich schauen, dass du schleunigst kommst, was kann denn jetzt noch wichtiger sein? Ja klar, ich muss mich wieder um alles kümmern. War ja auch dein Vater ... Na gut, morgen ... Bis dann, Theresa." Julia Wagner klappte ihr Mobiltelefon zu und rang sich ein Lächeln ab. „Das war meine Schwester, wissen Sie? Sie ist so unorganisiert ... Sie kommt doch erst morgen, weil sie noch niemanden gefunden hat, der auf ihre Kinder aufpasst. Soll sie sie eben mitbringen zur Beerdigung ihres Großvaters, das hielte ich eh für passender, als sie in Italien irgendwo abzugeben", sagte sie ärgerlich. „Wir sollten nun mit unserem Gespräch beginnen, die Zeit drängt. Ich habe übrigens gleich noch eine Frage an Sie, Herr Kluftinger: Wann wird der Leichnam meines Vaters denn nun freigegeben? Wann kann ich also den Termin für die Beerdigung festsetzen?"

Es klopfte an der Bürotür. Frau Henske betrat den Raum und brachte den gewünschten Kaffee. „Ich denke, die Beerdigung wird in zwei bis drei Tagen stattfinden können", sagte der Kommissar und konnte nun endlich die Befragung beginnen. „Frau Wagner, ich möchte mir zunächst ein Bild von Ihrer Familie und von den Verhältnissen machen, in denen Ihr Vater gelebt hat."

„Theresa, meine Schwester, ist vier Jahre jünger als ich. Was die Verhältnisse angeht, in denen mein Vater lebte ... nun ... ich lebe seit Langem in München und der Kontakt zu meinem Vater wurde im Lauf der Jahre immer spärlicher."

„Was machen Sie beruflich, Frau Wagner?" Julia machte nicht den Eindruck, als ob sie Hausfrau und Mutter wäre, und vielleicht würde das Eis brechen, wenn die mutmaßliche Karrierefrau über ihren Beruf erzählen könnte.

„Ich arbeite in der Werbebranche. Es ist ein harter Job. Zum Glück ist mein Mann ebenso wie ich Creative Art Director in der Firma, sonst würden wir uns so gut wie nie sehen. Aber wir brauchen dieses Business-Life. Ich könnte nicht wie meine Schwester zwei Kinder aufziehen und dafür auf jeglichen Erfolg und jegliche Anerkennung im Beruf verzichten."

Kluftinger vermied es, nach der Bedeutung der Wörter „Creative Art Director" zu fragen. „Sie haben also keine Kinder?"

„Nein, Gott bewahre, woher sollte ich dafür im Moment die Zeit nehmen? Meinem Vater missfiel das. Aber meine kleine Schwester in Italien, seine

Theresa mit seinen Enkelkindern, das war schon etwas für ihn. Frauen und Karriere, ich glaube, das ging für ihn nicht recht zusammen. Der Mann sollte erfolgreich sein und die Frau repräsentieren und ansonsten still die Familie versorgen.“ Julia Wagner war in Rage geraten.

„Frau Wagner“, hakte Kluftinger ein, „mir ist sehr daran gelegen, dass wir offen miteinander sprechen. Wieso hatten Sie so wenig Kontakt zu Ihrem Vater?“

„Als die Familie ins Allgäu zog, war ich gerade sechzehn. Ich habe es meinem Vater nie recht verziehen, dass ich damals mein ganzes Umfeld verlassen und hierher aufs Land gehen musste. Er war oft auf Geschäftsreisen unterwegs und brachte uns von jeder Reise Mitbringsel mit, teure Sachen, wissen Sie. Im Nachhinein dachte ich oft, er tat das nur aus schlechtem Gewissen heraus.“ Die Erinnerung schien sie aufzuwühlen. Sie unterbrach ihre Erzählung und bat um ein Glas Wasser. Etwas gefasster fuhr sie fort: „Ich denke auch, dass er damals in Köln schon andere Frauen hatte. Und als wir hierher umgezogen waren, wurden seine Affären immer heftiger. Er war nicht glücklich über den Umzug. Die Scheidung meiner Eltern war lediglich eine Frage der Zeit.“

„War Ihr Vater denn nicht froh, wieder im Allgäu zu sein? Er war doch hier aufgewachsen?“

„Man kann nicht gerade sagen, dass er darüber froh war. Er hatte in Köln nicht nur einen überaus lukrativen, sondern auch einen sehr interessanten Job. Er ging darin wirklich auf und ich kann das nachvollziehen. Auf seinem Gebiet war er der ungekrönte König, er sprach auf Kongressen und Fortbildungen für Lebensmittelchemiker und war dort der gefeierte Star.“

„Warum gab Ihr Vater dann diese Stellung auf?“, fragte der Kommissar.

„Er gab sie nicht auf. Er wurde gegangen. Und der Job hier war kein wirklich angemessener Ersatz. Am Anfang zumindest. Er liebte das Allgäu. Aber erst einmal wollte er mit allen Mitteln unseren Lebensstandard sichern.“

Interessant, dachte Kluftinger. Der Star der Lebensmittelchemie wurde gekündigt und musste zusehen, dass er seinen Lebensstandard halten konnte. „Was war denn vorgefallen, dass Ihr Vater seine Stellung verlor?“ Er war gespannt auf die Antwort, denn bisher hatten alle, denen er diese Frage gestellt hatte, eine andere Interpretation der Ereignisse parat gehabt.

„Er hatte eben Schwierigkeiten. Etwas, was er tat, gefiel der Firma nicht. So genau weiß ich darüber nicht Bescheid, ich war damals praktisch noch ein Kind. Hören Sie, ich möchte doch sicherstellen, dass mit der Beerdigung alles klappt. Ich fühle mich auch etwas angeschlagen. Ich wäre sehr froh, wenn wir das weitere Gespräch vertagen könnten. Meine Schwester kann Ihnen sicher mehr über Papa erzählen, sie hatten ja ziemlich regen Kontakt."

Kluftinger war nicht entgangen, dass Julia zum ersten Mal „Papa" gesagt hatte. Das appellierte an das Taktgefühl des Kommissars, an das Engelchen in ihm, dass ihr Vater gerade ermordet worden war und er nicht länger auf dem Gespräch insistieren sollte, wenn sich die junge Frau nicht wohlfühlte. Sein Kriminalerteufelchen sagte etwas anderes. Es gab noch einige Punkte, an denen es gern in die Tiefe gegangen wäre. Und Kluftingers Kriminalerteufelchen war ein schlechter Verlierer.

Kluftinger war geschafft. Nicht dass es ein außergewöhnlich anstrengender Arbeitstag gewesen wäre. Was ihm am meisten zusetzte, war die Tatsache, dass ihn der heutige Tag kein Stück weitergebracht hatte. So fühlte er sich jedenfalls. Er zögerte, bevor er ins Haus ging. Irgendetwas musste er noch finden, einen kleinen positiven Gedanken, der ihm den Abschied von diesem Arbeitstag erleichterte.

Ich geh morgen und schau mir noch mal den Tatort an, sagte er zu sich selbst. Das war es. Irgendwas würde er da schon finden. Irgendwas fand er immer.

Als er seine Jacke auszog, hörte er den Fernseher im Wohnzimmer. Schlagartig sank seine eben mühsam gebesserte Laune wieder. Ihm wurde bewusst, dass das, was ihm jetzt bevorstand, vielleicht die schwierigste Aufgabe des ganzen Tages war. „Servus!", rief er in Richtung der Tür und erntete ein „Hallo" von drinnen. Schnell ging er in Richtung Küche, um sich ein kaltes Bier aus dem Kühlschrank zu holen. Er musste es ihr sagen, daran bestand kein Zweifel. „Ich kann jetzt unmöglich mit in Urlaub fahren", sagte er halblaut, als er das Bier eingoss und dabei etwas zu schwungvoll war und den überquellenden Schaum abschlürfen musste. Ein paar Tropfen liefen auf den Tisch. Kluftinger nahm ein Geschirrtuch und wischte darüber.

„Was machst du denn da?", fragte seine Frau verwirrt. Er blickte auf das Geschirrtuch in seiner Hand und gab es ihr mit einem Schulterzucken. Jetzt würde sie gleich merken, dass etwas nicht stimmte. „Stimmt was nicht?", fragte sie.

„Was soll nicht stimmen?", brummte er, nahm einen Schluck und musterte sie über den Rand des Krugs hinweg. Sie würde sich nicht abwimmeln lassen.

„Na ja, der Anruf gestern Abend. Und heut bist du auch ohne einen Ton verschwunden."

Psychologisch vorgehen, befahl er sich selbst. „Ich muss was mit dir besprechen", sagte er und merkte an ihrem erschreckten Blick, dass dies genau der falsche Satz war.

„Ist was passiert?", flüsterte sie erschrocken und setzte sich hin.

„Also, Schatz", begann er, „das mit dem Urlaub, darüber sollten wir noch mal sprechen, da könnt's sein, dass das nicht so geht wie geplant." Hätte er sich selbst bei einem Verhör vor sich gehabt, er hätte geglaubt, er wäre schuldig.

Sie ging wie auf Stichwort hoch: „Das darf doch wohl nicht wahr sein! Das glaub ich nicht ... Wir hatten das fest ausgemacht!" Das klang nicht, als ob sie bereit wäre, diese Sache erneut zu verhandeln.

Dabei hatte sie natürlich völlig recht. Urlaub war bei ihnen immer schon ein Reizthema gewesen. Eigentlich hatten sie sich, bis auf ihre Hochzeitsreise, nie so richtig auf ein Ziel einigen können. Kluftinger fuhr am liebsten nach Südtirol, Österreich oder dergleichen, um zu wandern. Da kannst du gleich daheim im Allgäu bleiben, pflegte seine Frau dann zu sagen. Wie recht sie damit hatte, hatte er ihr immer tunlichst verschwiegen. Seine Frau wollte immer irgendwohin, wo es heiß war, wo man beim Weg vom Swimmingpool zum Liegestuhl schon wieder ins Schwitzen kam, wo sie Bier mit Bananengeschmack servierten und wo man sich abends schick machte, um irgendeine Promenade abzulaufen.

Diesmal hatte sie sich durchgesetzt. Nach Mallorca sollte es gehen. „Auf Malle", wie der Depp vom Reisebüro gesagt hatte.

„Ja, wir haben das ausgemacht", fuhr er mit trauriger Stimme fort. „Aber jetzt hab ich einen unheimlich wichtigen Fall bekommen, ich kann unmöglich weg." Für den nächsten Satz musste er sein ganzes Schauspieltalent zusammenkratzen: „Meinst du, ich bin nicht enttäuscht?"

Sie sah ihn prüfend an. „Aber was sollen wir denn jetzt tun? Ist doch alles gebucht. Ich schieß doch nicht zweitausend Euro in den Wind."

„Was soll ich denn machen? Da musst du doch Verständnis dafür haben. Du willst doch immer, dass ich auch an meine Karriere denke."

Sie zuckte, der hatte gesessen. „Ja ... Weißt du was? Dann fahr ich eben ohne dich!"

Jetzt fiel er aus allen Wolken. Sie waren noch nie ohne den anderen verreist. „So? Dann fahr halt! Das ist mir auch ganz wurscht", sagte er und ging ins Wohnzimmer. Das Lächeln auf den Lippen seiner Frau konnte er nicht mehr sehen.

ER HATTE SICH gerade hingesetzt und TV-Allgäu-Nachrichten eingeschaltet, um zu sehen, ob trotz ihrer Entscheidung, die Presse erst am folgenden Tag zu informieren, etwas durchgesickert war, da kam seine Frau herein. Sie sah gar nicht mehr so wütend aus, was Kluftinger mehr wunderte, als dass es ihn freute.

Sie setzte sich neben ihn, nahm sich eine Zeitschrift vom Tisch und blätterte darin herum. „Was ist das eigentlich für ein Fall, wegen dem du nicht wegkannst?“, fragte sie schließlich beiläufig.

Gott sei Dank, dachte er, ihre Neugierde hat gesiegt. Jetzt hatte er ganz unverhofft wieder die Oberhand, konnte sich mit seinen Informationen ein wenig ihrer Zuneigung zurückkaufen. „Ach, ein Mord halt. Hier in Altusried.“

Sie legte die Zeitung weg. Ihr Mund stand offen wie bei einem Batterie-Dackel, dem der Saft ausgegangen war. Er musste ob dieses Vergleichs unwillkürlich grinsen und war ein bisschen stolz darauf, ihr eine solche Sensation bieten zu können.

„Ein Mord? Bei uns? Ja um Gotts willen! Wer? Ich hab überhaupt nix mitgekriegt!“, sagte sie ein wenig vorwurfsvoll.

„Der Wachter. Vom Milchwerk.“

„Der Wachter vom Milchwerk?“, wiederholte sie. Sie brauchte ein paar Sekunden, um wieder zu Atem zu kommen. „Aber den hab ich doch gestern erst noch gesehen.“

Kluftinger setzte sich kerzengerade hin. „Du hast ihn gesehen? Wo?“

„Beim Bäcker halt. Da hab ich ihn öfter getroffen. Der geht eben nicht so früh zur Arbeit wie du. Ging, meine ich, ging.“

Er überhörte den Vorwurf, der in ihren Worten mitschwang. „Hat er was gesagt? War jemand bei ihm?“

„Nein, kannst ganz ruhig bleiben. Er hat nur was gekauft und ist gleich wieder gegangen. So wie immer, wenn ich ihn gesehen habe. Habt ihr schon einen Verdächtigen?“

„Was hat er gekauft?“, wollte Kluftinger wissen.

„Weiß ich nicht. Irgendwas. Habt ihr schon jemand?“

„Herrschaftsakrament, was er gekauft hat, will ich wissen.“

Seine Frau zuckte zusammen und antwortete: „Ein Hörnle und zwei Vollkornsemmeln. Was er immer kauft. Gekauft hat, mein ich. Gekauft hat.“

„Und dann?“

„Nix und dann. Dann war er weg. Habt ihr jetzt schon jemanden? Und wie ist er ermordet worden? Und wann? Jesses, mir wird ganz heiß ...“

„Nein, mit einer Schnur, gestern“, sagte Kluftinger kurz angebunden. „Mit der Vorhangschnur.“ Der Kommissar nahm die Fernbedienung und drehte lauter. Ein Füssener Feuerwehrler erklärte gerade neue Maßnahmen zum Hochwasserschutz. Frau Kluftinger stand wortlos auf, ging zum Fernseher und schaltete ihn ab. „He, ich wollt das ...“

„Jetzt hör mir mal zu: In unserem Ort ist jemand ermordet worden, und du wirst mir jetzt ganz genau erzählen, was da los war, sonst ...“

Sie ließ immer dieses leere „sonst ...“ im Raum stehen, wenn sie ihren Worten Nachdruck verleihen wollte. Er hatte noch nie gefragt, was denn sonst passieren würde, und auch diesmal riet ihm sein Verstand, es sein zu lassen.

„Er ist gestern, vermutlich am Vormittag, erdrosselt worden. So glauben wir jedenfalls. Aber der Bericht von der Obduktion ist noch nicht da. Sein Arbeitskollege hat ihn gefunden. Soweit wir das sehen können, fehlt nichts in der Wohnung“, berichtete Kluftinger in nüchternem Amtston.

„In der Wohnung erdrosselt“, sagte sie halb zu sich selbst. „Habt ihr schon mal bei seinen Weibergeschichten nachgeforscht?“

Er zog die Augenbrauen hoch. „Ja, ist uns bekannt. Aber es hat sich noch keine enttäuschte Liebhaberin gestellt“, erwiderte er patzig.

„Was für eine Vorhangschnur?“, fragte sie.

„Gibt’s da Unterschiede?“

„Allerdings.“ Sie stand auf und ging zum Fenster. „So eine?“

„Ja, so ähnlich. Aber sie hat so metallisch geglänzt.“

Seine Frau ging zum Schrank, holte einen Stapel Kataloge heraus und legte sie auf den Tisch. „Wahrscheinlich so was“, sagte sie halblaut und griff sich den Ikea-Katalog.

Der Kommissar betrachtete das geschäftige Treiben aufmerksam. Sie ist schön, schoss es ihm plötzlich durch den Kopf, als sie sich eine Haarsträhne hinters Ohr klemmte. Schon als er sie kennen gelernt hatte, damals, auf der Allgäuer Festwoche, hatte ihn ihre Erscheinung sofort in ihren Bann gezogen. Das Erstaunliche für ihn war, dass ihre Schönheit in all den Jahren geblieben war. Nur ihre grauen Strähnen verrieten ihr wirkliches Alter. Aber sie färbte sie sich immer weg, sodass ihre kinnlangen Haare einen gleichbleibenden hellbraunen Farbton aufwiesen.

„So?“, fragte sie und hielt ihm den Katalog hin. Kluftinger beugte sich vor und staunte. Genau so hatte die Schnur ausgesehen. Er war beeindruckt. Er nickte. „Frekvens“, flüsterte seine Frau. „Bei Ikea haben alle Sachen Namen.“

„Worauf willst du hinaus?“

„Auf nichts. Ich sag nur, dass euer Mörder mit einer Frekvens-Schnur von Ikea getötet hat." Tatsächlich, da stand es. Jetzt hatte die Mordwaffe auch noch einen Namen. „Damit kann man schon jemand die Luft abschneiden", sagte seine Frau im Expertenton und nickte dabei.

„Wenn du's sagst", seufzte er.

„Ach, ich kann das wohl nicht beurteilen, dazu ist die Hausfrau wohl zu blöd oder was? Weißt du was? Dann mach deinen Schmarrn doch alleine." Mit diesen Worten knallte sie ihrem entgeisterten Gatten den Katalog auf den Schoß und verschwand im Hausgang. Nur wenige Sekunden später streckte sie noch einmal ihren Kopf zur Tür herein. „Und glaub ja nicht, das mit dem Urlaub sei schon gegessen. Ich geh jetzt zur Annegret."

Bevor er noch etwas sagen konnte, war sie verschwunden. Ausgerechnet zu Annegret musste sie gehen. Das tat sie doch nur, um ihn zu bestrafen. Annegret war die Frau von Dr. Langhammer, und auch wenn er keinen Grund hatte, sie nicht zu mögen, fiel doch immer noch genug Antipathie, die er für ihren Gatten empfand, für sie ab. Schon die Tatsache, dass sie immer so betont elegant gekleidet war und sich anscheinend regelrecht in Parfum badete, bot ihm Angriffsfläche für seine Kritik. Und wie alt sie war, wusste auch niemand so genau. Womöglich schnippelte der Doktor in seiner Freizeit noch ein bisschen an ihr herum. Kluftinger ärgerte sich darüber, dass er hier zur Untätigkeit verurteilt war. Am liebsten wäre er jetzt gleich noch einmal zum Tatort gefahren. Es gab genügend Punkte, die er genauer untersuchen wollte. Etwa den Umstand, dass Wachters Leiche offenbar eine Prellung am Kopf aufwies, die auf einen Schlag hindeutete.

Wegen der Müdigkeit, die schnell wieder die Übermacht über den kriminalistischen Verstand gewann, beließ er es aber bei seinem ursprünglichen Vorhaben, am folgenden Tag den Tatort aufzusuchen, und ging ins Bad.

Es klopfte an Kluftingers Bürotür. „Herein", sagte er und sah sich mit einem äußerst aufgebrachten Kollegen der Verkehrspolizei konfrontiert.

„Findest du das witzig, ja? Seltsame Art von Humor ist das, Kluftinger. Nicht genug, dass ihr unsere Autos nehmt, ihr meint auch noch, ihr könnt euch einen Spaß erlauben und einen stinkenden Käse dahin legen, wo wir den ganzen Tag sitzen und die Geschwindigkeit messen? Wo sind wir eigentlich hier? Eine Frechheit, echt, also wir sind fertig miteinander!"

Die Tür knallte ins Schloss, ohne dass Kluftinger ein Wort hätte sagen können. Was wollte der? Plötzlich fiel ihm das Stück Weißlacker von gestern ein. Es musste unter den Sitz gerutscht sein, und der Kombi war den ganzen gestrigen Nachmittag in der prallen Sonne gestanden ...

Ein kurzes Grinsen huschte über Kluftingers Gesicht, bevor er beschloss, dieses pikante Missverständnis bald aufzuklären und sich mit einer Flasche Wein bei den betroffenen Kollegen zu entschuldigen.

Der kleine Zusammenstoß mit seinem Kollegen sollte der einzige Höhepunkt an Kluftingers Vormittag bleiben. Maier, Hefele und Strobl wollten sich bei den Nachbarn umhören, vielleicht würde sie das ja weiterbringen. Auch die Finanzen des Mordopfers sollten geprüft werden. Schließlich wollte sich noch ein Kollege aus einer anderen Abteilung um den Computer des Toten kümmern; in Kluftingers Team kannte sich keiner so richtig gut mit diesen Dingern aus.

Jetzt saß der Kommissar an seinem Schreibtisch und wippte unruhig auf seinem Stuhl. Was sollte er tun? Ihm fiel die jüngere Tochter ein. Kluftinger wählte ihre Nummer, ohne eigentlich richtig zu wissen, was er sie fragen wollte. *„Pronto?“*, hörte er am anderen Ende.

Er stellte sich kurz vor und fragte noch einmal, was er sowieso schon wusste: „Wann kommen Sie denn heute an?“

Theresa, die den klangvollen Nachnamen Ferro trug, nannte ihm die Ankunftszeit, die ihm Julia und seine Sekretärin schon gegeben hatten.

Sie solle sich auf ihrer Fahrt noch einmal alle Details genau überlegen, nachdenken, ob ihr Vater vielleicht irgendwelche Feinde gehabt haben könnte. Oder ob ihr irgendetwas aus der Vergangenheit einfalle, was wichtig für die Ermittlungen sein könnte. „Jedes Detail kann uns möglicherweise weiterhelfen“, fügte er hinzu. Schließlich wünschte er noch eine gute Fahrt und legte den Hörer auf.

Er begann wieder mit seinem Stuhl zu wippen. Gerichtsmedizin, schoss es ihm plötzlich durch den Kopf. „Irgendwo muss ich doch diese Nummer ...“, murmelte er vor sich hin und öffnete eine Schreibtischschublade. Er musste die angebrochene Keksschachtel zur Seite schieben, um den Blick auf den Haufen Papier freizubekommen, den er seine „Adressensammlung“ nannte: Visitenkarten, Zettel, Computerausdrucke. Kluftinger war selbst erstaunt, wie schnell er die richtige Notiz fand. Ich muss das unbedingt mal ordnen, dachte er sich – wie jedes Mal –, als er die Schublade wieder schloss.

Das Telefongespräch mit dem Gerichtsmedizinischen Institut in München dauerte kaum länger als seine Suche nach der Telefonnummer. Der Bericht werde wohl heute Abend noch vorliegen, hörte Kluftinger, die Leiche könne dann freigegeben werden für die Beerdigung, die bereits vermutete Todesursache werde sich wohl bestätigen.

Kluftinger wippte. Irgendwas wollte er doch noch ... genau, Wachters

Wohnung. Das hatte er sich ja schon gestern vorgenommen. Weil Sandy gerade nicht da war, kritzelte er *Bin Tatort* auf einen Zettel, legte ihn ihr auf den Schreibtisch und verließ eilig die Inspektion.

ER HATTE ein komisches Gefühl, als er das polizeiliche Siegel aufbrach und die Tür zu Wachters Wohnung öffnete. Vorsichtig atmete er durch die Nase ein. Es roch neutral, stellte er beruhigt fest. Er hatte sich oft gefragt, wie seine Wohnung wohl roch. Man selbst konnte das ja nicht wahrnehmen. Wenn man in ein fremdes Haus kam, nahm man einen ganz speziellen, einzigartigen Geruch wahr. Und nur in den seltensten Fällen war der von vornherein angenehm.

Doch Wachters Haus roch freundlich, irgendwie frisch. Jedenfalls ganz und gar nicht nach Leiche. Das Nichtvorhandensein dieses „Dufts" machte Kluftinger ruhig und selbstsicher. Langsam ging er auf die Wohnzimmertür zu, ließ seinen Blick schweifen. Sein Urteil, das er sich am Mordabend gebildet hatte, bestätigte sich. Er fand Wachters Wohnung sehr geschmackvoll. Hell und einladend, die Wände in erdigen Tönen gestrichen.

Es war eine von Kluftingers Stärken, dass er die Orte „lesen" konnte, wie einmal ein Vorgesetzter nach einer aufgeklärten Diebstahlserie zu ihm gesagt hatte. Er hoffte, dass das auch heute wieder funktionieren würde.

Als er die Tür zum Wohnzimmer öffnete, zögerte er ein wenig, bevor er eintrat. Er sah auf den leeren Fleck, wo vor zwei Tagen noch die Leiche gelegen hatte. Eine Gänsehaut huschte über seinen Arm, obwohl es ein recht warmer Sommertag war. Kluftinger hielt kurz inne und setzte sich dann in einen Sessel gegenüber der Couch. Er blickte sich um. Er versuchte, aufgrund der spärlichen Fakten, die sie bereits hatten, einen Tathergang zu konstruieren: Wachter, wie er am Tisch sitzt, einen Kaffee vor sich, und in sein Hörnchen beißt. Die Zeitung liegt vor ihm auf der Tischplatte. Es klingelt. Es muss ein Mann gewesen sein, es bedurfte schon einer gehörigen Portion Kraft, Wachter mit der Vorhangschnur zu erledigen. Wachter und der Mann unterhalten sich. Es kommt zum Streit, die beiden stehen auf, gestikulieren wild.

„Du hattest nicht vor, ihn umzubringen", sagte Kluftinger laut und nickte dabei. „Du hattest keine Waffe mit."

Es folgt ein Handgemenge, ein Schlag mit einem Gegenstand oder ein harter Aufprall auf die Erde, Wachter geht zu Boden. Was jetzt passiert, macht aus dem Besucher einen kaltblütigen Mörder. Er greift sich die Schnur, die neben den Vorhängen liegt, schlingt sie mehrmals um Wachters Hals und zieht zu. Wachter bäumt sich auf, taumelt, reißt Bücher aus dem Schrank, fegt Zeitschriften vom Tisch, aber er hat keine Chance.

Kluftinger schauderte bei der Vorstellung. Irgendetwas zwischen den beiden Menschen hatte den einen an diesem Vormittag zu einem Mörder und den anderen zu seinem Opfer gemacht. Die Tatsache, dass der Mörder die Vorhangschnur benutzt hatte, schien ihm auf einmal gar nicht mehr so abstrus und abwegig wie noch vor zwei Tagen. Sie lag eben griffbereit. Und Wachter war bereits angeschlagen.

Aber irgendetwas irritierte ihn. Plötzlich schlug er sich mit der flachen Hand gegen die Stirn, zückte sein Handy und wählte die Nummer des Präsidiums. Sandy meldete sich. „Der Maier oder der Strobl sollen unbedingt sofort in Erfahrung bringen, ob der Wachter eine Haushälterin oder Putzfrau hatte.“ Als er seinen Befehlston bemerkte, schob er noch ein „Bitte, Frau Henske, wären Sie so nett, das den beiden schleunigst auszurichten?“ nach.

Dass ihm das nicht gleich aufgefallen war! Die Wohnung sah so sauber aus, und eine Putzfrau könnte vielleicht wichtige Hinweise geben.

Es war Nachmittag geworden, ohne dass Kluftinger dies richtig gemerkt hatte. Offenbar hatte er sehr viel Zeit in der Wohnung von Wachter verbracht. Als er im Auto saß, beschlich ihn ein leises Hungergefühl, das sich auf dem Weg nach Kempten zu einem ordinären Kohldampf ausweitete. Wie ferngesteuert bog Kluftinger am Eisstadion ab und hielt vor einem Imbisswagen. Als er vor dem kleinen dunkelhaarigen Mann mit der weißen Schürze stand, der ihn erwartungsfroh anlächelte, zuckte er zusammen. Ausgerechnet ein Dönerstand. Priml, dachte er. Ein riesiger Fleischberg drehte sich in der hinteren Ecke des Wagens, in der Auslage glänzten Artischocken und Tomaten, Schafskäse und Peperoni. Doch jetzt gab es kein Zurück mehr. Also sagte er, als hätte er sich den ganzen Tag schon darauf gefreut: „Einen Kebab bitte.“

Die Frage „Mit allem?“ erwischte ihn noch einmal kalt. Überrumpelt sagte er „Ja bitte“ und sah dann apathisch dem Mann im Wagen zu, wie er aus einem großen blauen Plastiksack ein Viertel eines Fladenbrotes zog, es in eine Mikrowelle steckte und dann mit einem großen elektrischen Rasierapparat vom Fleischspieß dünne Locken abschnitt. Das Brot, das der Mann inzwischen mit dem Fleisch gestopft hatte und in das er nun unaufhörlich allerlei Gemüse schaufelte, wurde immer größer. Der Mann hatte alles noch mit einer roten Würzmischung versehen, ehe er es mit den Worten „Scharf gut bei Hitze“ über den Tresen reichte. Kluftinger bedankte sich. Da er nicht wusste, wie er sein Essen heil im Auto bis zum Präsidium transportieren sollte, gesellte er sich an einem Stehtisch mit Sonnenschirm zu zwei türkischen Bauarbeitern, die offenbar ebenfalls eine verspätete Mittagspause hielten.

Er nahm einen Bissen und lächelte den beiden dabei zu. Sofort stiegen ihm die Tränen in die Augen. Kluftinger schnappte unwillkürlich nach Luft, was seine Tischgenossen mit heiserem Gelächter quittierten. Kluftinger biss noch einmal ab, als wollte er zeigen, dass ihm die Schärfe nichts anhaben konnte. Etwas von der weißen Joghurtsoße tropfte ihm großzügig auf die Hose. „Kruzitürken!", entfuhr es dem Kommissar. Erschrocken blickte er auf, doch seine Tischgenossen lachten nur. Jetzt schmeckte ihm sein Essen nicht mehr. Er warf den Rest eilig in den Abfalleimer und hastete zu seinem Wagen. Die beiden Männer sahen ihm grinsend nach. Kluftinger ließ den Motor an und startete so schnell durch, dass die Reifen quietschten.

Noch immer leicht errötet ging Kluftinger die Treppe hoch, die in sein Büro im zweiten Stock führte. Frau Henske grüßte kurz, als ihr Vorgesetzter den Raum betrat, und wandte sich gleich wieder ihrer Arbeit zu.

„Frau Henske, wenn Sie bitte die beiden Töchter noch einmal anrufen würden und ihnen sagen, dass sie schleunigst herkommen sollen ..."

Sandy war so in ihre Abrechnungen vertieft gewesen, dass sie nur noch das letzte „sollen" wahrgenommen hatte. Kluftinger wiederholte seine Bitte und fügte hinzu, er wolle Maier kurz sprechen. „Ja, natürlich, Herr Kluftinger." Als der Kommissar sich in sein Büro zurückziehen wollte, streckte Sandy ihm noch ihre Dose mit den Pfefferminzbonbons entgegen. „Die sind gut gegen Knoblauch ...", sagte sie mit einem so einnehmenden Lächeln, dass Kluftinger nichts übrig blieb, als es zu erwidern und sich zwei der Pastillen zu nehmen.

Ein paar Minuten später klopfte es und die beiden jungen Damen wurden von Frau Henske in Kluftingers Büro geführt. Diesmal wollte er das Gespräch in der Sitzecke führen, wo er mit den beiden Töchtern Platz nahm.

Theresa Ferro saß Kluftinger nun zum ersten Mal gegenüber. Sie hatte zwar in den Gesichtszügen Ähnlichkeit mit ihrer älteren Schwester, wirkte aber völlig anders als sie. Zierlich, zerbrechlich, ganz in Schwarz gekleidet, von der Trauer um ihren Vater gezeichnet. Das einzig Farbige an ihrer Erscheinung waren große grüne Kupferohrringe in Vogelform. An Theresas Brust fand sich das Vogelmotiv als Brosche. Kluftinger fiel auf, dass die Vögel jedoch rote, funkelnde Steine als Augen hatten. Er wusste, dass sie unter anderem auch Schmuck entwarf, und nahm an, dass diese Stücke von ihr stammten. Während ihre Schwester neben ihr wieder ein dunkles Business-Kostüm trug, merkte man Theresa also ihre Künstlernatur an.

„Willkommen im Allgäu, Frau Ferro, meine aufrichtige Anteilnahme", sagte Kluftinger und fügte hinzu, dass er leider einige lästige Fragen stellen müsse. „Welches Verhältnis hatten Sie zu Ihrem Vater?"

„Papa", sie betonte das Wort italienisch auf der ersten Silbe, „war für mich ... er war für mich die Familie." Kluftinger blickte zu ihrer Schwester, konnte aber keine Reaktion feststellen. „Alles, was mir noch geblieben war, nachdem meine Mutter nach ihrer Scheidung nach Südamerika gegangen war. Ihre Briefe wurden immer weniger und schließlich schlief der Kontakt ganz ein."

„Das heißt, Sie wissen nicht, wo Ihre Mutter gerade lebt und wie es ihr geht?", hakte Kluftinger ein.

„Nein, ich weiß nur, dass sie in Ecuador in einer Art Kommune lebt, die alle Kontakte zur Außenwelt ablehnt."

„Und Ihr Vater kümmerte sich weiter um Sie?"

„Papa verstand mich immer. Mit ihm konnte ich über alles reden, auch wenn er oft nur an den Wochenenden zu Hause war. Er war der großzügigste Vater, den man sich vorstellen kann." Kluftinger bemerkte, dass Theresas Augen feucht wurden. „Er ermöglichte mir nach der Schule mein Kunststudium in Florenz. Immer wieder besuchte er mich in Italien, und als ich Giuseppe kennen lernte, unterstützte er uns, wo er nur konnte. Carla und Enzo, das sind meine Kinder, Herr Kommissar, waren seine zwei ‚Engelchen'. Er war ein so stolzer und liebevoller Großvater."

Kluftinger hatte beobachtet, wie Julia Wagner schon seit einer Weile unruhig in ihrem Sessel hin und her gerutscht war, nun hielt sie nichts mehr.

„Ein liebevoller Großvater, ja? Der großzügigste Vater, den man sich vorstellen kann? Theresa, du bist so naiv wie eh und je", sprudelte es aus ihr heraus. „Er hat deine Zuneigung mit seinem Geld gekauft, nachdem er erkannt hatte, dass ihm das bei Mutter und bei mir nicht mehr gelingt."

Theresa hatte Tränen in den Augen und schrie ihrer Schwester entgegen: „Ihr wart immer nur gemein zu Papa, du und Mutter! Mama hat ihm jeden Tag vorgeworfen, dass er ein Versager sei, als wir ins Allgäu ziehen mussten, weil sie Vater in der Firma so betrogen hatten. Er hat trotzdem alles für uns getan. Und Mutter ließ sich dann noch von ihm scheiden, weil er ihr nicht mehr gut genug war."

„Nicht gut genug? Ihre Ehe bestand nur noch aus Lügen unseres Vaters. Er hat sie betrogen und gedemütigt! Aber du hast das alles nicht mitbekommen. Du warst das verwöhnte Püppchen auf Wolke sieben!"

Es war an der Zeit, dass Kluftinger eingriff, um das Gespräch wieder in einigermaßen überschaubare Bahnen zu lenken. Er bohrte nach. „Frau Ferro, was genau wissen Sie über den Bruch in der Karriere Ihres Vaters?"

„Ich bin mir nicht sicher", sagte Theresa. „Papa sagte zu mir nur immer, er könne und wolle da um keinen Preis mehr arbeiten, weil sie ihn so hintergangen hätten."

„Siehst du? Er hat dich nur belogen, und du hast es ihm geglaubt, du warst ja sein Prinzesschen. Herr Kluftinger", Julia Wagner wandte sich an den Kommissar, „ich bin mir sicher, dass Vater die Hauptschuld trug. Wäre er ungerecht behandelt worden, hätte er sich das sicher nicht gefallen lassen. Ich glaube, Vater hatte sich mit seinen Chefs angelegt." Plötzlich stockte Julia Wagner in ihrer Ausführung, als bereute sie ihre Äußerungen bereits wieder und wolle nun ihre Fassung wiederfinden.

Mitten in diesen Versuch platzte Theresa: „Julia, du bist so ungerecht und herzlos! Wie kannst du jetzt so über Papa reden? Du bist noch immer neidisch, weil er mich dir vorzog. Das geschah aber nur, weil ich die Einzige in der Familie war, die ihn verstanden hat. Und die ihn geliebt hat. Für euch, für Mutter und dich, war er doch nur der Idiot, der für euren Unterhalt zu sorgen hatte! Du bist noch immer die gleiche berechnende Ziege wie –"

An dieser Stelle unterbrach Julia Wagner ihre Schwester. Offenbar hatte sie ihre Fassung wiedergefunden. „Theresa, beruhige dich. Du bist angegriffen, lass uns jetzt gehen. Herr Kluftinger, Sie sehen, meine Schwester ist außer sich."

Kluftinger merkte nun, dass die für ihn günstigste Zeit der Unterredung vorbei war. Julia Wagner würde das Gespräch stärker kontrollieren. Wenn er mehr über den Bruch in Wachters Berufsleben erfahren wollte, würde sich das Kriminalerteufelchen auf seiner linken Schulter noch einmal vertrösten lassen müssen. Kluftinger verabschiedete also die beiden Schwestern mit der Ankündigung eines weiteren Gesprächs und machte sich nach kurzer Zeit auf den Heimweg, nicht ohne Maier nochmals auf seinen Auftrag hinzuweisen, etwas über die Haushälterin zu erfahren.

ALS KLUFTINGER am nächsten Morgen ins Präsidium kam, wartete zur Abwechslung einmal eine positive Überraschung auf ihn. Er hatte Recht gehabt: Wachter hatte eine Haushälterin. Sie hieß Elfriede Sieber, war 71 Jahre alt und wohnte in Kimratshofen. Maier hatte gestern Abend noch ihre Adresse herausbekommen.

„Hast du sie aufgetrieben?", fragte Kluftinger, und schon in der Frage lag Anerkennung.

„Ja und nein“, wand sich Maier, wurde jedoch von Kluftingers „Ist ja auch wurscht. Soll schleunigst reinkommen“ unterbrochen.

Mit gesenktem Kopf zog Maier ab und kam mit einer einfach, aber ordentlich gekleideten Frau zurück. Sie hatte einen Mantel an, das fiel Kluftinger zuerst auf, denn an diesem Morgen war es sehr schwül, und er konnte sich nicht vorstellen, wie jemand freiwillig in einem solchen Aufzug erscheinen konnte. Vielleicht lag es daran, dass sie mit dem schwarzen Mantel ihre Trauer ausdrücken wollte.

„Ich hab’s heute erst gelesen und bin dann gleich mit dem Bus hergekommen“, fing Frau Sieber an zu erzählen, ohne dass Kluftinger ihr noch irgendeine Frage gestellt hätte.

Er warf Maier einen Blick zu, woraufhin dieser die Achseln zuckte. Sie war also von selbst gekommen. Vielleicht war die Idee, den Mord erst einen Tag später an die Medien zu geben, doch nicht so gut gewesen. Dann hätten sie sie vielleicht schon gestern oder gar vorgestern auf dem Revier gehabt. Aber andererseits war es sicher auch eine gute Entscheidung gewesen: so hatten sie genügend Zeit, sich zu überlegen, was sie der Presse mitteilen wollten. Wer weiß, vielleicht hätte einer in der Hitze des Gefechts eine unbedachte Äußerung getan. Und womöglich noch die genaue Todesursache verraten. Das war Kluftingers Albtraum. Wenn das mit der Vorhangschnur rauskommen würde, hätten sie sicher keine ruhige Minute mehr. Deswegen hatten sie im täglichen Pressebericht der Polizei am Dienstagabend nur eine kleine Meldung zwischen einem Fahrraddiebstahl und einem Einbruch versteckt, die besagte, dass ein Mann ermordet worden sei.

Natürlich hatten die Leute von der Presse gleich nachgehakt, so leicht konnte man die nicht abspeisen. Die spärlichen Informationen hatten ausgereicht, um heute ganz groß im Allgäu-Teil der Zeitung zu erscheinen. Im Radio lief es noch am Vorabend. Mit einem kurzen, unkommentierten Interview mit dem Kommissar. Wenigstens die überregionalen Medien hatten sich noch nicht dafür interessiert. Er hoffte, dass das noch möglichst lange so bleiben würde.

Kluftinger konzentrierte sich jetzt wieder ganz auf die Frau, die ihm gegenübersaß. Und das war nicht leicht, denn obwohl er ihr noch keine Frage gestellt hatte, redete sie ohne Unterlass. Wie gern sie doch bei Philip Wachter gearbeitet habe, wie sehr sie seine korrekte Art geschätzt habe, wie wenig sie im Haus habe machen müssen, weil er doch ein so ordentlicher Mensch gewesen sei. Ihr Alibi für die Tatnacht: Sie sei immer nur in der zweiten Wochenhälfte bei ihm gewesen. „Er hat das so gewollt, wissen Sie“, sagte sie und fügte dann misstrauisch hinzu: „Aber Sie glauben doch nicht, dass ich etwa ...“

„Nein, das glaube ich nicht“, seufzte der Kommissar.

Die weitere Vernehmung brachte keine neuen Hinweise für die Ermittlungen. Allerdings wollte Kluftinger unbedingt noch mit ihr zum Tatort fahren. Wenn jemand feststellen würde, dass etwas fehlte, dann doch wohl sie. Doch seine Hoffnung wurde enttäuscht. Elfriede Sieber fand alles so vor wie immer. Behauptete sie jedenfalls. Kluftinger fuhr sie missmutig nach Hause.

ALS SICH Elfriede Sieber am nächsten Tag für die Beerdigung ihres ermordeten Arbeitgebers fertig machte, wusste sie noch nicht, dass sie an diesem Tag dem Fall eine entscheidende Wendung geben sollte. Frau Sieber ging gern auf Beerdigungen. Vielleicht weil sie meist in einem gemütlichen „Leichenschmaus“ endeten. Meist waren die Toten ja nicht überraschend aus dem blühenden Leben gerissen worden. Oft lag jahrelanges Siechtum hinter ihnen. Wenn sie ihre Freundinnen am Grab traf, sagte sie: „Es war sicher besser so.“ Denn das galt so für ziemlich alle, denen sie in den letzten Jahren Weihwasser ins offene Grab gespritzt hatte. Bis auf ihren Mann vielleicht. Der Leichenschmaus schmeckte ihr damals nicht besonders, und es lag nicht nur daran, dass sie ihn selbst bezahlen musste.

Doch Wachter war eindeutig zu jung gewesen. Und dann war er auch noch ermordet worden. Elfriede Sieber schüttelte es bei dem Gedanken, als sie sich ihr dunkelblaues Kleid für die Beerdigung zurechtzupfte. Sie würde wieder ihren schwarzen Mantel tragen müssen, denn sie besaß kein schwarzes Kostüm. Und der Himmel zeigte sich heute wolkenverhangen, sodass es sicher nicht verkehrt war, mit einem Mantel ausgerüstet zu sein.

Sie ging die mit dickem Teppich ausgelegten Treppen hinab ins Wohnzimmer, wo ihre Schwester wie immer auf der Couch saß und den Fernseher auf volle Lautstärke gestellt hatte. Auch wenn sie schwerhörig war, schlecht gehen konnte und auch sonst manchmal eine große Last für Elfriede Sieber war, war sie froh, eine Familienangehörige bei sich zu haben. Nachdem ihr Mann vor vier Jahren gestorben war, hatte sie sich entschlossen, ihre drei Jahre ältere Schwester aus dem Altenheim zu sich nach Hause zu nehmen. Besser, als allein zu sein, dachte sie sich.

„Ich geh jetzt gleich zur Beerdigung!“, rief sie ihrer Schwester ins Ohr. „Beerdigung. Friedhof. Hörst du, Cilly? Fried-hof!“

Ihre Schwester nickte und machte sich daran, aufzustehen.

„Nein. Ich geh zum Friedhof. Du bleibst da!“, rief sie und drückte Cilly wieder in die geblümte Couch.

„Was ist?“

Elfriede schüttelte nur den Kopf. Aber solange der Fernseher lief, das wusste sie, würde ihre Schwester genau dort bleiben, wo sie war. Einmal hatte sie sie gerade noch an der Bushaltestelle erwischt. Als sie Cilly wieder in der Wohnung hatte, bemerkte sie auch den Grund für ihren Ausflug: die Bildröhre war schwarz gewesen und gab keinen Mucks mehr von sich. Von Cillys Ersparnissen hatten sie dann ein neues, zuverlässiges Gerät gekauft. Schließlich war gar nicht auszudenken, wo Cilly bei ihrer Busfahrt hätte landen können ...

Zur Sicherheit nahm sich Elfriede Sieber noch einen Schirm mit, verschloss die Haustür zweimal und machte sich auf den Weg zur Bushaltestelle.

Zur selben Zeit trat auch Kluftinger nach draußen. Er nahm keinen Schirm mit. Zum einen, weil er nicht glaubte, dass es heute noch regnen würde, zum anderen, weil er keinen gefunden hatte.

Er ging nur äußerst ungern auf Beerdigungen, aber in diesem Fall war es etwas anderes. Vielleicht würde er ja das ein oder andere nützliche Detail aufschnappen, dachte er, als er seinen Wagen aufschloss und sein Blick auf die Trommel fiel, die noch immer im Kofferraum seines Passats lag. „Kurzines'n!“, fluchte er.

Ein Blick auf die Uhr sagte ihm, dass er das Wegräumen verschieben musste. Er breitete aber eine Decke über die Trommel. Das Gute war, dachte er, als er den Rückwärtsgang einlegte, dass sie bei Beerdigungen nur ein paar Bläser brauchten. Nach der Trommel hatte zu diesem Anlass noch nie jemand verlangt.

ELFRIEDE SIEBER öffnete das schwere Kirchenportal. Sie tauchte ihre Hand in den Weihwasserbehälter, bekreuzigte sich kurz und ließ den Blick schweifen. Sonntags war ihre Platzwahl kein Problem. Da hatte sie immer ihren Stammplatz. Fünfte Reihe links, Mittelgang. Als ihr Mann noch lebte, saß er immer auf der rechten Seite des Mittelgangs. Denn die Frauen saßen links, die Männer rechts. Jedenfalls bei den anständigen Paaren. Inzwischen gab es ja sogar Pärchen, die Händchen haltend in die Kirche kamen und sich zusammen in einer Reihe niederließen. Dann schüttelte Frau Sieber jedes Mal den Kopf. Und bei Beerdigungen brachten die Familienmitglieder immer alles durcheinander.

Die ersten drei Reihen waren frei geblieben, dann sah sie die beiden Töchter, die sie von Bildern kannte. Rechts natürlich. Es waren viele Menschen da, die sie aus Wachters Haus kannte. Arbeitskollegen, Freunde und Bekannte. Sogar der Bürgermeister war mit seinem Büroleiter da. Wachter war eben ein wichtiger Mann gewesen, dachte sie nicht ganz ohne Stolz. Sie stand dem Toten ja fast so nahe wie eine Verwandte. Sie nahm in der Reihe hinter den Töchtern Platz. Allerdings auf der linken Seite. Kaum hatte sie sich hingesetzt, nahm sie ihr Taschentuch heraus und schnäuzte laut hörbar hinein. Die Töchter drehten sich um, sie nickte ihnen mit tieftrauriger Miene zu.

KLUFTINGER stand ganz hinten in der Kirche, gleich am Eingang. Obwohl die Kirche für eine Beerdigung ungewöhnlich voll war – es waren viele Neugierige gekommen –, hätte er sich setzen können. Aber er wollte etwas Distanz zu der ganzen Veranstaltung bewahren.

Er ließ seinen Blick über die Trauergäste schweifen. Die beiden Töchter schienen jetzt nicht mehr so gefasst, wie er sie noch vor Kurzem erlebt hatte. Die beiden waren allerdings die Einzigen, die einen wirklich betroffenen Eindruck machten. Na ja, bis auf Elfriede Sieber vielleicht, die er in der Nähe der jungen Frauen erblickte.

Er sah Bartsch, der sich im stilvollen dunkelgrauen Zweireiher etwa in der Mitte der Kirche niedergelassen hatte; Schönmanger saß daneben, darauf folgte ein junger, ebenfalls sehr gut gekleideter blonder Mann. Es war Schönmangers Sohn, den Kluftinger, soweit er sich erinnern konnte, noch nie in der Kirche gesehen hatte. Er sah auch einige fremde Gesichter – kein Wunder, wollten doch viele ihren Verwandten und Bekannten erzählen können, dass sie bei der Beerdigung eines echten Mordopfers waren, dachte Kluftinger bitter.

Als die Kirche zu Ende war, trat Kluftinger als einer der Ersten auf den Friedhofsvorplatz. Es hatte gerade zu nieseln begonnen. Er stellte den Kragen seines Sakkos hoch. Seine Frau hätte das wahrscheinlich unpassend gefunden, dachte er sich.

Auf dem Vorplatz waren einige Menschen zusammengekommen, die zwar der Beerdigung beiwohnen, sich die Kirche aber sparen wollten. Kluftinger erblickte ein paar betont elegant gekleidete Männer und Frauen, von denen er annahm, dass sie zu Wachters Golffreunden gehörten. Er nickte in die Runde, sein Gruß blieb jedoch unerwidert.

Plötzlich spürte Kluftinger eine Hand auf seiner Schulter. „Hab mir schon gedacht, dass du auch da bist“, sagte die dazugehörige tiefe Stimme. Es war Paul, der erste Posaunist der Musikkapelle. Kluftinger seufzte. Und es ging sofort los: „Sag mal“, fing Paul mit gedämpfter Stimme an und legte dabei einen Arm auf die Schulter des Kommissars, „wie sieht’s denn aus mit euren Ermittlungen? Habt ihr schon was Konkretes?“

Kluftinger blickte in erwartungsfrohe Augen. „Du weißt doch, dass ich darüber nichts sagen darf, Paul."

„Jetzt komm schon. Ich will ja nur wissen, ob es schon einen Verdächtigen gibt oder so was?"

„Unsere Ermittlungen laufen derzeit in verschiedene Richtungen, etwas Konkretes können wir aber noch nicht sagen", antwortete Kluftinger.

„Mit mir brauchst du nicht zu reden wie mit irgendeinem Fernsehfuzzi", sagte Paul und deutete dabei mit seinem Kinn in Richtung des TV-Allgäu-Teams, das sich am Eingang der Kirche platziert hatte.

Das auch noch, dachte sich Kluftinger beim Anblick der Fernsehleute. „Hör zu, Paul, wegen neulich Nacht, da konnte ich mich leider nicht mehr melden ...", versuchte Kluftinger das Gespräch in eine andere Richtung zu lenken.

„Ja, ich weiß schon. Der Mordabend. Aber wenigstens anrufen hättest du schon können." Ein Pfiff beendete das Gespräch: die drei anderen Bläser winkten Paul zu sich. „Wir sprechen uns noch", sagte er zu dem Kommissar, und es klang fast wie eine Drohung.

Aus allen drei Türen strömten die Menschen ins Freie. Als Dieter Hösch, der Bürgermeister, Kluftinger erblickte, drängelte er sich an den Trauergästen vorbei auf ihn zu. „Kluftinger, grüße dich. Wie laufen die Ermittlungen?" Hösch war keiner, der gern um den heißen Brei herumredete. „Habt ihr schon irgendeine Spur?"

Kluftinger blickte den Bürgermeister an. Sein schwarzer Schnauzer war rechts und links zu einer Schnecke gezwirbelt, er trug einen dunklen Trachtenanzug, der ihn noch schlaksiger aussehen ließ als sonst. Hösch kam aus Bremen. Es schien, als sollten sein Bart und seine folkloristische Kleidung ihm, dem „Preiß'n", die Macht als Gemeindechef in Bayern legitimieren. Vielleicht gefiel er sich als Seppel aber einfach auch nur besonders gut, dachte Kluftinger.

„Dieter, du weißt doch: ich kann darüber nichts sagen." Kluftinger sah, dass dem Bürgermeister die Zornesröte ins Gesicht stieg.

„Ich bin nicht irgendwer, Kluftinger, das weißt du. Wenn in meiner Gemeinde so etwas passiert, hab ich sehr wohl das Recht und auch die Pflicht, darüber Bescheid zu wissen."

„Da sagt das Dienstrecht etwas anderes", kommentierte der Kommissar die Rede des Bürgermeisters. Er war es nicht gewohnt, dass sich die Politik für seine Fälle interessierte. Genau wie Kluftinger wollte Hösch einen Skandal verhindern. Wenn auch aus anderen Motiven. Dennoch konnte Kluftinger im Moment nichts für den Bürgermeister tun. Als dieser gerade

Luft holte, um etwas zu erwidern, legte Kluftinger den Zeigefinger an die Lippen und deutete mit dem Kopf in Richtung der Kirchentür, aus der bereits Pfarrer, Töchter und der Rest des Trauerzugs herausgekommen waren und nun in Richtung Grab zogen. Auch Kluftinger schloss sich dem Zug an und hörte den Bürgermeister von hinten etwas zischen. Er verstand nicht genau, was es war, hörte aber, dass der Name „Lodenbacher" darin vorkam.

Als die Trauergesellschaft am Grab stand, kam die Sonne für einen kurzen Moment durch die Wolken. Die Folge war ein Regenbogen, der sich quer über den Horizont spannte. Man konnte die Berggipfel von hier aus sehen. Der Regenbogen erstreckte sich wohl von der Zugspitze bis in Höhe des Großen Daumens, sinnierte Kluftinger. Wie gern wäre er jetzt dort gewesen, anstatt hier auf einer Beerdigung zu stehen. Vor seinem geistigen Auge sah er sich auf dem Gipfel seine Nase in die frische Bergluft halten, sah, wie ihm die Wanderer vom Gipfel aus zuwinkten und winkten ... Kluftinger löste sich aus seiner Fantasie. Irgendjemand winkte tatsächlich.

Elfriede Sieber ging direkt hinter den Töchtern auf das offene Grab zu. Daneben stand, auf einem kleinen Podest aufgebahrt, der Sarg. Auf einmal fuhr es ihr in alle Glieder: Was wäre gewesen, wenn sie an dem Tag den Mörder überrascht hätte, als er sich gerade über den toten Wachter beugte? Ihr wurde für einen kurzen Moment ganz schlecht. Sie ließ ihren Blick schweifen, um Halt zu finden.

Da sah sie den Regenbogen. Gott, wie schön, dachte sie. Das muss ein Zeichen sein ... Plötzlich wurde es still. Jedenfalls empfand Elfriede Sieber es so. Es war, als wären auf einmal alle Geräusche um sie herum verschwunden. Denn dort, etwa in der Mitte des Regenbogens, ein klein wenig abseits vom Rest der Trauergemeinde, stand ein Mann, den sie kannte. Ein Mann, der einen Tag vor Wachters Tod bei ihm gewesen war.

An sich nichts Ungewöhnliches, aber eigentlich kannte sie die Freunde und Kollegen ihres Arbeitgebers, und normalerweise pflegte Wachter derartige Einladungen auf Tage zu legen, an denen sie da war. Denn die anderen gehörten seinen Freundinnen. Mit diesem Mann war es anders gewesen. Wachter hatte ihr den Nachmittag freigegeben. Aber als sie nach dem Einkaufen doch noch einmal in die Wohnung zurückgekommen war, hatte sie die lauten Stimmen der Männer aus dem Wohnzimmer gehört und hatte – ganz zufällig – durch einen Spalt in der Tür das Gesicht des jungen Mannes gesehen, der jetzt unter dem Regenbogen stand.

Er hatte dunkle Augen und buschige schwarze Augenbrauen. Auch seine Haare waren dunkel und dicht. Außerdem war er sehr groß gewesen, das war ihr aufgefallen. Elfriede Sieber hatte dann schleunigst zugesehen, dass sie aus der Wohnung kam, denn sie wollte nicht, dass Herr Wachter dachte, sie würde spionieren. Nun stand der Mann nur wenige Meter von ihr entfernt und passte gar nicht auf eine Beerdigung: er sah kein bisschen traurig aus.

Was sollte sie jetzt tun? Der Kommissar hatte ihr eingebläut, sie solle ihm alles mitteilen. Der Kommissar! Natürlich, er war doch auch auf der Beerdigung. Beim Verlassen der Kirche hatte sie ihn gesehen. Wo stand er nur? Da! Auf der gegenüberliegenden Seite des Grabes und blickte Richtung Regenbogen.

Elfriede Sieber hob die Hand, an der ihre Tasche baumelte, etwa bis zur Hüfte, hielt sie ganz nah am Körper – und winkte.

Kluftinger musste die Augen etwas zusammenkneifen, um den Ursprung der Bewegung zu identifizieren. Er erkannte die Frau. Es war Wachters Haushälterin. Sie stand am Grab ihres Ex-Chefs und winkte, die zierliche Frau mit ihrem kleinen Hütchen und dem dunklen Mantel. Kluftinger drehte sich um. Dort stand niemand. Jetzt erst merkte er es: Sie winkte ihm!

Als ihm das bewusst wurde, fingen seine Wangen an zu glühen. Er hatte sich ja nicht umsonst etwas abseits gestellt. Er wollte nicht bemerkt werden. Und jetzt das.

Der Pfarrer stimmte gerade das Scheidegebet an, und die Umstehenden senkten die Köpfe, um in den monotonen Chor einzustimmen. Kluftinger nutzte diesen Moment, um seine Hand ganz leicht nach oben zu kippen und drei-, viermal mit ihr hektisch hin und her zu wischen. Damit würde sich die Haushälterin zufriedengeben und ihn in Ruhe lassen, hoffte er.

Und für einen kurzen Moment sah es tatsächlich so aus. Doch als die Köpfe sich mit einem „... das ewige Licht leuchte ihm, Amen" wieder hoben, hatte Sieber zwar zu winken aufgehört, schaukelte nun aber nicht minder auffällig mit ihrem Kopf hin und her. Dabei behielt sie den Kommissar stets im Blick.

Kluftinger spürte, wie ihm allmählich heiß wurde. Er sah, dass die ältere Dame neben der Haushälterin bereits aufmerksam geworden war. Unter anderen Umständen hätte Kluftinger bestimmt lachen müssen, so komisch sahen die Bewegungen der Haushälterin aus: sie schob ihren Unterkiefer vor und beschrieb damit von unten nach oben einen Halbkreis, der am Schluss in einem kantigen, nach rechts oben gerichteten Zucken kulminierte. Dabei riss sie, je länger die Bewegung dauerte, immer weiter die Augen auf. Den Blick hatte sie dabei die ganze Zeit auf den Kommissar gerichtet.

Jetzt wurde es ihm zu bunt. Er schob sich mit einem gemurmelten „'tschuldigung" an den Trauernden vorbei auf Frau Sieber zu. Je näher er dem Grab kam, desto dichter wurde die Menschenmenge, und Kluftinger erntete auf seinem Weg heftiges Kopfschütteln. Die Putzfrau hätte ihm auch etwas entgegenkommen können, dachte er sich.

Dann hatte er sie endlich erreicht. „Was gibt's denn?", zischte er lauter, als er eigentlich wollte, und erntete dafür einen strengen Blick des Pfarrers.

„Öch könne dön Mönn", flüsterte die Sieber beinahe ohne Lippenbewegungen.

„Ich verstehe kein Wort, Sie müssen schon deutlicher sprechen", erwiderte Kluftinger nun ziemlich gereizt.

„Den Mann. Ich kenne den Mann", kam es nun etwas verständlicher von ihr, und wieder ruckte ihr Kopf von links nach rechts.

„Kreuzkruzitürk'n, wen meinen Sie denn jetzt?", schimpfte er.

„Na den da!", schrie die Frau plötzlich aus vollem Hals, streckte dabei ihren Arm nach vorn und deutete mit dem Zeigefinger. Schlagartig wurde es still. Alle Köpfe ruckten herum und unzählige Augenpaare glotzten auf den Kommissar und die Haushälterin.

Kluftinger schluckte. Dennoch ignorierte er die Hitze, die ihm jetzt in den Kopf stieg, denn er sah die Erkenntnis in den Augen des anderen, dass er gemeint war. Er sah das kurze Entsetzen aufflackern, wie er es von ungezählten Festnahmen kannte. Ganz langsam drehte sich der Mann um und ging.

„Halt!", schrie Kluftinger. „Bitte bleiben Sie stehen!"

Der Mann fing an zu laufen und rannte in Richtung Ausgang. Sofort setzte sich auch Kluftinger in Bewegung. Er schob unsanft Elfriede Sieber zur Seite, drängte sich am Grab vorbei durch die dichte Menge, setzte Ellbogen ein, schrie „weg, weg", um sich Platz zu verschaffen, aber die Menschen blieben wie angewurzelt stehen. Kluftinger schob sie instinktiv beiseite, stieß dem Pfarrer versehentlich in die Rippen, sodass dieser ins Straucheln geriet, wobei sein Gebetbuch herunterfiel und den Weihwasserkübel so ungünstig traf, dass dieser umfiel. Endlich hatte sich Kluftinger aus der Menschenmenge befreit. Der Mann war bereits bei der Treppe angelangt, die ihn hinunter zur nächsten Ebene des Friedhofs bringen würde. Die war durch dichte Hecken von Blicken aus der oberen Ebene abgeschirmt.

Kluftinger musste sich beeilen, wenn er ihn noch erwischen wollte. Aber der Mann war schnell, er war wesentlich jünger als der Kommissar. Kluftinger entschied sich deshalb für den direkten Weg, übersprang ein Grab nach dem anderen und näherte sich mit Riesenschritten der Treppe. Er konnte den Mann jetzt nicht mehr sehen, aber er hatte aufgeholt. Nur noch ein frisch aufgeschütteter Grabhügel mit ein paar vertrockneten Kränzen lag zwischen ihm und der Treppe. Kluftinger setzte zum Sprung an – und wusste schon, dass er es nicht schaffen würde. Er war auf dem feuchten Kiesboden leicht nach hinten weggerutscht und legte sich mit einem lauten Krachen, das das provisorische Holzkreuz verursachte, mitten auf den Hügel. Ein stechender Schmerz in seinem Knie ließ einen grünen Blitz vor seinen Augen aufleuchten.

Für einen Augenblick war es still. *Totenstill*, würde Kluftinger später mit einem Schmunzeln erzählen. Aber im Moment war ihm nicht nach Lachen zumute. Seine Füße pflügten durch den frischen Erdhügel, bis sie endlich Halt fanden. Er taumelte hoch, musste sich am benachbarten Grabstein abstützen, und hinkte zur Treppe. Von dem Mann war weit und breit nichts mehr zu sehen.

Kluftinger fluchte. Sein rechtes Bein tat höllisch weh. Er drehte sich um und sah in entsetzte Gesichter. Kluftinger blickte an sich selbst hinunter. Seine graue Hose war von der Graberde fast schwarz, seine Schuhe waren in zwei große Dreckklumpen gehüllt. Noch schlimmer sah seine Jacke aus. Der linke Ärmel war an der Schulter eingerissen. Das Sterbebild einer alten Frau, das am Kreuz geprangt hatte, hing nun an Kluftingers Ärmel. Er legte es auf das zerwühlte Grab. Dann blieb sein Blick auf einem bekannten Gesicht hängen. Es gehörte Paul, dem Posaunisten, dessen Instrument an seinem ausgestreckten Arm baumelte.

„Spielt", zischte Kluftinger. Paul verstand den flehenden Blick des Kommissars und gab seinen Musikern ein Zeichen. Die Töne aus ihren Hörnern lösten die Menschen aus ihrer Erstarrung.

Kluftinger wollte das jetzt schnell hinter sich bringen. Zielstrebig ging er auf Elfriede Sieber zu, packte sie unsanft am Arm und schob sie vor sich her vom Grab weg. Als sie eine Treppe weiter nach oben gegangen und aus dem Blickfeld der Übrigen verschwunden waren, ließ Kluftinger seine Begleiterin endlich los. „Frau Sieber ..." Er versuchte mit einer ungeheuren Kraftanstrengung, freundlich zu klingen, denn die Frau vor ihm sah völlig verängstigt aus. „Wer war der Mann?" Sie zog die Schultern langsam nach oben. Kruzifix, das gibt's doch nicht, dachte Kluftinger, sagte aber ruhig: „Sie kennen ihn nicht?"

„N-Nein, also doch, ich habe ihn schon einmal gesehen." Die Sieber schien den Schreck über die Ereignisse langsam zu überwinden. „Zufällig. Vor ein paar Tagen. Er hat sich mit Herrn Wachter getroffen, sie haben gestritten ..." Plötzlich weiteten sich ihre Augen: „Meinen Sie ...?"

„Herrgottsakrament!“, fluchte Kluftinger und zog sein Handy aus der Hosentasche. Während er die Nummer des Präsidiums wählte, ärgerte er sich maßlos über sich selbst und seine verunglückte Verfolgung. Hatte er den Täter entwischen lassen? Als er darauf wartete, dass einer der Kollegen am anderen Ende der Leitung abnahm, drehte er sich zu der mit den Tränen kämpfenden Elfriede Sieber um und sagte: „Gut gemacht.“

KEINE VIERTELSTUNDE SPÄTER war Kluftinger von Kollegen umgeben. Zwei Streifenwagen standen am Eingang, ein uniformierter Polizist wartete daneben, während ein anderer im Wagen mit Frau Sieber sprach. Zwei hatten sich an den Ausgängen postiert. Strobl und Maier waren ebenfalls gekommen, nur Hefele hielt im Büro die Stellung.

„Richard“, rief Kluftinger Maier zu sich, „sorg du bitte dafür, dass wir die Adressen der Leute haben, die heute hier waren. Vielleicht können die uns ja noch mal weiterhelfen.“

Maier nickte und ging in Richtung Grab. Auf seinem Weg sprach er etwas in sein Tonbandgerät, das Kluftinger nicht verstand.

„Wir müssen so schnell wie möglich ein Phantombild des Mannes anfertigen“, sagte Kluftinger zu Strobl. „Kannst du im Präsidium anrufen, dass die alles bereithalten sollen?“

„Schon erledigt.“

„Danke, Eugen.“ Kluftinger klopfte ihm auf die Schulter.

Plötzlich hörten sie lautes Rufen von der unteren Ebene des Friedhofs: „Alle mal herhören! Bleiben Sie bitte noch hier, wir müssen noch Ihre Personalien aufnehmen. Sollte jemand etwas zu dem Vorfall beitragen können, so möge er das jetzt sagen.“

Es war Maiers Stimme, die da über den gesamten Friedhof schallte. Kluftinger und Strobl liefen schnell zur Treppe. Maier war auf das Podest gestiegen, auf dem vor wenigen Minuten noch der Sarg gestanden hatte. Mit knallroten Wangen blickte Kluftinger zu Strobl.

„Ich mach das schon“, beruhigte Strobl den Kommissar.

Der seufzte nur, nickte und machte sich auf den Weg zu den Streifenwagen.

Da hörte er eine aufgebrachte, schrille Stimme hinter sich: „Also das ist wirklich das Letzte! Nicht genug, dass Sie anscheinend nicht fähig sind, den Mörder meines Vaters zu finden, jetzt versauen Sie ihm auch noch die Beerdigung.“ Die beiden Töchter kamen im Laufschritt auf ihn zu, gesprochen hatte die Ältere. „Wir werden uns über Sie beschweren, so viel steht schon mal fest“, stimmte schließlich die Junge in die Schimpftiraden mit ein.

„Hören Sie zu", sagte der Kommissar völlig ruhig und so klar, dass er selbst von der Schärfe seiner Worte überrascht wurde. „Ich sage Ihnen das nur einmal: Meine Aufgabe ist es, den Mörder Ihres Vaters zu finden. Und ich werde alles daransetzen, das auch zu tun. Dabei sollten Sie mich nach besten Kräften unterstützen. Tun Sie das nicht, macht Sie das nicht nur lästig, sondern auch verdächtig ..."

Der letzte Satz tat ihm schon leid, noch während er ihn aussprach. Er blickte die ältere der beiden Wachter-Töchter an.

Ihr war für einen Moment buchstäblich die Luft weggeblieben. Dann brach sie urplötzlich in Tränen aus. Alle Schleusen öffneten sich, sie brach förmlich vor ihm zusammen. Er wusste nie, was er tun sollte, wenn Frauen zu weinen anfingen. Also tat er das, wovon er glaubte, dass es Menschen tun würden, die wissen, was zu tun ist: er ging einen Schritt vor und nahm sie in den Arm.

Die nächste Woche pendelte Kluftingers Gefühlslage zwischen himmelhoch jauchzend und zu Tode betrübt. Einerseits war er froh, dass sie jetzt eine konkrete Spur hatten, die sie verfolgen konnten, andererseits führten die Ermittlungen auf dieser Spur ins Leere. Gleich nach der Beerdigung hatten sie ein Phantombild anfertigen lassen, hatten mit ungezählten Menschen gesprochen, das Bild herumgezeigt – nichts. Er verwünschte sich immer mehr für seine tölpelhafte Verfolgung bei der Beerdigung. Sein Knie tat ihm immer noch weh. Seine Frau war außer sich gewesen. Ob das jetzt die neuen Polizeimethoden seien? Sogar beim Einkaufen schaue man sie ganz komisch an, da war sie sich sicher.

„Wenigstens bin ich nicht der Mörder, sondern der, der ihn jagt", hatte Kluftinger mit bitterem Sarkasmus entgegnet. Dennoch, der Vorfall war ihm peinlich. Und er ärgerte sich darüber, dass es ihm peinlich war. Am meisten aber ärgerte er sich darüber, dass die ganze Aktion anscheinend überhaupt nichts gebracht hatte. Wer war der Mann auf der Beerdigung? Worüber hatte er mit Wachter einen Tag vor dessen Ermordung so heftig gestritten?

Parallel lief die Recherche zu Wachters Frauengeschichten. Doch auch diese Spur brachte sie nicht weiter. Alle abgelegten Geliebten des Ermordeten kamen als Täterinnen nicht infrage. Und nach einer Woche gestand er es sich selbst ein: sie kamen einfach nicht weiter.

Zu allem Überfluss wollte seine Frau nun auch noch mit ihrer Androhung Ernst machen und tatsächlich ohne ihn verreisen. Und als ob das alles nicht schon schlimm genug gewesen wäre, hatte sie auch noch ein besonderes „Abschiedsgeschenk" parat: zu Ehren ihrer beiden Strohwitwer hatten

Annegret und sie ein gemeinsames Abendessen der Paare vereinbart. Und das sollte am heutigen Samstag bei Kluftingers stattfinden.

Als Kluftinger sich von seinem Nachmittagsschlaf erhob, sich das immer noch leicht angeschwollene Knie rieb und ins Bad humpeln wollte, fiel ihm ein seltsamer, unangenehmer Geruch auf. Er kam aus der Küche. Seine Frau stand dort inmitten eines Berges aus Töpfen, Tellern, Gemüse und Geschirr.

„Was gibt's denn?", fragte er mit einem skeptischen Blick auf die Zutaten, die in der Küche herumlagen. Er erblickte eine Menge Reis, Zwiebeln, etwas Grünzeug, schwarze, glänzende Dinger, offenbar Muscheln, von denen er hoffte, dass sie nur zur Dekoration da wären, und – Krebse. Graugrünlich lagen sie auf einem Brettchen neben dem Herd, glotzten mit ihren toten schwarzen Augen in die Küche und streckten ihre Fühler oder Tentakeln, oder was das auch immer sein mochte, in alle Richtungen. Kluftinger schwante Böses.

„Ich mache Paella mit Meeresfrüchten", trällerte seine Frau und machte sich mit einem Messer an den Zwiebeln zu schaffen.

„Und die Dings da, die Krebse, kommen die auch rein?", fragte er besorgt.

„Das sind Riesengarnelen und die kommen natürlich hinein. Genauso wie der Tintenfisch da drüben", sie zeigte auf eine Tüte, die in der Spüle stand, „und die Muscheln hier."

Jessesmariaundjosef, also doch Muscheln. Er bekam eine Gänsehaut bei dem Gedanken, diese schleimigen Viecher auf seinem Teller zu haben. „Hätt's da nicht eine Brotzeitplatte auch getan?", fragte er mit leidender Miene.

Seine Frau reagierte nicht. „Gibst du mir mal die Tüte aus der Spüle?", forderte sie ihren Gatten auf.

Er zögerte erst, griff dann mit spitzen Fingern die Tüte und ging damit zu seiner Frau. Als er ihr die Tüte reichte, fiel sein Blick auf das Preisschild. „Ja bist denn du narrisch? Fünfzehn Euro bloß für so ... so ein Glibber...schmarrn?"

Jetzt wurde es seiner Frau zu bunt. Sie knallte das Messer auf die Arbeitsplatte, riss ihm die Tüte aus der Hand, packte den kleinen Tintenfisch, der sich darin befand, und hielt ihrem Mann die Tentakel unter die Nase. „Jetzt hör mal gut zu", zischte sie ihn wütend an, „ich fahr am Montag in Urlaub! Ohne dich, weil du ja keine Zeit hast. Gott sei Dank fährt die Annegret mit, und deshalb mache ich jetzt noch mal ein schönes Essen. Und wenn's dir zu teuer ist, kannst du ja in den zehn Tagen, in denen ich weg bin, von Wasser und Brot leben. Und jetzt wäre ich an deiner Stelle ganz ruhig, sonst bleib ich vielleicht noch dort."

Kluftinger schluckte. Ein falsches Wort und die Situation würde eskalieren. Er verbarg seinen Ekel und brummte: „Ich sag ja nix, ich mein ja bloß."

„Wenn das so ist, kannst du mir ja gleich mal das Fisch-Kochbuch bringen", parierte seine Frau.

„Und wo find ich das?", fragte er kleinlaut.

„Na, bei den Büchern vielleicht ...?", gab seine Frau schnippisch zurück.

Kluftinger ging ins Wohnzimmer an den Bücherschrank. Schon beim ersten Blick wusste er, dass er eine verantwortungsvolle Aufgabe übernommen hatte: kreuz und quer standen und lagen die Bücher herum. „Himmelherrgott, da könnt man doch auch mal aufräumen", schimpfte er.

„Was sagst du?", fragte seine Frau aus der Küche.

„Ich hab's gleich, hab ich gesagt", gab er kleinlaut zurück. Und begann zu suchen. Er ging ächzend in die Knie, um sich die unteren Reihen näher anzusehen. Nur ein bisschen Ordnung. Man müsste die Bücher ja nicht gleich alphabetisch ordnen, wie Wachter das anscheinend immer getan hatte. Aber irgendein Prinzip sollte ... plötzlich stutzte er. Er schlug sich gegen die Stirn. „Natürlich. Wie konnte ich das nur übersehen?", sagte er laut zu sich selbst.

Blitzartig stand er auf, ignorierte den Schmerz, den diese ruckartige Bewegung in seinem Knie verursachte, und eilte in den Hausgang. Er schnappte sich den Autoschlüssel, rief ein „Bin gleich wieder da!" in Richtung Küche und ließ die Tür hinter sich ins Schloss fallen.

Beim Betreten von Wachters Wohnung zitterten seine Hände, weil er das Gefühl hatte, dass er gleich einen entscheidenden Hinweis finden würde. Er liebte dieses Gefühl.

Kluftinger stieß die Tür zum Wohnzimmer auf. Er besah sich den Raum genau. Wachters Töchter hatten offenbar noch nicht die Kraft gefunden aufzuräumen. Das war gut.

Ja, es hatte ein Todeskampf stattgefunden. In diesem Zimmer. Aber es war noch etwas anderes vorgegangen an diesem Vormittag. Jemand hatte hier etwas gesucht. Im Bücherregal. Und Kluftinger hatte keinen Zweifel daran, dass es sich bei der Person um den Mörder handelte.

Der Kommissar ging auf das Regal zu und blickte zwischen den Büchern auf dem Boden und den lückenhaften Bücherreihen hin und her. Tatsächlich, Wachter hatte die Bücher penibel nach dem Alphabet geordnet. Kluftinger griff sich die Werke, die noch auf dem Boden lagen, und ordnete sie wieder ins Regal ein. Als er fertig war, stand er auf und genoss das Triumphgefühl, das sich in seiner Brust breitmachte. Es klaffte nur eine Lücke im ganzen Regal.

Er kniete sich wieder hin und schaute sich die Bände rechts und links dieser Lücke an. Es waren Fotoalben. Alle hatten die gleiche Farbe, ein dunkles Blau mit Goldapplikationen. Es waren dicke, schwere Alben. Kluftinger nahm eines heraus. Auf den Einband waren mit goldener Farbe zwei Jahreszahlen geschrieben: *1959 bis 1969*. Er schlug das Buch auf der letzten Seite auf. Ein großes Foto zeigte ein junges Paar. Der Mann war Wachter, unverkennbar. Es waren vier Bände. Die Jahre 70 bis 86 fehlten. Er packte die vier Alben und fuhr ins Präsidium.

In seinem Büro angekommen, ordnete er die Alben auf seinem Schreibtisch nach den Jahreszahlen und ließ für die siebzehn fehlenden Jahre einen Platz frei. Er klappte den ersten Band auf, der mit *1947 bis 1958* beschriftet war. Er sah Schwarz-Weiß-Aufnahmen von einem Baby, von dem er annahm, dass es Wachter war. Es waren viele Fotos, die die klassischen Stationen erste Schritte, Einschulung, Kommunion und Ähnliches abhandelten. Wachters Eltern dürften recht wohlhabend gewesen sein, das zeigte etwa der Mercedes, hinter dessen Steuer der fröhlich lächelnde Knirps saß, der Wachter einmal gewesen war.

Kluftinger blätterte langsam durch die Seiten, auch wenn er sich keinen wichtigen Hinweis aus dieser Zeit erhoffte. Eigentlich dachte er überhaupt nicht, dass die Fotos einen wichtigen Hinweis bargen. Der eigentliche Fingerzeig war die Tatsache, dass ein Album fehlte. Es galt herauszufinden, was sich während der fehlenden Jahre in Wachters Leben getan hatte.

Außerdem hatte Kluftinger das Gefühl, der Person Wachter nun näherzukommen als in allen Vernehmungen mit dessen Verwandten, Kollegen und Freunden bisher. Er schlug Band *1959 bis 1969* auf. Die Fotos waren inzwischen farbig, einige zeigten Wachter als jungen Mann im Anzug vor einem alten Porsche-Cabriolet. Seine Eltern mussten definitiv wohlhabend gewesen sein, denn wiederum andere Fotos machten deutlich, dass er zur selben Zeit bei der Bundeswehr war. Schon relativ bald tauchten junge, hübsche Mädchen auf den Fotos auf. Und das Album endete mit Fotos, auf denen sich Wachter vor der Freiheitsstatue und in wilden Canyons tummelte und vor dem Eiffelturm. Offenbar hatte Wachter nach seiner Bundeswehrzeit einige ausgiebige Auslandsreisen unternommen.

Die folgenden siebzehn Jahre fehlten. In diese Zeit fiel Wachters Studium. Die Töchter waren 30 und 26 Jahre alt, mussten also in dieser Zeit geboren worden sein. Was noch? Die ersten beruflichen Erfolge? Weitere Frauen?

Das nächste Album: *1987 bis 1995*. Jetzt tauchten die ersten bekannten Gesichter auf. Ein Foto zeigte Schönmanger und Wachter vor dem Milchwerk, das damals nur aus einer großen Halle bestand. Wieder tauchten einige Frauen auf, allesamt sehr hübsch und durchschnittlich zwanzig Jahre jünger als Wachter. Das letzte Album, das *1996 bis* überschrieben war, setzte die Fotoreihe wie erwartet fort.

Das einzige Kapitel, das etwas aus dem Rahmen fiel, zeigte Wachter mit seiner jüngeren Tochter und einem Baby, offensichtlich in Italien. Es waren die einzigen Fotos, auf denen er glücklich wirkte.

Beim Blick auf die Uhr zuckte der Kommissar zusammen. Es war spät geworden, das Essen zu Hause hatte bestimmt schon begonnen. Er schloss die Alben in seinen Schreibtisch ein und verließ eilig das Büro. Noch auf dem Weg die Treppen hinunter wählte er Strobls Nummer und erklärte ihm, dass er unbedingt einen Termin mit den Töchtern für morgen Vormittag vereinbaren solle. „Die Sache duldet keinen Aufschub“, sagte Kluftinger in ungewohnt gestelzter Rede und meinte damit auch ein bisschen die prekäre Situation, in der er sich gerade befand.

Mit einem mulmigen Gefühl schloss Kluftinger seine Haustür auf. Aus dem Wohnzimmer hörte er Besteck klappern, Gelächter drang an sein Ohr. Da die Gäste schon da waren, würde das Donnerwetter seiner Frau noch ein wenig auf sich warten lassen. Auch wenn es nur eine Galgenfrist war.

Er holte tief Luft und betrat den Raum. Schlagartig verstummten die Gespräche. „So, Abend!“, flötete Kluftinger betont locker in die Stille, gab seiner Frau einen Kuss auf die Wange und setzte sich auf seinen angestammten Platz auf der Ofenbank. Als er in die etwas düpierten Gesichter seiner Gäste blickte, zuckte er innerlich noch ein bisschen mehr zusammen. Er hatte ihnen zur Begrüßung nicht die Hand gereicht. Und das, wo Langhammers doch immer „so gediegen, so gebildet und stilvoll“ miteinander und mit ihren Mitmenschen umgingen, wie seine Frau immer betonte. Ein weiterer Minuspunkt, aber nun saß er schon.

„Na, Herr Kluftinger, da haben Sie sich aber eine ganz wohlschmeckende Suppe entgehen lassen, mein Lieber. Was war das doch gleich für ein Gewürz, Erika? Safran, richtig. Exzellent“, hob Langhammer zu seinem launigen Begrüßungsvortrag an.

Kluftinger traute seinen Ohren nicht. Langhammer duzte seine Frau. Er wollte sich gar nicht ausmalen, was für Verbrüderungsszenen sich in seiner

Abwesenheit hier abgespielt hatten. Wie konnte sie ihm das nur antun? Was auch immer er heute falsch gemacht hatte – damit waren sie quitt.

„So?“, war Kluftingers Antwort. Er zwang sich zu einem Lächeln. Immerhin: um die Muschelsuppe war er herumgekommen. Nicht dass er die Kochkünste seiner Frau nicht schätzte. Im Gegenteil, sie kochte ausgezeichnet. Aber nur wenn sie normal kochte und ihn nicht zwang, sich Tiere einzuverleiben, über die er sich nicht einmal einen Film anschauen würde, garniert mit Gewürzen, deren Namen er nicht kannte.

„So zufrieden, wie Sie dreinblicken, haben Sie den Mörder sicher entlarvt, oder?“, setzte Langhammer erneut an. „Bei den Steuergeldern, die die Polizei verschlingt, ist es ja auch kein Wunder, dass Sie Ihre Fälle so schnell aufklären.“ Langhammer blickte Beifall suchend in die Runde.

Krieg. Der Doktor wollte Krieg, das war für Kluftinger ganz offensichtlich.

„Hier, du hast sicher Hunger“, riss seine Gattin ihn aus seiner gedanklichen Mobilmachung.

Sein Magen knurrte tatsächlich. Er nahm sich also einen riesigen Löffel voll, kaute scheinbar gelassen darauf herum, machte seiner Frau ein weltmännisches Kompliment, um sich dann erst Langhammer zuzuwenden und ihm mit einem „Hm?“ vorzugaukeln, dass er gar nicht richtig zugehört hätte. Zufrieden über seine souveräne Reaktion und überrascht vom pikanten Geschmack des ausländischen Essens, schaufelte er einen zweiten Löffel in sich hinein.

„Wer ist denn nun eigentlich der Mörder?“, erkundigte sich der Doktor.

„Ich kann zu den laufenden Ermittlungen leider nichts sagen. Wissen’s, das ist nicht wie im Krimi. Wir machen hier richtige Polizeiarbeit. Die ist ziemlich kompliziert, aber das können Sie natürlich nicht wissen.“ Kluftinger hatte die Worte so betont, wie er es tat, wenn er Schulklassen durchs Präsidium führte.

Für einen Moment war es still. „Mallorca soll ja auch wunderschöne Strände haben“, meldete sich plötzlich Annegret zu Wort.

„Ja, das hat meinem Mann doch auch gleich so gefallen, als wir im Reisebüro waren. Stimmt’s, Liebling?“, log seine Frau.

Wie in Trance nickte Kluftinger ihr zu. Sie hatte ihn noch nie „Liebling“ genannt. Jetzt machte er sich wirklich Sorgen und brauchte einen Schluck. Misstrauisch beäugte er das große Rotweinglas neben seinem Teller. Er erhob sich und ging wortlos in die Küche. Seine Frau folgte ihm.

Sie stellte die Teller in die Spüle, würdigte ihren Mann keines Blickes und sagte beim Verlassen des Zimmers lediglich: „Dass du nicht noch rülpst und ins Tischtuch schnäuzt, ist alles.“

Ein Donnerwetter hatte Kluftinger erwartet, doch das war schlimmer. Langhammer hatte ihn wirklich gereizt, das hätte sie aber schon merken können. Er ging zum Kühlschrank und holte sich ein Bier, nahm seinen Festtags-Steingutkrug vom Schrank, um jetzt seine Gäste gebührend zu würdigen, und machte sich mit dem festen Vorsatz, die Situation zu retten, auf ins Wohnzimmer.

Dort war wieder ein Urlaubs-Vorfreude-Gespräch im Gange, und Frau Kluftinger war von ihrer echten Gemütsverfassung nichts mehr anzumerken: freudig erregt plauderte sie mit ihrer Freundin über das zu erwartende Wetter auf den Balearen.

„Weißt du, Erika, eigentlich könnten unsere Strohwitwer doch etwas zusammen unternehmen, wenn wir nicht da sind, oder? Vielleicht kocht ihr was zusammen. Sonst fallt ihr noch vom Fleisch, während wir uns am Büfett laben."

„Eine prima Idee, was sagen Sie, Kluftinger?", antwortete der Doktor, und Kluftinger schien es so, als meine er es tatsächlich ernst.

„Ja, das ... wär ... nett." Er begann zu schwitzen.

Es trat eine kurze Stille ein, in die der Hausherr, der heute ganz und gar nicht das Gefühl hatte, ein solcher zu sein, sagte: „So, das war ja jetzt nett, dass Sie vor dem Urlaub noch mal vorbeigeschaut haben", und sich erhob.

„Wenn du grad rausgehst, bring doch gleich die Käseplatte aus dem Kühlschrank mit rein", trällerte seine Frau und machte seine Pläne, den Abend rasch zu beenden, zunichte.

„Käse schließt den Magen, sehr schön, sehr schön", jubilierte Langhammer dem Kommissar entgegen, als er wieder ins Zimmer kam. Erika erklärte, es handle sich um eine Auswahl spanischer Käsesorten, die sie beim einzig wirklichen Feinkosthändler der Stadt gekauft habe. Es kostete ihn einige Mühe, aber Kluftinger verkniff sich eine Bemerkung über den Preis.

„Einen fantastischen Parmesan haben die gerade, einen ganz alten, *stravecchio*. Musst du unbedingt mal kaufen, Erika, ein Gedicht", sagte Langhammer. „Sie haben doch auch nichts gegen ein gutes Stück Parmesan einzuwenden, nicht wahr, Herr Kluftinger?"

Er hatte die Frage nicht ganz mitbekommen, nur, dass es noch immer um den Parmesan ging. „Was? Oh, sicher. Wir haben, glaube ich, noch ein Päckchen im Kühlschrank, wenn Sie was möchten", antwortete er.

Seine Frau blickte erst ein wenig geschockt, setzte dann aber zu einem gekünstelten Lachen an und sagte: „Aber der ist doch gerieben", und erntete dafür schallendes Gelächter ihrer Gäste.

„Ha, ha, ha“, stimmte nun auch Kluftinger lautstark in das Gelächter mit ein, als hätte er absichtlich einen Spaß gemacht.

„Kommen Sie doch mal vorbei, dann kosten wir von dem Käse und trinken eine gute Flasche aus meinem Weinkeller dazu“, schlug der Doktor vor.

„Kommen Sie doch zu mir, dann mach ich uns Kässpatzen“, entgegnete Kluftinger trotzig und erstarrte im gleichen Moment über sein Angebot. Er hatte noch nie Kässpatzen gekocht. „Wenn Sie mir versprechen, nichts von Ihrem Päckchen-Parmesan reinzustreuen ...“

Als sich das erneute Gelächter beruhigt hatte, wurde es wieder still.

„Nach der dritten Stille geht man heim“, sagte der Kommissar scherzhaft in der Hoffnung, dass sich seine Gäste an diese alte Weisheit halten würden. Er sagte von da an nur noch wenig, um diesen kritischen Punkt möglichst schnell zu erreichen.

Doch es gab an diesem Abend noch viele stille Momente, und alle ließen Langhammers verstreichen. Erst spät gingen sie, und als der Doktor ihm beim Gehen auf die Schulter klopfte und sagte: „Also, ich melde mich dann mal, dass wir zwei Hübschen was zusammen unternehmen können. Einen richtigen Männerabend sozusagen“, war sein Widerstand längst gebrochen und er antwortete mit einem müden „Ich freu mich schon“.

Als Kluftinger sich schließlich schlafen legte, strich er seiner Frau, die tat, als schliefe sie schon fest, über den Oberarm. Sie seufzte leicht, und Kluftinger deutete dies als Zeichen, dass sie mit dem Bauernrüpel an ihrer Seite doch grundsätzlich nicht unzufrieden war.

Frau Kluftinger wachte auf und bemerkte Kaffeeduft in der Luft. Sie zog sich ihren Bademantel über und ging ins Wohnzimmer. Es war Sonntag, und am Sonntag frühstückte man bei ihnen im Wohnzimmer. Dort war bereits der Tisch gedeckt und Kluftinger kam mit der guten Kaffeekanne herein. Dieses kleine Detail war für seine Frau wichtiger als die frischen Semmeln, die ihr Mann extra im Ort geholt hatte, wichtiger als das Glas Orangensaft und das frische Obst. Diese gute Kanne wurde nur an wichtigen Feiertagen verwendet. Doch heute hatte er die gute Kanne genommen. Für sie. Sie dachte sich, dass er doch gar nicht so ein Holzklotz war, er hatte eben nur eine sehr raue Schale. Sie strahlte ihm freudig entgegen und sagte: „Ich freu mich darauf, heute noch einmal einen richtig gemütlichen Tag mit dir zu verbringen.“

Dass er heute Morgen schon von Strobl erfahren hatte, das Gespräch mit Wachters Töchtern bezüglich der fehlenden Fotoalben finde um zehn Uhr im Präsidium statt, behielt er vorerst für sich.

Nach harmonischen 55 Minuten am häuslichen Frühstückstisch wusste der Kommissar, dass es nun aber an der Zeit war, seinen bevorstehenden Ausflug ins Berufsleben anzukündigen. „Schatz, sei jetzt bitte nicht sauer, aber ich muss ...“, und in diesem Moment wusste er bereits, dass sie sogar sehr sauer sein würde.

„Nein, sag, dass das nicht wahr ist. Nicht nachdem ich dir gerade verziehen habe. Du kannst jetzt nicht einfach gehen! Ich will diesen Sonntag.“ Sie schimpfte noch vor sich hin, als er den Wagen aus der Garage fuhr.

Strobl stand gerade am Kopierer, als Kluftinger seine Etage erreichte. Er berichtete, dass vor einer halben Stunde Julia Wagner angerufen und ihre Schwester für das Gespräch entschuldigt habe. Sie könne so kurzfristig nicht kommen, zudem würde sie im Laufe des Tages noch nach Italien abreisen. Kurz nachdem die beiden in Kluftingers Büro gegangen waren, klopfte es bereits an der Tür zum Büro und ein uniformierter Beamter begleitete Julia Wagner bis zum Kommissar.

Julia hatte wieder ein dunkles Kostüm an, das sie erneut sehr seriös wirken ließ. Sie hatte sich kaum an den Schreibtisch des Kommissars gesetzt, da legte ihr Kluftinger ohne Umschweife die Fotoalben vor. Er fragte sie, ob sie vielleicht sagen könne, welche Fotos die fehlenden Jahrgänge 1970 bis 1986 ungefähr enthielten.

„Wissen Sie, ich kenne sie nicht gerade auswendig, aber ich nehme an, Fotos von uns Kindern, vom Urlaub, von Familienfeiern. Wir waren damals eigentlich jedes Jahr zwei oder drei Wochen mit Lutzenbergs im Sommerurlaub, da wird Vater die meisten Bilder gemacht haben.“

„Meinen Sie, jemand könnte ein Interesse daran gehabt haben, die Fotos verschwinden zu lassen?“

Julia lächelte für einen kurzen Moment. „Herr Kommissar, wer sollte Interesse an langweiligen Familienbildern haben?“

„Ich dachte nur, Ihnen würde dazu etwas einfallen. Aber etwas anderes, Frau Wagner: Die Familie, die Sie gerade erwähnt haben, waren das enge Freunde Ihrer Eltern?“

„Lutzenbergs? Damals ja. Sie hatten einen Sohn im gleichen Alter wie wir, und Herr Lutzenberg und mein Vater waren beste Freunde. Sie kannten sich vom Studium, und schließlich haben sich die Ehefrauen auch angefreundet. Die gemeinsamen Urlaube waren schön, meine Mutter hatte jemanden zum Shoppen, mein Vater jemanden zum Tennis und wir Kinder jemanden zum Spielen.“

„Waren denn Lutzenbergs auf der Beerdigung?“

„Nein, nicht dass ich wüsste. Der Kontakt riss irgendwann ab. Ich glaube, ich würde die Lutzenbergs gar nicht mehr kennen, wenn sie mir heute auf der Straße begegnen würden."

„Ihr Vater ließ also den Kontakt zu seinem engsten Freund einfach einschlafen?"

„Nicht gerade einschlafen. Es gab wohl ein Zerwürfnis zwischen den beiden, daraufhin verkehrte unsere Familie nicht mehr mit den Lutzenbergs. Es ging, glaube ich, um etwas Berufliches, denn bis dahin hatten Lutzenberg und mein Vater eng zusammengearbeitet. Mein Vater hatte danach von einem Kollegen erfahren, dass Lutzenberg eine ganz kleine Käserei im Westallgäu übernommen hat, die wirtschaftlich eher schwach auf der Brust war. Er war da einfach Käser. Und das, obwohl auch er diplomierter Lebensmittelchemiker war."

Kluftinger wurde neugierig. „Wissen Sie denn, wo Lutzenbergs jetzt wohnen?"

„Tut mir leid, nein. Aber ich weiß, wo seine Käserei ist. Der Name war so seltsam, dass ich ihn mir gemerkt habe. Sie ist in Bösescheidegg oder so, das ist wohl irgendwo bei Lindenberg."

Kluftinger war hellwach. Er bedankte sich bei Julia Wagner, begleitete sie mit der Bitte zur Tür, sich weiter zur Verfügung zu halten, und wandte sich Strobl zu, der während des Gesprächs stumm, aber aufmerksam in einem Sessel gesessen hatte. „Was meinst du?", fragte Kluftinger seinen Kollegen.

„Keine Ahnung, aber immerhin können wir den Lutzenberg ja mal befragen. Ich kenne übrigens diese Käserei, der Ort heißt Böserscheidegg, oberhalb von Scheidegg ist das. Die machen sogar eigenen Parmesan", antwortete Strobl. Bei dem Wort „Parmesan" verdrehte Kluftinger die Augen.

„Na gut, da fahren wir morgen gleich mal hin. Besser als auf ein Fahndungsergebnis zu warten."

KLUFTINGER hatte eine zündende Idee, wie er die bevorstehende Rückkehr zu seiner Ehefrau harmonischer gestalten könnte. Um diese Idee in die Tat umzusetzen, machte er einen kleinen Umweg zu einem dieser riesigen Tankstellenkomplexe, die sich in den letzten Jahren am Stadtrand angesiedelt hatten. Er suchte sich eine Rose mit etwas Grünzeug aus, die in Folie verpackt war. Er wunderte sich über den Preis von vier Euro fünfzig, war aber in diesem Notfall bereit, etwas Geld zu investieren. Als er im Auto saß und Richtung Altusried fuhr, freute er sich diebisch über seine Idee mit der Rose, vor allem da er dachte, seine Frau würde ihn für seine Leistung bewundern, am Sonntag frische rote Rosen aufzutreiben.

„Bin wieder da-ha!“, rief Kluftinger aufgekratzt, als er die Wohnung betrat. Keine Antwort. „Huhu! Ich bin’s ...“ Nichts.

Plötzlich ging die Wohnzimmertür auf und seine Frau kam heraus. Sie ging geradewegs an ihm vorbei, ohne ihn anzusehen, mit einem großen Koffer ins Schlafzimmer und schloss die Tür hinter sich.

Kluftinger zog die Augenbrauen hoch. Der Streit vom Vormittag war also noch nicht vergessen. Mit einem Seufzen hängte er sein Sakko an die Garderobe und folgte seiner Frau. Die hatte einen Koffer und eine Tasche auf dem Bett stehen. Zahllose Kleidungsstücke lagen daneben.

„Ach, du packst schon?“, fragte er, um irgendetwas zu sagen.

„Nein, ich übe für die Rückreise“, gab seine Frau schnippisch zurück.

Kluftinger ließ sich auf kein Wortgefecht ein. Das Beste war jetzt, in Büßerhaltung ihren Zorn zu ertragen, bis er verraucht war. „Du, ich hab dir was mitgebracht ...“, sagte Kluftinger, der spätestens jetzt die Zeit für seine Rose gekommen sah. Er streckte ihr die Blume hin.

„Du, stell sie doch in eine Vase. Vielleicht hält sie dann ja, bis ich wieder da bin“, sagte seine Frau kühl.

Kluftinger erkannte, dass sie Recht hatte. Aber es sollte doch ein Symbol sein. Kluftinger ließ die Schultern hängen und setzte sich auf einen Stuhl. „Hast du auch an die Reiseapotheke gedacht?“, fragte er. Eigentlich waren das sonst ihre Fragen, aber im Moment schienen die Rollen vertauscht zu sein.

„Ja. Auch die Durchfalltabletten hab ich dabei.“

„Vielleicht solltest du noch Chlortabletten mitnehmen. Damit kann man das Leitungswasser keimfrei machen.“

„Ich fahr nach Mallorca, nicht in den Krieg.“ Sie stemmte die Hände in die Hüften und sagte bestimmt: „Spanien liegt mitten in Europa und ist nicht gerade für seine Epidemien bekannt.“

Gut, musste er eben zu härteren Mitteln greifen. „Ich bin ja nicht abergläubisch“, fing er wieder an, wohl wissend, dass sie sehr wohl mit dieser Eigenschaft gesegnet war, „aber man sagt, man soll nicht im Streit auseinandergehen.“

Die Hand, die gerade eine Bluse im rechten oberen Eck des Koffers glatt strich, stoppte mitten in der Bewegung. Selbst wenn sie seinen durchsichtigen Versuch, gut Wetter zu machen, durchschaute, musste sie ihm doch Recht geben. Sie blickte ihn lange an, und er hielt ihrem Blick stand. „Ich will ja nicht im Streit gehen, aber du machst es mir nicht gerade leicht.“

Kluftinger unterdrückte ein Lächeln. Auf ihren Aberglauben war immer Verlass. „Hör zu, hier läuft ein Mörder frei herum. Du willst doch auch, dass der gefasst wird, oder?" Jetzt fuhr er die ganz schweren moralischen Geschütze auf.

„Ich ... ja, natürlich will ich das. Ich meine nur, wir haben ja auch noch ein Privatleben", druckste sie herum.

Er hatte gewonnen und war ein bisschen stolz auf sich. Psychologische Kriegsführung lernte man eben am besten in der Ehe. Dass er seine Kenntnisse auch bei seinen Verhören gut gebrauchen konnte, war ein schöner Nebeneffekt. „Sind wir jetzt wieder gut?", fragte er schließlich, auch wenn er die Antwort schon kannte.

Sie setzte sich auf seinen Schoß, schürzte die Lippen und sagte: „Natürlich. Hör mal, ich hab dir hier ein paar Zettel geschrieben. Mit wichtigen Sachen drauf." Sie öffnete die Nachttischschublade und kramte ein Bündel Papier hervor. „Die klebe ich dir dann an die Türen und die Schränke, dann weißt du Bescheid."

„Also wirklich, ich bin doch nicht beschränkt. Aber hast du nichts, was mir wirklich weiterhilft?"

Sie stand auf und streckte ihm die Hand hin: „Komm mal mit." Sie gingen in den Keller, wo sie den Gefrierschrank öffnete. Mindestens ein Dutzend bunter Plastikbehälter standen darin, auf jedem klebte ein Zettel, wie die aus ihrem Nachttischchen. Darauf standen Wochentage.

„Ich hab ein bisschen vorgekocht. Die erste Woche müsstest du damit auf jeden Fall hinkommen. Sonst musst du halt auch mal in die Kantine gehen."

Er war gerührt. Zum Dank hörte er sich schließlich geduldig all ihre weiteren Hinweise an, die von „Mittwochs die Tonne rausstellen" bis „Am Wochenende das Bett frisch beziehen" reichten. Dann lud er sie ganz spontan zum Essen ein. Ohne dabei ans Geld zu denken.

Es war fünf Uhr, als bei Kluftingers an diesem Montagmorgen der Wecker klingelte. Erika Kluftinger drehte sich zu ihrem Mann, um ihn sanft mit einem Kuss zu wecken. Doch im selben Moment ging das Licht im Schlafzimmer an, und Erika erkannte, dass ihr Gatte, bereits vollständig angezogen, vor ihr stand. „Guten Morgen, Schlafmütze", sagte er liebevoll und drückte ihr einen Schmatz auf die Wange.

„Morgen", war alles, was seine überraschte Frau hervorbrachte. Wie lieb, dachte sie, er ist ganz aufgeregt, weil ich wegfahre.

In der Tat war ihr Mann aufgeregt. Aber nicht wegen ihrer Abreise, sondern weil er das Gefühl hatte, dass der heutige Tag wichtige Erkenntnisse für ihn bereithielt.

Als Erika die Küche betrat, roch es bereits nach Kaffee und der Tisch war gedeckt. Kluftinger saß auf der Eckbank und war in die Zeitung vertieft. Er schüttelte den Kopf. „Die schreiben über den Fall. Dass es nix Neues gibt und so. Als ob wir überhaupt nichts tun."

Seine Frau seufzte. Das machte ihr den Abschied etwas leichter. Nach ihrem Urlaub würde niemand mehr darüber sprechen, hoffte sie. Immerhin bestand die reelle Chance, dass ihr Mann den Fall bis dahin aufgeklärt hatte. Sie sah ihn an. Für einen Moment war sie sehr stolz auf ihn.

„Ist was?", fragte ihr Mann, der ihren Blick bemerkt hatte.

„Wirst du mich denn auch vermissen?", fragte sie.

„Das weißt du doch, Erika. Aber du wirst sicher überhaupt nicht an mich denken, bei den schönen Stränden und dem guten Essen ..."

Sie stand plötzlich auf und setzte sich auf seinen Schoß. „Ach, am liebsten würde ich hierbleiben, bei dir. Du weißt doch gar nicht, wo alles ist ..."

„Jetzt bleib doch in der Ruhe", unterbrach er seine Frau und stand auf. „Ich komm schon zurecht. Und wenn nicht, dann lass ich dich mit Polizeieskorte von den spanischen Kollegen wieder einfliegen."

Sie lächelte. Gerade wollte sie ihn umarmen, da hupte es draußen. „Muss der Depp um diese Zeit denn die Nachbarn wecken!", schimpfte Kluftinger.

„Trägst du mir die Koffer raus, ich muss noch mal schauen, ob ich alle Papiere habe!", rief seine Frau und lief hektisch in den Gang. Kluftinger packte die zwei Koffer, deren Umfang wie immer auf eine Weltreise schließen ließ, und ging nach draußen.

Langhammer wartete bereits am Kofferraum. Als er Kluftinger sah, rieb er sich die Hände und schmetterte ihm ein „Na, auch schon frisch und munter an diesem wunderschönen Morgen?" entgegen.

„Hm", lautete Kluftingers Erwiderung, begleitet von einem Kopfnicken. Er warf die Koffer in den Kofferraum, und obwohl sie sehr gut Platz hatten, räumte sie Langhammer gleich an andere Plätze.

Die Verabschiedung verlief kurz und schmerzlos, so wie Kluftinger es am liebsten hatte. Er konnte seiner Frau durchs offene Fenster gerade noch einen Schmatz auf den Mund drücken, da setzte sich der Mercedes auch schon in Bewegung. „Ich hab dir für heute Abend einen Zettel geschrieben, wo du alles findest. Und räum endlich die Trommel aus dem Wagen!", rief ihm seine Frau noch zu.

Wenige Minuten später war er auf dem Weg ins Büro. Er wollte in Ruhe den kommenden Tag planen. Als seine Kollegen kamen, besprachen sie kurz die Aufgabenverteilung für den Tag. Anschließend machte Maier die

Adresse der Käserei von Robert Lutzenberg ausfindig, dem Freund des Ermordeten, von dem Wachters Tochter ihm gestern erzählt hatte.

„Also, Abflug, Richie", sagte der Kommissar zu Maier, nachdem der ihm die Adresse ausgehändigt hatte.

„Wie, ich soll mit?", fragte Maier ungläubig zurück.

„Jetzt komm schon", antwortete Kluftinger und fühlte sich dabei ein bisschen wie ein Vater, der seinen Sohn auf einen Ausflug mitnimmt, so sehr schien Maier sich zu freuen.

SIE WAREN schon ein paar Minuten gefahren, ohne ein Wort zu sprechen. Kluftinger genoss die Ruhe. Es war ein wunderschöner Tag. Der Himmel zeigte sich in sattem Weiß-Blau. Als sie bei Hellengerst die A 980 verließen, hieß sie ein Schild mit der Aufschrift GRÜSS GOTT IM WEITNAUER TAL willkommen, und sofort präsentierte die Landschaft sanfte grüne Hügel, die die nahen Berge bereits erahnen ließen. Das Westallgäu: immer noch ein Geheimtipp. Nur mit dem Bau der Autobahn hatte die Idylle hier zumindest schon mal den Fortschritt in Form des Verkehrslärms zu spüren bekommen.

Bei Seltmans bog Kluftinger links ab. Und als er die „Passstraße" kurz vor Röthenbach, ein Stück mit steilen und engen Kehren, hinunterfuhr, fiel der Blick auf das Tal, das mit seinen wunderschönen Fachwerkhäusern an die künstliche Landschaft einer Modelleisenbahn erinnerte.

„So, da tanken wir jetzt noch schnell", erklärte er und zeigte auf die Zapfsäulen, die links neben der Fahrbahn sichtbar wurden. „Hier ist es nämlich besonders billig." Obwohl Kluftinger Dienstfahrten natürlich vom Staat ersetzt bekam, gab es für ihn doch kaum ein schöneres Gefühl, als ein paar Cents zu sparen. Egal für wen.

Wenige Kilometer weiter, an der Abzweigung Lindenberg/Weiler, fragte Kluftinger unvermittelt: „Und wo geht's jetzt hin?" Er fuhr in den Kreisverkehr und bat Maier, doch in der Karte nachzusehen. Der faltete sie auf seinen Knien auf und beugte den Kopf darüber. „Na?" Maier begann zu schwitzen. Inzwischen hatten sie schon die dritte Runde im Kreisverkehr hinter sich. „Wird's bald", drängte Kluftinger mürrisch.

„Da lang", erwiderte Maier schnell.

„Wehe, das stimmt nicht", sagte Kluftinger mit drohendem Unterton. Den Rest der Fahrt nestelte Maier nervös an seinem Diktiergerät herum. Da fuhren sie an einem grünen Schild vorbei, auf dem mit gelber Schrift BÖSERSCHEIDEGG stand. Maier atmete erleichtert auf. Dann sahen sie auch die Käserei.

Kluftinger parkte den Wagen unter einem großen Kastanienbaum neben dem Haus und sie gingen auf den Eingang zu. Die Tür war verschlossen. Sie gingen um das Gebäude herum. Im Hinterhof standen Milchkannen in allen Größen, ein paar Hühner liefen über den Hof.

Da die Tür offen stand, konnte Kluftinger einen Mann und eine Frau erkennen, die mit einem Gartenschlauch gerade drei riesige kupferne Wannen abspritzten.

Als die Beamten die Türschwelle überschritten, empfing sie sofort ein intensiver Geruch. Kluftinger atmete ihn tief ein. Er liebte diesen Duft. Es roch nach so vielen Käsesorten gleichzeitig. Dass so ein intensiver Geruch nicht jedermanns Geschmack war, konnte er an Maiers verkniffener Miene ablesen.

„Grüß Gott", rief Kluftinger in den gekachelten Raum. Der Mann und die Frau, beide mit fleckigen weißen Schürzen bekleidet, blickten auf.

„Mir ham g'schlossn", brummte der Mann und richtete den Wasserstrahl nun auf den Boden.

„Ich weiß, ich weiß. Ich will ja auch nichts kaufen. Ich wollt nur fragen, ob ich den Herrn Lutzenberg sprechen könnte."

„Der wohnt doch schon lang nimmer da", sagte die Frau kopfschüttelnd.

„Ist das denn nicht seine Käserei?"

Der Mann lachte. „Sicher nicht. Weil das nämlich unsere Käserei ist."

Maier wurde es jetzt zu bunt. Er zückte seinen Ausweis, stellte sich vor und sagte: „Wir müssen unbedingt Robert Lutzenberg sprechen. Sofort."

Kluftinger nickte seinem Kollegen zu und gab ihm gleichzeitig mit der Hand ein Zeichen, die Leute nicht zu forsch anzugehen.

„Das ist natürlich was anderes", sagte der Mann und drehte den Wasserhahn ab. „Aber da wird Ihnen Ihr Ausweis auch nicht viel nützen. Der Lutzenberg ist nämlich seit ungefähr einem Dreivierteljahr tot."

Jetzt verstand Kluftinger gar nichts mehr. „Sie haben doch gerade gesagt, dass er –"

„Ja, sein Sohn", mischte sich jetzt wieder die Dame des Hauses ein. „Der Andreas wohnt im Unterland, ich glaub, der ist Lehrer oder so."

„Haben Sie die Käserei von seinem Vater gekauft?", wollte Kluftinger wissen.

„Eigentlich mehr übernommen. Der Lutzenberg wollte nicht viel dafür. Ihm war es wichtiger, dass das G'schäft in guten Händen weitergeführt wird. Wissen Sie, er hat immer drauf geschaut, dass hier lauter erstklassige Sachen hergestellt wurden. Und das hat sich rumgesprochen, sonst hätt so ein kleiner Betrieb gegen große Käsereien und Milchwerke doch gar keine

Chance gehabt. Und ich hab eben bei dem Lutzenberg gearbeitet. Da wusste er Bescheid, dass bei mir alles in guten Händen ist."

„Haben Sie eine Adresse von seinem Sohn?", fragte Maier und hielt dem Mann sein Diktiergerät unter die Nase.

„Nein, das nicht, aber hier in der Nähe, in Weiler, haben sie noch ein Haus. Ich glaube, da wohnt irgendeine Großtante oder so darinnen. Die kann Ihnen bestimmt weiterhelfen", sagte der Mann und versuchte dabei angestrengt, möglichst fehlerfreies Hochdeutsch in das Gerät zu sprechen.

„Gut, dann fahren wir da hin", sagte Kluftinger und tat so, als sei ihm gerade noch etwas Wichtiges eingefallen. Tatsächlich wollte er schon die ganze Zeit fragen: „Kann ich vielleicht doch ein Stück Käse bei Ihnen kriegen?"

Einige Minuten später saßen Maier und Kluftinger mit dem Stück Parmesan, das der Kommissar bekommen hatte, im Wagen. Der Käser, der sich inzwischen als „Herr Stoll" vorgestellt hatte, hatte extra für den Kommissar einen frischen Laib angeschnitten und ihm dann ein Stück geschenkt. Dabei hätte Kluftinger für den Parmesan so ziemlich jeden Preis bezahlt, schließlich wollte er nicht noch einmal vor Langhammer als Depp dastehen.

Da das Ehepaar in der Käserei nur die Adresse wusste, beschlossen die beiden Kriminalbeamten, nach dem Weg zu fragen. Kluftinger entdeckte einen älteren Mann, der gerade seinen Dackel spazieren führte. Er hielt mit seinem Passat am Straßenrand und Maier fragte freundlich, wo denn die Sandbühlstraße sei.

„Wer soll denn do dät wohne?", fragte der Mann in breitestem Dialekt und streckte seinen Kopf zum Wagenfenster herein.

„Das tut überhaupt nichts zur Sache. Wir wollen nur wissen, wo die Straße ist. Zu wem wir wollen, ist ja wohl unsere Sache."

„Dass ihr Gelbfießler au iberall eiern Grind herzeige miesset", schimpfte der Mann zurück und zog seinen Kopf schnell aus dem Wagen.

Jetzt bekam Maier einen roten Kopf. Nicht nur weil er es hasste, Gelbfüßler genannt zu werden. Nein, diese Allgäuer Bezeichnung für die württembergischen Nachbarn benutzte er sogar selbst manchmal. Was ihn wurmte war die Tatsache, dass er es nach über zwanzig Jahren im Allgäu immer noch nicht geschafft hatte, als „Eingeborener" durchzugehen. „Hören Sie, Sie brauchen nicht gleich ausfällig zu werden", konterte Maier und bemühte sich dabei um geschliffenes Hochdeutsch. „Ich werde Sie mit solchen Fragen besser nicht mehr inkommodieren. Wahrscheinlich wissen Sie gar nicht, wo die Sandbühlstraße ist."

Der alte Mann stutzte und erwiderte dann trocken: „Jo, wenn ihr so gschiid sind, dann kinned'r grad sell suche“, pfiff durch eine lückenhafte Zahnreihe seinem Hund und marschierte davon.

Den nächsten Passanten fragte Kluftinger selbst und erhielt prompt die gewünschte Antwort. Ein „Siehst du!“ in Maiers Richtung konnte er sich deswegen nicht verkneifen.

Das Haus in der Sandbühlstraße, das die Nummer 9 trug, war ein uraltes, wunderschönes Hexenhäuschen mit knorrigen Fachwerkbalken in der Fassade. Es schien noch tadellos in Schuss.

Als auf ihr Klingeln niemand öffnete, gingen die beiden Beamten um das Haus herum. „Ist da jemand?“, rief Kluftinger.

„Kann man ihm helfen?“, hörte er plötzlich eine Stimme. Kurze Zeit später tauchte auch der dazugehörige Mensch auf. Eine Frau, die Kluftinger auf mindestens Mitte achtzig schätzte, in bunt gemusterter Kittelschürze, an der – sozusagen schulterfrei – zwei faltige Arme hingen. Ihre Haare standen in sämtliche Himmelsrichtungen ab. Sie humpelte um die Ecke und blickte die beiden Polizisten an. In der einen Hand hielt sie eine kleine Harke, in der anderen ein Büschel mit verschiedenen Gräsern.

„Grüß Gott, wir wollen zu Familie Lutzenberg“, sagte Kluftinger in das allgemeine Schweigen und lächelte freundlich.

„Ja, da ist er schon richtig“, murmelte die Frau und kam humpelnd näher. „Was will er denn?“, fragte die Alte.

Der Kommissar stellte sich und seinen Kollegen vor und umriss kurz ihr Anliegen. Die Frau, die sich als Lina Lutzenberg, die Tante des verstorbenen Robert vorstellte, bekam große Augen und bat die beiden sofort ins Haus. Sie winkte ihn und Maier ins Wohnzimmer und bedeutete ihnen, auf der Couch Platz zu nehmen. Trotz mehrfachen Verneinens ließ sie sich nicht davon abbringen, den beiden Beamten einen Kräutertee zu machen. Eine große alte Standuhr zeigte Viertel nach elf. Kluftinger sah auf seine Armbanduhr und stellte fest, dass die Standuhr auf die Minute genau ging.

„Die stimmt schon“, sagte plötzlich eine Stimme dicht hinter ihm. Dann stellte sie ihren Besuchern zwei Tassen dampfenden Tee auf den Tisch.

„Eine Mischung aus dem Garten mit Holunder und Lindenblüten – gut für die Nieren, weil man gut schwitzt“, sagte sie und nahm auf einem klapprigen Holzstuhl Platz. Kluftinger fiel auf, dass sie sich die Haare gekämmt hatte. Über ihre Schürze hatte sie eine schwarze Strickjacke gezogen. Es war ihm ein Rätsel, dass die Frau nicht auf der Stelle einem Hitzschlag erlag. „Und, schmeckt's ihm?“, fragte sie und blickte Maier und Kluftinger erwartungsfroh an.

Der Kommissar sah sich die Tasse an. Der Wasserdampf tanzte auf der dunklen Brühe. Er schwitzte schon beim Anblick des Gebräus. Mit einem Lächeln, das mehr nach Zahnschmerz als echter Freude aussah, nippten beide an den Tassen, um sie sofort mit einem überschwänglichen „Hmmmm!“ wieder abzusetzen.

Die Alte schien zufrieden und ergriff das Wort: „Wie, hat er gesagt, heißt er? Maier? Ja, ist er am Ende mit dem Fridolin verwandt? Ich hab doch dem Fridolin seine Tochter in der Schule gehabt. Mei, das war ja eine so brave Schülerin. Mei, jetzt ist der Fridolin halt auch schon tot. Aber wie der damals gestorben ist, das ist mir gleich auch nicht ganz geheuer vorgekommen. Da sollt er einmal nachfragen, beim ...“

„Ja, Frau Lutzenberg, das machen wir bestimmt“, unterbrach sie Maier, nachdem er mit seinem Chef einen leidvollen Blick getauscht hatte. „Jetzt müssen wir aber was über Ihren Neffen wissen. Über Ihren Neffen.“ Die letzten Worte sprach Maier sehr laut und betonte jede Silbe.

„Ich hab schon verstanden“, antwortete Lina Lutzenberg, „nur weil ich alt bin, braucht er nicht mit mir zu schreien.“

Kluftinger versuchte, sein Grinsen zu verbergen, indem er einen tiefen Schluck aus der Teetasse nahm.

„Jetzt trinken wir erst einmal einen Kräuterlikör zusammen“, erklärte die Dame des Hauses und stellte den beiden jeweils ein Glas „Selbstgemachten“ hin.

Auch den schluckten sie tapfer. Und griffen sofort hastig zur Teetasse, denn das dunkle Gesöff brannte, als hätten sie in eine Peperoni gebissen. Kluftinger musste jetzt sogar sein Sommerjackett ablegen, sodass die dunklen Schweißflecken unter seinen Achseln sichtbar wurden.

„So, ist ihm heiß geworden?“, fragte Lina Lutzenberg, und ihren Mund umspielte ein schelmisches Lächeln.

Der Kommissar stand auf und ging ein wenig im Zimmer umher. Der Schweiß rann ihm inzwischen in kleinen Sturzbächen übers Gesicht. „Bitte, Frau Lutzenberg, erzählen Sie uns doch etwas von Ihrem Neffen. Vielleicht aus seiner Studentenzeit?“ Als sie den Kopf senkte und offenbar nachdachte, was ihr zu diesem Thema einfiel, schnappte sich Kluftinger ein gerahmtes Bild, das auf der Kommode stand, und fächelte sich damit Luft zu.

„Ja was fällt mir denn dazu ein? Mei, in München war er halt. Wissen S’, ich war ja als ganz kleines Mädchen auch schon mal in München, als –“

„Bitte, Frau Lutzenberg, kennen Sie den Studienkollegen Ihres Neffen?

Herrn Wachter?" Kluftingers Handgelenk schmerzte bereits, so heftig fächelte er mit dem Bild.

„Den Wachter? Wie heißt denn der mit Vornamen?"

„Philip!", rief Maier schnell. „Philip Wachter."

„Ja, den Philip, ja den hab ich ja fast ganz vergessen. Der war doch früher manchmal da gewesen. Wie die Frau vom Robert noch gelebt hat. Wissen S', die hat doch diesen schlimmen Unfall gehabt. Das war für den Robert ganz schlimm. Jaja, aber der Philip, wie geht's dem denn? Der Philip war ja auch ein Netter, Wachter, hieß er, glaub ich."

Kluftinger verdrehte die Augen. Es hatte wirklich keinen Sinn, hier noch weiter zu bleiben. Vielleicht würde er einen Kollegen vorbeischicken, um die Aussage der alten Frau zu protokollieren. Er stellte das Bild wieder auf die Kommode. „Vielen Dank. Sie haben uns sehr ..." Er schnappte sich noch einmal das Bild, mit dem er gerade gegen einen Hitzschlag angekämpft hatte, und betrachtete es ganz genau. Es zeigte eine Szene vor einem Gipfelkreuz. Ein Mann, den Kluftinger auf Mitte fünfzig schätzte, stand davor und hatte den Arm um einen jüngeren gelegt. Beide lachten fröhlich in die Kamera. Kluftinger kannte den Jüngeren. Es war der Mann, der auf der Beerdigung vor ihm geflüchtet war. Obwohl ihm vor Hitze und vor Aufregung plötzlich ganz schlecht war, versuchte er sich zu beherrschen und sagte so ruhig wie möglich: „Wer ist das auf diesem Bild?"

Die Frau zwickte die Augen zusammen, sodass ihr Gesicht noch faltiger erschien. Obwohl sie das Bild eigentlich genau kennen musste, holte sie ihre Brille und betrachtete konzentriert das Foto. „Der Robbi und der Andi", sagte sie schließlich mit einem zufriedenen Lächeln, als hätte sie eine schwierige Quizfrage beantwortet.

„Robbi ... Robert Lutzenberg?", vergewisserte sich der Kommissar.

„Robert und Andreas Lutzenberg", antwortete die Frau.

Kluftinger zog die Augenbrauen hoch. Es dauerte ein paar Sekunden, bis er verstand: „Sie meinen, Herr Lutzenberg und sein Sohn?"

„Sicher. Wer denn sonst? Ach, der Andi. Der wollt doch eigentlich schon längst mal wieder vorbeikommen."

„Haben Sie vielleicht eine Adresse?", fragte er und konnte seine Ungeduld nicht mehr verbergen.

„Moment", sagte die Frau und ging zur Kommode.

Während sie darin herumkramte, flüsterte Maier seinem Chef die Frage ins Ohr, die er vorher nicht stellen durfte: „Wer ist denn das auf dem Foto?"

„Der Mann vom Friedhof", flüsterte Kluftinger zurück.

Jetzt bekam auch Maier große Augen.

Die Wohnungstür war hinter ihnen noch nicht ins Schloss gefallen, da drückte Kluftinger seinem Kollegen den Autoschlüssel in die Hand: „Du fährst!“ Sofort zückte er sein Handy, um die Kollegen in Memmingen, wo sich die Wohnung von Andreas Lutzenberg befand, zu verständigen.

ES WAR gegen zwei Uhr, als Maier und Kluftinger in Memmingen eintrafen. Sie parkten am Polizeigebäude, um dort einen Memminger Kollegen aufzulesen, der ihnen den Weg zur Wohnung Lutzenbergs zeigen sollte. Als der Kollege kam, stieg Kluftinger aus dem Wagen und ging ihm ein Stück entgegen.

„Schmied. Grüß Gott, Herr Kluftinger.“

„Schmied? Harald Schmied?“ Kluftinger kannte die Stimme von zahllosen Telefonaten mit dem benachbarten Revier, die er im Laufe seiner Dienstzeit geführt hatte.

Sein Gegenüber lächelte: „Genau der.“

„Das freut mich jetzt aber, dass ich Sie endlich mal persönlich kennen lerne“, sagte Kluftinger ehrlich. Schmied war ihm sofort sympathisch. Er hatte das Gefühl, ihn schon lange zu kennen. Und irgendwie stimmte das ja auch.

Als Schmied die hintere Tür zu Kluftingers Passat öffnete, stieg er nicht ein, sondern blieb vor dem Wagen stehen und blickte den Kommissar etwas unsicher an.

„Ist was?“, fragte der, blickte in den Wagen und erkannte das Problem: die Trommel lag immer noch im Fond, die Sitze waren umgeklappt. „Oh, Entschuldigung. Das ist meine Trommel, die wollt ich eigentlich schon lange rausräumen“, erklärte der Kommissar, denn für Schmied war nicht erkennbar, was da so platzraubend unter der Decke im Wagen lag. „Steigen Sie doch schon mal vorne ein, ich setze mich nach hinten“, sagte der Kommissar. Er schob die Trommel so weit es ging auf die andere Seite, klappte einen der Rücksitze notdürftig nach hinten und zwängte sich in den Wagen.

„Sollten wir nicht vielleicht doch lieber einen unserer Wagen nehmen?“, fragte Schmied besorgt beim Anblick der ungünstigen Haltung seines Kemptener Kollegen.

„Nein, nein, geht schon“, log Kluftinger und schob schnell nach, um das Thema abzuschließen: „Maier – Herr Schmied, Herr Schmied – Maier.“ Maiers Blick und dass er den Mund verzog, weil Kluftinger bei der Vorstellung nur den Memminger Kollegen mit „Herr“ tituliert hatte, sah er nicht.

Kluftinger war froh, dass sie schon nach wenigen Minuten das Auto wieder abstellten. Heute Abend räum ich das Ding endlich raus, nahm er sich fest vor.

„Wir haben seine Wohnung genau überwacht. Er ist weder rein- noch rausgekommen“, informierte ihn Schmied. „Wenn Sie mich fragen, ist der gar nicht da. Auch am Fenster hat sich niemand gezeigt.“

„Wird beim Arbeiten sein“, vermutete Kluftinger.

„Würde mich wundern“, entgegnete Schmied. „Wo er doch Lehrer ist und wir gerade ...“

„... Sommerferien haben“, vollendete Maier den Satz.

Schmieds irritierten Blick beantwortete Kluftinger mit einem angedeuteten Kopfschütteln. „Wissen Sie irgendwas über Lutzenberg?“

„Also in unseren Akten taucht er nirgends auf, das haben wir schon gecheckt.“

Kluftinger zog die Brauen hoch, als Schmied eines seiner Hasswörter gebrauchte. Sollte er sich in dem Kollegen getäuscht haben? Für dieses Mal beschloss er, ihm den Fehltritt durchgehen zu lassen. „Gehen wir rein“, sagte er.

Die Eingangstür gehörte zu einem alten Haus in einer Häuserzeile am Rand des Marktplatzes. Zwei Polizeibeamte lehnten ein paar Meter entfernt am Geländer, das den Stadtbach vom Kopfsteinpflaster des Platzes trennte. Als Schmied ihnen zunickte, folgten sie den drei Kripobeamten.

Kluftinger klingelte. „Stehen hinten auch Kollegen? Falls er ausbüxen will?“

Schmied nickte. Die Haustür war nicht verschlossen. Die fünf Männer stiegen die knarzenden Holztreppen in den fünften Stock hinauf, klingelten erneut, klopften, riefen – vergeblich.

„Wir müssen einen Durchsuchungsbefehl besorgen. Und den Hausmeister.“

Etwa eine Stunde später standen sie wieder vor der Tür, diesmal mit der richterlichen Erlaubnis, die Wohnung betreten zu dürfen, und mit dem Hausmeister, der ihnen aufschloss. Kluftinger öffnete sofort jedes Fenster, an dem er vorbeiging.

Die Wohnung war spärlich eingerichtet und sah sehr ordentlich aus. Aber sie hatte keine Eigenheiten, keinen Charakter. Obwohl Lutzenberg hier wohnte, hatte er keine Bilder an den Wänden, keine Zettel oder Zeitungen herumliegen. Kluftinger setzte sich an den Küchentisch und blickte sich um. Währenddessen durchforsteten die Memminger Beamten die Schränke, hoben die Polster von den Sesseln, blickten unter die Matratzen.

„Ich denke, wir sollten eine Fahndung rausgeben, was meinen Sie?“, suchte Kluftinger Bestätigung bei seinem Memminger Kripokollegen Schmied.

„Das wäre wohl das Beste“, pflichtete der ihm bei. „Es sieht ganz danach aus, als seien wir in der Wohnung des Täters.“

Kluftinger nickte Maier zu. Der zückte sein Telefon.

„Herr Kommissar ...!“, rief einer der Beamten aus dem Wohnzimmer.

„Ja“, antworteten Kluftinger und Schmied gleichzeitig und erhoben sich von ihren Stühlen. Sie sahen sich an und grinsten. „Sie zuerst, es ist schließlich Ihr Fall“, sagte Schmied.

Ein Polizist hockte auf dem Boden des Zimmers und hatte ein paar Aktenordner vor sich, die er aus dem unteren Fach des Schrankes gezogen hatte. „Wir haben hier eine Menge Ordner mit Papieren gefunden. Persönliche Sachen, Finanzen und so was. Möchten Sie gleich mal einen Blick reinwerfen?“

Kluftinger schüttelte den Kopf. „Lassen Sie alles rausschaffen. Meine Mitarbeiter kümmern sich dann darum.“ Er wollte sich gerade wieder umdrehen, da fiel sein Blick auf etwas, das noch im Schrank stand. „Geben Sie mir das da mal?“ Ein blauer Einband, auf dem mit goldener Schrift zwei Jahreszahlen vermerkt waren. „1970 bis 1986“, las Kluftinger leise.

Es war das fehlende Fotoalbum.

„Fahr du bitte“, sagte Kluftinger zu Maier. Sie fuhren aus Memmingen heraus, Richtung A 7, nach Kempten. Im Polizeifunk wurde gerade über die Personenfahndung nach Andreas Lutzenberg im süddeutschen Raum informiert.

„Österreich und Schweiz! Wir brauchen eine internationale Fahndung, die für Österreich und die Schweiz gilt. Du erledigst das bitte nachher, wir müssen das über Interpol laufen lassen“, erklärte der Kommissar, froh, dass er Mitarbeiter hatte, an die er solche Arbeiten delegieren konnte.

Maier lenkte den Kombi auf die Autobahn, Kluftinger legte den Kopf zurück und schloss die Augen.

Sie hatten eine richtig heiße Spur. Noch vor ein paar Stunden wussten sie nicht, wer der Mann auf dem Friedhof gewesen war, und nun, durch einen kleinen Zufall, kannten sie seinen Namen und seine Adresse. Die Indizien ließen keinen anderen Schluss zu: Lutzenberg hatte Wachter offenbar mit einer Vorhangschnur erdrosselt. Den ehemals besten Freund seines Vaters. Wachters Haushälterin hatte ihn auf der Beisetzung des Opfers erkannt und hatte ausgesagt, er sei bei Wachter gewesen. Die beiden hätten gestritten. Aber was hatte den Mann, den jungen Beamten, schließlich war er Lehrer, zu dieser schrecklichen Tat bewegt?

Nur unbewusst nahm Kluftinger die Fahrtgeräusche noch wahr. Die Wärme im Auto, das sonore Brummen des Motors, die Geräusche, die der

Fahrtwind erzeugte, machten ihn schläfrig. Im Halbschlaf schossen Kluftinger Gedankenfetzen durch den Kopf: *Lutzenberg und Wachter – Brüche in Wachters Leben – das Fotoalbum gefunden – beruflicher Einbruch in Wachters Leben – vorher schon blieb Lutzenbergs Erfolg aus – Arbeit als einfacher Käser – Familien passten nicht mehr zusammen – hier nachbohren – Käser in Böserscheidegg und Lebensmittelchemiker – gute Qualitätsprodukte – Parmesan – Kässpatzen – Langhammer ...*

Kluftinger schreckte auf. Verdammt, er musste in den nächsten Tagen mit Dr. Langhammer Kässpatzen essen.

Plötzlich wurde Kluftinger durch ein heftiges Bremsmanöver aus dem Sitz gehoben. Die Aktion wurde von einem anderen Verkehrsteilnehmer mit lautem Hupen quittiert. Kluftinger schüttelte den Kopf: Autofahren war nicht wirklich Maiers Stärke.

Ohne ein Wort zu seinem Kollegen zu sagen, griff sich der Kommissar das Fotoalbum und blätterte es durch. Wie Julia Wagner gesagt hatte: Familienbilder aus dem Urlaub in Italien, Bilder der beiden Freunde auf dem Tennisplatz, auf Golfplätzen im Ausland, im weißen Labormantel mit Reagenzgläsern und Versuchsanordnungen. Eine Fotografie zeigte sie bei der Übergabe einer Urkunde und eines dieser großen Schecks, offenbar bei einer Preisverleihung. Noch konnte Kluftinger dieses vor ihm liegende Puzzle nicht zusammensetzen. Aber die Bilder würden ihn weiterbringen. Er musste nur den geheimen Code knacken, den das Album enthielt.

Wieder war Kluftinger in Gedanken versunken, bis Maier die scharfe Kurve an der Kemptener Ausfahrt mit ziemlich hoher Geschwindigkeit durchfuhr. Die Illerbrücke kam näher und damit das Ende der Fahrt. Kluftinger nahm intensiv wahr, was es am Rande der Ringstraße zu sehen gab. Links die Friedhofshecke und davor, parallel zur Straße, ein Milchauto – SCHÖNMANGER, DER GESCHMACK DES ALLGÄUS war darauf zu lesen. Er sah zu Maier hinüber, der seinen Blick erwiderte und überraschenderweise auf Anhieb zu verstehen schien.

„Da könnten wir noch einmal nachbohren. Sollen wir einen Termin ausmachen?“, fragte Maier nicht ohne Stolz, selbst zur gleichen Zeit wie sein Vorgesetzter auf diese Idee gekommen zu sein.

„Ja, später“, entschied der Kommissar, während nun das Präsidium in Sicht kam.

„WIR HABEN HEUTE noch viel vor, Frau Henske, jetzt geht es voran“, sagte Kluftinger voller Elan, als er das Büro betrat.

„Nu, was is denn los, Herr Kluftinger, das uns so viel Arbeit verschaffen wird?“, fragte sie beinahe ungläubig. Als Kluftinger sie knapp über die aktuelle Lage aufgeklärt hatte und sie bat, alle Mitarbeiter über eine Dienstbesprechung um 16 Uhr, also in einer knappen Stunde, zu informieren und ihm eine Verbindung mit Julia Wagner zu machen, war ihr klar, dass der Kommissar es ernst gemeint hatte. Und sie liebte es, wenn Betriebsamkeit in die Dienststelle kam, das war das, was sie sich insgeheim von ihrem Beruf erwartete. Nun war es wieder so weit, es gab Konferenzen, es gab Pressetermine, es gab Hektik, und man hatte – so drückte es Sandy manchmal aus – das Gefühl, ganz nah an einem sehr „wischt'schen Geschehen dron“ zu sein.

Im Konferenzraum hatten sich bereits fast alle Kollegen eingefunden, da sie darauf brannten, die Neuigkeiten vom Chef in allen Einzelheiten zu erfahren. Kluftinger erhielt von Sandy noch die Nachricht, dass Wachters ältere Tochter in München gerade nicht zu erreichen sei, sie werde aber nach der Konferenz weiter versuchen, sie zu kontaktieren. Punkt 16 Uhr kam Kluftinger in den Raum, gefolgt von Maier, der es trotz der Kürze der Zeit geschafft hatte, für das „internationale Fahndungsabkommen nach dem dringend des Mordes verdächtigen Andreas Lutzenberg, wohnhaft in Memmingen“ alles Nötige in die Wege zu leiten.

Kluftinger begrüßte alle kurz und begann sofort mit der Darlegung der aktuellen Ereignisse. Andreas Lutzenberg sei eindeutig als der junge Mann identifiziert worden, der auf der Beerdigung des Opfers geflohen war. Er wurde vor dem Mord bei einem Streit mit Philip Wachter in dessen Haus beobachtet, zudem fand sich in Lutzenbergs Wohnung eines der fehlenden Fotoalben Wachters. Er sei daher des Mordes an Wachter dringend verdächtig.

Ein Raunen ging durch die Reihen der Kollegen. Dann verteilte der Kommissar die Aufträge für das weitere Vorgehen an diesem Tag. Zwei der Kollegen sollten sich im Umfeld Lutzenbergs umhören und möglichst viele Informationen über seine Lebensweise einholen. Zudem sollten sie sich in seiner Schule erkundigen. Die Wohnung werde rund um die Uhr von den Memminger Kollegen überwacht.

„Hoff'mer, dass die des gscheit machen“, entfuhr es dem Kommissar, und die Anwesenden waren beinahe froh, wieder die bekannte humorvollmenschliche Seite Kluftingers zu erleben. Das Tempo der Konferenz verringerte sich.

„Unsere Stubenhocker kümmern sich bitte um die Unterlagen aus Lutzenbergs Wohnung, die müssten bald aus Memmingen zu uns gebracht werden“, sagte Kluftinger. Die Innendienstkollegen, allesamt Spezialisten auf ihren einzelnen Gebieten, wussten, dass dies nicht abwertend gemeint war, weil eine Ermittlungsarbeit ohne die Detailrecherche im Hintergrund überhaupt nicht möglich wäre. Daher ließen die Innendienstler den Spott geduldig über sich ergehen.

Seine engsten Mitarbeiter Maier und Strobl bat er, noch kurz zu einer internen Besprechung zu bleiben. Schließlich fragte Sandy, wie man sich der Presse gegenüber zu verhalten habe.

Kluftinger fand es interessant, dass gerade sie, die ja eigentlich gar nicht befugt war, über Ermittlungen nach außen Auskunft zu geben, diese Frage stellte. „Vielen Dank, Frau Henske, das hab ich jetzt glatt vergessen", sagte er lächelnd zu der jungen Sekretärin, die das dezente Lob mit einem zufriedenen Lächeln quittierte. „Falls sich die Leute von sich aus melden, sagen wir, dass wir einen dringend Verdächtigen haben. Weiter nichts. Wir müssen jetzt in der Ruh bleiben, gerade nach außen", fügte er noch hinzu und beendete mit diesen Worten die Konferenz.

Kluftinger wies Maier und Strobl an, sich weiter um die Fahndung zu kümmern, und schärfte ihnen ein, ihn sofort über eventuelle Zwischenergebnisse zu unterrichten. Dann ging er in sein Büro und wählte die Nummer von Julia Wagner. Zu seiner Überraschung meldete sich eine Männerstimme. Er wusste, dass Julia verheiratet war, doch ihren Mann hatte er bisher nicht kennen gelernt. Kluftinger fragte ihn, ob seine Frau zu sprechen sei, und Wagner antwortete, dass er sie gerade kommen höre.

Dann meldete sich die gehetzte Stimme Julias. „Ja, Herr Kluftinger, tut mir leid, ich hab gerade noch kurz im Büro vorbeigeschaut. Dann noch einkaufen und alles hochschleppen, ich bin noch sehr außer Atem. Gibt es denn etwas Neues, Herr Kommissar?"

„Frau Wagner, wir haben mittlerweile eine Spur. Bitte haben Sie aber Verständnis dafür, dass wir selbst Ihnen gegenüber noch Diskretion wahren müssen. Vor uns liegt sozusagen ein Puzzle ausgebreitet, dessen Teile wir nicht recht zusammenfügen können. Um dazu in der Lage zu sein, müssen wir Ihren Vater und das Leben, das er geführt hat, noch besser kennen lernen, und dabei könnten Sie uns jetzt sehr helfen."

„Was genau möchten Sie denn wissen?"

Kluftinger kam trotz aller Diskretion ohne Umschweife zum Thema. „Erzählen Sie mir vom Bruch Ihrer Familie mit den ehemaligen Freunden, speziell mit der Familie Lutzenberg."

„Wie bereits gesagt, wir hatten viel Kontakt zu Lutzenbergs in der Kölner Zeit. Oft waren wir auch im Elternhaus von Herrn Lutzenberg in Weiler im Allgäu. Dort war genügend Platz für uns alle. Andi verstand sich gut mit uns Mädchen. Wir waren beinahe eine große Familie. Wir konnten uns dann nicht erklären, warum auf einen Schlag alles vorbei sein sollte. Lutzenbergs zogen, kurz nachdem wir den Kontakt zu ihnen abgebrochen hatten, wieder ins Allgäu. Herr Lutzenberg hatte ja im Institut, wo er mit meinem Vater gearbeitet hatte, gekündigt."

„Welches Institut war denn das?"

„Es war eine Forschungseinrichtung im Lebensmittelbereich, die zwar kommerziell arbeitete, aber irgendwie auch an die Universität angegliedert war. Ich kann nachsehen, wie die Firma hieß, Sie können es sicher selbst herausfinden. Ich kann Ihnen auch nicht sagen, was da im Einzelnen vorgefallen ist. Es gab einen großen Streit zwischen den beiden, aber ich war wohl zu jung, um von meinem Vater Details zu erfahren. Und irgendwann war es nicht mehr so aktuell. Mein Vater blieb weiter am Institut."

„Und Sie haben nie wieder einen der Lutzenbergs getroffen?"

„Nie. Sie waren im Allgäu, in Weiler, wir in Köln, und als wir dann auch umzogen, hatten wir wirklich andere Probleme."

Der Kommissar bedankte und verabschiedete sich von Wachters Tochter.

Hektisch legte er auf und notierte sich auf einem Zettel einige Dinge, die er nun zu erledigen hatte:

– Institut ausfindig machen – Termin ausmachen!!

– Unbedingt herausfinden, was vorgefallen war – Archive, Fachzeitschriften nach Wachter und Lutzenberg durchforsten

– Käserei: Schönmanger nach beruflichem Vorleben ausfragen!!!

– Bartsch?

Die Zettel waren eine Spezialität des Kommissars: Sie stammten von Bedienungsblöcken mit dem Logo ALLGÄUER BRAUHAUS, die einer seiner Bekannten, mit dem er hin und wieder Schafkopf spielte und der bei der Brauerei arbeitete, ihm in ganzen Päckchen besorgte. Auch zu Hause hatte er immer diese Zettel, die er wegen des dünnen, leichten Papiers und des nach seiner Ansicht so praktischen Formats liebte – sie passten in das Scheinfach des Geldbeutels.

Kluftinger rief bei Strobl an und bat ihn, sich über den früheren Arbeitsplatz Wachters in Köln zu erkundigen, die genaue Adresse dieses Instituts ausfindig zu machen und einen Gesprächstermin mit der Geschäftsleitung zu vereinbaren. Danach rief er im Archiv an und gab bei den „Stubenhockern" in Auftrag, alles zu recherchieren, was über Wachter und Lutzenberg in Fachzeitschriften und Zeitungen zu erfahren war. Internet- und Datenbankrecherche waren für ihn selbst böhmische Dörfer.

Maier wurde vom Kommissar mit der Vereinbarung eines Termins mit Herrn Schönmanger von der Krugzeller Käserei für den folgenden Tag beauftragt. Eigentlich wäre dies Sandys Job gewesen, aber ihr Apparat war seit einer Viertelstunde belegt. Kluftinger konnte ja nicht ahnen, dass Frau Henske einen neuen Verehrer hatte, bei dem sie sich nun für den verspäteten Dienstschluss rechtfertigen musste. Er versuchte es noch einmal bei ihr, wieder war besetzt, und so ging er zu Sandys Arbeitsplatz, da er noch die Telefonnummer von Robert Bartsch brauchte, dem Arbeitskollegen, der Wachter tot aufgefunden hatte. Sandra Henske erschrak und beendete schleunigst das private Telefongespräch. Sie sagte ihm zu, gleich eine Verbindung mit Herrn Bartsch herzustellen, und lachte verlegen, als Kluftinger kehrtmachte, um wieder in sein Zimmer zu gehen.

Das Telefon klingelte und Kluftinger hob ab, nannte Bartsch seinen Namen und sogar seine Dienstbezeichnung. Noch bevor er selbst eine Frage stellen konnte, erkundigte sich Wachters Kollege nach dem Fortgang der Ermittlungsarbeit mit erstaunlich gelöster und nach guter Laune klingender Stimme. Kluftinger nahm dies als vielversprechendes Zeichen für ein offenes und informatives Gespräch. „Es geht schon voran, Herr Bartsch. Danke für die Nachfrage. Herr Bartsch, was ich von Ihnen gern wissen würde, ist, ob Sie uns etwas über das private und berufliche Umfeld von Herrn Wachter sagen können, das vor seinem Umzug ins Allgäu liegt."

„Ich weiß natürlich, dass er vorher in Köln gearbeitet hat, in der Forschung, und da lange Zeit erfolgreich war. Und dann eben diese unangenehme Sache ..."

„Ich muss von Ihnen noch mehr erfahren. Vielleicht könnten wir uns ja bei Ihnen in der Firma treffen?"

„Sicher, kommen Sie vorbei, ich bin jeden Tag bis achtzehn Uhr da ..."

„Gut, wir melden uns, vielen Dank einstweilen, Herr Bartsch, gell. Pfügott."

Kluftinger war froh über den Ortstermin. Er war eben kein Bürotiger, und am Telefon arbeitete sein Gehirn irgendwie langsamer. Vor Ort konnte er seine Begabung einsetzen, aus Gestik, Mimik und Haltung seiner Gesprächspartner wichtige Informationen zu gewinnen. Möglicherweise kam in ihm da ein bisschen von seinem Vater durch, der als Landpolizist am liebsten den ganzen Tag unterwegs gewesen wäre.

AM NÄCHSTEN TAG schaute der Kommissar nur kurz im Büro vorbei, um ein paar Berichte abzuzeichnen und unerledigte Büroarbeit fertigzustellen. Er packte einen Brauhausblock in seine Tasche und machte sich zu Maier auf. Der hatte in der Käserei den Seniorchef nicht erreicht. Kluftinger sagte, das sei ihm jetzt auch wurscht, er wolle jetzt da hin, zur Not müsse man sich halt ein wenig umsehen, bis der Inhaber zur Verfügung stehe. Außerdem könne man sich ja vorher noch mit Bartsch unterhalten. Maier solle sich weiterhin um die Fahndung über Interpol kümmern, er nehme Strobl an seiner Stelle mit nach Krugzell.

Die Enttäuschung Maiers wurde etwas gemildert durch den Hinweis seines Vorgesetzten, dass er die Arbeiten im Büro nun allein überwachen sollte, was ihn quasi zum kommissarischen Leiter der Ermittlungen beförderte.

Als der Passat auf den Betriebshof der Käserei Schönmanger in Krugzell einbog, herrschte weniger Aktivität als beim letzten Mal. Die Milchautos standen aufgereiht vor der Produktionshalle.

Die beiden Kriminaler machten an der Pförtnerkabine halt. Kluftinger zückte den Dienstausweis und hielt ihn an die Scheibe der Kabine.

„Grüß Gott, melden Sie uns bitte im Sekretariat an!“, tönte er so geschäftig, dass er auf dem Weg nach oben über sich selbst ein wenig grinsen musste.

Die Sekretärin von Herrn Schönmanger war bereits auf das Kommen der Polizisten vorbereitet und erwartete sie mit abweisender Miene. „Ja, meine Herren, Herr Schönmanger weilt bei einer Unterredung außer Haus. Ich weiß nicht, ob er heute überhaupt noch kommt. Es wird also keinen Zweck haben zu warten, ich habe das Ihrem Kollegen doch schon am Telefon gesagt.“

Eine Tür neben der, die zum Büro des Seniorchefs gehörte, ging auf und ein braungebrannter junger Mann im dunklen Anzug und mit sonnengelber Weste und violetter Krawatte trat heraus und ging auf die Sekretärin zu. Er grüßte die Besucher und gab seiner Angestellten einen großen braunen Umschlag mit den Worten, dass dies heute unbedingt noch rausmüsse.

Kluftinger und Strobl ahnten, dass dies der Sohn Schönmangers war, der sich um das Marketing der Firma kümmerte.

„Herr Schönmanger, die Herren wären von der Polizei, sie wollen zu Ihrem Vater. Meinen Sie, er kommt noch einmal her?“

„Weiß ich das, Frau Moser? Bin ich seine Sekretärin?“, fuhr er die Vorzimmerdame an.

Kluftinger fand ihn unsympathisch, obwohl er ihn kaum eine Minute kannte. Trotzdem fasste er den Entschluss, eine kurze Unterredung mit ihm zu führen, womöglich würde der Vater doch noch auftauchen. „Ich höre gerade, Sie sind der Juniorchef. Kluftinger, Kriminalkommissar, hätten Sie grad amol a Momentle Zeit, Herr Schönmanger, wir hätten da ein paar Fragen an Sie.“

„Ja meinetwegen. Frau Moser, bringen Sie mir bitte einen Kaffee, ja?

Aber ohne Milch diesmal“, antwortete Schönmanger und geleitete die bei der Kaffeebestellung übergangenen Beamten in sein Büro.

Das hatte keiner der beiden erwartet: vom Siebzigerjahre-Vorzimmercharme ging es nun nahtlos in ein Endneunziger-Designerbüro. Ein ultraflacher Bildschirm aus Edelstahl thronte einsam auf einem völlig leer geräumten Riesenschreibtisch aus Glas, der auf massiven Böcken aus poliertem Metall stand. Der Boden war mit anthrazitgrauem Teppich belegt, im Eck stand eine Sitzgruppe aus türkisfarbenem Leder, zu der, wie zum Schreibtisch, von der Tür aus kleine türkisblaue Pfeile den Weg wiesen. Sie nahmen in der quietschfarbenen Sitzecke Platz.

„So, ich habe wirklich zu tun, was soll ich Ihnen denn nun sagen?“, raunzte der Juniorchef.

„Wir wollten wissen, was Sie über den beruflichen Werdegang Philip Wachters wissen, bevor er hier bei Ihnen angefangen hat“, sagte Kluftinger.

„Nicht mehr als Sie wahrscheinlich. Er war ein grandioser Food-Designer, den wir durch einen glücklichen Umstand für unsere Firma gewinnen konnten.“

„Was genau war denn dieser Umstand? Was war vorgefallen, dass er ausgerechnet hier anfangen musste?“, fragte Kluftinger.

„Herr Inspektor, sagen Sie mir bitte, was das heißen soll: ausgerechnet hier? Wir sind ein aufstrebendes Unternehmen, das in der Branche einen Namen hat, und wir haben gerade in letzter Zeit innovative Produkte entwickelt.“

Inzwischen hatte Frau Moser Kaffee – für den Milchwerksjunior natürlich ohne Milch – in einer asymmetrischen, eckigen Tasse aus türkisfarbenem Glas gebracht.

„Aber Herr Schönmanger, ich dachte nur, verglichen mit anderen Milchwerken in unserer Gegend ist das schönmangersche doch eher klein.“

„Die anderen sind Tochterfirmen von Großkonzernen, wir sind in privater Hand und haben es geschafft, zwei nationale Discounterketten als Kunden zu gewinnen, da geht schon was. Und ich prophezeie Ihnen, wenn ich hier mal das alleinige Sagen habe, dann werden wir zum Global Player. Jedenfalls konnte Wachter froh sein, dass er bei uns anfangen konnte!“, echauffierte sich der junge Geschäftsmann.

In diesem Moment ging die Tür ohne vorheriges Klopfen auf. Schönmanger senior kam herein und schaute verwundert seinen Sohn an. Er begrüßte freundlich die beiden Beamten und fragte seinen Filius, worum es denn gehe.

„Paps“ – Kluftinger grinste über den Kosenamen –, „die beiden Herren meinten, sie hätten es bei unserer Firma mit irgendeiner kleinen Provinzklitsche zu tun, und das musste ich dann doch richtigstellen."

Karl Schönmanger entschuldigte sich für seinen Sohn, der eben manchmal ein Hitzkopf sei, der sich die Hörner erst noch abstoßen müsse. Sie könnten ja nun in sein eigenes Büro gehen, er könne den Beamten sicher mehr helfen als sein Sohn, dessen Aufgabenbereich in der Firma eher speziell sei.

Im Büro des Vaters und Firmenchefs nahmen der alte Schönmanger und die Polizisten auf der Sitzgruppe Platz, während der Sohn des Hauses im Raum stehen blieb. Kluftinger überließ es diesmal Strobl, nach Wachters Vergangenheit zu fragen.

„Meine Herren, Sie werden früher oder später sowieso herausfinden, was damals vorgefallen ist, und für unseren Betrieb ist das keineswegs ehrenrührig", fing Karl Schönmanger an.

„Paps, warum willst du denn Sachen erzählen, die erstens lange zurückliegen und zweitens uns eigentlich gar nichts angehen? Du wirst ja nicht verhört, du musst hier überhaupt nichts sagen."

„Ich werde wohl selber wissen, was ich sage und was nicht. Reiß dich jetzt zusammen, Junge! Herr Kluftinger, ohne Umschweife, Herr Wachter war, wie Sie wissen, ein gefragter Mann in der Branche, bis es zu einem Skandal kam, der seinem Ansehen so radikal geschadet hatte, dass er eigentlich nirgends mehr untergekommen wäre ..."

„Paps, ich sag es dir noch ein einziges Mal: Denke an die Firma, wir haben einen Ruf zu verlieren! Jetzt, wo es endlich wieder läuft und Gras über die Sache gewachsen ist, holst du die alten Sachen wieder ans Licht! Sag jetzt nichts. Sollen die uns doch vorladen, wir haben doch nichts angestellt!"

„Herr Kluftinger, Herr Strobl, denken Sie sich nichts, er macht sich immer gern ein bisschen wichtig, mein Sohn. Aber dennoch bin noch immer ich der Herr im Hause."

Karl Schönmanger war ein Mann nach Kluftingers Geschmack. Ihm hörte man seine Herkunft an, ihm merkte man an, dass er mit seiner Firma groß geworden war, dass er auch Ideale hatte, die er für Geld nicht verkaufen würde. Der Sohn dagegen hatte keinen allzu guten Stand, im Wirtshaus hörte man, dass er sich für etwas Besseres hielt. Aber noch ließ sich Karl Schönmanger das Heft nicht aus der Hand nehmen. Der Kommissar war gespannt, was er erfahren würde.

„Wachter hatte im Labor eine Möglichkeit entwickelt, den Reifeprozess von verschiedenen Milchprodukten wie Joghurt, aber auch von Hart- und

Weichkäse erheblich zu beschleunigen. Das war damals natürlich eine Sensation. Es ging nicht um ein paar Tage, es handelte sich um ein absolutes Expressverfahren zur Käseherstellung."

„Wodurch wurde denn diese Beschleunigung erreicht?"

„Es handelte sich um veränderte Bakterienkulturen, fragen Sie mich aber bitte nicht nach Details. Die Kulturen waren speziell gezüchtet. Zunächst war von Nachteilen nicht die Rede, nur von enormen Kostenvorteilen. Einsparungen in großer Höhe, man konnte nach wenigen Tagen oder Wochen die Produkte verkaufen, der Reifeprozess war ruck, zuck erledigt."

Kluftinger war baff. Er konnte nicht mehr tun, als Schönmanger zum Weiterreden aufzufordern. Der Sohn hatte unterdessen wild schimpfend den Raum verlassen.

„Kurz nach der Markteinführung gab es Schwierigkeiten: die Produkte machten Probleme mit der Gesundheit. Alte und immunschwache Menschen hatten große Magen-Darm-Probleme. Keine Ahnung, warum das bei den Tests im Vorfeld nie aufgefallen war. Dann wurde alles aus dem Verkehr gezogen, die Firma verlor massenhaft Aufträge, und Wachter verlor damals seinen Job. Ich erfuhr, dass Wachter verzweifelt Arbeit suchte. Ein Labor hätte ihn nicht mehr eingestellt. Die hatten Angst um ihren Ruf. Er hatte ja auch nicht sauber gearbeitet, nicht sauber getestet. Tja, auch wir suchten verzweifelt. Uns ging es damals nicht rosig. Wir hatten eine klassische Produktpalette und waren ein kleines Licht, gerade als das Sterben der kleinen Betriebe einsetzte und sich die großen Fabriken alles unter den Nagel rissen. Die Food-Design-Welle lief damals richtig an. Wir mussten auf diesen Zug aufspringen, bevor es zu spät war. Und Wachter war unsere Chance."

„Und Sie kamen ohne Probleme gleich zusammen?"

„Sein Marktwert war so weit gesunken, dass wir ihn uns leisten konnten. Wir mussten trotzdem noch alles zusammenkratzen, um eine Entwicklungsabteilung einzurichten, die diesen Namen verdient. Aber wir waren gezwungen, alles auf eine Karte zu setzen, die Geier kreisten schon. Diese Karte war ein Lebensmitteldesigner und hieß Philip Wachter." Schönmanger hielt inne. Er wirkte erschöpft. „Den Rest kennen Sie schon. Und ich kann nur betonen, dass er für uns nicht von Schaden, sondern von großem Nutzen war. Sicher, alle in der Branche beäugten uns anfangs auch kritisch. Wir sind ein integrer Betrieb und haben die anderen durch Qualität überzeugt."

„Kannten Sie Herrn Lutzenberg?"

„Der Name sagt mir durchaus etwas, helfen Sie mir bitte."

„Robert Lutzenberg. Er war mit Wachter am selben Institut."

„Richtig, er war von der Designerwelle abgekommen und hatte Böserscheidegg übernommen. Er war fast ein Aussteiger, und die letzten Jahre fuhr er relativ erfolglos auf der Nobelschiene. Ein kleines Licht, wenn Sie mich fragen, eher ein Pechvogel. Er wurde schwer krank, habe ich gelesen, und starb wohl kürzlich an seiner Krankheit. In unserer Verbandszeitung wurden die Leute, die Böserscheidegg jetzt haben, vorgestellt. Sie wollen wohl ähnlich wie er weitermachen, eher bodenständig. Aber das, meine Herren, führt jetzt wohl doch zu weit", sagte der Firmenboss mit Blick auf seine Armbanduhr.

Der Kommissar zog sich im Präsidium in sein Büro zurück. Er wollte nachdenken. Natürlich kam er im Verlauf des Tages nicht so richtig dazu. Irgendwann am frühen Abend wurde es ihm zu bunt: Er wies Frau Henske an, ihn mit nichts mehr zu behelligen, außer der Täter würde sich selbst stellen. Er bat sie außerdem, dafür zu sorgen, dass sich alle Anwesenden um 20 Uhr zu einer Dienstbesprechung im Konferenzraum einfinden würden.

Sobald alle versammelt waren, gab Kluftinger bekannt, was sie heute in der Käserei Schönmanger erfahren hatten. Alles lauschte aufmerksam, und Kluftinger war ein wenig Stolz darüber anzumerken, dass er endlich über Ergebnisse sprechen konnte. Stolz und Erleichterung, was nicht zuletzt daran lag, dass Lodenbacher, der Leiter der Polizeidirektion, den Raum betreten und sich auf einen der Plätze nahe dem Eingang zurückgezogen hatte.

Schließlich vermeldeten die anderen Kollegen ihre ersten Teilergebnisse. Maier begann. „Andreas Lutzenberg ist nicht vorbestraft. Er ist polizeilich ein völlig unbeschriebenes Blatt. Das Einzige, was wir gefunden haben, ist ein schwebendes Bußgeldverfahren. Es war kurz nach der Beerdigung. Er ist geblitzt worden, und zwar mit einer Geschwindigkeit von achtundachtzig Stundenkilometern innerorts."

Hefele hatte sich in Memmingen schlau gemacht und war nun an der Reihe, seinen Bericht abzugeben.

Lutzenberg sei nach wie vor nicht in seiner Wohnung aufgetaucht, einige Bekannte und Kollegen waren befragt worden und hatten mit großer Überraschung reagiert und nicht verstehen können, warum sich Polizisten für ihren Bekannten interessierten. Er war ledig, hatte keine Kinder und vor einem guten halben Jahr hatte er eine langjährige Beziehung mit seiner Freundin beendet. Der Konrektor seiner Schule habe Lutzenberg als engagierten und zuverlässigen Kollegen bezeichnet. Die Bekannten hätten teilweise ausgesagt, sie könnten sich nicht erklären, warum er seit einigen Tagen auch auf dem Handy nicht erreichbar gewesen sei.

Schließlich forderte Kluftinger diejenigen Kollegen, die die persönlichen Dinge Lutzenbergs untersucht hatten, auf, einen Bericht abzugeben. Sie hatten wirkliche Neuigkeiten auf Lager: Nicht nur das Fotoalbum, sondern Wachters gesamte Adresse, seine Bankverbindung, alle seine Telefonnummern seien in Lutzenbergs privatem Telefonbuch vermerkt gewesen. Bei der Auswertung von Lutzenbergs PC sei man noch nicht recht weitergekommen. Aber er habe in den letzten Wochen immer wieder bei Wachter zu Hause angerufen. Die Anrufe hätten immer abends stattgefunden.

Kluftinger dankte, ohne die Erkenntnisse zu kommentieren, und ordnete an, dass alle dort weitermachen sollten, wo sie aufgehört hatten. Das Exposé zum beruflichen Werdegang Wachters erwarte er am Morgen des nächsten Tages. Alle waren müde, auch er.

KLUFTINGER stellte seinen Wagen in der Garage ab und nahm das Stück Parmesan, das er auf den Beifahrersitz gelegt hatte, mit nach oben. In der Küche überlegte er kurz, schlug den Weg in den Keller ein und holte aus der Tiefkühltruhe eine Tupperdose, in der sich vorgekochte Kässpatzen befanden. Nachdem er das Backrohr auf 250 Grad eingestellt und die Spatzen in eine feuerfeste Form gefüllt hatte, schob er sein Abendessen in den Ofen.

Nun aber wurde das Hungerbedürfnis so dominant, dass er nicht warten konnte, bis seine geliebten Spatzen aufgetaut und durcherhitzt waren. Er machte sich daran, den Parmesan aus dem Papier zu befreien, und schnitt sich ein Stück ab. Das Messer hatte Mühe, sich durch den harten Käse, in dem das Salz schon auskristallisiert war, zu kämpfen. Kluftinger schwante nichts Gutes bei einer solchen Konsistenz des von Langhammer so gerühmten Lebensmittels. Im Brottopf fanden sich allerdings nur altbackene Semmeln. Er ging in die Speis, holte sich die Notration-Packung Knäckebrot und nahm sich eine Scheibe heraus.

Fein säuberlich belegte er das trockene Brot mit Parmesanscheiben. Der Geschmack des Käses war keine Offenbarung. Eine viel zu trockene und bröselige Angelegenheit. Und viel zu salzig. Bevor er weiteressen konnte, nahm er sich eine Flasche Bier aus dem Kühlschrank und goss sie in seinen Krug.

Was diese Deppen immer hatten: Da hat man so guten einheimischen Käse im Allgäu und dann muss man den Italienern ihren alten Bröckelkäse nachmachen. Auf *Pasta asciutta*, gut, gerieben und als Würze. Aber zum so Essen? Das war, fand Kluftinger, so etwas wie Rucola, Latte macchiato und Aceto balsamico: Modetrends, die man mitmachen musste, wenn man den

Anschein erwecken wollte, dass man beim Essen international, weltoffen und genießerisch war. Auch seine Frau schleppte dieses ganze Toskanazeug an, ihm schmeckte das meiste nicht.

Nun wollte Kluftinger endlich das, was für ihn ein kulinarischer Hochgenuss war, und ging zum Backrohr. Und siehe da, während er den Parmesan getestet und für mangelhaft befunden hatte, waren die Spatzen fertig geworden. Der Käse brutzelte schon am Rand der Schüssel, so sollte es sein. Hungrig zog er den Herd auf, griff zur Schüssel, und für den Bruchteil einer Sekunde schien er seinen Körper zu verlassen und sich selbst in Zeitlupe dabei zu beobachten, wie er die Glasschüssel abrupt wieder aus den Händen gleiten und auf das Gitter zurückfallen ließ.

„Du Dreckschüssl, saublöde, Zefix!“ Er hielt die Finger schnell unter den Wasserhahn. Er wusste, dass ihm das auch die nächsten Tage noch wehtun würde. Und weit und breit niemand, dem er die Schuld geben konnte. Weit und breit niemand, dem er den restlichen Abend erzählen konnte, welch große Schmerzen er hatte, und vor dem er Mutmaßungen anstellen konnte, ob das nun Verbrennungen zweiten oder dritten Grades waren. „Kreuzkruzifix“, sagte Kluftinger noch mal, nahm sich Topflappen und stellte die Schüssel auf den Tisch.

Die Kässpatzen waren so, wie sie der Kommissar eigentlich nicht gern mochte, oben trocken und beinahe verbrannt, unten dafür leicht matschig, das sah er gleich, als er sich eine Portion auf den Teller löffelte. Auf einmal wurde ihm bewusst, dass etwas eklatant Wichtiges fehlte: seine Frau hatte nur die Spatzen eingefroren, nicht aber die Zwiebeln! Kässpatzen ohne Zwiebeln, dachte sich Kluftinger, das wäre wie Weißwürste ohne süßen Senf. Es ging einfach nicht. Zwiebeln bräunen, da war er sich sicher, das konnte schließlich sogar er.

Als er sich aus dem kleinen emaillierten Körbchen, das an der Wand der engen Speisekammer befestigt war, einige Zwiebeln nehmen wollte, blitzte ihm aber aus dem Regal darüber eine einfachere Lösung seines Problems entgegen: eine Plastikdose voller dänischer Röstzwiebeln. Ein Glücksfall für Kluftinger, der am Tisch die Dose öffnete und auf einen Schlag ein Drittel des Inhalts über die Spatzen verteilte: wenn sie schon einmal offen waren, sollten sie auch gegessen werden. Und sie schmeckten dem Kommissar nicht schlecht. Sie waren krosser als die selbst gemachten.

Nachdem er die Portion Spatzen bezwungen und das Geschirr in die Spülmaschine geräumt hatte, verspürte Kluftinger das dringende Bedürfnis, noch mit jemandem zu sprechen. Er überlegte, ob er nicht die Nummer wählen sollte, die seine Frau ihm hinterlassen hatte, falls er sie im Hotel in

Spanien erreichen wollte. Aber dann dachte er an die Umstände, die ihm sicher bevorstehen würden, bis er seine Gattin endlich an der Strippe hätte: Vermittlung, Rezeption, vielleicht verstanden die nur Englisch. Er verwarf die Idee. Morgen vielleicht, heute noch nicht.

Spontan entschloss er sich stattdessen bei seinen Eltern anzurufen. Kluftinger wählte die Nummer, setzte sich in den Sessel und legte die Füße auf den Couchtisch. Er genoss es, dass ihn heute niemand dafür rügte.

„…inger. Ja? Hallo?“, schallte es aus dem Hörer.

„Vatter, wie oft hab ich dir schon gesagt, dass du bei dem Telefon erst auf den Annahmeknopf drücken musst, bevor man dich hört? Griaß di, i bin’s.“

„Griaß di, Bub! Na, wie geht’s dir Strohwitwer? Die Mutter wollt dich heute Abend eh noch anrufen und fragen, ob du irgendwas brauchst. Ja sag, wie hast du’s?“

„Du, ja, geht schon. Und ihr?“, erwiderte der Kommissar wortkarg. Mit seiner Mutter konnte Kluftinger lange telefonieren. Nur die fernmündliche Unterhaltung mit dem Vater klappte nicht recht, wobei keiner hätte sagen können, woran dies lag. Und Kluftinger musste sich eingestehen, dass dies zwischen ihm und seinem Sohn eigentlich genauso war.

„Ja, uns geht’s gut, aber jetzt erzähl, wie geht’s denn mit deinem Fall? Man hört gar nichts mehr! Macht ihr aber schon Fortschritte, sag?“, tönte es aus dem Hörer.

Kluftinger, der schon auf die Worte „Ich geb dir die Mutter“ eingestellt war, war so verblüfft, dass sein Vater nachfragte, dass er eine Weile brauchte, bis er antwortete: „Mei Vatter, heut ist schon einiges vorwärtsgegangen, es war ein ganz schön anstrengender Tag.“

„Jetzt lass dir nicht alles aus der Nase ziehen, wie weit seid ihr denn?“

Kluftinger erkannte, wie in seinem längst pensionierten Vater der alte Polizistengeist wieder aufschien, und da wollte er ihn nicht enttäuschen. Mit dem ernsten Hinweis, dass dies niemanden etwas anginge, schilderte er eher oberflächlich und in knappen Worten seinem Vater das Tagesgeschehen. „Du, was anderes, ist die Mutter auch da?“, fragte er anschließend in betont freundlichem Ton, dem man seine Ungeduld nicht anmerkte.

„Jaja, ist schon recht, hast keine Bauernsprechstunde heut, ich merk’s schon. Warte, ich hol sie.“ Kluftinger senior hatte den Hörer hingelegt und rief lautstark seine Frau. Sein Vater hatte sich noch immer nicht daran gewöhnt, dass er das tragbare Telefon auch ins Wohnzimmer hätte bringen können. Er telefonierte immer im Gang, wo früher das Wählscheibentelefon gestanden war. Dort übergab er nun auch seiner Frau den Hörer, die sich erst wieder in den Sessel setzte, bevor sie das Gespräch übernahm.

„Ja, Bub, griaß di. Und, wie hast du's, sag?", fragte sie ihren gut fünfzigjährigen „Buben".

„Ja, geht schon. Der Vatter, dass er es nie lernt. Kein Servus, kein Pfügott, jedes Mal dasselbe", beklagte sich der Kommissar.

„Mei, du kennst ihn doch. Er ist eh ganz aufgeregt wegen deinem Fall, vor allem seitdem du im Fernsehen warst. Aber das hast du prima gemacht. Jetzt sag, mutest du dir da nicht zu viel zu mit der ganzen Arbeit?"

„Du, klar ist es anstrengend, aber was soll ich denn machen?"

„Lass dir halt gescheit helfen und mach nicht immer alles selber. Und grad jetzt, wo doch die Erika in Urlaub ist. Das hat jetzt ja sein müssen. Hast denn noch was zum Anziehen? Soll ich was waschen?"

„Mutter, rechne mal nach, wie lange ist die Erika jetzt weg?" Kluftinger war versöhnt. Endlich hatte er das Gespräch da, wo er es haben wollte, bei Alltagsdingen. Eine Weile ging es so weiter und sie plauderten über den Garten, die aktuelle Lokalpolitik und die Beerdigungen von Bekannten der Eltern, die er noch aus Jugendtagen kannte.

Dann aber merkte er, dass der Mutterinstinkt bei seiner Gesprächspartnerin wieder durchbrach. „Komm doch morgen Abend gleich mal zu uns, dann koche ich abends warm. Hast du denn Zeit morgen?"

„Keine Ahnung, wie es im Büro aussieht. Ich kann dich ja morgen im Lauf des Tages anrufen."

„Ja, aber kommst schon, gell?"

„Du, keine Ahnung. Ich lass mich überraschen. Also dann, ich melde mich morgen. Also dann. Pfiati."

„Ja, ist ja schon recht. Du mit deinem ‚also dann'. Mach's gut, Bub, bis morgen. Pfiati, gut' Nacht."

ES WAR für Kluftinger seltsam gewesen, an diesem zweiten Morgen ohne seine Frau. Dennoch war er ohne Probleme aus dem Bett gekommen, auch wenn ihn heute schon wieder der grausame Pfeifton seines Radioweckers aus dem Schlaf gerissen hatte und nicht Erikas sanfte Stimme.

„Guten Morgen, Frau Henske", trällerte er im Präsidium seiner Sekretärin entgegen. „Ist das Exposé schon da?"

Sandra Henske brachte ihm einen stattlichen Stapel Papier in sein Büro. „Hab es gerade für die Akten noch einmal kopiert", sagte sie und freute sich über die gute Stimmung ihres Chefs.

„Danke. Wenn's geht, in der nächsten Zeit bitte keine Anrufe", bat der Kommissar höflich. Er klappte den Pappeinband des Stapels um und begann zu lesen.

Das erste Blatt zeigte die Regionalseite der *Allgäuer Zeitung* vom 1.6.1975. Rechts oben stand ein Artikel mit der Überschrift: BAKTERIEN SIND IHRE LEIDENSCHAFT. Die Unterzeile lautete: HOFFNUNGSVOLLE TALENTE DER LEBENSMITTELBRANCHE KOMMEN AUS DEM ALLGÄU. Der Artikel erzählte davon, dass Wachter und Lutzenberg für eine Forschungsarbeit im Rahmen ihres Studiums einen von der Industrie gesponserten Wissenschaftspreis bekommen hatten. „Ich hätte nie gedacht, dass wir das schaffen“, wurde ein bescheidener Robert Lutzenberg zitiert. Philip Wachter klang da schon etwas selbstbewusster: „Ich hatte die ganze Zeit das Gefühl, dass wir an etwas Wichtigem dran sind.“ Ein Mann der Milchindustrie wurde mit den Worten zitiert: „Es haben schon einige in diese Richtung geforscht, aber die beiden Allgäuer sind auf dem vielversprechendsten Weg. Wahrscheinlich ist es die Nähe zur Milchwirtschaft, die sie beflügelt hat.“

Natürlich, dachte sich Kluftinger und verdrehte die Augen, sind wir im Allgäu nicht alle irgendwie verkappte Milchbauern? Dennoch schien die Aussage des Industriemenschen zumindest für Lutzenberg zu stimmen, dessen Eltern laut Zeitungsartikel in einer Sennerei gearbeitet hatten und den der Umgang mit Milchprodukten und ihre vielseitige Verwendbarkeit schon immer fasziniert habe. „Käse, Butter, Sahne, Joghurt: all das war irgendwann einmal ‚nur‘ Milch“, hatte er damals gesagt.

Kluftinger machte sich auf einem Schmierzettel ein paar Notizen und kennzeichnete die Stellen, an denen es um Fachbegriffe ging. Er würde sich später mit den Leuten aus dem Labor darüber unterhalten. Jetzt interessierten ihn vor allen Dingen die Aussagen über Wachters und Lutzenbergs gemeinsame Zeit. Laut eines weiteren Zeitungsberichts, der ein paar Tage später in einem überregionalen Blatt erschienen war, hatten die beiden sich während des Studiums kennen gelernt. Der Ehrgeiz und die Freude am Forschen habe sie zusammengebracht und gemeinsam arbeiten lassen, stand dort zu lesen. Fragt sich nur, wer den Ehrgeiz und wer die Freude am Forschen hatte, dachte Kluftinger.

Die Preisverleihung wurde auch in mehreren Artikeln und Fachblättern aufgegriffen, sodass sich langsam ein geschlossenes Bild ergab: Lutzenberg und Wachter waren erst Kollegen und dann Freunde, die zusammen am Beginn einer großen Zukunft standen. Sie waren beide im Allgäu groß geworden, Wachter in Kempten, Lutzenberg in Weiler. Studiert hatten sie in München, dort waren sie sich zum ersten Mal begegnet. Am Ende ihres Studiums lagen ihnen lukrative Angebote aus ganz Deutschland vor; eines kam von einer riesigen Molkereikette, die ihren Sitz in Köln hatte.

Kluftinger gewann den Eindruck, dass Lutzenberg lieber in die Forschung gegangen wäre, während Wachter vor allem das große Geld zu locken schien. Er wollte nun detailliert wissen, wie es zu dem Skandal kam, von dem Schönmanger erzählt hatte. Alles begann mit einer Notiz aus dem *Kölner Generalanzeiger* vom Januar 1987. „Mehrere Altenheimbewohner an Magen-Darm-Infektion erkrankt“, hieß es da. Sofort wurde spekuliert, ob es sich um verdorbenes Essen handeln könnte. Einen Tag später war zu lesen, dass das Altenheim den Lieferanten seiner Molkereiprodukte kurze Zeit vorher gewechselt hatte. Wie sich ein paar Artikel später schließlich herausstellte, waren es diese Produkte gewesen, die die Erkrankungen ausgelöst hatten. Weitere Menschen mit den gleichen Symptomen meldeten sich. Endlich wurde auch der Schuldige eingekreist: es war ein Joghurt der neuen Firma.

„Na, schon so fleißig?“

Kluftinger erschrak. Strobl war hereingekommen, er hatte ihn nicht gehört. „Wenn's dir nichts ausmacht, würde ich hier gern noch ein bisschen in Ruhe weiterlesen“, sagte Kluftinger, den die Berichte regelrecht fesselten.

„Soll mir recht sein. Ich wollte mich jetzt mal um den Kram aus der Wohnung kümmern, da bin ich sicher auch eine Weile beschäftigt“, antwortete Strobl und öffnete die Tür zum Nebenzimmer.

„Eugen?“, rief Kluftinger ihm nach. „Wenn der Richard kommt, soll er dir halt dabei helfen.“ So wären die Aufgaben nicht nur gerecht verteilt, Maier würde ihn dann auch in Ruhe lassen, dachte der Kommissar.

Er beugte sich wieder über den Papierstapel. Über mehrere Tage hinweg wurde in der Zeitung über die Ermittlungen berichtet, schließlich startete das Unternehmen eine Rückrufaktion und nahm den Joghurt aus dem Sortiment. Und jetzt kamen auch seine beiden Allgäuer ins Spiel: die zwei waren offenbar federführend an der Entwicklung beteiligt gewesen. Kluftinger blätterte weiter und hatte nun ein paar polizeiliche Unterlagen vor sich. Offenbar von den Kollegen aus Köln. Wer immer ihm den Stapel zusammengestellt hatte, hatte wirklich ganze Arbeit geleistet, dachte Kluftinger und nickte dabei anerkennend. Er nahm sich vor, den Betreffenden ausfindig zu machen und extra zu loben.

Laut Ermittlungen konnte den beiden Entwicklern aber kein Verschulden nachgewiesen werden. Doch ihr steiler Aufstieg schien damit erst einmal beendet. Offenbar wurden die beiden entlassen, das entnahm Kluftinger aus einem Bericht in einem Fachblatt. In den Tageszeitungen fand er keinen Hinweis darauf, weder im Allgäuer noch in einem überregionalen Blatt. Er erklärte es sich damit, dass in den Achtzigerjahren die Menschen für

Ernährungsfragen wohl noch nicht so sensibilisiert waren wie heute. Glück für Wachter und Lutzenberg, dachte sich Kluftinger. Sie waren ihren Job zwar los, aber sie wurden nicht öffentlich an den Pranger gestellt. Das war wohl auch der Grund, warum die Schönmangers ganz gut mit Wachters Vergangenheit leben konnten.

Dennoch war Kluftinger noch nicht zufrieden mit dem, was er bisher herausgefunden hatte. Es erklärte zwar, warum die Sterne der beiden nicht mehr in der Milchstraße leuchteten. Weshalb sie sich aber entzweit hatten, war ihm noch nicht klar. Er blätterte die weiteren Seiten durch, fand aber keine Antwort auf die Frage. Schließlich klappte er den Umschlag wieder zu. Er blickte auf die Uhr: drei viertel zwölf. Er hatte gar nicht gemerkt, wie die Zeit vergangen war.

Er erhob sich unter lautem Ächzen aus seinem Bürostuhl und streckte sich. Dann warf er einen Blick ins Nebenzimmer: Maier, Strobl und Hefele saßen dort hinter einem Berg aus Akten, Papieren, Büchern und Notizzetteln. „Na, habt ihr was?", fragte er.

„Ja, gut, dass du kommst." Strobl erhob sich und hielt Kluftinger einige Kontoauszüge unter die Nase. „Lutzenberg hat seine Auszüge immer brav abgeheftet. Normale Kontobewegungen, Gehalt, Miete, Telefon, Auszahlungen und so weiter. Aber in den letzten sechs Wochen hat er des Öfteren Geld eingezahlt. Immer in überschaubaren Beträgen. Hier." Er gab Kluftinger die Auszüge und deutete auf einige Zahlen. Es waren Einzahlungen zwischen 500 und 14 000 Euro. „Drei Sachen sind daran ungewöhnlich. Erstens hat er sonst nie was auf sein Konto bar einbezahlt. Zweitens sind die Beträge nie höher als 15 000 Euro, also der Grenze, ab der die Bank laut Geldwäsche-Gesetz die Einzahlung melden muss. Drittens: Das Ganze gibt die nette Summe von 100 000 Euro innerhalb von sechs Wochen."

Kluftinger pfiff zwischen den Zähnen. „Warum habt ihr mir das nicht gleich gesagt?", fragte er und merkte, dass sie etwas mehr Begeisterung von ihm erwartet hatten. Er fügte hinzu: „Gute Arbeit, Männer. Gute Arbeit." Schlagartig hellten sich die Mienen der Polizeibeamten auf.

Der Kommissar blickte zur Decke und überlegte. „Am besten wäre natürlich, wenn wir wüssten, woher er das Geld hat. Wenn wir ihn haben, wird er uns das als Erstes erklären müssen. Bis dahin konzentrieren wir uns mal auf die Frage: Was hat er mit dem Geld vorgehabt? Wir müssen auch seine Bekannten und Nachbarn gezielt danach fragen. Vielleicht weiß ja auch jemand was von einem ... sagen wir mal Nebenjob."

Kluftinger schaute seine Kollegen an. Die blickten erwartungsvoll zurück.

„Also, pack mer's!", sagte er und klatschte dabei in die Hände. Dann schnappte er sich einen Stapel Papier, setzte sich zu ihnen an den Tisch und begann seinerseits, die Unterlagen durchzusehen.

ALS KLUFTINGER am nächsten Morgen ins Büro kam, waren seine Kollegen alle schon da. Es war neun Uhr – er hatte verschlafen. Irgendwie musste er seinen Wecker falsch gestellt haben. Sie empfingen ihn mit einem breiten Grinsen. Um ihnen gleich den Wind aus den Segeln zu nehmen, sagte er: „Tut mir leid, ich hatte noch etwas Dringendes zu erledigen. Lasst uns gleich mit der Besprechung anfangen."

„Das muss ja ganz schön dringend gewesen sein, dass du nicht einmal mehr Zeit hattest, dich zu rasieren", erwiderte Strobl schadenfroh und konnte sich eines zustimmenden Gelächters sicher sein.

Kluftinger presste kurz die Lippen zusammen. „Gibt es irgendwas Neues heute Morgen? Eine Spur von Lutzenberg?", fragte er dann.

„Leider immer noch nichts", antwortete Hefele.

„Gut, ich werde heute noch mal nach Weiler fahren. Wenn ich das beim letzten Mal richtig mitbekommen habe, hatte Lutzenberg im Haus der Alten, bei der Richard und ich vorgestern waren, früher mal ein Zimmer. Mal sehen, ob wir da was finden", sagte der Kommissar.

„Durchsuchungsbefehl?", fragte Hefele.

„Nein, ich denke nicht, dass uns die gute Frau Lutzenberg daran hindern wird, uns ein bisschen umzusehen", sagte Kluftinger. „Gut, ich fahr dann gleich los. Eugen, du kommst mit. Ihr andern macht einfach da weiter, wo wir gestern aufgehört haben."

Als die beiden zur Tür gingen, bemerkte Kluftinger den enttäuschten Blick Maiers.

Kluftinger fuhr, Strobl amüsierte sich während der ganzen Fahrt über die Namen der kleinen Dörfer, und wenn er einen besonders skurril fand, las er ihn laut vor. So beschränkte sich ihre Unterhaltung während der Fahrt auf Worte wie Sibratshofen, Bischlecht, Kimpflen, Wigglis und Dreiheiligen.

Als sie vor Lina Lutzenbergs Häuschen angekommen waren, zog Kluftinger seine Jacke aus und legte sie ins Auto, bevor er mit Strobl auf das Haus zuging. Zu präsent war noch die Erinnerung an seinen „Saunagang" beim letzten Besuch. Als er auf den Klingelknopf drückte, sah er sich den Himmel an. Dunkle Wolken türmten sich am Horizont, die Sonne war nur noch als milchige Scheibe zu sehen. Es war drückend und schwül. Nach einiger Zeit öffnete die alte Frau, die die gleiche Kleidung trug wie schon vor zwei Tagen.

Sie blickte zuerst etwas verwirrt, dann erkannte sie den Kommissar. „Ja mei, der Herr Polizist ist wieder da. Komm er doch rein." Strobl blickte ihn fragend an und Kluftinger deutete mit einem Schulterzucken an, dass er sich an der ungewöhnlichen Sprechweise der Frau nicht stören solle. „Ich hab grad einen Tee gemacht, da können die Herren gleich einen mittrinken."

„Nein, nein, kein Tee", fiel Kluftinger ihr blitzartig ins Wort und fügte, damit es nicht unhöflich klang, hinzu: „Wir sind etwas in Eile, Frau Lutzenberg."

Sie war inzwischen in der Küche verschwunden und die beiden Beamten folgten ihr. „Haben Sie irgendetwas von Ihrem Neffen gehört?", wollte Strobl wissen.

„Welcher Neffe denn? Mei, so viele sagen zu mir Tante Lina ...", sie kniff die Augenbrauen zusammen und sah aus, als ob sie angestrengt überlegte.

„Wir meinen den, wegen dem wir das letzte Mal schon hier waren. Den Andreas", versuchte der Kommissar den Prozess zu beschleunigen.

„Den Andreas, ja ...", Kluftinger und Strobl sahen sich triumphierend an, „... ja, der war schon lang nicht mehr da", vollendete Lina Lutzenberg den Satz. „Jetzt wo er's sagt: Das ist eigentlich schon ungewöhnlich."

„Sagen Sie, hat der Andreas hier irgendwelche Sachen, die Sie uns zeigen könnten?", fragte Strobl.

„Das weiß ich nicht, was der hier für Sachen hat. Ich geh ja in sein Zimmer nicht hinein", antwortete die Alte.

„Er hat hier noch immer ein Zimmer?", fragte Kluftinger.

„Ja freilich. Sein Kinderzimmer halt."

„Können wir das Zimmer einmal sehen?"

„Sicher, sicher." Lina winkte die beiden zur Treppe, hielt sich am Geländer fest und stieg ganz langsam, Stufe für Stufe, hinauf. Die beiden Beamten folgten ihr ungeduldig. Oben deutete die Frau auf das Ende des Ganges: „Da. Das ist sein Zimmer. Aber dass mir die Herren Polizisten auch keine Unordnung machen", mahnte sie Kluftinger mit erhobenem Zeigefinger.

Das Zimmer war spärlich eingerichtet: In der Mitte stand ein hohes Bett aus einem einfachen Metallgestell, rechts von der Tür nahm eine große, alte Kommode fast die gesamte Länge der Wand ein, dem Bett gegenüber befand sich ein großer Schrank. Hinter dem Bett gingen ein Fenster und eine Tür auf den Balkon. Kluftinger zog die Vorhänge zurück und sah hinaus: Der Himmel hatte sich in ein Grauviolett verdunkelt. Es würde wohl gleich ein mächtiges Gewitter geben.

„Schau du mal im Schrank, ich nehm mir die Kommode vor", sagte Kluftinger. Die oberen Schubladen waren voll selbst gestrickter Socken, gemusterter Hemden und Krawatten und weißer Feinripp-Unterwäsche. Die letzte schien das zu sein, was Kluftingers Frau immer die „Kruscht-Schublade" nannte. So eine gab es ihr zufolge in jedem Haushalt. Und darin fand sich so ziemlich alles, was man nicht mehr brauchte, aber auch nicht wegwerfen wollte. Ganz hinten lag ein Karton. Er war mit einem Gummiband umspannt. Kluftinger zog die Schachtel ans Licht.

„Hast du was?", fragte Strobl, der die intensiven Bemühungen seines Chefs um den Inhalt der Kommode bemerkt hatte.

Kluftinger streifte das Gummiband hastig ab und öffnete den Deckel. „Ja, ich glaub, ich hab was", sagte er halblaut beim Blick auf den Inhalt. Einen Moment war nur das Atmen der beiden Polizisten zu hören. Dann tat es plötzlich einen unerhört lauten Schlag, der die beiden zusammenzucken ließ. „Da hat wohl irgendwo der Blitz eingeschlagen", sagte Strobl.

Kluftinger nickte nur und blickte noch immer auf den Inhalt der Kiste. Sie war voll mit Papieren, teilweise handbeschrieben, teilweise Ausschnitte aus Zeitungen. Ganz oben lag ein Foto. Es zeigte den alten Lutzenberg und Wachter. Kluftinger erkannte Wachter, weil er das Foto in dem zunächst verschwundenen Album schon einmal gesehen hatte. Sonst hätte er Schwierigkeiten gehabt, Lutzenbergs Nebenmann zu identifizieren. Denn Wachter hatte kein Gesicht. Es war weggekratzt.

„Mein lieber Scholli", kommentierte Strobl mit einem ungläubigen Kopfschütteln den Fund.

„Das kannst du laut sagen", gab Kluftinger über die Schulter zurück. Mit vor Aufregung zitternden Händen nahm er den Papierstapel aus der Schachtel: Einige der Zeitungsartikel kamen Kluftinger bekannt vor, er hatte sie tags zuvor noch in seinem Büro studiert. Manche Artikel waren mit handschriftlichen Notizen versehen. Neben einem Interview mit Wachter stand mehrmals das Wort *Lüge* mit einem Ausrufezeichen, andere Passagen waren einfach durchgestrichen, hinter manchen standen ein paar Ergänzungen.

„Scheint so, als würden wir hier drin das Motiv finden", sagte Strobl.

Kluftinger dachte genauso. Er verschloss die Schachtel wieder, klemmte sie sich unter den Arm und sagte: „Gehen wir. Ich möchte mir das so schnell wie möglich anschauen."

Unten wollten sie sich gerade von Lina Lutzenberg verabschieden, als das Telefon klingelte. Kluftinger hatte es eilig, sich im Büro die neuen Beweisstücke anzusehen. Da hörte er die Alte ins Telefon sagen: „Andreas? Mei, wo bist du denn bloß, Bub? Du besuchst mich ja gar nimmer. Komm halt mal wieder vorbei."

Kluftinger drückte Strobl das Paket in die Hand, rannte zum Telefon und riss Lina Lutzenberg den Hörer aus der Hand. „Hallo? Herr Lutzenberg?" Keine Antwort. „Herr Lutzenberg? Hier spricht Kluftinger, Kripo Kempten. Herr Lutzenberg, sind Sie es?"

Es blieb eine ganze Weile still am anderen Ende der Leitung. Kluftinger holte gerade Luft für eine neue Frage, da bekam er Antwort. „Ja?"

„Herr Lutzenberg, um Himmels willen, wo sind Sie denn? Sie machen doch alles nur noch schlimmer. Wir können doch reden. Sagen Sie uns, wo Sie sind, ich verspreche Ihnen ..."

„... Sie können mir gar nichts versprechen", unterbrach ihn sein Gesprächspartner. „Wenn ich zu Ihnen komme, finden mich die anderen auch. Verstehen Sie das nicht? Ich kann nicht zu Ihnen kommen, das ist völlig unmöglich!"

„Welche anderen? Es hat doch keinen Sinn, Sie müssen ... schnellstens zu uns kommen. Wir wissen alles. Ich habe Ihre Unterlagen gefunden."

„Sie wissen nichts", kam es nun leise und bitter aus dem Telefonhörer. „Wenn Sie alles wüssten ..." Ein lautes Geräusch, das wie eine Sirene klang, ließ ihn kurz verstummen. Er musste laut sprechen, um den Krach zu übertönen: „Nichts ist so, wie es auf den ersten Blick scheint."

Dann hörte Kluftinger ein Knacken in der Leitung und es war still.

„Er klang, als hätte er große Angst", sagte Kluftinger zu Strobl und schüttelte den Kopf. Eben noch war alles so klar gewesen, und nun verstand er überhaupt nichts mehr.

ANDREAS LUTZENBERG legte den Hörer auf. Er atmete tief durch. Er zitterte. Was sollte er tun? Er konnte nicht nach Memmingen. Und in Weiler waren sie auch schon. Sie durften ihn nicht finden ... Aber wo sollte er jetzt hin? Es gab nur eine Möglichkeit. Die Hütte. Dort würde er bleiben können, um sich über alles klar zu werden. Er brauchte Ruhe, musste nachdenken. In seiner jetzigen Verfassung schien ihm das schwer möglich. Er schob die Tür der Telefonzelle auf und trat nach draußen. Es hatte inzwischen angefangen zu regnen. Schwere, dicke Tropfen fielen auf den trockenen Asphalt. Lutzenberg bog seinen Kopf nach hinten und ließ sich den Regen ins Gesicht fallen. Das kühle Wasser tat ihm gut.

„HAT ER IHNEN gesagt, wo er ist?", wandte sich der Kommissar an Lina Lutzenberg.

„Nein, er hat mir ja den Telefonhörer aus der Hand gerissen", entgegnete die Alte.

Sie hat gar nicht so unrecht, dachte Kluftinger. Vielleicht wäre es besser gewesen, wenn er sie einfach hätte reden lassen. Der Kommissar ärgerte sich. Der Anruf hatte alles nur komplizierter gemacht.

„Chef?“ Strobls Stimme riss ihn aus seinen Gedanken. „Sollen wir fahren? Oder hast du eine Ahnung, wo er sein könnte? Meinst du, er ruft vielleicht wieder an?“

Kluftinger hatte keine Ahnung. „Lass uns fahren“, sagte er. „Und nimm die Sachen mit.“

ER KONNTE die beiden Beamten sehen. Von seinem Standpunkt aus hatte er einen guten Überblick. Er jedoch blieb unsichtbar. Einer der beiden trug etwas unter dem Arm. Das mussten seine Unterlagen sein, von denen der Kommissar am Telefon gesprochen hatte. Für einen Moment schoss ihm durch den Kopf, sich zu stellen. Aber er wischte den Gedanken schnell wieder weg. Sie würden ihn verantwortlich machen, das war ihm richtig bewusst geworden nach der Beerdigung. Er wusste immer noch nicht, wer die alte Frau war, die den Kommissar bei der Trauerfeier auf ihn aufmerksam gemacht hatte. Vielleicht hätte er souveräner reagieren sollen, vielleicht hatte sie ihn nur verwechselt. Aber seine Nerven waren mit ihm durchgegangen. Deswegen war es nun auch so wichtig, einen kühlen Kopf zu bewahren. Er konnte sich unmöglich stellen. Er brauchte erst noch mehr Informationen. Nachdem der dunkelgraue Passat aus seinem Sichtfeld verschwunden war, wartete er noch eine Stunde. Dann setzte er sich zu Fuß in Bewegung.

KLUFTINGER versuchte, sich während der ganzen Fahrt das Telefongespräch genauestens in Erinnerung zu rufen. Ein Satz überlagerte die anderen Sätze, beeinträchtigte die Erinnerung an den Rest der Unterhaltung. Und er vertraute seinem Instinkt, der ihm zu sagen schien, dass dieser Satz besonders wichtig war: „Es ist nichts so, wie es auf den ersten Blick scheint ...“

„Wie bitte?“, fragte Strobl, weil Kluftinger die Worte halblaut ausgesprochen hatte.

„Was? Ach so ... ‚Es ist nichts so, wie es zunächst scheint‘, hat Lutzenberg am Telefon gesagt.“

„Klingt nach einer ziemlichen Binsenweisheit.“

„Aber vielleicht wollte er uns damit sagen, dass wir etwas übersehen haben. Ich weiß es nicht. Ich weiß gar nichts mehr.“ Die letzten Worte begleitete der Kommissar mit einem Fausthieb auf die Schachtel, die sie aus Lutzenbergs Zimmer mitgenommen hatten.

Strobl sagte nichts. Er hatte beide Hände am Lenkrad und blickte auf die Straße.

„Da war noch etwas. Aber es fällt mir nicht mehr ein. Irgendwas während des Gesprächs ...“

ANDREAS LUTZENBERG schloss seine Faust fest um den Schlüssel in seiner Tasche. Allein der Griff um das kühle Metall ließ ein wenig seiner Sicherheit zurückkehren, während er den Weg zurück zu seinem Auto ging. Es beruhigte ihn, denn der Schlüssel war Symbol für sein Refugium, das ihm etwas Ruhe verschaffen würde.

Er lächelte: Seine Großtante wollte ihm gleich einen Tee machen und wissen, ob er heute hier im Haus schlafen würde. Sie hatte es gut. In ihrer Welt bekam sie nichts mit von dem, was ihn plagte. Er hoffte nur, dass sie seine eindringliche Bitte, niemandem zu sagen, dass er hier war, ernst nehmen würde. Er bog in einen schmalen Feldweg ein. Aber er hatte sich nun einmal entschieden. Immerhin hatte er die Sache losgetreten. Hätte er Wachter nicht hinterherspioniert ...

Sein Lächeln erstarb. Hatte er richtig gehandelt? Musste er unbedingt den Racheengel spielen? Andererseits: Hätte er nichts getan, hätte es ihn aufgefressen, kaputt gemacht, wie seinen Vater. Er war Zeuge seines Verfalls gewesen. Die Enttäuschung saß einfach zu tief. Davon hatte sich sein Vater nie erholt.

Wachter hatte vom Genie seines Vaters profitiert wie ein Parasit. Sein Vater war nicht so skrupellos wie Wachter. Er hatte gewusst, dass ihre Entwicklung Risiken barg. Hatte vor der Krebsgefahr gewarnt, das wusste Andreas Lutzenberg aus den wenigen Erzählungen seines Vaters über diese Zeit. Doch das schnelle Geld hatte Wachter gelockt. Außerdem wollte die Molkerei, die die beiden für viel Geld eingekauft hatte, Ergebnisse sehen. Also hatte er sich über die Bedenken seines Vaters hinweggesetzt und grünes Licht gegeben. Wie er die Kontrollen, die eigentlich notwendig gewesen wären, hatte umgehen können, wusste selbst sein Vater nicht. Wachter hatte die Freigabe für den Joghurt erteilt. Ohne seinen Vater, der zu dieser Zeit gerade in Urlaub gewesen war, auch nur zu informieren. Als der zurückkam, war es zu spät. Das Schlimmste für seinen Vater war aber nicht der berufliche Abstieg. Es war die Enttäuschung, von seinem besten Freund so hintergangen worden zu sein. Davon hatte er sich nie mehr erholt.

Andreas Lutzenberg war jetzt bei seinem Wagen angekommen. Es hatte aufgehört zu regnen, er atmete tief ein. Er sah das Bild seines Vaters im Krankenhaus vor sich. Wie er ihn aus müden Augen anblickte. Selbst in diesem Moment hatte er noch an seinen ehemaligen Weggefährten gedacht: „Lass gut sein“, hatte er seinem Sohn mit heiserer Stimme zugeflüstert. Andreas Lutzenberg musste ihm kein Versprechen mehr geben, das er nicht hätte halten können.

Bevor er ins Auto stieg, hielt er kurz inne. Er hatte das Richtige getan.

„Herrgottnochmal, wie finden wir denn jetzt diesen Lutzenberg?“ Kluftinger hatte die Frage mehr sich selbst gestellt, blickte dennoch in die Gesichter seiner Kollegen, die sich in seinem Büro versammelt hatten.

„Die Fahndung hat noch nichts gebracht“, sagte Maier und fügte hinzu: „Weder hier noch international.“

Kluftinger stand auf und ging hinter seinem Schreibtisch auf und ab. „Habt ihr's über die Telefongesellschaft probiert?“

„Ja, wir sind dran“, nickte Hefele, der mit seinen Kollegen in der Sitzgruppe Platz genommen hatte. „Aber die machen uns wenig Hoffnung. In jedem Fall wird es eine Weile dauern, bis sie uns Bescheid sagen.“

„Dann hat das hier erst mal Priorität“, sagte Kluftinger und klopfte dabei mit der flachen Hand auf die Schachtel, die sie in Lutzenbergs Zimmer gefunden hatten und die nun auf seinem Schreibtisch stand. „Ich würde vorschlagen, dass du Hefele ... Kruzitürken!“ Kluftinger brach seinen Satz ab, weil die Sirene eines Polizeiwagens, der offenbar gerade zu einem dringenden Einsatz aufbrach, im Hof erklang und ein Gespräch im Büro unmöglich machte. Der Kommissar ging zum Fenster, stoppte jedoch mitten in der Bewegung. „Ich Depp!“, rief er. Schnell schlug er das Fenster zu und lief aufgeregt zu seinen Kollegen. „Jetzt weiß ich wieder, was mir die ganze Zeit nicht eingefallen ist“, wandte er sich an Strobl. „Die Sirene! Wir brauchen sofort alle Feuerwehreinsätze der letzten eineinhalb Stunden im gesamten Umkreis. Und wenn das nicht reicht, in ganz Deutschland.“

Die drei Kollegen in der Sitzgruppe blickten sich fragend an. Als Kluftinger bemerkte, dass sie nicht verstanden, was er meinte, fügte er hinzu: „Während ich mit Lutzenberg gesprochen habe, wurden wir von einer Sirene unterbrochen. Einer Feuerwehrsirene. Vielleicht kommen wir ihm so auf die Spur.“

In der Hütte war es kühl. Lutzenberg fröstelte ein wenig. Es konnte aber auch an der Nervenanspannung liegen, der er seit fast drei Wochen ausgesetzt war. Er zog sein Jackett aus, das am Kragen bereits ganz speckig war. Kein Wunder, immerhin hatte er seit ein paar Tagen seine Kleidung nicht mehr gewechselt. Er öffnete den alten, knorrigen Bauernschrank und ließ seinen Blick über die Kleidungsstücke wandern, die sich darin befanden. Dicke Winterpullover bildeten die Hauptausstattung, auch eine Felljacke hing an einem Bügel. Kein Wunder, hatten sie die Hütte früher doch meistens im Winter genutzt. Er entschied sich schließlich für das einzige Kleidungsstück, das für den Sommer nicht zu heiß war: ein uraltes, ausgewaschenes Karohemd mit Stehkragen. Er streifte sein T-Shirt ab und ging nach draußen zum Brunnen, um sich zu waschen. Das Wasser weckte in ihm neue Lebensgeister. Als er sich erfrischt auf die Veranda setzte, fühlte er sich zum ersten Mal seit vielen Tagen wieder wohl. Nein, hier würden sie ihn nicht finden. Er blickte zum Himmel: dunkle Wolken zogen schon wieder auf. Es würde gleich wieder regnen, dachte er. In diesem Augenblick hörte er den Wagen.

„Wir haben vielleicht was." Hefele winkte mit einem Blatt Papier, als er Kluftingers Büro betrat. Der Kommissar lief ihm entgegen. „Richard, Eugen, kommt ihr?", rief er ins Nebenzimmer.

Hefele fuhr sich mit der Hand über seinen buschigen Schnauzer. Er genoss sichtlich den Auftritt, den ihm die Situation bescherte. „Es gab heute um die fragliche Zeit im ganzen Allgäu nur zwei Feuerwehreinsätze. Einer davon in Kaufbeuren, aber die haben da nur eine Katze vom Hausdach einer alten Frau geholt", grinste er. „Also, bleibt nur noch ein Einsatz. Und jetzt ratet mal, wo der war?"

„Himmelherrgottsakrament. Du bist doch nicht der Günther Jauch. Jetzt sag gefälligst wo!" Kluftinger kochte innerlich.

„Also: Der zweite Einsatz war – in Weiler." Die drei Kollegen machten große Augen. Hefele kostete dieses regungslose Erstaunen ein paar Sekunden aus, bevor er weiterredete: „Zwei Löschfahrzeuge, Sirene – alles, was dazugehört. Sie mussten zu einer Scheune ausrücken. Ein Baum war mittenrein gekracht, weil dort nämlich ..."

„... der Blitz eingeschlagen hat", vollendete Kluftinger den Satz.

Strobl fragte: „Meinst du, dass er noch ...?"

„Genau das meine ich", antwortete Kluftinger. „Wir müssen sofort los." Er schloss die unterste Schreibtischschublade auf und nahm seine Dienstwaffe samt Halfter heraus. Er hasste dieses Ding, aber es schien ihm angebracht, es jetzt zumindest mitzunehmen.

„Wo geht ihr denn jetzt eigentlich hin, ich weiß gar nicht, was los ist!", hörte er Maier hinter ihnen rufen.

„Keine Zeit zum Erklären", gab Kluftinger zurück. „Kümmere dich schon mal um die Kiste, die wir mitgebracht haben." Dann waren sie um die Ecke verschwunden. Maiers „Immer muss ich mich um irgendwelche blöden Kisten kümmern“ konnten sie schon nicht mehr hören.

Als sie in den schmalen Waldweg einbogen, hatte es bereits heftig zu regnen begonnen. Dicke Tropfen platschten auf die Windschutzscheibe. Es war einer dieser Regengüsse, bei denen man, sofern man zu Hause war, immer sagte: Jetzt möchte ich nicht da draußen sein. Kluftinger spielte mit dem Schlüssel zu Lutzenbergs Hütte. Die Alte hatte ihm dieses zweite Exemplar schließlich doch noch gegeben, nachdem er ihr eindringlich versichert hatte, dass ihr Großneffe ernsthaft in Gefahr sei und er ihm helfen wolle. Erst hatte Lina Lutzenberg noch etwas herumgedruckst, wegen dem Versprechen, das sie Andreas gegeben hatte, nicht zu sagen, dass er hier war. Weil er aber in Gefahr sei, der Andi, hatte sie von der kleinen Hütte oberhalb von Weiler an der österreichischen Grenze erzählt, die ihre Familie schon seit Generationen nutzte.

Ein heftiges Rumpeln schreckte Kluftinger aus seinen Gedanken. Er blickte Strobl an, der seinen Chef verlegen angrinste. „Ich fürchte ... wir stecken fest“, sagte er zögernd und trat zur Bestätigung aufs Gas, was den Motor aufheulen und die Räder durchdrehen ließ. Der heftige Regen hatte den Boden aufgeweicht und in dieser schlammigen Brühe waren sie stecken geblieben.

„Auch das noch“, schnaubte der Kommissar. „Na gut, kann nicht mehr weit sein.“

Sie staksten ungelenk durch den knöcheltiefen Schlamm, denn ihr Schuhwerk war nicht auf diese Wetterverhältnisse eingestellt.

„Kruzifix, so ein Dreck!“, schimpfte Kluftinger, als sein linker Halbschuh in einem Schlammloch mit einem Schmatzen untertauchte. Als er seinen Fuß wieder herauszog, blieb sein Schuh im Schlamm stecken. Kluftinger balancierte auf einem Bein und merkte, wie sich sein Körper langsam nach links neigte. Er ruderte mit den Armen, immer schneller. Doch es half nichts. Langsam sackte er nach links und dann nach hinten. Noch während er fiel, stieß er einen Fluch aus und schloss dann einfach die Augen.

„Hab dich!“, rief Strobl hinter ihm. Gerade noch rechtzeitig war er seinem Chef zu Hilfe gekommen.

Kluftinger grinste ihn dankbar über die Schulter an. „Das wär beinahe schiefgegangen.“

Strobl half dem Kommissar, sich wieder aufzurichten, was nicht ganz einfach war, schließlich fehlte ihm ein Schuh. Als Kluftinger zumindest sein Gleichgewicht wiedergefunden hatte, wollte sich Strobl bereits weiter auf den Weg machen, doch sein Chef rief ihn zurück. „Was gibt’s denn noch?“, fragte Strobl.

„Mein Schuh“, antwortete Kluftinger. „Ich find meinen Schuh nicht mehr. Das darf doch nicht wahr sein. Mein Schuh! Mein Schuh!“ Es klang schon fast hysterisch.

„Da ist er doch“, sagte Strobl und deutete auf die Stelle, in der Kluftinger gerade stecken geblieben war.

Kluftingers Gesicht verfärbte sich tiefrot. Der Schuh war unter dem großen braunen Dreckklumpen, den Strobl aus dem Schlamm zog, nur noch zu erahnen. Priml. Kluftinger kochte. Er versuchte, den Matsch wenigstens so weit wieder herauszubekommen, dass er den Schuh wieder anziehen konnte – vergeblich. „Weiter!“, blaffte er Strobl an und setzte sich, den Schuh in der Linken, widerwillig schnaubend in Bewegung – mit nur einem Schuh.

Strobl hielt sich ein paar Schritte hinter ihm. Er wollte nicht, dass sein Chef das Grinsen auf seinem Gesicht sah.

„Das muss sie sein!“, rief Kluftinger, als sich der Wald auf eine Lichtung öffnete. Kurz vor dem nächsten Waldstück stand eine kleine Holzhütte. Daneben ein roter Kombi, das musste Lutzenbergs Opel sein.

Geduckt liefen sie immer an den Bäumen entlang in Richtung Hütte. Kluftinger musste die Zähne zusammenbeißen: immer wieder bohrte sich ein spitzer Ast oder ein Stein durch den Strumpf hindurch in seine Fußsohle. Die Schmerzen erreichten aber nur gedämpft sein Bewusstsein, das von der Konzentration auf die nächsten Minuten beherrscht wurde.

„Jetzt!“, gab der Kommissar das Kommando, als sie an der Stelle angekommen waren, die der Eingangstür der Hütte am nächsten war. Dann liefen sie los. Es waren nur etwa dreißig Meter, die sie auf freiem Feld zu überbrücken hatten, aber Kluftinger schnaufte heftig, als er im „Hopserlauf“ kurz nach Strobl ebenfalls die Tür erreichte. Er war sich nicht sicher, ob seine Atemlosigkeit von seiner Aufregung oder den schätzungsweise fünfzehn Kilo Übergewicht herrührte, die er um die Hüften mit sich herumschleppte.

Strobl und Kluftinger sahen sich an. Schließlich gab sich Kluftinger einen Ruck. Mit der Faust hämmerte er gegen die schwere Holztür: „Aufmachen, Polizei!“ Noch bevor er die Worte ausgesprochen hatte, ärgerte er sich bereits darüber, dass er das Wort „Polizei“ benutzt hatte. Doch in der Hütte regte sich nichts. „Herr Lutzenberg, wir wissen, dass Sie da drin sind. Machen Sie auf!“

Nichts. Mit einem Nicken bedeutete Kluftinger seinem Kollegen, die Tür zu öffnen. Der atmete noch einmal tief durch, drückte langsam die Klinke herunter, dann stieß er die Tür auf und streckte die Waffe ins Haus. „Polizei!

Herr Lutzenberg, halten Sie die Hände über den Kopf, wir kommen jetzt rein!", rief Strobl, und seine Stimme zitterte dabei ein wenig.

Im Haus rührte sich noch immer nichts. Kluftinger und Strobl kniffen die Augen zusammen. In der Hütte war es düster. Als sich ihre Augen an die Lichtverhältnisse gewöhnt hatten, sahen die beiden Beamten, dass das Zimmer leer war.

„Verdammt, das gibt's doch nicht!", fluchte Strobl, nachdem er sich vergewissert hatte, dass sich auch in den Nischen und unter dem Bett niemand versteckt hielt. Er setzte sich an den Tisch und steckte seine Pistole wieder ein.

Kluftinger dachte nach. „Wir müssen auf jeden Fall Verstärkung holen. Du gehst zum Wagen und rufst die Kollegen." Strobl nickte und stapfte in den Regen. Plötzlich fiel Kluftinger etwas Wichtiges ein. Er lief ebenfalls nach draußen, humpelte ein paar Meter durch den Matsch und rief seinem Kollegen hinterher: „Und sag, dass sie ein paar Schuhe mitbringen sollen! Und Socken auch."

Er wollte gerade kehrtmachen, da sah er: vor ihm im Matsch lag ein menschlicher Körper. Der Kommissar wollte seinen Kollegen zurückrufen, doch es kam nur ein heiseres Krächzen aus seiner Kehle. „Eugen!"

Strobl drehte sich um und ihm war gleich klar, dass es ernst war. Er konnte nicht erkennen, was es war, worauf sein Chef so gebannt starrte. Doch dass aus seinem vor Kurzem noch so roten Gesicht jegliche Farbe gewichen war, das konnte er sehen. Als Kluftinger sich abwandte, begann Strobl zu laufen. Dann sah er selbst: ein Mensch lag in der vom Regen völlig aufgeweichten Erde. Sie hatten ihn nicht gesehen, denn der Körper hob sich kaum von seiner Umgebung ab. Doch das war nicht das Schlimmste. Der Schädel war völlig zertrümmert.

„Mein Gott ...", fand Strobl als Erster wieder die Sprache. „Mein Gott ... So was hab ich noch nie gesehen." Er ging in weitem Bogen um die Leiche herum auf Kluftinger zu und legte ihm eine Hand auf die Schulter.

Kluftinger richtete sich wieder auf. „Dir ist schon klar, wer das ist?", fragte der Kommissar und deutete bei dem Wort „das" mit dem Kopf auf die Stelle hinter ihm.

„Na ja, es wäre zumindest wahrscheinlich, wenn es ..."

„... Lutzenberg wäre", vollendete Kluftinger Strobls Satz. Und fügte mit einem bitteren Lächeln hinzu: „Unser Mörder."

Es dauerte keine Stunde, da war die kleine Lichtung von zwei Dutzend Polizisten bevölkert. Einige fluchten, denn der Regen hatte nur unwesentlich nachgelassen und den Boden noch weiter aufgeweicht.

Kluftinger war mit Strobl und Maier sowie zwei Beamten der Spurensicherung in der Hütte. Er saß am Tisch und trocknete sich mit einem Handtuch den Fuß. „Wagenspuren?“, fragte Kluftinger einen von ihnen.

„Keine Chance. Bei dem Wetter.“

Ein Beamter in Uniform streckte seinen Kopf zur Tür herein. „Es scheint sich bei dem Toten um einen gewissen Andreas Lutzenberg zu handeln“, verkündete er und hielt den Kripobeamten einen Geldbeutel entgegen. Ihr Hauptverdächtiger im Mordfall Wachter lag als „Moorleiche“ mitten auf einer Lichtung in Hinterschweinhöf. Im Westallgäu.

„Was sollen wir jetzt machen?“, fragte Maier zaghaft. Kluftinger schnaufte hörbar aus.

„Glaubst du, dass das was mit dem ersten Fall zu tun hat?“, fragte Strobl.

„Also ich bitte dich. Das scheint ja ganz offensichtlich. Ich hab dir doch gesagt, dass er am Telefon so klang, als ob er Angst gehabt hätte. Wie es scheint, zu Recht.“ Kluftinger fiel Lutzenbergs Satz wieder ein: Nichts ist so, wie es auf den ersten Blick scheint. Er stand auf: „Ist die Pathologie schon da?“

„Ja, die sind schon eine ganze Weile zugange.“

Bevor er die Hütte verließ, fragte er: „Hat mir irgendwer einen Schuh mitgebracht?“

„Oh, das hab ich ... in der Aufregung“, druckste Maier herum.

Mit einer wegwerfenden Handbewegung ging Kluftinger nach draußen.

„Okay, lass mich raten: Du willst abnehmen und hast gehört, dass man das mit Fuß-Reflexzonen-Massage am schnellsten schafft“, kommentierte Georg Böhm den Aufzug des Kommissars.

Kluftinger grinste. Dr. Georg Böhm, der Pathologe, war so ziemlich der Einzige, der ihm so etwas in der jetzigen Situation ungestraft sagen durfte. Kluftinger mochte den jungen Arzt. Der sportliche Mittdreißiger brachte durch seine humorvolle Art beinahe Kluftingers Weltbild ein wenig ins Wanken. Jedenfalls in Bezug auf Ärzte.

„Ich möchte nur wieder so leben wie unsere Vorfahren. Ganz ohne Klamotten. Und mit den Schuhen fang ich an, mich daran zu gewöhnen“, scherzte der Kommissar sogar zurück.

„Sag mir Bescheid, wenn die Hose dran ist, damit ich mir rechtzeitig meine Kontaktlinsen rausnehmen kann.“

Kluftinger gab auf, der Schlagfertigkeit Böhms war er nicht gewachsen. „Was kannst du sagen, Schorsch?“ Er wusste, dass Böhm es hasste, wenn man ihn Schorsch nannte.

Böhm lüftete kurz seine blaue Baseballkappe, die sein dichtes dunkelbraunes Haar verbarg und sein sonnengebräuntes Gesicht vor dem Regen schützte, und sagte: „Nicht viel mehr als offensichtlich ist. Er wurde erschlagen, und der Prügel da dürfte wohl die Tatwaffe sein." Er zeigte auf einen massiven, angespitzten Zaunpfahl, der neben der Leiche lag. Der war offenbar zum Mordinstrument umfunktioniert worden. „Eins ist aber ziemlich sicher", ergänzte Böhm. „Ihr seid nur ein klein wenig zu spät gekommen. Vielleicht ein oder zwei Stunden. Länger war er noch nicht tot."

Kluftinger sagte nichts dazu, diese Nachricht besserte seine Stimmungslage nicht. Er klopfte Böhm auf die Schulter und humpelte mit den Worten „Danke, Herr Doktor" zu einer Gruppe Streifenbeamter.

„Na, Schlammpackung?", grinste ihn einer der Beamten an.

Er gehörte allerdings nicht zum erlesenen Kreis derjenigen, die in einer solchen Situation die Lizenz zum Lustigsein hatten.

„Schon irgendwas rausgefunden?", fragte Kluftinger in einem Ton, der nahelegte, dass er das nicht für möglich hielt.

„Wir haben eine Brieftasche gefunden. Scheint sich um Andreas Lutzenberg zu handeln."

„Erzählt mir etwas, was ich noch nicht weiß!", bellte Kluftinger.

Das Grinsen wich aus den Gesichtern der Beamten. „Na ja, was soll man schon sagen, die Spuren hat's praktisch weggespült", rechtfertigte sich einer von ihnen.

Kluftinger nickte. Sogar die Natur schien gegen ihn zu arbeiten.

Als er endlich im Auto auf dem Weg nach Kempten saß, fühlte er sich kaum besser, auch wenn er nun wenigstens im Trockenen war. Er ließ sich noch kurz bei Lina Lutzenberg vorbeifahren, um ihr die Nachricht vom Tod ihres Neffen zu überbringen. Solche Dinge erledigte er lieber selbst, weil sein Vertrauen in das Einfühlungsvermögen seiner Kollegen einigermaßen gering war. Lina Lutzenberg nahm die Nachricht völlig teilnahmslos zur Kenntnis. Das verstörte den Kommissar regelrecht. Aber vielleicht hatte sie auch gar nicht mitbekommen, was er ihr gesagt hatte. Und vielleicht war es so besser für sie.

Der Weg von der Hauptwache zu seinem Büro glich noch einmal einem Spießrutenlauf. Seine Kollegen sparten nicht mit „klugen" Bemerkungen über sein Aussehen. Von „Na, frisch geduscht?" bis „Wie lange ist deine Frau jetzt schon in Urlaub?"

Endlich in seinem Büro angekommen, trocknete sich Kluftinger notdürftig die Haare und zog sich dann die Ersatzkleidung an, die er in seinem Schrank aufbewahrte – seinen guten Anzug. Er hatte ihn dort hängen, seit einmal der bayerische Innenminister auf einer Wahlkampfreise in der Direktion Station gemacht hatte. Kluftinger hatte nichts von dem Termin gewusst, weil er die zwei Tage davor freigehabt hatte. Am Tag darauf fand er sich mit grünem Hemd und grauer Strickjacke in der Zeitung auf einem Bild hinter dem Minister wieder.

Er hatte sich gerade das Sakko übergestreift, da kam Dietmar Lodenbacher herein, der Leiter der Polizeiinspektion. „Des is a sauberer Schlamassl", begann Lodenbacher, legte die Stirn in Falten, nahm seine Halbbrille ab, fuchtelte damit herum und hielt einen dreiminütigen Monolog.

„Die Kollegen sind schon im Konferenzraum", unterbrach Sandy und deutete Kluftinger mit einem Lächeln an, dass sie sich wohl bewusst war, ihn gerade vor weiteren Tiraden des Chefs gerettet zu haben.

Zu dritt schritten sie in den Raum und schlagartig wurde es still. Kluftinger sagte während der kurzen Lagebesprechung nicht viel. Er überließ Lodenbacher das Reden. Nur einmal mischte er sich ein. Als Lodenbacher wieder nebulös andeutete, dass man nun aber die Ärmel hochkrempeln müsse, konkretisierte er dessen Forderung. Ohne aufzusehen, sagte er: „Ich möchte morgen alles über Lutzenberg wissen. Wo hat er sich die letzten Tage aufgehalten? Da könnte vielleicht sein Wagen Aufschluss geben. Liegen Tankquittungen drin? Hat er irgendwo einen Strafzettel bekommen? Hat er seine Kreditkarte benutzt? Wen hat er angerufen? Ich will wissen, was er gegessen hat und wann er aufs Klo gegangen ist, soweit sich das eben rausfinden lässt. Und vor allem will ich jedes Detail der Kiste, die wir bei ihm gefunden haben, bis morgen früh um acht katalogisiert und auf Spuren untersucht auf dem Schreibtisch haben."

Lodenbacher, der sich zu seiner Ansprache hingestellt hatte, blickte Kluftinger, der am Rand des Tisches auf einem Stuhl saß, über den Rand seiner goldenen Brille hinweg irritiert an. „San Sie fertig?", fragte er schließlich und klang dabei wie ein kleiner Angestellter, der seinen Chef um Redeerlaubnis bittet. „Moch'n Sie's so", beendete Lodenbacher schließlich die Konferenz. Kluftinger verließ mit ihm den Raum und er spürte dabei die respektvollen Blicke seiner Kollegen.

Auf dem Weg zu seinen Eltern hatte Kluftinger die Scheibe heruntergekurbelt. Es war spät geworden, fast neun, und der Regen hatte inzwischen aufgehört. Es roch nach nassem Asphalt und frischem Gras. Es wirkte alles so ruhig, so friedlich. Jedenfalls so lange, bis sich die Tür zum Haus seiner Eltern öffnete.

„Mei, jetzt kommst du, wo ich gerade das Rohr ausgemacht und die Spatzen in den Kühlschrank gestellt habe. Ich hab nämlich Kässpatzen für dich gemacht", empfing ihn seine Mutter gleich mit dem gewohnten Redeschwall. „Mit zwei Eiern extra. Allerdings hat der Vatter jetzt die ganzen Zwiebeln aufgegessen, weil er die doch so gern mag. Aber Salat ist noch da und die Spatzen wärme ich dir halt schnell auf."

Dann ging sie auf das Äußere von ihrem Filius ein. „Hoi, was hast denn du heut an? War was Offizielles bei euch?"

„Nein, mein anderes G'wand ist bei einem Einsatz während des Gewitters ganz nass geworden. Da habe ich mich schnell umziehen müssen."

Bald hatte Maria Kluftinger eine weitere Ration Zwiebeln geschält und schmurgelte sie gerade in der Pfanne, während der „Bub" an seinem von jeher angestammten Platz auf der kurzen Seite der Eckbank vor dem Fenster saß und den mittlerweile etwas laschen Salat verspeiste. Auf die Kässpatzen hatte er überraschend wenig Appetit. Zum einen konnte er die Bilder des heutigen Tages nicht aus seinem Gedächtnis verbannen, zum anderen gab es eine massive Häufung von Kässpatzen in seinem derzeitigen Leben. Trotzdem tat er so, als freute er sich darauf, schließlich wäre seine Mutter enttäuscht gewesen, hätte ihr Sohn keine Spatzen essen wollen.

„Jetzt erzähl", sagte sein Vater, als er die Küche betrat, „was für Ergebnisse gab es heute?"

„Vatter, hör mir auf. Kein guter Tag heute. Heute haben sie uns unseren Mörder umgebracht. Stell dir das vor. Mir reicht's heute."

„Euren Mörder? Euren ehemaligen Verdächtigen, meinst du."

„Ja, Vatter, natürlich."

„Weil uns haben sie schon damals auf der Polizeischule eingebläut, dass man nie nur eine Spur verfolgen darf. Nie voreilige Schlüsse ziehen. Immer mehrgleisig fahren. Ich habe das im Beruf auch immer beherzigt."

„Zeig mir halt ein oder zwei weitere Verdächtige! Ich würde liebend gern ihre Spur verfolgen. Außerdem war das mit dem Mörder ja nicht wörtlich gemeint. Trotzdem kann es immer noch sein, dass er Wachter auf dem Gewissen hat, auch wenn er jetzt selber tot ist. Das Problem ist, dass wir einen weiteren Mord aufzuklären haben", erwiderte Kluftinger leicht gereizt.

Dass sich in der weiteren Unterhaltung die Stimmung zwischen Vater und Sohn nicht weiter zum Negativen aufschaukelte, lag an der Müdigkeit Kluftingers und vor allem wohl am Eingreifen der Mutter, die einen Streit zwischen „ihren beiden Männern" nicht gut vertragen konnte.

Kluftinger zog es vor, weitere Auseinandersetzungen durch sein Gehen zu verhindern.

„Wenn ihr jetzt wieder eine Leiche habt, da musst du sicher morgen wieder ins Fernsehen. Dann kannst du doch noch einmal den Anzug anziehen!

Der steht dir fei wirklich gut", begleitete seine Mutter seinen Weg zur Tür mit einem kontinuierlichen Redestrom. Kluftinger legte seine Hand auf die Klinke der Haustür. „Zieh den Anzug halt noch mal an. Mir zuliebe."

DAS TELEFON im Büro des Kommissars klingelte.

„Kluftinger."

„Grüß Gott, Stoll ist mein Name. Ich bin der Inhaber der Käserei in Böserscheidegg." Der Mann klang bedrückt. „Herr Kommissar, ich hab das gelesen, von dem Mord auf der Berghütte. Das hat doch den jungen Lutzenberg erwischt, oder?"

Kluftinger stutzte. Lutzenbergs Name war nicht veröffentlicht worden. „Woher wissen Sie das, Herr Stoll?", fragte Kluftinger sofort nach.

„Das ist eine blöde Geschichte. Ich fühle mich daran nicht ganz unschuldig, Herr Kommissar. Mich beschäftigt das sehr."

„Ich höre ...?"

„Ja wissen Sie, Sie waren doch bei uns, Sie und Ihr Kollege, und ich hab Ihnen doch gesagt, dass der Lutzenberg manchmal noch bei seiner Tante in Weiler ist", sagte Stoll und machte keine Anstalten weiterzureden.

„Ja und?"

„Ich hab dann über unser Gespräch noch nachgedacht, und dann ist mir eingefallen, dass der alte Lutzenberg manchmal von einer Hütte gesprochen hat, die sie noch hätten. Und dass sein Bub da manchmal oben ist, zum Nachdenken."

Um ihn wieder zum Sprechen zu animieren, sagte Kluftinger: „Herr Stoll, bleiben wir beim Thema. Was hat das alles mit dem Mord an Lutzenberg zu tun und warum fühlen Sie sich denn daran schuldig? Klären Sie mich jetzt halt auf, Herr Stoll."

„Ja, mir ist das wieder eingefallen und ich wollte Sie anrufen und hab das auch zu meiner Frau gesagt."

„Und weiter?"

„Ja mei, dann haben wir es beide vergessen. Und dann hat gestern Vormittag der eine angerufen. Und deswegen bin ich mit schuld dran."

„Wer hat angerufen?"

„Keine Ahnung. Er hat ja keinen Namen gesagt. Er hat bloß gesagt, dass er ein ganz guter Freund von dem Lutzenberg Andreas ist."

„Was wollte er denn wissen?"

„Ja das Gleiche wie Sie auch. Wo der junge Lutzenberg sein könnte, weil er nicht in Memmingen war. Und grad wichtig sei es, dass er ihn bald findet, weil ihm sonst viel Geld durch die Lappen gehen würde, und er hat gesagt, dass es um einen wichtigen Auftrag geht. Und da hab ich ihm dann auch gesagt, dass die Tante noch in Weiler wohnt und dass er ja vielleicht auf der Hütte ist. Ich hab ihm geraten, er soll bei der Hütte vorbeischauen, weil ich ja ungefähr wusste, wo die liegt. Später ist mir das komisch vorgekommen, weil doch der Lutzenberg Lehrer ist, was will denn der mit einem Auftrag, dachte ich mir. Eigentlich hab ich mir gedacht, das geht mich ja gar nichts an. Aber jetzt bin ja vielleicht ich daran schuld, dass er tot ist, weil ich doch gesagt habe, wo er sein könnte, und vielleicht war das ja der Mörder, mit dem ich da telefoniert habe."

„Ich verstehe. Herr Stoll, haben Sie die Nummer des Anrufers auf dem Display Ihres Telefons sehen können?"

„Nein, ich hab noch eins mit Wählscheibe in der Käserei."

„Fiel Ihnen an seiner Stimme irgendetwas auf? Hat er Hochdeutsch gesprochen oder Dialekt?"

„Eher Hochdeutsch. Aber vielleicht schon von unserer Gegend. Ich weiß nicht mehr."

Kluftinger wusste nicht, was er noch weiter hätte fragen können. Er kündigte an, dass er Stoll eventuell zur Erkennung einer Stimme heranziehen werde, und verabschiedete sich, nicht ohne ihn für seinen Anruf zu loben. Mit seinem Schuldgefühl aber musste der Käser allein fertig werden.

Für halb zwölf hatte Kluftinger eine Konferenz angesetzt. Er hatte aber nicht viel Hoffnung auf wirklich Neues.

Es klopfte an Kluftingers Tür und kurz darauf traten Strobl und Maier ein. Sie hatten die Kiste aus Lutzenbergs Zimmer in Weiler nun restlos durchforstet.

Maier klang nicht euphorisch, als er verkündete, sie hätten außer den Fotos, auf denen Wachter zusammen mit Andreas Lutzenbergs Vater zu sehen und auf denen das Gesicht Wachters entweder zerkratzt oder durchgestrichen war, kaum etwas Spektakuläres gefunden. „Viele der Texte sind Kopien von Zeitungsartikeln über Wachters und Lutzenbergs gemeinsame Zeit. Entweder der Vater hat die Zeitungsausschnitte gesammelt und Andreas hat sie dann gefunden, gelesen und kommentiert oder er hat sie sich in irgendeinem Archiv oder einer Bibliothek besorgt", vermutete Maier.

„Was hat er denn genau kommentiert an diesen Artikeln? Oder kann es auch sein Vater gewesen sein?"

Strobl kam Maier mit der Antwort zuvor. „Also, das war der Sohn. Wir haben genügend Schriftproben, auch aus der Memminger Wohnung."

Nun ergriff beinahe eifersüchtig Maier wieder das Wort. „Was er geschrieben hat, ist eigentlich immer das Gleiche. Er hat sich Stellen in den

Artikeln angestrichen, in denen dem Vater seiner Meinung nach Unrecht getan wurde. Vor allem bei den Berichten, in denen Wachter hoch gelobt wird, stehen immer wieder Dinge wie ‚unverschämt', ‚infame Lüge' oder ‚Schwein'. Wir haben, denke ich, ein Motiv, das man als tiefen persönlichen Hass bezeichnen könnte. Offenbar hat er es Wachter nicht verziehen, dass er weiterhin Karriere machte. Und mir ist noch etwas aufgefallen. Ich hab mich gefragt, warum der Lutzenberg so eine Wut auf den Wachter gehabt hat. Durch seine Anstreichungen und Kommentare habe ich dann bemerkt: als das neue Verfahren gerade am Anfang stand, da schienen beide irgendwie gleichberechtigt. Sie treten immer als Team auf, reden beide von ihrem Projekt, von ihren Fortschritten, von ihrem Erfolg." Kluftinger hörte aufmerksam zu und forderte Maier mit einem zustimmenden Nicken auf, weiterzusprechen. „Und als dann in den Fachzeitschriften angekündigt wird, dass das neue Verfahren bald einsatzfähig sei, da kommt Lutzenberg eigentlich kaum noch vor. Auf einmal wird nur noch Wachter zitiert. Da spricht Wachter dann von seiner Entwicklung und seinem Institut. Aber beim Skandal, als der rauskam, da spricht Wachter wieder von beiden. Da nennt er sogar sehr oft Lutzenbergs Namen und stellt ihn fast so als den Frontmann hin. Als den Verantwortlichen. Das würde vielleicht Andreas Lutzenbergs Wut auf Wachter erklären. Vielleicht hatte er das Gefühl, dass Wachter seinen Vater als Sündenbock haben wollte", schloss Maier.

„Logisch. Ja. Vielleicht wollte er so etwas wie eine posthume Rehabilitation. Sehr gut, Maier, sehr gut."

Maier strahlte über das ganze Gesicht.

„Ja, noch was haben wir gefunden in der Kiste", hakte Strobl ein.

„Was denn?" Kluftinger war angetan vom Engagement seiner Kollegen.

„Hier", sagte Strobl und legte einige Fotos auf den Schreibtisch seines Vorgesetzten. Der Kommissar warf einen schnellen Blick darauf. Man sah auf allen ein Haus, offenbar ein verlassenes Bauernhaus mit einer großen Halle, vielleicht einer ehemaligen Tenne oder einer Maschinenhalle. Davor stand auf einigen Bildern ein Lieferwagen, auf einem auch ein Sattelzug mit einer Plane auf dem Auflieger. Eine kleine Fotoserie dokumentierte wohl dessen Abfahrt von besagtem Haus. Nicht alle Fotos waren scharf, und auf den meisten war es sehr dunkel oder zumindest dämmrig.

„Die Fotos zeigen immer diesen Bauernhof. Keine Ahnung, wo das sein kann. Die Entfernung des Fotografen zu den Motiven war ziemlich groß, man kann den Lastwagen nicht identifizieren. Die Kollegen im Fotolabor haben gesagt, die Nummer ist auf keinen Fall so zu vergrößern, dass man sie erkennen könnte."

Kluftinger sagte halblaut, mitten im Überlegen: „Warum hat er das fotografiert? Warum sind die Fotos in der Kiste mit den Zeitungsausschnitten?“

„Irgendetwas war Lutzenberg da auf der Spur.“

Kluftinger besah sich die Fotos genauer. Ringsherum nur Wiesen und ein kleines Wäldchen. In der Nachbarschaft konnte man einen anderen kleinen Hof erkennen. Auch dieser sagte Kluftinger nichts. Das konnte beinahe überall zwischen Bregenz und Augsburg sein. Nichts auch nur annähernd Charakteristisches. „Wir müssen wissen, wo das ist und was da vorgeht. Das kann uns weiterbringen. Vielleicht kann man ein paar Luftbilder auswerten. Klemmt ihr euch dahinter?“

„Ja klar. Werden schon was machen können“, sagte Strobl und zeigte dadurch, dass er sozusagen die Leitung dieses Teils der Ermittlungen implizit für sich beanspruchte.

Als die beiden das Zimmer verließen, wählte Kluftinger die Kurzwahlnummer von Sandy und bat sie darum, bei der Gemeindeverwaltung in Weiler anzurufen und nach der Todesursache von Robert Lutzenberg, Andreas' Vater, zu fragen. Sandy tat ihr Bestes, und nur etwa eine halbe Stunde später hatte er die Nachricht, dass Lutzenberg an Magenkrebs gestorben war.

Kluftinger bedankte sich und beschloss, nach Hause zu gehen und sich noch etwas hinzulegen. Am Abend war noch Musikprobe. Er freute sich, dass er die Trommel dazu nicht extra ins Auto laden musste. Zum Glück lag die ja noch im Kofferraum.

Es war nicht nur die erste Musikprobe seit über zwei Wochen, die Kluftinger wieder einmal besuchen konnte. Es war die erste seit vielen Wochen, auf die er sich richtig freute. Vielleicht lag es an der Tatsache, dass ihm allein zu Hause die Decke auf den Kopf fiel. Nicht dass er mit seiner Frau nach einem harten Tag noch viel geredet hätte. Aber allein ihre Gegenwart, ihr beruhigendes, wissendes Schweigen taten ihm gut. Kluftinger ärgerte sich nur darüber, dass er wie alle war und erst bemerkte, wie wichtig ihm etwas war, wenn er es gerade nicht hatte.

Diese Gedanken würde er bei der Musikprobe verscheuchen können, denn die Gespräche dort drehten sich nicht um seelische Befindlichkeiten.

„I war's fei nicht“, grinste Johann ihn an, als er das Musikheim im ersten Stock des Feuerwehrhauses betrat.

„Bist du da ganz sicher, Johann? Einige Spuren führen nämlich eindeutig zu dir ...“

Johann, den alle den „langen Johann“ nannten, lachte sein kurzes, kehliges Lachen, das ein bisschen wie Husten klang, und klopfte auf den Stuhl neben sich. Er schien froh zu sein, dass Kluftinger wieder da war. Denn seit Johann Asthma hatte, klang nicht nur sein Lachen so rasselnd, auch die Tuba hatte er gegen Becken eintauschen müssen. Und wenn Kluftinger nicht da war, musste er zusätzlich noch die große Trommel bedienen. „Isch scho besser, wenn du da bisch, Klufti", grinste ihn Johann an.

„Danke, Hansi", grinste Kluftinger zurück, der wusste, dass Johann diesen Spitznamen mindestens ebenso verabscheute wie er den seinen.

Die Musikprobe verlief gut, auch wenn der Kommissar einige strenge Blicke des Dirigenten wegen ein paar falscher Einsätze erdulden musste. Schnell ging man zum gemütlichen Teil über, der den meisten sowieso viel wichtiger zu sein schien. Kluftinger hatte sich schon manchmal gewundert, warum man nicht ein weniger aufwändiges Hobby als Vorwand für ein feuchtfröhliches Beisammensein pflegte.

Als sich nach der Probe die meisten Musiker noch „auf eine Halbe Bier" beim „Mondwirt" trafen, war Kluftinger ein gefragter Mann. In allen Einzelheiten musste er von dem Mord erzählen, ein paar „geheime" Informationen verraten, damit die Eingeweihten dann beim Frühstückstisch vor ihrer Familie mit den frisch erworbenen Kenntnissen prahlen konnten. Man sage bestimmt nichts weiter, versprochen. Kluftinger hatte einige Mühe, die Fragen diplomatisch-nichtssagend zu beantworten.

„Ach weißt du, um den Wachter war's nicht schad, wenn du mich fragst", beteiligte sich nun auch Johann an dem Gespräch. Einige der Musiker, die mit am Tisch saßen, nickten.

Kluftinger wurde hellhörig. „Hast du ihn gekannt?", fragte er.

„Nur vom Wegschau'n", sagte er, um für diesen Spruch Gelächter in der Runde zu ernten.

„Der hat uns doch die Milchpreise versaut", schaltete sich das Tenorhorn in die Diskussion ein. Gregor Merk war Landwirt, genau wie Johann.

„Was soll das heißen, er hat euch die Milchpreise versaut?", fragte Kluftinger und gab sich große Mühe, dabei zu klingen, als würde ihn die Antwort nur ganz privat interessieren.

„Ach, seit der da war, haben die doch viel weniger für die Milch bezahlt", schimpfte Gregor. „Weil die wegen dem teuren Gehalt von dem kein Geld für uns mehr übrig hatten", redete sich Gregor in Rage. „Der hat abgesahnt und wir haben in die Röhre geschaut. Deswegen!"

Kluftinger wollte nicht weiter Öl ins Feuer gießen, seine Musikkollegen schienen bereits erregt genug. Er nahm sich aber vor, diesem Punkt noch genauer nachzugehen.

„Und, geht's deinem Knie wieder besser?", fragte Paul, der sich ächzend mit einer Halben Bier zu ihm auf die Eckbank fallen ließ und Gregor mit den Worten „Jetzt lass da mal den Meister hin, Tenorhorn“ verscheuchte.

Kluftinger wusste, dass er auf seine Verletzung vom Friedhof anspielte, immerhin war Paul ja „live“ dabei gewesen, als er Lutzenberg über die Gräber gejagt hatte. Der Gedanke, dass er ihn damals noch lebendig hätte fassen können, schmerzte ihn mehr als die Erinnerung an sein lädiertes Bein. „Geht schon“, antwortete er dementsprechend kurz.

„War schon eine wilde Beerdigung. Seitdem fragt jeder, der zum Spielen eingeteilt wird, ob du auch wieder da bist. Bist richtig berühmt geworden mit deiner Verfolgungsjagd.“

Kluftinger grinste gequält. Ihm war das Thema unangenehm. „Du, was ich dich mal fragen wollte“, lenkte er deshalb das Gespräch in eine neue Richtung. „Weißt du zufällig, wo das ist?“ Er zog aus seiner Gesäßtasche das Bild des Einödhofs, das sie in Lutzenbergs Kiste gefunden hatten.

Paul sah ihn misstrauisch an. „Hat das was mit dem Fall zu tun?“

„Also ... irgendwie schon.“

Schlagartig hellte sich Pauls Miene auf. „Also wenn das so ist ... gib mal her“, erwiderte er plötzlich ganz aufgeregt und riss ihm das Bild geradezu aus den Fingern. Er sah sich das Foto auch ganz genau an, drehte es, hielt es gegen das Licht, wendete es, als könnte er auf der Rückseite auch etwas erkennen. Dann sagte er enttäuscht: „Kenn ich nicht.“ Und schob sofort nach: „Und du weißt: keiner kennt sich hier in der Gegend so gut aus wie ich.“

„Ich weiß“, antwortete Kluftinger ehrlich. Und als er das Bild wieder einsteckte, fügte er noch hinzu: „Deswegen habe ich dich ja gefragt. Du hast mir aber auch so geholfen.“

Die Schmeichelei blieb nicht ohne Wirkung, und Paul nahm einen tiefen Schluck aus seinem Bierglas. Kluftinger wusste nun immerhin, dass das Haus nicht in der Umgebung von Altusried stand. Hier kannte sich tatsächlich keiner so gut aus wie Paul.

Das Wochenende verbrachte Kluftinger, obwohl sich der Sommer von seiner schönsten Seite zeigte, größtenteils im Bett oder auf der Couch. Die letzten Tage hatten ihn doch mehr geschlaucht, als er gedacht hatte.

Voller Tatendrang rief Kluftinger, ohne vorher ins Büro zu fahren, am folgenden Montag nach dem Frühstück gleich bei der Käserei Schönmanger an, um sich für 8.30 Uhr anzukündigen. Er hatte die Sekretärin gebeten, sowohl Schönmanger senior als auch seinen Sohn von seinem Besuch zu unterrichten. Er hatte nicht gefragt, ob die beiden Zeit hätten. Er ging einfach davon aus. Tatsächlich bat ihn Frau Moser gleich ins Büro des Chefs und versprach, auch der Sohn komme sofort.

„Was kann ich für Sie tun, Herr Kommissar?“ Schönmanger legte einige Papiere beiseite und ging auf Kluftinger zu, um ihm die Hand zu schütteln.

„Ich hätte da noch ein paar Fragen.“

„Gut, setzen wir uns aufs Sofa. Einen Kaffee vielleicht, Herr Kluftinger?“

„Ja, wenn Sie einen haben, gern.“

Noch bevor Kluftinger seine Frage stellen konnte, kam Frau Moser mit dem duftenden Getränk herein. „Herr Schönmanger, was mich interessieren würde, ist, wie Sie mit den Bauern das Milchgeld aushandeln. Gibt es da feste Sätze oder bezahlen Sie unterschiedliche Preise für den Liter?“

Schönmanger schien verwundert über diese Frage, antwortete aber dennoch ohne Umschweife. „Nun, die Landwirte sind bei uns unter Vertrag, und nach einer gewissen Laufzeit wird neu über den Preis verhandelt. Die Bauern leben eher von staatlichen Subventionen als von dem, was wir ihnen zahlen, das ist in der EU nun mal so. Von uns bekommen sie aber regelmäßig Geld, je nachdem, wie viel Milch wir bei ihnen holen. Das Milchgeld von der EU bekommen sie nur einmal im Jahr.“

„Bekommt jeder Landwirt das Gleiche für seine Milch?“

„In etwa, ja. Es gibt da schon ein paar Unterschiede. Wir haben Bauern, deren Großeltern schon bei unserer Firma ablieferten. Da kann man den Preis nicht endlos nach unten drücken. Da hat man irgendwie auch eine Verantwortung. Wir haben zum Beispiel auch einen alten Bauern, der hat noch sechs Kühe im Stall. Der bringt seine Milch noch selbst mit dem Traktor, damit er sich den Preis für die Abholung spart. Teilweise hat der Keimzahlen, dass wir die Milch wegschütten müssen. Aber wir nehmen sie ihm eben ab, solange er den Hof noch hat. Was soll's. Mein Sohn ist da natürlich strikt dagegen.“

In diesem Moment betrat Peter Schönmanger das Zimmer. Er fragte ohne weitere Begrüßung, worum es eigentlich gehe.

„Um Ihre Milchpreise, Herr Schönmanger.“ Auch der Junior schien durch die Aussage irritiert, wollte im Gegensatz zu seinem Vater aber den Grund der Frage wissen. „Ach, nur so. Interessiert mich einfach“, gab Kluftinger zurück. Und indem er sich an den alten Schönmanger wandte, fuhr er fort: „Wissen Sie, oft jammern die Bauern über das wenige Milchgeld, das sie bekommen. Da wollte ich jetzt mal genauer nachfragen, wie das so läuft.“

In gereiztem Ton fuhr Peter Schönmanger dazwischen: „Wenig Milchgeld? Ja von wegen! Die können doch nur jammern, die Bauern. Wir sind auf Wirtschaftlichkeit angewiesen. Uns weht ein scharfer Wind ins Gesicht. Denen bläst man alles hinten rein, mit den ganzen Subventionen vom Staat. Und dann meinen sie noch, sie könnten uns hohe Preise diktieren. Ich sage denen immer, dass sie ja auch auf uns angewiesen sind. Wenn wir die Milch nicht holen, was machen sie dann? Wir können notfalls auch woanders unsere Milch kaufen. Wir hätten halt weitere Wege. Wenn ich denke, was die ganz großen Firmen zahlen, da verdienen sich unsere Bauern noch eine goldene Nase. Da wäre sicher noch mehr drin, aber mein Vater hat da eben noch etwas romantische Ansichten bei ‚seinen' alten Bauern. Stimmt's?"

„Sicher, wenn du das so nennen willst", räumte der ein, „aber ich habe als Unternehmer eben auch Verantwortung, und die sind schon ewig mit uns im Geschäft."

„Gut, das war's dann eigentlich", sagte der Kommissar.

Noch im Auto freute er sich darüber, dass er sich von Vater Schönmanger mit Handschlag, von seinem Sohn aber nur mit einem Nicken verabschiedet hatte.

Wieder im Büro beschloss Kluftinger, erst einmal seinen Schreibtisch etwas zu ordnen. Vielleicht weil er hoffte, damit auch Ordnung in seine Gedanken zu bringen. All die verschiedenen Berichte kamen auf thematisch geordnete Stöße, die Fotos extra. Das Wichtigste war damit verräumt. Er ging zu seinem Garderobenhaken, zog aus der Innentasche seiner Jacke das Foto des ominösen Bauernhofs heraus und legte es zu den anderen auf den Stapel. Kluftinger setzte sich wieder, war aber zu unruhig, um gleich weiterzuarbeiten, und nahm das Foto des Einödhofs wieder zur Hand und betrachtete es. Nur oberflächlich. Nur um wenigstens etwas zu tun. Plötzlich fuhr der Kommissar hoch, fischte aus den Akten das zu seinem Foto passende Negativ, wobei er sich wie ein Schneekönig freute, dass alles so schön geordnet war und er nicht lange suchen musste, und verließ sein Zimmer mit der eiligen Bitte an Sandy, bei den Kollegen vom Fotolabor im Keller des Präsidiums seinen sofortigen Besuch anzukündigen.

„Servus. Ich brauche dringend Ihre Hilfe. Könnten Sie mir ein Negativ so vergrößern, dass man genaue Details erkennen kann? Und wann könnte ich die Abzüge haben?", fiel der Kommissar mit der Tür ins Haus.

Roland Porscht, der hinter seinem riesigen Computerbildschirm kaum zu sehen war, musterte den Kommissar über den Rand seiner Halbbrille hinweg. „Tag, Herr Kluftinger. Das geht natürlich. Aber welche Abzüge meinen Sie denn genau?"

„Die von dem Bildausschnitt. Bitte, wenn ihr die gleich entwickelt."

„Herr Kluftinger", sagte Porscht und lächelte, „die müssen wir doch nicht mehr entwickeln. Den Bildausschnitt kann ich Ihnen sofort einscannen und ausdrucken. Kein Thema. Geben Sie mir doch gleich mal das Negativ." Kluftingers Vorstellungen vom Fotolabor der Polizei waren offenbar etwas veraltet. Und der Kollege sagte: „Ach dieses Foto. Das hatte ich schon einmal hier unten. Aber an dem Lkw ist nichts weiter zu erkennen. Das hab ich schon einmal versucht."

„Nein. Ich meine nicht den Lkw. Da, am Rand ist doch der Nachbarhof. Können wir den größer machen? Da sind doch irgendwelche Maschinen rund um das Haus aufgestellt."

Einige Mausklicks später war auf dem Computerbildschirm der von Kluftinger gewünschte Bildausschnitt zu sehen.

„Lauter Landmaschinen, was meinen Sie?"

„Würde ich auch sagen", pflichtete Porscht bei.

„Da, ein Ladewagen, mehrere Güllefässer, Heubreiter und Schwadenrechen. Und ... Moment ... mindestens acht alte Schlepper", sagte Kluftinger, und Porscht fügte an: „Eicher und Porsche. Nur Eicher- und Porsche-Traktoren. Baujahr bis maximal 1970, würde ich sagen."

Kluftinger sah ihn bewundernd an. „Woran können Sie das erkennen?"

„An der Farbe, Herr Kluftinger. Eicher waren immer blau, Porsche waren immer rot. Ich bin auf einem Hof groß geworden, und da kennt man sich bei Landmaschinen ein bisschen aus."

„Was macht der bloß mit so vielen alten Maschinen?", dachte der Kommissar laut und legte die Stirn in Falten. Plötzlich hellte sich seine Miene auf. „Meinen Sie, der handelt vielleicht damit?"

„Na ja, es gibt da auch Sammler, und der hier scheint so viel davon zu haben, dass er sie vielleicht verkaufen könnte. Man müsste halt mal in den Anzeigen in der Zeitung schauen, wer alte Porsche- und Eicher-Traktoren anbietet."

Kluftinger war begeistert. „Klar! So kommen wir vielleicht weiter. Vielen Dank, Sie haben mir sehr geholfen", sagte Kluftinger bereits im Gehen. Sein Foto hatte er vergessen.

Sandy Henske besorgte sich telefonisch bei der Anzeigenabteilung der *Allgäuer Zeitung* die Kleinanzeigen der letzten Monate, in denen alte Landmaschinen zum Kauf angeboten wurden, als Porscht nach oben kam, um das Foto samt den Detailausdrucken in Kluftingers Abteilung abzugeben. Auf einem gelben Klebezettel waren mit Bleistift die Worte *Bauernblatt vielleicht. Gruß Porscht* vermerkt.

Mit einem Nicken und einem Lächeln nahm Sandy die Unterlagen entgegen. Sie hielt die Sprechmuschel zu und antwortete leise: „Danke, aber unser Gluftinger ist selber draufgekommen, auf das *Bauernblatt*", grinste sie.

Zwanzig Minuten später hatte Kluftinger zwei Faxe mit etwa fünfzehn Annoncen auf seinem Schreibtisch liegen, in denen alte Landmaschinen angeboten wurden. Kluftinger rief die Nummern nacheinander an, wobei er sich als Interessent ausgab. Schnell konnte er einige der Angebote streichen: mal waren die Traktoren zu neu, um zu besagtem Foto zu passen, mal passten die Fabrikate nicht zu den abgebildeten Maschinen.

Am Ende blieben zwei Adressen übrig, die infrage kamen: einmal ein Duracher Landmaschinenhändler, der mehrere alte Geräte in einem Weiler bei Betzigau stehen hatte. Zum anderen ein Privatmann, der in der Nähe von Wildpoldsried wohnte und Kluftinger versicherte, er könne ihm an alten Maschinen besorgen, was er wolle, zudem habe er einiges „umanandstehen". Er solle halt kommen und sich alles einmal ansehen, man würde dann schon ins Geschäft kommen.

„Betzigau oder Wildpoldsried?" Maier wusste nicht recht, was er auf die Frage des Kommissars antworten sollte, und bevor er begriffen hatte, was er von ihm wollte, war Kluftingers Entscheidung bereits gefallen: sie würden zuerst nach Wildpoldsried fahren. Auf der Fahrt wurde nicht viel gesprochen, Kluftinger hatte das nachmittägliche Wunschkonzert auf Bayern 1 eingestellt und beide lauschten dem Radio.

In Wildpoldsried bogen sie links auf eine kleine Straße, die zunächst an einem Gartenbaubetrieb vorbeiführte, dann durch einen kleinen Durchlass unter der Bahnlinie hindurchging und mit zunehmender Steigung immer enger wurde. Nach einer Linkskurve ging es noch ein paar Hundert Meter in Biegungen weiter, dann wurde ein Hohlweg daraus, der durch ein kleines Waldstück führte.

„Die Straße haben sie auch gebaut, wie die Ochsen gelaufen sind", merkte Kluftinger an, der auf diesem steilen Stück sogar in den ersten Gang herunterschalten musste. „Ein Lkw kommt da doch gar nicht erst durch, ich glaube, hier sind wir falsch."

„Abwarten, Chef, man weiß ja nie", antwortete Maier.

Nach dem Hohlweg öffnete sich eine Art Hochebene, die zunächst den Blick auf einen einzeln stehenden Hof freigab.

„War wohl nix, wir drehen besser um."

„Vielleicht dahinter. Könnte doch sein."

Am Bauernhof bog Kluftinger ein, um umzudrehen.

„Da, das ist es!“, rief Maier plötzlich aufgeregt. „Da sind unsere beiden Höfe. Die vom Foto. Da unten.“

Tatsächlich: Hinter dem auf einer Anhöhe gelegenen Hof ging es in eine Senke, in der die zwei gesuchten Häuser lagen. Erst von hier aus waren sie einzusehen.

„Sauber, Richard. Wir haben unsere Stecknadel im Heuhaufen!“, sagte Kluftinger nun geradezu euphorisch. Er bog wieder auf den Weg ein, der hier nur noch geschottert war, und hielt an einer Weggabelung. Rechts ging es zu dem kleinen Hof, der tatsächlich mit einer riesigen Menge alter Maschinen umgeben war, halb links ging es weiter hinunter zu dem Bauernhof, vor dem auf dem Foto der Lkw stand. Kluftinger fuhr nach links.

Alles schien hier ruhig zu sein. Langsam näherten sich die beiden Beamten dem Gebäude. Das Wohnhaus schien leer zu stehen, es waren keine Vorhänge zu sehen, zwei Fensterläden hingen schräg nach unten.

Sie stellten das Auto vor der Tenne im Hof ab und gingen zum breiten Tor, das in den ehemaligen Wirtschaftsteil des Anwesens führte. „Zu“, sagte Kluftinger mit Blick auf die zwei mächtigen neuen Riegel, die mit massiven Vorhängeschlössern gesichert waren und die so gar nicht zum desolaten Zustand des restlichen Hauses passen wollten.

Gerade wollte er vorschlagen, sie könnten ja mal in die Fenster sehen, als sie ein Motorengeräusch hörten, das schnell näher kam. Auf den Weg war ein Passat Kombi eingebogen. Der Wagen hielt, ein kleiner, hagerer Mann Mitte sechzig stieg aus und lief hastig auf sie zu. Er hinkte leicht und ging etwas bucklig in seinem verblichenen blauen Arbeitsgewand, das aus einer etwas zu weiten Hose und einer kurzen Stoffjacke bestand. Dazu trug er schwarze Gummistiefel und eine grün-gelbe Schildmütze. Als er näher kam, erkannte Kluftinger darauf den Schriftzug des Traktorenherstellers John Deere.

„Grüß Gott, was suchen Sie da?“, fragte der Unbekannte.

„Ähm ... den Botzenhard. Der wohnt doch da, oder?“, gab Kluftinger zur Antwort.

„Na, der wohnt da nicht. Das bin nämlich ich. Und ich wohn da oberhalb.“ Botzenhard zeigte auf sein Haus. „Sind Sie der, der wo heut angerufen hat wegen dem Traktor?“

„Ja, genau. Kluftinger. Und das ist ein Bekannter von mir“, erwiderte Kluftinger und zeigte auf Maier.

„So, dann müsst ihr halt raufkommen. Da stehen die Sachen. Habt ihr das nicht gesehen?“

„Nein, wir dachten, es wäre hier. Schöner Hof. Ist der gar nicht bewohnt? Ist ja eine sehr ruhige Lage hier.“

„Brauchen's sich gar nicht dafür interessieren. Der gehört schon jemand. Den können's nicht kaufen. Jetzt fahr'mer zu mir nauf. Dann zeig ich euch die Traktoren", sagte Botzenhard.

Kluftinger und Maier fuhren ihm das kurze Stück Weg nach. „Der passt ja auf wie ein Wachhund", fand Maier, und sein Vorgesetzter pflichtete ihm bei.

An Botzenhards Haus angekommen, fiel dem Kommissar als Erstes auf, dass der Traktor noch lief. An dem alten Schlepper war hinten ein roter hydraulischer Holzspalter angeschlossen. Überall lagen Holzscheite am Boden, offenbar war Botzenhard sofort in sein Auto gestiegen, als er die beiden zum Nachbarhof hatte fahren sehen.

„So, was für einen Traktor sucht ihr denn?", fragte Botzenhard.

„Einen ... einen Eicher."

„Groß, klein, alt, neuer, ein, zwei oder drei Zylinder, mit Frontlader, mit Hydraulik, i hab alles. Für was brauchst du den denn?", fragte Botzenhard, der allmählich Vertrauen zu fassen schien.

„Für ... für's Holz eigentlich", log Kluftinger.

„Soso, also doch mit Frontlader?"

Maier mischte sich ein: „Nein, keine Raupe oder so etwas, einen Traktor fürs Holz. Keinen Radlader."

„Was? Weischt nicht, was ein Frontlader ist? Da, was vorn am Traktor ist, das Gestänge mit der Schaufel. Ein hydraulischer Lader halt! Ja du wärsch gut, einen Radlader hab ich nicht. Soso. Einen Eicher mit Frontlader. Hab ich grad auch keinen. Aber einen alten Porsche, den könntest haben. Der wär klein. Und net teuer. Komm, ich zeig ihn dir, der steht hinterm Haus."

Sie bogen ums Hauseck und Botzenhard führte sie zu einem ehemals roten Traktor, der von Rost überzogen war.

„Aha", heuchelte Kluftinger Interesse, „hat der noch TÜV?"

„Na, TÜV hat der keinen, den musst du halt machen. Ein bisschen was muss man da schon richten."

„Und das Baujahr?", fragte Kluftinger weiter.

„Ein Achtundfünfziger ist das, zwei Zylinder, luftgekühlt. Da hab ich mal einen Deutz-Motor eingebaut, der läuft schon."

„Wissen Sie, Herr Botzenhard", Kluftinger blieb trotz des offensiven Duzens seines Gegenübers beim „Sie", „eigentlich wollte ich einen Eicher. Ich hab am Nachbarhof vorher einen hinter der Scheune stehen sehen."

„Ja, das ist ein Sechzehner Einzylinder. Den hab ich auch."

Kluftingers Versuch, das Gespräch wieder auf den anderen Bauernhof zu lenken, war zunächst misslungen. „Und der da unten, wem gehört der? Vielleicht könnte man den haben?"

„Wieso unbedingt den da unten? Der gehört schon jemandem. So, jetzt schaust dich halt hier bei mir noch um und dann überlegst du dir, was du eigentlich für einen Traktor suchst. Ich bin jetzt im Stall. Ich hab nicht ewig derweil für euch."

Botzenhard ging zum noch immer laufenden Traktor, schaltete ihn aus und begab sich in den Kuhstall. Da Kluftinger bemerkte, dass Botzenhard dort am Fenster stehen blieb, sah er sich die weiteren Maschinen im Hof genauer an, wobei er gestenreich vorgab, mit Maier darüber ein Gespräch zu führen. Als er bei einem blauen Traktor, auf dem der Schriftzug TIGER prangte, die Motorhaube öffnete und interessiert hineinsah, schien Botzenhard beruhigt und zog sich vom Fenster in das Innere des Stalls zurück.

„Kein Wort mehr, Richard! Sonst nimmt der uns die Traktorkäufer nie mehr ab", schnauzte Kluftinger sofort seinen Kollegen an, was dieser mit einem devoten Nicken quittierte.

Eine Weile streiften die beiden noch zwischen den alten Maschinen herum, dann ging Kluftinger zu Botzenhard in den Stall. Maier verzog sich wortlos zum Auto. Botzenhard warf gerade Heu aus dem oberen Stock durch eine Luke nach unten. Kluftinger wartete vor dem kleinen Haufen die nächste Ladung ab und rief dann hinauf: „Herr Botzenhard? Eine Frage!"

Botzenhard kauerte oben an der Luke. „Ja? Hast was gefunden?"

„Ja, der Tiger, was soll denn der kosten?"

„Der Zweizylinder? Mei, müsst mer halt reden. Brauchst einen Gummiwagen auch dazu?"

Kluftinger wusste, dass die Anhänger so genannt wurden, die im Unterschied zu den alten Pferdekarren Gummiräder hatten. „Nein ... hab keinen Platz dafür. Aber der Traktor ist nett."

„Wart schnell, ich komm runter, dann können wir ja verhandeln." Botzenhard kam eine steile alte Holztreppe am anderen Ende des kleinen Kuhstalls, in dem nach Kluftingers Zählung noch sieben Kühe, drei Kälber und einige Hasenställe standen, wieder herunter.

„Viel Vieh haben Sie ja nicht mehr, Herr Botzenhard. Sind Sie nur noch im Nebenerwerb, oder?"

„Na, ich hab meine Rente. Die Viecher und die alten Karren, des ist halt mein Hobby. Und so kann ich meine Rente aufbessern. Viel hat man da nicht, obwohl man das ganze Leben geschafft hat." Beide gingen nun wieder zu den Traktoren. Maier blieb im Auto sitzen.

„Mei", begann Botzenhard die Verhandlungen, „zwölfhundert Euro müsst ich da schon sehen. Der ist gut beieinander. Der hat mich selber schon elfhundert gekostet."

„Was? Zwölfhundert? Ohne Frontlader?“ Kluftinger gab sich empört.

„Ja mei, sonst musst halt zu Fuß gehen oder mit dem Schubkarren fahren, wenn dir das zu teuer ist“, blieb sein Verhandlungspartner hart. „Überlegst dir’s halt. Ich bin ja allweil da, heut kauft den keiner mehr. Schläfst halt noch mal drüber. Aber weiter runter gehe ich nicht.“

Kluftinger beschloss, mit einem kleinen Kniff nochmals auf den Nachbarhof zu sprechen zu kommen. Botzenhard schien ihn inzwischen wieder als ebenbürtigen Verhandlungspartner zu akzeptieren. „Wenn vielleicht doch noch ein Gummiwagen dabei wäre ...“, begann der Kommissar, „könnte man über den Preis reden. Aber den müsst ich dann irgendwo unterstellen.“ Wieder sah Kluftinger zum unteren Hof. „In einem aufgelösten Hof, da wäre sicher viel Platz. Wüssten Sie was, Herr Botzenhard? Vielleicht da unten, was meinen Sie? Wem gehört denn das Haus?“

Das war Botzenhard nun eindeutig zu viel. „Weißt du was, ich hab meine Arbeit. Du hältst mich auf. Ich verkauf dir den Karren und von mir aus einen Gummiwagen und weiter nix. Meld dich wieder, wenn du weißt, was du willst. Das wird mir jetzt zu bunt.“ Botzenhard ging in Richtung Stall, drehte sich aber noch einmal um: „Das ist Leut aushorchen, was ihr da macht. Jetzt schaut’s, dass ihr mir vom Hof kommt. Und das sag ich euch: Den Hof da unten könnt’s ihr weder kaufen, noch könnt’s ihr da was unterstellen. Der geht euch überhaupt nix an. Pfiagott beinand.“ Fluchend betrat er den Stall und wartete am Fenster, bis Kluftinger im Auto saß und losfuhr.

„Noch was erreicht?“, fragte Maier gereizt.

„Nicht wirklich.“ Der Kommissar wollte Maiers unfachmännisches Auftreten nicht noch einmal thematisieren, daher sagte er: „Und? Was halten wir jetzt von dem Botzenhard? Was meinst du, hängt der mit drin?“

Maier sprang über seinen Schatten, indem er sich zu Kluftinger drehte. „Der passt ganz schön auf den anderen Hof auf. Und ich denke, der war auch misstrauisch. Könnte schon sein, dass er irgendetwas weiß. Fragt sich nur was.“

„Meinst du, er hat geahnt, wer wir sind?“

„Er könnte uns auch für Immobilienspekulanten oder so was gehalten haben.“

„Hoffen wir das“, seufzte Kluftinger. Er griff zu seinem Handy und wählte Sandy Henskes Nummer.

„Ja, Frau Henske, ich bin’s.“ Sandy wusste, dass sich nur ihr Chef so bei ihr meldete. „Ich brauch eine Observierung in Wildpoldsried. Genaue Beschreibung liefere ich im Präsidium. Veranlassen Sie doch bitte alles Nötige.“ Maier hatte das Gespräch argwöhnisch und mit einer unbehaglichen

Vorahnung mit angehört. „Und, Richie, was hast du heute noch so vor?“, fragte Kluftinger mit einem breiten Grinsen.

„Ich ... also, ich meine ...“, stotterte Maier.

„Na dann ist ja gut“, sagte Kluftinger, hielt an und schlug seinem Beifahrer kumpelhaft auf die Schulter. „Wir können den Hof jetzt keine Sekunde mehr aus den Augen lassen, das siehst du sicher ganz genauso, oder? Du hast doch das kleine Eschenwäldchen gesehen? Postier dich da, da sieht dich keiner. Ich schick die Kollegen mit einem zweiten Wagen zu dir. Du kannst sie ja dann einweisen. Alles klar?“ Maier machte keine Anstalten auszusteigen. „Also dann“, forderte Kluftinger ihn wenig dezent auf.

„Du meinst es ernst, oder?“

„Richard, genieß die frische Luft. Du findest schon ein bequemes Plätzchen. Du bist doch ein Polizeibeamter, oder? Und wenn was ist, meldest du dich bitte per Handy.“

Kluftinger gab sich alle Mühe, sein Grinsen so lange zurückzuhalten, bis der mit hängenden Schultern allein am Straßenrand stehende Maier ihn nicht mehr sehen konnte.

ALS KLUFTINGER zu Hause war, fühlte er sich gut. Den Umständen entsprechend, jedenfalls. Denn Lutzenbergs Tod steckte ihm noch immer in den Knochen. Und dabei war es ihm egal, ob Lutzenberg selbst vielleicht ein Mörder war. Er glaubte daran, dass das Gesetz die einzige Instanz war, die eine Strafe verhängen durfte.

Trotzdem fühlte er sich an diesem Abend für seine Verhältnisse geradezu beschwingt. Er zog sich seine bequeme Jogginghose an, streifte sich ein altes T-Shirt über und ging barfuß Richtung Küche. Eigentlich war er im Moment sogar ein klein bisschen froh, dass er allein war. Der Gedanke bescherte ihm aber sogleich ein derartig schlechtes Gewissen, dass er sich vornahm, Erika auf der Stelle anzurufen. Das Klingeln des Telefons kam ihm zuvor. Lächelnd nahm er den Hörer ab.

„Hallo, Herr Kluftinger. Langhammer hier.“ Kluftingers Lächeln gefror. „Na, Sie alter Strohwitwer? Alles im Lot auf'm Boot?“

Kluftinger räusperte sich: „Schon.“

„Ich dachte, wir zwei machen uns heute mal einen kulinarischen Abend, was halten Sie davon? Das haben uns unsere besseren Hälften ja geradezu befohlen.“

Hurament, schoss es Kluftinger durch den Kopf. *Bitte nicht heute.* Wo er sich doch so auf einen gemütlichen Abend gefreut hatte. Wo er mal wieder die laue Sommernacht dazu nutzen wollte, im Liegestuhl auf dem Balkon irgendwas zu lesen. Kluftinger wurde von einer regelrechten Panikattacke erfasst. „Also heute, das ist ... also, ich finde nicht, dass ... heute." Er stotterte herum wie ein Schuljunge. Es fiel ihm keine Ausrede ein.

„Also, dann sind wir uns ja einig. Ich komme so in einer halben Stunde vorbei." Dann hörte Kluftinger nur noch ein Knacken. Er blickte auf den Telefonhörer in seiner Hand. Langsam wich die Erstarrung aus seinen Gliedern. Mit einem „Himmelherrgottsakra!" pfefferte er den Hörer zurück in die Station.

Er öffnete den Kühlschrank und blickte hinein. Viel war nicht drin, das würde den „kulinarischen Abend" zumindest in zeitlichen Grenzen halten. „Dir geb ich schon dein Kulinarium", sagte Kluftinger, als er die Wurstreste, die er gefunden hatte, auf ein Holzbrett klatschte. Am Schluss würde dem Langhammer noch einfallen, im Kühlschrank nachzusehen, ob er noch was anderes da habe. Da müsste er schon früher aufstehen. Immerhin legte er sich mit einem Kriminalkommissar an. Mit einem Kriminalkommissar, dem nicht einmal eine einzige Ausrede einfiel, schränkte er bitter ein.

Es klingelte. Kluftinger sah auf die Uhr. Zu früh kam er also auch noch: seit dem Telefongespräch waren höchstens fünfzehn Minuten verstrichen. Er öffnete die Tür. Alles, was er sah, waren zwei Beine, die unter drei braunen Papiertüten hervorlugten, aus denen allerlei Grünzeug quoll. Die Tüten senkten sich und Langhammers Gesicht kam zum Vorschein. „Gebt fein Acht, ich hab euch etwas mitgebracht", sagte er und die Augen hinter seiner viel zu großen Brille strahlten. Sie strahlten auch noch, als sie Kluftinger musterten und sich der Arzt mit der Bemerkung „Na, Sie hätten sich aber nicht extra fein machen müssen" an dem Kommissar vorbeidrängte. Kluftinger schnaubte und folgte Langhammer in die Küche.

Langhammer stellte die Papiertüten ab, zeigte mit beiden Händen auf die Einkäufe und verkündete strahlend: „Lauch-Quiche à la Langhammer."

KLUFTINGER war selbst ein wenig überrascht, als Langhammer am Ende eines langen Abends wirklich ging, allerdings nicht, ohne ihm an der Tür noch das Versprechen abzunehmen, dass sie bald mal wieder zusammen kochen müssten. Kluftinger hätte alles versprochen, um Langhammer endlich aus der Wohnung zu bekommen. Beim nächsten Mal, so schwor er sich, würde er eine Ausrede parat haben.

Während des gesamten Abends war Kluftinger nicht nur mit dem Gedanken beschäftigt gewesen, wie er Langhammer am schnellsten wieder loswerden könnte; auch die im Moment laufende Beschattung hatte ihn in eine gewisse Unruhe versetzt. Er hatte Strobl und Hefele, die die erste

Nachtschicht übernommen hatten, das Versprechen abgenommen, ihm auf jeden Fall sofort Bescheid zu sagen, falls sich irgendetwas tun sollte. Um Viertel nach elf hatten sich die Kollegen noch nicht gemeldet. Kluftinger griff zum Telefon und wählte Strobls Handynummer. Niemand hob ab. Kluftinger legte auf, wählte noch einmal, und diesmal wurde nach dem zweiten Klingeln abgehoben.

Zunächst hörte er ein lautes Räuspern, dann meldete sich eine belegte, raue Stimme: „Ja?“ Kluftinger erkannte die Stimme nicht, deswegen antwortete er mit einer Gegenfrage: „Hallo? Wer ist denn da?“

„Und wer ist da?“, schallte es zurück. Jetzt hatte er die Stimme identifiziert. Kluftinger stieg die Zornesröte ins Gesicht: „Na ich, Kluftinger! Habt ihr etwa geschlafen?“

„Ich ... also nein, nein, natürlich nicht, wie kommst du darauf?“

Was jetzt folgte, war einer der seltenen und vielleicht gerade deswegen so gefürchteten Wutausbrüche des Kommissars. „Lüg mich nicht an“, hauchte er zunächst in den Telefonhörer, denn ein so plötzlicher Wutanfall machte ihn immer etwas atemlos. Wenn er etwas hasste, dann war es, angelogen zu werden. „Ich glaub, ich spinne. Ja seid's ihr denn völlig wahnsinnig? Himmelherrgottsakramentnochmal!“ Mit jedem Wort wurde Kluftinger lauter. „Ist euch eigentlich klar, dass wir vielleicht ganz nah an der Lösung des Falles dran sind? Schon heute Nacht kann etwas ganz Entscheidendes passieren. Ach, was sag ich, wahrscheinlich ist es schon passiert und ihr habt es verpennt.“

Strobl ließ die Schimpftirade des Kommissars einfach über sich ergehen. Weil er wusste, dass sein Chef Recht hatte. Der letzte Satz, den er von Kluftinger hörte, war: „So. Und jetzt erwarte ich von euch stündlich Bericht. Gute Nacht, meine Herren.“

Kluftingers letzter Satz war reichlich unüberlegt gefallen. Pünktlich um 0.19 Uhr riss ihn der erste Anruf aus dem Schlaf. Diesmal war es Kluftinger, der sich räuspern musste. Seinen Ärger über die Störung seiner Nachtruhe ließ er sich jedoch nicht anmerken. Auch nicht bei den sechs weiteren Telefonaten in dieser Nacht.

Kluftinger war froh, dass die beiden Kollegen der Nachtschicht erst am Nachmittag eintreffen würden. So blieb ihm am nächsten Morgen genügend Zeit, bis dahin seinen derangierten Zustand, der von der ständigen Unterbrechung seiner Nachtruhe herrührte, einigermaßen in den Griff zu bekommen. Strobl und Hefele sollten nicht bemerken, dass er unter seinem gestrigen Ausbruch am meisten zu leiden hatte. Er nahm sich vor, die Angelegenheit überhaupt nicht mehr anzusprechen.

Den Bürotag verbrachten er und seine Kollegen mit Routinearbeiten, vor allem aber in gespannter Erwartung, ob sich auf dem observierten Anwesen etwas tun würde. Der alte Hof stand seit Jahren leer, der letzte Eigentümer hatte ihn bis ins hohe Alter von 78 Jahren bewirtschaftet. Nach seinem Tod hatte sich niemand mehr um das Anwesen gekümmert. Das nährte Kluftingers Verdacht, dass es dort nicht mit rechten Dingen zuging. Denn der Bauernhof sah ganz und gar nicht heruntergekommen aus. Auch eine weitere Spur verlief im Sande: Lutzenbergs Kreditkarte wurde zwar in der Zeit zwischen seinem und dem vorausgegangenen Mord an Wachter benutzt, aber der Einkauf hatte ganz in der Nähe der Berghütte stattgefunden. Das brachte die Ermittlungen auch nicht weiter. Einige der eingekauften Lebensmittel fanden sich in der Hütte sogar noch wieder.

Inzwischen, es war kurz vor halb vier, fieberte Kluftinger dem Ende des wenig aufregenden Bürotages entgegen. Denn heute Abend würde er die Nachtschicht vor dem alten Bauernhof übernehmen. Maier wurde von ihm instruiert, sich heute Nacht bereitzuhalten und vor allem erreichbar zu sein. Diese Lösung erschien Kluftinger weniger anstrengend, als Maier die ganze Nacht neben sich im Auto zu haben.

Er verabschiedete sich früh von den Kollegen, denn er wollte vorbereitet sein.

Und die wichtigste Grundlage für alle Aktivitäten war für ihn immer eine reichliche Brotzeit. Also packte er ein, worauf er möglicherweise in der Nacht Appetit bekommen könnte: ein Paar Schüblinge mit Semmel, ein Paar Landjäger mit Semmel, Senf für die Schüblinge und die Landjäger, eine Semmel mit geräuchertem Schinken und ein mit einer dicken Schicht aus Bauernsalami belegtes Brot, zwei Käsesemmeln, eine Banane und eine Tafel Schokolade für den Nachtisch. Hatte er etwas vergessen? Er schlug sich an die Stirn: Natürlich, die Essiggurken. Er lächelte zufrieden, packte alles in die Kühltasche und machte sich auf den Weg.

Die Kollegen, die er ablöste, wünschten ihm mit einem schadenfrohen Grinsen einen „Schönen Abend“, bevor sie nach Hause fuhren. Sie wussten nicht, dass er sich auf diesen Abend richtiggehend freute.

Es war kurz vor sechs Uhr, und es kündigte sich eine dieser lauen Sommernächte an, die die Menschen scharenweise ins Freie lockte. Es gab nicht viele Orte, an denen Kluftinger in einer solchen Nacht lieber gewesen wäre als im Herzen des Allgäus, nur von ein paar Einödhöfen umgeben, vor Blicken von ein paar mächtigen Eschen geschützt, zwischen denen er sein Auto geparkt hatte.

Kluftinger drehte die Scheibe seines Passats ganz herunter und atmete tief ein. Er lächelte. Er fühlte sich gut, auch wenn er wegen des Grundes seiner Anwesenheit eine gewisse Nervosität verspürte.

Er nahm das Fernglas zur Hand, das ihm seine Kollegen dagelassen hatten. Sogar aus dem Auto heraus, im Sitzen, hatte er einen guten Blick auf den alten Hof, bis zu dem es etwa fünfhundert Meter sein mochten. Er legte das Fernglas auf den Beifahrersitz, zog sein Handy heraus und legte es daneben. Er wählte die Nummer des Präsidiums und die seines Kollegen Maier, damit sie sich im Nummernspeicher befanden und er später, falls es ernst werden würde, nur auf die Wiederholtaste würde drücken müssen. Er hatte an alles gedacht.

Er blickte auf die Uhr: Viertel nach sechs. Er packte die Schüblinge aus, nahm sich die Semmel, griff nach dem Getränk ... Er erschrak: er hatte vergessen, sich etwas zu trinken mitzunehmen. „Sapperment, sapperment!“, fluchte er laut. An alles hatte er gedacht, nur nicht an das Wichtigste. Da drängte das Plätschern des Baches sich aus dem Unterbewusstsein in seine Wahrnehmung. Natürlich! Er würde sich Wasser aus dem Bach holen. Aber womit? Er blickte sich im Auto um. Das Einzige, was dicht halten würde, war die Brotzeittüte, in die er seine Semmel eingepackt hatte. Er legte also alle Brötchen auf den Beifahrersitz und stieg aus. Obwohl der Bach nur wenige Meter entfernt war, ging er in gebückter Haltung bis zum Wasser und ließ die Tüte volllaufen, hatte dabei aber immer ein Auge auf den Hof. Als er wieder im Auto saß, war er mit sich zufrieden. „Wie früher“, sagte er laut und meinte dabei die Zeit, als das Allgäu für ihn und seine Schulfreunde nichts als ein großer Abenteuerspielplatz gewesen war.

Er biss herzhaft in einen Schübling und setzte die Tüte an. Wasser rann ihm rechts und links die Mundwinkel entlang in seinen Kragen. „Hura...“, fluchte Kluftinger, verschluckte sich aber am zweiten Teil des Wortes. Der Appetit war ihm bis auf Weiteres vergangen.

Erst zwei Stunden später aß Kluftinger wieder eine Kleinigkeit. Allerdings nicht weil er hungrig war. Er hatte mit einem viel größeren Problem zu kämpfen: ihm war langweilig. Er schaltete das Radio an. Schlager-Evergreens. Klassische Experimentalmusik. Psychische Probleme von Frauen in den Wechseljahren. Priml, dachte er und schaltete ab.

Kluftinger blickte auf die Uhr: es war halb zehn. Die Sonne war verschwunden. Er fühlte, wie die Dunkelheit die Langeweile langsam in Müdigkeit verwandelte.

Er stieg aus dem Wagen und machte ein paar Kniebeugen. Es war fast dreißig Jahre her, dass er das letzte Mal Kniebeugen gemacht hatte. Er stützte sich am Wagendach ab und keuchte in die Nacht. Er musste wirklich etwas für seine Fitness tun. Gleich morgen. Er setzte sich wieder ins Auto. In aller Ruhe suchte er, mit Unterstützung des glühenden Zigarettenanzünders – ein Einfall, auf den er sehr stolz war –, den Wagen ab. Er fand seine Waffe und das Handy und legte beides auf den Nebensitz.

„ZEFIX NOCH MAL, was ...?" Kluftinger erschrak. Der Landjäger fiel ihm aus der Linken und aus der Tube in seiner rechten Hand ergossen sich zwei Tropfen Senfwasser auf seine Hose. Die Uhr zeigte halb vier. Er war eingeschlafen, so viel stand fest. Das sagte ihm auch der Druck, der sich in seiner Blase aufgebaut hatte. Er legte den Senf weg, rieb sich das Gesicht und stieg aus dem Auto.

„Du Riesendepp!", schimpfte er sich selbst, während er schon im Gehen den Reißverschluss seiner Hose öffnete. Wie konnte ihm das nur passieren? „Du damischer Depp!" Sein Schimpfen wurde nur von dem ausgedehnten Seufzer unterbrochen, mit dem er die Entledigung seines Blasendrucks begleitete. In dieser eigentümlichen Stimmung zwischen Wut und Entspannung sah er das Licht.

Es dauerte etwa eine Sekunde, bis die Wahrnehmung gänzlich in sein gerade erwachendes Bewusstsein durchgesickert war. Dann traf ihn die Erkenntnis wie ein Stromschlag. Sein Strahl versiegte augenblicklich. Schlagartig trat ihm der Schweiß aus den Poren, sein Atem wurde schnell und flach und ein leichtes Zittern ergriff von seinem Körper Besitz. In geduckter Haltung machte er sich auf den Weg in Richtung des Lichtscheins. Die Helligkeit der schmalen Mondsichel reichte gerade aus, um die Bodenbeschaffenheit auszumachen, sodass er nicht stürzte. Er pirschte sich langsam an das Haus heran, ging dabei nicht den direkten Weg, sondern schlug Haken. Dazwischen machte er immer wieder halt und lauschte.

Etwa zwanzig Meter vor dem Bauernhof stoppte er. Er suchte Deckung hinter einem Baum. Der Hof war in L-Form angeordnet. Die Stirnseite war früher wohl als Scheune genutzt worden. Die Längsseite sah aus wie der Wohntrakt. Der Kommissar stand nur wenige Meter außerhalb der Einfahrt. Aus den Fenstern der Scheune fiel genügend Licht, um den Innenhof etwas zu erhellen. Zwar waren die Fenster mit dunklem Stoff oder Folien abgehängt, aber das war nicht sehr gründlich geschehen. Wer immer sich darin auch zu schaffen machte, er musste sich sehr sicher fühlen.

Kluftinger prägte sich jedes Detail genau ein. Er überlegte fieberhaft, wie er nun weiter vorgehen sollte. Sein Hemd klebte an seinem Oberkörper.

Plötzlich öffnete sich die Tür zur Scheune. Kluftingers Herz übersprang einen Schlag. Er duckte sich. Seine Hand wanderte wie in Trance an den

Bund zu seinem Holster. Es war leer. Verdammt, seine Waffe lag im Auto. Und das Handy daneben. Sollte er umkehren? Erst Verstärkung rufen?

Ein Klicken riss ihn aus seinen Gedanken. Er erkannte die Schemen eines hochgewachsenen Mannes. Er hatte etwas in der Hand, das leuchtete – ein Feuerzeug. Kluftinger war erleichtert. Wäre es eine Taschenlampe gewesen, es hätte schlecht für ihn ausgesehen. Der Mann hatte sich offenbar eine Zigarette angezündet.

Der rote Punkt kam auf ihn zu. Verdammt. Kluftinger ballte die Hände zu Fäusten. Noch fünf Meter, dann würde er einfach aufspringen und den Mann k.o. schlagen.

„He, wie wär's, wenn du uns mal wieder ein bisschen hilfst?"

Kluftinger hielt den Atem an. Eine zweite Gestalt war in der Eingangstür aufgetaucht. Durch das Licht aus dem Inneren konnte der Kommissar sie nur als schwarzen Fleck ausmachen.

„Man wird ja wohl noch mal pinkeln dürfen?"

Kluftinger bekam eine Gänsehaut, obwohl er schwitzte. Warum musste er sich ausgerechnet hinter diesem Baum verstecken? Und warum mussten Männer immer gegen irgendwelche Bäume pinkeln?

„Komm jetzt, ich brauch dich hier drin."

Kluftinger schickte ein Stoßgebet zum Himmel: Lass ihn wieder reingehen, lass ihn wieder reingehen. Dann sah er den roten Punkt auf sich zufliegen und kurz darauf unzählige leuchtende Pünktchen vor seinen Füßen tanzen. Ihr Glimmen erhellte für einen Sekundenbruchteil auch sein Gesicht. Aber das konnte der Mann nicht mehr sehen. Er hatte sich bereits umgedreht und ging wieder zur Scheune.

Kluftinger musste wissen, was sich in der Scheune abspielte. Er visierte den Brunnen an, der etwa zehn Meter entfernt ziemlich genau auf halber Strecke zwischen ihm und der Scheune lag. Langsam zählte er innerlich bis drei und spurtete los. Er wunderte sich selbst darüber, dass er während des Laufens kaum ein Geräusch verursachte. Er duckte sich hinter den Brunnen, nahm die linke Seite der Scheune ins Visier, und rannte wieder. Als er hinter der Ecke verschwunden war, fühlte er sich besser.

Vorsichtig tastete sich Kluftinger an der Holzwand entlang vom Hof weg. Dann hatte er gefunden, wonach er gesucht hatte: Durch das Guckloch fiel sein Blick auf etwas Großes, Metallisches. Es gehörte zu einem Lastwagen. Aber es handelte sich um keinen normalen Lastwagen. Es war ein Tankwagen.

Der Kommissar veränderte seine Position etwas, um mehr von dem Raum zu sehen. Jetzt erkannte er auch zwei, nein drei Männer. Einer saß im Führerhaus des Lastwagens, die zwei anderen hievten gerade einen großen Sack hoch. Dann legte der eine dem anderen den Sack über die Schulter, woraufhin dieser eine metallene Treppe hinaufstieg. Kluftinger beeilte sich, ein neues Guckloch auszumachen. Als er es gefunden hatte, sah er gerade noch, wie der Mann den Sack auf eine Rinne legte, die geradewegs ins Innere des Tanks führte. Ein weißliches Pulver ergoss sich mit einem Zischen ins Innere des Lastzugs.

Kluftinger lugte in den Raum und entdeckte eine ganze Reihe von Säcken, die sich an der anderen Wand der Scheune stapelten. Er bemerkte eine Schrift darauf, aber er konnte sie aus dieser Entfernung nicht entziffern. Atemlos huschte er um die Scheune herum. Ein weiterer, etwas größerer Spalt gestattete ihm einen komfortableren Blick ins Innere. Er musste jetzt direkt hinter den Säcken sein. Gerade wurde vor ihm der oberste von vier Händen gepackt und heruntergezogen. Dabei konnte er die Schrift nun ganz deutlich erkennen. Nur lesen konnte er sie nicht. Es waren Schriftzeichen, die ihm fremd waren. Am ehesten erinnerten sie ihn an kyrillische Buchstaben, aber sicher war er sich nicht. Nur eins war gewiss: jetzt verstand er überhaupt nichts mehr.

Was in aller Welt konnten diese Säcke mit den fremdländischen Schriftzeichen nur mit den beiden Morden an Wachter und Lutzenberg zu tun haben? Hatten sie überhaupt etwas damit zu tun?

Kluftinger konnte den begonnenen Gedanken nicht mehr zu Ende führen. Der Mann aus dem Führerhaus des Lastwagens war gerade ausgestiegen. Er kannte ihn. Es war Botzenhard. Derselbe, bei dem er tags zuvor noch die Traktoren angesehen hatte. Sein Gefühl hatte ihn also nicht getrogen: Botzenhard war ihm gleich so seltsam vorgekommen.

Kluftinger beschloss, zurück zum Auto zu gehen. Er wollte die Kollegen rufen, hier würde er allein sowieso nichts ausrichten können. Und er musste sich beeilen: es war kurz vor fünf, der Himmel verfärbte sich schon, es würde nicht mehr lang dauern und der kommende Tag würde ihm jede Möglichkeit der Deckung nehmen. Er schlich weiter an der langgezogenen Wand des Wohntraktes entlang. Er lauschte noch einmal, und als er sicher war, dass sich niemand außerhalb der Scheune befand, rannte er los.

Er kam nur ein paar Meter weit, dann stoppte er so abrupt, dass er beinahe der Länge nach hingefallen wäre. Zwei Scheinwerfer tasteten sich gerade am Ende der Straße über den Hügel. Kluftinger zischte einen Fluch und lief wieder in den Schutz der Hauswand zurück. Das Auto fuhr nicht vorbei. Nein, es bog von der Straße auf den Weg, der zum Hof führte. Durch die Fenster des Wohnhauses hindurch sah er, wie der Wagen im Hof parkte.

Jemand stieg aus und stapfte in die Scheune. Kluftinger rannte zu seinem vorigen Standpunkt und spähte wieder durch die Bretterwand. Der Mann, der gerade hereingekommen war, ein grobschlächtiger Hüne, schlug den drei anderen mit seinen Riesenpranken kumpelhaft auf die Schulter. Der Kommissar verstand nicht, was er mit den anderen redete, aber offensichtlich bereiteten sie den Aufbruch vor. Der Hüne übergab Botzenhard den Wagenschlüssel, worauf sich der von den anderen verabschiedete. Kluftinger hörte, wie sich ein Auto mit quietschenden Reifen vom Bauernhof entfernte. Von seinem Standpunkt war nicht zu erkennen, wohin es fuhr. Dann hörte er den Anlasser des Tankwagens. Jetzt musste er aufpassen. Er wollte unbedingt dem Wagen folgen, allerdings musste er erst noch sein Auto erreichen. Und es war inzwischen gefährlich hell geworden. Er pirschte sich wieder an die Fenster heran und sah, wie der Tankwagen auf dem Hof wendete. Als er abfuhr, rann ihm ein Schauer über den Rücken: im Führerhaus saßen nur zwei Personen. Der Dritte, der Hüne, fehlte.

Kluftinger ließ sich sofort in die Knie sacken. Er verfluchte seine eigene Dummheit. Warum hatte er nur sein Handy und seine Waffe im Auto liegen lassen? Aber Lamentieren half ihm nun nicht weiter. Er musste hinter dem Lastwagen her, und zwar so schnell wie möglich. Blitzartig sprang er auf und lief. Er lief wie noch nie zuvor in seinem Leben. Der Tankwagen war inzwischen hinter einer Kuppe verschwunden.

War da ein Geräusch hinter ihm? Endlich sah er die Bäume, hinter denen er sein Auto abgestellt hatte. Vielleicht noch zwanzig Meter. Die kühle Morgenluft trieb Kluftinger die Tränen in die Augen. Er spürte förmlich den Atem des Hünen hinter sich, spürte, wie sich dessen Pranke nach ihm ausstreckte, ihn zu greifen versuchte. Dann hatte er sein Auto erreicht. Er stolperte auf die Fahrertür zu, riss die Pistole an sich, wirbelte herum. Die Waffe im Anschlag, schrie er mit sich überschlagender Stimme: „Halt!“ Doch es war niemand da.

Ein, zwei Sekunden vergingen, dann entspannte sich Kluftingers Körper. Er wischte sich mit der linken Hand über das schweißnasse Gesicht. Und langsam, ganz langsam, ließ er auch die Waffe sinken. Erst jetzt merkte er, wie sehr sein Herz pumpte, sein Atem pfiff, seine Hände zitterten. Der Tankwagen! Er sprang ins Auto und fuhr los.

Je länger er fuhr, desto sicherer fühlte er sich. Er fuhr viel schneller als diese kurvige Strecke eigentlich zuließ. Und endlich sah er den Tankwagen, der sich gerade einen steilen Berg hinaufschleppte. Kluftinger ging vom Gas. Sein Passat und der Lkw waren die einzigen Autos, die zu dieser Stunde, es war kurz vor sechs, unterwegs waren. Er zog aus seiner Hosentasche ein Taschentuch und trocknete sich damit das Gesicht. Dann ließ er die Scheibe herunter. Mein Gott, ist es schön heute, fuhr es ihm durch den Kopf. Es verschlug Kluftinger manchmal fast den Atem, so sehr liebte er diese Landschaft, ihre eigentümliche Schwermut. Jetzt war es sein Allgäu. Die satten Farben des Tages verbargen sich noch in einem kühlen morgendlichen Grau. Frisch gemähtes Gras verströmte einen vertrauten Duft. Für einen kurzen Moment war er glücklich.

Der Tankwagen! Wo war der Tankwagen? Er gab Gas. Dann sah er ihn wieder. Langsam wurde ihm auch die Strecke immer vertrauter. Der Lastwagen hatte ihn inzwischen auf die Verbindungsstraße von Dietmannsried nach Kempten gelotst, bis sie an eine Kreuzung kamen. Geradeaus ging es nach Krugzell und weiter nach Kempten, rechts führte der Weg nach Altusried oder weiter nach Leutkirch. Der Tankwagen fuhr weiter geradeaus. Jetzt begann sein Verstand zu rattern. Kluftinger fuhr über die Illerbrücke, den Berg hinauf. Inzwischen war es sieben geworden. Der Laster fuhr in den Ort. Dann setzte der Lkw den Blinker. Kluftinger nickte und sah zu, wie der Tankwagen in den Hof der Molkerei Schönmanger bog.

Kluftinger überlegte, was er nun tun sollte. Von den Kollegen würde noch niemand im Büro sein. Auch in der Molkerei würde der richtige Betrieb sicher erst in einer Stunde beginnen. Da konnte er sich genauso gut noch ein Frühstück genehmigen und sich ein bisschen „frisch machen". Danach wollte er in die Molkerei zurückkehren und ein Angebot wahrnehmen, das ihm der alte Schönmanger bei seinem ersten Besuch gemacht hatte: er wollte sich einmal die ganze Firma zeigen lassen.

Um halb neun stand Kluftinger frisch geduscht und mit einem deftigen Frühstück im Magen in Karl Schönmangers Sekretariat und bat um einen Termin beim Chef. Seine Kollegen hatte er vorher noch kurz über die Ereignisse der Nacht informiert und eine Fortsetzung der Observierung veranlasst.

Karl Schönmanger begrüßte ihn mit den Worten: „Herr Kommissar. Was führt Sie schon wieder in unsere bescheidene Hütte?" Kluftinger hatte den Eindruck, dass der Molkereichef dabei die Worte „schon wieder" besonders betonte. Ich komme also ungelegen. Gut so, dachte Kluftinger. Seine Antennen waren auf Empfang gestellt, jede Kleinigkeit wollte er registrieren. „Sie haben mir doch vor einigen Tagen angeboten, mir einmal den ganzen Betrieb zu zeigen."

„Ja, sicher, aber heute ..." Er schien kurz nachzudenken und fuhr dann fort: „Warum eigentlich nicht? Ich kann Sie nur nicht selber führen, ich habe ein paar wichtige Termine. Aber ich veranlasse das.“ Er führte Kluftinger zur Tür, beauftragte seine Sekretärin damit, Robert Bartsch wegen einer persönlichen Führung für den Kommissar herzubestellen, und verabschiedete sich schnell.

Kluftinger vertrieb sich die Zeit des Wartens damit, vom Fenster den Innenhof zu inspizieren. Er sah die große Ankunftshalle, in der einige Milchwagen standen. Dass ihm nicht gleich aufgefallen war, dass es sich bei dem Tankwagen um einen Milchwagen handelte ... Vielleicht lag es daran, dass der heute Morgen keine Aufschrift trug. Die anderen waren alle mit einem Schriftzug versehen, etwa DIE MILCH MACHT'S, oder SCHÖN, SCHÖNER, SCHÖNMANGER KÄSE.

„Das ist unsere Be- und Entladehalle.“

Kluftinger erschrak etwas, als er die Stimme in seinem Rücken hörte. Er drehte sich um und blickte in das braungebrannte Gesicht von Bartsch, der ihm seine Siegelring-Hand zum Gruß entgegenstreckte. „Morgen“, grüßte der Kommissar nur kurz.

„Wenn Sie wollen, können wir in der Halle gleich mit der Führung beginnen“, sagte Bartsch freundlich. Zusammen stiegen sie die Treppe hinunter. „Was interessiert Sie denn besonders?“, fragte Bartsch.

„Eigentlich alles. Wenn es geht, zeigen Sie mir doch einfach den ganzen Arbeitsablauf. Vom Anliefern der Milch bis zum fertigen Produkt.“ Inzwischen standen sie mitten in der Halle, die von innen noch riesiger wirkte als gerade eben vom Fenster.

Kluftinger sah auch das Milchauto von heute Nacht wieder. Jetzt wollte er es wissen. „Sie können das ja vielleicht am konkreten Beispiel demonstrieren“, sagte der Kommissar. „Was geschieht etwa mit der Milch ... sagen wir, aus diesem Milchwagen?“ Mit diesen Worten streckte er seine Hand aus und deutete mit dem Zeigefinger auf den einzigen Lkw ohne Aufschrift.

Bartsch folgte der Richtung, die sein Finger wies. Kluftinger beobachtete ihn genau. „Geht in Ordnung“, war seine Antwort, und der Kommissar war etwas enttäuscht, dass er überhaupt keine Regung aus dem Gesicht des Chemikers herauslesen konnte. „Wie Sie schon gesehen haben, wird die Milch hier angeliefert“, begann Bartsch mit seinen Erklärungen. „Etwa zweihundert Bauern versorgen uns täglich mit frischer Milch, was im Jahr so um die vierundvierzig Millionen Kilogramm Milch macht.“ Bartsch legte eine kurze Pause ein und schob die Brust etwas vor, als erwarte er von Kluftinger nun ein Wort der Anerkennung. Kluftinger jedoch blieb ihm eine Reaktion schuldig. Als er sah, dass Bartsch das kurzzeitig verunsicherte, freute er sich. Der Chemiker fuhr fort, vom Abpumpen der Milch, von einem

Hochdruck-Pumpensystem, von „modernsten Bauelementen“ zu reden, und klang dabei, als hätte er diese Worte schon Hunderte Male benutzt.

„Mir ist aufgefallen, dass alle Tankwagen eine Aufschrift tragen. Bis auf den hier“, unterbrach der Kommissar die Darlegungen seines Führers.

„Das liegt einfach daran, dass wir vor einiger Zeit einen Relaunch gestartet haben. Wir setzen jetzt ganz auf Corporate Identity, wenn Sie verstehen, was ich meine.“

Kluftinger verstand es nicht, aber erstens wollte er sich in diesem Kräftemessen keine Blöße geben und zweitens fand er diesen Business-Ton, den Bartsch anschlug, sowieso lächerlich. Intelligenz zeigt sich darin, für jedermann verständlich zu sein. Das hatte ihm sein Vater immer gesagt, und er hatte völlig recht.

„Hier sehen Sie unsere Eingangskontrolle.“ Mit diesen Worten deutete Bartsch auf eine Fensterfront, die von der Ankunftshalle aus einen Blick in die Arbeitsräume gestattete. „Nur beste Qualität findet ihren Weg in Schönmanger-Produkte. Wir sind übrigens ISO-zertifiziert“, fügte er an und nickte sich dabei selbst zu.

Kluftinger unterbrach seine Ausführungen für ein paar Fragen nach handfesten Informationen: „Wie viele Mitarbeiter haben Sie hier denn?“

„Ziemlich genau achtzig. Die erwirtschaften im Jahr einen Umsatz von knapp fünfunddreißig Millionen Euro. Ganz ordentlich für eine Firma, die schon in dritter Generation Milch verarbeitet und als einfache Käserei angefangen hat, finden Sie nicht?“

Kluftinger ging dieses selbstverliebte Getue auf die Nerven. „Und wie lange sind Sie schon bei dieser Traditionsfirma?“, fragte Kluftinger, obwohl er es genau wusste.

Das selbstgefällige Grinsen verschwand augenblicklich aus Bartsch’ Gesicht. „So dreizehn, vierzehn Jahre“, sagte er leise.

Als Kluftinger und Bartsch den Produktionsbereich betraten, mussten sie sich beide weiße Plastikhauben und Schuhüberzieher aus Plastik anziehen, weil „Hygiene bei uns großgeschrieben wird“, wie Bartsch sagte.

„Hier geht jetzt die eigentliche Produktion los“, sagte Bartsch sehr laut, um den Geräuschpegel in der Halle zu übertönen. „Wussten Sie eigentlich, dass es etwa viertausend verschiedene Käsesorten gibt?“, fragte Bartsch.

Kluftinger wusste es nicht. Er sagte deswegen: „Ja, davon habe ich gehört.“

„Für ein Kilogramm Käse braucht man etwa dreizehn Liter Milch“, fuhr Bartsch mit seiner Schulstunde fort. „Die gefilterte Milch wird pasteurisiert, kommt dann hier in diese Becken und wird mit Bakterienkulturen versehen. Aber keine Angst, das sind vollkommen ungefährliche Bakterien." Kluftingers Nase fing an zu glühen: Hielt dieser Bartsch ihn eigentlich für einen totalen Deppen? „Dann kommt Lab dazu. Das ist ein Enzym aus der Magenschleimhaut von Kälbern."

Kluftinger wusste auch das, doch er verdrängte den Gedanken daran immer, so gut es ging. Er liebte Käse, er wollte sich den Appetit nicht durch den Gedanken an Kälberschleimhäute verderben.

„Vielleicht kann Ihnen das der Herr dort drüben genauer erklären", sagte Bartsch und deutete auf einen Mann im weißen Kittel, der ebenfalls eine weiße Haube trug und sich Zahlen, die auf einem Bildschirm leuchteten, auf einen Block notierte.

Bartsch rief zu dem Mann hinüber: „Sie ... Hallo, Herr ...!"

„Dorn", sagte Kluftinger, ging auf den Mann zu und streckte ihm die Hand entgegen. „Griaß di, Franz."

„Ja Klufti, servus. Und, gibt's eine Privatführung?"

„Ja, so ähnlich. Und du? Was treibst du denn hier gerade?"

„Ach, ich les nur ein paar Kontrollzahlen ab. Ist ja alles computergesteuert hier. Da kann man nicht mehr viel falsch machen. Soll ich dir ein bisschen was zeigen?" Der Kommissar folgte ihm. Bartsch ließen sie einfach stehen. „Wir nennen das einlaben", erklärte Dorn gerade, als Bartsch sie wieder erreicht hatte. Die beiden würdigten ihn keines Blickes. „Na ja, und dann haben wir, kurz gesagt, Molke und Quark", fuhr Dorn fort. „Hier werden die beiden Bestandteile getrennt, und dann ..."

„So, alles Klärchen, ich glaube, wir müssen weiter", schaltete sich Bartsch in die Diskussion ein. Klärchen? Hatte er wirklich Klärchen gesagt? Kluftinger verspürte einen unbändigen Drang, laut loszulachen. „Vielen Dank, Herr ..."

„Dorn", vollendete der Käser Bartsch' Satz.

„Na ja, ich glaube, der Rest ist ziemlich klar: Wir gießen Formen mit der Käsemasse aus und trocknen das Ganze. Je nach Käse eben länger oder kürzer." Bartsch hatte einen mächtigen Zahn zugelegt. Er schien keinen Gefallen mehr an der Führung zu finden.

Schließlich kamen sie auch am Labor vorbei. Bartsch zog eine Magnetkarte durch einen Schlitz und hielt dem Kommissar die Tür auf. „So, das ist jetzt mein Reich", sagte er und lächelte dabei. Als er Kluftingers kritischen Blick sah, zuckte er ein wenig zusammen, das Lächeln verschwand und er beeilte sich, hinzuzufügen: „Also seit Philip auf so tragische Weise die Firma verlassen hat. Na ja, Sie wissen schon ..."

Kluftinger ging an ihm vorbei. Nun konnte er ein Grinsen nicht mehr unterdrücken, er ließ es Bartsch allerdings nicht sehen. Innerlich schrieb er sich einen Punkt gut. „Hat sich hier irgendetwas geändert, seit Herr Wachter tot ist?“, fragte er.

„Nein, nicht wirklich. Wir sind natürlich immer noch geschockt.“

Bartsch schien durch seine deplatzierte Äußerung von eben verunsichert. Kluftinger wollte das ausnutzen. „Kennen Sie eigentlich Familie Lutzenberg?“

Jetzt merkte er Bartsch eine deutliche Reaktion an, die für Kluftinger Antwort genug war.

„Lutzenberg ... Lutzenberg, sagen Sie?“ Kluftinger schien es, als überlege er nicht, ob er den Namen kannte oder nicht, sondern lediglich, ob er es ihm sagen sollte. „Nein, auf Anhieb fällt mir da jetzt niemand ein ...“, lautete Bartsch’ zögerliche Antwort.

„Na, das wundert mich aber. Sie haben doch so eng mit Herrn Wachter zusammengearbeitet. Da wird er doch bestimmt einmal seinen alten Studien- und Forscherkollegen Robert Lutzenberg erwähnt haben?“

Von Bartsch’ anfänglicher Selbstsicherheit war nun nichts mehr zu spüren. Er biss sich mit den Schneidezähnen auf die Unterlippe. „Ach so ... ja, jetzt wo Sie’s sagen. Genau, so hieß ja Philips Kollege.“

„So hieß er, genau. Und wissen Sie was? Vor drei Tagen wurde sein Sohn umgebracht. Stellen Sie sich das vor. Erschlagen. Vor einer kleinen Berghütte oberhalb von Weiler.“

Bartsch schien nun völlig aus dem Konzept gebracht. Er nickte nur und blickte Kluftinger fragend an. Dann machte Kluftinger seine Verwirrung komplett: „Aber das tut ja hier nichts zur Sache. So, dankschön für die Führung, ich muss dann jetzt auch wieder los.“ Er zog sich die Haube vom Kopf, drückte sie Bartsch in die Hand und verabschiedete sich mit den Worten: „Ich find schon raus.“

Als er über den Hof ging und sich das Haar glatt strich, lächelte er. Kurz bevor er in den Wagen stieg, sah er, wie Bartsch aufgeregt die Treppe zum Büro der beiden Schönmangers hinaufstieg. Vielleicht hatte er einen Stein ins Rollen gebracht. Er fand, dass sich sein Besuch gelohnt hatte.

An diesem Abend war Kluftinger wieder in Frohnschwenden bei Wildpoldsried. Er war zwar noch müde von der letzten Nacht, doch diesmal war das kein Hinderungsgrund. Denn er war nicht allein gekommen: drei Streifenwagen mit jeweils drei Beamten hatten sich ebenfalls postiert, außerdem waren Maier, Hefele und Strobl mit von der Partie. Heute wollte keiner fehlen. Denn heute würde ihnen ein Fisch ins Netz gehen, da waren sich alle sicher. Auch wenn es vielleicht nicht der Mörder war.

Sie mussten lange warten, aber sie warteten nicht umsonst. Etwa um zwei Uhr nachts hörten sie einen Lastwagen kommen, kurz darauf fuhr auch der Tankwagen in Richtung des Einödhofs.

„Ungefähr die gleiche Zeit wie gestern“, sagte Kluftinger, ohne seine Kollegen dabei anzusehen. Er winkte alle anwesenden Beamten zu sich. „Wir machen alles wie besprochen“, flüsterte er, obwohl man ihn bis zum Bauernhaus unmöglich hätte hören können. Alle nickten. Dann gab Kluftinger Hefele, Strobl und Maier ein Zeichen und die vier setzten sich in Bewegung.

Als sie beim Hof angekommen waren, bezogen sie an verschiedenen Orten Stellung. Der Kommissar lugte ins Innere. Die alten Bekannten von gestern Nacht waren alle versammelt. Auch der Hüne war da. Zusammen wuchteten sie gerade die Säcke mit der seltsamen Aufschrift, die Kluftinger gestern schon gesehen hatte, von der Ladefläche eines Lasters.

Kluftinger nickte. Der Zeitpunkt war gekommen. Langsam zog er seine Pistole aus dem Holster, atmete noch einmal tief durch, griff dann in die andere Tasche, zog ein Funkgerät hervor, führte es ganz nah an seinen Mund und sagte dann nur ein einziges Wort: „Zugriff!“

Eine Sekunde lang war kein Laut zu hören. Nichts, absolute Stille. Dann brach die Hölle los. Mit durchdrehenden Reifen bogen die Polizeiwagen auf den kleinen Weg zum Hof, ihr Blaulicht und die Scheinwerfer durchschnitten die Dunkelheit, die Sirenen zerrissen die Stille mit ohrenbetäubendem Lärm. Gleichzeitig sprangen Kluftinger und seine Kollegen aus ihren Verstecken, traten gegen die Scheunentür, stürmten mit vorgehaltenen Pistolen hinein und schrien alle durcheinander ihre eigene Aufregung mit „Hände hoch!“, „Halt, Polizei!“ und „Keine Bewegung!“ hinaus.

Die vier Männer in der Scheune waren völlig überrumpelt. Für eine Sekunde starrten sich die acht Männer einfach nur an, dann blickte sich der Hüne um und wollte auf dem Absatz kehrtmachen.

Da schrie Maier aus vollem Hals: „Bleib stehen oder ich knall dich ab!“, wobei ihm der Speichel in die Mundwinkel trat. Der Hüne erschrak dermaßen, dass er seinen Fluchtplan sofort wieder fallen ließ. Fassungslos über seinen Ausbruch blickten auch Kluftinger und seine Kollegen zu Maier.

Jetzt rannten sechs uniformierte Beamte in die Scheune und legten den vier Männern Handschellen an.

„Was treiben Sie hier?“, schnauzte Kluftinger sie an. Keiner antwortete ihm. „Und der Herr Botzenhard. Nur mal beim Nachbarn nach dem Rechten sehen, wie? Haben Sie mir etwas zu sagen?“ Botzenhard senkte den Kopf. „Wenn Sie uns helfen, helfen Sie auch sich.“

Mit diesen Worten ging der Kommissar zu einem der Säcke, die schon abgeladen waren. Er fischte sein Taschenmesser aus der Hose, klappte es auf und stach hinein. Weißer Staub puffte aus dem Loch. Kluftinger zog die Öffnung etwas auseinander, feuchtete seinen Finger an und tauchte ihn in das weiße Pulver. Seine Kollegen verfolgten gespannt jede seiner Bewegungen, als Kluftinger seinen Finger wieder herauszog und daran roch. Er schob sich den Finger in den Mund, schmatzte ein bisschen und sagte dann: „Milchpulver." Kluftinger ging wieder zu Botzenhard: „Wollen Sie mir nicht vielleicht doch sagen, wozu Sie hier so spät nachts mit Milchpulver hantieren? Na?"

Botzenhard hob seinen Kopf. Er schien mit sich zu kämpfen. Dann begann er zu sprechen. „Ich –"

Weiter kam er nicht. „Halt bloß dein dummes Maul!", zischte ihn der Hüne an. Das saß. Botzenhard klappte seinen Mund sofort wieder zu.

„Auch gut. Wir kommen schon dahinter." Kluftinger wandte sich an die uniformierten Beamten: „Sie können sie jetzt mitnehmen. Ich will diese Vögel hier nicht mehr sehen. Ein Wagen soll hierbleiben, falls noch jemand kommt."

Die Polizisten führten die Männer ab. Hefele fuhr mit ihnen ins Präsidium, er wollte dort schon mit der Vernehmung beginnen. Zwei Beamte bezogen im Hof Stellung. In der Scheune war es nach diesen turbulenten Minuten gespenstisch ruhig.

„Ich knall dich ab, was?", Strobl schüttelte den Kopf, während Maier hilfesuchend zu Kluftinger sah.

Der sagte mit einem Grinsen: „Nur gut, dass du so selten eine Waffe trägst."

Die restliche Nacht verlief ruhig. Wie erwartet, kam niemand mehr zum Hof.

„Es wird Zeit", sagte Kluftinger gegen sechs Uhr früh zu seinen Kollegen. „Du weißt Bescheid?", wandte er sich mit einem fragenden Blick zu Maier. Der nickte nur.

Mit den Worten „Ein Kratzer und ich knall dich ab" drückte Strobl ihm seinen Autoschlüssel in die Hand. Dann stieg er zum Kommissar ins Führerhaus des Milchwagens.

Kluftinger drehte den Zündschlüssel und wollte etwas Bedeutendes sagen. Ihm fiel aber nur der Satz „Dann wollen wir die Kuh mal melken" ein. Strobl fragte nicht nach. Sie fuhren los.

„Du kennst auch wirklich jeden", sagte Strobl anerkennend, als sie mit dem Tankwagen einen Bauern auf seinem Traktor passierten, der ihnen fröhlich zuwinkte.

Kluftinger hätte dieses Kompliment gern angenommen. Aber in diesem Fall musste er Strobl korrigieren: „Scheint so, als ob man als Milchfahrer sozusagen Grußpflicht hat."

„Was meinst du eigentlich, was das mit dem Pulver zu bedeuten hat?", fragte Strobl, nachdem beide einige Minuten geschwiegen hatten.

„Offensichtlich wollten sie sich da noch etwas Milchgeld nebenher verdienen", erwiderte der Kommissar.

„Das ist schon klar. Fragt sich nur, wie das in unseren Fall reinpasst."

„Wie die zwei Morde reinpassen, interessiert mich viel mehr", erwiderte der Kommissar.

Dann wurde es wieder still im Führerhaus. Sie waren kurz vor Krugzell. Kluftinger gab Strobl ein Zeichen, die Kollegen per Funk zu informieren, dass sie gleich da wären. Die Streifenwagen bezogen vor den Einfahrten Stellung, Kluftinger und Strobl fuhren hinein.

Der Kommissar steuerte rückwärts den gleichen Platz an, an dem auch gestern der Milchwagen gestanden hatte. Gleich beim ersten Einparkversuch hätte er beinahe eine Hebebühne gerammt, die auf dem Parkplatz links von ihm stand. Beim dritten Mal zirkelte er das Gefährt auf den vorgesehenen Platz. Allerdings stand er zu einem Drittel auf dem Nachbarparkplatz, als er den Motor abstellte. Im Augenwinkel beobachtete er Strobl. Keiner sagte etwas.

Minutenlang passierte nichts. Dann ging die Tür zu den Chefbüros auf und ein Mann kam die Treppe herunter. Kluftinger sah ihn im Rückspiegel, es war Bartsch. Kurz bevor er die Fahrertür erreichte, begann er zu schimpfen: „Ihr wisst doch genau, dass ich gesagt habe, ihr solltet heute früher –" Das letzte Wort blieb Bartsch im Hals stecken. Er hatte die Fahrertür von außen aufgerissen und blickte nun direkt in Kluftingers Gesicht.

„Entschuldigung. Wir haben uns doch extra beeilt", erwiderte der Kommissar.

Als Kluftinger etwa zwei Stunden später im Präsidium eintraf, war er so gut gelaunt, dass er seine Sekretärin sogar mit Handschlag begrüßte und ihr ein Kompliment über ihre Frisur machte, das diese erröten ließ. „Holt mir jemanden vom Labor", sagte er in die Runde, und als Strobl und Hefele wie auf Kommando zu Maier blickten, erhob der sich seufzend mit den Worten: „Geh ja schon."

„Und, hast du was rausgefunden, Roland?", wandte er sich an Hefele und spielte dabei auf die Verhöre an, die dieser nachts noch geführt hatte.

„Die haben dreimal die Woche in der Scheune Milchpulver in den Tankwagen gekippt. Das Pulver kam angeblich aus Russland. Wozu sie das

Ganze getrieben haben, wussten sie angeblich nicht. Natürlich war ihnen klar, dass da was nicht in Ordnung war, immerhin wurden sie ziemlich gut bezahlt. Aber sie haben nie nachgefragt. Behaupten sie jedenfalls."

„Wer war ihr Auftraggeber?", wollte Kluftinger wissen.

„Da sind sie ziemlich verstockt gewesen, bis sie schließlich mit dem Namen Bartsch rausgerückt sind."

Es klopfte. Maier trat mit einer großen etwa dreißigjährigen, sehr attraktiven Frau ein. Über ihrem beigefarbenen Kostüm trug sie einen weißen Kittel. Maier grinste übers ganze Gesicht, als führe er stolz eine Eroberung vor. „Das ist Dr. Helga Lipp. Vom Labor", sagte er.

Kluftinger deutete auf den Stuhl vor seinem Schreibtisch: „Bitte. Hat Sie mein Kollege schon über alles informiert?"

„Ja, ich weiß Bescheid", sagte sie mit einer piepsigen Stimme, die die Männer für kurze Zeit in einen Schockzustand versetzte. Jeder hatte erwartet, dass sie tief und hauchend sprechen würde, doch genau das Gegenteil war der Fall.

„Gut." Kluftinger ließ sich nicht irritieren. „Was kann es mit dem Milchpulver auf sich haben?"

„Also, mir erscheint so auf die Schnelle nur eine Möglichkeit plausibel", antwortete sie, und nur Maier grinste immer noch. Ihn schien ihr Sopran nicht im Geringsten zu stören. „Sehen Sie, Milch wird mit Bakterienkulturen verarbeitet. Dadurch verliert das Casein, das in der Milch enthalten ist, seine ursprüngliche chemische Struktur und seine Löslichkeit, die Milch wird fest. Es entstehen Molke und der so genannte Bruch oder Quark, aus dem man dann wiederum Käse herstellen kann." Kluftinger hörte geduldig zu. „Das alles ist nur möglich, wenn Milch frisch ist. Meines Wissens ist dies alles mit Milchpulver nicht möglich, weil es selbst schon chemisch verarbeitet ist und bestimmte Inhaltsstoffe gar nicht mehr aufweist. Und es ist sogar verboten, glaube ich." Sie machte eine Pause und sah sich um, als wollte sie sich versichern, dass auch die Männer in ihrem Rücken verstanden hatten. Maier fühlte sich durch ihren Blick ermutigt und zwinkerte ihr zu. Verwirrt schaute sie wieder zu Kluftinger. „Ganz bestimmt verboten ist es aber, Milchpulver aus dem Ostblock an der Lebensmittelkontrolle vorbei nach Deutschland zu bringen und hier zu verarbeiten. Irgendwas kann damit nicht stimmen, sonst würde sich der Transport gar nicht lohnen."

Kluftinger bedankte sich bei ihr und wollte sie zur Tür begleiten, da sprang Maier aus seinem Sessel und sagte: „Ich bringe Sie hinaus." Kluftinger zog nur die Augenbrauen hoch und wandte sich dann an seine anderen Kollegen. „Jetzt den Bartsch. Aber schnell."

Die Tür ging auf und Sandra Henske kam herein. „Herr Schönmanger senior ist am Telefon“, sagte sie und deutete auf die blinkende Lampe an Kluftingers Apparat.

„Ja, Kluftinger?“, meldete er sich. „Das musste sein, Herr Schönmanger“, hörten seine Kollegen ihn sagen. „Der Betrieb ist bis auf Weiteres auf Eis gelegt ... Nein, das können wir nicht ... Ja, Herr Bartsch befindet sich in unserem Gewahrsam ... Na, beruhigen Sie sich erst mal. Noch ist gar nichts ... Wie? Nein, Herr Bartsch hat noch kein Geständnis abgelegt. Wir haben ja noch nicht mal mit ihm gesprochen ... Nein, das müssen wir schon allein machen. Halten Sie sich zu unserer Verfügung, ja? Wiedersehen.“ Kluftinger legte auf. Er pfiff respektvoll: „Mann, der ist vielleicht geladen. Eine Drecksau hat er den Bartsch genannt.“

Wieder öffnete sich die Tür und ein Beamter führte den Mann, von dem gerade die Rede gewesen war, herein.

Kluftinger wies ihm den Schreibtischstuhl zu und bat den Beamten, die Handschellen abzunehmen. Dann nahm er gegenüber Platz und musterte ihn. Bartsch sah um viele Jahre älter aus als der selbstsichere Geschäftsmann, der ihn gestern noch durch die Molkerei geführt hatte.

„So, wir sind gespannt. Erzählen Sie mal.“

„Ich weiß gar nicht, was Sie meinen.“

„Oh, ich denke, Sie wissen genau, was ich meine. Wen haben Sie denn in Ihrem Lkw erwartet? Und was sollte mit der Ladung geschehen?“

„Wen werde ich schon erwartet haben! Einen unserer Fahrer natürlich.“

Kluftinger wurde wütend. „Kommen Sie. Wir finden es mit Ihrer oder ohne Ihre Hilfe heraus. Mit wäre allerdings für Sie besser.“

Bartsch senkte den Kopf. Er schien zu überlegen. „Ich möchte den Anwalt der Familie Schönmanger sprechen, hören Sie. Ohne den sage ich gar nichts.“ Bartsch hatte wieder etwas mehr Sicherheit gewonnen.

„Ach, Sie glauben, die Schönmangers werden Ihnen helfen? Das kann ich mir nicht vorstellen. Ich habe gerade mit Herrn Schönmanger telefoniert. Er nannte Sie, ich zitiere wörtlich, eine ‚Drecksau‘. Sind Sie sicher, dass Sie den Anwalt immer noch sprechen wollen?“

Bartsch zuckte zusammen. Auf einmal wurde er hektisch. „Hören Sie, das Ganze ging von ihm aus. Peter hat mit der ganzen Sache angefangen. Ich bin da so reingeschlittert. Aber wenn ich hängen soll, dann nehm ich ihn mit, so viel steht fest.“

„Peter?“, fragte Kluftinger. „Ach, Sie meinen Herrn Schönmanger junior. Wissen Sie, ich habe gerade von seinem Vater gesprochen.“

Bartsch riss ungläubig seine Augen auf. „Scheiße“, flüsterte er.

Jetzt wurde Kluftinger bestimmter: „So, und jetzt sagen Sie uns mal ganz genau, was da ablief und wer alles mit drinhängt! Ist das klar?“ Die letzten Worte schrie der Kommissar so laut, dass sogar seine Kollegen zusammenzuckten.

Bartsch wirkte völlig eingeschüchtert. Langsam begann er zu sprechen. „Vor ein paar Jahren sind Peter und Philip, im Zuge der Entwicklung dieses neuen Käses, Sie wissen schon, der mit so wenig Fett, also sie sind draufgekommen, dass man da ziemlich Geld sparen könnte. Na ja, eigentlich ist der Philip draufgekommen. Er hat ja die ganze Zeit an irgendwas getüftelt und hat es tatsächlich geschafft, wovon alle träumen: Käse in kürzester Zeit reif werden zu lassen. Und das sogar aus Milchpulver.“ Bartsch blickte in Kluftingers Gesicht. Als er keine Reaktion wahrnahm, fuhr er fort: „Käse, der so schnell reift, verstehen Sie? Aus so billigem Rohstoff: das ist für eine Molkerei wie die Lizenz zum Gelddrucken. Dachten wir jedenfalls.“

Kluftinger unterbrach die Ausführungen des Chemikers: „Eugen, kümmerst du dich sofort darum? Die sollen auf der Stelle den Schönmanger junior hierherbringen.“ Dann wandte er sich wieder seinem Gegenüber zu: „Und sein Vater? Wusste der auch Bescheid?“

„Sein Vater?“ Bartsch lachte verächtlich. „Wenn der das gewusst hätte, wären wir alle schon längst im Gefängnis, da können Sie aber sicher sein. Das war ein Grund für die Aktion mit dem Tankwagen.“

„Sie haben also gepanschte Milch zur Käseherstellung verwendet. Wurden die Lebensmittel nicht kontrolliert?“

„Das ist ja das Geniale. Die ganzen Zusatzstoffe zersetzen sich beim Reifeprozess fast vollständig. Und mit der EU waren die Grenzwerte auch nicht mehr so hoch. Wir haben aus Scheiße Gold gemacht!“ Für einen kurzen Augenblick klang Bartsch geradezu stolz.

„War das Zeug gesundheitsschädlich?“, fragte Kluftinger. Sein Gegenüber senkte den Kopf.

„Ob es gesundheitsschädlich war, will ich wissen“, insistierte der Kommissar.

„Ich weiß es nicht. Ich weiß es wirklich nicht“, erwiderte Bartsch leise. Und fügte nach einer kurzen Pause hinzu: „Ich hab jedenfalls die Finger von dem Käse gelassen.“

Sofort beauftragte Kluftinger seine Sekretärin, eine Rückrufaktion für die Schönmanger-Produkte zu veranlassen. Er atmete tief durch. Er versuchte, seinen aufkeimenden Zorn im Zaum zu halten. Diese Menschen hatten durch ihr skrupelloses Verhalten womöglich die Gesundheit vieler Kunden aufs Spiel gesetzt. Aus reiner Geldgier. Er hatte dafür nur Verachtung übrig.

Dann stellte er die entscheidende Frage: „Wollte Wachter aussteigen? Oder warum haben Sie ihn umgebracht? Und was hatte der junge Lutzenberg mit der ganzen Sache zu tun?"

Bartsch sah ihn entsetzt an. Erst jetzt schien er zu begreifen, dass es hier um mehr ging als um gepanschte Milch. „Hören Sie", sagte er eindringlich, „ich habe bei dieser Sache mitgemacht, das stimmt. Aber ich schwöre bei Gott: ich habe nur ein paar Dateien von seinem Computer gelöscht, bevor die Polizei eingetroffen ist, aber das war alles."

Die Tür wurde aufgerissen. Strobl war etwas außer Atem, als er die Worte „Er ist weg!" in den Raum rief.

„Wer?", fragte der Kommissar.

„Der Schönmanger. Peter Schönmanger. Nicht aufzufinden."

„Kruzifix, das fehlt uns grad noch. Sofort Fahndung einleiten. Roland, klemm dich ans Telefon. Eugen, du bleibst mit den Kollegen in Krugzell in Kontakt. Und kann irgendjemand diesen Bartsch wegschaffen?" Der Kommissar würdigte den Mann vor sich keines Blickes.

„Frau Henske, verbinden Sie mich sofort mit dem alten Schönmanger."

Im eben noch ruhigen Büro waren nun alle in Hektik. Jeder hatte einen Auftrag, den er so schnell wie nur möglich erfüllen wollte. Kluftingers Telefon blinkte wieder. Es war Karl Schönmanger. Er schien entsetzt über das, was Kluftinger ihm erzählte. Doch auch er wusste nicht, wo sich sein Sohn befand. „Mein Gott, der Bub ...", war das Letzte, was er sagte, bevor Kluftinger einhängte.

Kaum zehn Minuten später stürmte Strobl in sein Büro: „Jetzt kriegen wir ihn! Er hat ein Ticket von München nach Brasilien gebucht. Sein Flieger geht ...", Strobl blickte auf seine Armbanduhr, „... in dreieinhalb Stunden."

Kluftinger blickte ebenfalls auf die Uhr. „Das schaffen wir", sagte er und rannte aus dem Büro.

ALS SIE das Schild KREUZ MÜNCHEN/FRANZ-JOSEF-STRAUSS-FLUGHAFEN 5 KM sahen, warfen Kluftinger und Strobl gleichzeitig einen Blick auf die Uhr. Sie waren flott vorangekommen: es war kurz nach zwei, bis zum Abflugtermin hatten sie noch knapp eineinhalb Stunden Zeit.

Vor dem Flughafengebäude warteten bereits mehrere Polizeiwagen auf sie. Ein Mann in Uniform, der sich als Einsatzleiter zu erkennen gab, informierte die Kemptener Kollegen kurz, dass bereits zwei Dutzend Polizisten, etwa die Hälfte davon in Zivil, im Flughafen patrouillieren würden.

Eine halbe Stunde später entdeckte der Kommissar Peter Schönmanger auf der Toilette. Zehn Polizisten standen vor der Tür, als er verhaftet wurde.

Kluftinger und Strobl waren noch vor Schönmanger zurück in Kempten. Der engere Kreis der Kripokollegen, die an dem Fall gearbeitet hatten, versammelte sich im Konferenzraum. Gegen 18.30 Uhr wurde Schönmanger hereingeführt, hinter ihm kam sein Anwalt.

„Bitte, meine Herren, nehmen Sie Platz", eröffnete der Kommissar betont freundlich und ruhig das Gespräch. Dann begann er nüchtern die Fakten aufzuzählen, die sie bereits in Erfahrung gebracht hatten, blies einige Vermutungen zu Gewissheiten auf und konnte mit jedem Satz sehen, wie Schönmanger immer mehr in sich zusammensank. Der Kommissar schloss seine Ausführungen mit dem Satz: „Sie sehen, wir wissen alles. Fast alles. Denn warum Sie Wachter und Lutzenberg umgebracht haben, das wissen wir nicht."

„Einen Moment. Dass mein Mandant der Täter ist, ist nur eine von Ihnen nicht belegbare Vermutung", schaltete sich der Anwalt ein. „Peter, du musst darauf nicht antworten."

„Das müssen Sie natürlich nicht", erwiderte Kluftinger. „Aber alles spricht gegen Sie. Allein mit dem, was wir hier haben, würde wohl jedes Gericht eine Verurteilung erreichen."

„Sie haben gar nichts, und das Gericht möchte ich sehen, das –"

„Halt die Klappe, Egbert", fuhr Schönmanger seinem Anwalt in die Parade. „Herr Kluftinger, ich habe in meinem Leben noch nie irgendjemandem etwas getan. Jedenfalls nicht körperlich, meine ich. Das müssen Sie mir einfach glauben."

„Ich muss gar nichts, Herr Schönmanger. Ein Geständnis würde es uns allen leichter machen. Sie haben mit Herrn Wachter irgendwelche Milchpanschereien betrieben. Es ging um viel Geld. Wie viel, werden Sie uns sicher noch sagen. Was ist passiert? Wollte Wachter mehr? Wollte er aussteigen? Und Lutzenberg? Ist er Ihnen auf die Schliche gekommen?" Er zog ein Bild aus der Mappe vor ihm auf den Tisch. „Wir haben dieses Foto in seinen Unterlagen gefunden. Ich nehme an, Sie kennen den Hof?" Er hielt ihm den Abzug des Einödhofs unter die Nase. „Warum haben Sie die beiden umgebracht?", schrie Kluftinger.

„Ich habe niemanden umgebracht!", schrie Schönmanger zurück. „Philip und ich – wir waren sogar befreundet. Ich hätte ihm nie etwas tun können. Noch dazu auf so brutale Weise: mit einer Vorhangschnur. Für was für einen Menschen halten Sie mich eigentlich?"

Kluftinger sah seine Kollegen an. Strobl schluckte. Hefele fuhr sich nervös durch die Haare. Maier starrte Schönmanger nur an.

Mit einem Räuspern durchbrach Kluftinger die Stille. „Wir haben nie veröffentlicht, dass Wachter mit einer Vorhangschnur ermordet wurde." Seine Worte wirkten. Jegliche Farbe wich aus Schönmangers Gesicht. Er blickte starr in eine Ecke des Zimmers, seine Lippen fingen an zu zucken.

„Herr Schönmanger, geben Sie es endlich zu", sagte Kluftinger leiser, nachdem er nahe an Schönmanger herangetreten war.

Egbert Wolf mischte sich ein und bat höflich, mit seinem Mandanten kurz allein reden zu können.

„Halt dein Maul, Egbert, halt einfach dein Maul", sagte der. Und wieder zu Kluftinger: „Meinen Sie, es war so einfach mit meinem Vater? Meinen Sie das?" Schönmanger hatte seinen Kopf kurz aufgerichtet, als er diese Worte gesagt hatte, war aber gleich wieder in sich zusammengesunken. „Mit seiner Scheißkäserei, die ihm über alles ging? Ihm, dem Unternehmer ‚vom alten Schlag'. Ich wollte raus aus diesem Mief. Ich habe BWL studiert, meine Kommilitonen reisten in der Welt herum und machten Kasse, und ich war beim Vater angestellt, als Büroheini. Für ein lächerliches Gehalt. Und dann hatten wir Wachter an der Angel. Schnell war mir klar, dass der mein Schlüssel dazu war, meinem Alten endlich zu zeigen, wie der Hase laufen muss. Da war Geld drin, richtig Geld."

Wieder schaltete sich Wolf ins Gespräch ein: „Peter, sag jetzt nichts mehr, du musst nichts sagen!"

„Hau ab, du Schlaumeier! Geh doch zum Alten, vielleicht kann der dich mehr gebrauchen!", schrie ihn Schönmanger an. „Du hast doch auch immer nur Geld gekostet."

Mit offenem Mund saß der Rechtsanwalt da und rang nach Fassung.

Der Jungunternehmer hing nun selbst in den Seilen. Kluftinger wusste, der K.o. würde so oder so kommen. Er würde Schönmanger einfach weiterreden lassen.

„Ich wär immer noch in der Buchhaltung für zwölfhundert Euro im Monat! Mein Vater wollte mich alles ‚von der Pieke auf' lernen lassen, bevor ich sein Stellvertreter werden sollte", erzählte Schönmanger von sich aus weiter, den Blick starr zu Boden gerichtet. „Wachter war am Anfang sehr korrekt und verschlossen. Er hatte Käse mit natürlichen Aromen für uns entwickelt, der damals, Ende der Achtziger, recht gut lief. Vater hat das gefallen, weil Wachter uns damit aus den Miesen brachte. Außerdem konnte er es mit seinem inneren Reinheitsgebot für Käse vereinbaren, schließlich waren ja ‚natürliche Sachen' drin. Allmählich ist Wachter dann aufgetaut und mir wurde klar, dass der auch hinter Geld her war. Irgendwann erzählte er mir von fettreduziertem Käse mit naturidentischen und künstlichen Aromen. Er kam zu mir, weil er wusste, dass er damit beim Alten nicht hätte landen können. Das war noch nicht die Lean-Line, aber Wachter hatte es geschafft, richtig guten Geschmack und eine gute Konsistenz hinzukriegen, bei nur zehn Prozent Fett. Allerdings mit ziemlich viel Chemie drin. Da hätte mein Vater nicht mitgemacht.“

Alle hörten gebannt zu, keiner hätte gewagt, Schönmanger jetzt zu unterbrechen. Alle außer Maier, der ihm ins Wort fiel: „Moment, Herr Schönmanger, die Kassette ist voll. Warten Sie bitte mit Ihrer Aussage!“ Dabei drückte er hektisch am Tonbandgerät herum, das sie während des Verhörs mitlaufen ließen.

Schönmanger ließ sich davon in keiner Weise stören, mit immer noch gesenktem Kopf erzählte er, dass er von Wachters Vorschlag begeistert gewesen sei.

Kluftinger ging ans Fenster und sah hinaus. Auf einmal passte alles zusammen. Während der mutmaßliche Mörder erzählte, war er hoch konzentriert. So konzentriert, dass das, was Schönmanger sagte, wie ein Film vor seinen Augen ablief: Peter Schönmanger hatte die kalorienreduzierte Linie zu seinem Projekt auserkoren. Auf einmal hatte er eine Vision. Ein Ziel. Sah die Möglichkeit, den Alten auszubooten. Aber es war zu teuer, es rechnete sich nicht. Wie er es auch drehte und wendete, die Kosten waren zu hoch, und das Kapital der dahindümpelnden Firma wäre für die nötigen Maschinen und eine große Werbekampagne zu gering gewesen. Die hohen Produktionskosten, die musste er senken ...

Kluftinger wurde aus seiner Konzentration gerissen, da Maier ein deutlich vernehmbares „So, jetzt wieder“ verlauten ließ.

Er sah Schönmanger an, der, auf den Tisch gestützt, mit starrem Blick immer weiterredete: „Ich hatte gehört, dass Wachter in der Lage war, Milchpulver zu verkäsen. Mit seinen Kulturen. Das war natürlich illegal. Aber es versprach vielleicht die dicke Kohle. Es gab nur einen Haken: das Milchpulver war kaum billiger als richtige Milch.“

Schönmanger verstummte, und sofort hakte Kluftinger nach. „Und dann sind Sie auf das russische Zeug gestoßen. Was war los damit? War es verstrahlt oder warum war es so billig?“

„Ich hab rumtelefoniert“, sagte Schönmanger emotionslos, „natürlich auch im Ostblock. Da musste es billiger sein. War es auch. Aber immer noch nicht genug. Irgendwann hatte ich einen Typen in Moskau dran, der mir dann sagte, dass er mir vielleicht ein verlockendes Angebot machen könnte. Ich wollte natürlich wissen, warum das Zeug so billig war, aber zuerst sagte der Russe nichts. Erst nachdem er Geld gesehen hatte, hat er Vertrauen gefasst und erzählte mir, dass er eine Quelle für UN-Hilfslieferungen nach

Afrika aufgetan hat. Die verschickt er dann nach Deutschland, von wo aus sie verschifft werden sollen. Doch die Lieferungen kommen nie an. Verschickt wird irgendetwas anderes oder auch gar nichts. Keine Ahnung. Der macht so was mit allen möglichen Waren und hat überall seine Leute sitzen, die ihm dann den Empfang der Sachen bestätigen. Wir jedenfalls hatten unser billiges Pulver. Als das losging, war uns aber klar, dass Wachter, Bartsch und ich das allein nicht mehr machen konnten. Wir heuerten Leute für die Drecksarbeit an. Die haben Sie ja schon kennen gelernt. Der Alte hat davon nie was mitbekommen. Nur dass jetzt alles ein bisschen billiger war, wegen der schnellen Reife und so. Wie billig, davon hatte er keinen Schimmer. Sonst wäre für uns ja nichts übrig geblieben. Bei unseren Absatzzahlen hatte er keine andere Wahl, als sein schlechtes Gewissen wegen der Chemie über Bord zu werfen."

„Wie lange lief das dann so, Herr Schönmanger?", fragte Kluftinger ruhig.

„Eine Weile. Ich hatte meinen Vater so weit, dass ich mir neben ihm ein Büro einrichten durfte. Bezahlt hat mir der Alte kaum mehr, aber Wachter und ich, wir haben gutes Geld hinter seinem Rücken gemacht."

Immer wenn er von seinem Vater sprach, verzog Peter Schönmanger den Mund zu einem verächtlichen Grinsen. Gleichmütig und mit monotoner Stimme hatte er die letzten Minuten geredet. Bis zu dem Zeitpunkt, als Kluftinger unvorsichtigerweise fragte, warum er denn Wachter nun umgebracht habe, wo doch alles so gut gelaufen war.

Schönmanger sprang von seinem Stuhl und brüllte etwas Unverständliches. Sofort hielten ihn zwei Beamte fest und drückten ihn wieder auf seinen Sitz. Mit rotem Kopf und sich überschlagender Stimme schrie er: „Das war ich nicht! Das nicht!"

Kluftinger ließ ihn schreien, bis er sich wieder beruhigte und schließlich blass und matt zusammensank. „Gut, Herr Schönmanger. Wenn Sie es nicht waren, was geschah denn dann?"

„Die Drecksau ist gekommen. Zum Wachter. Und der wollte richtig Geld."

„Wen meinen Sie denn damit, Herr Schönmanger?"

„Die Drecksau. Dieses Schwein." Langsam kehrte die Zornesröte in sein Gesicht zurück.

Kluftinger verstand nicht. „Wer, Herr Schönmanger?"

„Lutzenberg."

„Lutzenberg kam zu Ihnen und erpresste Sie?"

„Mich nicht, den Philip Wachter. Und der zahlte. So lange, bis er nicht mehr konnte. Lutzenberg wollte immer mehr. Ich habe gesagt, dass wir was unternehmen müssen. Aber dann ist etwas passiert, was ich mir bis heute nicht erklären kann. Wenn wir Lutzenberg was tun, hat Philip gesagt, dann packt er aus. Dann sind wir alle dran." Schönmanger sah Kluftinger in die Augen. „Verstehen Sie? Er wollte, dass wir Lutzenberg weiter bezahlen, dieser Spinner."

Kluftinger war verwirrt. Er blickte die Kollegen an, doch die zuckten ebenfalls die Achseln. „Er wollte, dass Sie ihn auch bezahlen?", fragte der Kommissar.

„Genau. Dauernd wurde er von Lutzenberg verfolgt. Der sagte irgendwas von wegen, er habe seinen Vater auf dem Gewissen." Kluftinger sah, dass seine ruhigen Fragen bei Schönmanger mehr Erfolg hatten als lautes Säbelrasseln. „Und dann haben Sie ihn getötet?", erkundigte er sich deswegen sachlich.

„Nein, verdammt. Wollen Sie jetzt die Geschichte hören oder nicht?", gab Schönmanger aggressiv zurück. Der Kommissar nickte. „Mein Vater ist zu ihm hingefahren."

„Ihr Vater? Ich dachte, der wusste nichts von der Sache?"

„Das stimmt ja auch. Am Anfang, jedenfalls. Aber was hätte ich machen sollen? Ich brauchte das Geld für Lutzenberg. Der hätte uns fertiggemacht. Der wollte alles. Wir wären ärmer als zuvor dagestanden. Ich meine, wenn das aufgeflogen wäre, die hätten uns den Laden doch dichtgemacht. Also bin ich aufs Ganze gegangen ..."

„... und haben Ihren Vater eingeweiht", ergänzte Kluftinger.

„Genau. Er hat sich natürlich furchtbar aufgeregt. Aber er begriff schnell, wie ernst die Lage war. Er sagte, mit mir würde er später abrechnen, erst mal sei die Firma wichtig. Ich erzählte ihm also, dass der einzige Weg, Lutzenberg zum Schweigen zu bringen, über Wachter führte. Wir wussten ja nicht einmal, wie der überhaupt aussah oder wo er war. Er hatte immer nur mit Philip Wachter Kontakt gehabt."

„Ihr Vater fuhr dann zu Wachter, um das mit ihm zu klären?"

„Er rannte total hektisch aus der Firma."

„Und als er auch keinen Erfolg hatte, haben Sie sich um Wachter gekümmert ..."

Peter Schönmanger hob den Kopf und blickte sich um. Er sah allen Kripobeamten in die Augen, Kluftinger zuletzt. Dann schüttelte er den Kopf und sagte sehr leise: „Sie haben es immer noch nicht kapiert, oder? Ich war es nicht. Es war mein Vater!"

Kluftinger war geschockt. So viel Niedertracht, seinen eigenen Vater des Mordes zu bezichtigen, um sich selbst zu schützen, hätte er dem jungen

Mann nicht zugetraut. Er räusperte sich und sagte: „Wollen Sie uns für dumm verkaufen?“ Er warf einen Blick zum Anwalt, der aber teilnahmslos aus dem Fenster sah. Nach den Beschimpfungen durch seinen Mandanten schien er nicht mehr gewillt, diesem beizustehen. Als er merkte, dass Kluftinger ihn anstarrte, stand er auf, nahm seinen schwarzen Pilotenkoffer, nickte kurz in die Runde und ging.

Kluftinger war baff. Doch es blieb ihm keine Zeit, über das Verhalten des Anwalts nachzudenken, denn Peter Schönmanger redete einfach weiter: „Als mein Vater zurückkam, war er völlig verwirrt. Eine Weile war er nicht ansprechbar. Dann hat er immerzu von einem Unfall gesprochen. Ich hatte schon so eine Ahnung, mir wurde ganz flau im Magen. Er hat gesagt, dass Wachter nicht mit sich hatte reden lassen. Er hat wohl gesagt, wir müssten den Lutzenberg bezahlen, sonst würde er aussteigen und auspacken. Als mein Vater ihn angefleht hat, an die Firma zu denken, hat er gesagt, die Drecksfirma sei ihm völlig gleichgültig. Das hat vielleicht den Ausschlag gegeben.“ Schönmanger atmete tief ein, bevor er weiterredete. Jedes Wort schien ihm schwerzufallen. „Es ist zu einem Handgemenge gekommen. Wachter muss irgendwie mit dem Kopf aufgeschlagen sein. Er muss benommen gewesen sein, er war doch viel stärker als mein Vater. Und als er da lag, ist bei meinem Vater irgendetwas ausgetickt. Er sah die Vorhangschnur, legte ihm die Schlinge um den Hals und zog zu.“

Schönmanger bat um ein Glas Wasser. Er trank einen kleinen Schluck, dann fügte er hinzu: „So hat er es mir erzählt.“

Kluftinger nickte. Irgendetwas sagte ihm, dass Peter Schönmanger die Wahrheit gesprochen hatte. Er winkte Strobl zu sich und flüsterte ihm ins Ohr, sich ans Telefon zu hängen und den alten Schönmanger ausfindig zu machen. Strobl nickte und verließ das Besprechungszimmer. Kluftinger wollte jetzt alles wissen. „Was war mit Lutzenberg?“, fragte er ungeduldig.

Auch diese Frage beantwortete Peter Schönmanger mit schonungsloser Offenheit. Kluftinger stand am Fenster und lauschte ihm. Als er fertig war, sagte er, ohne seine Kollegen anzusehen: „Nach Krugzell zur Käserei. Sofort. Wir fahren alle.“

Als der Kommissar das Zimmer verließ, ging er an Peter Schönmanger vorbei und flüsterte: „Wenn das nicht stimmt, dann gnade Ihnen Gott!“

Kluftinger und Strobl stiegen in den alten grauen Passat, Maier und Hefele in Maiers Wagen. In dieser Situation hätte es keiner gewagt, einen Scherz über die Trommel zu machen. Strobl hatte herausgefunden, dass sich

Schönmanger senior vor einer halben Stunde, als der letzte Polizeibeamte die Molkerei verlassen hatte, noch im Büro befunden hatte. Das war gegen halb neun gewesen. An der Einmündung auf die Hauptstraße warteten bereits zwei Polizeiautos mit eingeschaltetem Blaulicht auf die Kripobeamten. Kluftinger wusste nicht, wie lange er das magnetische Signallicht schon nicht mehr auf seinem Wagendach befestigt hatte. Jetzt bat er Strobl, genau das zu tun.

„Glaubst du ihm?“, fragte der den Kommissar, als sie mit quietschenden Reifen auf die Hauptstraße einbogen.

Kluftinger überlegte ein paar Sekunden. „Ich denke schon“, sagte er.

Strobl nickte. Auch er war überzeugt gewesen, dass sie am Flughafen den Mörder verhaftet hatten. Doch nun stellte sich die Sache ganz anders dar. „Was hat er noch gesagt? Wie ist das mit Lutzenberg gelaufen?“, fragte er ungeduldig.

„Sie waren schneller als wir“, antwortete Kluftinger bitter. „Natürlich wollten sie die ganze Sache vertuschen. Und Lutzenberg war immer eine Gefahr dabei. Ich denke nicht, dass sie vorhatten, ihn umzubringen. Aber ich habe mich in diesem Fall schon so oft geirrt. Jedenfalls haben sie ihn dank Stoll, du weißt schon, dem Käser aus Böserscheidegg, gefunden. Dass wir da nicht draufgekommen sind ...“ Immer wenn Kluftinger daran dachte, fühlte er sich mitschuldig am Tod des jungen Mannes.

„Wir haben getan, was wir konnten. Das mit dem Stoll war Zufall. Hätte auch ganz anders laufen können“, versuchte Strobl seinem Chef die Selbstzweifel zu nehmen.

„Ja, vielleicht. Jedenfalls haben sie ihn auf der Hütte gesucht. Ob mit dem Vorsatz, ihn zu töten oder nicht, sollen die Richter entscheiden. Es kam wohl wieder zu einem heftigen Streit. Lutzenberg hieß sie gemeine Mörder. Und er hatte Angst vor ihnen. Das hat er mir ja auch am Telefon gesagt. Er wollte abhauen und ist vor der Hütte hingefallen. Was der Sohn dann erzählt hat, werde ich bestimmt so schnell nicht vergessen: ‚Als mein Vater ihn da hat liegen sehen, wie er dreckverschmiert versucht hat, wieder hochzukommen, ist er auf ihn zugestürmt. So habe ich ihn noch nie gesehen. Mir ist ein eiskalter Schauer über den Rücken gelaufen.‘“ Kluftinger schüttelte den Kopf, als wolle er damit das Bild aus seinem Kopf verbannen. „Der alte Schönmanger muss getrieben gewesen sein von Wut, Verzweiflung und unsäglicher Angst um sein Lebenswerk. Ich wüsste gern, ob er ihm noch in die Augen gesehen hat, bevor er den Prügel nahm, der am Boden lag, und Lutzenberg damit niederschlug. Aber er muss sich in einen regelrechten Blutrausch gesteigert haben. Immer wieder hat er draufgehauen. Und sein Sohn hat alles mit angesehen. Dann ist der alte Schönmanger anscheinend auf die Knie gefallen und hat geweint."

Bis die beiden Polizisten auf den Hof der Käserei einbogen, sprachen sie kein Wort mehr. Jeder versuchte, mit der schrecklichen Vorstellung des eben Gehörten so gut wie möglich fertig zu werden.

In Krugzell sahen sie gleich, dass Strobl richtig recherchiert hatte. Das gesamte Gebäude war dunkel, die Hofbeleuchtung abgeschaltet. Allein in Schönmangers Büro brannte noch Licht. Sie sprangen aus den Autos, ließen die Türen offen stehen. Die Blaulichter drehten sich lautlos auf den Wagendächern weiter. Das Gebäude wurde abwechselnd in grelles Licht und dunkle Schatten getaucht.

Mit zwei Polizisten in Uniform liefen sie zur Eingangstür. Die Tür war nicht verschlossen. Die Taschenlampen der uniformierten Beamten wiesen ihnen mit zuckenden Lichtkegeln den Weg. Im Haus herrschte absolute Stille. Nur die Schritte der auf der Metalltreppe nach oben stürmenden Polizisten hallten von den Wänden wider. Im Vorzimmer zu Schönmangers Büro sah Kluftinger unter dessen Tür einen schwachen Lichtschein. Er gab den anderen ein Zeichen, worauf die sich mit gezogenen Waffen zu beiden Seiten der Tür postierten. Dann zog er selbst seine Pistole, nickte seinen Kollegen zu, holte tief Luft und stieß die Tür auf.

Karl Schönmanger saß hinter seinem Schreibtisch im Schein der Bürolampe, die ein warmes gelbes Licht verströmte. Langsam sah er hoch. „Einen Moment bitte noch", sagte er mit gefasster Stimme. Dann blickte er wieder auf das dunkelgrün eingebundene Buch vor ihm auf dem Tisch. Er griff zu einem schwarz-goldenen Füllfederhalter, unterschrieb sorgfältig am rechten unteren Rand des Blattes, pustete leicht über die feuchte Tinte, legte den Einmerkfaden diagonal über die Seite, klappte das Buch zu und platzierte es in der Mitte des Tisches. Er schraubte die Kappe wieder auf den Füller, legte ihn neben das Buch und stand auf.

Der Firmeninhaber kam hinter dem Schreibtisch hervor, knöpfte sich sein Sakko zu und schritt auf die Beamten zu. „Ich habe noch abgerechnet. Damit die Bauern ihr Milchgeld bekommen. Wir können fahren, meine Herren", sagte er und ging allen voran durch die Tür.

Direkt hinter ihm verließ Kluftinger den Raum. Er fasste Schönmanger nur leicht am Arm. Die Handschellen wollte er ihm ersparen.

ALS KLUFTINGER am nächsten Morgen um kurz nach neun das Präsidium betrat, trug er seinen grauen Trachtenanzug. Sandy Henske telefonierte offenbar mit einem Pressevertreter, den sie auf die Konferenz am Nachmittag verwies. Sie lächelte Kluftinger zu. Strobl, Hefele und Maier trotteten ohne Aufforderung hinter ihrem Chef ins Büro.

Kluftinger wollte mit den Kollegen den Fall noch einmal durchgehen, bevor sie am späteren Vormittag beide Schönmangers, den Mörder und seinen Sohn, vernehmen würden. Auch die Infos, die an die Presse gegeben werden sollten, wurden besprochen.

„Und ich hätte schwören können, dass der Lutzenberg Wachter umgebracht hat", sagte Hefele.

„Ich anfangs auch", gab Kluftinger zu. „Aber dann war mein Tipp eher Peter Schönmanger. Tja, erstens kommt es anders und zweitens, als man denkt."

„Was ich nicht verstehe, ist, wie der Lutzenberg eigentlich zu dem Fotoalbum gekommen ist", fragte sich Maier laut.

Kluftinger überlegte kurz. „Ich kann mir das nur so erklären, dass er gekommen ist, als Wachter schon tot war. Als er ihn gefunden hat, muss ihm klar gewesen sein, dass wir ihm schnell auf die Schliche kommen würden, mit den ganzen Fotos von seinem Vater drin."

„Mich interessiert noch etwas ganz anderes", warf Strobl ein. „Was, um Himmels willen, wollte er auf der Beerdigung?"

Die Frage hatte sich Kluftinger auch schon gestellt, allerdings keine Antwort darauf gefunden. „Vielleicht tat ihm Wachter leid, vielleicht wollte er dem alten Freund seines Vaters ein letztes Geleit geben. Vielleicht wollte er aber auch nur der Beerdigung des Mannes beiwohnen, der seinen Vater ruiniert hat. Ein später Triumph, sozusagen. Wie's genau war, kann er uns leider nicht mehr sagen."

Im Laufe des Vormittags schaute Lodenbacher im Büro des Kommissars vorbei. „Jetzat", sagte er, als er das Zimmer betrat. „Jetzt homma ean. Gott sei Dank."

Auf der anschließenden Pressekonferenz war Kluftinger nicht überrascht, dass Lodenbacher sich den Erfolg hauptsächlich auf seine Fahnen schrieb. Allerdings gingen dem Chef der PD Kempten einige Detailkenntnisse ab. Bei Fragen nach solchen Einzelheiten musste er auf Kommissar Kluftinger verweisen.

KLUFTINGER war nervös. Er hatte trotz der Hektik der letzten Tage sogar noch die Zeit gefunden, ein bisschen sauber zu machen. Jetzt saß er auf der dunkelbraunen Velourscouch und starrte die alte Wanduhr an: fünf vor sechs, eigentlich sollte seine Frau schon längst da sein.

Er schnappte sich die Fernbedienung und schaltete den Apparat ein. Die heutige Pressekonferenz musste gleich im Lokalfernsehen kommen. Die Sprecherin kündigte an, dass der Kemptener Kripo die Aufklärung eines spektakulären Falles gelungen sei. Dann sah man ein paar Bilder der Pressekonferenz, er selbst war allerdings nur für wenige Sekunden im Bild. Danach brachten sie ein Interview mit Lodenbacher. Der blühte regelrecht auf vor den Kameras.

Jetzt musste jeden Moment Kluftingers Stellungnahme kommen. Die Sprecherin sagte: „Und nun zur Wettervorhersage." Kluftinger drückte den Ausknopf und blieb ein paar Sekunden regungslos sitzen. Das sollte es gewesen sein? Sein erstes Fernsehinterview? Seiner Frau hätte es bestimmt gefallen, ihn auf der Mattscheibe zu sehen. Sie hätte es sicher als angemessene Entschädigung angesehen für den ganzen Ärger, den er ihr mit diesem Fall bereitet hatte: den entgangenen Urlaub, das Gerede über die verpatzte Beerdigung ...

Er blickte wieder auf die Uhr: gleich halb sieben. „Kruzitürk'n, wo bleibt denn ..."

Die Türklingel unterbrach sein Fluchen. War das seine Frau? Sie hatte doch einen Schlüssel. Er öffnete. Langhammer stand vor der Tür. „Grüß dich, mein Lieber." Kluftinger überhörte die Vertraulichkeit und nickte nur. „Ich bring schon mal den ersten Koffer", sagte der Arzt, und erst jetzt sah Kluftinger, dass auf der Straße der Mercedes stand und die beiden Frauen gerade eine Tasche aus dem Kofferraum wuchteten.

Er drängte sich an Langhammer vorbei und rief: „Wartet! Lasst mich das doch machen!"

Als seine Frau seine Stimme hörte, lief sie mit zwei Tüten in ihren Händen auf ihn zu und umarmte ihn. „Grüß dich, mein Butzi", flüsterte sie ihm ins Ohr.

Er drückte sie fest an sich und gab ihr einen Schmatzer auf den Mund. „Schön, dass du wieder da bist", flüsterte er zurück.

„Na, ihr seid mir ja zwei Turteltäubchen", störte Langhammer ihre Zweisamkeit. Dann trat er näher an Kluftinger heran, legte ihm eine Hand auf die Schulter und sagte leise: „Ganz toll hast du das gemacht. Mit dem Fall meine ich. Meine Golfkollegen werden staunen, wenn ich ihnen erzähle, dass ich mit dem Verbrecherjäger aus Altusried befreundet bin."

So, befreundet ist man jetzt also, dachte sich Kluftinger. Kurz spielte er mit dem Gedanken, dem Arzt auf „freundschaftliche" Weise klarzumachen, was er tatsächlich von ihm hielt, doch er besann sich eines Besseren. Den heutigen Abend wollte er sich nicht durch kleinliche Plänkeleien verderben lassen.

Bei Langhammers nächster Frage krampfte sich sein Magen dann aber doch kurzzeitig zusammen. „Was haltet ihr davon, wenn wir die Rückkehr unserer Frauen mit einem Gläschen begießen?“

„Das ist jetzt blöd, ich hab für heute Abend nämlich schon was anderes geplant.“

Diesmal war er vorbereitet gewesen, die Ausrede kam ohne Zögern über seine Lippen. Er nahm die Tasche, die hinter dem Mercedes lag, verabschiedete sich von Annegret, schnappte sich seine Frau, nickte Langhammer im Vorbeigehen zu und schloss die Wohnungstür hinter sich. Das Letzte, was er sah, war Langhammers offener Mund, der offenbar gerade einen Protest formulieren wollte.

Seine Frau kam nicht einmal dazu, gegen sein unhöfliches Verhalten zu protestieren, so überrumpelt war sie vom plötzlichen Aktionismus ihres Gatten. Als sie im Hausgang standen, umarmte er sie erneut. Sie verkniff sich einen Kommentar über sein Verhalten, denn sie wollte seine momentan für Zärtlichkeiten offenbar sehr empfängliche Stimmung ausnutzen. „Du hast also schon was geplant?“, fragte sie freudig überrascht. „Scheinst mich ja wirklich vermisst zu haben.“

In Kluftingers Kopf fing es an zu rattern. Eigentlich war es nur eine Ausrede gegenüber Langhammer gewesen, aber nun wollte er die Erwartung seiner Frau nicht gleich bei ihrer Ankunft wieder enttäuschen. „Ja“, sagte er und küsste sie auf die Nasenspitze, „ich dachte, wir gehen schön essen.“ Dann setzte er ein breites Grinsen auf. Er war ziemlich zufrieden mit sich. Das hatte wirklich geklungen, als hätte er sich die ganze Woche darauf gefreut.

„Ach was“, schüttelte seine Frau zu seiner Überraschung jedoch den Kopf. „Ich war ja jeden Tag essen im Urlaub. Ich dachte, wir machen uns heute einen gemütlichen Abend daheim. Nur ich und mein Superhirn.“ Auf seinen fragenden Blick setzte sie noch hinzu: „Dr. Langhammer hat mir alles erzählt. Und im Radio kam’s auch. Ich bin ja so stolz auf dich!“ Dann lehnte sie ihren Kopf an seine Schulter und sagte leise: „Ich hab mir auch was überlegt, gerade im Flieger. Ich koch dir heute deine Kässpatzen. Na, was sagst du?“

Der Gedanke verursachte ihm Magendrücken. Wenn er in den nächsten Wochen das Wort „Kässpatzen“ auch nur hören würde, würde er Sodbrennen bekommen. Er hatte in den letzten Tagen einfach zu viel davon abbekommen. Beherzt packte er deswegen seine Frau an der Hand, zog sie zur Haustür und sagte: „Nix da. Wir gehen.“ Und flüsterte ihr ins Ohr: „Zum Italiener.“

Jetzt war es seine Frau, die über das ganze Gesicht strahlte. Ihr „neuer" Mann gefiel ihr ausgesprochen gut. Und da sie nicht wusste, ob diese Verwandlung anhalten würde, beschloss sie, sie einfach so lange wie möglich zu genießen.

Lächelnd gingen sie zum Auto, wobei er erst ihre Tür aufschloss, sie aufhielt und wartete, bis sie sich gesetzt hatte, um dann um seinen Passat herumzugehen und ebenfalls einzusteigen. Er wollte gerade den Zündschlüssel drehen, da bemerkte er, dass seine Frau mit ernster Miene erst in den Kofferraum des Wagens und dann zu ihm blickte.

Kluftinger zuckte entschuldigend die Achseln: „Die räum ich heute Abend noch raus. Versprochen."

Foto: Peter von Felbert

Ein eingespieltes Duo

Rein äußerlich sind die beiden Autoren des Erfolgsduos Klüpfel / Kobr einander keineswegs ähnlich, in ihrer Denkweise jedoch sind sie nach eigenem Bekunden perfekt aufeinander abgestimmt. Gemeinsam entwickeln sie das Konzept eines neuen Buches, dann wird jede Szene durchgesprochen, bis in einzelne Dialoge hinein. Schließlich teilen sie sich die Szenen auf und jeder schreibt, wann er will und in eigenem Tempo. Die gemeinsame Arbeit der beiden waschechten Allgäuer hat neben dem Erstlingserfolg *Milchgeld* inzwischen die Bestseller *Erntedank*, *Seegrund* und *Laienspiel* hervorgebracht, die allesamt im Piper Verlag erschienen sind. Der Roman *Erntedank* wurde überdies vom Bayerischen Rundfunk verfilmt.

Volker Klüpfel, Jahrgang 1971, hat selbst viele Jahre in Altusried gewohnt. Er studierte Politikwissenschaft, Journalistik und Geschichte in Bamberg, arbeitete bei einer Zeitung in den USA und beim Bayerischen Rundfunk. Klüpfel treibt viel Sport und fotografiert gerne. Seit einigen Jahren heißt seine wichtigste Leidenschaft allerdings Krimis schreiben. Obgleich sich dieses Hobby als sehr einträglich erwiesen hat, denkt Klüpfel keineswegs daran, seine Stelle als Leiter der Kulturredaktion der *Augsburger Allgemeinen Zeitung* aufzugeben.

Michael Kobr, Jahrgang 1973 und aus gemeinsamen Schulzeiten bestens mit Volker Klüpfel vertraut, ist Realschullehrer für Deutsch und Französisch. Doch wenn der gebürtige Kemptener, wohnhaft in Memmingen, am Abend alle Arbeiten der Schüler korrigiert hat, treibt ihn seine Freude am Krimischreiben an den Computer. Den Erfolg ihrer Bücher genießen er und Volker Klüpfel besonders auf Lesereisen. „Wenn uns achthundert Leute frenetisch beklatschen, dann stehen wir hinter der Bühne und freuen uns einfach wie die Kinder.“

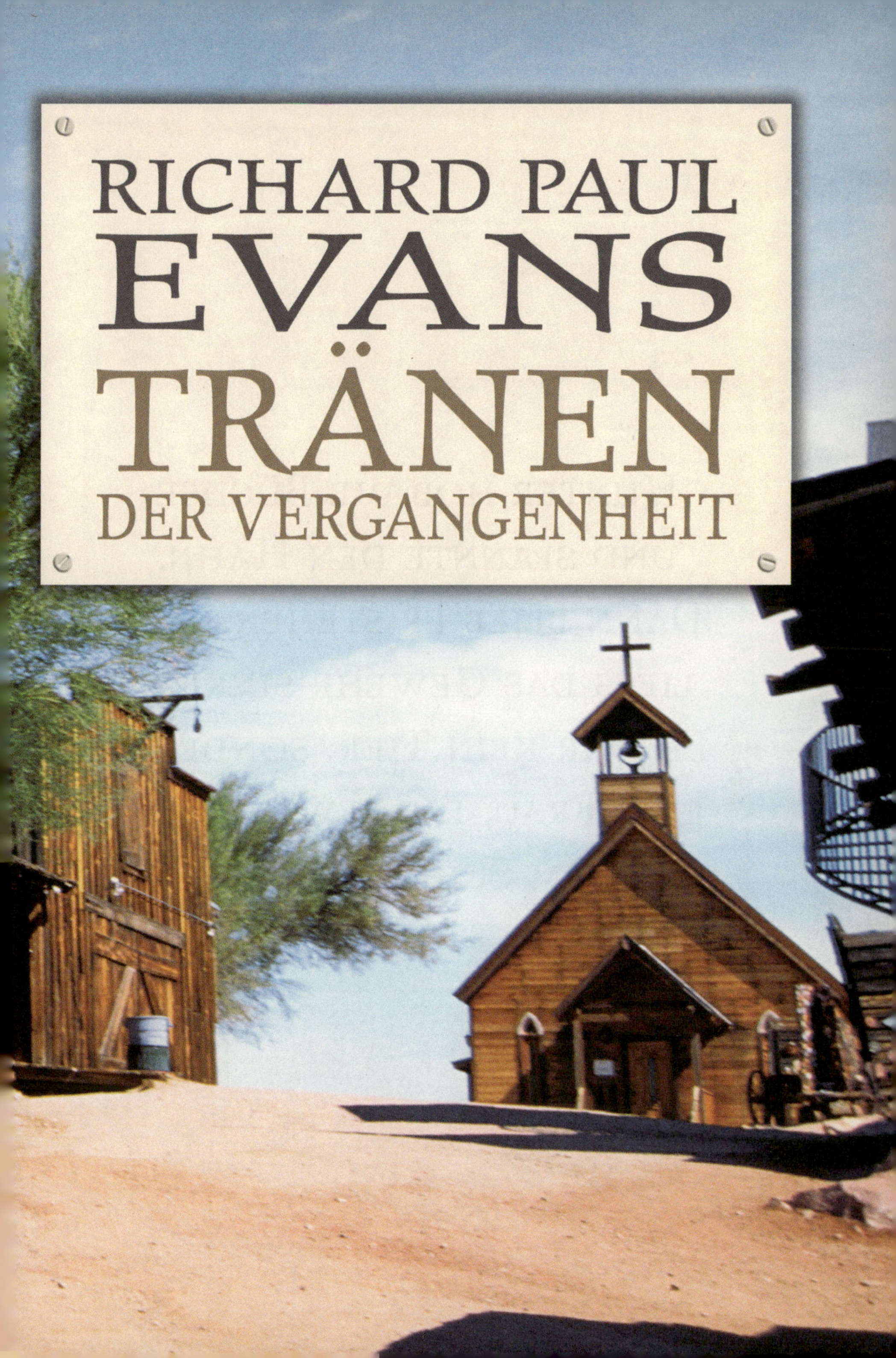
RICHARD PAUL
EVANS
TRÄNEN
DER VERGANGENHEIT

Hunter hob die Büchse und spannte den Hahn. Dann blieb er stehen und liess das Gewehr sinken. Es war kein Tier, sondern eine Frau, die bewusstlos im Schnee lag.

Prolog

Cork, Irland, 1847

Connall McGandley stapfte müde durch die nebelverhangene Landschaft, die Arme über der Brust gekreuzt, das Tempo angesichts der fortschreitenden Dämmerung verschärft. Die kalte Luft roch süß nach einem Torffeuer, das irgendwo in der Ferne brannte, und er zwang sich, nicht an dessen Wärme zu denken. Gegen Abend wurde der Nebel bitterkalt, und er hatte im letzten Dorf seinen Mantel um ein armseliges Maß Mais versetzt, das er in einem Sack über der Schulter trug.

Seit dem Morgengrauen war er mit knurrendem Magen unterwegs in der Hoffnung, seiner Familie ein wenig Erleichterung zu verschaffen. Es gab keine Arbeit, und sein Mantel hatte ihm bei einem Händler nur das bisschen Mais eingebracht. Danach hatte der Mann ihn sofort aus dem Laden gejagt. McGandley hatte nicht viel gesehen auf seiner Reise, nur die stillen, menschenleeren Moore und die verfallenen Hütten eines sterbenden Volkes. Die Musik Irlands, des Landes der Lieder, war von der Hungersnot zum Schweigen gebracht worden, und die einzigen Klänge, die noch in der Luft lagen, waren das gelegentliche Klagen um die Toten – das Trauerlied der *Banshee*, der irischen Todesfee.

Am Straßenrand, hinter einem der Steinwälle, die sich durch die Landschaft schlängelten, kroch eine Frau auf allen vieren durch das feuchte Moor, um aufzulesen, was beim letzten Pflücken übersehen worden war, und zu verzehren, was irgendwie essbar war. McGandley wandte sich ab. Das Bild war ihm nur allzu vertraut. Es würde nicht mehr lange dauern, dann würde auch seine Familie aus ihrer Hütte vertrieben werden und verhungern oder jämmerlich erfrieren. Seinen einzigen Sohn hatte schon der Typhus in den Klauen.

Es war bereits zweimal Herbst geworden, seit sich der todbringende Nebel von der See her wie ein Leichentuch über Irland gelegt hatte. Als er sich lichtete, wurden die ersten Anzeichen der Seuche sichtbar: geknickte Halme auf den Feldern, dunkle Vorboten des Schicksals, das einem ganzen Volk bevorstand. Im Jahr darauf zerstörte die Kartoffelfäule fast die gesamte Kartoffelernte. Diese Knolle war alles, was die Armen Irlands besaßen. Sie hatten gelernt, alles aus ihr zu machen, angefangen vom Zucker bis hin zum Bier. Die Kartoffel war ihr Erbe und ihr Leben, aber selbst in den besten Zeiten war der Anbau nur eine unsichere Existenzgrundlage.

Kurz vor der letzten Ernte hatte McGandley die Kartoffelfäule zum ersten Mal bei seinem eigenen mageren Bestand entdeckt – die ersten krankhaften Veränderungen auf den Blättern. Bei ihrem Anblick war er auf die Knie gefallen und hatte ein inbrünstiges Gebet zum Himmel geschickt. Die Familie erntete sofort, aß oder verkaufte, so viel sie konnte, und verfütterte den Rest an die Schweine. Als Nächstes wurden dann die Schweine selbst verzehrt. Aber auch von den Knochen dieser Tiere, die sie wiederholt gekocht und dann abgenagt hatten, war nun nichts mehr übrig. Nur die Verzweiflung war ihnen geblieben.

Fünfzig Schritte vor ihm tauchte aus der Nebelwand ein hölzerner Pferdewagen auf, der neben der Straße im Schlamm feststeckte. Ein untersetzter Mann mit graubraunem Haar stand vor dem Pferd, fast bis zu den Knien im Schlamm, zerrte an den Zügeln und verfluchte das Tier. Es war ein seltsamer Anblick, umso mehr, als die meisten Tiere der Bauern bereits geschlachtet und verspeist worden waren. Der Mann sah McGandley und winkte ihm zu. „He da!“ In der kalten Luft konnte man seinen Atem erkennen.

McGandley kam näher. „Haben Sie irgendwas zu essen?“

Der Mann blickte finster drein. „Nur in meinem Magen.“ Er deutete auf das Gefährt. „Können Sie mir helfen?“

McGandley blieb stehen und starrte den Fremden düster an. „Sind Sie Engländer?“

„Ich bin Amerikaner.“

„Schön für Sie. Wären Sie Engländer, hätte man Ihnen wahrscheinlich schon die Kehle durchgeschnitten. Oder ich würde es jetzt besorgen.“

Der Amerikaner sah sein Gegenüber forschend an. „Die Engländer haben Geld für die Hungernden geschickt.“

„Ach, haben sie das inzwischen? Ich sage Ihnen, Särge könnten wir gerade besser gebrauchen. Wo’s Nahrung gibt, herrscht keine Hungersnot. Die Briten haben uns alles gestohlen.“

Der Amerikaner kam einen Schritt auf McGandley zu. „Ich habe Geld. Wenn Sie mir helfen, mich hier rauszubringen, werde ich Sie bezahlen. Ich muss zum Hafen von Cobh. Mein Klipper segelt im Morgengrauen.“

Nun war McGandleys Interesse geweckt. Wegen der Hungersnot waren bereits mehr als eine Million Iren ausgewandert. Um dem Elend in der Heimat zu entkommen, gingen sie an Bord fast jeden Schiffes, das sie fortbringen würde. „Schwimmende Särge“ nannten die Seeleute sie. Manchmal war kein einziger Ire an Bord mehr am Leben, wenn diese Schiffe ihr Ziel erreichten.

„Sie segeln zurück nach Amerika?“, fragte McGandley. „Haben Sie Mitleid mit unserem jämmerlichen Häufchen und nehmen Sie uns mit!“

„Haben Sie Geld?“, wollte der Fremde wissen.

„Keinen roten Heller.“

Der Amerikaner schüttelte den Kopf. „Wir haben keinen Platz mehr.“

„Im Zwischendeck würde es bestimmt noch gehen.“

„Damit Sie uns Typhus und Cholera an Bord schleppen? In den Häfen warten bereits eine Million Iren.“

McGandley kratzte sich am Kopf. Die Läuse quälten ihn. „Wenigstens meine Tochter könnten Sie mitnehmen. Sie ist ein junges Mädchen.“

„Es geht nicht, Mann.“

„Sie könnten es, wenn sie Ihre Frau wäre.“

„Ich brauche keine Frau“, knurrte der Amerikaner und wandte sich dann wieder dem Pferd zu. „Seien Sie so gut und fassen Sie mit an. Ich werde Sie auch für Ihre Mühe bezahlen.“

McGandley blieb gleichmütig stehen, und der Amerikaner blickte sich hilflos um. Es war nicht gut, bei Einbruch der Dunkelheit und mit den Taschen voller Geld für die Schiffspassagen, die er verkauft hatte, in Irland festzusitzen – das Pferd war ein Festmahl und er selbst eine Bank. Die Hungrigen würden ihn gewiss finden.

„Eine Frau, die sich auf einer solchen Reise um Sie kümmern würde, wäre ein Segen“, bedrängte McGandley ihn. „Meine Tochter arbeitet hart. Härter als die Sklaven, die ihr in Amerika in Ketten liegen habt.“

Der Amerikaner gab immer noch keine Antwort, und McGandleys Magen zog sich zusammen. Misstrauisch musterte er den Seemann: Dieser war hässlich, mit breitem rotem Gesicht, das mit Stoppeln übersät war, wenigstens ein Jahrzehnt jünger als er selbst und eine Handbreit kleiner.

„Wie werden Sie genannt, Bursche?“, erkundigte sich McGandley.

Der Seemann sprach langsam, als ob es ihm widerstrebe, dem Iren das zu offenbaren. „Jak.“

„Nun gut, Jak. Sie ist ein wunderbares Mädchen.“ McGandley starrte ihn finster an. „Wer sich dieses Angebot entgehen lässt, ohne sie überhaupt gesehen zu haben, ist kein Mann.“

Der Seemann nahm die Anfechtung seiner Männlichkeit schweigend hin und rieb sich die Stirn. Eine Frau wäre auf der Reise tatsächlich ein Segen, auch wenn er vorhatte, sie in New York gleich am Hafen wieder loszuwerden. In den düstereren Vierteln der Stadt mochte sie vielleicht sogar ein wenig Gewinn abwerfen.

„Das Mädchen hat weder Cholera noch Typhus?“, erkundigte sich Jak.

„Vollkommen gesund ist sie.“

„Wenn sie hässlich ist, lass ich sie am Hafen stehen.“

McGandley überhörte die Drohung, legte seinen Sack mit Mais ab und machte sich daran, den Wagen wieder freizubekommen. Um das dünne, junge Pferd zu beruhigen, streichelte er ihm die Seite, dann prüfte er das Geschirr und begutachtete den Wagen. Dieser steckte mit seinen eisenbereiften Holzrädern nicht tiefer als fünfzehn Zentimeter im Morast.

„Ein schönes Pferdchen“, sagte McGandley und tätschelte es. Dann richtete er sich auf, nahm die ledernen Zügel, stellte sich neben das Pferd und ließ das Leder einmal kurz auf dessen Hinterteil knallen. „Raus mit dir.“

Unter Aufbietung all seiner Kräfte zog das Pferd an und zerrte seine Hufe aus dem Schlamm. Im Nu war der Wagen wieder auf der Straße. McGandley hob seinen Sack Mais auf und reichte dem erstaunten Seemann die Zügel.

„Warum hat denn das verdammte Biest bei mir nicht gezogen?“

Ein höhnisches Lächeln huschte über McGandleys Züge. „Ich will es Ihnen sagen, Mann. Wenn Sie direkt vor ihm stehen, wo soll das arme Tier dann wohl hingehen?“

DIE SONNE war noch nicht untergegangen, als der Amerikaner seinen Wagen vor McGandleys strohgedeckter Hütte anhielt. McGandley stieg aus. Die Ankunft der Männer war nicht unbemerkt geblieben: eine blasse, abgemagerte Frau kam heraus, gefolgt von einem jungen Mädchen, das seinen Vater mit einem Lächeln begrüßte.

„Pa.“

McGandley antwortete seiner Tochter nicht, und beim Anblick des Fremden schlüpfte sie hinter ihre Mutter. Instinktiv fürchtete das Mädchen die ernste Miene seines Vaters und den ungeschlachten Kerl, der es mit anzüglichen Blicken maß. Ihre Mutter fragte nicht, wer der Mann sei, sondern sah dem Geschehen stumm zu – als wäre sie Zuschauerin einer Tragödie im Theater.

„Komm her, Mädchen!“, befahl McGandley.

Seine Tochter gehorchte ängstlich und trat mit gesenktem Kopf vor. Sie war fast fünfzehn Jahre alt, mit schwellenden Brüsten und vollen Lippen, aber mit vor Hunger kreidebleichen Wangen. Das lange, kupferrote Haar fiel ihr in das mit Sommersprossen übersäte Gesicht. Das Mächen war barfuß und trug ein abgetragenes, verblichenes Kleid, das die langen Beine unbedeckt ließ. Sie war schön, so wie ihr Vater behauptet hatte, und in noch höherem Maße, als der Seemann erwartet oder erhofft hatte. Voller Angst blickte das Mädchen zu dem Mann auf und suchte dann die Nähe seines Vaters.

„Wie nennen Sie sie?“, fragte der Seemann.

„Quaye“, erwiderte ihr Vater schroff.

Der Mann wischte sich mit dem Handrücken über den Mund. „Was wollen Sie für sie?“

„Die Passage nach Amerika für das Mädchen.“ McGandley hielt den Blick auf seine Füße gerichtet. „Und was immer an Münzen Sie dabeihaben für uns.“

Der Seemann griff sich in die Hosentaschen und brachte eine Handvoll Geldmünzen zum Vorschein. „Wer sagt’s denn? Dreißig sind’s bestimmt.“

McGandley konnte die Heiterkeit des Seemannes nicht teilen. „Bis vor Kurzem war sie wohlgenährt. Sie wird sich gut um Sie kümmern.“

Der Mann warf McGandley das Silber vor die Füße und winkte Quaye zu. „Komm, Mädchen.“

Ihre Mutter wandte sich mit Tränen in den Augen ab, doch sie widersprach nicht. So oder so war das Kind für sie verloren.

Quaye sah den Vater ungläubig an, aber dessen Gesichtsausdruck blieb hart. Er beugte sich zu ihr hinab, sah ihr in die Augen und sagte sanft: „Wenn du nicht vergisst, wer du bist, wirst du es durchstehen.“ Dann blickte er zu dem Seemann hinüber. „Und nun geh mit ihm, Quaye. Er ist von jetzt an dein Mann.“

„Nur noch einen Augenblick“, bat die Frau. Sie zog einen silbernen Ring von ihrem Finger, trat vor und steckte ihn ihrer Tochter an den Ringfinger der linken Hand. Liebevoll umschloss sie Quayes Hände und flüsterte: „Mögest du die Liebe finden, die ihn eines Tages an die rechte Hand bringt.“ Dann gab sie ihrer Tochter einen zarten Kuss auf die Wange. „Leb wohl, mein Mädchen.“

Der Seemann führte Quaye zum Wagen und half ihr hinauf, während ihre Eltern schweigend zusahen. Ohne ein weiteres Wort gab der Mann dem Pferd die Peitsche, und der Wagen verschwand mit ihrem Kind im feuchten Nebel.

„A mhathair ta me norbh“, murmelte McGandley und drehte sich dann mit gesenktem Kopf zu seiner Frau um – Mutter, ich bin ein toter Mann.

Quaye blickte nicht zurück, als der Wagen sie von ihrem Zuhause wegbrachte.

Kapitel 1

Fast drei Monate sind nun vergangen, seit ich nach Goldstrike gekommen bin. Es ist ein barbarisches Goldgräberlager, erfüllt von Blutdurst und der Gier nach dem edlen Metall. In der letzten Woche habe ich miterlebt, wie ein Mann bei einem Barbier niedergeschossen wurde. Der Besitzer des Ladens indessen fuhr unbeirrt fort, einen anderen Kunden einzuseifen.

Ich habe mir im Kartenspiel einiges Geschick angeeignet und ziehe jetzt ebenso rasch ein As, wie ich früher einen Spruch aus der Heiligen Schrift zitieren konnte. Die Karten sind profitabler als die Goldsuche und berechenbarer als Gott. Bei den Dummen ist mehr Gold zu holen als in all den Bergen hier, und es lässt sich um einiges leichter fördern.

Hunter Bells Tagebuch, 29. Mai 1857

Bergbausiedlung Goldstrike, West-Utah, 31. Mai 1857

Der Mann mit dem weißen Bart sandte ein stummes Stoßgebet gen Himmel, als die Karten gegeben wurden. Hunter Bell lächelte unmerklich. Die Spieler, die einen Glücksbringer rieben oder Verwünschungen aussprachen, waren ihm die liebsten, weil sie das als leichte Beute kennzeichnete – denn Poker war kein Glücksspiel, sondern eine Sache der Geduld und des Geschicks. Selbst mit miserablen Karten würde er ihnen ihr Geld abnehmen können.

In seinem früheren Leben hatte Hunter Bell sonntags auf der Kanzel einer kleinen presbyterianischen Gemeinde von West Chester in der Nähe von Philadelphia gestanden. Dort hatte er seine Abende in der zivilisierten Gesellschaft von anderen Predigern verbracht. Sie hatten Weinbrand aus Cognacschwenkern getrunken und dabei theologische Fachgespräche geführt. Hier in dem von Petroleumlampen nur schwach beleuchteten Schankraum des Saloons mit dem schaurigen Namen „Bucket of Blood", Eimer voll Blut, leisteten Hunter nur noch billiger Fusel, Goldsucher, Spieler und wohlfeile Weiber Gesellschaft. Er hatte durchaus nicht vergessen, dass er einst in feurigen Predigten über jene geschimpft hatte, die ihre Abende mit dem Teufel Whiskey beim Kartenspiel verbrachten. Aber jetzt war diese Lasterhöhle seine Kapelle, wo man ihn jeden Sonntag fand, um den Zehnten von seinen Mitbrüdern einzusammeln.

Aus seiner ehemaligen Gemeinde hätte ihn ohnehin niemand wiedererkannt. Hunter trug sein Haar jetzt lang; es fiel ihm in gewellten flachsblonden Locken bis auf die Schultern. Seine Augen, die ehemals vor Verkündigungseifer geglüht hatten, wurden jetzt von vielen Fältchen umrahmt, den Spuren zahlreicher Entbehrungen. Die einst gepflegten Hände waren nun narbig und schwielig. Hunter wirkte deutlich älter als seine 34 Jahre. Und er war schlanker als früher, jedoch hatte er jetzt breite, muskulöse Schultern vom vielen Kies, den er in eine Erzlore geschaufelt hatte, wann immer das Kartenspiel nichts abwarf.

Doch genauso, wie er mit seiner Erscheinung heute auf einer Kanzel fehl am Platz gewesen wäre, passte er auch an keinen Spieltisch. Sein schwarzer Filzhut aus Biberhaar ließ eher auf einen Cowboy als auf einen Goldsucher schließen, und seine Sprache war zu gepflegt für beides. Zwar sprach er gelegentlich schleppend, doch es war eine nachgemachte Sprechweise, und immer wieder rutschte ihm ein Wort heraus, das ihn als jemanden verriet, der eigentlich nicht zu diesen Männern mit den blasenüberzogenen Händen und derben Gesichtern gehörte.

In den Saloons von Goldstrike gab es keine Polizeistunde; zugemacht wurde, wann es dem Wirt gefiel. Das Spiel an diesem Abend zog sich bereits bis weit nach Mitternacht hin, denn die drei Männer, mit denen Hunter am Tisch saß, waren nicht willens, sich mit ihren Verlusten abzufinden. Sie würden spielen, bis sie entweder ihr Gold zurückgewonnen oder nichts mehr zu setzen hatten. Letzteres war eher anzunehmen, denn Hunter war es inzwischen gelungen, den größten Teil des Geldes der drei vor sich aufzuhäufen, und beinahe alles, was ihnen noch geblieben war, lag jetzt als Einsatz auf dem Tisch.

Der Mann gegenüber von Hunter hatte ein koboldhaftes Gesicht mit langem weißem Bart. Er war fast sechzig und hatte sein ganzes Leben lang dem Gold nachgejagt, in den Bergen und an den Spieltischen. Aber weder hier noch dort war er erfolgreich gewesen. Der große Mann rechts von Hunter hieß Thomas Cage. Er trug ein Hemd aus Hirschleder zur Jeans, sein Haar war braun und sein Gesicht schon von Trunkenheit gerötet. Der dritte Mann, Marcus, war ein besonders unansehnlicher Kalifornier mit einer breiten Narbe quer über der Nasenwurzel; sie stammte von einem Messer.

Eine füllige schwarzhaarige Frau mit aufgemalten Augenbrauen lehnte sich an Hunters Stuhl; das Häufchen Gold, das sich bei ihm angesammelt hatte, erweckte ihr Interesse. Sie trug ein pinkfarbenes Tanzkostüm aus Satin, das inzwischen aber mehr wie ein Korsett aussah, da es nicht mit seiner Besitzerin in die Breite gegangen war und daher an manchen Stellen freizügiger wirkte als von seiner Schneiderin vorgesehen.

„Ich erhöhe um fünf Dollar“, sagte der alte Mann und warf eine Münze mitten auf den Spieltisch. Die anderen taten es ihm gleich – außer dem Kalifornier, der seine Karten zusammenschob und murmelte: „Für das, was ich heute verloren habe, hätte ich mir auch eine Frau kaufen können.“

„Aber nur eine blinde“, bemerkte die Frau hinter Hunters Stuhl abfällig.

Drei weitere Karten wurden offen gegeben. Cage nahm einen Schluck Whiskey und wandte sich an den alten Mann.

„Wo ist Carter heute Abend? Es sieht ihm gar nicht ähnlich, ein Spiel auszulassen.“

„Der Schürferrat ist zusammengekommen wegen der Negergeschichten.“

Hunter wusste, wovon der alte Mann sprach. Eine Gruppe Schwarzer hatte sich einen kleinen Claim abgesteckt und vor Kurzem die Förderung aufgenommen. Als sich ihr Erfolg herumgesprochen hatte, war eine Truppe weißer Schürfer, angeführt von Carter, auf ihrem Claim erschienen und hatte sie mit gezogener Waffe davongejagt. In Goldstrike bestimmte der Schürferrat über das Bergbaurecht, und an dieses Tribunal hatten sich die Schwarzen in ihrer Not gewandt. Es war ein Schritt von zweifelhaftem Erfolg, denn der Rat bestand aus Weißen, die für die Missachtung der Rechte von Indianern und Chinesen berüchtigt waren.

Cage lächelte. „Die verfluchten Neger sollten machen, dass sie fortkommen.“

„Du findest nicht, dass ein Schwarzer das gleiche Recht hat wie jeder andere, Gold zu finden?“, wollte Hunter wissen.

Cage sah Hunter verwundert an. „Sie sollten gar nicht erst das Recht haben, einen Claim abzustecken. Als wenn diese Neger Menschen wären.“

Hunter schob einen niedrigen Stapel mit Münzen in die Mitte. „Ich erhöhe um fünf. Bisher wusste ich gar nicht, dass sie keine Menschen sind.“

„In der Bibel steht, sie sind keine. Das gilt schon, seit Kain seinen Bruder erschlug.“

Hunter blickte von seinen Karten auf. „Die Bibel billigt die Sklaverei nicht. Gott hat Kain zu dessen Schutz gezeichnet, nicht zu seiner Verdammung.“

Der alte Mann sagte: „Ein Neger ist als Sklave viel besser dran. Wenn sie alt werden, wird auf den Plantagen immer noch für sie gesorgt, selbst wenn sie zu nichts mehr taugen. Ich möchte mal sehen, wer mir noch einen Topf Bohnen gibt, wenn ich mal meine Tagesstrecke nicht mehr schaufeln kann.“

„Ich nehme noch eine Karte“, erklärte Hunter.

Cage schob Hunter eine Karte zu. „Wieso weißt du überhaupt so viel über die Bibel?“

„Ich war mal Prediger."

Alle drei Männer sahen Hunter verächtlich an. Er hätte ebenso gut zugeben können, dass er versuchte, sich anderer Leute Claims anzueignen, oder dass er Rechtsanwalt war. All das wurde in Goldstrike gleichermaßen verachtet.

„Vermutlich ist Goldstrike ein fruchtbarer Acker für einen Prediger", meinte Cage schließlich. „Diebereien, wo man geht und steht. Bloß dass ein Goldsucher einen Prediger so dringend braucht wie eine Schlange einen Spazierstock."

„Ich bin nicht hergekommen, um zu predigen, sondern wegen des Goldes."

„Was ist denn das für ein Priester", bemerkte der Kalifornier skeptisch, „der spielt und säuft?"

„Ein gefallener."

„Zehn zum Mitgehen. Und fünf obendrauf." Cage warf eine Münze auf den Tisch. „So wie ich es sehe, stehen alle Priester mit dem Teufel im Bunde."

Ein Lächeln spielte um Hunters Lippen. „Ich halte deine fünf Dollar und erhöhe noch einmal um zehn."

Cage schüttelte über Hunters Einsatz den Kopf. „Du hast schon den ganzen Abend geblufft. Prediger oder nicht, ich habe noch nie jemanden erlebt, der so gut lügt wie du. Ich halte deine zehn und will sehen."

Widerstrebend schob der alte Mann sein letztes Geld in die Mitte.

Hunter lächelte, als er die Karten aufdeckte: drei Könige. „Hab schließlich doch noch ein ganz gutes Blatt zusammenbekommen."

Der alte Mann warf seine Karten auf den Tisch, während Cage ein paar derbe Verwünschungen ausstieß. Hunter vermied jede allzu schnelle Bewegung, während er die Einsätze einstrich. Er hatte einmal gesehen, wie die Hand eines übereifrigen Mannes mit einem Bowiemesser auf den Tisch geheftet worden war.

„Noch eine Runde, die Herren?", fragte er.

„Nichts mehr übrig, was ich setzen könnte." Der alte Mann schob seinen Stuhl zurück. Der Kalifornier stand ebenfalls auf, nur Cage musterte weiter ungläubig Hunters Blatt. „Ich krieg einfach nicht raus, wie du betrügst."

Hunter sah ihn eindringlich an. „Nennst du mich einen Betrüger?"

Während die beiden Männer einander mit Blicken maßen, zogen sich der Alte und der Kalifornier von dem Tisch zurück.

Der Wirt sah, worauf die Sache hinauslief, und griff nach der Schrotflinte, die hinter der Theke lag. „Dem Ersten, der hier einen Schuss abgibt, blase ich den Kopf von den Schultern."

Ohne Cage aus den Augen zu lassen, zog Hunter eine Hirschlederbörse hervor, strich seine Gewinne ein und steckte sich die prall gefüllte Börse in die Brusttasche seiner Jacke. Dabei ließ er mit Absicht die Derringer sehen, eine Taschenpistole mit kurzem Lauf, die er bei sich trug.

„Bring ihnen allen noch einen Drink", wies Hunter die Frau an und schob ihr zwei Münzen hin, die er auf dem Tisch hatte liegen lassen.

Dann stand er auf, tippte sich, mit Blick auf die Frau, an den Hut und trat hinaus auf die Straße. Sobald er draußen war, atmete er erleichtert auf. Er war kein Meister im Umgang mit Pistolen und bisher noch nie ernsthaft auf die Probe gestellt worden; Cage jedoch hatte er wegen dessen Bemerkung herausfordern müssen, denn Schwäche zu zeigen hätte hier im Westen mit tödlicher Sicherheit zu einer Schießerei geführt.

Schließlich warf Hunter noch einen Blick zurück zum Saloon, um sich zu vergewissern, dass er nicht verfolgt wurde, und machte sich dann auf den Weg nach Hause, in den Gasthof „Orleans". Die nächtlichen Straßen waren ihm vertraut, da er nicht gut schlief und oft nachts im Mondlicht spazieren ging. Diese Neigung hatte er schon früher gehabt, aber hier in Goldstrike war es besonders schlimm. Er traute diesem Ort nicht. Seit er sich auf den Weg nach Westen gemacht hatte, war er in mehr als einem Dutzend solcher provisorischer Goldgräberstädte abgestiegen, doch Goldstrike machte ihm mehr Angst als alle anderen. Ein Leben war hier nicht viel wert.

Hunter ging zu Fuß, weil er kein Pferd mehr besaß. Eines Morgens hatte er seinen Palomino, ein Pferd mit goldfarbenem Fell und silberner Mähne, tot vor dem Gasthof aufgefunden. Zeitlich war der Tod des Pferdes mit einer Serie von beträchtlichen Gewinnen Hunters am Spieltisch zusammengefallen, und er vermutete, dass das Tier vergiftet worden war. Eine solche Tat würde er tatsächlich nur in Goldstrike erwarten, denn sich an einem Pferd zu vergreifen war wirklich schändlich.

Er erreichte das Gasthaus und trat ein. Dort war bereits alles dunkel, nur im Speisesaal verbreitete eine heruntergebrannte Petroleumlampe noch trübes Licht. Im Schaukelstuhl darunter schlief ein hübsches Mädchen mit dunkler Haut, dessen langes schwarzes Haar fast bis zum Boden fiel. Isabel Gayarre war die Tochter des Gastwirtes Père Gayarre, eines jähzornigen Cajun, dessen Vorfahren, französischsprachige Kanadier, nach dem Britisch-Französischen Krieg 1755 aus den Atlantikstaaten Kanadas vertrieben worden waren. Der Cajun ließ sich nur selten blicken, und wenn er doch einmal in Erscheinung trat, machten die Menschen einen großen Bogen um ihn.

Hunter ging neben dem Mädchen in die Hocke. „Isabel?"

Sie regte sich, ihre Augenlider zitterten und öffneten sich dann. Als Isabel ihn sah, lächelte sie. „Prediger, ist es schon Morgen?“

„Nein, es ist noch Nacht. Du solltest in deinem Bett sein.“

Er half Isabel auf. Während er sie zu ihrem Zimmer führte, schmiegte sie sich an ihn. An der Schwelle blieb er stehen; er wollte nicht eintreten, weil ihr Vater sie hätte sehen und seine Absicht hätte missverstehen können.

Isabel drehte sich um und machte schläfrig Anstalten, ihn zu küssen, aber Hunter legte ihr einen Finger auf die Lippen. „Gute Nacht, Isabel.“

Sie küsste seinen Finger und lächelte, als sie hinter sich die Tür schloss.

Hunter stieg die Treppe zu seinem Zimmer hinauf. In der dunklen Kammer erwartete ihn ein Lärm wie in einem Sägewerk: Sieben Männer, allesamt Schürfer, schliefen hier; ihr ganzes Hab und Gut hatten sie unter den Feldbetten versteckt. Er zog seine Jacke aus und schob sich die Gewinne des Abends unters Hemd. Bevor er sich schlafen legte, setzte er den Hut ab. Die Mühe, seine Stiefel auszuziehen, ersparte er sich.

DAS ORLEANS war eins von Goldstrikes ältesten Gebäuden – ein zweigeschossiger Bau mit Mansarddach und einem steinernen Kamin an beiden Giebelseiten – und galt als gehobeneres Gasthaus, mit Wachstuchdecken auf den Tischen und gutem Essbesteck. Es beherbergte ungefähr fünfzig Männer, die dort schliefen und aßen. Die Gäste wechselten häufig, und nach einem Monat sah man meist wieder neue Gesichter.

Der Besitzer, Père Gayarre, ein einarmiger Cajun von hitzigem Temperament, war schnell mit der Waffe bei der Hand. Es hieß, „ein Cajun stirbt nicht, er trocknet aus“, und Gayarre mit seinem tief gefurchten Gesicht, grau wie ein alter Josuabaum, sah tatsächlich so aus, als sei er auf dem besten Wege zu verdorren. Gayarre hatte eine Weile mit einer Schwarzen zusammengelebt, der seine schöne Tochter Isabel ihre kaffeefarbene Haut und die dunklen Augen verdankte; die Frau war jedoch gestorben, als Isabel noch klein war, und jetzt, mit siebzehn, betrieb das Mädchen das Orleans ganz allein; sie kochte und sorgte für ihren Vater und die Gäste.

Man sagte, Gayarre sei der beste Schütze weit und breit und habe niemals bei einer Schießerei den Kürzeren gezogen; allerdings hatte er bei einer solchen Gelegenheit einen Arm eingebüßt. Das war in Tulsa gewesen, wo ein junger Viehdieb sich an Isabel herangemacht hatte. Als diese ihn zurückwies, schlug er sie und beschimpfte sie als Niggerbastard. Es war doppeltes Pech für ihn, dass Gayarre sowohl in Hör- als auch in Schussweite war. Der Cajun verlor bei dem Zweikampf seinen Arm, der Viehdieb jedoch nahm beide Arme mit in sein Grab.

Gayarre war ausgesprochen vernarrt in seine Tochter, und die Schürfer vergaßen das nie. Wenn ein Gast neu ins Haus kam und bald einen ebenso großen Appetit auf die Köchin wie auf deren Gerichte entwickelte, dauerte es meist nicht lang, bis ihm jemand, der schon länger im Haus war, erklärte, wie die Dinge standen. Hunter war der einzige Mann in Goldstrike, der überhaupt ein wenig Zeit in Isabels Gesellschaft verbracht hatte, doch das ging auf ihre Initiative zurück, nicht auf seine.

Isabel hatte sich vom ersten Tag an, als Hunter ins Orleans gekommen war, für ihn interessiert. Er war ein Gentleman, sprach verhalten und höflich, und in seinen Augen war ein Leuchten wie von einer anderen Welt. Hunter war ein melancholischer Mensch, und in manchen Nächten, wenn er nicht schlafen konnte, saß er allein vor dem Kamin im Speisesaal, eine Flasche in der Hand und ein Buch auf dem Schoß. Eines Nachts kam Isabel zu ihm und setzte sich neben ihn. Seine Augen waren traurig, deshalb griff sie nach seiner Hand. Stumm saßen sie da, bis das Feuer heruntergebrannt war und Hunter allein in sein Zimmer ging. Das Buch mit dem Foto, das er zwischen die Seiten gelegt hatte, nahm er mit. Am nächsten Morgen verloren beide kein Wort über die vergangene Nacht, aber seitdem konnte Isabel ihm nicht mehr ins Gesicht schauen, ohne von einem seltsamen Prickeln erfasst zu werden.

Als Hunter erwachte, war er allein im Zimmer; die anderen Männer waren schon bei Sonnenaufgang fortgegangen. Er setzte sich im Bett auf, holte seine Börse heraus und breitete ihren Inhalt auf dem Feldbett aus. Da er seine Gewinne niemals am Spieltisch zählte, schätzte er, dass es ungefähr sechshundert Dollar sein mussten. Und jetzt stellte er fest, dass er sich nicht einmal um zehn Dollar verschätzt hatte. Noch ein solcher Gewinn und er könnte Goldstrike den Rücken kehren.

Schließlich stand er auf, zog die Hosenträger über die Schultern und ging die Treppe hinunter ins Erdgeschoss. Im Speisesaal war bis auf Isabel keine Menschenseele zu sehen. Sie schenkte ihm ein scheues Lächeln und strich das schwarze Haar aus dem Gesicht. „Morgen, Prediger."

Hunter tippte sich an den Hut. „Isabel."

Sie huschte zurück in die Küche. Zum tausendsten Mal wurde ihm bewusst, wie schön sie war, aber er hatte den Gedanken ebenso schnell wieder verscheucht. Manchmal fragte er sich, ob er sie nicht gewähren lassen sollte, so verzweifelt sehnte er jemanden herbei, der seine quälende Einsamkeit linderte. Aber die Mauern, die er um sein Herz errichtet hatte, waren dick, und nicht einmal schöne braune Augen konnten sie durchdringen.

Hunter setzte sich an den Tisch, der vor dem Kamin stand. Kurz darauf kam Isabel mit dem Frühstück zurück, einer Platte mit Broten in Bratensaft und einem Becher Kaffee.

„Es war spät gestern Nacht. Sie hatten wohl einen erfolgreichen Abend."

„Einen außerordentlich erfolgreichen sogar", bestätigte Hunter. Er hielt ihr die Börse hin, die sie zusammen mit seinen übrigen Schätzen im Safe des Gasthauses verwahren würde. „Du solltest nicht aufbleiben und auf mich warten."

„Ich mache mir Sorgen, Prediger."

„Warum?"

„In Goldstrike ist ein Mann, der im Spiel zu viel Glück hat, meist nicht besonders beliebt. Und er lebt oft nicht sehr lange."

Hunter antwortete nicht.

Das Mädchen blickte zum Fenster. „Sieht so aus, als ob es Regen geben würde. Glauben Sie, sie werden den Kampf verschieben?"

„Den Kampf?"

Isabel ging in die Küche und kam mit einem Blatt zurück, das sie Hunter reichte. Er las laut vor:

> „Kommt alle! Kommt alle!
> Der berühmte Bär SAMSON, ein Bullentöter, trifft auf DELILA, den wildesten Killerstier, der jemals aus Spanien kam. Delilas Hörner werden vor dem Kampf extra nicht abgestumpft."

Ärgerlich legte er das Blatt auf den Tisch. „Das ist ein barbarischer Beweis menschlicher Rohheit."

Isabel lächelte. Hunter benutzte Wörter, die die anderen Schürfer nicht einmal kannten, und selbst seine Zurechtweisungen klangen in ihren Ohren wie Poesie. „Ich dachte, wir könnten vielleicht zusammen hingehen."

Er sah in ihr erwartungsvolles Gesicht. Trotz der Gefahr, die Gayarres Temperament darstellte, würde kein Mann in Goldstrike ein solches Angebot ablehnen. Dennoch zögerte Hunter.

Sie berührte seine Hand. „… oder wir könnten uns irgendwo anders treffen. Sie könnten mir aus Ihrem Buch vorlesen."

Hunter rückte seinen Hut zurecht, während er über den Vorschlag nachdachte. Schließlich fragte er: „Wann genau soll der Kampf stattfinden?"

„Um fünf."

„Dann treffen wir uns kurz vor fünf in der Arena."

Isabel lächelte und ging dann zurück in die Küche. Hunter trank seinen Kaffee und machte sich auf den Weg zu seinem bescheidenen Claim.

Goldstrike war in ausgelassener Volksfeststimmung. Fast die gesamte Einwohnerschaft des Goldgräberstädtchens hatte sich zu dem Kampf zwischen dem Bären und dem Bullen um eine provisorische Arena mitten im Ort zusammengefunden. Sie maß ungefähr zwanzig Meter im Durchmesser und war von dicken, drei Meter hohen Brettern eingefasst. Dahinter lagen die stufig angelegten Plätze für die Zuschauer. Eine schnell ins Leben gerufene Blaskapelle, zu der sich einige Goldgräber zusammengefunden hatten, quälte sich zum Johlen der erwartungsvollen Schürfer eine Darbietung der Nationalhymne ab.

Hunter stieg die Treppe zur Arena hinauf und sah sich nach Isabel um. Da er sie nirgends entdecken konnte, setzte er sich in die Nähe des Eingangs, um dort auf sie zu warten. Als er Platz nahm, sah er, dass ein Mann auf der gegenüberliegenden Seite der Arena mit dem Finger auf ihn zeigte, schenkte ihm aber weiter keine Beachtung. Diese Art von Aufmerksamkeit war ihm nicht neu, denn er hatte es versäumt, sich in die örtliche Gemeinschaft einzugliedern, und er wusste, dass die Leute hier besonders gern über ihn redeten.

Mitten in der Arena lag Samson, der berühmte Grizzlybär. Am Bretterzaun Hunter gegenüber wartete in einem Käfig der Stier Delila. Beim Crescendo der Blasmusik wurde die Tür des Käfigs geöffnet, und der durch lange Gefangenschaft erzürnte Bulle stürmte heraus und hielt Ausschau nach irgendetwas, an dem er sein Mütchen kühlen konnte. Beim Anblick des Bären scharrte er mit den Hufen.

Der Grizzly hob gleichgültig den Kopf vom Boden, um den Bullen einen Augenblick lang anzusehen, und nahm dann seine vorherige Ruheposition wieder ein. Der Bulle senkte den Kopf, ging auf den Bären los und durchbohrte ihm die Brust. Das überraschte Tier rollte auf den Rücken, war dann aber blitzschnell auf den Beinen und brüllte wild.

Stolz schritt der Bulle einmal rings um die Arena. Dann griff er den heftig blutenden Bären zum zweiten Mal an.

Diesmal bekam der Grizzly den Bullen zu fassen, warf ihn zu Boden und hielt das wild strampelnde Tier mit seinen mächtigen Pranken fest.

Der Kampf brachte die Menge zur Raserei, und Hunters Blick schweifte von den Tieren zu den Zuschauern. Die Menschen sind doch die rohesten aller Geschöpfe, entschied Hunter und stand auf, um seine Suche nach Isabel fortzusetzen.

Plötzlich schrien die Zuschauer laut auf, als der Bulle sich dem Griff des Bären entwand und so weit von dem Grizzly fortstürmte, wie die Umzäunung es gestattete. Zur Bestürzung der Menge legte er sich dort nieder, und es sah so aus, als sei ihm jeder Kampfesmut genommen. Der Bär schien ebenfalls kein Verlangen mehr nach einem Kräftemessen zu haben und setzte sich auf sein Hinterteil.

Die verstimmte Menge begann zu brüllen. Schnell brachten die Veranstalter den Waffenstillstand zu einem Ende, indem sie den Bullen mit langen Speeren so lange aufstachelten, bis er wieder auf die Füße sprang. Währenddessen bewarfen die Zuschauer den Bären mit Flaschen und Steinen.

Just in diesem Augenblick tauchte Isabel hinter Hunter auf und berührte ihn an der Schulter. Er drehte sich um. Isabel war außer Atem, das Gesicht vor Angst verzerrt.

„Was ist los, Isabel?", fragte er.

Sie nahm seine Hand. „Kommen Sie mit."

Er folgte ihr die Treppe zum Eingang der Arena hinunter, wo ein Pferd festgemacht war. „Ich habe beim Essen ein Gespräch mit angehört", erklärte Isabel leise. „Ein Mann sagte, Sie hätten beim Kartenspiel betrogen und die Bürgerwehr habe vor, es Ihnen heimzuzahlen."

Ihre Worte jagten ihm einen kalten Schauer über den Rücken. Die Bürgerwehr gab, was diese Dinge anbetraf, keine leeren Drohungen von sich. Hunter war noch keine hundert Tage in der Stadt und hatte während dieser Zeit bereits sechs Lynchmorde durch die Bürgerwehr miterlebt.

„Kennst du den Mann?"

„Er war groß und meinte, er habe gestern Abend mit Ihnen gepokert."

„Cage", sagte Hunter und verfluchte sich für seine Dummheit. Thomas Cage war der Vorsitzende von Goldstrikes Bürgerwehrkomitee. Die Bürgerwehr war in Goldstrike das Gesetz – Richter, Geschworener und Henker zugleich – und nur allzu oft bereit, das Recht zugunsten ihrer Mitglieder zu beugen.

„Die Männer würden Sie direkt draußen vor der Spielhalle aufknüpfen, meinte er."

„Hat er gesagt wann?"

„Nach dem Kampf, wenn alle noch aufgeheizt sind und die Bürgerwehr auf diese Weise schnell einen Trupp zusammenbekommt. Nehmen Sie mein Pferd, Prediger. Ich habe Ihnen alles zusammengepackt, was in Ihrem Zimmer war, dazu das Gold aus dem Safe. Und etwas zu essen."

Dankbar blickte Hunter sie an. „Ich werde dir das Pferd bezahlen." Er zählte fünfzig Dollar in Goldmünzen ab und hielt sie ihr hin. Isabel nahm seine Hand und ließ sie nicht wieder los. In diesem Augenblick schrie die Menge auf.

Isabel warf einen Blick zur Arena und sah dann wieder Hunter an. „Nehmen Sie mich mit, Prediger."

„Das kann ich nicht, Isabel." Traurig schaute er sie an.

Ihre Augen füllten sich mit Tränen. Schließlich zog sie ein Messer aus ihrem Mieder, schnitt eine Locke ihres ebenholzfarbenen Haares ab und reichte sie ihm. Hunter schloss seine Hand darum.

Isabel wischte sich über die Augen. „Leben Sie wohl, Prediger."

Hunter nahm sie in die Arme. Isabel drückte die Stirn gegen seine Schulter und schob ihn dann von sich. „Es ist gefährlich hier. Sie müssen fort."

„Ich werde dich nicht vergessen, Isabel", versprach er und schwang sich auf Isabels Pferd. Schnell wandte sie sich ab und gab dem Tier die Sporen.

Als er fort war, sagte sie leise: „Gott sei mit Ihnen, Prediger."

KAPITEL 2

Wieder bin ich aus einer Stadt geflohen. Mein Weg ist gefährlich: Der Schlinge immer einen Schritt voraus und dem Frieden einen Schritt hinterher.

Hunter Bells Tagebuch, 2. Juni 1857

Der Himmel hatte sich bleigrau verfärbt. Es regnete noch nicht, aber man konnte bereits Donnerschläge hören. Als Hunter Goldstrike hinter sich gelassen hatte, lenkte er das Pferd nach Süden, wo ihm die Vorberge mit ihren Schatten die bessere Wahl zu sein schienen, auch wenn man in der Wüste schneller vorankommen würde. Nach einem strammen Ritt von einer halben Stunde begann es zu regnen. Das war Hunter durchaus recht. Der Regen machte es schwerer ihn aufzuspüren, und die Männer der Bürgerwehr waren bei solch einem Wetter bestimmt nicht besonders versessen darauf, ihm zu folgen. Ganz sicher konnte er sich dessen jedoch nicht sein.

Hunter holte seinen Poncho aus dem Gepäck und zog ihn über. Dann ritt er näher an die Berge heran, um sich einen Platz für die Nacht zu suchen, der ihn nicht nur vor dem Regen und seinen Verfolgern schützen würde, sondern auch vor dem Indianerstamm, der hier lebte. Inzwischen befand er sich nämlich auf dem Gebiet der Gosiute, und wenn er die Bergkette überquerte, würde er auf der anderen Seite zumindest auf ihre Winterhütten aus Rinde stoßen, wenn nicht auf deren Bewohner selbst. Der kleine Stamm der Gosiute war von den mächtigeren Shoshonen und Ute in dieses trostlose Wüstenbecken vertrieben worden. Zwar galten die Gosiute nicht als furchterregende Krieger, aber die Pferde und Güter, die die Weißen mit in das Gebiet brachten, stellten für sie eine unwiderstehliche Versuchung dar.

Während Hunter im Schatten der zerklüfteten Felsen der Vorberge ritt, erspähte er einen ziemlich großen Spalt im Gestein. Er saß ab und führte sein Pferd zum Eingang der Felsspalte, die sich zu einem kleinen Hohlraum erweiterte. Dann holte er einen Ast und untersuchte damit die Höhle auf Klapperschlangen. Als er sich davon überzeugt hatte, dass der Hohlraum unbewohnt war, band er das Pferd ein Stück entfernt an, schnallte den Sattel ab und breitete die Satteldecke auf dem Höhlenboden aus. Kurz nachdem er sein Nachtquartier bezogen hatte, wurde der Regen stärker, aber in Hunters Unterschlupf blieb es trocken. In der Dunkelheit nahm Hunter Isabels Haarlocke aus seiner Hemdtasche und wünschte sich, nicht allein zu sein.

ES WAR immer der gleiche Albtraum, der Hunter im Schlaf quälte, allerdings vor unterschiedlichen Kulissen. In dieser Nacht spielte die Geschichte in einem feinen, üppig möblierten Salon mit brokatbezogenen Sofas und Sesseln. Hunter fand es nicht weiter merkwürdig, dass das Zimmer keine Decke hatte und offen unter dem kalten Nachthimmel lag.

Seine Gefährtin war eine schöne Frau mit vollen Lippen, einem zarten Gesicht und mandelförmigen Augen. Ihre Haut war glatt wie Porzellan, das braune Haar wurde von einem Kamm aus Elfenbein zurückgehalten. Zusammen lagen sie auf einem Perserteppich.

„Ich habe dich so vermisst“, flüsterte sie und rieb ihre weiche Wange an seiner. „Es ist kalt, mein Liebster. Umarme mich fester.“

Die Frau seufzte zufrieden, als Hunter sich an sie schmiegte. Plötzlich spürte er etwas Warmes in seinem Rücken.

„Die Sonne …“, sagte die Frau. Während sie sprach, zerriss das erste Licht der Dämmerung die Schleier der Nacht. „… ich werde mit der Sonne fortgehen, Liebling.“

Er sah, wie sie blass wurde und dann durchscheinend wie Wachs, und hielt sie noch fester.

„Bitte, verlass mich nicht noch einmal.“ Hunter versuchte, die Frau mit seinem Körper gegen die tödlichen Strahlen der Sonne zu schützen, aber ihre Haut wurde in der Wärme der Dämmerung feucht.

„… es tut mir leid, mein Geliebter.“

Eine Träne rann ihr die Wange hinunter wie Wachs an einer Kerze. Ihre Augen wurden so flüssig wie die Tränen, die darin schwammen, und dann begann sie immer schneller zu schmelzen, und wenig später war seine Geliebte ganz verschwunden. Leise schluchzend richtete er sich schließlich auf. Der Teppich war nun durchtränkt von dem Wachs, in das sich seine Geliebte verwandelt hatte. Zurückgeblieben war lediglich ein schattenartiger Abdruck, wo sie gelegen hatte, und ein goldener Ring. Plötzlich wurde die Luft durchbrochen vom Schreien eines Babys. Er hob den Ring auf, umklammerte ihn fest, sah in die Sonne und schrie.

HUNTER erwachte vom Echo seines eigenen Schreis. Der Himmel hatte sich aufgeklart, und die Sonne schien nun von Osten in den Felsspalt. Seine Augen waren tränennass. Er griff an die Kette, die er um den Hals trug, und streichelte den goldenen Ring daran. Dann zwängte er sich aus der Höhle und ließ seinen Blick über die Wüstenlandschaft bis dorthin schweifen, wo die Wasatch-Berge das Tal des Salzsees wie eine steinerne Sichel umfassten. Dabei versuchte er festzustellen, wie weit er nach Süden geritten war.

Während seines überstürzten Aufbruchs in Goldstrike hatte Hunter nicht so sehr über sein Ziel nachgedacht, sondern vielmehr über den Ort, von dem er floh. Eigentlich war es sein ganzes Leben so gewesen. Auf der Flucht nach Westen hatte er alles hinter sich gelassen; alles, außer der Erinnerung, der er nicht entkommen konnte.

Vor vier Jahren hatte Hunter Pennsylvania den Rücken gekehrt, um so viel Abstand wie möglich zwischen sich und sein früheres Leben zu bringen. So war er zur Westküste Amerikas aufgebrochen, um nach Gold statt nach Gott zu suchen, und hatte nur die wenigen Dinge mitgenommen, von denen er sich nicht trennen konnte: einen Gedichtband, sein Tagebuch und genügend Proviant, um für den Anfang überleben zu können. Er hatte sich einem Wagentreck angeschlossen, der von Ohio aus die Kalifornien-Oregon-Route nahm. Auf seiner Reise hatte er von den traurigen Gestalten, die in entgegengesetzter Richtung unterwegs waren, die Wahrheit über den Goldrausch erfahren.

Der Traum der Goldsucher, als reiche Männer zu ihren Familien zurückzukehren, war längst geplatzt. Die Vorstellung von dem leicht „verdienten" Gold, das in Fluss- und Bachbetten nur aufgelesen oder ausgewaschen werden musste, gehörte längst der Vergangenheit an. Inzwischen konnte ein Schürfer nicht einmal mehr darauf rechnen, genug Erz zusammenzuklauben, um sich von dem Erlös den Magen mit Bohnen füllen zu können. Die Männer gerieten in Streitigkeiten und ließen wegen kleiner Parzellen ausgeplünderten Landes ihr Leben, und die Einzigen, die dort reich wurden, waren die Kaufleute.

Inzwischen hielten kapitalkräftige Unternehmen mit Wasserspritzen und Baggern im Land Einzug. Und die neue Generation der Goldgräber kam nicht mehr als Goldsucher, sondern als Arbeiter bei großen Unternehmen aus dem Osten, deren Eigentümer den Westen nie gesehen hatten.

Selbstmord war weit verbreitet. Früher waren keine Gefängnisse notwendig gewesen, heute waren sie überbelegt, und der Tod durch den Strick war ein alltägliches Ereignis geworden. Die Spielleidenschaft breitete sich aus wie eine Seuche, denn viele der Männer, die keine Gelegenheit mehr hatten, mit der Schaufel ihr Glück zu machen, suchten es nun am Spieltisch. Hunter, der früher nie etwas anderes als eine Partie Bridge unter Gentlemen gespielt hatte, lernte die Regeln und Feinheiten des Pokerspiels und fand schnell heraus, dass sein geistliches Amt ihm die wichtigsten Tugenden des erfolgreichen Kartenspielers vermittelt hatte – Geduld und Disziplin. Außerdem besaß er etwas, was man nicht lernen konnte: Menschenkenntnis. Dieses Talent war für einen Spieler unbezahlbar, und in den vier Jahren, seit Hunter sein Pfarramt aufgegeben hatte, war er an den Spieltischen reich geworden. Er nahm den Goldschürfern ab, was diese mühsam aus der Erde gekratzt hatten.

Hunter führte ein unstetes Leben, wie es alle erfolgreichen Spieler tun müssen. Und er blieb nur so lange an einem Ort, bis die Goldschürfer entweder begannen, das Spiel mit ihm zu meiden, oder zu dem Schluss kamen, dass er betrog, und ihn zu lynchen drohten. Auf diese Weise war er durch Oregon nach Süden gezogen. Als er durch Nevada kam, hörte Hunter von dem aufblühenden Goldgräberstädtchen Goldstrike in der Wüste von Utah und beschloss, den Spieltischen dort einen Besuch abzustatten.

Das Erste, was Hunter bei seiner Ankunft in Goldstrike sah, war ein Mann, der an einer Schlinge von einer Platane baumelte – ein schlechtes Omen, wie er fand. Schon an diesem Tag nahm er sich vor, Goldstrike so schnell wie möglich wieder den Rücken zu kehren; zuvor wollte er jedoch so viel Gold wie möglich gewinnen. Beim Spiel folgte Hunter gewissenhaft einer einfachen Strategie: öfter verlieren als gewinnen, aber kleine Beträge verlieren und große gewinnen, sodass sich die Gewinne summierten – denn man kann ein Schaf oft scheren, ihm aber nur einmal das Fell abziehen. Nach drei Monaten in Goldstrike befand er, dass die Zeit gekommen sei für ein Schlachtfest, und danach wollte er so schnell wie möglich verschwinden. Die Bürgerwehrleute hatten seinen Abschied nur beschleunigt.

Abgesehen davon, dass er Wasser brauchte, konnte Hunter mit dem Proviant, den Isabel ihm zusammengepackt hatte, mehr als eine Woche lang auskommen. Aber Wasser war immer das Problem. Er hatte nur noch eine halbe

Feldflasche voll und keine Ahnung, wo er auf dem Weg durch das mittlere Utah Wasser finden würde, denn dieser führte ihn in ein unwirtliches Land mit großen weißen Salzflächen, übersät mit ausgebleichten Tierknochen. Hier waren viele verdurstet. Und doch schafften die Gosiute es, in diesem Land zu überleben. Bis zum Anbruch der Nacht würde er herausfinden müssen, woher sie ihr Wasser hatten.

Hunter schwang sich aufs Pferd und ritt weiter am Fuß der Oquirrh-Berge entlang. Am Mittag hatte er sein Wasser verbraucht und wünschte sich nichts sehnlicher als einen kräftigen Regen. Damit sein Mund feucht blieb, lutschte er an einem kleinen Stein. Als die Sonne endlich hinter den Bergen unterging, erspähte er hoch über sich etwas, das sich im Wind wiegte: Teichbinsen, deren Köpfe über den Rand des Felssimses hinausragten. Schnell lenkte er sein Pferd zu dem Felsvorsprung, band es dort an einen Baum und kletterte bis zu dem Plateau hinauf, wo eine Quelle aus dem Berg hervorsprudelte. Bäuchlings schob er sich bis zum Ufer des Bachbetts vor und trank, bis sein Durst gestillt war. Dann legte er sich wie eine Eidechse rücklings auf einen glatten Felsen.

Nach einigen Minuten rollte er sich herum, kletterte den Felsen wieder hinab und führte sein Pferd zu einer tiefer gelegenen sumpfigen Stelle, wo es das Rinnsal erreichen konnte. Während das Pferd trank, suchte er die Gegend nach einem geeigneten Lagerplatz ab.

Doch in der näheren Umgebung gab es weder eine Höhle noch einen Felsvorsprung, die ihm Schutz hätten bieten können; also suchte er sich einen ebenen Platz und sammelte dürres Holz zum Feuermachen und Kiefernäste, um sich ein Lager unter freiem Himmel zu bereiten. Dann ging er mit seiner Büchse auf die Pirsch und hatte knapp eine Stunde später einen Hasen erlegt, mit dem er an seinen Lagerplatz zurückkehrte.

Dort machte er ein Feuer, häutete den Hasen, nahm ihn aus und spießte ihn auf einen Ast, der ihm als provisorischer Bratspieß diente. Während das Fleisch briet, tropfte der Saft ins Feuer und zischte in den Flammen. Isabels Maisbrotschnitten hätten sicher gut zu dem Braten gepasst. Wehmütig dachte er an die junge Frau. Ein Vers aus dem Ersten Buch Mose kam ihm in den Sinn: „Es ist nicht gut, dass der Mensch allein sei." Er fragte sich, ob die Mauern, die sein Herz umgaben, schließlich doch brüchig wurden und was passieren würde, sollten sie eines Tages fallen.

Schließlich nahm er den Hasen vom Feuer und riss mit den Zähnen große Stücke des saftigen Fleisches von den Knochen. Es schmeckte besser, als er erwartet hatte. Zudem war er froh, einen so guten Lagerplatz gefunden zu haben, und überlegte, ob er vielleicht eine Weile bleiben und wie ein Trapper von dem leben sollte, was das Land hergab. Aber je mehr er darüber nachdachte, desto weniger reizvoll erschien ihm ein solches Leben. „Hunter", Jäger, war nur ein Name und verriet nichts über die Fähigkeiten seines Trägers. Zumindest nichts über seine. Und überdies, obwohl er im Augenblick nicht danach aussah, war er in stärkerem Maße ein Produkt der Zivilisation als der Wildnis. Nach seinem Geschmack sollte beim Essen der Gaumen die erste Rolle spielen und nicht die Hände.

Als es Nacht wurde, zog er einen dicken Ast aufs Feuer und ließ es auflodern, während er in den Himmel sah. Er dachte daran, wie es gewesen war, als er *sie* unter dem Sternenhimmel in den Armen gehalten hatte. Damals war alles anders gewesen. Die Sterne hatten eine andere Bedeutung gehabt, waren noch nicht die zornigen Augen Gottes gewesen, die millionenfach auf ihn herabstarrten. Mit diesem Gedanken schlief er ein.

HUNTER war früh auf den Beinen; er hoffte bis Mittag ein gutes Stück Weges vorangekommen zu sein. Noch einmal ging er zu dem Bächlein und trank, bis er keinen Durst mehr hatte, und füllte dann seinen Wasserschlauch, seine Feldflasche und alles andere, was als Wasserbehälter irgendwie geeignet war. Vielleicht lag die nächste Wasserquelle zwei bis drei Tagesritte oder mehr entfernt.

Gerade als er seinen letzten Behälter gefüllt hatte, fiel ihm etwas auf, das er im trüben Licht des vergangenen Abends nicht bemerkt hatte: Das an den Ufern des Baches überschwemmte Erdreich war übersät mit gelben Schuppen. Er griff hinein und schöpfte eine Handvoll von dem gesprenkelten schwarzen Schlamm heraus. Einen Augenblick lang beschleunigte sich sein Herzschlag, dann aber musste er über seine eigene Leichtgläubigkeit lächeln. Es war einfach zu viel, als dass es Gold sein konnte. Oft hatte er Tage gebraucht, um einer Tonne Kiessand einen Fingerhut voll von dem edlen Metall abzuringen, und hier sollte das gelbe Erz überall herumliegen, als hätte ein Juwelier es aus seinem Beutel geschüttelt?

Dennoch suchte er sich zwei glatte Steine aus dem Bach, legte eines der größeren Nuggets auf den flacheren der beiden und bearbeitete es mit dem anderen Stein. Zu seiner Überraschung gelang es ihm, den gelben Stein mit seinen Schlägen flach zu klopfen. Hunter ließ ihn zusammen mit den anderen in seinen Hut gleiten und griff mit beiden Händen erneut in das Bachbett, um noch mehr von dem Schlamm zu schöpfen. Diesmal enthielt er noch größere Nuggets. Dann begann er, mit dem Messer in der weichen Erde zu graben. Nach einer Weile fand Hunter das größte Nugget, das er je gesehen hatte. Er schätzte es auf ein Pfund oder mehr.

Hunter arbeitete den ganzen Tag, ohne auch nur einen Bissen zu essen, er war nur noch hungrig nach Gold. Bis zum frühen Abend hatte er seinen Filzhut halb mit purem Gold gefüllt.

Die nächsten beiden Tage grub Hunter mit den Händen und dem Messer. Eine Pfanne oder Schaufel oder irgendetwas anderes von der Schürfausrüstung, die er bei seiner Flucht zurückgelassen hatte, wäre ihm nun hochwillkommen gewesen. Aber der Fund war so reich, dass er sich nicht beklagen wollte.

Am Vormittag des vierten Tages hatte Hunter seinen Beutel und eine leere Whiskeyflasche mit Gold gefüllt, und er fragte sich, warum er eigentlich so fieberhaft grub. Das Gold lag seit Jahrtausenden an diesem Ort, und es war ziemlich unwahrscheinlich, dass es in nächster Zeit vorhatte, sich aus dem Staub zu machen. Zunächst einmal sollte er sich einen Claim abstecken und diesen anmelden, sich eine vernünftige Ausrüstung besorgen und dann mit mehr Effizienz wieder an die Arbeit gehen. Das nächste Scheideamt, das es neben dem in Goldstrike gab, befand sich in Salt Lake City. Bis dorthin waren es anderthalb Tagesritte.

Er ritzte seine Initialen in die Rinde einer Nusskiefer und ging von dort aus dreißig Schritt genau nach Osten. Dort grub er ein Loch und versteckte darin einen Teil seines Goldes – für den Fall, dass er unterwegs Banditen begegnete. Alles Übrige wollte er in seiner Kleidung und in seinen Satteltaschen mitnehmen. Dann suchte er sich in der Nähe die größten Steine, die er gerade noch tragen konnte, und errichtete an allen vier Ecken des Landes, das er als seinen Claim beanspruchte, einen Steinhaufen, aus dem jeweils ein dicker Eichenast hervorragte.

Schließlich sattelte Hunter sein Pferd und prägte sich das Bild der Landschaft ein, die Silhouette der Gipfel und markante Zeichen auf den Bergen im Hintergrund. Im Westen waren die Geschichten von nicht wiedergefundenen Goldminen Legion, und er hatte Goldsucher getroffen, die ihr ganzes Leben einem Fund nachjagten, den sie nur einmal gesehen hatten.

Während er seinen Blick über das Land schweifen ließ, verkündete er plötzlich mit lauter Stimme, als hätte er eine unsichtbare Gemeinde vor sich: „Ich taufe dich auf den Namen Belltown!“ Seine Stimme, die vom trockenen Wüstenwind hinweggetragen wurde, hallte von den Vorbergen wider. Noch einmal blickte er sich in der öden, trostlosen Wildnis um. „Nein“, sagte er leise. „Hier muss Gott nahe sein. Ich werde den Ort Bethel nennen.“

Dann brach er auf.

Salt Lake City war eine geschäftige Stadt mit mehr als neuntausend Einwohnern, hauptsächlich Mormonen, die von Brigham Young nach Westen geführt worden waren. Die Pioniere der Mormonen hatten noch mehr als hundert Tage gebraucht, um von Missouri aus das Tal zu erreichen, aber seither waren die Wege sehr viel besser geworden, und eine Postkutsche konnte die Fahrt inzwischen in knapp zwei Wochen zurücklegen. Die Stadt war mittlerweile zu einer regelmäßigen Zwischenstation der Wanderung nach Westen geworden, und im Zuge dessen war ein pulsierender Handelsbezirk entstanden.

Hunter hatte in der Wüste übernachtet und erreichte sein Ziel kurz vor Mittag. Der Ritt hatte ihn müde und hungrig gemacht. Daher kehrte er in der ersten Gaststätte, die er fand, ein, bestellte sich Brot, Mixed Pickles – ein Gemisch aus verschiedenen Gemüseteilen, eingelegt in Essig und scharfem Pfeffer – und ein Bier. Verstohlen zog er seinen Beutel aus der Jacke und bezahlte mit Gold.

Der Besitzer starrte neidisch auf den prall gefüllten Beutel. „Ganz schönes Sümmchen, das Sie da haben."

Misstrauisch sah Hunter den Mann an, gab ihm aber keine Antwort und setzte sich an einen Tisch. Der Wirt beobachtete ihn unablässig, während Hunter das Brot in großen Stücken herunterschlang.

„In welcher Gegend haben Sie geschürft?", fragte der Mann.

„Im Westen", erwiderte Hunter kurz angebunden. Als er den letzten Krümel mit dem Bier heruntergespült hatte, wischte er sich den Mund am Ärmel seines Hemdes ab. „Wie komme ich zum Markscheideamt?"

„Einfach nach Osten. Am Haus hängt ein Schild."

Als Hunter die Gaststätte verließ, blickte ihn aus der Scheibe eines großen Fensters sein Spiegelbild an. Eine abgerissenere Erscheinung hatte er im ganzen Westen nicht gesehen – amüsiert dachte er, dass seiner Gemeinde wahrscheinlich der Schreck ganz schön in die Glieder fahren würde, wenn sie ihn so sähe.

Seinen Claim registrieren zu lassen war nicht weiter schwierig. In einem Umkreis von fünfzehn Kilometern um Bethel hatte niemand irgendwelche Schürfrechte beansprucht; das Gelände galt als unbewohnbares Ödland. Hunter sicherte sich die Schürfrechte für acht Hektar Land längs des Bachlaufes und zeichnete aus dem Gedächtnis eine Karte des Geländes. Nachdem er alle nötigen Angaben gemacht hatte, schob er die zusammengerollte Urkunde in die Tasche und machte sich daran, Vorräte zu beschaffen.

Sein erster Weg führte ihn zu einem Stall. Vor dem Laden war ein großer Planwagen zum Verkauf ausgestellt, der wohl irgendjemandem auf seinem

Weg nach Westen als Fahrzeug gedient hatte. Nachdem Hunter den Planwagen untersucht und für durch und durch solide befunden hatte, wies er den Besitzer an, ihn mit Heu zu beladen, während er sich den Viehbestand ansah. Seine Wahl fiel auf zwei Maultiere und ein Guernsey-Rind, eine Rinderrasse von der Kanalinsel Guernsey, die für den außerordentlich guten Geschmack ihrer Milch bekannt war, dazu drei Ferkel, ein Dutzend Leghorn-Hennen und einen Hahn.

Nachdem er seine Einkäufe bezahlt hatte, spannte Hunter die Maultiere vor den Planwagen, band sein Pferd und die Kuh hinten an und verstaute Ferkel und Hühner in zwei Kisten auf dem Wagen. Begleitet von Gackern und Grunzen fuhr er mit dem Wagen zum nächsten Laden. Der Besitzer des Stalles blieb zufrieden und wohlhabender als zuvor zurück und hatte nichts Eiligeres zu tun, als die Kunde von seinem Glück zu verbreiten.

Hunter verteilte sein Gold unter den Besitzern verschiedener weiterer Kaufläden und belud seinen Wagen reichlich mit allem, was ihm vielleicht noch nützlich sein konnte. Zuerst kaufte er einige Säcke Mehl, Weizen, Maismehl, Bohnen und Kartoffeln, Konserven mit Fleischbrühe, Dörrfleisch, Sirup, Hefe und ein Fässchen Honig. Außerdem ließ er sich Kaffeebohnen und Tee sowie Pökelfleisch einpacken. Eine Kiste getrockneter Äpfel und sechs Krüge Whiskey rundeten seinen Kauf ab.

Im Kurzwarenladen erstand er mehrere schwere Wolldecken, eine Regentonne, eine Kiste Nägel, mehrere Bratpfannen, einen Wasserkessel und eine Kaffeemühle. Hinzu kamen noch ein Schaukelstuhl und eine Kommode, ein Beil, eine große Säge, eine Glasscheibe, die er in eine der Decken wickelte, und Beschläge für eine Schwingtür, denn er wollte sich, sobald er zurück war, eine Hütte bauen.

Schließlich beschaffte er sich Schaufeln und Pfannen zum Goldwaschen, mehrere Spitzhacken, eine Axt und eine Kiste Dynamit. Und ganz zum Schluss kaufte er noch zwei Gewehre – eine Schrotflinte und einen Stutzen – mit Munition und eine Pistole, die ihm gut in der Hand lag.

Als er seine Einkäufe beendet hatte, machte er an einer Gaststätte halt und bestellte sich zum ersten Mal, seit er San Francisco verlassen hatte, etwas Besonderes – Austern und Blumenkohlcremesuppe –, doch er aß seine Mahlzeit nicht auf. Sein Geschmack hatte sich an einfachere Dinge wie Maisbrot, Trockenfleisch und Bohnen gewöhnt. Den Gedanken, in einem Hotel mit einem feinen Bad aus Porzellan zu übernachten und sich bei einem Barbier rasieren zu lassen, verwarf er, bevor er ihn richtig gefasst hatte. All das machte ihm klar, dass er sich nicht nur äußerlich verändert hatte. Inzwischen passte er sich nicht mehr an die Lebensart des Westens an, sondern hatte sie sich restlos zu eigen gemacht. Zwei Stunden vor Sonnenuntergang stieg er auf den Kutschbock seines schwer beladenen Wagens und machte sich auf den Rückweg nach Bethel.

IM WESTEN einen ansehnlichen Goldfund geheim zu halten war genauso schwierig wie der Versuch, im Death Valley einen Kadaver zu verstecken – dort kreisten die Geier schon um das unglückliche Tier, bevor es seinen letzten Atemzug getan hatte. Hunter hatte sein Lager noch nicht erreicht, als die Nachricht vom Goldfund in Bethel ihren Weg bereits in die Zeitungen von Salt Lake City gefunden hatte. Es war die Art Sensationsgeschichte, aus der Legenden entstehen – ein geheimnisvoller Mann, der mit einem prall mit Gold gefüllten Beutel aus der Wüste kommt.

Innerhalb eines Monats trafen mehr als 1600 Männer in Bethel ein. Eine Hauptstraße entstand, zuerst mit Zelten links und rechts, die dann dauerhafteren Bauten Platz machten, nachdem Bauholz von den Sägemühlen in Salt Lake City herbeigeschafft worden war. Der Gasthof Bethel war bereits mit Gästen überfüllt, als sein Schild noch nicht vor der Tür aufgehängt war.

Die ersten Goldsucher kamen aus den umliegenden Städten und von den Nachbarstaaten Nevada, Idaho, Wyoming und Colorado. Es waren hauptsächlich weiße Goldsucher und Wanderarbeiter, versetzt mit einer kleinen Schar der gleichen Rassen, die es in allen Goldgräberlagern des Westens gab: Mexikanern, Chilenen, Schwarzen und Chinesen.

Unter all diesen Männern waren die Chinesen die ungewöhnlichsten. Während die meisten Bergleute allein nach Bethel kamen, trafen die Chinesen in großen Gruppen ein, zusammengedrängt in überfüllten Wagen, an deren Bogenstangen Papierlaternen hingen, oder zu Fuß, ihre Habe an den Enden eines Bambusstabs auf den Schultern balancierend. Sie trugen breitkrempige Hüte aus Bambus, ihre geflochtenen Zöpfe reichten ihnen bis zur Taille und ihre Schritte wurden von dem klappernden Geräusch ihrer Holzpantinen begleitet.

Einwanderer aus China waren ein vertrauter Bestandteil des Westens; inzwischen waren mehr als hunderttausend Chinesen nach Amerika gekommen. Und trotzdem war ihr Anblick so außergewöhnlich, dass mancher unwillkürlich die Schaufel ruhen ließ und zusah, wie sie vorüberzogen.

FAMILIE CHANG war 1853 aus Nanking über den Pazifik gekommen und in San Francisco gelandet. Von dort aus waren die Changs im Laufe der nächsten vier Jahre auf der Jagd nach dem Edelmetall immer weiter nach Nordwesten gezogen, bis sie schließlich Sacramento erreicht hatten. Dort hörten sie von dem Fund in Bethel. So verließen die Changs Kalifornien, in der Hoffnung auf ergiebigere Funde in Utah, und steckten sich nach ihrer Ankunft in Bethel direkt am Bach unterhalb des Bereichs von Hunter Bell einen Claim ab. Die Familie brauchte nur einen Tag, um sich eine kleine Siedlung aus Zelten und einfachen Strohhütten aufzubauen.

In der Woche, als die Chinesen kamen, arbeitete Hunter nicht in seiner Mine. Er hatte bereits ein Vermögen gemacht – mehr als 50 000 Dollar in Gold – und traf nun Anstalten, sich auf dem Land ein Stück hangaufwärts, von wo aus er einen guten Überblick über seinen Claim hatte, eine Hütte zu errichten – eine Aufgabe, die für einen Mann allein kaum zu bewältigen war. Drei Tage nach der Ankunft der Chinesen trat er an sie heran, um zu fragen, ob sie für ihn arbeiten würden.

Als Hunter den leicht abschüssigen Grund ihres Lagers erreichte, blieb er stehen, um sich ihre merkwürdige Arbeitsweise anzusehen. Die Chinesen brachten das Wissen und die Erfahrung aus dem Anbau von Reis auf eigens dazu überfluteten Feldern mit und kannten Methoden, die den weißen Goldschürfern völlig neu waren. So konnten sie etwa einen Bach umleiten, sodass dessen trockengelegtes Bett leicht zugänglich war und das Gold daraus einfach abgebaut werden konnte. Die kleine Gesellschaft hatte bereits mit dem Bau eines Damms begonnen. Insgesamt waren es ein Dutzend Leute, darunter vier Frauen und ein Kind, ein rundgesichtiger Junge von fünf Jahren. Die meisten von ihnen trugen weite Hosen mit dicken Kniestrümpfen.

Der kleine Junge sah Hunter zuerst und fing an zu schreien, woraufhin die ganze Gruppe ängstlich zu dem Eindringling hinübersah. Einer der Chinesen, ein Mann, der jünger zu sein schien als die anderen Erwachsenen und als Einziger Jeans und ein Flanellhemd trug, legte seine Schaufel hin und kam ängstlich auf Hunter zu. Eine Frau nahm das Kind und trug es zu einem der Zelte, wo sich die anderen Frauen versammelt hatten.

Bis dahin hatte Hunter nicht viel mit Chinesen zu tun gehabt. Er hatte den Eindruck gewonnen, dass sie lieber für sich blieben – sie gingen kaum in die Saloons und beteiligten sich auch nicht an den Pokerrunden. Zwar liebten auch sie das Glücksspiel, wie ihre lautstarken Mah-Jongg-Runden zeigten, aber sie blieben dabei unter sich und spielten mehr um der Unterhaltung als um des Gewinns willen.

Der junge Chinese näherte sich Hunter bis auf einige Meter und zog dann den Hut, während sich die anderen Männer links und rechts neben dem Jungen aufstellten. Nachdem der Älteste etwas auf Chinesisch gesagt hatte, zog der junge Mann ein Papier aus seinem Gürtel und hielt es Hunter mit ausgestrecktem Arm hin. Der warf einen Blick darauf:

> Hiermit wird bestätigt, dass wir, die Unterzeichneten, die Schürfrechte für hundert Meter dieses Bachlaufs einschließlich Uferbereich für 1857 und 1858 beanspruchen.
> Chang Yan & Co

„Ich bin nicht hergekommen, um euch euren Claim streitig zu machen“, sagte Hunter beruhigend, „sondern um zu fragen, ob ihr vielleicht bereit seid, mir beim Bau meiner Hütte zu helfen. Natürlich werde ich euch für eure Arbeit bezahlen.“

Die Chinesen sahen ihn nur wortlos an. Hunter fragte sich, ob es überhaupt jemanden unter ihnen gab, der Englisch sprach. „Hütte bauen“, wiederholte er laut und deutete auf eine ihrer Strohhütten.

Schließlich wandte sich der junge Chinese zu den anderen um und sagte etwas auf Chinesisch. Der älteste der Männer starrte Hunter einen Augenblick lang an und nickte dann. Daraufhin erklärte der junge Chinese mit schwerem Akzent: „Du uns bezahlen. Wir dir helfen bauen.“

„Du sprichst also Englisch.“

„Ein bisschen.“

„Wie heißt du?“

„Chang Jialong. Mein amerikanischer Name ist Sonny.“

Hunter streckte ihm die Hand hin. „Ich heiße Hunter Bell.“

Der Mann nahm vorsichtig seine Hand.

„Wie viel wollt ihr für eure Arbeit?“, fragte Hunter.

„Fünfzehn Dollar.“

Hunter rieb sich das Kinn. „Das ist viel Geld für einen Tag Arbeit.“

„Für den Bau der Hütte“, erklärte der Chinese.

„Dann ist es nicht genug“, erwiderte Hunter. „Ich werde euch fünfundzwanzig Dollar bezahlen.“

Sonny sah ihn verwundert an und erläuterte dann den übrigen Männern Hunters Angebot. Deren ängstliche Mienen entspannten sich. Schließlich kamen auch die Frauen und das Kind aus den Zelten.

„Was hast du ihnen gesagt?“, erkundigte sich Hunter.

„Dass du ehrenhafter Mann bist.“

Hunter erwiderte diese Respektsbezeugung nicht. „Wann könnt ihr mir helfen?“

„Wir jetzt kommen.“

Zu seiner Überraschung folgte ihm die ganze Gruppe auf sein Land. Sonny übersetzte für die anderen, als Hunter ihnen zeigte, wo er Holz gehauen und es dann von seinen Maultieren auf sein Grundstück hatte schleifen lassen. Drei der Männer und alle Frauen machten sich daran, die Tannenstämme abzuschälen, während der Rest der Männer begann, weitere Bäume zu fällen. Dann bauten die Chinesen eine einfache Karre und transportierten damit die dicken Stämme auf Hunters Land, wo diese bald zu einem hohen Stapel angewachsen waren.

Am nächsten Morgen wachte Hunter vom Klang scharfer chinesischer Stimmen auf. Die Chinesen waren bereits zur Arbeit erschienen, konnten sich aber wohl nicht einig werden, wie sie vorgehen sollten. Deshalb wurde Sonny zu Hunter geschickt, um die Schwierigkeiten zu erläutern. Offensichtlich waren sie beunruhigt wegen der Lage von Hunters Hütte. Sonny erklärte ihm die Notwendigkeit, nach den Lehren des *Feng-Shui* vorzugehen, deren Ziel die Harmonisierung des Menschen mit seiner Umgebung war. Daher wollte man die Tür nicht dort anbringen, wo Hunter sie haben wollte, sondern auf der entgegengesetzten Seite, den Bergen abgewandt, da der nackte Fels ganz bestimmt negative Energie ausstrahlen würde. Die Chinesen waren derartig in Sorge, dass Hunter sich ihren Wünschen fügte.

Zwei Tage brauchten sie für die Wände und anderthalb Tage für das Dach, das sie mit einer Neigung versahen, die mit der des Berghangs harmonierte.

Hunter fuhr mit seinem Wagen ein paar Mal nach Bethel, wo sich inzwischen immer mehr Kaufleute angesiedelt hatten, und besorgte zusätzliches Material. Außerdem kaufte er Bretter und Holzzapfen für einen glatten Fußboden. Als Letztes erhielt die Hütte eine Tür, für die Hunter die Angeln verwendete, die er bereits in Salt Lake City gekauft hatte. Er war überrascht, wie leicht seine Tür damit auf- und zuschwang. Die Chinesen wirkten ebenfalls beeindruckt, und jeder von ihnen machte die Tür einmal auf und wieder zu.

Nachdem sie die Hütte fertiggestellt hatten, handelte Hunter mit den Chinesen aus, dass sie weiter für ihn arbeiteten. Sie rodeten einen Bestand von Kiefern bis auf einen äußeren Ring von Bäumen, die sie als Zaunpfosten stehen ließen. Als Querlatten zwischen diesen benutzten sie die gefällten Kiefern, sodass das Ganze einen großen Pferch ergab. Dann errichteten sie noch einen Stall für das Vieh und ein Plumpsklo.

Am Abend des sechsten Tages (eine Ironie, die dem Prediger nicht entging) vollendeten die Chinesen ihr Werk. Auf Hunters Einladung hin kamen sie am nächsten Tag noch einmal. Er schlachtete eines seiner Schweine, die Frauen kochten und rösteten es, dann verzehrten sie das Festmahl zusammen. Hunter zahlte seinen Nachbarn vierzig Dollar in Gold und schenkte ihnen außerdem ein Zelt, einen großen Krug Whiskey und ein Fass Zucker.

Sonny überreichte Hunter eine in krakeliger Schrift abgefasste Quittung über seine Zahlung, was Hunter sehr erheiterte. Nur aus Höflichkeit warf er sie nicht sofort weg.

Bevor sie in ihr eigenes Lager zurückkehrten, hängten die Chinesen ihm ein rotes Transparent mit schwarzen chinesischen Schriftzeichen über die Tür. Nach Sonnys Übersetzung lautete die Inschrift: „Reichtum, Glück und ein langes Leben." Dann zündeten sie eine Reihe Knallkörper, die in den Vorbergen laut widerhallten.

„Was haben die Knaller zu bedeuten?", fragte Hunter.

„Sie sollen die bösen Geister vertreiben."

„Ich glaube, da braucht es etwas Stärkeres als Schwarzpulver, um das zu schaffen", meinte Hunter sarkastisch.

Die Hütte war für eine einzelne Person sehr groß. Sie hatte sogar ein Glasfenster von knapp einem Meter Breite, außerdem einen gemauerten Kamin, der oben von einer simplen Kaminumfassung aus Kiefernholz abgeschlossen wurde, auf deren Sims Hunters gesamtes Geschirr stand: zwei Teller, ein Blechbecher und ein Bierkrug. Aus den übrig gebliebenen Bodendielen baute sich Hunter draußen vor der Tür eine kleine Veranda mit einem Geländer aus Kiefernholz und einer Bank, dazu einen Tisch, der auf Sägeböcken ruhte, und ein Regal, das er neben dem Kamin aufhängte und mit Büchern füllen wollte.

Es war Jahre her, seit Hunter ein eigenes Reich besessen hatte. Nun wollte er jede Bequemlichkeit haben, die er bekommen konnte. Er nähte sich selbst Vorhänge und nagelte sie über die Fenster. Zudem kaufte er sich in Bethel einen Vorratsschrank, eine dicke Matratze und ein Büffelfell. Schließlich baute er sich aus armdicken Kiefernpfosten ein einfaches Bettgestell; während der Einsamkeit der Wintermonate würde er die Pfosten dann mit kunstvollen Schnitzereien versehen.

Eine Woche später war er endlich mit seiner Behausung zufrieden, ging zum Bach und nahm dort die Förderung seines Goldes wieder auf.

KAPITEL 3

Die Grausamkeit dieser Welt erstaunt mich nicht, denn sie scheint ihrer Natur zu entsprechen. Eher verwundert mich, wieso es überhaupt etwas Gutes gibt.

Hunter Bells Tagebuch, 19. August 1857

Es war ein glühend heißer Tag Ende Juli, als Quaye in Bethel ankam. Sie schenkte dem Ort jedoch keine große Aufmerksamkeit, denn er war nicht anders als diejenigen, die sie in den letzten sechs Jahren im Westen gesehen hatte. Den Kopf eingehüllt in eine Haube, die fast das ganze Gesicht bedeckte, ritt sie hinten auf dem Pferd ihres Ehemanns. Die Kopfbedeckung trug sie nur, weil Jak darauf bestanden hatte. Der Stoff verbarg die Prellungen in ihrem Gesicht – eine Folge der Prügel des vorangegangenen Abends und anderer Schläge, die noch nicht lange genug zurücklagen, als dass ihre Spuren schon verblasst gewesen wären. Quaye zählte die Flecken schon lange nicht mehr. Die Wunden, die sie noch mehr schmerzten, waren ohnehin nicht auf der Haut sichtbar.

Ironischerweise verlangte der grausame Westen eine bessere Behandlung der Frauen als der Osten, und Jak hatte gelernt, Quaye nicht in der Öffentlichkeit zu schlagen, weil er Angst vor Vergeltung hatte.

Jak lenkte das Pferd zum Gasthof, und nachdem beide abgestiegen waren, traten sie ein. Dort trafen sie auf den Besitzer. Quaye blieb mit leicht gesenktem Kopf hinter Jak stehen. Der Wirt war ein kahlköpfiger Mann mit langem Bart, den es augenscheinlich einiges an Disziplin kostete, die junge Frau nicht offen anzustarren.

„Wir brauchen Unterkunft für zwei“, sagte Jak.

„Tut mir leid, aber ich habe keinen Platz mehr. Es schlafen schon Männer im Speisesaal auf dem Fußboden.“ Damit deutete er auf das zusammengerollte Bettzeug. „Ich schlage vor, Sie kaufen sich ein Zelt.“

Jak runzelte die Stirn. „Brauchen Sie eine Frau zum Kochen und Saubermachen?“

Der Wirt blickte Quaye an. „Die Hilfe einer Frau kann ich immer gebrauchen.“

„Was würden Sie zahlen?“

„Einen Dollar fünfzig pro Tag. Und freie Mahlzeiten für die Dame.“

Doch Jak kannte den Geldwert seiner Frau. „Sie können sie für zweieinhalb Dollar haben. Und Mahlzeiten für uns beide.“

„Zwei Dollar. Und Essen für euch beide.“ Als Jak ihn zögernd ansah, fügte der Wirt hinzu: „Und Sie können es sich im Stall bequem machen. Es ist kein Vieh mehr drin, seit mein Pferd eingegangen ist.“

„Wir haben unser ganzes Geld ausgegeben, um herzukommen“, begann Jak erneut.

„Ich zahle Lohn für zwei Tage im Voraus, wenn sie morgen früh anfängt. Eine halbe Stunde vor Sonnenaufgang.“ Der Wirt griff in seine Tasche und zog einige Banknoten hervor.

„Sie wird hier sein“, erklärte Jak und steckte das Geld ein.

Nachdem sie das Gasthaus wieder verlassen hatten, beschwerte Jak sich über die Knausrigkeit des Besitzers. Quaye jedoch schwieg, denn sie war dankbar für die Arbeit – für alles, was sie von Jak fortbrachte.

„Jetzt brauche ich etwas zu trinken“, erklärte Jak. „Gib du den Pferden Wasser und kümmere dich dann um unsere Unterkunft.“

„Ich habe Hunger“, sagte sie.

Er gab ihr ein 25-Cent-Stück. „Wenn du die Pferde versorgt hast, kannst du dir etwas Brot kaufen.“

Quaye nahm die Münze, griff nach den Zügeln und tat wie ihr befohlen.

JAK MORSE war Kind einer armen Familie aus Georgia. Jaks Vater, Lucius, war ein Mann gewesen, der zu Gewaltausbrüchen neigte, die sich gewöhnlich gegen Jak und dessen Mutter richteten. Vermutlich war es nur zu Jaks Bestem, dass Lucius verschwand, bevor Jak sechs wurde. Virgie, Jaks Mutter, war eine strenge, gläubige Frau, die ihr Leiden stolz als ein Zeichen ihrer Frömmigkeit ertrug, denn sie sah alles Unglück als Gottes Wille an. Für Jak hatte sie nicht viel Zeit, außer um ihn zu bestrafen, was sie mit großer Strenge und bei der kleinsten Ungehörigkeit tat.

Als seine Mutter sich die Schwindsucht zuzog, war Jak noch keine achtzehn. Da er keinerlei Neigung verspürte, für seine kranke Mutter zu sorgen, war er eines Morgens sang- und klanglos verschwunden.

Nachdem er 14 Tage unterwegs gewesen war, fand er eine Anstellung als Aufsehergehilfe auf einer Plantage, eine Stellung, die seinem Temperament sehr entgegenkam. Die Sklaven lernten schnell, ihn zu fürchten, denn er behandelte sie so unmenschlich wie kein anderer Aufseher je zuvor. Doch dann fand er Gefallen an einer der Sklavinnen, die in der Küche half. Er versuchte dem verängstigten Mädchen Gewalt anzutun und wurde dabei von der Köchin überrascht, einer groß gewachsenen Schwarzen, für die Jak kein ernst zu nehmender Gegner war. Sie prügelte ihn ordentlich durch, bis er blutend und gedemütigt floh. Eine Stunde später kam er mit einem Gewehr zurück und erschoss sie.

Zwar hatte er sich vor den Gesetzen des Staates für diesen Mord nicht zu verantworten, das galt jedoch nicht für den Plantagenbesitzer, der durch Jak eine wertvolle Sklavin eingebüßt hatte. Er ließ Jak an einen Baum fesseln und auspeitschen, sodass dieser sich danach nur mit größter Mühe von dem Grundstück schleppen konnte.

Nachdem Jak wiederhergestellt war, schlug er sich bis nach New York durch. Dort fand er eine neue Arbeit: Hilfsdienste zur Ausbeutung der Iren, die Tag für Tag scharenweise in den amerikanischen Häfen landeten.

Sobald die Schiffe angelegt hatten, schwärmten Männer über die Relings auf die Decks: ölige Typen, die mit schlecht nachgemachtem irischem Akzent sprachen, um ihre eigene Herkunft von der Insel vorzutäuschen. Diese brutalen Menschen wurden von Gasthäusern bezahlt, um die Einwanderer in ihre Etablissements zu locken, wo man ihnen den Rest ihres Geldes abknöpfte. Jak brauchte nicht lange, um es bei diesem Geschäft zu wahrer Meisterschaft zu bringen.

Nach einem halben Jahr entdeckte Jak, dass man noch mehr an den Iren verdienen konnte, wenn man als Schiffsmakler arbeitete und ihnen Passagen für Schiffe verkaufte, deren Abreisedatum sich verzögerte. Er segelte nach Irland, und das, was er den Iren zuvor im Hafen von New York angetan hatte, tat er ihnen nun mit noch größerem Gewinn in Cork an. Nachdem er ihnen Schiffspassagen verkauft hatte, brachte er seine Kundschaft in Gasthöfen im Hafen unter, wo Unterkunft und Verpflegung nur zu Wucherpreisen erhältlich waren, bis das Schiff endlich bereit war, in See zu stechen.

Jak hatte erkannt, dass die Not, die in Irland herrschte, die Ausreisewilligen fast völlig wehrlos machte, und in der letzten Woche seines Aufenthalts auf der Insel setzte er noch eins drauf, indem er Passagen für ein Schiff zu verkaufen begann, das in Wirklichkeit gar nicht existierte. Mit diesem Betrug war er gerade beschäftigt, als ihm Connall McGandley begegnete.

Auf der Überfahrt nach Amerika brachte Jak Quaye im billigsten Quartier unter Deck unter, außer wenn er Verlangen nach ihr hatte, bis sie sich schließlich die Ruhr zuzog und nicht mehr auf Deck kommen durfte.

Dass Quaye ein Besitz war, der ihm, wenn er ihn ordentlich ausbeutete, seinen Lebensunterhalt und genug zu trinken verschaffen konnte, begriff Jak bald. Außerdem empfing Amerika die Iren nicht mit offenen Armen, ein Umstand, der Jak die Herrschaft über die verängstigte junge Frau erleichterte. Er ergriff alle erforderlichen Maßnahmen, um sicherzustellen, dass sie sein Lasttier blieb. Und zwischen den Prügeln, die er ihr häufig verabreichte, erinnerte er sie daran, dass sie ihm ihr Leben verdankte, und selbst wenn Quaye inzwischen hoffte, dass er es ihr nehmen würde, glaubte sie ihm dennoch.

Quaye hatte in all den Jahren der Misshandlung gelernt, sich in sich selbst zurückzuziehen, unbeteiligt zuzusehen, wie ihr Körper verprügelt wurde, als wäre er ein lebloses Objekt. Sie verlor jede Hoffnung auf Glück.

Im Frühjahr 1851, fast vier Jahre nach ihrer Ankunft in Amerika, schleppte Jak Quaye an die kalifornische Küste. Er hatte wenig Erfolg bei der Goldsuche, aber wenn auch sein Traum vom leicht erworbenen Reichtum zerplatzte, blieb ihm doch ein bequemes Leben, das Quaye ihm ermöglichte.

Gegen ihr neues Quartier hatte Quaye nichts einzuwenden. Wände und Decke des Stalls waren solide und würden im Winter besser vor Kälte schützen als ein Zelt. Der Besitzer des Gasthauses hatte ihnen ein schmales Feldbett gebracht, das Jak für sich beanspruchte; Quaye schlief auf einer Decke, die sie auf dem Heu in einer der Boxen ausgebreitet hatte – ein Lager, das sie dem Platz an Jaks Seite vorzog. Sie war froh, dass sie tagsüber, wenn Jak zu Hause blieb, nicht da war, und dass er verschwunden war, wenn sie von ihrer Arbeit zurückkam.

Während Jak den Großteil des Geldes, das sie verdiente, ausgab, um zu trinken oder zu spielen, stand Quaye um vier Uhr morgens auf und begann, im Gasthof das Frühstück und die Henkelmänner mit dem Mittagessen für die Goldsucher vorzubereiten. Wenn sie damit fertig war, brachte sie Jak sein Mittagessen und kehrte dann ins Gasthaus zurück, um dort Küche und Haus sauber zu machen und das Abendessen für die Gäste zuzubereiten.

Die Bergleute mochten Quaye, aber diese wahrte den gebührenden Abstand, denn sie wusste, welche Strafe sie erwartete, wenn Jak sie dabei ertappte, wie sie mit einem der Männer sprach. Aber selbst wenn Jak ihr den freien Umgang mit den Gästen gestattet hätte, hätte sie davon keinen Gebrauch gemacht. Das Leben hatte sie gelehrt, Männer zu fürchten.

Gelegentlich gaben die Minenarbeiter Quaye ein Trinkgeld, das sie in einer leeren Dose aus der Küche versteckte, denn sie bezweifelte, dass Jak ihr das Geld lassen würde. Gern malte sie sich aus, dass sie eines Tages genug zusammengespart haben würde, um sich ein Kleid zu kaufen. An diesem Traum hielt sie fest, bis sie eines Abends heimkam und Jak mit einer halb leeren Flasche Apfelschnaps in der Hand auf dem Bett sitzend antraf, das Gesicht rot glühend vor Alkohol und Zorn. Die Blechdose lag zu seinen Füßen, ihr Inhalt war über den strohbedeckten Boden verstreut.

„Was ist das?“, fragte er mit leiser, kehliger Stimme.

Ängstlich antwortete sie: „Das ist … Geld, welches ich beiseitegelegt habe.“

In seine Augen trat ein Glanz, der ihr inzwischen vertraut geworden war; und sie wusste, dass es bereits zu spät war, den Gang der Ereignisse noch aufzuhalten.

„Du bestiehlst mich?“ Wütend machte er einen Schritt auf sie zu.

Quaye wagte nicht, ihn anzublicken. „Ein Bergarbeiter hat mir ein bisschen was extra gegeben. Ich wollte es dir erzählen …“

„Mir erzählen?“ Er drängte sie in eine Ecke der Scheune. „Und was hast du ihm dafür gegeben?“

„Der Mann war mit meinem Essen sehr zufrieden."

Jak hob die Faust, und Quaye duckte sich instinktiv. „Was sonst hast du ihm gegeben?"

„Nichts. Es tut mir leid. Ich hätte dir das Geld nicht vorenthalten dürfen." Sie bedeckte das Gesicht mit den Händen. Doch Jak packte sie am Haar, zog ihren Kopf nach vorne und knallte ihn zurück gegen die Wand. Nun begann er sie zu schlagen, langsam und mit Bedacht, während sie vergebens versuchte, sich zu schützen. Er machte so lange weiter, bis es ihm keinerlei Befriedigung mehr verschaffte. Dann drehte er sich um und wandte sich wieder seiner Flasche zu.

Quaye sackte wimmernd in der Ecke in sich zusammen. Blut lief ihr vom Kinn hinab. Sie weinte nicht laut, denn dafür würde er sie wieder schlagen. Quaye hatte gelernt, in ihrer Welt zu überleben.

DER ERSTE SCHNEE in Bethel fiel Mitte Oktober. Die Bergleute begannen Vorräte von Lebensmitteln und Feuerholz anzulegen und die Löcher in Zelten und Hütten auszubessern. Drei Wochen später gab es den ersten lang anhaltenden Schneefall, der das Land mit einer weißen Decke von gut fünfzehn Zentimetern überzog. Da die Erde und der Bach schon bald zu hart gefroren waren, kamen die Arbeiten der Schürfer beinahe zum Stillstand.

Es war die Zeit der Winterruhe, in der die Goldgräber sich in ihren Unterkünften versammelten, manchmal wochenlang Karten spielten und sich unterhielten oder Gerätschaften ausbesserten.

Anfang Dezember tobte ein Schneesturm über Bethel. Drei Tage lang heulte er durch die Berge wie das Stöhnen Tausender Gespenster.

Hunters Hütte lag hoch auf dem Hang. Vor allem an ihrer Westseite bauten sich die Schneeverwehungen ringsum immer höher auf, bis der Schnee vom Boden bis zum First seines schrägen Holzdaches eine einzige geneigte Fläche bildete. Hunter blieb derweil in der Hütte sitzen und wartete, dass der Sturm aufhörte. Er legte sich Karten und übte seine Fingerfertigkeit – Tricks, die er am Kartentisch niemals anwendete, deren er aber durchaus fähig gewesen wäre, ohne groß fürchten zu müssen, dass die anderen es mitbekämen. Schließlich begann er, die Bettpfosten zu schnitzen. Dazu schälte er die Rinde von den Pfosten und glättete die scharfen Kanten, da die Pfosten einen runden Abschluss erhalten sollten.

Kurz nach Mitternacht des dritten Tages ließ das Wüten des Sturmes nach. Die plötzliche Ruhe weckte Hunter. Er zündete die Petroleumlampe an seinem Bett an und ging zum anderen Ende des Raumes, um Holz auf die verlöschende Glut in der Feuerstelle zu legen. Dann nahm er einen Kessel und ging zur Tür, die sich aber nicht öffnen ließ, weil sich der Schnee davor angehäuft hatte. Also warf Hunter sich mit der Schulter gegen die Tür und drückte sie auf. Ein Strom kalter Luft umfing ihn. Auf der Schwelle blieb er stehen und sah hinaus in die unberührte Landschaft. Die Wolken hatten sich geteilt und gaben den Blick auf den Mond frei, dessen Schein von der kristallinen Decke widergespiegelt wurde.

Hunter füllte Pulverschnee in seinen Kessel aus Gusseisen und stellte ihn über die Feuerstelle. Sobald das Wasser kochte, schüttete er es in den Kaffeetrichter. Bald roch es in der Hütte herrlich nach frischem Kaffee. Er füllte sich einen Becher mit dem starken Getränk und setzte sich in den Schaukelstuhl am Herd, um der Stille zu lauschen. Nach einer Weile holte er sein Tagebuch hervor – eine in Leder gebundene Kladde, deren Einband mit der Zeit rissig geworden war –, eine Feder und ein Tintenfässchen. Während er seine Gedanken aufschrieb, das hatte ihn die Erfahrung gelehrt, konnte er sich von ihnen distanzieren … als würde er sie mit der Tinte auf das Papier bannen. Er tunkte den Federkiel in das Tintenfass und begann zu schreiben:

> Jetzt ist es still, der Schneesturm hat sich vorübergehend gelegt und ich denke an sie beide – wandere im Schattenreich der Erinnerung herum, inmitten der Scherben meines gebrochenen Herzens. Ich fürchte weniger die Hölle, die mich gewiss im Jenseits erwartet, als das, was aus meinem eigenen Leben und dessen Erinnerungen entspringt.

In Gedanken versunken hob Hunter die Feder und starrte ins Feuer. Plötzlich wurde die Stille der Nacht durch das Heulen von Wölfen durchbrochen. Hunter schob sein Tagebuch beiseite. Vermutlich hatte der Schneesturm die Tiere aus den höheren Bergen ins Vorgebirge getrieben, wo sie sich von dem Vieh der Bergleute ernähren konnten.

Entschlossen zog er seine Stiefel und den dicken Mantel an, griff nach seinem Gewehr und stapfte in den hüfthohen Schnee hinaus. Nur mit großer Mühe gelang es ihm, hinter seine Hütte zu kommen.

In ungefähr sechzig Schritt Entfernung sah er drei Timberwölfe. Offensichtlich hatten die Wölfe etwas erbeutet. Einer von ihnen zerrte mit gebleckten Zähnen an der Beute – einem kleinen dunklen Haufen, der auf dem Schnee kaum sichtbar war –, während die beiden anderen darum herumtänzelten. Hunter hob sein Gewehr und schoss. Ein Wolf heulte auf und fiel zuckend neben seinem Opfer in den Schnee. Seine Gefährten zogen sich in die Deckung der Bäume zurück, von wo aus sie Hunter mit bernsteingelb glühenden Augen anstarrten, als er näher kam.

Hunter hob erneut das Gewehr und spannte den Hahn, während er sich langsam durch den Schnee vorarbeitete. Dann blieb er abrupt stehen und ließ das Gewehr fallen. Es war kein Tier, sondern eine Frau, die bewusstlos im Schnee lag, die Haut gerötet von der Kälte. Sie trug keinen Mantel und war barfuß, ihre Schuhe hatte sie wahrscheinlich auf der Flucht vor den Wölfen verloren.

Plötzlich griff einer der Wölfe an, mit großen Sprüngen jagte er auf ihn zu. Hunter nahm sein Gewehr, holte aus und traf das Tier mit dem Kolben. Als es wieder angriff, schoss er. Der Wolf jaulte auf und verschwand in der Dunkelheit. Hunter klemmte sich sein Gewehr unter den Arm und kniete sich über die Frau. Vorsichtig nahm er sie hoch und trat unter der Last schwankend den Rückweg an, ohne den Blick von den dunklen Schatten zu wenden, die ihm folgten.

Als Hunter endlich in seiner Hütte war, legte er die Frau auf das Bett und drehte dann die Laterne auf. Die Unbekannte zitterte. Ihr Mund stand offen und ihre Zähne klapperten, wenn sie nicht gerade stöhnte. Nachdem er die Frau vorsichtig vom Schnee befreit hatte, sah er, dass ihre Lippen blutverkrustet waren und eine Seite ihres Gesichts schwere Prellungen aufwies. Die blauen Flecken waren völlig unregelmäßig über ihr Gesicht verteilt, so als sei sie wiederholt geschlagen worden.

Wo der Wolf an ihrer Schulter gezerrt hatte, war ein Hautfetzen weggerissen. Ihre Hände und Arme waren vor Kälte gerötet, aber nicht aschgrau. Ein Fuß stand in einem merkwürdigen Winkel ab; wahrscheinlich war er verrenkt. Aber die größte Angst machte ihm die Farblosigkeit der Haut an ihren Füßen.

Er ging zum Kamin und tauchte seinen Kaffeebecher in den Topf mit heißem Wasser. Da es jedoch zu heiß war, gab er etwas Schnee hinein und kehrte zum Bett zurück. Langsam goss er das Wasser über ihren Fuß und massierte vorsichtig ihre Haut. Dann holte er Terpentin und Rizinusöl aus seinem Schrank. Mit dem Terpentin rieb er die Füße der Frau ein, und als es verdunstet war, massierte er das Rizinusöl in die Haut; schließlich zog er seine Wollsocken aus und stülpte sie ihr über die Füße.

Da sie immer heftiger zitterte, fürchtete Hunter, dass die Fremde stark unterkühlt war. Schnell holte er die Wolldecke vom Schaukelstuhl neben dem Kamin, schnitt ihr nasses Kleid auf, sodass sie im Hemd dalag, wickelte sie in die warme Decke ein und legte noch zwei weitere darauf. Dann besah er sich den blutenden Arm genauer. Kein Zweifel, die Fleischwunde musste genäht werden.

Nadel und Faden hatte er im Schrank. So gut er konnte, nähte er die

Wunde zusammen. Dabei wurde ihr Stöhnen lauter. Schließlich band er die Naht ab und schüttete über die ausgefranste Wunde Whiskey. Dann wickelte er den Arm in ein Tuch, das sich sofort dunkelrot färbte.

Auf einmal begann die Frau, wild um sich zu schlagen und die Decken wegzustoßen. Er ließ sich auf sie fallen und drückte sie aufs Bett. Es ist ein merkwürdiges Paradox, dass die Opfer von Unterkühlung versuchen, sich ihrer Kleider zu entledigen, als ob sie das Ganze noch beschleunigen wollten. Da die Frau doch überraschend stark für ihre Größe war, musste er fast all seine Kraft aufwenden, um die Decken festzuhalten. So kämpften sie einige Minuten, bis die Glieder der Frau plötzlich ganz steif wurden. Ihr Atem war kaum noch wahrnehmbar, das Gesicht aschfahl. Die Arme der Fremden nahmen einen grotesken Blauton an, sie wurden nicht mehr durchblutet, weil ihr Körper zu überleben versuchte, indem er den Blutstrom auf die inneren Organe und das Gehirn beschränkte.

Hunter wusste, dass ihr nicht mehr viel Zeit blieb. Wenn ihre Temperatur nicht unverzüglich stieg, würde sie in einen Schockzustand fallen und ihr Herz würde aussetzen. Schnell riss er sich das Hemd vom Leib und stieg zu ihr ins Bett, drückte ihren eisigen Leib an sich und zog die Decken über ihre Köpfe. Sein Herz raste vor Angst, und er redete auf die bewusstlose Frau ein: „Bleib bei mir. Lass sie nicht sterben, Gott …“

Die Worte riefen ihm sofort mit beängstigender Klarheit ins Bewusstsein, dass er das Gleiche schon einmal erlebt hatte. Auch damals hatte er zu Gott gefleht, seinen Körper an die kalte Haut einer sterbenden Frau gedrückt. Als ob die Albträume, die Gott ihm sandte, nicht schon schlimm genug waren, hatte er ihm jetzt genau das wieder geschickt, vor dem er in der Nacht, als *sie* gestorben war, geflohen war. Diese Erkenntnis erfüllte ihn gleichermaßen mit Wut und Schrecken.

„Ich werde dir diese Genugtuung nicht lassen“, sagte er laut. „Es wird mir niemand mehr unter den Händen wegsterben.“ Damit drückte er die Frau noch fester an sich, presste seinen Mund auf den ihren und füllte ihre Lunge mit warmer Luft. Ganze 23 Atemzüge hatte er gezählt, als sie wieder zu zittern begann, und er machte weiter, bis er fühlen konnte, dass ihre Haut sich allmählich erwärmte.

Die Petroleumlampe war verloschen, und die Hütte wurde nur noch vom Flackern des langsam ersterbenden Feuers erleuchtet. Ruhig hob und senkte sich jetzt die Brust der unbekannten Frau. Eine Stunde bevor der Morgen dämmerte, machte Hunter sich von ihr los und blieb entkräftet auf der Matratze liegen. Dieses Mal hatte er Gott besiegt.

Kapitel 4

Durch irgendeine Verschwörung des Himmels oder der Hölle (ich weiß nicht genau von wem) ist eine Frau in meine Obhut gegeben worden. Ich muss an das Wort aus der Bibel denken: „Die fremde Frau ist ein enger Brunnen.“
Hunter Bells Tagebuch, 9. Dezember 1857

Bei der trüben Beleuchtung der Nacht hatte Hunter gar nicht bemerkt, wie schön die Frau in seinem Bett war. Als er wach wurde, schlief sie noch. Ein einzelner Strahl der Mittagssonne stahl sich durch das teilweise verhängte Fenster, während er sich aufsetzte und sie betrachtete.

Ihr Gesicht war zart und sanft, mit betont hohen Wangenknochen und Rehaugen. Sie hatte volle Lippen, die inzwischen wieder rot waren. Trotz ihrer Prellungen war ihr Gesicht ganz anders als die abgehärmten Gesichter der Frauen, die man im Westen gewöhnlich antraf; sie erinnerte ihn eher an die jungen Frauen aus dem Osten mit ihrer frischen, blassen Haut. Ihr langes, kupferrotes, jetzt blutverschmiertes Haar lag zerzaust auf dem Laken.

Das Feuer war ausgegangen, während sie geschlafen hatten. Hunter stand auf, blies in die Asche, bis sie glühte, und legte neues Holz auf. Dann zog er den Schaukelstuhl neben das Bett, setzte sich und legte seine Hand auf ihre Stirn. Sie war jetzt fiebrig heiß.

Ob Gott ihm die Fremde geschickt hatte, um ihn zu quälen? Oder war es nur eine zufällige Wendung des Schicksals? Hunters Land lag ein gutes Stück abseits der Durchgangsstraße. Selbst im Sommer kam niemand her. Wie hatte sie inmitten eines Schneesturms den Weg auf seinen Hang gefunden?

Während er sie betrachtete, seufzte die Frau, und ihr Kopf sank zur Seite. Ihre Augenlider zitterten, bevor sie sie langsam aufschlug. Die Fremde sah ihn an, blickte auf ihr zerschnittenes Kleid, das zerknittert auf dem Boden lag, schaute wieder zu ihm und zog dann schnell die Decke bis zum Kinn.

„Ihr Kleid war nass. Sie sind beinahe erfroren“, erklärte Hunter, da er ihren Blick als Anklage empfunden hatte.

Die Fremde sagte nichts, sondern sah ihn nur vorsichtig an.

„Ich habe keine Schlangenwurz gegen Ihr Fieber“, fuhr er fort. „Wenn es nicht bald zurückgeht, werde ich einen Sud von Baumwollsamen zubereiten.“ Nach kurzem Schweigen fügte er hinzu: „Am besten sollte ich mir jetzt Ihren Fuß ansehen.“

Obwohl die Frau ihn immer noch misstrauisch ansah, schob er die Decke von ihrem Bein zurück. Ihr linkes Fußgelenk stand in einem unnatürlichen Winkel ab. Vorsichtig strich er über das Bein, bis er den Knochen spürte, der sich verschoben haben musste. Dann bewegte er das Gelenk ein wenig. Die Frau verkrampfte sich, schrie aber nicht.

„Sie haben sich den Knöchel verrenkt", stellte er fest. „Er muss gerichtet werden." Hunter stand auf und kehrte mit zwei schmalen Latten aus Holz, einigen ausgefransten Stoffstreifen und einer Flasche zurück, die eine Mischung von Beinwellblättern und Schnee enthielt. Dann hockte er sich vor die Fremde hin.

„Es tut mir sehr leid, aber das wird jetzt wehtun." Vorsichtig zog er an ihrem Fußgelenk und drehte es dann mit einer schnellen Bewegung in die richtige Richtung. Man hörte ein Knacken. Ihr Gesicht wurde bleich und zeigte, welche Schmerzen sie ausstand, aber sie gab keinen Ton von sich. Schließlich bedeckte er das Gelenk mit dem Gemisch aus der Flasche, schiente es mit den Latten und wickelte die Stofffetzen fest um ihren Fuß.

„Wahrscheinlich war es ein Segen, dass die Wölfe gekommen sind. Ohne ihr Geheul hätte ich nicht gewusst, dass Sie da draußen vor meiner Tür liegen." Inzwischen hatte er die Streifen verknotet und erhob sich. „Es wird ein paar Tage dauern, bis Sie wieder darauf laufen können. Ich begreife nicht, wieso Sie sich ohne Mantel in den Schneesturm gewagt haben." Nach einem kurzen Schweigen fügte er hinzu: „Sie müssen Hunger haben. Ich werde Ihnen etwas zu essen bringen."

Damit ging er in seine Speisekammer, füllte eine Schale mit Haferflocken, gab aus dem Kessel Wasser hinzu und ließ den Brei eine Minute quellen, bevor er ihn der jungen Frau brachte. „Ich habe Ihnen einen Haferbrei gemacht."

Da sie sich nicht rührte, stellte er die Schale vor dem Bett auf den Boden. Stille in seinem eigenen Leben war für Hunter nichts Fremdes, aber in Gesellschaft anderer war er nicht an Schweigen gewöhnt. Schließlich ergriff er das Wort, um die belastende Spannung zu lösen. „Sie werden wohl essen, wenn Sie Hunger bekommen." Er schob die Hände in seine Taschen. „Nun, ich muss an die Arbeit." Damit ging er zur Tür, zog seinen Mantel und die Stiefel an und verließ die Hütte.

Erst am späten Nachmittag kam Hunter zurück. Ein Bündel Feuerholz in den Armen, trat er über die Schwelle, warf einen verstohlenen Blick auf die junge Frau und ließ das Holz vor der Feuerstelle fallen.

„Wie fühlen Sie sich?"

Noch immer schwieg sie beharrlich. Inzwischen hatte sie offensichtlich von dem Brei gekostet, ihn aber nicht aufgegessen. Hunter ging zu ihr hinüber. Er bemerkte, dass sich die Verbände an ihrem Arm gelockert hatten, und schloss daraus, dass sie den Stoff abgewickelt hatte, um sich die Wunde selbst einmal anzusehen.

„Was wollten Sie hier?“ Er beugte sich vor, um den Verband zu untersuchen. Als er den Arm hob, zuckte die Frau zusammen.

Hunter hielt inne und trat einen Schritt zurück. „Sie brauchen keine Angst zu haben. Ich werde Ihnen nichts tun.“ Er rückte noch weiter ab.

Die schweigsame Frau hob ihre Hand und versuchte, die Finger durch ihr verfilztes Haar zu ziehen.

„Wenn Sie möchten, wasche ich es Ihnen.“

Da sie weder mit Worten noch mit Gesten widersprach, schüttete Hunter warmes Wasser in eine kleine Schüssel. Dann schöpfte er mit einer Tasse etwas davon aus der Schale und goss es ihr vorsichtig über den Kopf. Ein paar Sekunden lang ließ er das warme Wasser ihr Haar durchtränken, dann griff er nach einem Lappen und wischte vorsichtig Schlamm und Gras ab. Es lag etwas sehr Intimes in dem, was er tat, und sie schloss die Augen. Als Hunter fertig war, tupfte er ihr sanft Stirn und Hals trocken.

„Ich hole Ihnen etwas zum Anziehen.“ Kurz darauf kehrte er mit einem Flanellhemd zurück, das er über das Bett legte. Hunter fragte sich, ob die Frau der Sprache nicht mächtig sei, und kam dann zu dem Schluss, dass er selbst genug gesagt hatte, um ihr Schweigen wettzumachen. „Ich lasse Sie jetzt allein. Am Fußende des Bettes steht ein Nachttopf.“

Er hatte sich gerade abgewandt, als sie zu sprechen begann.

„Warum haben Sie mich nicht sterben lassen?“

Hunter drehte sich wieder um und sah sie an. „Nun, das Geschäft des Tötens überlasse ich Gott. Gute Nacht, Ma'am.“ Mit diesen Worten zog er sich in die entgegengesetzte Ecke der Hütte zurück.

DIE SELTSAME FRAGE der Frau beschäftigte Hunter, und ihre Stimme verfolgte ihn. Sie hatte furchtsam geklungen.

Er hatte sein Bettzeug in der Ecke der Hütte ausgebreitet, inmitten von Jutesäcken voller Bohnen und Gerste. Bereits vor dem Morgengrauen schälte er sich aus seiner wollenen Decke, ging zum Kamin hinüber und entfachte ein Feuer. Dann begann er Frühstück zu machen.

Quaye erwachte, als der Frühstücksspeck in der Pfanne zischte und die ganze Hütte mit seinem Duft erfüllte. Sie beobachtete, wie er Speck und gebratene Eier auf einen Teller schob und auf den Fußboden vor dem Bett stellte. Hunter verrichtete sein Werk schweigend, als versuchte er, das Vertrauen eines Vogels zu gewinnen, den er nicht verschrecken wollte. Ihre Blicke trafen sich.

„Sie sind der Prediger“, sagte Quaye.

„Nennt man mich hier so?“

Sie nickte. „Man erzählt sich viel über Sie. In der Stadt.“

„Was zum Beispiel?“

Quaye schwieg, als ob sie Angst hätte, das Gehörte weiterzugeben.

„Sie können mir ruhig erzählen, was man so redet“, ermutigte er sie.

„Die Leute sagen, Sie hätten Ihre Seele dem Teufel verkauft.“

Obwohl Hunter belustigt lächelte, blickte die Frau immer noch ängstlich drein.

„Ein Mann aus dem Gasthof behauptet, Sie hätten Ihre Frau in Pennsylvania getötet und seien nach Westen geflohen, um dem Tod durch den Strang zu entkommen.“

Das Lächeln auf Hunters Gesicht erstarb. Obwohl die Anklage ihn offensichtlich erschütterte, unternahm er keinen Versuch, etwas zu bestreiten.

„Ich stamme wirklich aus Pennsylvania“, bestätigte er. Dann setzte er sich in den Schaukelstuhl. „Und ich denke, Ihre erste Bezeichnung war für mich zutreffender.“

„Sie waren früher mal Prediger?“

„Das liegt schon lange zurück. Ein ganzes Leben.“ Einen Augenblick später fragte er: „Wie heißen Sie?“

„Quaye Morse.“

„Quaye“, wiederholte Hunter. „Ein seltsamer Name.“

„Es ist ein irischer Name.“

„Was haben Sie bei diesem Unwetter draußen gemacht?“

Ihr Gesicht verhärtete sich.

Hunter überlegte, was wohl daran verwerflich sein sollte, bei einem Unwetter draußen ertappt zu werden. „Sie tragen einen Ring am Finger. Ihr Mann wird sich Sorgen machen. Heute Nachmittag werde ich in die Stadt reiten und ihm sagen, wo Sie sind. Wo werde ich ihn finden?“

„Wahrscheinlich am ehesten im Saloon. Beim Kartenspielen.“

„Ist er nicht draußen, um nach Ihnen zu suchen?“

Sie schüttelte den Kopf. „Er hat mich doch in den Sturm hinausgeschickt.“

Hunter legte seinen Kopf schief, als hätte er ihre Antwort nicht verstanden. Quaye sprach mit ungerührter Stimme, als berichte sie von einem Ereignis, an dem sie keinen Anteil gehabt hatte. „Jak hatte heftig getrunken und der Whiskey ging ihm aus. Deshalb befahl er mir, neuen zu holen. Als ich mich wegen des Sturms weigerte, schlug er mich, dann warf er mich ohne meinen Mantel hinaus in den Schnee und wollte mir die Tür nicht mehr öffnen. Alle Häuser, an die ich kam, waren wegen des Schneesturms dicht gemacht worden, und der Wind war zu laut, als dass mich jemand gehört hätte. Es war so kalt." Sie senkte den Blick, und ihre Stimme wurde leiser. „Also habe ich mich auf den Weg zum Berg gemacht."

„Warum zum Berg?"

„Ich wollte an keinem öffentlichen Platz gefunden werden."

Hunter hatte mit einer solchen Erklärung nicht gerechnet, und er wusste nicht, was er sagen sollte. Schließlich meinte er: „Mein Name ist Hunter."

„Wenn ich nur noch einen einzigen Tag bleiben dürfte, wäre ich Ihnen sehr dankbar."

„Bevor Ihr Knöchel nicht geheilt ist, werden Sie nirgendwo hingehen", erwiderte Hunter bestimmt. „Es sei denn, Sie möchten den Rest Ihres Lebens als Krüppel verbringen."

„Ich muss zurück zu Jak."

Ihr Beharren, zu dem Mann zurückzukehren, der sie durch sein rücksichtsloses Handeln beinahe getötet hätte, verwirrte ihn. „Sie sind hier keine Gefangene. Aber es wäre das Beste für Sie, noch eine Weile zu bleiben."

Einen Augenblick dachte sie über ihre missliche Lage nach. Jak würde wütend auf sie sein, weil sie sich den Knöchel verrenkt hatte. Und er würde sie trotzdem arbeiten lassen. Obwohl sie bei ihrer Rückkehr gewiss Prügel erwarteten, vor allem dann, wenn sie noch länger wegbliebe, beschloss sie, es wäre wohl das Beste zu warten, bis ihr Knöchel verheilt war.

„Mein Kleid muss geflickt werden", sagte sie.

Hunter, der auf dem Boden gekniet hatte, erhob sich. „Dafür habe ich nicht genug Zwirn im Haus. Und Sie haben Ihre Stiefel verloren. Ich werde in der Stadt kaufen, was Sie brauchen."

Ihre Augen weiteten sich vor Schreck, als sie das hörte. „Aber ich habe keine Möglichkeit, Ihnen das Geld zurückzuzahlen."

„Ich verlange keine Bezahlung", entgegnete Hunter.

Als er wieder in seine Ecke des Raumes ging, fragte Quaye sich, was für ein Mensch er eigentlich war.

DIE BEIDEN NÄCHSTEN TAGE vergingen größtenteils in Schweigen. Am Sonntagnachmittag kam Sonny Chang zusammen mit dem fünfjährigen Xiao Lou zu Besuch. Die Mutter des Jungen, Hua, stand hinter ihm, die Arme über seine Schultern gelegt. Hunter bat sie herein.

Quaye verfolgte die Ankunft der Chinesen mit großem Interesse. Obwohl auch sie schon Angehörigen dieses Volkes begegnet war, hatte sie noch nie mit einem von ihnen gesprochen.

„Hua wollen, dass Junge Amerikaner sein“, begann Sonny.

Hunter fragte sich, was das mit ihm zu tun hatte. „Ist er in Amerika geboren?“

„Ja.“

„Dann ist er Amerikaner.“

„Sie wollen, dass du ihrem Sohn beibringen Englisch lesen.“

Hunter musterte den Jungen, und seine Miene verriet einen seltsamen, tiefen Schmerz.

„Xiao Lou ist noch zu jung“, wandte er schließlich ein.

„Er lernen jetzt, und er nicht sprechen Englisch wie Chinese. Wir bezahlen dich.“

Obwohl Hunter dem Chinesen Dank schuldete, konnte er sich nicht dazu überwinden, den Auftrag anzunehmen. Er schüttelte den Kopf. „Tut mir leid. Ich kann es einfach nicht.“

Sonny verbeugte sich. „Sorry, dass ich dich belästigen, Mr Bell.“ Mit noch immer gebeugtem Kopf ging er langsam rückwärts auf die Tür zu.

Plötzlich ergriff Quaye das Wort. „Ich werde ihn unterrichten.“

Fragend blickte Sonny auf; er hatte bisher nicht bemerkt, dass sich noch jemand in der Hütte befand. „Deine Frau?“, fragte er.

„Sie ist nicht meine Frau.“

„Ah“, erwiderte Sonny mit einem wissenden Nicken.

„Es ist nicht, wie du denkst“, erwiderte Hunter.

Quaye blickte zu Hunter hinüber. „Wenn Sie gestatten, werde ich den Jungen unterrichten.“

„Was kann man denn in ein paar Wochen schon lernen?“

„Ich kann ihn jeden Tag unterrichten. Und wenn ich von hier weggehe, kann er zum Unterricht in den Gasthof kommen.“

Sonny sah zwischen den beiden hin und her. Obwohl Hunter sein Unbehagen über das Angebot nicht verbergen konnte, erklärte er schließlich: „Sie wird den Jungen unterrichten.“

Sonny fragte: „Um wie viel Uhr du unterrichten?“

„Morgen Mittag“, schlug Quaye vor.

„*Zhongwu*. Mittag“, bestätigte Sonny.

Die Mutter des Jungen lächelte. „*Xie xie. Xie xie!* Danke. Danke!“, rief sie und verbeugte sich immer wieder in alle Richtungen, als sei der Raum voller Menschen. Nachdem sie fort waren, wechselten Quaye und Hunter kein Wort mehr miteinander.

Xiao Lou kam am nächsten Tag Punkt zwölf. Quaye stand nicht auf, sondern beugte sich über die Bettkante, und der Junge saß neben ihr auf dem Stuhl. Sie schrieb das ganze Alphabet auf ein Blatt Papier und ließ ihn jeden Buchstaben etliche Male wiederholen. Die erste Lektion dauerte drei Stunden. Während der ersten Stunde saß Hunter an seinem Tisch und reinigte ein Gewehr, dann verließ er die Hütte und kam erst zurück, als der Junge gegangen war. Am Abend fragte er Quaye, ob sie die Absicht habe, jedes Mal so lange zu unterrichten. Wenn er es erlaube, antwortete sie, wolle sie es so halten. Daraufhin ging Hunter in den Stall und kehrte mit einem Beil und einem Seil zurück. Knapp über seinem Kopf schlug er einen Nagel in die Wand, bog ihn krumm und band das Seil daran fest. Dann durchquerte er den Raum, schlug einen weiteren Nagel ein und befestigte das andere Ende des Seils daran. Schließlich nahm er mehrere Decken und hängte sie über die Leine, sodass das Bett vom Rest des Raumes abgtrennt war.

„Jetzt brauchen Sie sich keine Sorgen um Ihre Privatsphäre zu machen."

Es überraschte Quaye nicht, dass er sich belästigt zu fühlen schien. Sie vermutete, dass sein Ärger weniger ihr galt als der Anwesenheit von Xiao Lou, was sie erstaunte, da er die Familie Chang offensichtlich mochte. Nach einigem Nachdenken kam sie zu dem Schluss, dass er wohl nichts für Kinder übrighatte, und beließ es dabei.

Quaye war stolz auf ihren kleinen Schüler. Nach der ersten Woche konnte sie auf jeden beliebigen Buchstaben zeigen, und Xiao Lou konnte ihn richtig aussprechen. Sie genoss jeden Augenblick, den sie mit dem Kind verbrachte. Obwohl Hunter ursprünglich gegen den Unterricht gewesen war, erkundigte er sich häufig nach den Fortschritten des Jungen. Und er hatte stets ein Lächeln für das Kind, obwohl in seinen Augen eine seltsame Traurigkeit lag.

Zwar vermutete Quaye, dass Hunter ihre Unterrichtsstunden belauschte, zur Gewissheit wurde dies jedoch erst am Heiligen Abend. Quaye hatte Hunter um einen alten Strumpf gebeten, den sie mit Walnüssen und einem Lutscher füllte. Sie erzählte Xiao Lou die Weihnachtsgeschichte und überreichte ihm dann das Geschenk. Als der Junge fort war, starrte Hunter still ins Feuer. Quaye fragte ihn, ob alles in Ordnung sei.

Er antwortete nur: „Ich wusste nicht, dass heute Weihnachten ist."

Am nächsten Tag beendete Quaye gerade den Unterricht, als Sonny in die Hütte gestürzt kam. Seine Augen waren weit aufgerissen vor Erregung.

„Mr Bell!"

Hunter legte sein Buch beiseite. „Was gibt es, Sonny?"

„Weiße Männer kommen und sagen, Claim gehört ihnen. Sie nehmen unser Claim-Papier und gehen mit Lao Jong in die Stadt. Sagen, sie haben Schürferrat nur für Weiße."

Hunter fragte sich, warum die Männer mitten im Winter einen Claim für sich beanspruchen wollten. „Was war der Anlass dafür?"

„Lao Jong gehen in die Stadt, Lampenöl kaufen. Böse Männer sehen sein Gold und folgen ihm in unser Lager. Sie sagen, wir müssen sofort gehen, sonst sie erschießen uns. Wir zeigen ihnen unser Claim-Papier, aber sie sagen, nicht in Ordnung. Sie bringen Lao Jong fort. Sagen, wir können ihn mitnehmen, wenn unsere Wagen die Stadt verlassen, oder er werden hängen heute Abend."

„Wie viele Männer waren es?"

„Sechs."

Hunter runzelte die Stirn. „Ich werde sehen, was ich tun kann."

Sonny sagte mit scharfer Stimme in Richtung des Vorhangs: „Xiao Lou! *Ni mashang hui jia, ba!*" – Du gehst sofort nach Hause! Der Junge kam hastig hinter der Abtrennung hervor, griff nach seinem Mantel und lief aus der Hütte. Quaye blieb schweigend hinter dem Vorhang sitzen, während Hunter sich einen Colt um die Hüfte band und hinausging. Sie machte sich Sorgen, dass ihm etwas zustoßen könnte.

HUNTER UND SONNY ritten in die Stadt, wo Sonny die Pferde der Männer, die Lao Jong mitgenommen hatten, vor dem Saloon entdeckte. Am Eingang des Saloons bedeutete Hunter Sonny draußen zu warten.

In einer Ecke der Bar hatten sich die Männer um Lao Jong versammelt, der mit den Händen hinter dem Rücken an einen Stuhl gefesselt war. Seine Nase blutete, da man ihn mehrfach geschlagen hatte. Ein stämmiger rotgesichtiger Kerl mit ausgedünntem Haar versuchte Lao Jong etwas in den Mund zu stopfen. Hunter erfasste sofort, dass es dessen Zopf war. Alle Anwesenden im Saloon stachelten Lao Jongs Peiniger mit lauten Rufen an.

Hunter legte die Hand auf seinen Revolver. „Bindet ihn los!"

Die Leute in der Bar wandten sich sofort zu ihm um, und in einigen Gesichtern fand er bestätigt, dass zumindest ein Teil von dem, was Quaye über ihn gesagt hatte, der Wahrheit entsprach: Sie fürchteten ihn.

Als niemand Anstalten machte, den Mann loszubinden, trat Hunter vor, zog sein Bowiemesser aus dem Gürtel und schnitt die Seile selbst durch. Lao Jong erhob sich unsicher. Schnell fasste Hunter ihn am Arm und geleitete ihn aus dem Kreis der Männer. Niemand versuchte ihn aufzuhalten.

„Haltet euch von meinem Claim fern!", warnte Hunter die Goldsucher.

Der Mann, der den Zopf in der Hand hielt, machte ein finsteres Gesicht. „Der Claim eines Chinesen ist das gelbe Fleisch nicht wert, das ihn abgesteckt hat.“

„Es ist nicht ihr Claim, sondern meiner. Ich habe ihn den Chinesen im vergangenen Herbst abgekauft.“ Hunter holte die Quittung hervor, die Sonny ihm für den Bau seiner Hütte ausgestellt hatte, und hielt sie in die Höhe. „Hier habe ich einen Beleg über den Verkauf. Will das jemand anzweifeln?“

Einer der Männer rief: „Warum haben die Schlitzaugen dann da oben ihr Lager aufgeschlagen?!“

„Sie arbeiten für mich.“

Der Claim eines Chinesen galt als Freiwild, aber es war etwas vollkommen anderes, einem Weißen sein Land zu stehlen. Daher gaben die Männer lieber klein bei. Nur der rotgesichtige Mann widersetzte sich.

„Er lügt. Ich habe das Gold der Schlitzaugen selbst gesehen.“

Hunter warf einen kühlen Blick in die Runde.

Schließlich sagte einer der Männer: „Lass gut sein, Jak. Das Land ist vergeben.“

Hunter glaubte sofort zu wissen, mit wem er es zu tun hatte. „Jak Morse?“

Der Fremde sah ihn verblüfft an. „Was geht dich das an?“

„Ach, nur so. Du interessierst mich nicht die Spur“, antwortete Hunter. Dann fügte er, so laut, dass alle es hören konnten, hinzu: „Ich werde nicht nur jeden Mann erschießen, der mein Land betritt, sondern im nächsten Frühjahr auch meinen Bach umleiten, wenn ihr mir Ärger macht. Dann werden wir ja sehen, wie euch das Trockenwaschen gefällt.“ Damit schob er Lao Jong vor sich her zur Tür.

„Wohin willst du ihn denn umleiten?!“, rief ein Goldsucher ihm nach.

„Ich werde die Wiese überfluten, um Reisfelder darauf anzulegen. Meine schlitzäugigen Freunde lieben Reis.“

Als sie ins Freie traten, ließ Lao Jong den Kopf hängen, da der Verlust seines Zopfes ihn beschämte.

Sonnys Gesichtsausdruck verriet, dass er aufgewühlt war. „Du nehmen unseren Claim?“

Hunter, der immer noch grimmig dreinschaute, sah zu ihm hinüber. „Hast du etwa gelauscht?“

Sonny nickte.

„Das ist die einzige Möglichkeit, damit ihr euer Land behalten könnt. Was immer ihr dort findet, gehört euch“, erklärte Hunter.

Sonny entspannte sich. „Verstehe.“

Bevor sie die Stadt verließen, machten sie beim Krämer halt, wo Hunter Zwirn erstand, dazu ein paar Damenschuhe und vier Gewehre für die Chinesen.

Sonny wog eine der Waffen in der Hand und streichelte ihren Schaft. „Jetzt wir halten böse Männer fern."

„Glaub ja nicht, du hättest auch nur die geringste Ahnung, wie man dieses Ding benutzt", sagte Hunter rundheraus. „Ich werde dir beibringen müssen, wie man schießt. Und dann musst du üben."

Kapitel 5

Diese Frau hat gelesen, was meine Geliebte mir einst schrieb.

Hunter Bells Tagebuch, 26. Dezember 1857

Gleich an ihrem ersten Tag in der Hütte hatte Quaye die staubigen Bücher auf dem Regal neben dem Kamin gesehen und sich gefragt, ob wohl eine Bibel dabei sei. Als Kind einer katholischen Familie hatte sie in den schwierigen Jahren aus ihrer Religion Kraft geschöpft. Anfangs hatte Jak gedacht, ihr Glaube sei töricht, aber harmlos. Als er jedoch merkte, dass der Glaube ihr nach und nach wiedergab, was er genommen hatte, ergriff Jak Maßnahmen, um ihn aus ihrem Leben zu verbannen. Der Rosenkranz verschwand. Zudem untersagte er ihr, an der Messe teilzunehmen, und verbot ihr schließlich, von ihrem Glauben auch nur zu reden. Jak wollte nicht einmal mehr eine Bibel im Haus dulden.

Nachdem Hunter fort war, schwang Quaye die Beine über die Bettkante, doch beim ersten Schritt durchzuckte ein scharfer Schmerz ihr Bein, sodass sie sich auf dem Stuhl abstützen musste. Doch dann humpelte sie, ohne auf die Schmerzen zu achten, langsam durchs Zimmer, bis sie keuchend auf der anderen Seite angelangt war. Dort lehnte sie sich an das Regal, um die Bücher zu betrachten.

Zu ihrer Überraschung konnte sie keine Bibel finden, doch ein dünnes Bändchen mit Sonetten fiel ihr auf. Nachdem sie es kurz durchgeblättert hatte, nahm sie es mit zurück zum Bett. Das Buch sah reichlich abgegriffen aus. Quaye legte sich wieder hin und schlug es auf. Auf dem Vorsatzblatt stand in wunderschöner Handschrift:

> Mein liebster Hunter,
> Du bist mein Licht und mein einzig wahrer Traum. Du bist mein Glaube und meine Religion, und ich lege mein Herz auf den Altar deiner Liebe.

O mein lieber Gemahl, sieh nur, wie ruhig meine Feder sich müht auszusprechen, was meine Seele so gern in die Welt hinausrufen würde. Daher schenke ich dir dieses Büchlein und borge mir die Worte einer anderen: „Mir scheint, die ganze Welt hat sich verändert, seit ich zum ersten Mal den Klang deiner Seele vernahm …“
In zärtlicher Liebe
Deine Rachel

Was mochte das für ein Mann sein, dass eine Frau ihn mit solcher Hingabe liebte?, fragte sie sich. Eines verwirrte Quaye noch mehr: Wo war die Verfasserin dieser Worte? Warum hatte sie den Mann, den sie liebte, alleingelassen? Doch dann fiel ihr wieder das Gerücht ein, dass Hunter seine Frau ermordet habe. Obwohl Quaye bezweifelte, dass es wahr sein konnte, vermochte sie sich seine seltsame Reaktion nicht zu erklären, als sie ihn darauf angesprochen hatte.

Quaye blätterte weiter und begann die Sonette zu lesen. Ein paar Seiten weiter fand sie zwischen den Blättern eine Fotografie eines kleinen Mädchens mit großen, dunklen Augen, dem das Haar in Locken auf die Schultern fiel. Sie fand die Kleine sehr hübsch und fragte sich, in welcher Beziehung sie zu dem Mann stehen mochte. Bei dem Porträt lagen zwei Briefe: einer war zusammengefaltet, der andere steckte in einem versiegelten Umschlag, auf dem nur der Name *Hannah* stand. Zunächst kümmerte Quaye sich nicht um die Briefe, bis ihre Neugier zu groß wurde. Den versiegelten Umschlag hätte sie niemals geöffnet, aber schließlich faltete sie das brüchige Papier des anderen Briefes vorsichtig auseinander.

12. Februar 1856

Pastor Bell,
ich bete, dass Sie mein Schreiben bei guter Gesundheit erreicht. Gott segne Sie für das Geld, das Sie uns kürzlich geschickt haben. Sie waren stets ein großzügiger Mensch. Hannah ist an Geist und Körper wohlauf. Das Bild zeigt, dass unser Herr sie mit der Schönheit ihrer Mutter gesegnet hat und mit der wunderbaren Gesinnung ihres Vaters, denn beides wird in ihrem Gesicht offenbar.

Wir warten und beten für Ihre freudige Rückkehr zu unserer Herde. Bis dahin möge Gottes Friede Sie begleiten.

Schwester Folland

Als Quaye den Hufschlag von Hunters Pferd hörte, schob sie den Brief schnell wieder in das Buch, das sie auf die andere Seite des Bettes legte. Kurz darauf trat Hunter ein, deponierte sein Gewehr auf dem Tisch und holte sich dann eine Kelle voll Wasser aus dem Regenfass. Während sie ihn beobachtete, wurde ihr bewusst, dass der Inhalt des Briefes und der Widmung ihre Wahrnehmung verändert hatte. Mit einem Mal schien er anders auszusehen, als habe er einen Teil seines Äußeren abgestreift, um einen neuen Menschen zu offenbaren.

„Haben Sie Durst?", fragte er.

„Ja."

Er schöpfte das Wasser in einen Blechbecher und brachte ihn zusammen mit dem Ranzen, der seine Einkäufe enthielt, an ihr Bett. Dann reichte er ihr den Becher.

„Haben Sie Lao Jong gefunden?", erkundigte sich Quaye.

Hunter nickte. „Sie haben klein beigegeben."

Bewundernd schaute Quaye ihn an.

„Xiao Lou wird diese Woche nicht mehr herkommen", teilte ihr Hunter mit. „Seine Mutter hat Angst." Dann öffnete er den Ranzen und holte eine Rolle Garn mit einer Nadel hervor. Als Nächstes förderte er ein paar lederne, knöchelhohe Stiefel zutage. „Ich habe Ihnen Garn und Stiefel gekauft."

„Vielen Dank", sagte sie bescheiden. Während Quaye liebkosend über die Stiefel strich, entdeckte Hunter das Buch neben ihr. Sein Gesichtsausdruck veränderte sich schlagartig.

„Was haben Sie da?"

Quaye sah erst das Buch an, dann wieder ihn. Seine Miene machte ihr Angst. „Ihren Gedichtband."

„Woher haben Sie ihn?"

„Es tut mir leid. Ich wollte nicht herumschnüffeln. Eigentlich habe ich nur nach einer Bibel gesucht."

„Ich besitze keine", erklärte er schroff. Als er einen Schritt auf sie zu machte, zog sie instinktiv den Kopf ein, da sie glaubte, er wolle sie schlagen, aber er streckte nur seine Hand aus, um nach dem Buch zu greifen. Einen Augenblick lang starrte er auf die verängstigte Frau. Dann stellte er das Buch wortlos auf das Regal zurück.

Den Rest des Abends herrschte in der Hütte eine spürbare Anspannung. Hunter bereute, dass er seinen Ärger gezeigt hatte. Und Quaye hatte sich wieder in ihre Welt des Schweigens zurückgezogen, während sie ihr Kleid flickte. Sie hatte vor, bald wieder aufzubrechen. Hunter wünschte, Xiao Lou würde sie besuchen, da seine Anwesenheit Quaye immer glücklich machte.

Am nächsten Morgen machte Hunter das Frühstück für Quaye und verließ dann ohne ein weiteres Wort die Hütte. Mehrere Stunden später kehrte er mit einem schweren Karton zurück, den er ohne Erklärung vor Quayes Bett stellte.

„Was ist das?“, wollte sie wissen.

„Die sind für Sie.“

Als Quaye den Deckel des Kartons abnahm, entdeckte sie darin einen Stapel Bücher. Sie nahm jedes Buch einzeln heraus und ließ die Finger über die geprägten ledernen Buchdeckel gleiten – „Sturmhöhe“ von Emily Brontë, „Das verlorene Paradies“ von John Milton, „Moby Dick“ von Herman Melville sowie eine neue Ausgabe des Gedichtbandes „Sonette aus dem Portugiesischen“ von Elizabeth Barrett Browning. Ganz zuunterst in dem Stapel lag eine Bibel. Während Quaye sie behutsam aufschlug, traten ihr Tränen in die Augen.

„Ich weiß, Sie haben es nicht böse gemeint, als Sie sich mein Buch angesehen haben. Es tut mir leid, dass ich Sie erschreckt habe. Wenn Sie nach Hause zurückkehren, dürfen Sie diese Bücher mitnehmen.“ Hunter zögerte kurz, dann fügte er hinzu: „Vielleicht gibt es ja einen Ort, an dem Sie sie vor Jak verstecken können.“

Es erstaunte Quaye, dass Hunter ihre Situation verstand. „Diese Bücher sind wunderschön“, flüsterte sie. „Ich könnte sie im Gasthof lassen.“ Dann breitete sie sämtliche Bücher auf dem Bett aus. „Haben Sie die alle schon gelesen?“

Er nickte. „Ich lese so ziemlich alles, was ich bekommen kann. In West Chester habe ich eine recht ansehnliche Bibliothek zurückgelassen.“

„Waren Sie dort zu Hause? In West Chester?“

„Wir waren dort …“ Er hielt inne und fuhr dann leise fort: „Ich habe dort gepredigt.“

Quaye griff nach dem Band „Sturmhöhe“. „Von diesem Buch habe ich bereits gehört und mir schon immer gewünscht, es zu lesen. Aber Bücher sind ein Luxus, der mir nur selten vergönnt ist.“

„Das überrascht mich nicht. Ich bin Ihrem Jak begegnet“, entgegnete er.

Die Worte ließen sie frösteln. „Wo?“

„Im Saloon. Er war einer der Männer, die Lao Jong entführt hatten.“ Hunter bemerkte die Angst, die sich nun deutlich in ihren Zügen zeigte, und fügte beruhigend hinzu: „Er weiß nicht, dass Sie hier sind.“

Erleichtert wandte sich Quaye wieder dem Buch zu. Sie hatte gerade die ersten Zeilen gelesen, als mehrere laut knallende Donnerschläge durch die Berge hallten. „Ihre chinesischen Freunde lassen wohl Feuerwerkskörper krachen.“

„Nein. Ich habe ihnen Gewehre gekauft, damit sie sich verteidigen können. Aber sie sollten jetzt nicht …“ Er hielt mitten im Satz inne. Quaye verharrte vollkommen reglos und lauschte. Dann hörte sie es auch: ein leises Grollen, das immer stärker wurde, bis der Boden zu zittern schien.

„Ist das ein Erdbeben?“, fragte sie mit angehaltenem Atem.

Hunter schüttelte den Kopf. „Eine Lawine.“

Das Donnern schwoll weiter an, und Hunter versuchte die Entfernung abzuschätzen. „Sie geht nördlich von uns ab. Bei den Chinesen.“

Damit lief Hunter zur Tür, schlüpfte in seinen Mantel und verschwand nach draußen.

ALS HUNTER das Lager der Changs erreichte, war die Lawine bereits weiter talwärts gestürzt – nachdem sie Bäume umgeknickt, die Wagen umgeworfen und zwei der Zelte zum Teil unter sich begraben hatte. Ein Maultier steckte bis zur Brust im Schnee und schrie laut. Der ganze Clan hatte sich bereits vor den Zelten versammelt und betrachtete fassungslos die Verwüstung.

„Seid ihr alle unverletzt?!“, rief Hunter.

Sonny schwenkte sein Gewehr. „Wir sind nicht tot, Mr Bell.“

In diesem Augenblick begann eine der Frauen laut zu schreien. „Xiao Lou! Xiao Lou!“

Sonny sah mit einem Mal sehr ernst aus. „Ihr Sohn ist nicht da!“

Auf der Stelle schwärmten sämtliche Bewohner aus. Hunter schloss sich dem Suchtrupp an und stapfte mühsam durch die dicke Schneeschicht, die die Lawine hinterlassen hatte. Ununterbrochen hallten die Schreie der verzweifelten Mutter in der Wildnis wider.

Mehr als fünfzehn Minuten waren vergangen, bevor Hunter einen Farbtupfer entdeckte, der von dem glitzernden Weiß abstach. Er kämpfte sich durch den hüfthohen Schnee zu der Stelle hinüber, ließ sich dann auf den Boden fallen und schaufelte verzweifelt mit beiden Händen das Eis weg, das das Kind umgab. Als die anderen auf seine Hilferufe hin herbeigeeilt kamen, hatte er bereits ein Bein des Kindes freigelegt, und sämtliche Männer legten sich flach auf den Bauch, um zu graben. Die Mutter weinte verzweifelt.

Xiao Lou war bewusstlos, aber er atmete noch. Seine Lippen und Fingerspitzen waren jedoch blau, und Hunter erkannte die Anzeichen einer weit fortgeschrittenen Unterkühlung. Die Männer hoben den Jungen aus dem Schnee, und Hunter hüllte das Kind in seinen Mantel, bevor er es, die Familie im Schlepptau, zu seiner Hütte trug.

Dort legte er den Kleinen vor den Kamin, während die Mutter des Jungen dicht neben ihm blieb und den Arm ihres Kindes umklammert hielt. Die anderen scharten sich um sie und verfolgten hilflos das Geschehen. Quaye stand auf und kam hinter ihrem Vorhang hervor. Als sie Xiao Lous erschlafften Körper sah, presste sie sich eine Hand auf den Mund.

Genauso wie er es bei Quaye getan hatte, legte Hunter nun seinen Mund auf den des Kindes und füllte dessen Lunge mit warmer Luft, aber das Kind blieb kalt. Der kleine Körper versteifte sich, und ein tiefes Rasseln entrang sich seiner Kehle, die Lippen waren bereits blau verfärbt. Schließlich legte Hunter, völlig außer Atem von der Anstrengung, das Kind nieder und senkte den Kopf vor der Mutter des Jungen. Als er wieder aufblickte, sah Quaye, dass seine Wangen tränenüberströmt waren. Er schaute Sonny an. „Was heißt auf Chinesisch: ‚Es tut mir leid‘?“

Sonny ließ den Kopf sinken. *„Baoqian“*, erwiderte er ernst.

Die Mutter wiegte sich mit schmerzverzerrtem Gesicht vor und zurück und rang die Hände.

Hunter verneigte sich. *„Baoqian, baoqian.“*

Nur das Prasseln des Feuers war im Raum zu hören, sonst war es totenstill. Die Familie, untröstlich in ihrem Schmerz, brach bald auf und trug das tote Kind fort.

Als sie weg waren, saß Hunter schweigend vor dem Feuer, den Kopf über die Knie gesenkt. „Ich hätte ihnen keine Gewehre geben dürfen.“

Quaye humpelte durch den Raum und setzte sich neben ihn. Eine Weile schwiegen beide. Nur das Knistern des Feuers war zu hören. Sie wischte die Tränen von ihrem Gesicht, dann begann sie zu sprechen. „Ich habe nicht geglaubt, dass ich jemals einem Mann wie Ihnen begegnen würde. Sie sind ein guter Mensch.“

Hunter stützte den Kopf in die Hände. „Sie irren sich. Ich habe meine Seele mit meinem Leben und meinem Pfarramt zurückgelassen.“

„Ihre Seele ist nicht verloren, Sie haben sie noch immer.“

Hunter antwortete nicht.

„Was bringt einen Mann dazu, einem geistlichen Amt den Rücken zu kehren?“

„Die Alchemie des Teufels.“

„Was ist das für eine Alchemie, die Gold in Blei verwandelt?“

Hunter senkte den Blick. Schließlich stieß er einen Seufzer aus. „Vor etwa sieben Jahren habe ich im Priesterseminar von Princeton meinen Abschluss gemacht. Die Kirchenältesten gaben mir eine kleine Gemeinde außerhalb von Philadelphia. Während meiner Dienstzeit als Pfarrer dort lernte ich eine junge Frau namens Rachel kennen.“ Den Namen hatte er nicht mehr laut ausgesprochen, seit er aus West Chester fortgegangen war. „Wir haben geheiratet, Rachel und ich. Nach nur einem Jahr eröffnete mir Rachel, dass sie ein Kind erwarte. Sie hatte sich so sehr ein Kind gewünscht. Dies war die glücklichste Zeit in unserem Leben. Fast vier Wochen vor dem erwarteten Geburtstermin setzten bei Rachel die Wehen ein, mitten in der Nacht, und das Baby kam sehr schnell. Es blieb keine Zeit mehr, die Hebamme zu holen. Plötzlich begann Rachel zu bluten. Die Blutung wollte einfach nicht mehr aufhören, und es gab nichts, was ich hätte tun können, außer zu beten. In meinem ganzen Leben habe ich niemals so inbrünstig gebetet. Ich habe Gott versprochen, dass ich ihm alles geben würde, was er verlangte, wenn er sie am Leben ließe.“ Hunter senkte den Blick, und seine Augen wurden feucht. „Als das Blut aus ihrem Körper hinausgeflossen war, wurde ihre Haut aschfahl. Wie Wachs. Während ich sie umfangen hielt, um sie zu wärmen, klagte sie über die Kälte. Bei Sonnenaufgang starb sie in meinen Armen.“ Hunter atmete tief ein, und es dauerte eine Weile, bis er wieder zu sprechen begann. „Wenige Stunden später erschien eine der Gemeindeschwestern in unserem Haus. Sie brachte das Baby fort, während ich mein Herz auf dem Friedhof neben der Kirche begrub. Danach ging ich ins Haus, packte meine Sachen und kehrte nie mehr zurück.“

Einen Moment lang schwieg Quaye. Dann fragte sie: „Das kleine Mädchen, dessen Bild in dem Buch liegt, ist Ihre Tochter?“

Er blickte mit tränennassen Augen auf. „Sie ist wunderschön, nicht wahr?“

Quaye nickte und berührte seinen Arm.

„Sie ist inzwischen vier Jahre alt.“

Über diesen Abschnitt seines Lebens hatte Hunter niemals mit einem anderen Menschen gesprochen. Er konnte nicht erklären, warum er es jetzt tat, warum mit dieser Frau. Aber vor ihr konnte er nichts verbergen. „In jener Nacht hat Gott mir alles genommen.“

„Und deshalb sind Sie zornig auf Gott?“

„Inzwischen ist mein Zorn wohl eher eine Gewohnheit als ein echtes Gefühl.“

„Das tut mir leid“, flüsterte sie sanft. Danach saßen sie noch einige Minuten still beieinander, bis Quaye sich vorbeugte, ihn auf die Wange küsste und dann zu ihrem Bett zurückhumpelte.

Die Beerdigung fand zwei Tage nach dem Tod des Kindes statt, und obwohl das Gehen Quaye noch immer schwerfiel, bestand sie darauf, an dem Begräbnis teilzunehmen. Hunter war froh darüber, dass sie ihn begleitete.

Ihm war klar, dass sein Wunsch, sie in der Nähe zu haben, mehr war als das wachsende Verlangen nach ihrer Gesellschaft; das, wonach er sich sehnte, ging viel tiefer. Es war, als erhole sich seine Seele nach einem schweren Unwetter in der warmen Sonne. Er wusste nicht, ob sie die Macht besaß, sein Herz zu heilen, oder ob er begonnen hatte, sich selbst zu heilen, weil es ihr gelungen war, ihm die verborgene Wahrheit seines Schmerzes zu entlocken. Es interessierte ihn auch nicht. Worte aus dem Johannesevangelium kamen ihm in den Sinn: „Eins aber weiß ich: dass ich blind war und bin nun sehend."

Er fühlte eine Verbundenheit, wie er sie seit seiner Flucht nach Westen nicht mehr gespürt hatte. Auch bei ihr glaubte er eine Veränderung wahrgenommen zu haben, obwohl er befürchtete, dass er sich das nur einbildete. Mehrmals blickte er auf und stellte fest, dass sie ihn ansah. Dann lächelte sie scheu und wandte ihre schönen Augen wieder ab.

Am Tag der Beerdigung lag ein stahlgrauer Nebel über dem Land, der dafür sorgte, dass die Temperatur unter dem Gefrierpunkt blieb. Vier Männer mit Spitzhacken hatten fast den gesamten vorhergehenden Tag gebraucht, um ein Loch in die gefrorene Erde zu schlagen, das groß genug für den Sarg war. Hunter hakte Quaye unter, während er ihr zum Lager der Chinesen hinunterhalf. Als sie näher kamen, konnten sie die Klänge des Beerdigungsrituals hören – die ätherischen Töne der chinesischen Flöte, untermalt vom dumpfen Dröhnen einer Trommel.

Die Familie Chang hatte sich um den Sarg versammelt, der aus einem Baumstamm gehauen worden war. Um den Sarg herum lagen aus Papier geformte Gegenstände wie Geld, Häuser und Pferde. Später würde man sie über dem Grab verbrennen, und der Rauch sollte sie gen Himmel tragen, um sie mit dem Geist des Jungen zu vereinen. Auch Nahrungsmittel lagen bereit: getrocknete Früchte, Wein und ein Huhn, auf Räucherstäbchen aufgespießt, um die Essenz der Speisen zum Himmel aufsteigen zu lassen.

Die Musik schwoll an und brach dann abrupt ab. Der Vater trat mit steinerner Miene vor und nagelte mit einem Hammer den Sarg zu. Dann zündete der Familienälteste, Long Yan, die Papiergaben an. Als das Papier Feuer fing und der Wind es emporhob, war der Himmel übersät von Ascheflöckchen. Schließlich kam Sonny einen Schritt auf Hunter zu. „Mr Bell. Xiao Lous Vater möchte, dass du sprechen."

Hunter wusste, dass diese Bitte lediglich eine Geste des Respekts war, denn abgesehen von Sonny sprach keiner der Chinesen Englisch. Er nahm den Hut ab und trat einen Schritt vor. Es war das erste Mal seit Rachels Beerdigung, dass Hunter vor einem Grab stand. Er holte tief Luft.

„Überall um uns herum sind die Zeichen des Winters zu sehen: die kahlen Bäume, das stille Flussbett. Nichts ist sicherer im Leben oder in der Natur als der Tod. Vielleicht sind wir nur fähig, ihn zu akzeptieren, weil wir an den Frühling glauben. Aber wenn der Tod vor der Zeit kommt, erscheinen uns die Dinge irgendwie anders. Wir fühlen uns betrogen. Manchmal sind wir zornig. Dann sagen wir zu Gott: ‚Mein Wille geschehe, nicht deiner', und wir vergessen das Versprechen des Frühlings." Er blickte zu Quaye hinüber. „In der Kälte unseres Seelenwinters begraben wir unsere Herzen. Dabei riskieren wir, dass wir einen Großteil unseres Lebens mit unserer Trauer vergeuden und mit den Dingen, die wir nicht haben, und dabei ganz vergessen, was wir noch haben." Dann wandte er sich den trauernden Eltern zu. „Euer Verlust tut mir von Herzen leid. Xiao Lou hatte einen guten Vater und eine gute Mutter. Und damit will ich es bewenden lassen." Hunter verneigte sich, trat wieder neben Quaye und setzte seinen Hut auf.

„Vielen Dank, Mr Bell", sagte Sonny.

Der Sarg wurde in die Erde gelassen, und Hunter und Quaye kehrten langsam zu seiner Hütte zurück.

In jener Nacht setzte sich Hunter, in eine schwere Decke eingehüllt, auf die Bank auf der Veranda. Der Himmel über der stillen Weite der Wüste war übersät von Sternen. Nach einer Weile öffnete Quaye schüchtern die Tür; sie zögerte, weil sie seine Einsamkeit nicht stören wollte. Hunter blickte auf, und sie konnte die Melancholie in seinen Augen sehen.

„Was Sie heute bei der Beerdigung gesagt haben, war sehr schön."

Hunter lächelte traurig. „Möchten Sie sich nicht zu mir setzen?"

Sie ließ sich neben ihm auf die Bank nieder, und Hunter legte ihr die Decke um die Schultern. Quaye rückte näher an ihn heran, bis ihre Körper sich leicht berührten. Während Hunter sprach, konnte man seinen Atem vor dem Gesicht sehen. „Beim Bau der Hütte wollte ich, dass die Tür in Richtung meines Claims liegt. Die Chinesen jedoch bestanden darauf, dass die Tür wegen der harmonischen Balance im Osten sein müsse. Ein Glück, dass ich auf sie gehört habe, sonst läge ich immer noch im Schnee begraben."

„Und ich auch", sinnierte Quaye. Sie sah ihn an. „Ich habe Ihnen nie richtig dafür gedankt, dass Sie mir das Leben gerettet haben. Das tut mir leid. Damals war ich nur nicht sicher, ob ich überhaupt gerettet werden wollte."

Er dachte über ihre Worte nach. „Warum bleiben Sie bei ihm?"

Es dauerte lange, bis sie antwortete. „Weil es mein Schicksal ist."

Hunter runzelte die Stirn. „Das ist keine besonders überzeugende Antwort."

„Nein. Aber vielleicht gibt es nicht mehr zu sagen."

„Haben Sie einmal darüber nachgedacht, nach Irland zurückzukehren?"

„Das ist unmöglich."

„Aus welcher Gegend Irlands stammen Sie überhaupt?"

„Ich komme aus Cork."

„Man sagt, dass in Cork der Himmel nicht regnet, sondern weint."

„Es ist ein wunderschönes, tragisches Land", bestätigte Quaye. „Vor der Hungersnot war Irland für ein Kind ein magischer Ort. Nachts sang der Wind ein Schlaflied in den Bäumen." Sie sah zu ihm hinüber. „Haben Sie jemals daran gedacht, zurückzukehren?"

„Jeden Tag", antwortete Hunter leise.

„Und doch bleiben Sie hier?"

„Ich bin schon zu weit gegangen, um heimzukehren."

„Wie kann etwas zu weit sein, wenn jemand auf Sie wartet?"

Hunter senkte den Blick. „Hannah ist ohne mich besser dran. Die Schwestern der Kirche sind viel besser als ich dazu geeignet, sie großzuziehen." Seine Stimme klang wenig überzeugend. „Wie ist es dazu gekommen, dass Sie Jaks Frau wurden?"

„Es war während der großen Kartoffel-Hungersnot. Mein Vater war auf der Suche nach etwas Essbarem unterwegs, als er Jak traf. Der bot ihm an, uns allen zu helfen, nach Amerika zu kommen, aber mein Vater wollte Irland nicht verlassen. Also hat er vorgeschlagen, mich an Jak zu verkaufen."

„Hat Ihr Vater Ihnen das erzählt?"

„Nein. Jak."

„Glauben Sie ihm?"

Quaye antwortete nicht sofort. „Ich habe selbst gesehen, wie Jak meinem Vater das Geld gab."

„Das beweist nicht, dass Jak die Wahrheit gesagt hat." Hunter sah sie ernst an. „Wenn Jak Sie davon überzeugen kann, dass Ihre Existenz für den Menschen, der Ihnen das Leben gab, wertlos war, wird es ihm gelingen, Sie vollends seinen Launen zu unterwerfen. Unsere falschen Vorstellungen können eine Fessel für die Seele sein. Nur wenn wir uns darauf besinnen, wer wir wirklich sind, können wir frei sein."

Jetzt schien Quaye erschüttert zu sein. „Das waren die letzten Worte meines Vaters an mich. Wenn ich nicht vergäße, wer ich bin …"

„Ich kann nicht wissen, was Ihrem Vater durch den Kopf ging, als er Sie weggab. Wahrscheinlich wusste er, dass es keine andere Möglichkeit gab, Ihnen zu helfen. Also hat er getan, was er tun musste, um Ihnen eine Chance zu geben, am Leben zu bleiben." Hunter blickte in die sternenklare Nacht.

„Wir sehen die Dinge nicht so, wie sie wirklich sind – sondern nur so, wie wir glauben, dass sie seien. Es steht schon in der Bibel geschrieben: ‚Wir sehen jetzt durch einen Spiegel ein dunkles Bild‘ – aber kein Spiegel ist so dunkel, denke ich, wie der Spiegel, in dem wir uns selbst betrachten.“

„Ein Spiegel kann nicht lügen.“

„Es ist nicht der Spiegel, der lügt. Aber nirgends irrt der Mensch so sehr wie bei dem Versuch zu erkennen, wer er wirklich ist.“

„Und wer sind wir?“

Hunter sah in ihre sanften Augen. „Wir sind wertvoll, Quaye, und wir verdienen es zu leben, geliebt und gut behandelt zu werden.“

Weil Quaye nicht wollte, dass Hunter sie weinen sah, senkte sie den Kopf und zog sich die Decke übers Kinn.

„Solange Sie nicht selbst begreifen, dass Sie der Liebe würdig sind, werden Sie immer in Knechtschaft leben. Und zwar sind nicht Jak oder irgendein anderer Mensch es, die Sie fesseln, sondern Ihre eigene Wahrnehmung.“

Er berührte ihre Hand, und Quaye umfasste die seine mit festem Griff. Die Wärme ihrer Hand erfüllte ihn mit einem wundersamen Schauer. Wie schön sie ist, dachte Hunter. Plötzlich wurde ihm klar, dass etwas Mächtiges ihn ergriffen hatte und ihn unerbittlich aus dem Schutz seines von Mauern umringten Herzens zog. Doch mit einem Mal umfing ihn eine seltsame Kälte. Er entzog ihr seine Hand, und seine Stimme klang plötzlich teilnahmslos. „Der Heilungsprozess Ihres Knöchels macht gute Fortschritte.“

Quaye verstand die jähe Veränderung seines Verhaltens nicht. „Der Knöchel ist fast verheilt, denke ich.“

Hunter nickte, als verstünde er ohne Worte, was ihre Antwort bedeutete. „Wenn der Himmel morgen früh klar ist, werde ich fortgehen.“

„Fortgehen?“ Quaye rückte auf der Bank ein Stück von ihm ab.

„Ich fahre nach Salt Lake City. Das Heu ist im Schneesturm nass geworden, und in der Stadt gibt es keines mehr. Die Reise wird schätzungsweise vier Tage dauern. Falls es nicht schneit.“

Zögernd fragte Quaye: „Möchten Sie, dass ich bei Ihrer Rückkehr noch hier bin?“

Hunter schwieg einen Moment und sah sie nicht an, als er sprach. „Ja.“

„Dann werde ich so lange bleiben.“ Damit stand sie auf und humpelte hinein. Hunter blickte zu den Sternen empor, und obwohl er es versuchte, konnte er an nichts anderes denken als an Quaye.

KAPITEL 6

Mein Gekritzel ist fast unleserlich, da ich es auf dem Kutschbock zu Papier bringe. Ich fahre mit dem Wagen nach Salt Lake City, um Vorräte zu holen. Quaye ist jetzt allein in meiner Hütte. In Wahrheit weiß ich nicht, was ich mit ihr anfangen soll. Und ich habe Angst, dass sie bei meiner Rückkehr nicht mehr da sein wird.

Hunter Bells Tagebuch, 30. Dezember 1857

Hunter brach am folgenden Tag bereits im Morgengrauen auf. Quaye blieb mit geschlossenen Augen im Bett und hörte, wie er sich auf die Fahrt vorbereitete. Bevor er ging, trat er zu ihr und blieb einen Moment lang schweigend stehen. Als sie die Augen aufschlug, sah er sie an.

„Gute Reise", sagte Quaye.

Er lächelte, dann drehte er sich um und verließ die Hütte.

Quaye ging ans Fenster und beobachtete ihn, wie er über den verschneiten Weg davonfuhr. Als er außer Sicht war, tat ihr das Herz weh, und da begriff sie, dass die Worte der Dichter der Wahrheit entsprachen, dass nicht jeder Schmerz gleich war. Und dass es tatsächlich so etwas wie einen süßen Schmerz geben konnte.

Dann schlüpfte Quaye in Hunters Flanellhemd und machte sich eine Tasse Tee. Sie setzte sich in den Sessel neben dem Kamin und begann, in dem Buch „Sturmhöhe" zu lesen. Aber ihre Gedanken schweiften immer wieder ab, und sie beschloss, stattdessen in dem Band mit den Sonetten zu lesen, denn diese passten am ehesten zu ihrem gegenwärtigen Gemütszustand. Dabei stellte sie fest, dass die Gedichte mit einem Mal anders auf sie wirkten, als seien sie nicht länger in einer fremden Sprache geschrieben, sondern von ihrem Herzen übersetzt und zu ihren eigenen Worten geworden.

Bis jetzt hatte Quaye nicht geglaubt, dass es möglich sei, so für einen Mann zu empfinden. Sie hatte die Liebe bisher eher mit einer losgelösten Neugier betrachtet – so wie man den Pomp und die Pracht königlichen Lebens anschaut und sich fragt, wie es wohl wäre, selbst so zu leben.

Nachdem sie eine Stunde lang gelesen hatte, legte sie das Buch beiseite und machte sich daran, in der Hütte Ordnung zu schaffen. Während der Arbeit wanderten ihre Gedanken immer wieder zu Hunter, und plötzlich verspürte sie den Wunsch, alles über sein privates Reich in Erfahrung zu bringen und sich vorzustellen, sie selbst sei ein Teil davon.

Aber die Erfahrung hatte Quaye gelehrt, dass die grausamste aller Tugenden die Hoffnung war. Eine Mauer aus Zynismus konnte den Schmerz abwehren, aber Hoffnung öffnete sie und machte einen verletzlich. Keinen Augenblick lang verdrängte sie die Tatsache, dass sie am Tag nach Hunters Heimkehr zu Jak zurückgehen würde.

Am dritten Tag seiner Abwesenheit nahm sie die Schiene ab. Ihr Knöchel war bleich, aber die Schwellung war abgeklungen. Vorsichtig belastete sie den Fuß. Der Schmerz war nicht mehr stark. Sie wusste, dass der Fuß jetzt kräftig genug war und ihrer Rückkehr damit nichts mehr im Wege stand.

Später, am Nachmittag desselben Tages, hämmerte jemand mit der Faust an die Tür, und eine Männerstimme rief Hunters Namen. Quaye öffnete vorsichtig und sah einen hochgewachsenen Mann mit jungenhaftem Gesicht vor sich stehen. Er war prächtig gekleidet und trug eine dunkelbraune Melone. Hinter ihm entdeckte Quaye sein Pferd, dessen Zügel einer seiner beiden Begleiter hielt, die auf ihren Reittieren sitzen geblieben waren. Einer von ihnen hatte zwei Gewehre bei sich.

Bei Quayes Anblick nahm der Mann den Hut ab.

„Mrs Bell? Ich bin auf der Suche nach Ihrem Gatten."

Quaye klärte ihn nicht über seinen Irrtum auf. „Mr Bell ist nach Salt Lake City gefahren."

Der Mann reichte Quaye eine Visitenkarte. „Mein Name ist Joseph Wharton. Meine Begleiter und ich haben den ganzen Weg von Kalifornien zurückgelegt, um mit Mr Bell zu sprechen. Wann erwarten Sie ihn zurück?"

„Vermutlich wird er bis morgen Abend fort sein."

„Vielen Dank, Ma'am", sagte der Mann und setzte seinen Hut wieder auf. „Dann werden wir morgen noch einmal wiederkommen. Können Sie uns eine Unterkunft empfehlen?"

„Der einzige Ort in der Stadt, in dem Sie Quartier nehmen können, ist der Gasthof."

„Hätten Sie etwas dagegen, wenn wir uns die Mine ansehen würden?"

Sie blickte beklommen zu den beiden anderen Männern hinüber. „Wahrscheinlich ist nichts dagegen einzuwenden."

„Vielen Dank für Ihre Bemühungen, Ma'am."

Die beiden Begleiter Whartons saßen ab. Dann gingen die Männer zum Bach und zur Waschrinne hinüber. Quaye schloss die Tür und hatte plötzlich Angst, auch wenn sie nicht sagen konnte warum.

Die Männer waren noch keine Stunde fort, als es zu schneien begann. Die Temperatur sank, und Eis überzog die Fensterscheibe. Quaye wusste, dass Hunter wahrscheinlich an diesem Morgen den Rückweg nach Bethel angetreten hatte. Dieser Gedanke machte ihr Sorgen; sie fürchtete, er könnte womöglich in das Unwetter geraten, und hoffte, dass er nach Salt Lake City zurückgekehrt war.

Es schneite die ganze Nacht hindurch, und am nächsten Morgen lagen der Berg und alles, was auf ihm lebte, wieder still unter einem kalten Leichentuch. Den ganzen Tag über betete Quaye und wartete. Aber er kam nicht, weder an diesem Tag noch am nächsten. Es war Montag, nur eine Stunde vor Einbruch der Dämmerung, als Hunter schließlich zurückkehrte.

Kapitel 7

Die schlimmsten Fesseln, die wir in diesem Leben tragen, sind jene, die unsere eigenen Ängste schmieden.

Hunter Bells Tagebuch, 7. Januar 1858

Quaye hörte das Wiehern eines Maultiers und sah vom Fenster aus zu, wie Hunter den Wagen vor den verschneiten Stall lenkte. Ihr Magen krampfte sich vor Aufregung zusammen.

Auch Hunter war nervös. Er hatte sich die ganze Zeit danach gesehnt, zu Quaye zurückzukehren. Am dritten Tag war er aufgebrochen und hatte sich durch den Schnee gekämpft, bis der Sturm ihn dazu gezwungen hatte, wieder in die Stadt zurückzufahren. Schon vor seinem ersten Aufbruch hatte er etliche Stunden darauf verwandt, ein passendes Geschenk für Quaye auszusuchen, und am Ende waren es drei Geschenke geworden. Nachdem das Wetter ihn dann in Salt Lake City aufgehalten hatte, waren noch zwei weitere hinzugekommen. Er hatte sich auch rasieren lassen. Doch sein Gesicht fühlte sich nackt an und er machte sich Sorgen, dass ihr das, was es ohne Bart bloßlegte, nicht gefallen könnte.

Während der langen Fahrt durch die Wüste hatte er an kaum etwas anderes gedacht als an ihre Schönheit. Er war sich nicht sicher, ob das Bild in seinen Gedanken nur ihre körperliche Gestalt zeigte oder auch den Geist, der diese umfasste; ob ihre Augen aufgrund ihrer Form oder Farbe so schön waren oder ob es an der Zärtlichkeit lag, die er in ihnen sah.

Hunter befürchtete, sie könne seine Abwesenheit genutzt haben, um fortzugehen. Doch dann sah er den Rauch über der Hütte aufsteigen und verspürte Erleichterung und Freude. Er zog den Wagen in den Stall und machte sich daran, ihn abzuladen und die Maultiere zu versorgen. Als er endlich zur Hütte hinüberging, herrschte bereits tiefe Dunkelheit.

Die Arme voller Päckchen, trat er ein und schloss die Tür hinter sich. Quaye saß auf der Bettkante. Schweigend starrten sie einander an.

„Ich bin wieder da“, sagte Hunter schließlich und begriff im gleichen Augenblick, wie töricht seine Worte klangen.

Quaye bemerkte sofort, dass er sauber rasiert war. Er sieht jungenhaft aus ohne Bart, dachte sie und hätte gern sein Gesicht berührt. „Sie haben sich den Bart scheren lassen. Ihr Gesicht ist hübsch.“

Hunter blickte verlegen drein und ging nicht auf ihr Kompliment ein.

„Schauen Sie, ich habe Ihnen ein paar Geschenke mitgebracht.“ Mit diesen Worten legte er die Schachteln vor Quaye.

Quaye führte überrascht eine Hand an die Brust. „Das ist alles für mich?“

Hunter nickte und reichte ihr das oberste der Geschenke, eine kleine, handbemalte Blechdose mit Bonbons und Erdnusskrokant. Quaye nahm ein Stück heraus und brach es in zwei Hälften. Die größere hielt sie Hunter hin, die andere schob sie sich selbst in den Mund. Dann öffnete sie den Deckel einer anderen kleinen Schachtel und fand darin einen Weihnachtsbaumschmuck aus mundgeblasenem Glas.

„Das Fest ist zwar schon vorbei“, erklärte Hunter, „aber ich dachte, es würde Ihnen gefallen.“

„Diese Glaskugel ist wunderschön.“ Quaye hielt sie hoch, um sie im Licht der Laterne zu betrachten. Vorsichtig legte sie sie dann wieder in ihre Schachtel zurück. Das nächste Päckchen enthielt eine Haarbürste, deren Griff aus Elfenbein geschnitzt und mit drei Amethysten geschmückt war.

„Oh!“, entfuhr es Quaye. Vorsichtig strich sie mit den Fingern über die Borsten.

„Das hier gehört dazu“, fuhr Hunter fort und übergab ihr noch eine Schachtel.

Als sie den Deckel hob, fand sie einen kunstvollen Handspiegel, eine exquisite Arbeit aus Sterlingsilber. „Ein Spiegel.“ Behutsam nahm sie ihn heraus und blickte überrascht hinein, als hätte sie noch nie zuvor ihr eigenes Spiegelbild gesehen. Schließlich sagte sie: „Er ist wunderschön.“

„Das hängt sicherlich in hohem Maße davon ab, wer hineinblickt“, bemerkte Hunter.

Ein freudiges Lächeln glitt über ihre Züge, als sie den Spiegel vorsichtig wieder zurücklegte. „Das macht mich sprachlos.“

„Ich habe noch ein weiteres Geschenk für Sie.“ Jetzt hielt er ihr ein langes, rechteckiges Päckchen hin. Sie riss das weiße Papier auf, in das es gehüllt war, und starrte dann voll Ehrfurcht auf seinen Inhalt: ein Kleid aus dunkelgrünem Satin.

„Es hat Schnüre, um das Mieder festzuziehen." Hunter klang verlegen. In seiner Welt aus Hirschleder gab es keine femininen Dinge. Ebenso wenig jedoch kamen diese Dinge in Quayes Welt vor. Sie starrte das Kleid nur an, als wage sie nicht, es zu berühren, und blickte zu Hunter auf.

„Wo sollte ich ein solches Kleid tragen?"

„Zum Abendessen habe ich Rindfleisch und Wein mitgebracht. Vielleicht könnten Sie es heute Abend anziehen. Für mich."

Die Bitte freute sie. „Aber davor würde ich gerne baden."

Ein Bad gehörte im Westen nicht zu den alltäglichen Ritualen. Genau genommen hielten es viele für unnatürlich. Hunters Badezuber stand daher in einer Ecke des Raums und war gefüllt mit Säcken voller Kaffee und Hafer.

„Ich hole Ihnen den Zuber", erbot sich Hunter. „Dann können Sie baden, solange ich das Abendessen mache."

Während sie darauf warteten, dass das Badewasser heiß wurde, hängten sie die Decken wieder auf, um den Zuber vom Rest des Raumes abzutrennen. Auf Quayes Bitte hin brachte Hunter ein großes Stück Laugenseife, dann ging er zur Feuerstelle hinüber, kehrte mit einem Kessel voll dampfendem Wasser zurück und goss es in den Zuber. Dann prüfte er die Temperatur des Wassers. „Vielleicht ist es ein bisschen heiß."

„Bestimmt ist es genau richtig", entgegnete Quaye, zog an dem Vorhang und entließ Hunter mit einem entschuldigenden Lächeln. Er brachte den Kessel zurück zum Feuer, zündete am Tisch eine Kerze an und begann mit der Vorbereitung des Abendessens.

Hinter dem Vorhang knöpfte sich Quaye das Flanellhemd auf und breitete es auf dem Bett aus. Noch einmal nahm sie den silbernen Spiegel aus der Schachtel. Das flackernde Licht der Laterne tanzte auf ihrer hellen Haut, während sie ihr Spiegelbild anstarrte, als begegnete sie einer Fremden. Quaye war bewusst, dass die Männer sie reizvoll fanden. Doch seit sie denken konnte, hatte ihre Schönheit sie verraten, daher hatte sie nicht den leisesten Wunsch verspürt, hübsch zu sein. Bis jetzt. Zum ersten Mal sehnte sie sich danach, in den Augen eines Mannes schön zu sein.

Langsam kletterte sie in den Badezuber, dabei stieg das Wasser bis an den Rand. Quaye schloss die Augen, ließ sich in die wohlige Wärme sinken und wünschte nur, das Wasser hätte jeden einzelnen bösen Gedanken fortspülen können, den sie in sich trug – eine Taufe, die sie von allem reinwaschen würde, was sie erlitten hatte. Von allem, was sie war. Plötzlich hatte sie Angst. Wenn Hunter wüsste, was sie getan hatte, würde er sie zurückweisen.

Jak dagegen bedeutete Sicherheit – eine furchtbare, widerliche Sicherheit. Hunter hatte sie in Versuchung geführt zu leben, wo der Tod so viel zuverlässiger war. Dieser schöne Mann besaß für sie eine ganz eigene Liebenswürdigkeit. Und vielleicht war das allein genug, um das Risiko zu rechtfertigen. Hunter hatte so viel für sie getan und doch keinerlei Gegenleistung von ihr verlangt. Es schien ihr unmöglich, dass dieser Mann sich derart über ihre Freude freute, dass ihr Glück ihn so glücklich machen sollte.

Konnte es möglich sein, dass dieser Mann sie liebte? Obwohl sie nicht wagte, das zu glauben, hatte er nichts getan, was auf das Gegenteil schließen ließe. Er war mit ihrem Herzen umgegangen, als sei es etwas sehr Kostbares. Sie blickte auf den Ring an ihrem Finger und erinnerte sich an die Worte ihrer Mutter: *Mögest du die Liebe finden, die ihn eines Tages an die rechte Hand bringt.* Zum ersten Mal, seit ihr der silberne Ring an den Finger gesteckt worden war, nahm sie ihn ab und schob ihn von der linken auf die rechte Hand.

Schließlich stieg sie aus dem Badezuber, trocknete sich ab und zog ihr neues Kleid an. Es gefiel ihr, wie der Satin über ihre weiche Haut glitt. Noch nie zuvor hatte sie ein so elegantes Kleid getragen. Sie verschnürte das Mieder, das die Taille fest umspannte und ihre anmutigen Formen betonte.

Quaye griff nach der neuen Bürste und zog sie durch ihr Haar, bis die langen Strähnen glänzend und weich fielen. Dann nahm sie den Spiegel zur Hand und beäugte ängstlich ihr blasses Gesicht. Schließlich kniff sie sich in die Wangen, um ein wenig Farbe hineinzubringen.

Als sie endlich den Mut dazu aufbrachte, erhob sie sich, blieb aber noch hinter den Decken stehen. „Ich bin fertig."

Hunter hockte vor der Feuerstelle und stach mit einer Gabel in die Steaks. Als sie den Vorhang aus Decken teilte und furchtsam hervortrat, drehte er sich um und stand langsam auf. Sie sah prachtvoll aus in dem Gewand; der grüne Satin wellte sich, wenn sie ging, und betonte das Grün ihrer Augen. Hunter starrte sie an, ergriffen von Ehrfurcht. „Sie sind wunderschön."

Quaye lächelte ihn an. „Danke für dieses schöne Kleid. Jede Frau würde darin hübsch aussehen."

„Es ist nicht der Rahmen, der dem Gemälde seine Schönheit verleiht", erwiderte Hunter. Er deutete auf den Tisch. „Bitte, setzen Sie sich. Das Essen ist fast fertig." Damit wandte er sich wieder dem Fleisch zu.

„In Ihrer Hütte erlebe ich immer wieder Sachen zum ersten Mal. Seit ich nach Amerika gekommen bin, hat niemand jemals ein schönes Essen für mich gekocht."

„Nun, es ist nicht weiter schwierig. Man braucht nur dazusitzen und zuzusehen."

Während Quaye am Tisch Platz nahm, lächelte sie.

„Offensichtlich haben Sie meine Hütte geputzt“, bemerkte Hunter.

„Ich hoffe, Sie haben nichts dagegen.“

Er schüttelte den Kopf. „Sie brauchte dringend eine weibliche Hand.“

Dann stellte er die Flasche Wein auf den Tisch und schob die Steaks mit einer Gabel auf die Zinnteller. „Ich muss mich für mein Essgeschirr entschuldigen.“

„Vermutlich haben Sie dieses Jahr nicht mit Gesellschaft gerechnet“, sagte sie leichthin.

Nachdem er die Gläser gefüllt hatte, nahm er ihr gegenüber Platz und bedeutete ihr anzufangen.

Quaye schnitt ein kleines Stück von dem Steak ab und kaute nachdenklich. „Für einen Mann sind Sie ein ziemlich guter Koch.“

Hunter lachte. „Ist das ein Kompliment?“

Sie nickte. „Ich habe vergessen, Ihnen zu erzählen, dass während Ihrer Abwesenheit ein paar Männer hier waren, die Sie sprechen wollten.“

Er zog die Stirn in Falten. „Was für Männer?“

„Moment, sie haben ihre Visitenkarte dagelassen.“ Quaye erhob sich und holte die Karte. „Sie wohnen im Gasthof unten in der Stadt.“

Während Hunter die Karte betrachtete, löste sich die Anspannung in seinem Gesicht. „Vielleicht wollen sie ja meinen Claim kaufen.“

„Würden Sie ihn denn verkaufen?“

Nachdenklich nippte er an seinem Wein. „Nein. Wann waren sie hier?“

„Am Freitag. Ich habe ihnen erklärt, Sie würden am Samstag zurückkommen.“ Stirnrunzelnd dachte sie daran, dass er länger weggeblieben war als geplant. „Ich hatte solche Angst, dass Ihnen vielleicht etwas zugestoßen sein könnte.“ Sie senkte den Blick. „Während Sie fort waren, habe ich über Ihre Worte nachgedacht.“

„Und was haben Sie gedacht?“

„Dass Sie mir das Gefühl geben, etwas wert zu sein.“ Quaye brauchte ihre Bemerkung nicht zu erklären.

Hunter beugte sich vor und griff nach ihrer Hand. Als er auf ihre Finger hinabblickte, sah er den Ehering. Mehr eine Fessel als ein Ring, dachte er.

„Erzählen Sie mir von Ihrem Ring. Ich habe noch nie etwas Ähnliches gesehen.“

„Es ist ein Claddagh-Ring, wie er in Irland seit vielen Jahrhunderten von Generation zu Generation weitergegeben wird. Meine Mutter steckte ihn mir an dem Tag an den Finger, an dem ich Irland verließ. Er ist alles, was mir noch von ihr geblieben ist. Jak wollte ihn in New York zum Pfandleiher bringen. Es war das einzige Mal, dass ich mich ihm erfolgreich widersetzt habe."

„Er hat nachgegeben?"

Leise sagte Quaye: „Ich habe ihm gedroht, dass ich mir die Kehle aufschlitzen würde, wenn er mir den Ring wegnähme."

Ihre Antwort machte Hunter für einen Moment sprachlos. Dann sah er sich den Ring noch einmal an: In der Mitte befand sich ein zierliches Herz mit einer Krone darüber. Zwei Hände hielten das Herz umfasst. Alles war sorgfältig aus Silber geschmiedet.

„Haben diese Symbole auch eine Bedeutung?"

„Das Herz steht für Liebe, die Hände für den Glauben an die Freundschaft und die Krone für Treue."

„Was bedeutet ‚Claddagh'?"

„Claddagh ist die Stadt, aus der der Ring ursprünglich stammte. Aber man nennt diese Ringe auch irische Eheringe. Sie werden von der Mutter an die Tochter weitergegeben. Wenn man einen solchen Ring an der linken Hand trägt und die Hände des Ringes nach außen zeigen, dann bedeutet das, dass man noch immer auf der Suche ist. Wenn die Hände nach innen zeigen, ist das Herz des Trägers für immer versprochen. An dem Tag, an dem meine Mutter mir den Ring an den Finger steckte, hat sie ihn nach außen gedreht. Jetzt verstehe ich, was sie meinte. Dass ich die Liebe nämlich anderswo finden würde." Sie sah zu Hunter auf. „Was ist mit Ihrem Ring?"

„Ich trage doch gar keinen", erwiderte Hunter und hob zum Beweis die Hände.

„Ich meine den Ring um Ihren Hals."

Ihre Worte überraschten ihn. „Woher wissen Sie davon?"

„In der Nacht, als Sie mich hierherbrachten … als Sie mich in Ihren Armen gehalten haben, um mich zu wärmen. Da habe ich den Ring zwischen uns gespürt. Und später habe ich ihn einmal gesehen, als Ihr Hemd offen stand."

„Er hat Rachel gehört."

Quaye blickte in Hunters Augen, aber es war nicht nur Schmerz, was sie dort sah. Noch etwas anderes lag in seinem Blick, und sie spürte, dass es mit ihr zu tun hatte.

„Was für ein Mensch war sie?"

„Ein guter Mensch. Sie hat mich dazu gebracht, an das Göttliche zu glauben. Ich habe nie mehr eine solche Ehrfurcht vor einer Frau empfunden, bis …" Hunter brach ab und blickte auf ihre Hand hinunter, die auf seiner lag, und betrachtete die Stelle, an der ihr Ring steckte. „Sie haben mir nicht erzählt, was es bedeutet, wenn man den Ring an der rechten Hand trägt."

Sie fühlte, wie sein Blick auf ihr ruhte. „Wenn man ihn an der rechten Hand trägt, bedeutet das, dass die Liebe möglich geworden ist."

Sanft umfasste Hunter ihr Kinn und drehte ihr Gesicht zu sich. Dann beugte er sich vor, und ihre Lippen trafen sich, behutsam zuerst, bis Hunter sie an sich zog. Quaye hatte ihr ganzes Leben lang darum gekämpft, von sich selbst zurückzuhalten, so viel sie nur konnte, doch jetzt wollte sie sich diesem Mann und den Gefühlen, die sie in diesem Augenblick verspürte, ganz hingeben.

Plötzlich löste sich Quaye von ihm. Mit flackernden Augen starrte sie in sein verwirrtes Gesicht, dann stand sie auf und rannte aus der Hütte. Hunter folgte ihr nach draußen auf die Veranda. Sie hielt das Gesicht mit beiden Händen umfasst und schluchzte.

„Was quält dich, Quaye?" Er berührte sie, doch sie prallte zurück. „Liegt es daran, dass du verheiratet bist? Ein gegen den eigenen Willen geschlossenes Versprechen hat keine Gültigkeit."

Sie blickte nicht auf und ihre Stimme nahm einen gequälten Tonfall an. „Lass mich allein, Hunter. Bitte."

Seine Brust war wie zugeschnürt. „Ich werde gehen, wenn das dein Wunsch ist. Aber du musst mir sagen, warum."

„Ich bin nicht deine geliebte Rachel. Du kennst meine Dunkelheit nicht."

„Aber ich kann deinen Geist erkennen. Und was ich sehe, ist rein und unschuldig."

„Dann siehst du nicht so klar, wie du glaubst."

Er trat näher an sie heran, um sie wieder in die Arme zu nehmen, aber sie rückte von ihm ab.

„Ich sehe in dir eine Frau, die heiliger und näher bei Gott ist, als ich ihm mit meinen Studien und meinen Gelübden je gekommen bin."

„Du weißt nichts." Sie blickte auf, und ihr Gesicht war nass von Tränen. „Wir tun, was von uns erwartet wird, Hunter. So abscheulich und gemein es sein mag, wir geben uns dafür her."

Nach einem kurzen Schweigen fragte Hunter: „Was macht dir so Angst, dass du es mir nicht sagen kannst?"

Quaye sah ihm fest in die Augen. „Wenn ich es erzähle, wo würde ich in deinem Herzen dann noch einen Platz finden?"

„Ich weiß es nicht, Quaye. Aber du musst mir vertrauen."

Sie ließ den Kopf sinken, als sei die Wahrheit mit einem Mal zu schwer geworden, um ihn noch aufrecht zu tragen. Dann blickte sie wieder auf, und in ihren Augen lag eine tiefe Traurigkeit. „Als wir in Amerika ankamen, war Jak sehr grausam zu mir. Er schlug mich beim geringsten Anlass, manchmal auch ohne jeden Grund – einfach, um mich daran zu erinnern, dass er dazu imstande war.“ Sie zitterte jetzt. „Jak fand keine Arbeit. Angeblich, weil die irischen Einwanderer bereit waren, für ein Glas Bier zu arbeiten, und so den echten Amerikanern die Arbeit stahlen. Ob dies die Wahrheit war, wusste ich nicht, aber es spielte auch keine Rolle. Ich war so schwach und hatte solche Angst. Irgendwie hat er mir meinen Geist genommen und ich begann zu glauben, es verdient zu haben, was immer er mir antat, weil es mir nicht gelungen war, ihm zu gefallen. Außerdem fürchtete ich nicht nur ihn, sondern auch das Leben ohne ihn, da er mir sagte, was ich zu tun hatte. In New York schickte er mich zur Arbeit in die Fabrik, während er das Geld, das ich dort verdiente, in den Pubs ausgab. Nach der Arbeit machte ich ihm das Abendessen, dann wartete ich, bis er nach Hause kam und mir gestattete, ebenfalls zu essen. Einmal kippte er den Eintopf, den ich gekocht hatte, von seinem Teller und befahl mir, ihn vom Boden zu essen. Ich fragte ihn, warum er das von mir verlange. Daraufhin packte er mein Haar, stieß mich auf die Knie, drückte mein Gesicht in das Essen und erwiderte, es genüge, dass er es mir befohlen habe. Er machte mich zu einem Nichts, und dann hasste er mich, weil ich ein Nichts war.“ Quaye schluchzte, und für einen Moment konnte sie weder sprechen noch Hunter ansehen. Als sie den Kopf wieder hob und Hunter anschaute, lag eine ungewohnte Leere in ihrem Blick. „Eines Abends brachte Jak einen Fremden mit nach Hause.“ Sie hielt inne und wandte sich von Hunter ab, bevor sie mit bebender Stimme fortfuhr. „Jak befahl mir, mich vor dem Mann zu entkleiden. Ich konnte es nicht. Dann drohte er mir, mich zu Tode zu prügeln, und ich erwiderte, er solle es nur tun und dem Ganzen ein Ende machen. Da stürzte sich Jak auf mich und riss mir die Kleider vom Leib. Ich stand einfach nur da und ließ ihn gewähren. Es war, als hätte ich meinen Körper verlassen. Der Fremde hatte Jak Geld dafür gegeben, mich ansehen zu dürfen. Irgendwie gefiel es ihnen beiden.“ Ihre Worte kamen jetzt langsamer. „Aber das war erst der Anfang. Er brachte noch andere Männer mit. Ich habe versucht zu vergessen … Aber sie …“ Sie sah wieder zu Hunter auf, und der dunkle Schmerz in ihren Augen machte ihm Angst. „Verstehst du nun? Ich bin sündhaft und verdorben. Würdest du mich jetzt noch nehmen, nachdem du das weißt?“

Hunter griff nach ihrer Hand. „Die Sünde hat Jak begangen, nicht du.“

„Aber würdest du mich trotzdem nehmen?“

All das, was sie zu tun gezwungen gewesen war, war für Hunter nur noch ein Grund mehr, sie zu beschützen und zu lieben. Aber sie nehmen? Erst da wurde ihm das Gewicht der Ketten bewusst, die ihn an die Vergangenheit banden; die furchtbaren Fesseln der Angst, deren Macht durch seine Gefühle für Quaye noch gewaltiger geworden war.

Er konnte ihr nicht antworten, und während er sie schweigend betrachtete, sah er das Licht in ihren Augen, die schwach aufflackernde Kerze ihres wiedererwachten Geistes, auflodern und ersterben. Und es war, als sei er wieder bei Rachel in dem dunklen Raum. Das Entsetzen darüber, an ihrer Seite versagt zu haben, machte ihn hilf- und sprachlos.

Quaye wandte sich von ihm ab und ging schweigend zurück in die Hütte. Zum ersten Mal in seinem Leben spürte Hunter sich wahrhaft verdammt.

HUNTER schlief kaum. Schon vor dem Morgengrauen verließ er die Hütte und ging jagen, um sich dem quälenden Schweigen von Quayes Schmerz zu entziehen. Er wusste, dass er ihr gegenüber im denkbar wichtigsten Augenblick versagt hatte. Während er durch den Schnee stapfte, überlegte er, was er bei seiner Rückkehr sagen würde, und fragte sich, ob es überhaupt etwas gab, das gesagt werden konnte. Er schoss einen wilden Truthahn, brachte ihn zu seiner Scheune und begann ihn zu rupfen, eine Arbeit, deren Eintönigkeit ihm Erleichterung vor seinen quälenden Gedanken verschaffte.

Das Wiehern eines Pferdes schreckte ihn auf, und er trat an die Tür des Stalls. Es war Jak Morse, der den verschneiten Weg heraufgeritten kam.

„Bell!“, schrie er.

Hunter griff nach seinem Gewehr und ging auf den Reiter zu.

„In der Stadt heißt es, du hättest eine irische Frau hier oben.“

„Was ich habe oder nicht habe, geht dich nichts an“, erklärte Hunter und spannte den Hahn seines Gewehrs. „Jetzt verlass meinen Grund und Boden, es sei denn, du möchtest hier begraben werden.“

Weder Jak noch Hunter selbst zweifelten daran, dass die Drohung ernst gemeint war. Morse wollte sich gerade zurückziehen, als die Tür der Hütte geöffnet wurde. Ohne Hunter anzusehen, kam Quaye auf die Veranda heraus, die Arme zum Schutz gegen die Kälte um den Leib geschlungen. Sie trug nur das Kleid, in dem Hunter sie gefunden hatte, und die Stiefel. Beide Männer starrten sie an.

„Ich bin hier, um dich zu holen!“, rief Jak.

Quaye ging mit leicht gesenktem Kopf auf das Pferd zu. Hunter konnte nicht glauben, was er da sah. Er verstellte ihr den Weg und fasste sie am Arm, aber sie riss sich los, ohne ihn anzusehen.

„Wohin gehst du?“, wollte er wissen.

Ihre Stimme klang gefasst. „Dorthin zurück, wo ich hingehöre.“

„Du gehörst nicht zu ihm, Quaye. Du hast Besseres verdient.“

„Ach ja?“

„Siehst du denn nicht, dass er böse und grausam ist?“

Sie drehte sich zu Hunter um, und ein seltsames Lächeln verzerrte ihr Gesicht, als hätten seine letzten Worte sie erheitert. „O Hunter! Du bist viel grausamer als Jak. Er hat mich zumindest nie glauben gemacht, dass er mich liebt.“ Damit ging sie an ihm vorbei und näherte sich dem Pferd.

„Quaye.“

Sie drehte sich nicht um. Ohne ein Wort hob Jak sie in den Sattel, dann sah er Hunter an, ein arrogantes Lächeln auf dem Gesicht. Quaye saß seitlich auf dem Pferd und hielt den Blick von Hunter abgewandt. Jak gab dem Tier die Sporen, und die beiden ritten in Richtung Stadt davon.

Ungläubig und wie betäubt stand Hunter da; sein Herz hämmerte wild in seiner Brust. Er ging in die Hütte und riss wütend die Decken von der Schnur, die er durch den Raum gespannt hatte. Alles, was er für sie gekauft hatte, war noch da. Die Bücher waren am Fußende des Bettes aufgestapelt, und das Seidenkleid lag säuberlich gefaltet neben der Bürste und dem Weihnachtsschmuck. Alle Geschenke befanden sich wieder in ihren Schachteln, bis auf den Spiegel, der am Fußende des Bettes lag. Er war zersprungen.

Kapitel 8

Wieder bin ich umringt von Mauern der Einsamkeit. Ich glaube, die Hölle ist ein Gefängnis, das wir uns selbst zimmern, Ziegelstein um Ziegelstein, bis wir uns von aller Liebe abgetrennt haben.

Hunter Bells Tagebuch, 8. Januar 1858

Quaye beherrschte Hunters ganzes Denken, sie war in ihm und über ihm und um ihn herum. Während der nächsten beiden Tage überdachte er jene Nacht immer wieder, erinnerte sich an ihren Kuss und daran, wie dieser Kuss seine Welt erwärmt hatte. Seit sie gegangen war, fühlte er kalte Trostlosigkeit. Er hatte sie tief verletzt, und jetzt büßte er für ihren Schmerz mit jedem qualvollen Augenblick seiner Einsamkeit. Dennoch war es nicht sein eigener Verlust, der ihm die größte Qual bereitete, sondern das Wissen darum, wohin zurückzukehren er sie gezwungen hatte.

Er versuchte die Geister dieser Gedanken mit körperlicher Arbeit zu bannen, fällte zwei Bäume und hackte sie zu Feuerholz. Scheit um Scheit ließ er sie zersplittern, bis die Schwielen an seinen Händen Blasen bildeten.

Als sich die Sonne am zweiten Tag ihrem Zenit näherte, hörte er das Klappern der Hufe eines näher kommenden Pferdes. Mit der Axt in der Hand ging er nachsehen, wer da kam. Er hoffte, es wäre Quaye.

Zu Hunters Enttäuschung war es nur ein alter Mann auf einem ergrauenden Maultier. Er trug einen leichten Hut mit breiter Krempe und ein dunkelrotes Wollhemd unter seinem Mantel.

„Sind Sie Bell?!“, rief der Mann und brachte das Maultier zum Stehen.

Hunter stützte sich auf die Axt. „Ja.“

„Mein Name ist Jon Billings. Ich bin auf der Suche nach Arbeit. Mir ist klar, dass Sie im Moment nicht graben, aber wenn Sie mir auch nur den magersten Lohn zahlen können, werde ich’s im nächsten Frühjahr wiedergutmachen.“

„Danke, ich habe jede Menge Hilfe“, erwiderte Hunter schroff.

„Die Leute in der Stadt sagen, Sie hätten bloß Schlitzaugen als Arbeiter hier.“

„Woher kommen Sie?“, fragte Hunter.

„War zuletzt ein Stückchen nördlich von hier. In Goldstrike.“

„Ich habe in Goldstrike geschürft.“

„Wie lief es da?“

„Jetzt bin ich hier.“

Der Mann lächelte, nahm eine schon halb gerauchte Zigarre aus der Tasche und zündete sie an. „*Sodom West* nennen die Zeitungen den Ort. Und sie haben Recht damit.“

„Kennen Sie das Gasthaus Orleans?“

„Sie haben den Namen geändert; es heißt jetzt ‚Red Eye‘. Dieser Cajun, dem das Gasthaus früher gehörte, hat sich eines Abends furchtbar betrunken und einen der Saloons zusammengeschossen. Dafür ist der Bursche dann ins Gefängnis gewandert. Er musste das Gasthaus verkaufen, weil sie ihn für den Neuaufbau des Saloons bezahlen ließen. Seit der Ermordung seiner Tochter war der Cajun nicht mehr ganz richtig im Kopf.“

Hunter starrte den Mann mit ungläubigem Entsetzen an. „Was ist mit seiner Tochter passiert?“

„Wie hieß sie noch gleich?“ Billings dachte einen Moment lang nach, dann zuckte er die Achseln. „Egal, einer ihrer eigenen Gäste hat sie um die Ecke gebracht. Abgeknallt.“

„Isabel“, flüsterte Hunter.

„Ja, richtig. Eine Mulattin. Es heißt, sie sei hübsch wie ein Reh gewesen.“

„Hat man ihren Mörder gehängt?“

„Nein. Der Mann hat ihr Pferd gestohlen und ist aus Goldstrike geflohen, bevor sie ihn einfangen konnten. Es heißt, es wäre ein Prediger gewesen, der sich dem Teufel verschrieben habe. Die Männer von der Bürgerwehr haben das Mädchen gefunden und eine hübsche Belohnung auf den Kopf dieses Predigers ausgesetzt, aber ich schätze, der ist inzwischen schon am Yukon.“

Hunter wandte sich ab.

„Wegen der Arbeit …", begann Billings wieder.

„Wie ich schon sagte, ich brauche keine Hilfe."

„Sie haben Arbeit für einen Chinesen, aber nicht für einen Weißen?"

„Ich schätze, so ist es."

Der Mann schob sich die Zigarre wieder in den Mund und zog an den Zügeln seines Maultiers. „So eine Einstellung bringt einen Mann garantiert in Schwierigkeiten", knurrte er. Dann ritt er auf demselben Weg davon, auf dem er gekommen war.

HUNTER war noch immer wie betäubt von der Nachricht von Isabels Tod, als einige Stunden später drei Männer sich zu Pferd der Hütte näherten. Als sie in Hörweite waren, ergriff der größte von ihnen das Wort.

„Ich nehme an, Sie sind Hunter Bell."

„Sie haben das Vergnügen."

Der Mann stieg von seinem Pferd und kam auf Hunter zu. „Kurz bevor dieses Unwetter ausgebrochen ist, habe ich mit Ihrer Frau gesprochen." Er hielt Hunter seine Visitenkarte hin. „Joseph Wharton ist mein Name, von der Comstock Mining Company in San Francisco. Wir haben von Ihrem Claim gehört. Mr Barton, unser Geologe, hat Ihre Ausgrabungsstellen untersucht. Wir würden gern hydraulische Maschinen herbringen und der Ader in den Berg hinein folgen. Selbstverständlich sind wir bereit, ein Angebot für Ihren Claim zu machen."

„Tun Sie das."

„Die Comstock Company ist bereit, Ihnen eine halbe Million Dollar und einen fünfprozentigen Anteil an der Bethel Mining Company anzubieten."

Doch die Summe ließ Hunter ungerührt. Nicht nur weil er bereits ein Viertel dieser Summe gefördert hatte, sondern auch weil Gold einem gebrochenen Herzen bedeutungslos erscheint. „Ich hatte nicht die Absicht zu verkaufen."

„Sie sind ein zivilisierter Mensch, Mr Bell. Was sollte einen Mann wie Sie dazu bringen, an einem solchen Ort bleiben zu wollen?"

„Und wie würde die Transaktion vonstattengehen?"

„Wir könnten Ihnen das Geld telegrafisch an eine Bank Ihrer Wahl überweisen. Natürlich wäre es auch möglich, bar zu bezahlen, aber das würde ich nicht für klug halten."

„Geben Sie mir ein wenig Zeit, um darüber nachzudenken."

„Unser Vorstand tritt am nächsten Donnerstag wieder zusammen. Ich würde gern am Tag davor Ihre Antwort durchtelegrafieren." Wharton kehrte zu seinem Pferd zurück. „Wir haben uns im Gasthof in Bethel einquartiert."

Hunter brauchte weniger als eine Stunde, um alles einzupacken, was ihm etwas bedeutete. Seit seiner Ankunft in Bethel hatte er eine beträchtliche Menge Gold angehäuft: zwei Lederbeutel voll, die jeweils an die zwanzig Pfund wogen. Selbst ohne den Verkauf seines Claims war er ein reicher Mann, wohlhabend genug, um bis ans Ende seiner Tage von seinem Geld leben zu können, ohne jemals wieder eine Schaufel anrühren zu müssen. In Mexiko konnte er auf einer riesigen Hazienda wie ein König leben.

Seinen Wagen, die Tiere und alles, was er auf seinem Pferd nicht befördern konnte, wollte er den Chinesen dalassen. Das Geld aus dem Claim ginge an Hannah; auf diese Weise würde es ihr an nichts mangeln. Im Lager der Changs wollte er ein letztes Mal haltmachen, um Lebewohl zu sagen, dann würde er zum Gasthof reiten und das Geschäft mit Mr Wharton abschließen.

Als er sein Pferd in das Lager lenkte, wurde er von Sonny begrüßt.

„Hallo Mr Bell. Du gehen irgendwohin?"

„Nach Mexiko."

„Du fortgehen? Das ist schlimm." Sonny schüttelte ungläubig den Kopf. „Ich erzählen den anderen."

Die Changs machten kein Hehl aus ihrer Traurigkeit. Xiao Lous Mutter ging in ihr Zelt und drängte Hunter eine Kette aus Jadeperlen auf. Da die Familie darauf bestand, aß er noch mit ihnen zu Abend, und als er ihr Lager schließlich verließ, war es zu spät, um noch weit zu reiten. Die Straße lag im Dunkeln, als er sein Pferd zu dem Gasthof lenkte, dessen Fenster jedoch noch hell erleuchtet waren.

Als er sich dem Gebäude näherte, musste er unweigerlich an seine Flucht aus Goldstrike denken. Auch damals war ein Gasthaus sein letztes Ziel auf dem Weg hinaus aus der Stadt gewesen. Seine Gedanken kehrten noch einmal zu Isabel zurück. Obwohl er es beunruhigend fand, dass auf seinen Kopf ein Preis ausgesetzt war, hatte die Nachricht von Isabels Ermordung Hunter eher mit Zorn erfüllt als mit Angst um sich selbst. Isabel war ihm zu Hilfe gekommen und hatte dafür mit dem Leben bezahlen müssen. Als Hunter sich an ihre Bitte, sie mitzunehmen, erinnerte, fühlte er sich, als klebe ihr Blut an seinen Händen. Um seiner eigenen Furcht willen war er vor ihr davongelaufen. Geradeso wie er es bei Hannah getan hatte. Und bei Quaye.

Hunter sah durch die dunkle Straße zu dem hell erleuchteten Saloon hinüber, dann zurück zum Gasthof. Er könnte davonlaufen und Quaye dem Tier überlassen, mit dem sie zusammenlebte, in der Hoffnung, dass seine Erinnerung an sie im Laufe der Zeit und mit genügend Alkohol irgendwann verblassen würde.

Oder er konnte das Leben wählen. In diesem entscheidenden Moment hatte er das Gefühl, dass er trotz seiner theologischen Ausbildung den tieferen Sinn seiner Studien nicht begriffen hatte, die zentrale Botschaft des Evangeliums, an das zu glauben er vorgegeben hatte: dass die Richtschnur für ein menschliches Herz, das Barometer für Gut und Böse nichts anderes war als das Ausmaß seiner Bereitschaft, das Leben zu wählen statt den Tod. Und das war der Punkt, an dem er gescheitert war, denn wer sich für das Leben entschied, entschied sich für den Kummer ebenso wie für das Glück, für den Schmerz genauso wie für die Freude. Als Hunter Rachel beerdigt hatte, hatte er mit ihr auch sein Herz begraben, ohne daran zu denken, dass es vielleicht heilen und wieder fühlen könnte. Mit seiner Flucht aus West Chester war er nicht nur vor dem Schmerz des Todes davongelaufen, sondern vor dem Leben selbst.

Hunter hatte sich vernünftige Gründe zurechtgelegt, warum die anderen ohne ihn besser dran wären. Aber er irrte sich. Er hatte eine Schuld auf sich geladen, für die andere würden zahlen müssen, und das war etwas, womit er nicht leben konnte. Entschlossen drängte er sein Pferd die Straße hinunter zum Saloon.

Bisher war er nur ein einziges Mal in dem Saloon gewesen, damals, als er Lao Jong gerettet hatte. Der Raum war etwa zwölf Meter lang, mit einer Theke aus Mahagoniholz, hinter der man einen großen Spiegel sehen konnte mit Regalen, auf denen Flaschen mit schottischem Whisky, Old Bourbon und anderen alkoholischen Getränken standen. Es gab ein halbes Dutzend runder Tische im Raum, aber nur einer war besetzt. Quaye hatte ihm erzählt, dass Jak jeden Abend hier zu finden sei, und sie hatte Recht. Er und drei andere Männer saßen an einem mit leeren Flaschen übersäten Tisch und spielten Poker.

Jetzt drehte Jak sich um, um festzustellen, was die Aufmerksamkeit der anderen erregt hatte. Er runzelte die Stirn. „Was willst du?“

„Ich bin hier, um Karten zu spielen.“

„Die Runde hier ist komplett.“

„Wenn er Zaster in der Tasche hat, ist dieser Stuhl frei“, erklärte der Mann, der neben Jak saß, der, wenn es nach der Größe des Stapels mit Münzen vor ihm ging, gerade auf der Gewinnerstraße war.

Hunter zog seinen Mantel aus und setzte sich auf den Stuhl Jak gegenüber.

„Du bist der Prediger, stimmt’s? Ich bin Jon.“

„Hunter Bell.“ Er streckte ihm die Hand hin.

„Freut mich.“ Jon zeigte auf seine Gefährten. „Das sind Nate und Abraham. Jak kennst du ja schon.“

Mit einem leichten Nicken grüßte Hunter die Männer. „Ich habe schon eine Weile nicht mehr gespielt. Aber ich bin mir sicher, ihr werdet das schon hinkriegen."

Die Männer sahen einander schweigend an und warfen dann begierige Blicke auf den Stapel Münzen, den Hunter auf den Tisch gelegt hatte.

„Was spielen wir?", fragte Hunter.

„Draw Poker", erwiderte Jon.

Hunter winkte dem Barkeeper. „Eine Flasche Roggenschnaps."

Der Barkeeper brachte das Gewünschte sowie ein Glas für Hunter. Der schenkte zuerst den Männern ein, dann sich selbst, bevor er einen großen Schluck nahm und hörbar ausatmete.

Das Spiel entwickelte sich schnell. Wie die Männer gehofft hatten, verkleinerte sich Hunters Münzstapel, auch wenn die meisten Geldstücke über den Tisch zu Jak gewandert waren. Der konnte sich nicht daran erinnern, wann er das letzte Mal beim Spiel solchen Erfolg gehabt hatte, und kam zu dem Schluss, dass Hunter – einmal abgesehen von der Geschichte mit seiner Frau – doch gar kein so schlechter Kerl war. Hunter trank weiter, und die Wirkung des Alkohols war für alle am Tisch deutlich sichtbar. Zweimal setzte er versehentlich doppelt.

„Der Prediger verträgt keinen Alkohol", bemerkte Jon.

„Wahrscheinlich habe ich zu viel getrunken", pflichtete Hunter ihm bei, während er sich das nächste Glas einschenkte. Das Spiel dauerte bis in die Nacht hinein; die Männer blieben geduldig und warteten auf ihren Anteil an der Beute. Gegen zwei Uhr morgens sagte Jak unbekümmert: „Schön, dass du hergekommen bist."

Inzwischen hatte Hunter sein Glas beiseitegeschoben und hielt sich an die Flasche. „Ich habe mich heute Abend nicht besonders gut geschlagen", klagte er wehmütig.

Jak sah ihn amüsiert an. „Du musst noch genauso viel über Karten lernen wie über Frauen."

Hunter nahm die Flasche von den Lippen. „Dann klär mich auf."

„Also, du fängst es vollkommen falsch an. Eine Frau ist wie ein Nigger. Beide respektieren eine starke Hand. Wenn du ihren Willen nicht brichst, machen sie dir nichts als Scherereien. Du darfst einer Frau nicht den Kopf mit Büchern und Religion und dergleichen füllen. Ein Mann, der einer Frau ihren Willen lässt, ist kein richtiger Mann, genau wie ein Wallach kein Hengst ist."

Die Männer lachten.

„Und genau deshalb ist meine Frau zu mir zurückgekrochen, als ich sie holen kam. Der richtige Platz einer Frau ist auf ihrem Rücken. Sie wird nur den Mann respektieren, der sie flachlegen kann.“

Hunter ließ sich seine Verachtung nicht anmerken, während er das ihm verbliebene Häufchen Münzen begutachtete. „Für eine Runde wird es noch reichen. Mal sehen, ob ich etwas von meinem Geld zurückgewinnen kann. Ich glaube, ich muss geben.“

Jak schob ihm gut gelaunt die Karten hin, und die Männer warfen ihren Einsatz in die Mitte des Tisches. Während die Karten über den Tisch glitten, musterte Jak sein Blatt mit steinerner Miene. Er hatte drei Könige bekommen – sein bestes Blatt an diesem Abend. Nach drei Runden waren die drei anderen Männer ausgestiegen. Jak erhöhte weiter, bis Hunter den letzten Rest seines Goldes in die Mitte schob.

„Ich schätze, das war’s“, erklärte Hunter mutlos. „Das Geld liegt auf dem Tisch.“

„Du scheinst einiges Vertrauen in dein Blatt zu haben“, bemerkte Jak. „Ich wäre bereit, einen Schuldschein anzunehmen.“

Hunter schob seine Karten auf dem Tisch zusammen. Er wog die Aussichten ab, dann erkundigte er sich: „Hast du einen Federhalter?“

Jak drehte sich zu dem Barkeeper um. „Hol einen Federhalter.“

Der Mann brachte ihnen ein Stück Papier und eine Schreibfeder an den Tisch. Hunter kritzelte einige Worte darauf und schob das Papier Jak hin.

„Außer Zahlen kann ich nichts lesen, aber davon sehe ich auf diesem Papier keine.“

„Es ist ein Schuldschein über meinen Claim.“

Fassungslos starrte Jak auf das Papier. „Ich mag heute Nacht ja dank deiner Großzügigkeit eine Spur reicher sein als zuvor, aber ich habe von deinem Claim gehört. Und was soll ich diesem Stück Papier entgegensetzen?“

„Deine Frau.“

Mit ungläubiger Erheiterung musterte Jak Hunter, dann sah er die anderen Männer am Tisch an. Er lachte nervös. „Du willst meine Frau?“

„Meinen Claim gegen deine Frau.“

„Hast du deine Chinesinnen etwa über?“, fragte Jak spöttisch.

„Wenn du kein Interesse hast …“ Hunter griff nach dem Dokument, aber Jak legte schnell die Hand auf das Papier.

„Ich habe nicht gesagt, dass ich das Spiel nicht machen will. Ihr Männer seid alle meine Zeugen.“

Hunter drehte das Papier um und schob es zu Jak hinüber. „Dann schreib es jetzt auf.“

„Ich kann nicht lesen und verdammt noch mal auch nicht schreiben.“

„Dann werde ich es für dich tun." Hunter schrieb die Bedingungen des Spiels auf und zeigte das Papier Jon. Der nickte und schob es wieder zu Jak hinüber. „Jetzt unterschreib."

Jak zeichnete ein X auf das Blatt, dann lehnte er sich auf seinem Stuhl zurück. „Das wär's. Ich will sehen."

„Du deckst zuerst auf", entgegnete Hunter.

Ein breites Lächeln legte sich auf Jaks Züge. „Ich sag dir was. Du hast gespielt wie ein Esel." Er drehte seine drei Könige um. „Das macht mich zu einem reichen Mann."

„Nein", erklärte Hunter, „es macht dich zu einem einsamen Mann." Seine Aussprache war plötzlich vollkommen deutlich, sein Blick stocknüchtern. Er deckte drei Asse auf. „Selbst Esel haben ab und zu Glück."

„Da soll mich doch der Teufel holen", murmelte einer der Männer.

Jaks Lächeln schwand. Ungläubig sah er zu, wie Hunter seine Urkunde und die Münzen einstrich und sich erhob. „Ich will sie vor dem Mittag in meiner Hütte haben." Hunter beugte sich über den Tisch, und in seinen Augen stand ein grimmiger Ausdruck. „Und wenn dir dein jämmerliches Leben lieb ist, wird sie keine frischen Verletzungen haben." Mit diesen Worten drehte er sich um und verließ den Saloon.

DIE SONNE stand hoch an einem wolkenlosen Himmel, und der Schnee schmolz und tröpfelte in kleinen Rinnsalen den Berg hinunter, als Quaye zu Hunters Hütte hinaufstieg. Eine Stunde vor Mittag drückte sie die Tür der Hütte auf. Sie war zu Fuß hergekommen und hatte alles, was sie besaß, in ein kleines Öltuch gewickelt. Hunter hatte immer wieder überlegt, was er sagen sollte, und das Einzige, wofür er sich hatte entscheiden können, war eine Entschuldigung. Er war gerade dabei, den Bettpfosten zu bearbeiten, als er sie draußen hörte. Hunter legte das Messer beiseite.

Quaye trat ein und legte ihr Bündel einige Schritte von der Tür entfernt auf den Boden. Die Sonne in ihrem Rücken umgab sie mit einem gleißenden Lichtschein.

„Welches Recht hast du, um mein Leben zu spielen?", fragte sie wütend.

Hunter antwortete nicht.

„Hast du geglaubt, du könntest mich kaufen?"

„Ich habe dich nicht gekauft."

„Nein, du hast mich in einem Kartenspiel gewonnen. Jak hat wenigstens bar für mich bezahlt."

„Ich habe nicht dich gekauft. Nur deine Freiheit." Langsam erhob er sich vom Fußboden und sah ihr dabei fest in die Augen. „Ich bedaure, was ich getan habe. Und noch mehr, was ich nicht getan habe. In der Nacht, als ich dich im Schnee fand, glaubte ich, Gott hätte dich zu mir geschickt, um mich zu quälen, den Schmerz noch einmal zu durchleben, den ich bei Rachels Verlust durchlitten hatte.“ Er senkte den Blick, verlegen über die Unbeholfenheit seiner Worte. „Quaye, ich weiß, dass ich dich verletzt habe. Wenn ich noch einmal von vorn beginnen könnte, würde ich nicht denselben Fehler machen.“

Schweigend sah Quaye ihn an. Dann sagte sie schließlich: „Ich kann nicht sie sein.“

„Du bist es, die ich liebe.“

„Du liebst mich? Wie lange denn? Bis der Schmerz der Erinnerung zurückkehrt und du in eine andere Stadt davonläufst? Was wäre dann noch von mir übrig?“

„Aber ich werde dich nicht verlassen.“

„Das hast du bereits getan, Hunter.“

„Bitte, gib mir noch eine Chance.“

Sie senkte den Blick. „Tut mir leid, ich kann nicht.“

„Dann gib mich frei. Sag mir, dass du mich nicht liebst.“

Jetzt begann sie zu weinen. „Genau deshalb kann ich dir nicht noch eine Chance geben. Noch nie habe ich jemanden so sehr geliebt oder gefürchtet wie dich. Ich wünschte, du hättest mich in jener Nacht sterben lassen.“

Hunter holte tief Luft und ging, während die Worte noch in seinem Herzen brannten, in eine Ecke der Hütte. Inmitten eines Stapels hölzerner Kisten bückte er sich und kehrte dann mit einer ledernen Börse zurück. Er hielt sie Quaye hin. „Das ist genug für deine Rückkehr in den Osten. Oder nach Irland.“

Doch Quaye wollte sie nicht anrühren. Stattdessen wischte sie sich über die Augen. „Ich möchte nicht in deiner Schuld stehen.“

Hunters Stimme wurde weich, und die Worte kamen ihm nur stockend über seine Lippen. „Quaye, in welche Hölle du mich auch schicken willst, ich habe es verdient. Ob ich es ertragen kann, wenn du mich noch einmal verlässt, weiß ich nicht, doch das ist jetzt nicht mehr meine Entscheidung. Aber ich weiß, lieber würde ich tausend Tode sterben, als dich noch einmal bei Jak zu sehen. Ich bitte … nein, ich erflehe nur eins: Nimm dieses Geld und geh so weit fort von hier, wie du nur kannst. Wenn du jemals etwas für mich empfunden hast, dann gib mir nur das, um den Schmerz zu lindern, der mich für den Rest meines Lebens begleiten wird: Lass mich sicher sein, dass du nicht mit ihm zusammen bist.“

Quaye sah Hunter in die Augen, dann nahm sie die Börse und wandte sich ab. Einen Augenblick hielt sie unentschlossen inne, bis sie sich schließlich bückte, nach ihrem Bündel griff und die Hütte verließ. Als die Tür hinter ihr zufiel, ging Hunter in seine Speisekammer, holte einen der Krüge mit Brandy heraus und begann zu trinken.

HUNTER lag voll bekleidet unter seinen Decken, als Sonny hereinkam. Er hatte jetzt seit fast drei Tagen im Bett gelegen und den ganzen Krug und zwei weitere Flaschen Brandy getrunken. Der Raum stank nach Alkohol und Erbrochenem.

Sonny war gekommen, um das Vieh zu füttern, als er Hunters Pferd im Pferch sah. Er rief nach ihm, und als er keine Antwort bekam, öffnete er die Tür der Hütte. Zuerst bemerkte er Hunter im Bett und dann die Flaschen. „Mr Bell, du trinken zu viel Whiskey."

„Nicht genug."

„Warum du nicht gehen nach Mexiko?" Sonny ging zum Kamin und machte sich daran, das erloschene Feuer neu zu entfachen.

„Ich habe die Mine nicht verkauft. Ihr könnt trotzdem behalten, was ich euch geschenkt habe."

Jetzt zündete Sonny ein Streichholz an und das Feuer flackerte auf. „Ich bringen Long Yan. Er kennen chinesische Medizin."

„Wahrscheinlich hat er nichts gegen Melancholie."

„Melancholie", wiederholte Sonny. Plötzlich weiteten sich seine Augen. „Irischfrau?"

„Ja", sagte Hunter, und es war beinahe ein Seufzen. „Die irische Frau."

„Ich machen Tee gegen schlechten Kopf." Während Sonny wartete, bis das Wasser kochte, durchstöberte er Hunters Vorräte. Der Knall eines Gewehrschusses schreckte ihn auf.

„Hunter Bell!", brüllte ein Mann.

Doch der lag vollkommen reglos da, als hätte er die Stimme nicht gehört.

Sonny trat ans Fenster, zog die Vorhänge zurück und meldete: „Zwei Männer kommen. Der böse Mann."

„Hol mein Gewehr", bat Hunter. „Es lehnt am Regal." Als er aus dem Bett stieg, drehte sich der Raum vor seinen Augen. Er hielt inne, bis er wieder festen Boden spürte. Dann öffnete er langsam die Tür und sah Jak in Begleitung eines hochgewachsenen, grimmig dreinblickenden Mannes, der ein Gewehr im Arm hielt. Sein Abzeichen wies ihn als Sheriff Ponds aus.

Hunter zog seine Stiefel an und trat hinaus. Jak zeigte gerade auf das Appaloosa-Pferd im Pferch.

„Was wollt ihr?", fragte Hunter.

„Das ist der Pferdedieb und Mörder!", rief Jak.

Der Sheriff zielte mit seiner Flinte auf Hunter. „Bell, ich verhafte Sie wegen des Mordes an Isabel Gayarre."

Hunter blieb ungerührt. „Isabel war meine Freundin. Die Bürgerwehr von Goldstrike hat sie getötet."

„An dem Tag, an dem Isabel Gayarre tot aufgefunden wurde, sind Sie mit ihrem Pferd aus Goldstrike verschwunden. Dieses Appaloosa-Pferd passt genau auf die Beschreibung."

„Es ist tatsächlich Isabels Pferd. Ich habe es ihr abgekauft."

„Mit einem Schlag auf den Schädel", warf Jak ein.

„Isabel hat mir geholfen, der Bürgerwehr zu entkommen, und die Männer haben sie dafür getötet."

„Das wird vor Gericht verhandelt werden", erklärte Ponds. „Kommen Sie jetzt mit mir."

ES DAUERTE nicht länger als zwei Tage, bis die Nachricht von der Verhaftung des Predigers Goldstrike erreichte. Während Goldstrikes Bürger die Neuigkeit von Hunters Gefangennahme feierten, erfüllte sie Isabels Mörder, Thomas Cage, mit Furcht.

Cage hatte Isabel erschossen, als er erfuhr, dass sie Hunter die Flucht ermöglicht hatte. Jetzt lebte er mit gutem Grund in Angst. Isabel war in der Stadt sehr beliebt gewesen, und Cage wusste, was geschehen würde, wenn ihr Vater, die Bewohner der Stadt oder auch nur einer von der Bürgerwehr denjenigen finden würden, der die Schuld an ihrem Tod trug. Sie würden die Angelegenheit mit Gewehr oder Seil bereinigen. Die Stadt hatte Cage' Geschichte über das Verbrechen des Predigers akzeptiert, und er hatte sich darauf verlassen, dass er Hunter niemals wiedersehen würde. Die hohe Belohnung, die auf den Kopf des Predigers ausgesetzt war, hätte eigentlich dafür sorgen müssen, dass Hunter sich von der Stadt fernhielt. Und nun befürchtete er, Hunter könnte Beweise besitzen, die seine Unschuld belegen und stattdessen ihn, Cage, belasten würden. Deswegen wollte er dafür sorgen, dass Hunters Beweise niemals ans Tageslicht kämen. In aller Eile rief er zu einer Zusammenkunft der Mitglieder des Bürgerwehrausschusses im Saloon auf.

Die Männer der Bürgerwehr reagierten mit hitziger Erregung auf die Nachricht von Hunters Gefangennahme und strömten in Scharen in den Saloon. Cage stachelte ihre Entrüstung bis zum Siedepunkt an mit der Behauptung, dass Bethel eine Stadt sei, die den Prediger ungeschoren mit dem Mord an einer der besten Frauen Goldstrikes davonkommen lassen würde.

„Denkt an meine Worte", warnte Cage sie. „Er wird sich mit der Zunge eines Dämons von dem Verbrechen reinzuwaschen versuchen."

So kam die Menge einstimmig zu der Auffassung, dass es nur eine anständige Möglichkeit gab, auf diese Herausforderung zu reagieren: Sie mussten die Angelegenheit selbst in die Hand nehmen.

Es war eine Stunde vor Sonnenuntergang an Hunters viertem Tag seiner Inhaftierung, als der Hilfssheriff plötzlich in das Gefängnis von Bethel stürmte. Er verriegelte die Tür hinter sich, und es folgte eine besorgte Diskussion zwischen ihm und dem Sheriff.

Hunter lehnte sich an die langen Gitterstäbe seiner Zelle, um festzustellen, was die Männer so erregte. Draußen vor seinem Fenster wurde der Lärm von Pferden und Männerstimmen hörbar. Nach den Geräuschen zu urteilen, die zu ihm vordrangen, schätzte Hunter, dass es vierzig bis fünfzig Männer sein mussten.

Der Sheriff lud zwei Gewehre und stellte eine Schachtel mit Munition griffbereit neben sich. Offensichtlich hatten sie Angst. Hunter ahnte, dass diese ganze Aufregung etwas mit ihm zu tun hatte.

Der Aufruhr draußen fand seinen Höhepunkt in einer Abfolge von Gewehrschüssen, und plötzlich senkte sich Schweigen über die Menge, gefolgt von der Stimme eines einzigen Mannes. „Mach auf, Sheriff!"

„Ihr Burschen geht am besten wieder zurück nach Goldstrike!", rief der Sheriff. „Hier in Bethel herrscht das Gesetz."

„Der Prediger gehört der Bürgerwehr von Goldstrike, Sheriff. Wir werden erst dann wieder von hier verschwinden, wenn der Kerl hängt."

Hunter umklammerte die Gitterstäbe seiner Zelle.

„Das kann ich nicht tun, Jungs. Jetzt beruhigt euch, bevor noch jemand verletzt wird."

„Genau deshalb sind wir doch hergekommen", ließ sich die Stimme des Mannes erneut vernehmen, und die Menge applaudierte.

Die Stimme des Sheriffs klang belegt vor Anspannung. „Hört zu, Männer. Wenn ihr unbedingt einen am Galgen sehen wollt, gebe ich euch Barberi heraus. Er sollte morgen früh ohnehin gehängt werden."

Barberi war ein übellauniger Goldsucher, der im Gefängnis war, weil er einen Mann erschossen hatte. Jetzt lehnte er in sich zusammengesunken an der gegenüberliegenden Zellenwand, eine Whiskeyflasche an die Brust gedrückt. Das Angebot des Sheriffs entlockte ihm nicht die geringste Reaktion.

„Wir wollen den Prediger!", brüllte der Mann von draußen. Eine Gewehrkugel durchschlug die Tür, grub sich in die Wand dahinter ein, und ein Regen kleiner Gipsstückchen rieselte auf den steinernen Fußboden.

Nun wurde die Stimme des Hilfssheriffs vernehmbar. „Dieser Prediger wird am Ende hängen, so oder so. Wir können es ebenso gut der Bürgerwehr überlassen und uns eine Menge Papierkram ersparen. Verbrenn dir daran nicht die Finger, Sheriff."

Der Sheriff saß einen Moment lang schweigend da, dann sah er zu Hunter hinüber. „Es tut mir furchtbar leid", murmelte er. „Gott erbarme sich deiner Seele."

„Und deiner", erwiderte Hunter.

Langsam drehte der Sheriff sich um und rief dann zum Fenster hinaus: „Casey und ich kommen jetzt raus. Hört auf zu schießen!"

Die Gesetzeshüter öffneten vorsichtig die Tür, dann gingen sie hinaus. Bereits im nächsten Augenblick stürzte eine Horde von Männern in den Raum. Der Anblick der blutgierigen Meute erfüllte Hunter mit Entsetzen. Er trat an seine Zellentür und versuchte vergeblich, den Schlüssel an sich zu reißen, als dieser ins Schloss geschoben wurde. Doch die Tür wurde gewaltsam geöffnet und sofort stürzte sich ein Dutzend Männer auf Hunter. Sie fesselten ihm die Hände hinter dem Rücken und schoben ihn aus der Zelle.

Noch bevor Hunter die Gefängnistür erreicht hatte, wurde ihm eine Schlinge über den Kopf geworfen, dann zerrte ihn die Menge am Seil ins Freie. Draußen vor dem Gefängnis erkannte Hunter einige Gesichter in dem mordlüsternen Mob. Etwa zwanzig Mitglieder der Bürgerwehr von Goldstrike hatten sich eingefunden, aber fast genauso viele stammten aus Bethel. Der Ingrimm der Bürgerwehr hatte sie angelockt. Wortführer des Mobs war Thomas Cage. Hunter entdeckte auch Jak im dichtesten Gewühl. Die Männer stießen Hunter vor sich her, traten nach ihm und rammten ihm ihre Gewehre in den Leib.

Schließlich entschied man sich für eine kahle Platane als angemessenen Galgen und warf das Ende von Hunters Seil über einen kräftigen Ast, der sich etwa vier Meter über dem Erdboden befand.

Cage trat vor Hunter hin und höhnte: „Ich höre, du habest hier dein Glück gemacht, Prediger. Was für eine Schande, dass du dein Geld nicht mitnehmen kannst."

„Du wirst für alle Ewigkeit für den Mord an Isabel in der Hölle brennen."

„Ein bisschen spät, um noch zu predigen. Deine Sünde fällt auf dich zurück. Jetzt hast du die Wahl. Wir können dich ganz langsam hängen, oder du gestehst den Mord, wir ziehen dich mit einem Ruck rauf und die Sache ist erledigt."

Hunter presste die Kiefer zusammen.

„Du bist ein Narr", sagte Cage. „Du wirst so oder so sterben."

Jetzt trat Jak vor und schlug Hunter so heftig mit der Faust ins Gesicht, dass Blut aus seinem Mund lief.

„Es soll da ein Gebot geben, das heißt: Du sollst nicht begehren deines Nächsten Weib, Prediger. Ich möchte, dass du mit dem Wissen zur Hölle fährst, dass ich sie mir jetzt zurückhole!", rief er.

Hunter spuckte das Blut aus, das sich in seinem Mund gesammelt hatte. „Du wirst sie niemals finden."

„Sie ist nicht weit gegangen, nur bis zum Gasthaus. Da ist sie seit einer Woche." Jak grinste. „Ich werde sie mir holen, sobald wir mit dir fertig sind."

Jaks Worte verursachten Hunter Übelkeit. *Warum war Quaye nicht fortgegangen?* Hunter ließ den Kopf sinken und betete lautlos: *Gott, wenn meine Jahre in deinem Dienst irgendeinen Lohn rechtfertigen, flehe ich dich an, mir diese eine Bitte zu gewähren: Nimm mein Leben, aber sorg dafür, dass sie vor ihm sicher ist.*

In diesem Augenblick schreckte ein Gewehrschuss die Menge auf. Die Männer drehten sich um und erblickten alle elf Mitglieder der Familie Chang, die mit Äxten, Beilen, vier Revolvern und zwei von Hunters Gewehren bewaffnet waren.

„Lasst Mr Bell frei!", rief Sonny. Er richtete das Gewehr auf Cage, der die Hände hob und mit zynischem Lächeln zurücktrat.

„Halt, Schlitzauge, wir führen nur das Gesetz aus." Cage sah zu den Männern hinüber, von denen einige bereits ihre Gewehre hoben. Hunter beobachtete das Geschehen. Der Pöbel war zu zahlreich und die Stimmung gegen die Chinesen zu aufgeheizt.

„Nein, Sonny!", schrie Hunter. „Geh zurück nach Hause. Bring die anderen von hier fort!"

Doch der Chinese wich nicht von der Stelle; er war nicht bereit, seinen Freund im Stich zu lassen.

„Ihr sollt gehen!", brüllte Hunter. „Ich habe das Mädchen getötet. Dafür muss ich hängen. Geht jetzt! *Zou ba!* Geht nach Hause!"

Cage lächelte. Der Chinese hatte fertiggebracht, was ihm nicht gelungen war. Verwirrt ließen die Mitglieder der Familie Chang ihre Waffen sinken. In diesem Moment ertönte ein weiterer Schuss, und Cage griff sich an die Brust, sackte auf die Knie und fiel mit dem Gesicht nach vorn in den Schnee. Jak stürzte herbei, um das Seilende zu erfassen, aber ein zweiter Schuss traf ihn in die Brust und warf ihn auf den Rücken.

„Den Nächsten, der nach dem Seil greift, erschieße ich." Die Stimme mit dem schweren Akzent kam von einem einarmigen Mann auf einem Pferd. Langsam trabte er auf die Menge zu, die Pistole in der Hand, die Zügel des

Pferdes unter den Stummel des fehlendes Arms geklemmt. Hunter erkannte Isabels Vater, Père Gayarre.

Ein Mann aus der Bürgerwehr von Bethel, der nicht um die Geschicklichkeit des Cajuns wusste, zielte auf Gayarre, der ihm die Waffe aus der Hand schoss. Jetzt zeigte Gayarre mit seinem Revolver auf einen Mann, der über dem sterbenden Cage kniete. „Binde den Prediger los."

Hastig durchschnitt der Mann die Seile und Hunter befreite sich von der Schlinge.

Gayarre ritt näher heran, und in seinen Augen loderte Rachsucht. „Der Prediger hat meine Tochter nicht ermordet. Die Bürgerwehr war's." Sein Blick schweifte über die Männer. „Ich sollte euch alle töten."

Ein Mann, der zur Bürgerwehr von Goldstrike gehörte, sagte: „Es war Cage, der Isabel ermordet hat. Er hat bekommen, was er verdient." Seine Gefährten beeilten sich, ihm zuzustimmen. Sie ließen Cage im Schnee liegen und kehrten zu ihren Pferden zurück.

Als die Menge sich zerstreute, nickte Hunter Gayarre zu, der seinen Blick nur wortlos und mit vor Schmerz dunklen Augen erwiderte. Hunter bedeutete ihm nichts. Gayarre war gekommen, um sich Cage zu holen; seine Arbeit war getan.

Plötzlich zerriss ein weiterer Schuss die Luft. Hunter schrie auf, presste sich die Hände auf den Leib und brach zusammen. Auf dem Boden hinter ihm lag Jak und hielt eine rauchende Pistole in den Händen. Der Cajun feuerte, und Jak sackte zusammen, um nie wieder aufzustehen.

Kapitel 9

Long Yan saß mit gesenktem Kopf an Hunters Bett. Das älteste Mitglied der Familie Chang sprach leise und in einem melodisch klingenden Mandarin. Der Raum lag im Dunkeln, und die glühenden Überreste der Räucherstäbchen, die um das Bett herum aufgestellt worden waren, warfen ein schauriges Licht auf das Gesicht des Heilers.

Man hatte Hunter das Hemd ausgezogen, und dort, wo die Kugel seinen Bauch durchschlagen hatte, lag ein kalter Umschlag. Die Kugel war unterhalb der Rippen in den Leib eingedrungen und hatte zwar die lebenswichtigen Organe verfehlt, aber eine innere Blutung ausgelöst, und durch den Blutverlust war er ohnmächtig geworden. Jetzt weckte ihn der scharfe Geruch von brennenden Räucherstäbchen. Long Yan hob den Kopf und sprach ihn an. Plötzlich erschien Sonny an der Seite des alten Mannes.

„Hallo Mr Bell", sagte er.

„Ich bin also nicht im Jenseits", erwiderte Hunter ironisch.

Sonny verstand ihn nicht.

„Wie steht es um mich?", wollte Hunter wissen.

„Deine Blutung aufhören."

Hunter schloss die Augen, und Sonny fragte abrupt: „Du nicht töten das Mädchen?"

„Nein."

„Also du lügen, um uns zu retten. Du ehrenwerter Mann."

„Wie lange bin ich schon hier?"

„Zwei Tage."

„Habe ich etwas gesagt?"

„Du sprechen von Irischfrau", antwortete Sonny. „Sie kommen. Halten deine Hand letzte Nacht."

„Quaye? Wo ist sie?"

„Draußen. Ich sie holen."

Ein paar Sekunden später kniete Quaye an Hunters Bett und nahm seine Hand. Ihre Augen waren gerötet vom Weinen.

„Warum bist du nicht fortgegangen, Quaye?"

Sie wischte sich eine Träne weg und stieß einen tiefen Seufzer aus. „Du magst meine Seele befreit haben, Hunter, aber mein Herz hast du in Ketten gelegt."

Hunter drückte ihre Hand und lächelte. „Endlich habe ich mal etwas richtig gemacht." Dann verzog er plötzlich das Gesicht vor Schmerz. „Wie lange bist du schon bei mir?"

„Seit ich von der Verhaftung erfahren habe. Ich war auf dem Weg zu dir, als du angeschossen wurdest."

„Wer hat auf mich geschossen?"

„Es war Jak." Ohne jedes Gefühl fügte sie hinzu: „Er ist tot."

„Woher wusste Isabels Vater, dass ich unschuldig bin?"

„Ein Mitglied der Bürgerwehr ist zu ihm gegangen."

„Ein Mann von der Bürgerwehr mit einem Gewissen?"

„Cage hat die Männer angeführt, als sie seinen Bruder gelyncht haben."

Hunter nickte wissend. „Hat ein Arzt sich um mich gekümmert?"

„Der Arzt hat dir den Verband angelegt. Er hat gesagt, die Kugel sei direkt durch dich hindurchgegangen. Man könne nichts mehr tun. Sonny hat dann Long Yan geholt."

Einen Moment lang schwiegen sie, und Quaye fuhr ihm sanft mit den Fingern durchs Haar. „Ruh dich einfach aus, mein Liebling."

Sonny sprach leise mit Long Yan.

„Wir euch lassen allein, Mr Bell“, erklärte er dann laut.

Hunter hob ein wenig die Hand, und Sonny ergriff sie. „Ich danke dir, Sonny. *Xie xie*.“

Die beiden Chinesen verließen schweigend den Raum. Als sie fort waren, fragte Hunter: „Habe ich mit dir gesprochen?“

Quaye nickte.

„Habe ich Schande über mich gebracht?“

Sie lächelte und nickte abermals.

„Zumindest lächelst du.“ Er stieß langsam den Atem aus. „Es ist seltsam. Ich weiß nicht, ob ich leben oder sterben werde.“

„Du wirst leben“, erklärte Quaye bestimmt.

Hunter nickte. „Ich habe Durst.“

„Moment, ich werde dir etwas Wasser bringen.“ Quaye kam mit einer Kelle voll kaltem Wasser zurück. Sie half Hunter, den Kopf zu heben. Er trank und ließ sich dann wieder auf das Kissen sinken. „Was kann ich sonst noch für dich tun?“

„Sprich mit mir. Hilf mir, den Schmerz zu vergessen.“

„Soll ich dir etwas vorlesen?“

„Ja. Lies mir aus unserem Buch vor.“

Sie ging zum Bücherregal, griff nach seinem Gedichtband und schlug das zwanzigste Sonett auf.

> „Geliebter, mein Geliebter, wenn ich denk
> vor einem Jahr: Da saß ich noch wie eh,
> und deine Fußspur war noch nicht im Schnee,
> und rings das Schweigen war noch ungelenk,
> von deiner Stimme nicht geschult. Ich ließ
> die langen Ketten langsam, Glied nach Glied,
> durch meine Finger gehn, nicht wissend dies:
> dass du schon möglich warst …“

Quaye hatte das Gedicht noch nicht beendet, als Hunter bereits eingeschlafen war. Sie zog ihm die Decke bis zur Brust hoch, beugte sich vor und küsste seine reglosen Lippen.

AM NÄCHSTEN TAG erwachte Hunter erst gegen Mittag. Ein Sonnenstrahl fiel durch das Fenster, und als Quaye durch ihn hindurchtrat, fand Hunter, dass sie wie ein Engel aussah. Sie setzte sich mit einer Schale Suppe neben ihn.

„Hast du Hunger?“

„Ja."

Quaye tauchte den Löffel in die Schale und hielt ihn Hunter an den Mund. Er schloss die Lippen um den Löffel, verzog das Gesicht, schluckte und hustete dann. „Was ist das?"

Lächelnd antwortete Quaye: „Das ist die Suppe, die Sonny gebracht hat. Er hat mir versichert, dass sie dir guttun würde."

Hunter schüttelte den Kopf. „Ich ziehe die Kugel vor."

Einmal mehr lächelte sie. „Dann werde ich dir etwas Brühe holen."

Als sie sich erheben wollte, griff Hunter nach ihrer Hand. „Bleib bei mir."

Sie setzte sich wieder hin.

„Wenn ich weiterleben sollte, müssen wir einige Dinge besprechen."

„Welche Dinge, mein Liebster?"

„Unsere Zukunft."

„Wie seltsam, dass diese Worte so angenehm klingen können. Bisher habe ich die Zukunft niemals als etwas besonders Erstrebenswertes betrachtet."

„Dann werde ich dir helfen, sie so zu sehen, dir helfen zu träumen." Er griff nach ihrer Hand. „Wir werden unseren Claim verkaufen, und sobald ich dazu imstande bin, werden wir die erste Postkutsche nach Pennsylvania nehmen. Dort gibt es einen Ort, der sein muss wie das Paradies vor dem Sündenfall, eine kleine Stadt am Ufer des Brandywine mit Namen Chadds Ford. Die Hügel sind grün, und es gibt dort Obstplantagen mit Äpfeln und Birnen, die sich so weit erstrecken, wie das Auge reicht. Wir werden ein prächtiges Heim kaufen mit Kristallkronleuchtern und schönen Teppichen. Hannah wird eine Harfe besitzen und das Harfenspiel lernen. Außerdem wird sie einen großen Garten haben, in dem sie herumtollen kann, und ein Pony. Und dir werden eine Kutsche und Dienstboten zur Verfügung stehen. Ich werde dir alles geben, was dir jemals verwehrt wurde."

„Also werde ich dich dann haben?"

Er wurde plötzlich ernst. „Wenn du mich willst."

„Du machst einer Frau einen Antrag, die noch nicht einmal eine Woche lang Witwe ist?"

„Ja, das tue ich."

„Du bist ganz schön kühn", bemerkte sie leichthin. „Aber ich will dich nehmen."

„Ich bin ein guter Fang, denn du wirst nicht nur mich bekommen, sondern auch Hannah als Dreingabe. Du musst uns beide nehmen."

„Dich und Hannah. Wir werden eine Familie sein."

„Was wir selbst an Glück nicht nachholen können, wird Hannah mit ihrem eigenen aufwiegen. Und wenn wir alt und grau sind, wird Hannah für uns die Harfe spielen, während unsere Enkelkinder zu unseren Füßen über den Boden krabbeln."

Quaye seufzte. „Du bist ein wunderbarer Traumführer."

Hunter versuchte, sie näher an sich zu ziehen, aber der Schmerz war zu groß. Quaye stieg neben ihm ins Bett. Ihre Münder fanden sich, und Quaye spürte, dass sie sich nichts mehr wünschte als diesen Mann. „Ich schenke dir mein Herz, mein Geliebter, und werde dir folgen, wohin du auch gehst. Zu jedem Traum, zu dem du aufbrichst."

Ihre Nasen berührten sich. „Du bist für mich das Schiff, mit dem ich solch herrliche Träume erreichen kann. Und der schöne Stern am nachtschwarzen Himmel, der mein Schiff lenkt."

„Und aus welchem Buch ist das?"

Lächelnd küsste er ihr Gesicht. „Nur aus meinem Herzen." Dann ließ er sich wieder auf sein Lager sinken und stöhnte leise.

„Du brauchst Ruhe, mein Liebster. Ich will deine Wärme sein."

Er zog ihren Kopf an seine Brust, und Quaye lauschte dem langsamen Schlag seines Herzens, während er wieder einschlief. Dann schloss sie ebenfalls die Augen.

Es war bereits spät an jenem Nachmittag, als Hunter laut stöhnte und sie damit beide aus dem Schlaf riss.

„Was ist mit dir?", fragte Quaye besorgt und griff nach seiner Hand.

Statt einer Antwort legte er ihre Finger auf seine Wange. Sie war ganz heiß vom Fieber. Quaye stieg aus dem Bett, tauchte ein Tuch in den Wassereimer an seinem Lager und tupfte ihm sachte die Stirn ab. Hunter öffnete die Augen und sah sie an. In seinem Blick las sie etwas Unaussprechliches.

„Quaye", flüsterte er.

„Ja, mein Liebster?"

„Ich weiß es jetzt."

„Was weißt du, Liebling?"

„Ob ich leben oder sterben werde."

Hunter legte die Hand vorsichtig auf das heiße Fleisch auf seinem Bauch. Der Bereich um die Wunde herum war entzündet, und rote Streifen kletterten zu seiner Brust hoch. Quaye blickte in seine vom Fieber umnebelten Augen und verstand. Sie presste sich die Hand auf den Mund.

„Tut mir leid."

Verzweifelt umklammerte Quaye seine Finger. „Nein, Hunter. Bitte verlass mich nicht."

„Es ist Gottes Wille."

„Dann werde ich zu Ihm beten." Sie ließ sich vor dem Bett auf die Knie fallen und senkte den Kopf. „Bitte, nimm ihn nicht fort. Ich werde dir alles geben. Alles, außer ihm."

Hunter drückte ihre Hand. „Quaye", sagte er liebevoll. „Lerne von mir. Bete, dass Sein Wille geschehe, nicht unserer."

Ihre Finger zitterten, und ihre Augen waren feucht. „Ich fürchte Seinen Willen."

„Du musst ihn nicht fürchten." Er fuhr sich mit der Zunge über seine ausgedörrten Lippen. „Meine Liebste, bring mir den Beutel vom Regal."

Quaye brachte ihn Hunter. Darin befanden sich eine Schreibfeder und zwei Bogen Papier; einer war beschrieben, der andere leer. Er kritzelte etwas auf die beschriebene Seite, dann reichte er Quaye beide Papiere.

„Der Claim ist jetzt auf deinen Namen eingetragen. Schreib auf, was ich dir sage."

„Bitte, Hunter, nicht jetzt …"

„Du musst zu Mr Wharton gehen; er ist im Gasthof. Sag ihm, dass der Claim dir gehört …"

Ihre Miene verhärtete sich. „Nein. So darfst du nicht reden. Du wirst es tun, wenn du wieder gesund bist."

„Ich muss jetzt sprechen, meine Geliebte. Es bleibt nicht mehr viel Zeit."

Seine Worte schienen sie so scharf wie Dolche zu durchbohren, doch als sie in seine Augen blickte, wusste sie, dass sie gehorchen musste. Er hob die Hand und strich ihr über die Wange. „Du musst unseren Traum leben, Quaye."

Sie kämpfte gegen die Tränen. „Hunter …"

„Sag Wharton, dass du sein Angebot annehmen wirst. Und dass er sich schriftlich dazu verpflichten muss, den Claim der Changs zu schützen."

Quaye kritzelte die Worte auf das Papier.

„Wharton soll das Geld an die Chester County Bank schicken. Ich habe dort einen Freund. Parley Smythe. Ihm kannst du vertrauen."

Während Quaye schrieb, fielen ihre Tränen auf das Papier und ließen die Worte verschwimmen. Sie begann zu schluchzen, und er streckte die Hand nach ihr aus.

„Du hast mich gerettet, warum kann ich dich nicht retten?", fragte sie beklommen.

Seine gequälten Augen leuchteten vor Liebe. „Aber das hast du doch, meine Geliebte." Mit Mühsal holte er Atem. „Ich habe Frieden mit meinem Gott geschlossen." Dann wischte er Quayes Tränen fort. „Weine nicht um mich, denn ich bin ein gesegneter Mann. Zweimal in meinem Leben habe ich die wahre Liebe kennen gelernt. Das ist mehr, als ein Mensch sich erhoffen darf."

Quaye drückte seine Hand an ihre Wange.

„Wirst du Hannah zu dir nehmen, Quaye? Und das zu Ende bringen, worin ich versagt habe?"

Sie nickte. „Ja."

„Wenn sie alt genug ist, um zu verstehen, würdest du ihr dann bitte sagen, dass ihr Vater sie geliebt hat? In dem Buch mit den Sonetten liegt ein versiegelter Brief. Hast du ihn gesehen?"

Sie nickte, eine Hand auf seiner Brust. „Ja. Es soll geschehen, mein Liebster."

„Ich möchte, dass wir heiraten. Erscheint dir das töricht?"

Quaye konnte nicht sprechen und schüttelte nur den Kopf.

„Könntest du meinen Namen annehmen, nur um mich dann zu verlieren?"

Fest drückte Quaye seine Hand. „Und wenn ich dich tausend Mal verlieren müsste." Sie streifte ihren Claddagh-Ring vom Finger und legte ihn in Hunters Hand. „Verheirate du uns. Gott wird deine Worte hören."

Hunter schloss die Finger um ihre und sah sie sehnsüchtig an. „Meine geliebte Quaye." Dann schluckte er. „Ich nehme dich zu meiner mir angetrauten Frau und gelobe, dass ich dich lieben und ehren werde, so wahr mir Gott helfe. Nimmst du mich vor Gott als deinen Ehemann und gelobst, mich zu ehren und zu lieben, so wahr dir Gott helfe, dann antworte jetzt: Ich will."

„Ja, ich will."

„Ich gelobe vor Gott, dir ein liebender und treuer Ehemann zu sein, in guten wie in schlechten Tagen, in Krankheit und in Gesundheit, bis dass der Tod …" Bei diesem Wort brach er ab und schloss abermals die Augen. „… solange ein barmherziger Gott es uns in der Ewigkeit zugesteht."

Hunter betrachtete den Ring und drehte ihn dann nach innen.

„Es ist geschehen, wie meine Mutter es gesagt hat", erklärte Quaye. „Wir haben ihren Wunsch erfüllt."

„Mit diesem Ring als Zeichen unserer Liebe nehme ich dich zur Frau; im Namen des Vaters, des Sohnes und des Heiligen Geistes." Hunter steckte ihr den Ring an den Finger. „Kraft des mir als Pfarrer der Kirche Jesu Christi verliehenen Amtes erkläre ich uns zu Mann und Frau. Was Gott zusammengefügt hat, soll der Mensch nicht scheiden."

„Mein Mann", sagte Quaye. Dann begrub sie den Kopf an Hunters Schulter und ließ sich von ihm festhalten, während sie weinte. Schließlich legte Hunter eine Hand auf Quayes Kopf und schlang ihr Haar um seine Finger. Seine Stimme bebte, als er wieder zu sprechen begann:

„Ich liebe dich … mit aller Leidenschaft der Leidenszeit
und mit der Kindheit Kraft, die fort war, seit
ich meine Heiligen nicht mehr geliebt.
Mit allem Lächeln, aller Tränennot
und allem Atem. Und …“

Er rang nach Luft. Quaye hob den Kopf und sah ihn angstvoll an. Minuten verstrichen, bis sein Atem wieder ruhiger ging.

Sie drückte ihre Wange an seine, und flüsternd beendete sie seinen Vers:

„… wenn Gott es gibt,
will ich dich besser lieben nach dem Tod.“

Nichts war mehr zu hören als sein rauer Atem und das Prasseln des Feuers. Quaye presste ihren Körper an den seinen und drückte ihn so fest an sich, als könnte sie seine Seele daran hindern zu entfliehen.

Mehrere Stunden später, irgendwann in dieser Nacht, hob sich Hunters Brust, als zerre eine geisterhafte Macht an ihr, dann senkte sie sich wieder, und er atmete nicht mehr. In ihrer grenzenlosen Einsamkeit rief Quaye seinen Namen, dann warf sie sich über ihn und schluchzte, als würde ihr Herz zerspringen.

Kapitel 10

Die elegante Kutsche hielt vor einem großen Ziegelbau am Ende einer gepflasterten Straße in West Chester. Der schwarze Kutscher, der einen Zylinder auf dem Kopf trug, stieg vom Kutschbock, öffnete den Wagenschlag, ergriff Quayes Hand und half ihr beim Aussteigen. Sie trug einen schwarzen Satinumhang, um sich vor der Kühle des beginnenden Frühlings zu schützen.

„Das ist das Haus, Ma'am“, sagte er.

„Vielen Dank, Morris“, erwiderte Quaye. Das große Gebäude war umgeben von einem gepflegten Stück Land mit einem bunten Blumengarten. Zwei bronzene Amorstatuen bewachten die Steintreppe, die zur Veranda hinaufführte.

Dies also war Hunters Zuhause gewesen. Im oberen Stockwerk lagen die Wohnräume des Pfarrers; der Rest des Hauses wurde als Heim für Pflegekinder genutzt.

Eine stämmige Frau mit Schürze öffnete die Tür und kam eilig von der Veranda herabgewatschelt, um ihre Besucherin zu begrüßen.

„Schwester Bell!“, rief sie mit strahlendem Lächeln. „Ich bin Schwester

Folland." Sie drückte Quaye an sich. „Wie war Ihre Reise? Sie müssen erschöpft sein."

„Die Reise war ganz erträglich, danke", erwiderte Quaye. „Nach Osten zu reisen ist weitaus weniger anstrengend als nach Westen."

Die Frau zog die Augenbrauen hoch. „Wie das?"

„Jede Station bietet größere Bequemlichkeiten als die vorangegangene, sodass man sich von Tag zu Tag glücklicher schätzen darf."

„Wie recht Sie haben." Die Frau lächelte und legte Quaye eine Hand auf den Rücken. „Wir haben uns so sehr darauf gefreut, Ihre Bekanntschaft zu machen."

„Ich habe mich genauso gefreut, die Ihre zu machen. Gehe ich recht in der Annahme, dass die Vertragsangelegenheiten alle geregelt sind?"

„Ja, Schwester. Es gab noch einige kleine Formalitäten zu erledigen, aber Mr Smythe von der Bank war uns eine große Hilfe. Er war Pfarrer Bell stets ein guter Freund."

„Ja, er war sehr hilfsbereit." Quaye senkte die Stimme. „Weiß sie, dass ich komme?"

„Wir haben noch nicht mit ihr gesprochen, weil wir es für das Beste hielten, dass Sie das Kind zuerst kennen lernen. Nur für den Fall, dass Sie Ihre Meinung …", sie unterbrach sich und wählte ihre nächsten Worte mit Bedacht, „… dass die Umstände sich geändert haben sollten."

„Es hat sich nichts geändert."

Wieder lächelte die Frau. „Bitte folgen Sie mir, Schwester Bell." Sie ging ins Haus und geleitete Quaye in einen Salon, in dem ein kleines Mädchen auf dem Fußboden saß und mit seiner Stoffpuppe spielte.

Als Quaye eintrat, blickte die Kleine auf. Beim Anblick des Mädchens stiegen mächtige Gefühle in Quaye auf. Das Mädchen war Hunters Kind, das bewiesen seine Züge. Aber am deutlichsten war ihr Vater in ihren Augen zu erkennen: ihr Blick war ebenso tief und durchdringend, wie es der von Hunter gewesen war. Und als Quaye dem Mädchen direkt in die Augen sah, fühlte sie, wie ihr Herz voll Liebe war für dieses Kind.

„Ich wäre gern ein Weilchen mit Hannah allein", bat Quaye.

„Selbstverständlich, Schwester Bell."

Als die Frau den Raum verließ, ging Quaye neben dem kleinen Mädchen in die Hocke. „Hallo, Hannah."

Das Mädchen blickte ängstlich auf. „Hallo."

„Hat deine Puppe einen Namen?"

„Sie heißt Rachel." Hannah mühte sich damit ab, das Puppenkleid zuzuknöpfen.

Quaye setzte sich hin und ordnete ihre Röcke. „Lass sehen, vielleicht kann ich dir helfen." Hannah hielt ihr die Puppe hin und Quaye schloss die letzten Knöpfe ihres Kleides, dann gab sie sie Hannah zurück. „Rachel ist sehr hübsch."

„Wie heißt du?", fragte Hannah.

„Quaye."

„Den Namen habe ich noch nie gehört."

„Mein Name stammt aus einem Land, das sehr weit entfernt ist. Jenseits des Meeres."

„Wohnst du dort?"

„Nein, in der Nachbargemeinde."

Hannah begann jetzt, das Kleid wieder aufzuknöpfen. „Wie sieht dein Haus denn aus?"

„Es ist wunderschön und hat große weiße Säulen. Einen Springbrunnen gibt es auch. Außerdem habe ich ein kleines Häuschen für Gäste und Ställe. Und einen schönen Garten mit vielen Blumen."

„Ich mag Blumen", sagte Hannah. „Miss Folland hat mich gehauen, weil ich welche im Beet gepflückt habe."

„Bei mir gibt es viele Wiesenblumen, die du pflücken darfst." Sachte berührte sie den Arm des Mädchens. „Hannah, würdest du dir mein Haus gern mal ansehen?"

Das Mädchen blickte nicht auf, sondern nickte nur. „Dürfen Rachel und Samantha mitkommen?"

„Ja. Ist Samantha auch eine Puppe?"

Sie schüttelte den Kopf. „Samantha ist ein Baum."

Jetzt lachte Quaye. „Dann muss ich erst mal sehen, wie groß Samantha ist."

„Kannst du zum Essen bleiben?"

„Heute Abend muss ich zurück nach Hause. Wäre es dir recht, wenn ich morgen wiederkäme?"

Hannah nickte.

Quaye sah dem kleinen Mädchen in die Augen. „Darf ich dich in die Arme nehmen?"

Hannah nickte schüchtern. Quaye zog das kleine Mädchen an sich und hielt es fest umschlungen, während ihr die Tränen über die Wangen strömten.

Als sie sich voneinander lösten, fragte Hannah: „Warum weinst du?"

„Ich freue mich nur so sehr, dich zu sehen." Quaye küsste sie, dann erhob sie sich und verließ den Raum. Im Korridor kam ihr Schwester Folland entgegen.

„Für heute ist es genug", erklärte Quaye. „Ich komme morgen wieder."

„Es ist klug, dass Sie sich Zeit lassen."

„Ich weiß, wie es ist, wenn man von seinem Zuhause fortgeholt wird", erwiderte Quaye.

Auf dem Weg zur Kutsche bemerkte Quaye einen kleinen Friedhof, der im Schatten des Gebäudes lag. „Schwester Folland, ist das der Friedhof, auf dem Rachel begraben liegt?"

„Ja, meine Liebe."

„Haben Sie etwas dagegen, wenn ich ihr Grab besuche?"

„Ganz und gar nicht."

In der östlichen Ecke des winzigen Friedhofs befand sich ein Grabstein, oben abgerundet und mit einem Kreuz versehen, das über dem Namen eingemeißelt worden war.

RACHEL BELL
16. APRIL 1832 – 1. AUGUST 1853

Quaye bekreuzigte sich und kniete vor dem Stein nieder, den Kopf zum Gebet gesenkt. Schließlich hob sie den Blick und ließ die Finger langsam über die eingravierten Worte auf dem Stein wandern.

„Ich werde mein Bestes tun, um Hannah großzuziehen, Rachel. Und ich werde nicht zulassen, dass sie dich oder ihn vergisst. Das verspreche ich dir."

Schließlich erhob sich Quaye und kehrte zu der Kutsche zurück. Morris öffnete ihr die Tür und half beim Einsteigen. Dann kletterte er auf den Kutschbock und trieb die Pferde an.

VON DA AN kam Quaye jeden Tag von Chadds Ford, um Hannah zu besuchen. Nach zwei Wochen verbrachten die beiden fast den ganzen Tag miteinander. Und ebenso wie Quaye ihre Liebe zu dem kleinen Mädchen entdeckte, lernte auch Hannah, Quaye zu lieben. Das Kind spürte instinktiv, dass Quaye mehr für es bedeutete als Schwester Folland und die anderen Kirchenfrauen.

Noch wusste Quaye nicht, wann sie das Kind mit sich nach Hause nehmen würde. Sie hatte es nicht eilig und glaubte, dass sie den richtigen Zeitpunkt erkennen würde, wenn er käme.

An einem kühlen Junimorgen, sechs Wochen nach ihrem ersten Besuch, kniete Quaye neben Hannah im Kirchgarten und pflanzte Blumen. Während Quaye mit der schwarzen Erde hantierte, war Hannah ungewöhnlich still – so nachdenklich, wie ein vierjähriges Kind es manchmal sein kann. Plötzlich spürte Quaye, dass Hannahs besorgter Blick auf ihr ruhte.

Schnell wischte sie sich den Schmutz von den Händen und zog Hannah an sich. „Was gibt es denn, Schätzchen?"

Hannah sah Quaye mit ernstem Gesicht an. „Willst du meine Mutter sein?"

Ein breites Lächeln legte sich über Quayes Züge, während sie das Kind in ihren Armen hielt und weinte. Am selben Tag wurden Hannahs Taschen gepackt, und sie fuhr gemeinsam mit Quaye davon. Während der ganzen Fahrt über die gewundenen Landstraßen, vorbei an Wäldern, Feldern und Obstplantagen, blickte das kleine Mädchen aus dem Fenster.

Nach etwa einer Stunde näherte sich die Kutsche einem prachtvollen Haus auf einem saftig grünen Hügel, der sich über einer ausgedehnten Obstplantage erhob. Das Gebäude war blassgelb mit weiß gerahmten Fenstern und schwarzen Läden. Sie fuhren durch das Tor und umrundeten einen Springbrunnen.

„Ab jetzt ist das dein Zuhause", sagte Quaye.

Nachdem die Kutsche angehalten und Quaye Hannah beim Aussteigen geholfen hatte, lief diese zur Eingangstür. Im Innern des Hauses hing ein schwerer Kronleuchter aus Kristallglas über der Treppe. Von der Eingangshalle blickte man in einen großen Salon mit einem kunstvoll gearbeiteten Teppich, in dem neben einem Schreibsekretär aus Mahagoni eine vergoldete Harfe stand. An der Wand hing das unvollendete Porträt eines jungen Mannes. Hannah starrte das Bild an.

„Das ist dein Vater", flüsterte Quaye.

Hannah betrachtete das Gemälde noch einen Moment, dann griff Quaye nach ihrer Hand, und gemeinsam gingen sie die Treppe in den ersten Stock hinauf. Oben führte die erste Tür zu einem kleinen Boudoir mit einem marmornen Kamin.

„Dieses Zimmer ist deins, Hannah", erklärte Quaye. In der Mitte des Raums stand ein Himmelbett mit elfenbeinfarbenen Spitzenvorhängen. Auf dem Quilt lag eine Porzellanpuppe. Hannah ging zum Bett hinüber, nahm die Puppe und presste sie an die Brust.

In einer Ecke des Raums stand ein rechteckiger Bodenspiegel mit einem kunstvoll geschnitzten Holzrahmen. Hannah stellte sich davor und drehte sich hin und her. Ihr Spiegelbild ahmte jede ihrer Bewegungen nach. Einige Sekunden später blickte sie zu Quaye auf. „Das bin ich", sagte sie leise.

Zärtlich legte Quaye die Arme um Hannah und betrachtete mit ihr zusammen das Spiegelbild, bevor sie das Kind an sich zog. „Willkommen daheim, mein liebes, kleines Mädchen."

Und vielleicht waren ihre Worte ebenso an sie selbst gerichtet wie an das Kind.

Epilog

Ich blicke voller Staunen auf den Weg zurück, der mich an diesen Ort der Ruhe geführt hat. Obwohl man die Wunden der Vergangenheit nicht vergisst, können Narben auch Anlass zur Dankbarkeit sein, wenn sie uns an den Heiler erinnern … Es vergeht kein Tag, an dem ich nicht an ihn denke. Mein Hunter hat mir mehr Grund gegeben, auf ein jenseitiges Leben zu hoffen, als jedes Wort der Bibel und jedes Gebet.

Quaye Bell, 16. April 1901

Quaye glaubte, dass ein Zeichen sie auf den rechten Augenblick hinweisen würde, um Hannah von ihrem Vater zu erzählen. Als Hannah sechzehn war, fand sie den zersprungenen silbernen Spiegel mit den wenigen verbliebenen Glassplittern, eine Kette aus Jadeperlen und den Gedichtband. Sie fragte ihre Mutter, was es mit diesen Dingen auf sich habe. Quaye erzählte Hannah von ihrem Vater und ihrer Mutter und von einer Goldgräbersiedlung im Westen mit Namen Bethel. Dann gab Quaye ihr den Brief, den Hunter geschrieben hatte. Hannah brach das Siegel auf und las schweigend. Quaye hielt sie in den Armen, während sie weinte.

Wie Hunter es sich einst erträumt hatte, lernte Hannah die Harfe zu spielen. Quaye saß oft bei Sonnenuntergang im Salon und verlor sich in den seraphinischen Klängen des Instruments. An ruhigen Winterabenden legte Hannah oft den Kopf auf den Schoß ihrer Mutter, und Quaye las ihr dann Abschnitte aus Hunters Tagebuch vor. Das waren die Augenblicke, in denen sie beide sich Hunter am nächsten fühlten.

Im Sommer nach Hannahs 21. Geburtstag heiratete sie einen Pfarrer, wie vor ihr ihre beiden Mütter. Am Morgen der Hochzeitszeremonie streifte Quaye sich den Claddagh-Ring vom Finger und gab ihn an ihre Tochter weiter, wie ihre Mutter ihn einst ihr gegeben hatte.

Hannah zog mit ihrem Mann in den Osten von Massachusetts, wo er eine Pfarrstelle innehatte. Dort gebar sie drei Kinder – Hunter, Connall und Faith – und zog sie auf.

Erst als Hannah aus dem Haus war, trat Quaye die Reise nach Irland an. Während sie über die Wege ihrer Jugend wanderte, spürte sie die Gegenwart von Geistern, die sich aus den stillen Mooren erhoben, und hörte in jedem Windhauch, der durch die nebligen Täler strich, ihre Stimmen.

Sie erfuhr, dass das, was Hunter in Bezug auf ihren Vater vermutet hatte, tatsächlich der Wahrheit entsprach. Ihr Bruder war noch in der gleichen Woche, in der sie ihre Familie verlassen musste, gestorben, und ihre Eltern hatten nur noch einen Monat länger überlebt. Allein unter dem grauen Baldachin des irischen Himmels, kniete Quaye nieder, küsste die Gräber ihrer Angehörigen und dankte ihnen, dass sie ihr das Leben geschenkt hatten.

Schließlich kehrte Quaye nach Chadds Ford zurück. Sie lebte lange genug, um ihre Nachfahren aufwachsen zu sehen – nicht nur Hannahs Kinder, sondern auch deren Enkelkinder. Obwohl Hannah niemals müde wurde, sie anzuflehen, nach Massachusetts zu kommen, um mit ihr unter einem Dach zu leben, blieb Quaye an den Ufern des Brandywine, zufrieden, alleine sein üppiges Tal zu durchstreifen und sich an die Wüste zu erinnern, in der sie die Liebe gefunden hatte.

Bethel starb. Um die Jahrhundertwende herum gab es dort kein Gold mehr. Mit dem Gold gingen auch die Menschen und ließen die hölzernen Gerippe eines einst blühenden Städtchens hinter sich, und die Erinnerungen an die Dinge, die sich dort zugetragen hatten.

Und vielleicht war der Name Bethel, der dem Ort in Ironie verliehen worden war, am Ende doch wahr. Denn was für Hunter und Quaye zutraf, gilt für alle Menschen: dass die Rettung eines Menschen sich nur in der Liebe und durch die Liebe vollziehen kann. Und dass dort, wo Liebe ist, auch Gott ist.

Quaye starb 1915 in ihrem Haus. Sie hatte für sich selbst in diesem Leben wenig verlangt, und bei ihrem Tod hatte sie nur zwei Bitten: dass sie neben ihrem Ehemann in dem verlassenen und von Gräsern überwucherten Friedhof in Bethel beerdigt werden möge. Und dass man ihr den zerbrochenen silbernen Spiegel in die Hände lege.

RICHARD PAUL EVANS

Foto: Debra Macfarlane

„Geld ist dazu da, Gutes zu tun."

Richard Paul Evans hat in *Tränen der Vergangenheit* einen Blick in die Geschichte Utahs geworfen, des Landes, in dem er geboren und aufgewachsen ist. 1847, also etwa um die Zeit, in der Evans' Roman spielt, floh der Mormonenführer Brigham Young mit seinen verfolgten Anhängern nach Utah und ließ sich dort inmitten des von Salzwüsten geprägten Landes nieder. Da Ackerbau in der ausgetrockneten Erde nicht möglich war, lebten die Mormonen meist von der Viehzucht oder arbeiteten im Bergbau. Bis heute ist Utah mit seiner Hauptstadt Salt Lake City geprägt von der Religionsgemeinschaft der strenggläubigen Mormonen, der auch Evans angehört.

Paul Evans' christliche Grundeinstellung, die sich in allen seinen Büchern wiederfindet, prägt auch seine Einstellung zu Familie und Geld. Zwar ist er stolz darauf, dass er seiner Familie „ein schönes Leben" bieten kann und nicht so arm ist wie einst seine Eltern, die immer darum kämpfen mussten, ihre zehnköpfige Familie durchzubringen. Doch Evans ist auch davon überzeugt, dass „Materialismus uns letztlich nicht weiterbringen wird". Er findet, „Geld ist dazu da, Gutes zu tun". 1994 gründete er eine Hilfsorganisation für missbrauchte und verwahrloste Kinder, benannt nach seinem ersten großen Bucherfolg *The Christmas Box House International*. Bis heute haben 16000 Kinder Hilfe in seinen Heimen gefunden.

Evans' Bücher wurden in mehr als 21 Sprachen übersetzt und teilweise verfilmt, weltweit wurden über 14 Millionen Exemplare verkauft. Für seine schriftstellerische Leistung erhielt Richard Paul Evans 2006 den „Romantic Award" und für sein ehrenamtliches Engagement den „Washington Times Humanitarian of the Century Award". Evans lebt mit seiner Frau Keri und den fünf gemeinsamen Kindern abwechselnd in Salt Lake City und in Italien.

LEISES GIFT
Originalausgabe: *True Evil*
erschienen bei: Simon & Schuster, New York
© 2006 by Greg Iles
© für die deutsche Ausgabe: 2008 by Verlagsgruppe Lübbe GmbH & Co. KG, Bergisch Gladbach

DAS WUNDER DER LIEBE
© für die deutsche Ausgabe: 2004 by nymphenburger in der F. A. Herbig Verlagsbuchhandlung GmbH, München

MILCHGELD
Gekürzte, genehmigte Sonderausgabe für Verlag Das Beste GmbH, Stuttgart
© 2006 by Piper Verlag GmbH
(Erstausgabe: 2003 by Maximilian Dietrich Verlag, Memmingen)

TRÄNEN DER VERGANGENHEIT
Originalausgabe: *The Looking Glass*
erschienen bei Simon & Schuster, New York
© 1999 by Richard Paul Evans
© für die deutsche Ausgabe: 2006 by Verlagsgruppe Lübbe GmbH & Co. KG, Bergisch Gladbach

Übersetzer:
Leises Gift: Axel Merz
Tränen der Vergangenheit: Hans Link

Illustrationen und Fotos:
Leises Gift: S. 4 (links), 6/7: Herbert Kehrer/zefa/Corbis
Das Wunder der Liebe: S. 4 (rechts), 218/219: Bildagentur Huber/Johanna Huber
Milchgeld: S. 5 (links), 332/333: mauritius images/age, 334: Carsten Blind
Tränen der Vergangenheit: S. 5 (rechts), 476/477: ullstein bild/Chromorange

Umschlag: Hauptmotiv: plainpicture/LP; *Leises Gift:* Herbert Kehrer/zefa/Corbis; *Das Wunder der Liebe:* Bildagentur Huber/Johanna Huber; *Milchgeld:* mauritius images/age; *Tränen der Vergangenheit:* ullstein bild/Chromorange; Rückseite: © privat

Die ungekürzten Ausgaben von „Leises Gift", „Das Wunder der Liebe", „Milchgeld" und „Tränen der Vergangenheit" sind im Buchhandel erhältlich.